俄苏文学经典译著·长篇小说

高尔基（1868—1936）

  原名阿列克赛·马克西莫维奇·彼什科夫，苏联作家。生于木工家庭。当过学徒、码头工、面包师傅等，流浪俄国各地，经历丰富。列宁称他为"无产阶级艺术最杰出的代表"。代表作品有《母亲》《童年》《在人间》《我的大学》等。

罗稷南（1898—1971）

  原名陈小航，云南顺宁人。1923年毕业于北京大学哲学系。曾任上海读书生活出版社经理，与人合办《民主》周刊。1949年后出任西南军政委员会委员，中国民主促进会发起组建者之一。精通英语和俄语，译作颇丰，代表性译作有《双城记》等。

ЖИЗНЬ
КЛИМА
САМГИНА

M.Gorky

俄苏文学经典译著·

长 篇 小 说

Russian

Literature

Classic.

NOVEL

克里·萨木金的一生

【第四部 魔影】

[苏]高尔基 著

罗稷南 译

Copyright © 2021 by SDX Joint Publishing Company.
All Rights Reserved.

本作品版权由生活·读书·新知三联书店所有。
未经许可，不得翻印。

图书在版编目（CIP）数据

克里·萨木金的一生 /（苏）高尔基著；罗稷南译. —北京：生活·读书·新知三联书店，2021.10
（俄苏文学经典译著·长篇小说）
ISBN 978 – 7 – 108 – 06576 – 6

Ⅰ.①克…　Ⅱ.①高…②罗…　Ⅲ.①长篇小说—苏联　Ⅳ.①I512.45

中国版本图书馆CIP数据核字（2019）第067458号

第一章

一

柏林阴郁地迎接着克里·萨木金。正在下着轻盈的灰色细雨，好像他在圣彼得堡所习见的那样，而且车站的脚夫正在罢工咧。他不能不提起两只沉重的衣箱，挤在恼怒的人群中间艰苦踱过一段地道，爬上台阶去。旅客们大多数似乎是高而且壮的，嚷着叫着，提着他们的行李，毫不客气地互相推撞着。两个雄赳赳的汉子，穿着打猎服装，圆帽子上插着鸟毛，昂然阔步在萨木金前面，拦住他的进步。他俩一路嬉戏着被脚夫惹恼了的旅客们。他俩用一根手杖挑着一只小篮子，故意装出十分吃力的模样。唯一大笑着的是一个高大的妇人，从肩头以至膝头都悬挂着各样包裹，一只手提着衣箱，另一只手提着化妆盒。她笑得又尖又响，似乎很无礼。她走路是困难的，似乎比别人更受排挤。笑声忽然中断，她大声警告那两个丑角：

"我的天呀！那里面有镜子！那里面有花瓶呀，里加得！"

车站前面的广场上看不见一辆车子。衣冠整洁的人们默默含怒地缓步走过濡湿的石路，穿过密密的雨丝里面。这是一种特别柔和的雨，落在石路上毫无声息，虽然人能够分明听见雨水流下阴沟的单调的潺潺之声，以及脚步的怒响。两排密集的重大建筑物朦胧出现在薄雾之中，好像用铁锈色涂画成的一些约略不同的暗影。萨木金觉得一阵沮丧的冷气从衣服和皮肤透入他的心里，他放下衣箱，摘掉帽子，揩揩头上的汗水，然后安慰自己说：

"总会有一个办法的。"

从他后面来了一个灰胡子的矮胖男人，戴着遮阳小皮帽，穿着长到膝头的青色工作衣、长筒靴。一面铜牌闪烁在他的胸襟上。

"两个马克，到最近的旅馆去。"萨木金冒昧招呼。

"不行！"那脚夫回答，连看都不看他一眼，耸耸肩头，好像是推开他似的。

"这算是无产者的团结力或是他害怕他的同志打他呢？"萨木金怀疑、讥讽地说。

那脚夫斜瞅了他一眼，用他的下巴指示一座家宅，高声说道：

"巴尔兹公寓。"

忘记了谢谢这家伙，萨木金提起行李就走进雨里面去了。

一点钟之后，洗了澡，喝了咖啡，他坐在小房间的窗子前面，回想着他和这公寓主妇初次会见的光景。

差不多胖得好像圆球似的，穿着暗淡的锈色衣服，灰色围裙，两片眼镜停在挤于鼓起的两腮间的鼻梁上，这主妇首先盘问：

"你不是犹太人吧，是吗？"

她亲自替他预备洗澡水而且献咖啡给他，各样都做得敏捷而又熟练。她说明她不能不开除一个罢工者的侄女。从她的眼镜里面唐突地审察着他，她问：

"俄罗斯的情形怎样？"

好像被考问他对于德国的知识似的，萨木金回答得简单而又随便。同时他想到倘若越过国境就能把后面的国门关闭得如此紧严，只要短期间不听见别国的骚嚷，那就可以忘却一切，该是何等快活呀。主妇继续用响亮的、果决的声调说下去，好像不是对一个人说话，而是当众演讲似的。

"倍倍尔[1]现在不监在国会里，而是在监牢里，他已经完结在那里喽。虽然他不是犹太人，可是他是一个社会主义者。"

微笑着，萨木金问她她以为一切富的和穷的犹太人全是社会主义者吗。

"当然！"她不耐烦地大叫，"你去看看欧金·李克图[2]的演讲集吧。社会主义者都想要抢掠德国的正当资产所有者，而且只有犹太人才想要这样干的。你确实必须读李克图的书。他有一种健全的德国精神。"

她继续说着，用一种咯咯咯的声调，手肘忽起忽落地好像母鸡拍翅膀似的。

"德国不准革命。她不愿学你们不幸的俄国的榜样。德国自己是全个欧洲的模范。我们的恺撒是一位天才，好像腓特力大帝一样。他是历史久已等待着的一位皇帝。我的丈夫，莫里斯·巴尔兹，常常教导我：'李斯比，你应该谢谢上帝，幸而生存在将要使全个欧洲向德国屈膝的一位皇帝治下。'"

这妇人是这样胖而且软，她的右边的屁股停在椅子上就像一只气球。她的胸部和肚皮也鼓胀得好像一些气球。而且当她站起来的时候，这些气球不见了，化为庞大的一整个气球，其间并不觉得有什么变动。从这大气球的顶端上咯地发生一道红色小裂缝，话语就从那里喷出来

---

[1] Bebel（1840—1918），德国当时的社会主义领袖。
[2] 未详。

了。然而，在这丑怪的外貌之中萨木金发现了某种重要性，而且当她滚出房间去的时候，他想道：

"和她同等的俄国女人是不能谈论这些问题的。"

雨下完了。一阵灰雾布满在街道上。机关车尖声长啸着，列车殷殷，震摇了窗玻璃。统一穿着青色工作衣和戴着有趣的小帽的工人们——好像用简笔画成的——正在拆除一座五层楼房前面的建筑架。萨木金呆看着窗外，吸收着，倾听着他内心的许多琐细思想的执拗的嘎嘎之声，渐渐归顺于一种抒情诗的心绪。

"我的生活是一幕一人独演的戏剧，而我的思想却是对话体的。我永远在对着某人辩明某事。好像有另一个人，一个敌人，生活在我的内心。他监视着我的一切思想。而且我害怕他。有不用言语而能思想的人吗？音乐家或许能够……我厌倦了……观察的机能，当过度发展的时候，就成为一种负累。你机械地吸收了太多的毫无意义的琐事。"

他闭起眼睛，一个赤裸的女人的苗条粉红身体就出现在黑暗之中。[1]

"倘若我曾经恋爱她，那么她已经剥夺了我的一切了……一切？她说我是无可救药的挑剔家。她说我和我的同类是人世所不需要的人。这是不确的。我不是书呆子，也不是武断家，更不是道学家。我知道的很多，但是我不想宣传。我不发明理论，理论常常限制思想和想象的自由发展。"

想到这里，他最近读过的别人的话都像秋天的苍蝇似的飞来停在他头上："终极的，永久的自由。""妄想全知的悲剧。""像纳塞苏斯[2]似的自恋自爱的愚骏。""他的记忆提供了许多这一类的话，它们似乎在

---

[1] 第三卷末章，萨木金曾经看见马利娜的裸体。
[2] 希腊神话：女子伊科迷恋美少年纳塞苏斯，不得其爱而死；尼米西斯大神罚令纳塞苏斯同泉水中的自身映像发生恋爱。

他自己外面,在房间里,嘎嘎地响。

他从一只衣箱里取出几本书来。在一篇序文里他的眼睛捉住了这么一句:"我们承认一切宗教,一切神秘的学说,只为的是要解脱现实。"

"假若这不是装腔作势,那就不过是绝望而已。"他默想。

雨又痛打着窗子。风在吵闹。萨木金开始读米洛波尔斯基的一首诗。

读文学作品对于他是必不可少的,像吸烟的习惯一样。书籍丰富了他的言辞。他欣赏文字组合的技巧和音节,赞美不同的作家们的同一思想所穿着的各式言语的服装的多样变化;而尤其喜欢发现表面不能相容的人们之间的共同性。读着安特列夫[1]的自鸣得意的喵喵的猫叫,这往往变为狼的悲号。萨木金就回想到冈察洛夫[2]的低调的牢骚:

"为什么狂放而又宏壮呢?以海而论吧。这只是使你悲哀,看着它,你就想要哭。大浪澎湃的惊怖的狂吼对于脆弱的耳朵是并不愉快的。这吼声自有世界以来就重复着同一歌曲,传出它的黑暗而隐秘的音信。"

这些话又引起突尹柴夫的悲痛的问话:"你为什么哭,夜的风?"以及他的祈祷:

噢,不要唱那些远古洪荒的

骇人的歌曲呀……

冈察洛夫也说过:"野兽的怒吼在自然的哭声之前是无力的,人的呼声是卑琐的,人自己就是十分渺小微弱的。"

记忆亲切地提供了拜伦的《黑暗》,雪莱的《奥门地亚》,爱伦·坡、缪塞、波特莱尔诸人的诗句,和梭洛古卜的《火轮》,以及同一腔

---

[1] Leonid Andreev(1871—1919),俄国剧作家、小说家。
[2] Goncharov(1813—1891),俄国文学作家。

调的许多别的韵文——全是一读就记住,有机会就吟得出来的。但是关于在自然的可怕的势力之前——在死的法则之前——人的渺小无力的种种言辞并不曾毁坏着萨木金的情绪。他知道这些言辞绝少干涉它们的作者们的生活,倘若这些作者是身体康健的。他知道叔本华活到七十二岁,在证明悲观主义是宗教情绪的基础之后,幸福地死去了,因为他相信作为"脑筋的幻梦"的他的无欢的世界观是"十九世纪最优良的创作"。

宗教情绪和玄学问题从来没有扰乱过萨木金。况且,他眼看着陀思妥耶夫斯基和托尔斯泰的宗教思想怎样迅速地失去它的泼辣的生气,堕落为米里支可夫斯基[1]的恶劣的空谈;怎样黯淡地变为半虚无主义者梭洛尾夫[2]的微温之词;怎样支离地分解为官能主义者罗札诺夫的纤巧的技艺;而且怎样消沉于象征主义的朦雾之中。

此刻他读了一会儿陀思妥耶夫斯基的作品,而且颇为用力。他觉得这最有才能的作家以宏博的学识和动人的劝诱使人低首下心。他爱契诃夫的悲哀,冷淡地讥笑着平庸的生活。大多数书籍都常常指示给他:人是忧愁的生物,纠缠在生活的细事末节之中,在思想与感情的矛盾之中,在卑陋的野心的竞争之中。分析到最后,他觉得还是文艺作品并非十分愚蠢的伴侣,有时甚至是真正有趣的伴侣,和它在一起人能够默默地辩论,默默地好笑和不信。

二

外面,黄水似的阳光滑过家宅的潮湿的墙壁。萨木金把他所读的奇书抛在桌上,匆匆穿好衣服,走到街上去了,走在似乎特别坚硬的步道

---

[1] Merezhkovsky(1865—1941),俄国象征派诗人。
[2] Vladimir Slovev(1853—1900),俄国历史家、哲学家。

上,他考察到柏林和圣彼得堡之间的类似:军人众多。他觉得柏林的军官们的腿比圣彼得堡的更僵直,同时记起这发现并不新颖。他沿着商业的街市走去,好像在深谷的底里似的。两排沉闷的建筑物向他迎头赶来;开着的店门吐出皮革、煤油、烟草、肉类、香料的气味——各样都很丰富,各样都是可厌的单调。他想起了刘托夫的话:

"普鲁士代表德国的一切。啤酒的无度的饮者们的文化圣地。在巴黎,当你想着圣母院和埃菲尔铁塔的时候,你就理解历史的反讽,莫泊桑的痛切,波特莱尔的厌恶,法朗士的优雅的讥诮。在柏林,并没有使人领悟的东西。各样都由国会的建筑和凯旋柱极其清楚地说明了。这普鲁士首都是一个沙上的城市——德国肚皮上的一块肿瘤,她的肾脏里的一粒石子。"

灰云又洒下轻盈的雨点。萨木金雇了一辆街车,转回旅店。晚间他闷闷不乐地看过委得京[1]的戏剧的上演。第二天,从早到晚,他步行和坐车周游全市。第三天他游览波次丹。

他发现他自己对于柏林并不能有所增益于那些熟悉的贬责的颂词。是的——一个压迫的、沉闷的城市,其间——在房屋和人众之中——有着不愉快的紧张。强壮而巨大的石匠和木匠默默地、阴郁地、机械地工作着。他们都有挺起的胸部和呆板的面孔,好像军人似的。大多数人都是肥胖的。萨木金决定要去看看那些博物院。

他到了一个绘画陈列馆。

离开街上的沉闷的、溽暑的潮湿,走进了凉爽空旷的庙堂,这是很舒适的。绘画不很引起萨木金的兴趣。他把游览博物院和陈列馆看作文化人的一种义务,提供谈话材料的义务。他匆匆看过那些画幅好像看书似的,同时觉得这是煞风景的。

在几幅裸女画前面停留了几分钟,他想着马利娜,而且断定:"她

---

[1] Wedeking(1814—1918),德国剧作家。

更美。"

很怪,他以一种悔恨之情想着马利娜;也许他是恼恨在这种事例上艺术并不使人超升于现实之上吧。风景画照例是比自然更优美的。萨木金对于描写日常生活的画面的趣味远不如用柔和的和浪漫的画笔所绘成的自然的闲静的、高雅的画面。或许后者就是造成他不曾有过的那种柔和的悲哀情调的画面。自行就坐在那广大房间里的长椅上,他闭起疲乏的眼睛,尽力试想用什么才能比拟这几百幅令人怀旧的彩色画。记忆提供了突提乞夫的挽诗:

> ……适彼幽魂之乐士,
> 默默幽魂,缥缈美丽,
> 无虑凶年灾患,
> 不问俗世悲欢。

站起来,走着,感动地反复吟咏这些诗句,他停留在一幅颜色暗淡的图画旁边,那画上凌乱地散布着玄怪的混合体的离奇形态:人的肢体接合在鸟兽的肢体上,一个三角形的脸有两只脚。这艺术家的意志使熟悉的实物支离破碎而且以大胆的嘲讽把它们拼合成种种难以相信的怪相。萨木金在这画幅之前站了三四分钟,忽然觉得想要模仿这艺术家的作品——再把这些形象完全拆散,依照他,萨木金,自己的意思用夸张的方法把它们重新组合起来。反对着这种欲望,他惶惑地走开了,但是又转回来看看那画家的名字。"亨洛尼谬斯·鲍次[1]",他读了刻在灰暗的铜牌上的字,然后又看看别的两小幅同样奇怪的画面。他坐在靠椅里,注视着这艺术家的更大的画幅,那似乎是不能称为绘画的。他尽力揣想引导艺术家鲍次从割裂的现实中创造这空幻境界的那中心观念。他

---

[1] Hieronymus Bosch(1450—1516),本名 Van Aken,荷兰画家。

越仔细考察这些不相调和的鸟兽形态的混合体,和几何形式,就越想要拆开它们的全体,找出这些可怕的幻象之中所隐藏着的意义。亨洛尼谬斯·鲍次这名字并不曾提示他绘画史上的任何意义。可怪的是这恼人的画面居然陈列在德国首都的最精选的博物馆里。

萨木金走到出卖目录和照片的柜台前面。一个面色苍白的小男人,戴着丝织小帽,并不移动他的瞅着报纸的右眼,说道他并没有关于鲍次的书籍,萨木金或许可以在书店里找到几本的。

萨木金去到书店里,买得一本法文的《鲍次研究》。回到公寓里,吃了巴尔兹太太款待他的烤鹅肉、鲤鱼、番薯和生菜之后,他点起一支烟,躺在长椅上,把那沉重的书搁在胸部上,开始考察那些画片。

有翼的猿猴、兽头的雀鸟,以及虫类、鸟类和鱼类的鬼怪。在一间残破的茅舍旁边,圣安东尼惶恐地退避着向他走来的一头打扮得像女人似的猪和一只戴着滑稽小帽的猴。各种爬行动物爬在各处。一张桌子,莫名其妙地放在荒郊里,有一个裸女躲在它下面。妖魔飞来飞去。一副动物的骨架正在弹竖琴。一座钟在空中飞着,或悬着。一位猪头羊角的国王昂然阔步着。在《人的创造》这画幅中,上帝是一个无须的青年,而且天堂里有一架风车正在转动。每个画面都充满了阴森的、引人大笑的颠倒错乱。

"噩梦。"萨木金判定,而立刻又厌弃这谁都能说出来的意见。

据这本书上说,热心收买鲍次的画幅者之一是菲立卜二世。那愤懑忧郁的西班牙国王。

"或许那猪头国王就是菲立卜自己吧。"萨木金想,"这鲍次对于现实世界做了小孩对于玩具所做的事——拆开它,又随意把它凑合起来。真无聊。鄙俗的报纸的记者的材料。对于鲍次,古图索夫将要说些什么呢?"

他的潮湿的纸烟是不好吸的,有可恶的气味。

"'甚至祖国的烟气我们也觉得是香甜的。'这祖国现在有一种恶味。那里流血太多，也太屡屡。'发狂的勇敢——想要从必然的王国跳到自由的王国……'社会主义对于像我这样的人能有什么好处呢？同样的孤独而且无疑地更加冷落——'荒凉呀！无地容身。'当然，我这一生也不会看见'自由的王国'。只为死亡而生活——好可怜的人生的企图。"

他的思想的意味是痛苦的，却也有些愉快。这些思想不断地奔流在寒冷的秋水的浅流里面。

"我并不是没有才能。我能够看见别人所感觉不到的事物。我的独创性是在幼年时代就显著了的。"

他感觉一种新的情调萌生在他内心，但是不能决定那"新"的内容是什么。种种思想都毫不费力地具有确切的言语的形式，但是它们全是些久已熟知的东西，在书上常见的东西。他瞌睡了，但是不能睡觉。他继续被一种奇异的不安所惊醒。

"鲍次的画里面使那西班牙国王喜欢的是什么呢？"他疑问。

三

晚间，坐在冬园的荒唐的小舍里，他惊疑地看着两个走绳者在舞台上尽力要倒转自然的均衡以造成空前成绩的可笑企图。这两个伶俐的家伙的谐谑的玩意之中是有着很可疑的某物的。观众们并不笑。走绳者歪曲一般均衡力的那种严肃之态几乎是恼人的。

"鲍次也是一个走绳者。"萨木金判定。

在他的右前方，坐着一个灰衣服的男人，头发乱蓬蓬的；男人正在不安静地左顾右盼，翻动一张报纸。他有一副骨瘦的长脸，一道尖须和两只大眼睛。

"他是俄国人。"萨木金想，"我曾经在什么地方看见过他。"他每次旁瞬，那人都回头一看，在休息时间那家伙就走近他，用沉闷的嘎

声说:

"萨木金,是不是?我是道尔加诺夫[1],记得吗?——芬兰?维堡?看报了吗?没有?"

用他的肩头把萨木金挤在墙上,放低声音,他急促地噜苏道:

"他们炸毁了斯托里宾[2]的别墅。他侥幸逃脱了。死了许多人——大约二十个。我知道一个妇人,妮戈诺伐[3],是——"

"什么?她被捕了吗?"萨木金惊惶地插嘴。

"被杀了。连带一个孩子。"

"妮戈诺伐?"

"你知道她吗?我知道她。在我年轻的时候,她曾经被牵连在民意派的大检举之中——马克·纳台生、洛马斯、安得列·里沙伐。在审问的时候她改悔了——这,见鬼,不要管这些事——我们到什么地方去谈一谈吧。这是要紧的。"

他拉着萨木金的袖子,气喘吁吁地,大咳起来。萨木金看见几个红光满面的、镇静的人们正在瞅着他和道尔加诺夫。他急忙退出了。

"妮戈诺伐!这是可能的吗?"

他渴望得到更多的消息,但道尔加诺夫不让他提出问题。他和萨木金摩肩走着,他用喉音呼噜出不相连续的短句:

"你在这里!放花爆!一种政治的错误。国家已经达到议会政治,还要恐怖手段。这些魔鬼!……我是在劳工党方面的。铲除的工作——我相信铲除的工作。你是什么?社会民主党?我不了解。列宁已经发疯了。布尔什维克党人不懂得莫斯科暴动的教训。现在是我们省悟的时候了。明智的人们只能有一个目的——组织全民政治。"

---

[1] 见本书第二卷,原为民意党人,萨木金曾经在芬兰维堡偶然遇见他。
[2] Stolypin(1863—1911),历任帝俄内务大臣及首相,以绞杀革命党著称。
[3] 出入于各种革命党人之中,行踪诡秘,萨木金曾经和她恋爱,并约略认识她是官方的侦探。但不久即踪影全无。

萨木金推开一间小酒店的门。他们在一个角落里找到一张空桌子，旁边有一道门通到台球室。

"黑啤酒。"道尔加诺夫说，"啤酒对于你是好的。我刚从达孚斯来。肺结核、肺气病，在托马流放地害上的。达孚斯也像一个地洞。人们都逃散了。你是逃亡的吗？"

"不。我不过是游历。"

"我看。你以为如何？宪政民主党会钳制那些狗——十月派、帝制派之类吗？知识分子，没有一个除外，全都被宪政民主党组织起来了。"

在嘻哩呼噜的德语喉音的嘈杂之中，道尔加诺夫的结结巴巴的声音是难以听清的；他的支离破碎的言语响得模糊不明。萨木金等候着他的疲乏。道尔加诺夫吞咽着啤酒，胸腹里发出叽里咕咯的响声。他的翻转的、灼热的眼睛似乎盯疼了萨木金的面皮。啤酒的泡沫浮在他的上髭上和颓然下垂的胡子上。这些泡沫几乎可以幻想为就是道尔加诺夫的言语。上髭下面的两枚金牙齿不愉快地闪烁着。他说呀，说呀，他的眼睛就越加发烧发热。萨木金忽然想象到他死了——白枕头上一张土灰色的脸，无光的眼睛深陷在两颗黑洞里面，一管尖鼻子，微开的嘴里露出两颗金色的獠牙。他很想离开这人，越快越好。

"妮戈诺伐——是她的闺名吗？"他问，趁道尔加诺夫歇气的时候。

"她的婚名。她的闺名是伊斯托米娜。"道尔加诺夫说了，把他的上髭向左右分开。"一个神秘的女人。虽然——谁知道呢？我的朋友塞弗里不管这些——他可怜她，而且娶了她。或者她曾经要求改变她的名字。那么人们就会忘记她了。喂——再来一瓶。"他对着从他面前走过的侍者说。

萨木金想要问他她像什么样，她有多大年纪，但是道尔加诺夫倒下靠在椅背上，闭起他的眼睛。萨木金霍地站起来。

"我要走了。"他说，"再见。"

"明天你打算做什么呢？我们到国会去吧——他们不是正在开会吗？

见鬼！你住在哪里？"

萨木金答说他明天就要到得烈斯丹去，然后颇为无礼地摆脱了道尔加诺夫的潮湿的热手。

沿着灯光微弱的、荒凉的街道赶快走去，他把握过的手包在一张手巾里面，觉得需要安慰自己，或使自己心安理得。

"妮戈诺伐。"

她是久已从他的记忆里消褪了的。现在那肺痨病人似乎使她从死中复活了。他回想到她怎样小心地把她的奶塞在乳褡里面，他记起了她的默默的温存。她还有别的使他纪念的吗？没有。

他觉得和道尔加诺夫的不期而遇摧毁了，阻断了，他在这城市里从他内心掘出来的虽还有泥污然而重要的新思想的源流。愤愤地用手杖敲着铺石步道，他默想：

"他要倒霉到底。他或许要死在回俄国去的列车里面。德国人要把他匆促埋掉，小心地把他的文件送到俄国领事馆，领事把它们送到道尔加诺夫的生产地，那里道尔加诺夫并没有亲族——没有一个人。"

他一惊，然后把手杖挟在臂下，手肘紧紧按着腹部，大步走去，觉得他逐渐临近危险。

"一个人生下来了，研究了多年的学问，经过许多不快的经验，想要解决种种社会问题。因为生活敌对着他，他努力寻求一个与他精神亲近的女人——常常是白费力气。到了四十岁，他是——完全孤独的——"

觉得他是在思索着他自己，萨木金又尽力把他的思想返转到道尔加诺夫，这回可就鄙视他了。

"正确地说——不是东西。"

但是要使他的思想脱离一个孤独的人的命运确是困难的。他带着它们回到旅馆；他带着它们到床上，不能安眠地躺了几点钟，设想他自己置身于人生的各种路道上，同时倾听着车站里的机关车的铮鸣和嘶嘘。

大雨痛打着窗子十几分钟，突然停止了，好像被黑暗吞吃掉似的。

四

早晨，勉强尽着一个旅行家的义务，挟着一本红皮的巴伊得克的游览指南，萨木金走遍这石城的街道，而这整洁的、阴森的城市只是使他丧气而又厌倦。潮湿的风把人吹散在各方面；毛脚马的铁蹄嘀嗒，兵士们列队走过；军鼓喤喤；偶尔有一辆汽车呜呜驰过，笨重得好像一头象似的，而德国人都站住，恭敬地让路给它，用友好的眼光欢送着它。萨木金发现他自己在一片广场里面，其间排列着几座高山似的建筑物，上面飘浮着灰绿的云层，云层里露出几片青天。每一座建筑物就是一座陈列馆。在萨木金还来不及决定去访哪一座以前，一阵霹雳，大雨急流似的浇下来了。萨木金不能不退避到最近的陈列馆里，进去才知道这是陈列兵器的，壁上蒙着各种愚蠢的画幅，全是普奥战争和普法战争之类。从特制的柜台上伸出各式步枪、大刀、指挥刀、弓箭、长矛、短剑，严阵以待的铁马背上跨立着钢甲骑士。各种用法的铜铁器多得数不清，发出恶心的冷气。萨木金嫌厌地想到这些军用品的大多数当然砍过脑袋，斩过手臂，戳过胸膛和肚皮，沾过鲜血和尘垢。

"白痴！"他判定，"今年冬季我要开始写作——关于人类……主要的是描写，而且首先要描写刘托夫。"

他每次想到刘托夫，心里就现出捕捉那并不存在的猫鱼的情景，而且发生这问题：刘托夫为什么大笑呢，当他知道那磨工曾经欺骗了他的时候？这情景是有某种寓意的，某种可恶的意义。因为，一般而论，刘托夫是极其狡黠的。他对于他自己也狡黠吗？他是难以观察的。

"我将要描写人们正如我所看见的那样，正直地——毫无反感——或同情。"他加添，忽然觉得同情也是可以的。

记忆，以独断的气氛，把斯徒班·古图索夫的形象呈现给他，然后又分明提示把这人放在一切人之先是不很合适的,于是以逼人的温柔性——记忆的特性——排开了这布尔什维克,用比较少有反感的一批人来代替了他:邓那夫、伊诺可夫、亚可夫同志、斯推拉托那夫、台格尔斯基、教堂庶务、狄欧米多夫、比士比妥夫、狄米徒里兄弟、鲁伯沙、马格里它、马利娜——

要歇止这不快意的行列是必须十分努力的。

"最大多数人们都不过是一个全体的几断片,好像在鲍次的那些画面里的一样。被那艺术家的想象所破坏了的世界的残堆。"萨木金想。他叹息了。他已经发现足以说明他对于人群的态度的某物了吗?他问他自己,那么,他的同情留存在什么地方呢?然后他微笑了,答案是:

"安弗梅夫娜。一个奴隶。一个神圣的奴隶。在她的末日她偏袒叛乱,然而并不失却温驯。"

太阳窥看着窗子里面。陈列馆里的灰暗的暮色明亮起来了,无数排的刺刀放出更凛冽的光辉,而且那些纯钢的骑士具有一种特殊的冰冷的闪光。萨木金很想要记起叙述"英勇的豪杰怎样战死在俄罗斯"的古代民谣,但是记起来的却是那一夜他看见他自己分裂为几十个萨木金的噩梦。这回忆是不愉快的。

那一晚他乘火车到了得烈斯丹。在那里的圣母马利亚像前坐了许久时光,他想道:关于她,克里·伊凡诺维奇·萨木金能够说些什么呢?他不能想出任何新颖的意思,而一切陈言套语全都已经被人说尽了,在慕尼黑,他觉得巴威略人比普鲁士人更肥胖,而且这城市里的许多光景是完全和柏林的一样的,不过气候确是更恶劣的。他看厌了绘画和陈列馆,而且为要逃避德国的沉闷,决定乘车越境到瑞士去,那里住着他的母亲。"母亲"这个字是需要解释的。

"一个美丽的女人——会打扮——被男人们的追求奉承所损坏——从来不受书本知识的搅扰——这是合理的。她正确地赏识了我的父亲而且精选了一个朋友——伐拉夫加是那城市里最有趣的人——而且他很会

'赚钱'——"

他也记起了红毛圣人托米林在花园里向他的母亲下跪。

"他也有他自己的思想。"萨木金默想,叹气,"是的。'求知是第三种本能。'这思想引导着人承认上帝。可悲的东西。'肯定现世的经验为真实就得把这真实加以应用或反驳,而过了一时期之后它就显出它自身是错误的。于是,人心孜孜勤求才感知中心的中心是一种神秘,名叫上帝。'"

他正在他的记忆里搜寻着这一段话的作者,同时默想着他读过的书,这时列车忽然冲进山洞,然后一声怒吼闯入不能透过的黑暗,好像滚下山去落在绝壁里面似的。

第二章

一

早晨萨木金出现在日内瓦，中午他去看他的母亲。她住在湖边的一座小家宅里，墙上装饰着灰泥的花纹，这就使它好像一块糕饼了。这家宅舒服地隐藏在一道半圆形的果树林里面。太阳亲切地照明了苹果树上的大红果实，就在这一棵树下萨木金会见他的母亲，穿着天青色的衣服，坐在一条大理石凳上，手里拿着一本书。她的姿势使他想起巴黎的孟许公园里的莫泊桑纪念像的照片。

"我的亲爱的！我真喜欢！"她说法国话。显然是预防拥抱或接吻，她坚持地举起一只手对着他的脸，好像要推开他似的。儿子就吻了那一只手，那是冷的，滑滑得好像制好的柔皮，而且有着浓烈的香气。他研究了他的母亲的脸，滑稽地想道：

"伶俐的姑娘。"

"你是用脚走来的吗?"她局促地用俄语问,好像是从法语翻译出来似的,"我们就在这里坐坐吧。这是我喜欢的地方。午餐还要等半点钟,我们有的是谈话时间。"

她站起来,把凳上的地位让出一部分给他,然后又坐下,替她自己安排着一个皮垫褥。

"你的气色好。有一小点苍老——这样快。"

萨木金大声回答了,微笑着,耸动肩头:适当的话是难以发现的。他的母亲说着一种发音:比从前更加低抑,更加安静,而更少自信。她的脸上抹着浓厚的白粉,但是从粉里透出紫青色的皮肤。她的描画过的眼睛的表情被人工延长了的睫毛所遮掩住了。无聊的言语就从她的红嘴里面流出来。

"好,俄国的情形怎样?他们还在扔炸弹吗?为什么帝国议会不制止那些过激派呢?你就想不到这使欧洲人怎样看不起我们。我恐怕他们将要不给我们钱——借款。你懂吗?"

咯咯地笑着,萨木金回答:

"不会不借的。"

他觉得他的母亲的话里有一种不安,这不安他觉得并不全是由于借款问题而是由于别的缘故。他并不曾猜错。

"大家都说俄国要破产了。"她说,匆促地。然后,摸着他的手,她问:

"我希望你是出来游历——并不是亡命——是不是游历?哦,那我就放心了——虽然我一向是相信你是正经的。"

她叹气,更沉静地说下去了:

"我不明白这是怎么回事。我们抗议,争论,已经得到一个宪法。而现在又有亡命和炸弹。狄米徒里也是在反对派方面,我想——是不是?"

"我想不是吧,但是我不十分明白。他许久没有写信给我了。"

点点她的梳得很光的头,他的母亲继续说;

"噢，我相信他是的。革命都是由愚蠢的、顽固的人们造成的。他就是那样的人。这并不是我自己的意见，但是这是确实的——是不是？"

萨木金想要赞成她，但是说不出来。他的母亲引起他一种使他缄口结舌的怜悯之情。她所说的每件事他都觉得其中有一种装作的紧张，有一种她自己也必然难堪的无诚意。一只苹果脱离了树枝，落在草上，那里忽然好像开着一朵玫瑰花似的。

"这里有许多俄国人，而且我以为我确看见过阿连娜和她的那一个商人的。但是我已经无意听取俄国人的无穷尽的议论。我遇见过太多的人，他们知道各样事然而不知道怎样生活。失败者——他们全是失败者。因为他们是失败者，所以他们痛苦了……好，我们进去吧？"

她把她的儿子引进一个小房间里，那里面的家具上都蒙着薄布的套子。两个窗子上悬着茶红色的绒幕。外面的绿树投进来一重暗影。房里的柔和的薄明的氛围之中有着苹果的香气。一条阳光的色带，虚悬在空中，把一端停在一张小桌子上，照明了桌上的七只白象牙的和青玻璃的象所构成的一个圆圈。萨木金的母亲急促地低声说道：

"我幸而租得这价钱便宜的家宅。我把一半租给——租给一个医生，赫波里提·多纳刁[1]。"

"奉祀上帝。"萨木金把这法文名字翻译给他自己。看着他的母亲的侧面，他怀疑她，觉得她的耳朵颤动了一下。

"一个极有教养的人，一个音乐赏鉴家，而且是一个出众的演说家。他是卫生学会的副会长。当然，你知道，这里的病人很多，好人的健康是必须小心维护的。"

萨木金开始颓唐起来了。和他的母亲相处使他厌烦，使他不安，而他的心里的某物却又责备他不该如此。

一个白衣服的高大男人出现在花园的门道上。举起巴拿马草帽，他

---

[1]（Don-na-dieu）法语，奉祀上帝。

大声叫唤：

"你在哪里呀，我的亲爱的！我怎么知道呢？我不是劝过你——？"

萨木金的母亲摆开她的双手，好像要拥抱他或推他出去似的，然后不自然地高声说道：

"我的儿子，克里。"

多纳刁医生太过高兴了。他抓住萨木金的手，捏了又捏，接着就浇来一通滔滔不竭的小声讨好的言语。萨木金因此得知凡遇俄国人总是常常使这位医生大大欢喜的；一九〇三年这医生曾经到过奥得赛——一个美丽的、差不多欧化了的城市——可惜革命把它破坏了。或许他，多纳刁，不很明白一切，但是据一般法国人的舆论，不但是他个人的意见，俄国的革命是过于早熟的。挤眉弄眼地一笑，他又说：

"法国人明白革命的事，是不是？"

这医生，高而且大，西瓜形的黄脑壳上残留着灰褪的黑卷发，勾鼻子下面有一小撮尖胡子。他不倦地说话，波动着他的浓厚的眉毛，同时他的一样浓厚的髭须也灵活地在厚重的下唇上面移动着，而且他的黑眼睛，润湿得好像擦过油似的，闪烁而且滑溜。他的母亲觉察了萨木金的法国话并不流利，就热心地提字译句，于是使他完全困惑了。

"全世界从法兰西得到它的理想。"医生说了，把左手一挥。他用右手从背心袋子里提出一只表，把表面示给萨木金的母亲。

"快就好了。"她说，同时她的寄宿兼寄食者仍然兴奋地歌颂着法兰西。萨木金太太还说屠格涅夫是法国著名作家们的朋友，俄国颓废派都是法国人的学生。

"人人都爱我们，除了德国人而外。甚至土耳其人和日本人都爱。"医生宣说，"土耳其人为孚勒[1]发疯，日本人为洛蒂[2]发狂了。你读过

---

[1] Faurre（1867—?），法国文艺批评家。
[2] Loti（1850—1923），法国小说家。

《动物的乐园》吗，吉默[1]作的？啊！你正该读这一本书。"

他并不特别留意听者，而且虽然常常问"对不对？"但是并不等待回答。萨木金太太通知午餐准备好了。医生就挽着萨木金手臂，大模大样地昂然走去，好像奥地利的鼓乐队长似的，用深为感动的声调说道：

"我是一个乐观派。我相信一切人，或多或少，总是叫作上帝这位大艺术家的成功的作品。"

"多纳刁。"萨木金记起这个法国字，很想说一句双关的谐语。但是他的母亲不顾情面地问道：

"你懂吗？"

在餐室里这医生减少了雄辩，但是增多了教训。

"我是一个美术家，"他说，把餐巾安定在他的胡子下面，"我以为革命也是一种艺术，少数强者的悲剧的艺术，英雄们的艺术。但是不是群众的，像德国社会主义者所相信的那样。噢，不——不是群众的。群众是造成英雄的材料。他们是原料，并不是既成品。"

然后他开始吃了，露出强劲的牙齿，欣然满足地翻着眼睛，津津有味地喘气，而且颤动着那J字形的耳朵。萨木金太太和医生同样欢喜吃，而且吃得多，但是她不谈话，只是连连点头赞赏医生的议论。

"她确是要把她的钱花光在这卫生家身上的。"萨木金想，颇为唐突地，而且他对于他的母亲的怜悯突然变为厌憎了。医生献酒给他。

"试试看。这是我从普洛文斯我的叔叔那里得来的。这是我们南方的太阳的最纯的血液[2]。法兰西有各样东西，甚至多得超乎需要以上——譬如埃菲尔铁塔。莫泊桑说过的。可怜的家伙。维纳斯[3]对他是不仁慈的。"

---

[1] Francis Jammes（1868—1938），法国诗人、小说家。
[2] 耶教徒以葡萄酒为耶稣之血。
[3] Venus，（古意大利神话）司美与恋爱之女神。此处暗示莫泊桑的自杀。

午餐之后多纳刁呆钝了。他拒绝咖啡,只点起一支小雪茄。沉重地叹了一口气,他说:

"可惜在一点钟之内我有一个约会。但是,当然,我们还要再会——"

"是的。"萨木金太太说,但是说得这样迟疑,克里觉得她是对他提出一个问题。

"我今天就要到巴黎去。"他宣布。

医生兴奋地起身走了。

萨木金太太沉默了一会儿,一面搅着她的咖啡,一面问道:

"你很忙迫吗?"

"是的。我的一个当事人等待着我。"

"你的业务顺利吗?"

"很好。我即刻就走,你不生气吗?我想要去看看市面。而且现在也是你休息的时候了吧,我觉得?"

萨木金太太站起来。克里一看她的脸,看见她的下巴发抖而且她的眼睛睁大了。他有一点惶恐,"现在她就要开始解释了"!

"你懂吗,克里?人在世界上是这样孤独。"她开口了。萨木金拉起她的手,吻它,而且尽力温和地说道:

"他是一个最有趣的人。"

他想要加添说:

"他确是要掠夺你。"然而他仅仅说道:

"祝你好运道,母亲。在这里你有一个很可爱的小家宅。"

他的母亲沉默着,看着地面,用手巾扇着她的脸。并不说话,她和他走到花园门口。他走了十多步之后,回头一望,看见她仍然站在篱围前面,双手支在棚门上,她的脸埋在两臂之间。萨木金觉得胸膛里有一种不舒服,深深地喘了一口气,好像他的呼吸窒息已久似的。他走着,想着:

"她对于我有什么感想呢?"

然后他责备他自己：

"我应该说些——抒情诗呀。"

但是责备立刻转向他的母亲。

"有那么多钱，她尽可以把她的生活布置成某种样式——不很刻板的样式。多纳刁……或许是一个马兽医吧。"

二

他尽在那些整洁的街道上走了许久，一直到十分疲乏的时候，杂乱无章的思想爬在他后面好像一道暗影似的。他注意到那些钟表制造厂的宏大，注意到穿着颜色沉闷而质料耐久的衣服的老男老妇，好像准备平静地长久活下去似的。他的记忆提示给他在俄国他所知道的家常的老人们的图像，主要的是那历史家可索洛夫，以及他的老格言："茶的真实的赏鉴者喝茶并不掺和任何附加物——"这样的可索洛夫竟会走在帝制派示威行列的先头，张着小嘴怪叫，而且挥着行杖。有那教堂庶务。那宣传平民主义的银髯的小说家。

"我知道的老人不多。"

晚间他坐在市外的一家小酒店的走廊里，等待着啤酒，吸着烟，观看着周围。在他的左边，罗尼河在碧绿的山谷里放光；在他的右边，湖水的镜面反映着落日的紫焰。群山软软地躺着，被青霭掩去了一半，而"邓度米迪"[1]的尖峰却深深插入青天里面。湖岸上疏落有致地散布着白色的小家宅，在远方逐渐密集成一个小城市。也有些家宅，虚悬在城市上面，散布在山崖上，沿着载雪的银色山脊，爬上纯蓝的高空。从那城市里，经过湖面的青苍的寂静，传来了乐器的声韵，而这距离使铜乐的尖厉化为圆软，给予它一种梦似的忧郁。弯翅膀的白鸥们在乐声之中

---

[1] Dent du midi 法语，意云中天梳齿。

在湖面上平匀地翱翔着，它们映在水里的影子被落晖染成丹霞。各样都是高妙如画的。自然以极度的忠实模拟了水彩画幅。

"这里没有什么苍蝇，"萨木金考察到了，"总之，没有那么些虫类。然而对于这些歪斜的、驼背的世界我何所希求呢？"

送来好香味的清凉啤酒的是一个年轻轻的女侍者，高胸圆臂，顾盼有情的大眼睛，而且双颊通红。她的饱满的嘴唇噘成一个温婉的浅笑——或者春困了吧？欣欣然无思无虑地生活在这安静的小国家里，正在期待着终身配偶的必然幸福咧。

"在我的生活中妇女的重要并不次于任何事物。"

四个巨大的男人正在庄严地喝着啤酒，互相笼罩在他们的雪茄烟雾里面。他们沉静地谈着，显然已经解决了一切争辩。在窗前，两个老人，比兄弟更其相像，正在完全沉默之中玩着纸牌。这里的人们全是倔强的。像这风景一样。他们微笑着，露出雪亮的牙齿，但是他们的微笑并未改变他们的凝固的、持重的姿态。

"他们和自然生活在一处，而且依赖着奢侈的外国游客的费用。"克里·伊凡诺维奇·萨木金冷嘲地想，而且立刻恼怒起来。

"为什么我的思想全都自然而然落入别人的庸俗的窠臼呢？我久已屡屡觉得如此了。为什么我不能停止它呢？"

两个人匆匆走过走廊。一个没有戴帽子，正在剥着一只橘子，而另一个摇着似乎是一张手巾或者简直是一张纸，用俄国话叫道：

"普列汉诺夫[1]是对的。"

"是吗？跟宪政民主党联合吗？"没有帽子的人响亮地质问。一片橘皮从他的手里落下来。他弯腰去捡它，但是他的夹鼻眼镜滑脱了。赶快

---

[1] Plekhanov（1856—1918），俄国马克思主义运动创始者，当俄国社会民主党成立的时候，他是反对自由主义者和民意派的。一九〇五年至一九〇六年间及以后他认为俄国社会革命的时机尚未成熟，主张与自由主义的资产阶级合作。

竖直起来,他抓住眼镜的吊带,完全忘却橘皮。当他这样忙着的时候,那拿纸的人仍然在说:

"社会主义离开民主是无意义的,而他们是主张民主的。"

他们走过去了。他们走过十多步之后,来了一个高大的老人。洁癖地扬起他的庞大的白胡须,他尽力用他的手杖去推那橘皮。橘皮刁顽地闪避种种袭击而且腾跳到马路中间,老人跟踪追去把它驱入旁道,终于扫进一条阴沟。然后他得胜地摇摆着他的手杖。

"这是酒店主人。"萨木金判定。

天逐渐黑暗了。鲜甜的爽气从山间吹下来。这里那里都燃起了灯光。黄铜的波影出现在黑色的水面上。朦胧的青天低悬在地面上,没有光线的星星好像琥珀片似的并不深远。萨木金第一次觉得天会这样贫瘠而且悲凉。他看看他的表:还有三点多钟才到巴黎列车开行的时间。他付了酒资,赏给那美妙的女侍者一注体面的小账,然后缓缓向旅馆走去,思索着那老人和橘皮。

"漫无拘束的俄罗斯人常常嘲笑欧洲人的有纪律的生活,但是——"

从一个山谷里忽然钻出来一个女人!好像是从山上滚下来的,撞在地上,又倾侧到墙下;咕噜着俄国话:

"噢,上帝!……饶恕我。"

然后她毫不迟疑地一只手抓住他的肩头,另外一只手抓住他的袖子,喘着说道:

"你呀!噢,来——快!刘托夫用枪打死了他自己了。跟我来呀!怎么回事?你不认识我了吗?"

"邓娜沙!"萨木金叫喊,呆住了,窥察着她的脸。她的亮眼睛里含着泪水。她推着拉着他,咽呜道:

"昨天他还喜欢说笑——而现在——我到他们的家,就有警察在那里叽里咕噜。他们不让我进去。阿连娜出去了,马加洛夫也不在,我又不会说那种话。我硬闯进去,他在那里——躺倒了。一支手枪放在他旁边——唉，上帝呀！——我正跑去找伊诺可夫。遇见了你——噢，请快些呀！"

"站住，我对你说——"萨木金说。

"废话！这里！这边走。"

她把他推进一道铁门里面，花园里默默地站着十多个男人和女人。一个警察坐在门廊的石阶上。他站起来，变为一个巨大的人物，塞住门道。他温和地含糊说了几句话。

"让我们进去，你傻子！"邓娜沙也低声咕噜。"糊涂东西！"她加添，就把萨木金硬拖进门去。在房间里面，在窗子前面，站着一个穿白衣服的人，嘴里咬着一支雪茄。另一个人穿着黑衣服，金编灿烂，跨坐在椅子上。他严厉地质问：

"你是一个亲属吗？"

萨木金点点头，一言不发，而邓娜沙愤愤地叫道：

"来呀！来呀！不要站着和他们辩论。他们对我们并不客气。"

她把萨木金推进第二个房间，她自己留在门道上，靠在墙上，双手蒙住她的脸。她拉出手巾，把它紧紧地按在嘴上。克里·伊凡诺维奇·萨木金觉得他不应该看邓娜沙，而应该看右边点着一盏洋灯的处所，然而他还是不能立刻把头转向那一方面……沙发上仰面躺着刘托夫，穿着软领的白衬裳。桌上的蓝罩的小洋灯以两种不愉快的色调的光辉投射在刘托夫的脸上：他的前额是绿的，他的脸的下部，从眼睛以至小胡子，是可怕的黑暗。萨木金想象到那熟悉的牵强的微笑和那翻转的眼睛。他想要走开，但是那戴金编的警察站在门道上，把一块方纸在邓娜沙的脸前面晃了几晃，而又绝不开口。他向萨木金走近一步而且立刻对他发射来四个问题：

"你是俄国人吗？他是你的亲属吗？这是他写的吗？这上面写着些什么？"

萨木金接过他的手里的一个信封。在寻常写地址的处所写着宽大的直体字：

"饶恕我，阿连，亲爱的朋友，因为我居然演出了这样一个卑屈的场面。但是，你看，我不能再忍耐下去了。——弗拉得米·刘。"

萨木金机械地把那字条翻译给警察听，然后侧身曳脚到门边，但是警察在那里生了根，正在对邓娜沙吵架，越吵越凶：

"滚出去，我告诉你！"

三

时间似乎已经停顿。萨木金觉得他自己陷落在一种寒冷的虚空中，茫然自失。但是忽然邓娜沙的金头消失了，代替她的是阿连娜，庄严的，通身雪白，好像是大理石雕成的。在几秒钟之间她停在他旁边。粗声地喘气，而且似乎长得更高。萨木金看见她的俊美的脸变为惨白，她的眼睛是可怕地突出。然后她几乎是悄声私语似的叫道：

"噢，不！不！弗拉得亚[1]！"

突然跪下，她用戴着手套的双手摸摸刘托夫的脸，他的手，他的脸，而且翻动搁在华丽的枕上的他的头，摇摇它。然后她像一个农妇似的号啕起来。

邓娜沙也哭，而且萨木金看见她的泪雨从她的颊上落到阿连娜的肩上。马加洛夫出现了。他站在她们旁边，咕噜道：

"那么弗拉得亚逃脱了！"

刘托夫的右手从沙发上垂下来。他的手指是弯曲的，好像要抓取什么，食指直指着地板，几乎触着它了。撕脱手套，阿连娜哭道：

"我的亲爱的！我的温良的人！我的聪明的人呀！"

邓娜沙咽呜着，把阿连娜的帽子从她的豪华的头发上取下来，以至

---

[1] 弗拉得米的昵称。

当阿连娜站起来的时候她的头发是散开的,好像被一阵烈风扫过似的。

"我不留心他。"她呻吟了,"我厌恶他的苦闷和不安。噢,我怎样办呢,弗拉得亚?我还有什么呢?"

她的声音是逐渐更加坚定,随着逐渐高扬的怒气喷射出来。没有了帽子,脸窒息在头发里面,她显得小而且可怜了;她的泪汪汪的眼睛似乎已经退缩了。

"他不顾惜他自己,"萨木金听见她说,"但是他想要培养每一个人——每一个人。他理解每一个人。他耻笑每个人。他装作诙谐者——掩饰他的完全明白。"

马加洛夫把双手搁在阿连娜的肩上。

"停止,阿连娜!振作起来。他们这里不喜欢吵闹。"

"胡说!"她叫,然后剥开她的长衫的领,撕掉那纽扣。

"警察要求赶快搬开尸体。我们要回莫斯科去安葬吗?"

"不去!"那女人愤怒地叫喊,"这里!我要住在这里!永远!莫斯科是混蛋,连你们这一类人在内!"

邓娜沙把刘托夫的手放在他的胸上,但是它又滑下来。这回他的食指达到地板上了。那死手的顽固惊动了萨木金。马加洛夫悠悠地把阿连娜推向角落里的门上,踢开门,推她进去,然后对邓娜沙说:"去陪她。"他转来对萨木金说:

"注意这些女人,否则她们会做出什么蠢事来。我必须到警察局去半点钟。"

萨木金弯着腰离开房间,走进花园里面。他坐在一条铁椅上,取出一支纸烟。立刻来了一个戴礼帽的男人,好像柏林的街车夫似的,向他走来,对他说明他是丧事经纪人。

"这一切全是何等不必要呀:刘托夫,邓娜沙,马加洛夫——"萨木金想,用手挥开那经纪人,"这世间是可笑地拥挤,而人们全是殊途同归的。"

他点燃纸烟,看看他的表——离巴黎列车开车时间还有两点钟。月亮的苍白盘子里充满了光辉。湖上的薄雾也被照明了。云片从山上爬起来,后面跟着一些暗影。城市里有两处正在奏着音乐。一处只能听见铜号,别处特别响的是小提琴。音乐并不能帮助萨木金寻觅适用于这次变故的凄凉的名句,其实倒是紧张了那空虚之感。而且他记忆当斯庇伐克临死之前那小屋的烟囱冒出热气的时候,发尔发拉曾经注意到这种几乎不能觉察的透明的景象的颤动,曾经迫使他觉得某种也是无法言喻的东西。在他的眼前又现出一张灰色的脸,一个微笑歪扭着那薄薄的黑嘴唇,一个食指达到地板上。紧接着他就记起了他和刘托夫的几次会晤,他的不宁静的眼睛,他的夹缠的谐谑之词。这一切之中包含着什么意义呢?阿连娜的话能够是真实的吗?"他耻笑每个人。他装作诙谐者——掩饰他的完全明白。"彼得·阿滕堡[1]的沉痛的笑话来到他的心里,"正如一本好书要读到最后一样,所以人有时要到死后才能被理解。"

邓娜沙出来了,瞅着她的湿眼睛,看看萨木金,然后来到他的旁边坐下。她几乎是私语似的小声说道:

"她把我推出来。唉,我很担心她。她要做什么呢?弗拉得亚对于她是父亲和朋友。"

"马加洛夫呢?他是她的情人吗?"萨木金问,站起来了。

"不,不!你怎么能这样说呢?他——一块冰吗?你要到哪里去?请你不要走。马加洛夫必须到警察局去。我不会说那种话。我们必定不能离开阿连娜——我们必定不能。"

抓住他的手臂,她把他拉在她旁边坐下。

"你是一个亡命者吗?"

"不。"

---

[1] Peter Altenberg(1859—1919),奥地利著作家。笔名里加·英格兰德(Richard Englander)。

"伊诺可夫是的。"

"他在这里吗？"

"是的。我和他同居。"

"哦，我看——有多久了？"

"现在一年多了。他很好。"

"恭喜恭喜，"萨木金说，而又连自己也惊异地加添一句，"留心他不要把你拖带进监狱去。"

"什么？你是什么意思？你嫉妒了吗？"那女人问，惊异地。萨木金自己却惊疑地觉得她和伊诺可夫的事情会使他伤心。他迟疑地说道：

"自然不是——嗯，或许有一小点——"

马加洛夫出来了，用纸烟指着窗子，对萨木金说道：

"她要和你说话。"

暗中抗议着，萨木金走进家宅里面。阿连娜坐在靠椅上，她的便服是敞开的，头项和肩膀粗野地裸露着。她的嘴里咬着一张手巾，而且她的喉结是痉挛地搐动着的。她的手臂抖颤地悬垂在椅上，手里捏着一把梳子。真的，她的全身都是震摇的；只有眼睛却不动，瞪在刘托夫的脸上。刘托夫的蓬乱的头发上已经擦过某种东西，梳得光光滑滑的，他的脸也更端正了些。萨木金默默地站了一分钟之久，准备说些新颖的话，但是阿连娜先开口了。她的素来丰润的低音已经沉闷而且不清楚，她的字句是破碎的：

"你不论说什么，这总是唯我主义——脱离人间的联系——可怕。"

"那是的。"萨木金承认。

"他绝不喜欢你。"

"他不喜欢吗？"

"他常说你对于一切人都漠不关心——你轻蔑人群——你保存一个'第二心'在你的衣袋里，把它像沙子似的一粒一粒地撒在人们的眼睛里，而把你的真心隐藏起来，一直到你被召请去做内阁大臣的时候。"

"那是——聪明。"萨木金说，用一种牵强的声音，而且问他自己，"她精神错乱吗？"

然后，匆匆地在心里品评她的话，他觉得刘托夫的话并没有什么可恶。

"他常常严肃地批评别人而嬉戏地嘲笑自己。"阿连娜继续说。她忽然站起来，把那咬过的手巾抛在地板上，走进第二个房间去了。抽屉哗啦地响了。一束钥匙落在地板上。萨木金觉得刘托夫惊动了而且半睁着他的眼睛。

"惊跳的是我呀。"他说，镇静他自己。扶正他的眼镜，他窥看着阿连娜已经走进去的房间里面。她跪着翻出抽屉里的篮子、盒子和首饰。

"她在寻找手枪吗？"

但是她站起了，颤巍巍地，蹒跚走到床边，沉重地坐下。

"真可怕呀。"她咕噜。呆看着萨木金，她的湿眼睛大睁着，她的嘴唇是开着的。她的脸上的表情惊惶多于恐怖，"我总是听见他说话"。

萨木金问她要水吗。她摇摇头。

"有些事情我想要问你——我忘记了——我以后会想起来的。现在去吧——我要换衣服。"

他迟疑着。

"我要走，她会——她在发狂。"

他记起了当她是一个漂亮的小姑娘的时候她怎样朗诵勃留索夫的诗，后来她怎样埋怨她的美的负累。他回想到她在阿孟戏院里的胜利，以及她在图洛波伊夫的葬仪中的歇斯底里的行为。

"请去吧。叫邓娜沙进来。"她请求，而且动手脱掉她的便服。

四

他走到门廊上。邓娜沙立刻从椅上跳起问道：

"她叫我吗?"

椅子上坐着一个戴草帽的男人,把手肘搁在椅背上。他的草帽,被月光燃着,闪亮得好像一只铜盘,而且他的无头的影子趴在道路上。

"哈啰。"他用低抑的声音说,并不站起来。他伸手把萨木金拉到他面前,说道:

"我们尽相逢在特殊的境况里,是不是?"

他穿着一套崭新的笔挺的灰衣服,光滑得好像炮弹似的。他紧握着萨木金的手以至疼痛的程度。

"现在他要对我讲他的勋业了吧,而且他或许要感谢我吧。"萨木金想,懊恼着。伊诺可夫,差不多是小声私语,沉思地说道:

"那么那商人已经关了他的店门了。奇怪。昨天他照常是喜欢而且有趣的——一个同情的流氓——"

萨木金偷偷地研究这人,发现他更老更瘦,颧骨突出好像两只锐角三角形,眼睛周围有青色暗影。

"你害过病吗?"

"是的。我被打坏了。他们是怎样勤勉地绞杀俄罗斯人民呀,是不是?他们发疯了。这些猪。我自己差一点才跳脱绞台。也打了一战,或许可以这样说。守卫的想要用刀砍我。现在我是休息,听听,看看。这里有大群俄罗斯人。他们讨论各种道路。有些是哭哭哀哀,有些是嗫嗫嚅嚅,但是他们全都嚷嚷好半天。"

他的声音差不多欢乐地高扬起来,而且终于忍不住大笑,又急忙用手掩住他的嘴。邓娜沙从窗里伸出头来,斥责地摇摇它。

"对不起——对不起——"伊诺可夫悄声说,而且摘下他的帽子。他的头发下面有一个红疤,从前额延伸到左边眉毛上。他用一个手指摸摸那疤。

"他正在炫耀咧。"萨木金揣想,油然觉得他的老相识的新的讨厌相。他尽力想象邓娜沙在这人的怀抱中的光景。

"我相信他的手臂是又粗又硬的。"

他想起刘托夫:

"他有一个透彻的心。他苛刻地挑剔人们。"

邓娜沙喃喃恳求的声音像轻烟似的从窗子里飘来。伊诺可夫也用低抑的声调说话。从下面的城市里来了一阵沉重的摩擦之声,好像大皮靴踏过铺石路似的。萨木金拉出他的表来,看看表面。时间过得真缓慢呀。

"你是无政府主义者,是不是?"萨木金彬彬有礼地问。

"我读过克鲁包特金[1]、斯丁那尔[2],以及这一宗派的其他神父的书。"伊诺可夫沉静地回答,不愿意似的,"但是我不是一个理论家。我对于言语文字没有信心。你记得托米林怎样教导我们:认识是第三种本能。这对于以感情生活的任何人或许是真的。"

"像野人似的人。"萨木金默默改正,点燃一支纸烟。

"托米林的本能把托米林推到上帝那里。好,他是一个懦夫——一只红毛猪。但是有时我曾经惊疑什么动机决定我的种种行动。后来证明那动机是个人反对命运的仇恨和示威,现在流行着一种小理论——一种个人的独角戏。我已往的行动也必然是自私的。一种可厌的和不负责任的行业。"

"对谁不负责任?"萨木金不能自禁地问。

"对谁?你是什么意思?开玩笑吗?"

伊诺可夫也点燃一支纸烟,看了那溶溶的月亮几秒钟之后,继续说道:

"在乌拉尔有一群孩子为了政治目的实行抢劫,在一次成功之后,他们派遣一个自己人带着二万多卢布到乌发去交给社会革命党或社会民

---

[1] Kropotkin (1842—1921),俄国著作家,无政府主义者。
[2] Stirner (1806—1856),德国极端个人主义的思想家。

主党——我忘记了哪一党。在路上，这家伙的靴子破了，于是他从他带着的款项里取出三个卢布，给他自己买了一双靴子。后来，他把款交到了，并且通知收款人他曾经挪用了三个卢布，然后转回去见他的朋友们。因为擅自侵占了这三个卢布，他的朋友们就枪杀了他……荒唐吗？绝不是的。他们完全是对的。这些好家伙，他们知道革命是一宗正直的行业。"

几乎要加以痛驳了，萨木金抛掉未吸完的纸烟，踏着它，用脚压碎它。

"革命是反对不负责任的人的。"伊诺可夫宣言，温和而又坚决地。萨木金没有时间来回答，因为马加洛夫，灰头发，衣冠楚楚的，昂然来到他们面前，唠叨着全世界的警察都是同样愚蠢的。他要了一支烟而且擦燃一根火柴，把它像烛似的捏着任其燃烧，并不点烟，吹灭了它，又擦一根。他正在倾听那两个女人的幽静的声音。

"你是在干什么？"萨木金问，望着窗子点点头。马加洛夫坐下，推移着一只脚，然后叹息道：

"在刘托夫给我的一封信上他自署为'莫斯科商会头等会员，畸零人'。自然，俄罗斯充满了多余的冗人。俄国的上流社会之中常有畸零的人物——他们正在忏悔。我们见过好些忏悔的商人自杀。最近莫斯科有三个这样的人同时自杀——两个男人和一个年轻的女人，格里波伐。他们都是属于富裕的商人家庭的。其中的一个，台拉梭夫，是极有才能的。总而言之，我们的资产阶级是无知的，似乎对于它的前途缺乏信心。他们的多数都害着神经病——"

马加洛夫慢慢地说着，不愿意似的。萨木金狡猾地斜睨着他的轮廓分明的侧面。不很久以前这人总是寻根究底地问这问那。现在他居然敢于说明，演讲了。他的俊秀的身材也毕竟是可厌的，有一点鄙俗。

"一个并不动人然而有趣的汉子。"伊诺可夫沉静地说，"看着他，我有时想到：他从哪里得来这些精神的赘瘤？他畏惧生活吗，或者不过是羞愧呢？我以为或许他羞于他的财富，他的不幸的生活，他和这疯女人的恋爱事件，他并不是一个傻子。"

"是——是的，在俄罗斯尽有这样的头脑——勤劳而无出息。"马加洛夫说了。他转向萨木金说道：

"你记得我们怎样竭力去捉猫鱼吗，不久以前，在巴黎，刘托夫忽然告诉我那里并没有什么猫鱼，却是他和磨工设计对我们开玩笑的，而且他真是把它看作一个很拙劣的玩笑——一种讽喻？我疑心，他自己并不能解释它。"

萨木金觉得这两个人的议论都是可恼的。他想要提起刘托夫的一些好处，然而只有一句常用的拉丁语自行显现，使他更加懊恼。然而他终于说出一个端绪：

"我对于他没有同情，但是我要说他或许是唯一的——与众不同。他引进生活的嘈杂里面一种独特的音调。"

马加洛夫把他的纸烟抛进一个矮树丛里，咕噜道：

"显然的。但是某些事物，以实际的观点而论是无用的，然而刁巧地装成'美'的模样。"

"我并不是说这些事物。"

"在人们之中也有些'唯一的'仿造品。"

邓娜沙从房间里出来了。

"下去厨房里喝一点茶和酒去。"

"阿连娜怎样了？"马加洛夫问。

"她躺在那里自言自语……啊，好光荣的夜呀！"她赞叹，看着萨木金。别的那两个人走了，然后邓娜沙，注视着他，悄声说道：

"人们都是这样茫然自失的！我们去吧？"

虽然萨木金以为他会迟误列车的时间，他仍然跟她去了。他觉得马加洛夫曾经愤愤地对他说话，曾经对于刘托夫加以不公道的批判。他必定和阿连娜有一种勾当。或许刘托夫自戕是因为嫉妒吧。

厨房里有一股瓦斯的酸气。炉上的一只大壶里面水正在喧闹地沸腾。有几只铜壶在白砖墙上赫然放光。角落里的枯萎的花枝里面隐藏着圣母圣子的小雕像。马加洛夫坐下,两肘支在桌面上,双手捧着他的头。伊诺可夫倒了几杯酒,悠悠地独白着:

"那是真的。他不是空想家,而是数学家。倘若莫斯科总督杜巴索夫颁布命令'以武力剿灭叛党,因为法庭里不能审判几千人',倘若圣彼得堡总督特里坡夫下令'不准放空枪,不得节省弹药',——那么这就是说政府已经对人民宣战。所以列宁不顾那些自由主义者,孟什维克之类的猪头猪脑,对工人说道:武装你们自己,组织起来战斗,反抗沙皇、总督和资本家——这样你们就可以夺取政权。记着——领导贫农和你们一致——否则你们将要被剿灭。这是明白简单的。"

邓娜沙倒了一杯茶,倾听着伊诺可夫一直到他说完了,然后走出去,一面走一面说:

"不要太过吵嚷。"

伊诺可夫递给萨木金一杯酒,互相碰了杯,正要说话,但是萨木金抢先说道:

"你不是用简单明白的东西太过简单化了你自己了吗?"

转向马加洛夫他挑战道:

"你太过看轻资产阶级的力量。"

马加洛夫喝了一点酒,仍然用一只手支着他的头。他瞅着他的酒杯,勉强答道:

"资产阶级?我诊断他们的病。我以为我懂得他们。是的,我诊断他们。我曾经写过一本书——妇女歇斯底里症的社会的原因,我送给孚勒去看,他称赞它而且想把它出版。原稿已经由一位同行带到德国去。但是我不喜欢把它印出来。有七个人——七十个人——愿意读它罢了。看了又怎样呢?而且我不愿意再讲治疗的方法了。"

家宅附近来了马蹄的响声。一种低音说着德语:"这里来!"

家宅似乎陷落进地里面去了。有一分钟之久,这有着五个人的住宅内外是一片难堪的寂静。一阵金属的轰隆之声。

"他们送棺材来了。"伊诺可夫说,提出这明显的猜测。他使劲吹他的烟管,一点红焰就射入厨房的一个角落里。马加洛夫说:

"那是一只锌制的箱子。他们要在殡仪馆把他装殓在棺材里,警察主张在天明以前就把那身体搬出去。阿连娜自然要哭叫的。伊诺可夫,你为什么不去看看?她或许会听你的——"

两个同样穿着黑衣服的矮胖男人走过窗子前面。

"医生们应该写些关于日常生活的种种疾病的通俗的小册子。是的——对于营业的医师这些疾病是特别重要的。单是经济学并不能使工人厌恨这生活。工人的需要是简单的和原始的。十个戈比克的额外工资就可以满足他的老婆。在俄国,亲切地明了社会革命的深意的人还太少。大多数人都是——不过是机械地被拖入它的过程之中。"

马加洛夫断续地说着,他的声音越来越高扬和热烈。

"古图索夫的意见。"萨木金判明这些思想,同时他不由自主地倾听着楼上的忙碌的声音。

"你看那社会的原因在哪里呢?"——他开始说话,恰当阿连娜的尖锐的叫声穿透空间的时候。

"那里!"马加洛夫叫喊,就跑出厨房去了。萨木金出去,站在门廊上。

"我不能放弃他!我不让你们!"阿连娜急叫,用一种抖颤的钝音。那两个穿黑衣服的胖人从台阶上走下来到花园里,由刘托夫的身体把他俩互相联系起来。一个紧抱着他的脚,另一个抱住那尸身的肩膀,那头不自然地偏向一边,摇摇荡荡。阿连娜,显得庞大了,蓬松的乱头发,歪左歪右,挣扎着用手去抓那头。邓娜沙哭泣着拉住她的另一只手。马加洛夫和伊诺可夫努力拉住阿连娜,但是她乱踢乱打,用头背去撞伊诺可夫,她的头发飞扬在她的白脸上。

"你们竟敢！"她呵斥，哮喘着。她的张着的嘴和眼睛周围的黑影使她的脸好像打坏了似的。

"停止！"马加洛夫高声叫喊，"你要干什么？你要干什么？——"

她喘得像一匹马似的，挣扎着要脱离马加洛夫的手臂。伊诺可夫退到后方，喘气，擤鼻涕，用手巾揩揩他的下巴，然后他们四个，搅作一团，蹒蹒跚跚，艰难地滚到门栏外面。萨木金跟随着，但是当他看见他们走下坡去的时候，他回转上去了。金属的铮鸣和歇斯底里的绝叫从下面来追赶着他。

"一只箱子——说得不对——把他放进一只箱子里！……滚开！"

五

在黑暗中屡次蹉跌。萨木金仍然维持着轻快的步调。

"我需要一根手杖。"他想，听一听。下面又来了马蹄在石路上重踏的声音，但是没有车轮的响动。

"橡皮轮胎。"

他记起了那两个人怎样把刘托夫从丧堂抬出去，形成一个 H 字母。

但是这些细小的思想并不能排除那最近经验的印象。慢慢地，小心地爬着，他听见他自己内心有一种从来没有过的东西正在发生——并非平常的思意的运动，自动地联结着熟悉的言语文字——而是一种奇异的感觉的蔓延。在他内心的深处，像一个脓疮似的胀痛着的是一个简单的字：

"死。"

这不愉快的单音字似乎需要用一种私语说出来。克里·伊凡诺维奇·萨木金觉得一种凄冷惨淡的不安摧毁了他的力气，透过他的全身。他站着用手巾揩掉前额上的汗水。然后他向四面瞻望。在他前面，在月光的照耀中，黑色的树木形成丘墓，白色的别墅好像安置尸体的教堂。

纠缠在这些别墅之中的道路是蜿蜒而上的。

"不告辞就走是无礼的。"萨木金提醒他自己,于是加快脚步转回去了。

他以为他已经走过了阿连娜和她的朋友们所在的家宅了。但是在花园的篱围之后,在寂静中他听见马加洛夫响亮的声音越过密集的树墙:

"那些白痴!她们固执着她们对于男人的权力,但是她们怕养孩子……什么?好,问她。"

萨木金站住,用手巾扇着他的脸,寻找着走进花园去的门。

"不——绝不!"马加洛夫说,"她就不会有任何孩子。她屡次打胎残毁自己。她需要一个男人,但是不是做丈夫——而是做仆役。"

"做供应者。"伊诺可夫插嘴。

找不着门,萨木金才知道他是从错误的方向走近这家宅的。它隐藏在树林后面,但是伊诺可夫和马加洛夫也远离着它,是在篱围旁边的。他几乎要召唤他们,忽然听见伊诺可夫问:

"你以为萨木金怎样?"

马加洛夫的答语是不分明的,但是伊诺可夫必定微笑了,因为他用欣喜的声音说道:

"不错。一部辩论多而思想少的机械。"

萨木金急忙走开了,提示他自己道:

"我两次救助他。唉,好——见他们的鬼。你必须防卫你自己,以免被这些丑陋的小烦恼和忧愁所窒息。"

他爱这一句话,但是它又把他引到他曾经在山顶上经验过的那种大忧愁。

他过了不安宁的一夜。瞌睡总是不来。不熟悉的、不连续的、暧昧的思想扰乱着他。刘托夫的头是摇摆的;他的双手是晃荡的,一只比另一只短得多。早晨,他带病到邮政局去,取得一包从柏林寄来的书信。回到旅馆里,拆开包裹,在许多文件和书信之中他发现一个轻轻的小信封,写着马利娜的手迹。在一张淡紫色的薄纸上她通知他在两天以内她就要起程到巴黎去,她将要住在特敏纽斯[1]旅馆里,大约有十天的停留。这使他真正惶惑起来,然后走到镜子前面照照自己,他觉得惶惑已经化为恐怖。

"像一个年轻的孩子似的。"他责备自己,想要皱起眉头,而眼睛却总是微笑着的。"使我系恋着她的不过是一种好奇心。"他试行安抚他自己,看着镜子里面,摸摸他的小胡子,"好,这至少有一小点浪漫主义——也有一小点讽刺。她是什么呢?近代资产阶级的妇人,天性敏慧,博学——"

但是他的欢情不肯寂灭。他问他自己:

"使我惶惑的是什么呢?为什么呀?"

他来不及找出这重要问题的答案。要紧的是必须计算马利娜现在什么地方。他的种种估量表明今天是她到巴黎的第三天了。

他开始收拾行李。

---

[1] Terminus,罗马宗教及古事记中之境界神,另一意为铁路两端之交界点。

第三章

一

在巴黎，他在马利娜所住的旅馆里开了一个房间。过了一会儿之后，仔细地修饰好了，他埋怨着自己的激动，站在她的房间门口。他听见门里面有一种熟悉的强烈的声音分明说道：
"不，不！我不能同意这个。"
一种嘶嚅的细声音回答道：
"你要后悔的。再见。"
门一闪开就吐出来一个肥胖的矮脚男人，大肚皮，浮肿的脸上有两只尖利的小眼睛。沉重地喘着气，他狞猛地瞪了萨木金一眼，用肚子把他推开，然后轻轻地顿着脚，对着开了的门里面恐吓地急叫道：
"你顶好听我的忠告。想一想吧。仔细地想想吧。"
轻快地移动着他的短脚，他毫无声息地飘过铺着地毡的走廊。

"那么你已经来到了！"马利娜叫喊，用一种不必要的高音调。窸窸窣窣地掸着她的左手里的纸片，她把右手伸向萨木金的下巴。因为她从来不伸手给他接吻，他就觉得这种姿态之中有着某种意义。

"嗯——你看我怎么样？"她质问，把纸片抛在桌上。

"好。"

"真可怜的颂词。"

"太过好了。"

"太过的好是不存在的。"她沉静地断言，"坐下，告诉我你到过些什么地方，看过些什么东西。"

"她被激怒了。"萨木金觉得。她现在比在俄国更年轻和更漂亮。剪裁简单的浅灰长衣更显得她的身材苗条；高髻像王冠似的耸立在她的庄严的、明朗动人的头面上，更增加了她的高度。

"她过于巨大而且健康，好像一个商人的老婆。"萨木金懊恼地想着。这懊恼立刻化为满足，因为他发现了这妇人的种种缺点。"那种服式也是低级趣味的。"他对他自己说了。然后他高声说道：

"你已经把你自己武装好了，要征服法兰西吗？"

"我不过是在这里理了头发。衣服是在莫斯科做的，做得也坏，倘若你想要知道。"她告诉他，把那些纸片放进一个黑色小皮包里，搁在桌子下面，用脚推了一下。她问：

"你曾经注意到俄国的银行怎样增多和资本怎样组织起来了吗？他们已经有一个'铁矿贸易公司'，所谓'普虑达鲁'，还有一个铜矿的'辛狄加'。"

"我进来的时候正在和你谈话的是什么怪物？"

"那是塞卡尔·伯尼可夫。"

她的丰润的声音之中还带着怒气。她点燃一支纸烟，当她抛掉火柴余烬的时候，那余烬却失落在烟缸之外。萨木金把它从桌布上拾起来，烧着他的手指了。

"他告诉我有一个银行家愿意以高利率借款来制造一次地震。我并不知道那银行家,但是塞卡尔知道。吃点心还太早吧?"她说,看着她的表,"你要不要喝茶呢?还没有喝过吗?我老早已经……"

她按了铃,仍然谈着:

"我曾经流荡在莫斯科和圣彼得堡。在一个商人的家里我领教过一位新发迹的预言家和指导家。我记得你曾经谈过他。托米林——胖胖的,红头发,满身油渍,好像一个下等饮食店的厨子。他的听众是诗人们、律师们、各式年轻妇女——一些丧胆失志、精神错乱的人们。一位博学的汉子——可怕地苦恼,或许因为野心不满足吧。"

外面,下边,这大都市正在以逼人的喧哗炫耀着它所特有的各色财富和欢乐,以致使人难以注意这些愤怒的言辞。那拘谨的女侍者,有一张鸟似的面孔,张皇地大睁着黑眼睛,也妨碍着他的倾听。

"他主张人类的经济行为原本是宗教的和牺牲的,因为以地之果为生的亚伯[1]的灵魂光临基督,而该隐却是可诅咒的、卑鄙的、鬼迷的工程师和化学家的祖先。那逐臭的台干-巴拉诺夫斯基,歪扭着他的长腿而且怪叫道:'我们是一个农业国呀'——他真是这样说的。后来一个塌鼻子的韵语制造家朗诵着可笑的东西:'在幻想的海扇之壳里我们将要发现我们的安慰,我们的梦想将要减轻我们的忧愁'——好,大概是这一类的话。"

她低声暗笑,这一笑展平了她的两道皱眉之间的纹路,虽然她的眼睛还是闪出非笑的怒焰。她的善自保重的双手似乎已经失掉温柔,唐突地搔动着,推移桌上的杯碟。

"这是有点可厌的,你知道。他们正在清理饮宴之后的厅堂。他们有一种'晏起'之感。他们洗刷着他们自己以及他们从他们的内在自我提供给宴饮的一切好东西,他们现在急忙隐藏在惶惑不安之中。他们发

---

[1] 亚当有二子,长名该隐,务农,次名亚伯,牧羊;后该隐曾杀其弟。

现他们昨天的行为是不合于他们的品位和身份的。至于那些居高位的权势者们,他们只想天下太平和绞杀乱党。他们也抽出时间来使人民失其灵魂,因为他们的精神总是消失了的。当然,住在乡村里的人们以为都市里的人们是——我应该怎么说呢——更富裕,有着更有趣味的玩意——"

"她究竟是怎么回事呀?"萨木金惊疑了,马利娜的神气使他越来越颓唐了。他试行改变话题,问道:

"比士比妥夫怎样?"

"他从尼忌尼·诺弗戈洛得写信给我——他正在参观那博览会。他正在受困,既要原谅又要钱。我回答说原谅是很可以的,但是钱——不。我恐怕和他没有好结果。"

萨木金不自禁地直说:

"我觉得你似乎是不能原谅人的。"

他期待着尖锐的反驳,但是她不过耸了一下肩头,随便说道:

"为什么不能? 原谅就是说不理会一个混蛋。而我也确是能够当面唾骂人的。"

"从前她没有说过这样粗粝的话。"萨木金想,更加不安,觉得不快之感正在向他袭来。她的唐突的、率直的举动似乎完全不合于她的性格。

"她必定是恼怒了。"

他匆匆问她去过些什么地方和见过些什么事情。她告诉他她曾经去过美术博物院两次。打算在几天之内去听白利安[1]的演说。

"昨天我去到波洛丛森林[2],而且看过妓女的行列。她们之中的一些并不是娼妓,但是你就不能把她们分别出来。这些道地的'巴黎物

---

[1] Briand (1862—1932),法国政治家。
[2] Bois de Boulogne,巴黎名胜之一,妇女多来此争奇斗艳。

产'——一切都为欢乐。"

恶作剧地闭起右眼,她又说:

"你顶好是节省你的钱。你需要有一种小小的消遣,看你的外貌就知道的。你太过谨慎了。"

"我以为你还是和从前一样。"

"我吗,好,我是的。我烦恼——因为我不是一个男人。"

她点燃一支纸烟,站起来,注视着镜子里面的自己,喷烟在她的映像上。

"我去看过坡格达诺维奇。我曾经和你谈论过她。她的丈夫是一位将军,圣伊萨亚克教堂的修道院长,半傻子,但是一个恶棍。这位太太并不是没有头脑的,有点悍厉。在银钱的事项上,她同样慷慨地帮助一切同路人,不论民族。从前都是我去见她,但是这回她邀请我和伯尼可夫谈话——将来我会告诉你这桩事。"

她谈着,从一角踱到另一角,吸着纸烟,把眉毛皱成三角形——甚至并不看萨木金。

"我原是简单的、肥胖的、笨拙的乡下人,谁要开通我的心眼我是佩服的,而这位将军太太就很喜欢做这种无结果的事。现在我知道俄罗斯处于一种坏情况之中——没有一个人爱她,连沙皇皇后也不爱她。俄罗斯没有正直的爱国者,只有伪君子。斯托里宾是骗子——一个暧昧的自由主义者,准备出卖沙皇给任何人,因为他要做独裁者,这畜生!所以,炸毁斯托里宾的别墅的并不是社会革命党,而是马克西莫派[1]这脱离了真实信仰者的小团体,据说他们的中央委员会是不像样的。有一个委员和警察有通款的嫌疑。"她冷冷淡淡地说了,又继续谈论那将军太太,"那些人全是有名位的,戴着勋章,他们的怀中记事册肥大得好像《圣经》似的。他们全都相信上帝,而且他们全都急于要出卖并不属

---

[1] Maximalist,俄国恐怖团体。

于他们的东西。"

萨木金呆看着她的轮廓分明的侧面,她的粉红的小耳朵,她的苗条的背面——呆看了,很想紧紧闭起他的眼睛。

她站在他前面,她的金色眼瞳发出闪闪的火花。

"倘若我想要结婚,那么只要一百或两千他们就可以把我出卖给一个富有的老蠢材。"

克里·伊凡诺维奇·萨木金,几乎被她的困惑的揣想的突然的闪光迷瞎了,闭了一会儿眼睛。

"有什么能够阻止她和警察的关系呢?我不能想象。"

他摘掉眼镜,用一片羚羊皮使劲擦擦它,这在困难时间总是有些好处的。

"你为什么这样缩手缩脚的?肚皮痛吗?"她质问,而且他觉得被她的声音震聋了。

"你给我许多痛苦的思想。"他咕噜。

她又开始踱步,用一种温和的低音谈着。

"你觉得如此吗?事情是难得高兴的,是不是?在贪婪的傻子和流氓当道的时候,他们反正总要出卖俄罗斯的。他们已经远到中亚细亚,这对于我们是一种威胁。而英国人也知道这威胁。"

她可厌地继续谈着这话题,计算着某些人的钱财,说出那些著名的工业家、地主、内阁大臣的名字。萨木金,被他的思想所压迫,并不听她说些什么。

"宗教的派别——一时的把戏。爱国主义——商人式的,或许也是一套把戏。帮助古图索夫——这就更难理解了。警察的关系——完全是可能的。什么观念能够抑制她呢?她是智慧的、博学的——一个女冒险家。只相信钱的权力——其余一切都加以批评,加以排斥——"

能够以敌对之情思索这妇人是使萨木金有些愉快的。

"哦,好,现在是吃点心的时候了,"她说,"我们去吧?"

她走进小寝室。萨木金看见她走路的时候她的屁股摇摆的形式是新样的。看不见的钥匙响了,她叫道:

"我会过斯徒班·古图索夫。他的妻现在监狱里。她是怎样一条小虫——并不出色。她有一个鱼的名字。"

"梭莫伐[1]。"

"我相信是的。有一次他派她来见我。他是铁石心肠的。顽强。我尊敬顽强的人。"

她走出来,肩上围着一条蓝披肩,镶着狐皮,她的栗色头发上戴着金饰。她的颈上的绿宝石放着明澈的光耀。

"马利娜不是有些蹒跚了吗?"

"她确是的。"

"那么你谈谈吧。"

二

他们在旅馆餐室里吃了点心,然后同坐街马车沿着林荫道去访亲睦之地和圣母院。那戴着可笑的油布帽的灰胡子的胖车夫矜骄地教训道:

"你们应该在月光之下来看它。"

"莫斯科的车夫也会告诉你什么时候看克里姆林宫最好的。"萨木金低声说了。马利娜并不回答。他忽然记起柏林公寓的女主人的爱国行为。"我们俄国人没有爱国心,不感觉和我们的国家的联结,不敬重她对于人类的贡献。"——这是卡提可夫[2]曾经说过的。萨木金记得狄洛勒[3]曾经参加卡提可夫的葬仪,称赞他为伟大的俄罗斯爱国者。各样

---

[1] "梭莫",俄语为鲇鱼。
[2] Katkov (1818—1889),十九世纪下半叶俄国有权威的保守派作家。
[3] Paul Deroulede,法国政治家,偏狭的爱国主义者,在社列菲事件中最为活跃。

细碎的思想占据了萨木金的心。他愤然排开了它们，不耐烦地等待着马利娜说出她对于巴黎的印象。但是她吝啬地只说了些琐事末节。

"一个懒惰的小城市。试看街上这些人，你注意到那些男人全是何等矮小的吗——好像在我们的维亚提卡区的人们一样！"

看着她的侧面，萨木金断定她毫无诚意，故意说些闲话来掩饰她的思想。

她提议他们可以到顽童剧院去看串演时事喜剧。他们乘车到了那里而且得到乐队前面的座位。过一小会儿，马利娜冷笑道：

"我们应该包一个厢。"

观众确乎是无羞耻地呆看着她，都提起半身，互相私语，萨木金觉得女人们的眼睛都闪出嫉妒的和傲慢的光芒，男人们都做出轻薄的脸相。一个浅黑色的美男子，鬈头发，大胡子，他的黑眼睛很有意地斜看着她，好像曾经在别处遇见过她，正在要记起当时的情景似的。

"你以为他是什么人？是一个侯爵或是一个理发匠呢？"她悄声说。

"他是一个放肆的家伙。显然喝醉了。"萨木金回答，有些不平。

舞台上的滑稽角色们是完全不能理解的。一个活泼的小演员好像一个斗拳家似的直站着，显出两只过于巨大的手臂。他的孩儿气的脸上装着一道灰胡子：那胡子总是脱落在舞台上，当他滔滔不竭地巧言蛊惑一个有尾巴的红脸巨人的时候。

"我以为这是讽刺列宾，巴黎市长——或警察专家。"马利娜批评，"没有趣——一件私事。"

歌女们，演艺者们，舞蹈者们，黑人们，来来去去。马利娜苛刻地说道，尼忌尼·诺弗戈洛得博览会里的那些玩意比这更好。此刻，一阵音乐的热情的轰响，从舞台的两侧面冲出来三十个奇装的裸女，按着音乐的节奏，从虹彩缤纷的缎带之下踢着精光的大腿。每一个都装成一朵水汪汪的花，她们的腿都抖颤着好像花瓣里花蕊似的。在舞台上疾驰着，全都似乎有一张艳丽动人的笑脸；她们好像被一阵狂风飘荡着。从这旋转的舞蹈里面跳出一个高秀的、柔媚的女人,拉着一个穿红裤的兵士飞奔到脚灯前面;那兵士有一副呆脸和一管红鼻子,戴着打皱的小帽。数百双手拍起来了,喝彩了。那苗条的、轻盈的女人,穿着长到膝头的上衣,回身嬉笑,嚷叫,而且瞟着侧面的包厢。那兵士顿着脚,鞠躬,抛下接吻。那女人尖叫了一声,搂住那男人,两人向着观众同时鞠躬,然后十分放荡地跳起马克西克斯[1]。

"天呀——真庸俗。"马利娜平静地说了,而萨木金看见她的腮巴和耳朵通红了。想象着她在"人造矿水工厂"里的裸体的光景,他困惑地想道:

"她是不应该为这种村俗的豪华而惶惑的。"

舞女的嚷嚷,兵士的挤眉弄眼,三十个舞女互相紧搂着按着音乐节奏的摇摆,观众的旋律的喝彩,铜鼓的喤响,管弦的嘤鸣,舞女的多样光彩的连续动荡——这一切造成一种凝结为一的印象——整个戏院似乎跳跃在太空里面。

"他们确是明白他们的职务的。"马利娜慢慢地、沉思地说,当幕落下的时候,"他们美妙地献出了这种——肉体的供奉。"

这出乎意料的结语激怒了萨木金。他想要说随时随地喜怒无常是不应该的。然而,他却问道:

"你去过阿孟剧院吗?在莫斯科?"

"去过。一次。为什么?"

"那更有趣——更豪华。"

"我不记得了。"

他们一同走回家去。这繁华的都市正在欣欣然喧闹着,放出各样光彩。商店都炫耀着好物品的众多。林荫道上充满了喜气、絮语和笑声。网状的叶片从栗树上落下,但是微风是这样轻飘,以至叶片的脱落似乎

---

[1] (Maxixe)类似"探戈"的圆式舞蹈。

是全然由于欢言、笑语和音乐的力量。

"他们已经给他们自己一种欢娱的生活，这些革命者的子孙们。"马利娜说，一两分钟之内，又说，"现在是我们的债主。"

栗树的暗影模仿着走在它们前面的人们的形象。

"看！各样都被嘲弄了。"马利娜批评。

萨木金处于劣势的地位，和她手挽手地走着；要和她步骤一致是困难的，而且她的屁股常常冲撞他。人们全都回头看她，这是使他恼怒的。他想着前天当接到她的信的时候他是怎样激动而且惊疑：

"我为什么那样异常高兴呢？而且什么印象使我觉得她和警察有关系呢？这是十分奇突的——"

马利娜说她饿了。他们走进一家餐馆，圆形的大房间里泛滥着柔和的灯光。管弦乐队正在小舞台上奏着四部合奏。音乐有效地压下了热切的言辞、妇女的笑声、杯盘的叮当。这地方拥挤着的人众全都似乎久已熟识了似的。桌子都巧妙地布置好了，显示妇女们的衣服。在圆形的中心有一对男女正在跳着"华尔兹"：一个穿晚礼服的漂亮的高男人和一个穿大红长袍的瘦女人，她的头上插着镶珠的大梳子，好像一种奇鸟的冠毛似的。萨木金的左边独坐着一个魁伟男人，一些鬈发残留在发光的脑壳上，正在阅读信件。他有一副和蔼的、柔软的面孔。从纸片上抬起他的眼睛，他看看马利娜，微笑了，而且动着他的嘴唇。他的黑眼睛盯在马利娜的脸上。萨木金在杂志上见过这人的面孔，但是他不能确认他。他告诉马利娜她被法兰西的一个领袖人物所注意了。

"你想得起他是谁吗？"

马利娜冷冷地看了那法国人一眼，淡漠地说道：

"精神和肉体都饱满的人物。"

萨木金紧闭起他的嘴唇。她的行为越来越使他难堪。她的黄褐色的眼瞳变为暗淡的了；她做出一副愁容，眉宇间有些纹路。用餐巾这样使劲地揩着她的嘴唇，好像想要表示给世人知道她的嘴唇是纯洁不染的。

三对男女正在跳着一种难看的舞。靠近马利娜的处所，一个斜眼睛的、弯脚的小男人，戴着许多宝星勋章，肿脸上现出一种刻板的微笑，昂然阔步着好像一只雄鸡似的。当他每次走近她的椅子的时候，马利娜就洁癖地偏起身子，提起她的衣角。

"他们已经歪曲了'梅吕哀'[1]。"她说，"你记得莫泊桑的一个短篇吗？舞蹈之王和王的舞蹈。"

萨木金觉得男男女女全顾盼着马利娜是在期待着她开始跳舞。他以为她对于那些眼色的反应是过度轻蔑的。她坐着削梨，削掉颇厚的梨片。坐在她旁边的一个红头发女人，颈上和指上都戴着金刚石，正在机巧地削去薄纸似的梨皮。

"她是在干什么呢？表演俄国虚无主义者的把戏吗？嗯，想想看，她是有一点——虚无主义的——她有。"

他又面对着这问题：他怎么会得到她和警察有关系的印象呢？

"倘若她早已和他们有关系，他们就绝不会让她常住在省会里。不。应在圣彼得堡或莫斯科。"

他尽力分析由这新奇的意念在他内心所引起的感情。

"惶恐？我为什么惶恐？"

默想着，他得到这结论：马利娜或许和秘密警察有关系这意念不过引起他的惊异而已。在笑语和音乐声中这样一种意念不愉快而且烦恼的，但是他自己无法避开它。况且，他已经喝了异常之多的酒，那陶醉引起他一种狂放之情，完全敌对着马利娜。

"这些法国人必然以为我们是结过婚的，刚刚吵了一架。"马利娜轻蔑地说了，用削果子的小刀拨拨盘子里的找来的法郎钞票。她并不捡起一张钞票，也不对侍者点点头，当侍者安详地说道"谢谢，太太"而且鞠躬的时候。

---

[1]（Minuet）法国前代宫廷舞式，徐缓而端庄。

"我正在怄气——和我自己。"她说,挽着萨木金的手出去了,"但是究竟跳了一跳,像我似的,从人民被绞杀的国度跳到借钱给绞杀者的国度,这里的人民跳舞——"

萨木金想要呵斥她:

"我不相信你。"

并没有这勇气,他悠悠地说道:

"我不懂。"

"我觉得我自己——嗯,心绪不好——好像是遭逢不幸似的。而我是憎恶不幸的——我们俄国人喜欢以不幸自娱。"

她不说话了。离旅馆已经不远,他们一会儿就到达了。

三

萨木金上去到他的房间里。并不脱掉衣帽,他就径直走到窗子前面,打开了它,向下瞻望。

"关于她的不可理解的事、暧昧的事是那些革命的言辞。自然,言辞并不就是信仰或同情,但是她说的确是——"

他不能指出这女人的言辞的特殊性质在什么地方。约略感觉晕眩,他俯视着灯影朦胧的广场,渺小的黑色人影寂然滑过,远方有车马辚辚的音响。他油然想象下面的各样事物都在这,一日的尽头疲乏了,都想要停着休息了,第二分钟就停止吧,不论到了什么地方。萨木金把他的上衣和帽子抛在靠椅上,坐下,点燃一支烟。

在保存着关于马利娜的种种思想的他的记忆的那一角里,黑暗更加浓厚起来,但是他终于感觉有些释然。

"我得到了什么呢?我失掉了什么呢?"他问他自己,而且回答道,"我所得到的是失掉了被她所吸引的那种感情。但是某种希望也因此消失了。什么希望呢?我原本是想要变作她的情人吗?"

他又给他自己描画出裸体的马利娜,然后结论道:

"不。当然不。但是我曾经以为她完全是另一世界的女人。具有力量——不可动摇的力量。而现在她似乎也传染了批评的毛病。对于生活的批评态度过于发展的肥肿病——和别的任何人并无不同——被剥夺了信仰心,好像一般读书人似的,只保持着言语和思想的自由权。不。观念是根本的,而观念将要限制这种自由——这种思想的无政府状态。"

他现在相信无论如何她是一个特殊人物。

"道地的俄罗斯女人的典型。"

> 她将要阻止奔马,
> 将要冲入失火的家宅[1]。

"总之,只有鬼才知道她是什么。"他懊恼地断言,几乎是苦痛地,"她不会和警察有关系的。我虚构这种关系,想要使我自己摆脱她。她告诉我斯托里宾的别墅被毁,而我心里却挂念着妮戈诺伐。"

有几秒钟之久,他达到了完全不想的境地,然后宽解他自己道:

"你曾经见过很多女人,而你需要一个女人。那就是你烦恼的根源了。我的朋友。但是你顶好喝一点酒吧——不,现在太迟了。他们不能送来了。"

然而,他终于按铃。茶房出现之后,在五分钟之内萨木金喝着好酒了,他用一种新的眼光观察这房间。华丽的天鹅绒蒙着家具,厚重的地毡,以及窗帷和门帘——毛包皮裹的房间,你能够用什么来比喻它呢?没有。他悠悠然脱掉衣服,又喝了一些酒,坐在床上。他又分明觉得在日内瓦他的心里生着的那脓疮,但是这一回这感觉并非是不愉快的。他觉得某种重大的事物正在他内心酝酿成熟,他对于他自己快就要有根本

---

[1] 涅克拉索夫歌颂俄国农妇的诗句。

的发现了。他忘记了关闭窗子,一阵哄笑突然爆发,从外面的广场里冲进房间里,接着是一阵尖锐的哨音,然后是人们的叫喊。

"这些白痴!"萨木金想,大步走到窗前,"笑之后——死。"

他所想象的是他小声说出的这四个字吗?

"胡说!你并不在小声说话中思想。你默默地思想,没有言辞——只凭了言辞的鬼魂。"

这时他觉得他内心的某物忽然破裂。而且他的思想固执地呵斥他,具有一种生动的力量,痛切地:

"孤独呀!在全世上的一个孤零的生物,被拖拉进某种白痴的洞穴里面。在我的思想的恶作剧的世界之中我完全形成现实世界中的一个孤零的生物。里翁尼·安特列夫或许是对的——思想实在是一种病——"

萨木金拱身坐着,双手搁在两个膝头上,他的思想的狂风摇摆着他,好像铜钟的外壳被它内心的铁铎所撞击似的。

"'普罗米修斯是魔鬼的假面——'但是这是真的。亨洛尼谬斯·鲍次大胆地画出他的世界观,在他以前无人敢做的。"

在这皮包毛裹的房间里各样都在摇摆和旋转。萨木金,想要站起来,却发现他自己不能移动,他终于并不移动他的脚,就把他的头冲进枕头里面。

他醒迟了,按铃,叫女侍者去问苏妥伐夫人是否要去参观众议院。她要去。萨木金不高兴。他并不需要去看法兰西的立法机关,也不欢喜一切集会。况且,他分明知道他对于法国的知识是极其浅薄的。然而,他觉得,为了某种理由,很想观察马利娜的行动。

于是他和马利娜并肩坐在议院楼上的参观席上。

"这里是——正规的民主政治。"马利娜咕噜着。

萨木金呆看着一排一排的秃头、黑头、灰头。从上面看下去,这些头的巨大比之塞在椅子里面的小身体是很不相称的。他机械地想着这些大头的曾祖父和祖父怎样制造"法兰西大革命",怎样产生拿破仑。他的记忆提供给他他所读过的这国家在一八三〇、一八四八、一八七一年间的情形。

"自由——平等——而不许妇女坐在议会席上",马利娜不平了。有一张马萨林[1]主教似的脸相的一个男人正在用一种喉音很重的甜腻中音读着一份文件。全都默默地静听着。不过他的左边的席次上偶尔发生一些抗议。

"这就是叛徒白利安[2]。"马利娜说。

在演说台上站着一个潇洒的人物,也有一只大头,他的棕色头发是随便披着的;他有一份粗实的身材,颇为厚重而略带曲背。他的宽脸的厚腮是鼓起的。他的生动的、微笑的眼睛忽而大睁开,忽而紧闭起;他伸长颈项对着坐在前排的一个议员点点头。然后他露齿一笑,开始以闲谈的态度演说了,他的左手抚摸着他的衣襟或书桌的边缘,右手温和地挥动着好像是驱散某种无形的烟雾。他流畅地说着,声音响亮而略带嘶哑。简洁的言辞畅快地、委婉地连续而来,有热情和哀伤,也有最温良的嘲讽音调。全都倾听着他。许多头赞许地点了又点。短促地、有趣的叫喊起来了。人觉得他的友好的微笑引起了听众的微笑。一个议员,完全光秃的头,蠕动着他的灰耳朵好像兔子似的。白利安提高他的声音,弯起他的眉毛。他的眼睛睁开了。他的面颊泛红了。萨木金听明白了一段嚷得特别热烈的话:

"我们的国家,我们的美丽的法兰西,我们的最高的爱,曾经把她自己献身于人类的自由。但是我们不要忘记自由是由斗争而取得的。"

"购买军火。"马利娜说,看看她的表。

白利安被喝彩了,但是也有抗议的呼声。

"我已经看够了。我还有四十分钟就要吃点心。你愿意跟我走吗?"

---

[1] Cardinal Mazarin (1602—1661),法国的红衣大主教、政治家,生于意大利。
[2] 见前,曾屡次组阁,初为社会党领袖,后"转变"为所谓"温和的左派"。

"很愿意。"

"这样的人,"她说,当他们出现在街上的时候,"一个小商人的儿子,曾经做过社会主义者,和他的朋友米勒朗[1]一样,不久以前下命令枪杀罢工者。"

就在议院斜对面的一家小咖啡馆里面,她要了点心,继续说道:

"一种圆滑的人民。他们把种种主义当作进身之阶。白利安甚或要做大总统咧。"

她叹息,沉思了一会儿,倒酒在两只杯子里。

"一种聪明的人民,生活力很强。有一天他们要压倒肥蠢的德国人的。来。为祝贺法兰西饮一杯!"

他们喝了祝饮之后,她默默地吃着,充分品味食物之美。

点心吃过了,当他们出去的时候,她提议:

"你以为怎样,晚间我们到蒙台马太去玩——我们可以找到一个欢乐的酒馆。"

"很好。"

四

但是那一晚上,当萨木金敲马利娜的门的时候,来开门的是一个壮健的、阔背的男人,这人立刻转背对着萨木金,用颇为粗粝的中音向里面说道:

"而他只是好笑,这混蛋。"

"进来!进来!"马利娜邀请,微笑着,"见见格里戈里·米海洛维奇·波坡夫。"

"是的。"波坡夫答应,然后伸出一只长手,似乎并不一定伸给萨木

---

[1] Millerand (1859—1943),法国政治家。

金,用那灼热的长手指抓了他的手一下,只算是推开它,并没有握一握。萨木金对于这人的态度立刻化为冰冷了。马利娜把萨木金介绍给波坡夫。

"哦,是的。"波坡夫答应,十分冷淡,顿顿脚又摸摸脚好像是在急忙穿上橡皮套鞋似的。

"说下去。"马利娜命令。她穿好衣服出来,戴着帽子,左手戴着一只长到手肘的手套,右手拿着一个卷成管子似的小皮箧子。波坡夫站在她前面,用手指在空中画模型,好像在和一个聋哑人说话似的。

"倘若,"他说,"在首都,驻着许多近卫军,警察本部的所在地,总之,警卫森严——倘若在这样地方一个革命的工人代表苏维埃会议能够存在六个星期——倘若在莫斯科市内有巷战——倘若海军屡次叛变——倘若全国各处都在发生暴动——除了看作革命的序幕而外你还能够把它理解为别的什么吗?"

"他是毒辣的,是不是?"马利娜质问,看着她的表。

"我对他说:你的钱和我们的知识。而他第一百次说道:保管不会有革命的。"

"好吧,"马利娜说,"这是容易理解的。操纵金融比之建立工厂和对付工人更容易,更少麻烦。"她站起来,用她的皮箧拍拍她的膝头:"不,格里戈里。这回那银行家是不够的。你必须有一位高官,或一位当朝的朋友。好,我要走了。倘若我一点钟之内不回来,我会打电话给你——那么你就可以随便了。"

波坡夫送她出去。然后他回来,不雅观地把他自己撞倒在靠椅里面。他急忙从他的衣袋里拿出一个皮烟盒,一只烟斗,装烟在它里面。并不看萨木金,他问道:

"我们从前没有会过吗?"

"没有。"萨木金自信地回答。

"嗯,我必定弄错了。我对于面貌没有记性,但是我从前认识的一个人叫这名字。我们一起流放在西伯利亚。他是一位民俗学者。"

"我的兄弟。"萨木金几乎说出来了。他说："萨木金这名字是不普通的。"

尽在通着烟斗，折断了几根火柴，波坡夫继续说道：

"俄加河上有一条航路叫作卡克可夫和萨木金，而且我认识一个矿厂主叫作梭孚龙·萨木金。"

他的脸消失在一阵烟云之中。那面孔是不讨人欢喜的：广阔的前额，紧张的微黑皮肤，石头似的毫不活动。他的腮上显出剃过胡子的蓝斑；他的浓厚的黑上髭是剪短的；他的厚嘴唇红得像鲜肉似的；他的大鼻子是畸形的；他的眉毛直竖着好像两把小刷子，在它们之上由黑变灰的头发也是一大把刷子。他的举动和姿态都是笨重而且难看的，他的一切都碾轧作响而且震动抖颤。他穿着剪裁异常的深蓝上衣，并非不像猎服。他的嘶嘎的中音也是不愉快的，暗示愤怒、紧张，好像就要粗声大气地呵斥起来似的。但是最不愉快的是他的眼睛，黑溜溜的，小而且圆，像樱桃似的鼓着。

"一个鲁莽的家伙——或许是一个傻子吧。"萨木金综合他的印象，站起来想要走了，但是又坐下，疑心这人或许会告诉他关于马利娜的什么事吧。

"一个十足的混蛋，那梭孚龙·萨木金。我在巴脑遇见他，而且我愿意以地质学家的资格在他的矿厂里做事。他说：'我不信任科学家，我自己制造科学家。我的企业的经理从前是托木斯克的一个小酒店的侍者。那是三十年前的事了。那时我坐在酒店里，正在专心思索着，那侍者——年轻而且眼睛尖——总是来麻烦我。他问：现在你喜欢要点什么？我说：来一杯鸟奶。他说：对不起，我们没有鸟奶。而且他并不失笑。所以我对他说：你抛掉这侍者的职务吧，孩子，跟我做事去。十一年之后，我委他做我的经理。现在他有财产，做着市政府的委员。他甚至投资——十万，至少。我现在有三四个像他这样的人替我工作，也都是好仆役。但是科学家吗？你就不能和科学家做事情。他们连一个卢布的价值都不知道。和他们谈谈是有趣的——甚至有时是有利益的。'"

波坡夫讲这故事，开始是态度悠闲的，而结束的时候却激昂地吹吹鼻子，他的声调暗示他自己就是一个十足的混蛋。

"鸟奶？但是这是一个陈旧的故事。"萨木金说。

"每件东西都是陈旧的。"波坡夫恼怒地驳斥了。他又继续说道：

"这梭孚龙是七十三岁，还骑马跑二三十俄里。而且不假思索地狂吞麦酒。"

萨木金冷冷地听着，等待时机要问马利娜的事。他不断地思想着她，越来越难过。她来巴黎干什么呢？她到哪里去了呢？这人和她有什么关系呢？

"我嫉妒了吗？"他惊疑，冷笑了。并不回答他自己，他忽然觉得想要打听一些什么关于马利娜的事迹。

波坡夫正在谈着：

"在我们的泥塘似的国家里，我们知识分子的处境是困难的。我们必须教导工业资本家关于科学价值的最简单的真理。但是我们开始于错误的终局。你是一个社会民主党吗？"

萨木金点点头。

"对于这时代我也付过我的债务。"波坡夫继续说，把烟斗里面的烟灰挖出来放进一只烟缸里面，"五个月的监察——三年的流刑。我并不是发牢骚。流刑对于学习时期是一种补充的好办法。"

他把烟斗塞进他的衣袋里，站起来伸一个懒腰。他的内心的什么东西炸裂了。他焦急地摸摸他的肋骨，他的小刷子似的黑眉毛紧皱一处。然后他用懊恼的音调继续说道：

"列宁把事情弄糟了。他破坏了策略。他搅混了俄国社会民主党。这不是政治学。这是捣乱——简直是捣乱。我们应该仿效德国。德国社会主义的发展是在正常状态之下的，选拔工人阶级的优秀分子，把他们注入统治阶级里面。"

波坡夫按住他的椅子，用膝腿向后一顶，站起来，抓着椅背，把它推开，向前走了几步。"我们甚至不理解我们的国家。所以全都凭空妄想。乱七八糟。全是些虚无主义者、象征主义者、马克西莫派——梦想家。我们所需要的是一种开明的资产阶级和一种有高级技术的知识阶层。否则德国人就会吞吃掉我们——我担心这一点。而且英国人正在鼓励日本人反对我们。他们想要侵入我们的中亚细亚——我们的高加索——"

萨木金忽然失掉了耐性，讯问马利娜到哪里去了。

"我不知道，"波坡夫说，"有人招呼她去。领事馆吧，我想。"

"你认识她很久了吗？"

"从我做学生的时候起。你为什么问？"

萨木金觉得波坡夫的龙虾眼睛变色了，当后者弯腰问他的时候：

"你要和她结婚吗？"

"人就不能有别的动机吗？"萨木金开口，但是波坡夫争先说了，那声音是嘶嘘的。

"我认识她的时候她还是一个小姑娘。我们在同一源流上吸取知识。一年半以前我们又遇见了。她是一个有趣的妇人，她或许不只是有趣，我相信，但是她正在开始走上错路，由于某种——空想。第一是爱——有一件事——"

他忽然不说了，又把他的烟斗从衣袋里拿出来。萨木金觉得他的音调不满意于马利娜。他对于这工程师的讨厌变为酷烈的了。他考虑着关于马利娜的别的问题。

"总而言之，她是一个自负不凡的人物。"波坡夫突然说了，拍拍他的烟斗，用长手指抚摩着它，"像大多数知识分子一样。我们并不顺着历史的直线去思想。我们总是不断地滑到左边。倘若我们为势所迫，滑到右边，那么我们就要写作一些讨论社会主义的宗教意义的书。我们之中的某些人甚至走进教堂去了。我以为普列汉诺夫是十分正确的——社会民主党———一直到某一点上——和自由主义者有同舟共济之谊。列宁却发动一种新的普加乔夫[1]运动。"

装满他的烟斗，他咯咯地笑着，以至他的漫画的脸相变得异常广大，他的眼睛退隐在眉毛底下了。

"至于'谬托知己'的人们，我能够告诉你一个很有趣的故事。有一群青年男学生正在回忆他们初恋的女人。一个夸张。一个懊丧。一个说谎。第四个却说：'那是和我的姐姐。'而且他胡凑了一篇无聊的童话。这男孩是出身于富裕的商人家庭的，而且是一个最温良的、颇为聪明的家伙———一个好音乐家，据说。而且我知道他的姐姐。她是一个可爱的姑娘，很端方的。她在大学里专门研究法兰西文艺复兴史。我对他说：'你说谎。'后来他承认是撒谎。'为什么呢？'我想要知道。'我在同伴面前是害羞的。我从来没有和女人在一起过。'好，你以为怎样？"

"很有趣。"萨木金回答。

波坡夫站起来，用嘶哑的声音严厉质问：

"什么叫作有趣？你不觉得这插话的意义吗？"

"对不起，"萨木金道歉，"我正在想着别的事情。我要问你关于马利娜的一个问题。"

波坡夫正在背对着门站着；而那小门道是黑暗的，所以萨木金看不见马利娜的头出现在波坡夫的肩上，一直到她说话的时候：

"你们为什么不关门？"

"你就回来了。"波坡夫说，惊异地。

她一言不发，走进寝室去了。钥匙叮当，锁环嘀嗒。她叫道：

"格里戈里——来帮忙我。"

波坡夫走进去。萨木金听见皮条碾轧，皮箱移动，然后是一阵悄声

---

[1] Pugachev（1726—1775），俄国农民叛乱的领袖。

私语。最后马利娜清楚地说道：

"就这样告诉他吧。"

她出来，波坡夫跟在后面。她还戴着帽子。她说：

"我不能陪你们了。我必须立刻到车站去。我要去伦敦。不过一星期。等我回来，我们再用脑筋。"

波坡夫颇为直率地说道他不喜欢送行，况且他已经饿了。他请求原谅。他把他的爪子伸到萨木金的手里，并不看看他就走了。萨木金站起来，说道：

"我可以去送你吗？"

"不。那是不必要的。"

"那么，再见。"

不顾他伸来的手，冷笑了一声，她用一种颇不友好的音调说道：

"你曾经盘问波坡夫关于我的种种问题。"

"我不过问他认识你有多久了。"

马利娜用手巾揩掉她嘴唇上的冷笑，深深地喘了一口气。

"一个问题当然跟着另一个问题的喽。为什么不问我呢？好，总之，我要警告你，格里戈里·波坡夫还没有完全腐化，但是不过因为他懒而且笨。"

"马利娜！"萨木金呼喊。他开始沉静地、迅速地、审慎地说道："你是一个非常有趣的，一个特殊的妇人。而且你也知道。我从来没有遇见任何别人能够让我这样渴望理解她的。请不要生气，但是——"

"我并不生气。我懂得。"她告诉他，温和地，好像是在倾听她自己的言语，"奇怪，当然。一个健康的妇人没有情人。这是不自然的，我想。她并不轻蔑赚钱，而又宣说第一重要的是精神。她和虽然迟疑而居心纯良的人们讨论革命——而这当然是极可恶的喽。"

她伸手给他。

"我必须立即就到车站去。当我们再会的时候，我们再讨论它……

倘若我们高兴的话。现在呢,再见。你可以去吧。"

萨木金拉着她的手,急于想要说些什么,但是一句也找不出来。马利娜笑起来了。她问:

"你偶尔也会想到你已经和我恋爱了吗?"

她把她自己的手从他的手里拉脱出来,而且急忙又说道:

"那是十分简单的事,我的朋友:我们互相感觉兴趣,所以我们互相倚重。以我们的年龄而论,意气相投的趣味是必须加以欣赏的。现在,你可以去吧?"

茶房拿着账单进来。萨木金,吻了马利娜的手,出去了。站在他自己的房间中央,他点燃一支纸烟,告诉他自己说他要去林荫道上。他仍然站着不动,呆看着窗外屋顶之上的昏黑的天空。他把他的纸烟吸到末尾,他以为一定要下雨了;他按铃,又要了一瓶酒。

然后他拿起一本新书,是米里支可夫斯基作的,叫作《将来的恶汉》。

第四章

一

早晨,喝了咖啡之后,他站在窗子前面,好像站在一个深井的边缘上似的,看着云影迅速移动和混浊的阳光泛滥在人家的墙上及广场上。在他下面的远处,许多简略的人形,好像服从那光与影的戏游似的,正在乱窜。从他的高度上看下去,他们似乎是立方体的,平贴在铺着脏石头的地面上。

克里·萨木金觉得他似乎已经失掉他的肩上惯于负着的一种重担,于是必须改变他的身体的全般运动了。扭着他的短发,他思索着由于那匆促解释所招致的损失。他觉得不容置疑地想要从一切鲜明的境地再看看他的心眼之前的马利娜的形象,以及使她在俄国格外出众的那种隐秘的力。

"使我不安的是什么呢?"他疑问,"我恐怕在情绪与想象上已经创立了一种特殊形象的地方变为空隙吗？"

门的把手在他后面嘀嗒地响了。吃了一惊，他回头瞻望。

一个圆形的家伙挤进门道，气喘吁吁的，把帽子推在桌上，解开他的燕尾服的第一个纽扣，向萨木金走来，那肚皮像一只大桶似的凸着。他把右手一挥好像要打似的。

"塞卡尔·彼得洛维奇·伯尼可夫。"他通知，他的声音是高音调的，几乎是女性。他的胖胖的热手捏着萨木金的手掌，迅速地把它往下一拉。提起燕尾服的衣襟，伯尼可夫端正地坐进靠椅里面，拿出一张手巾，用劲揩揩他的面团似的大脸，好像要使他更分明些似的。

"原谅我的唐突。"他说。鼓起他的面颊，他对着萨木金的脸部吹出一股疾风。淡黄的稀疏的头发平滑地贴在他的崎岖的脑壳上。他的嘴唇上没有一根毛，完全是阉人的脸相。应该是眉毛的地方散布着几许黄色的硬毛，耸立在突出的小眼睛上面；那眼睛闪烁着冷冷的蓝光，但是并非没有喜气。眼下皱起的蓝色浮包悬垂在鼓胀的面糊似的面颊上；两颊中间松松地竖着一管软骨尖鼻子，完全和那大脸不相配合。嘴是大的，而且好像蛙嘴似的，上唇紧闭着，而下唇异常之厚，好像被虫叮肿了似的，庞然悬挂着。

"他必定是一个滑稽角色。"萨木金判定他的访客，觉得这一副面貌并非不值得同情的。

"研究我吗？"伯尼可夫问。他约略点点头，然后又说："是的。我知道。不很出色。我们在马利娜的房门口撞见过。你没有忘记吧？"

经他这一提，萨木金就分明起来了，并不回答，暗自想道：

"噢，他原是那傲慢无礼的——"

"我今天来看她。"访客又说，"她没有在。所以我来——看你。"

"而我能够替你做什么？"萨木金问。

伯尼可夫闭起他的右眼，摇摇头，观望房间的四周，然后长叹一声，摸摸桌上的报纸。

"一杯水,倘若你高兴。'阿波林那里士。'[1]"他提示。他的尖眼睛闪出快活的微笑。

"并不是一匹无趣的动物。"萨木金想,仍然继续分析着他。当他正在等待水的时候,伯尼可夫埋怨着天气坏,和他的精神疲乏。水来了,喝完之后,他用食指敲着桌面,然后用一种郑重而又淡漠的腔调说道:

"好,让我们不要浪费时间。我是一个实事求是的人。我喜欢直接明说。我对于你有一个建议——彼此都有利益。有一件要紧事,你帮助我,你就能够赚一注钱。不但为我,也为你的女当事人——我的亲爱的朋友的寡妇。"

"这人或许会告诉我关于她的事吧。"萨木金想。同时他的客人倦怠地把身体向前倾着,叹息道:

"这样的女人!应该为她作一首歌。"

"一个稀奇的美妇人。"萨木金附和。

"对了,稀奇。"伯尼可夫赞成,连连点头,奇怪的是那头在这样肥短的颈子上会动作得这样容易。他把他的椅子从萨木金前面拉远一点,然后又用他的女性的高音调悠悠地、轻蔑地、颓唐地发着牢骚。"好,我们言归正传。我请你耐心静听。事情是这样的。马利娜已经上了某些可疑的投机家的当。当然,你知道帝国议会以无限的前途鼓励那些投机家们。他们正在劝诱马利娜签订一个合同,把她在乌拉尔所有的庄园出卖给某英国人,你知道吗,当然知道喽?"

"不!"萨木金宣言。

"真的吗?"伯尼可夫高兴地叫喊,他把双手交叉在他的肚皮上,说下去了,使萨木金吃惊的是他的情绪的矛盾复杂和他的言辞的流利动听,"你是她的律师,你怎么能够这样消息不灵通呢?你说笑话吧。"

伯尼可夫的小圆眼睛冷冷地瞅着萨木金,其中带着一种惨淡的笑

---

[1](Appolinaris)自普鲁士泉输出之矿泉。

意。那厚重的下唇轻蔑地移动着，露出金牙齿的黄色闪光。他的右手的肿胀的手指玩弄着一条横挂在肚皮上面的白金表链，左手的食指默默地摸索着桌面。这人的全部行为有一种可厌的滑稽性——他的言辞，他的抑扬顿挫的声音。萨木金干燥地问道：

"倘若我们假定我知道你所注意的那合同呢？那么，怎样？"

"那么？容我奉告你吧，这件事关系一个很大的数目，而我必须知道那合同的详细内容。所以我想请你告诉我——"

萨木金从椅子上跳起来，叫道：

"好了！停止！你怎样敢对我提出这种要求呢？"

他又嚷了几句，并不确信他自己所说的话，分明觉得他的脾气发得太急，声音太大，而且这胖人的请求与其说是侮辱了他不如说是使他惶恐和惊异。他站在伯尼可夫前面，气势汹汹地质问道：

"你为什么以为我能够做这样的事呢？你知道我吗？"

"可以说是不知道。"伯尼可夫温和地声明，有一点懊丧，抓住他的椅子的扶手，摇动着他的无定形的冻肉似的身体，"我也并不愿意擅自冒昧。我不过是向你献出一个有利的建议，正如我可以向任何律师建议一样。"

"我对于你并不是什么'任何律师'。"

"好，那么，你是哪一类律师呢？"伯尼可夫有趣地问。这荒唐的问话使萨木金心平气和了。

"他是这样桀骜不驯，简直是开玩笑。"他判定，点燃一支纸烟。他继续说，严厉地：

"我已经说过，你所关心的那合同我一点也不知道。"而他又立刻觉得："我真不该像我说过的那样说法。"他的手里的火柴是抖颤的，而这事实激怒了他。

伯尼可夫用手掌抓住椅子的扶手，懒懒地提起他的蹒跚的身体，肥腿向后一动，他的鸟眼睛眨了又眨，放出蓝色的小火花。他含糊地说：

"今天你或许不知道。明天你或许会知道的。我以为马利娜不过给你一小点点。而我——"

"得了，得了。"萨木金说，差不多是恳求地。

"对了！对了！不要吵嚷。"伯尼可夫说，约略移动他的大腿，整理着他的歪扭了的裤子。

"鬼知道她是为什么工作着的？告诉我！现在是不是有什么打动了她的幻想——但是她并不曾会见过什么人呀。"他埋怨，悲哀地尖声叫了。他呆看着萨木金，扣起他的上衣。"她有几百万了——几百万了！"他大声说，恐骇地挥着他的长手臂。"这是什么时代呀，萨木金先生。为了一点最微末的细事，为了一杯水钱，人们就杀起来，扔炸弹，上绞台。你怎样想法呢？"然后他大笑了，带着一种奇怪的腔调，"呸——呸——呸——呸！"

他向前向后摇摆着，鼓起嘴唇，气喘吁吁的，他的嘴和鼻子在他的脸上混合成可笑的一团肉瘤。

"不要告诉她我来看你——或为什么。她和我或许还可以商量妥协。"他说明，就起身出门。他悠悠地悄然不见了，像一道轻烟似的。他的最后的言辞是暧昧的。它们可以解释为一种恐吓或一种友谊的警告。

"友谊的。"萨木金判定，自己好笑起来，当他踱来踱去的时候。他看看他的表："这家伙在这里有多久了呢？十分钟？半点钟？他的无耻确是不曾辱没了我，因为我怎样会做任何不名誉的事呢？"

已经心平气和，他希望他已经阻止了伯尼可夫再来探问他关于马利娜的事情。

"不把这一类的种种谈话和会晤写下来是我的傻气。当你把事情写下来的时候，你就排遣了它们，忘记了它们，或者至少认清了它们。我的记忆是可厌地充满了社会的垃圾的。"

他格外喜欢"社会的垃圾"这几个字。他停住了，闭住眼睛，以记忆特有的那种迅速,在他前面旋转着一个过去经验的多样颜色的轮子,一个各不相容的人们的可厌的混合体。特别显著的是伐拉夫加和古图索夫,而现在确是应该忘记古图索夫的时候了。还有刘托夫和马利娜——他们之间有些共同之点的——米托罗方诺夫和妮戈诺伐——红头发的托米林——发尔发拉的绿色眼光——安弗梅夫娜——顺从命运的女人们——以及其他熟悉的人物。他们的生存的意义是恍惚不明的,不可思议的。

二

他回到过去去了,这时萨木金第一次经验到某种新的东西,好像这记忆的行列存在于他自身之外,有一种距离,出现在略带敌意的薄雾之中。他自己是种种印象连接成环的中心,这连环被他的思想和记忆所照明。在这大群人里面没有一个是可以与之畅谈他最关心的事体——他自己——的。没有,除了马利娜而外。睁开他的眼睛,他顾盼着反映在镜子里面的他的脸,朦胧在纸烟烟云之中。那脸的表情是可怕的愚蠢的,愁闷的,并无这时应有的庄严气象。他看见那里站着一个人,缩着肩背好像要把头藏起来似的,用皱起的眼睛从眼镜里小心地窥看着他自己,好像呆看着陌生的人似的。萨木金恼怒地摇摇他自己,而且皱起眉头。然后他又踱来踱去,继续想道:

"真理是在于这些人方面:他们相信现实剥夺人的个性,摧毁个人。我和现实的关系是不能忍受的。一切关系都具有交互作用的影响。但是我怎样能够影响——或者说得更正确些——我想要影响我的环境而不必防卫我自己以免受它的束缚和损害吗?"

他想起马利娜的话:"这世界是束缚人的,除非他在精神上有一个确定的立脚点。"托米林也说过有些相类似的话,说认识是一种本能。

"认识确乎是自动的而且几乎是不自觉的——像性的本能一样。"他嘲骂他自己。同时他又想到马利娜的话：

"我的朋友，宪法或革命都不能使人成为自由的公民。只有'自知自信'才能如此。仔细读一读叔本华[1]，和西克徒士·恩庇鸠斯[2]的《绝对怀疑主义概论》。我疑心这书没有俄文译本，我读的是英文版，我想也有法文版吧。人类的思想还不曾超升于悲观主义和怀疑主义之上。倘若你不明白这两派的奇想，你就不能前进一步。"

萨木金站住了，背靠在墙上，点燃一支纸烟。他确信他从来没有想得如此透彻，如此逼近极其重要的某物，这东西快就要自行显现，爆发，排除一切压迫他和妨碍他发现这样充满了"社会的垃圾"的这人的基本任务的一切。他慢慢地吸着烟，尽靠在墙上，但是毫无所遇，并没有爆发，而他所经验的唯一感觉只是疲乏而已。他忍不住想要出去，于是他出去了。

他在卢森堡博物院里研究了各种画幅，然后在一家舒适的小咖啡馆里吃了午餐。一直到晚间，他或步行或坐车穿过巴黎的许多街道，心里默记着一切将来可供谈论的资料。沿着这整洁的都市的列树道上，在栗树的柔和的阴影之下，从商店和餐馆的炫耀豪华的窗户里飘出来笑语和乐声；快活的人们一个跟一个走来——男人们，女人们，老的和少的。他们都似乎在寻找一件东西：放纵而无伤的笑语，高谈，以夸耀他们幸而能够欢喜地活着。他们的嬉戏造成一种愉快的刺激，好像陈年的好葡萄酒似的。萨木金随着人群的活动，想着法国人并不像英国人和德国人似的搬弄哲学，自讨烦恼。康德[3]或叔本华或荷布士[4]之流会在巴黎的列树道上是难以想象的，而陀思妥耶夫斯基也没有生产在这都市里的

---

[1] Schopenhauer（1788—1860），德国悲观主义哲学家。
[2] Sextus Empiricus（160—210），希腊哲学家、医学家。
[3] Immanuel Kant（1724—1804），德国大哲学家。
[4] Hobbes（1588—1679），英国哲学家。

可能。人也不能想象斯威夫特[1]会坐在这里的咖啡馆里的桌子前面。但是完全可以理解的是修道士拉比来斯[2]的颂扬肉体的笑声,弗洛特尔[3]的无穷的机智;而最为合适的是十九世纪的安那克里昂[4]——那肥胖的、微头的伯朗吉[5]。法国能够有一个空想家吗?萨木金,匆促地搜索着他的记忆,并不能发现一个。他记起了波里柴也夫的诗:

> 法兰西人是小孩,
> 为了好玩的笑话,
> 他就不好意思做皇帝,
> 随便颁布法律。

这诗词应和着萨木金的步伐的旋律。波特莱尔的名字闪过他的心里,随即消逝,并不激起一点意念。他想道:

"法国资产阶级已经证明革命的流血和恐怖的必要和正当,由于表示它能够因此而欢乐地和智慧地生活着,由于使这美丽的古城成为现世界的真实的雅典。"

晚间他坐在剧院里,欣赏著名的拉伐勒表演一个社会党议员的妻,一个可笑的资产阶级妇人;她大胆地舞蹈着,炫耀着她的镶珠的黑色短裤,技巧地娱乐了刚才来游巴黎的某个外国国王。

萨木金走回到他的旅馆里。他想要玩一个女人,但是没有勇气。

"我害病了,因为这些神秘的事物和奇突的会晤。"萨木金想,恼恨着马利娜好像他们曾经结过婚似的。他爬上床去。他也恼恨他自己。白

---

[1] Jonathan Swift (1667—1745),英国讽刺家、政论家。
[2] Rabelais (1494—1553),法国讽刺作家,以轻侮哲学,赞美本能著称。
[3] Voltaire (1694—1778),法国启蒙运动之大思想家。
[4] Anacreon (纪元前 565?—478),希腊抒情诗人,赞美酒色。
[5] Beranger (1780—1857),法国俗谣作家。

天的种种思想确是幼稚的，毫无结果的。它们并不曾改变了他的平常的心绪。起而代替它们的是别的思想，无定形然而愉快的一种抽象思想。

"'这世界是一种假定。'某个教书先生曾经说过——庇徒拉支兹斯基吧？好，他说得对。因为这世界确是种种矛盾现象的不断的变动——它是忽缓忽急的一阵旋风，强调着间歇发生的事件的共同性。从过去看现在——就是从下面向上面看，或从一种心愿的将来看现在——就是从假定的旋转圈的上层向下面看——都根本是一种独断思想的行为。不过如此。思想必然是独断的。否则就不能思想。定律——公式——是既定的信条、约束。思想是人世的一种现象，努力要贯通全体的一种作用。灵魂呢？一个半开化的国家的农民的灵魂——马利娜的'精神'。人是否有权把事物彻底想出来，创造和规定信条、学说、理论，这是一个问题。教书先生们并不曾对他们自己提出这问题。自然，你不能反对那些精神的贵族，那些美的骑士，有这种权力——因为一种美学的证实是完全可以容许的。但是假定这种权力属于一个乡村磨工的儿子，一个古图索夫，一个未毕业的学生——乌里扬诺夫[1]——的门徒，那岂不是对于思想没有责任心了吗？思想必须有责任心是谁说过的呢？是马斯泰[2]吧？俄国的波比多诺兹次夫[3]也说过的。"

不知不觉之间，违反了他的意志，他的推理把萨木金引进最不愉快的现实的最黑暗的角落里去了。萨木金皱紧眉头，狂吸着烟，想要突破这种无结果的思想的重重包围，懊恼地用手指敲着一本莫泊桑的短篇小说集。他越来越似乎处于他所读过的一切书籍的中央，好像一个人站在充满了现成衣服的商店里总是找不出一套合适的似的。他的自尊心也更增强起来，决定要自己剪裁并且缝成一套舒适的、便宜的、耐久的衣服。

---

[1] 列宁本名弗拉基米尔·伊里奇·乌里扬诺夫。
[2] Joseph de Maistre（1754—1821），法国传统主义的反动哲学家。
[3] Konstantin Pobyednostsey（1817—1907），俄国首相，反动政治家。

三

大约三点钟的时候他坐在波洛丛森林的饭店游廊上,正在专心研究菜单。

"啊,萨木金!"波坡夫的嘶嘎的声音在他的头上响起来了,"我的岳父在这里。他是一个有趣的家伙,而且富得了不得。我告诉他你是马利娜的律师,而她是他的老朋友。他想要见见你。"

波坡夫恳求地说了,一个惶惑的微笑固定在他的脸上。他好像受凉似的耸动肩头。真的,他简直不像在马利娜的房间里的那么一个势不可挡的人物了。

"我正要吃点东西。"萨木金说,对于波坡夫的踌躇发生了兴趣,而且想道,"他显然不愿意我会见他的岳父。"

"很好。那么我们可以坐在一起吃吗?"波坡夫含糊说。萨木金顺从了这现实的小变故。

他们走到游廊的角落里,他看见在一道花篱笆后面,在一株桂树下面,坐着一个很肥大的胖人。萨木金是近视眼,一直到挨近了他,才认出来这胖人便是伯尼夫。伯尼可夫把手肘搁在桌面上,尽其粗颈项之所能把头向前伸着。在这种姿势之中他就格外像一只癞蛤蟆了。萨木金觉得那小小的鸟眼睛里闪着审察的光芒,好像是在问:

"这一回你要怎样办呢?"

一种朦胧的疑难打击着萨木金。他凶狠地看了波坡夫一眼,后者正在搬动一只椅子,撞痛了萨木金的脚,并不道歉,却说道:

"萨木金——克里·伊凡诺维奇,是不是?"

"塞卡尔·彼得洛维奇。"伯尼可夫欣然应和了。他并不站起来,但是伸出一只软手给萨木金:"请坐下。"

"倘若他厚脸皮提出那合同的事我就迎头截住他。"萨木金决定。

"我的女婿和我正在一面吃一面谈的时候,我看见一个俄国人走过去。俄国人是健谈的。后来我才知道格里戈里认识你。"当他说的时候,他亲切地微笑着,眼睛里依稀闪出和蔼的油光,"好,你爱吃什么呢?格里戈里,替我要瑞士吉士和多量芦笋。要最纯最精的吉士。我是蔬菜和奶油的伟大鉴赏家,而且热忱爱好水果。法国人以艺术家的精细十分明白两件事:女人和蔬菜,法国人用这样的艺术教养他们的女人,使她们几乎是音乐奉事他们自己。至于蔬菜,人人都知道法国有全世界最好的蔬菜。早晨你去过中央市场吗?你应该去看看。那是和美术博物院一样有名的。"

萨木金,以防卫的姿势,默默地听着。疑虑正在他内心发展:这岳父和这波坡夫将要试行缓缓地从他那探听马利娜的事务,也就为了这目的才邀请他来聚餐的。他觉得她万不该使他对于这些事情毫无所知。

伯尼可夫一面谈一面理直他的领结,那领结上有一颗大黑宝石。领结下面炫耀着一粒钻石纽扣。在他的白金的长链子上一个绿玉柱闪出疯狂的绿色光焰。这胖人的小小的尖眼睛今天也放着绿光。

"爸爸喜欢和女人闹着玩。"波坡夫咕噜,趁他正在和侍者秘密交谈的时候。

"不要相信他!"伯尼可夫叫喊,转动着他的颤巍巍的身体。他缩起他的下嘴唇,舐舐它,叹气,继续亲切地说道:"他要凭他自己的意思替我写一篇传记给你了——它会骇着你的。"

"啊呀!"萨木金想,"这又是像刘托夫似的一个怪人。"他听着这胖人的圆滑的言语,渐次平息了他的疑虑。然而,波坡夫瞅着什锦菜,忽然毫无礼貌地问道:

"那么马利娜·苏妥伐到英国去了吗?"

萨木金正襟危坐,从眼镜里严厉地瞅着伯尼可夫。这家伙的面孔宽广地溶解成一个平静的微笑。胖人似乎忽略了波坡夫的问题。把身体向着萨木金一伸,嘻嘻地说道:

"他还叫我爸爸咧,但是他没有这样叫的权利。他的妻逃跑了,而且她总不是我的女儿——不过是我的侄女。我自己并没有过孩子。我经过许多选择,但我找不着一个适合于做母亲的女人。所以我是随时替换驿马车旅行着的。"突然他质问:

"你是属于哪一党的?"

"不。我避免政治。"萨木金干脆地回答。

"这真难得,这些日子,连男孩子女孩子都冲进政治里面去了。"伯尼可夫说了,吹风似的长叹一声。带着一种滑稽的悲哀,他继续说:"你尤其不能不可怜那些女孩们。政治把她们弄成完全吃不得的了,好像泡在醋里的蛋糕一样。波坡夫是被政治闹昏了的。他属于马克思主义——他恐吓说要使小百姓成为社会主义,虽然小百姓,即便是穷光蛋,也还不是无产阶级的。"

波坡夫把麦酒倒满他们的杯子,恼怒地皱紧他的小刷子似的眉毛,咂咂嘴唇,舔舔嘴角;然后用低音嘎声说道:

"好,你是什么呢,为什么呢?将要使小百姓成为无产者的就是你们这一类脑满肠肥的家伙。这不正是你们的历史的使命吗?"

"哟,我不愿辩论。就算是如此吧。就简直真是如此吧。"伯尼可夫敏捷地驳复了,瞟了萨木金一眼,继续说道,"不在我生存时期以内发生的事情并不惊动我。而且我绝不会活到契诃夫所预约的幸福的日子。怎么办呢?我们要为美丽的将来喝一杯吗?"

他举起杯子到鼻子前面,对它嗅嗅,他的脸波动成可笑的模糊不定的一团,肥肉皮都皱成对角线的条纹。他的小圆眼睛隐藏起来,陷下去了。这是萨木金第二次看见伯尼可夫的面糊似的、女性的面孔出现这种鬼脸。他想:

"一个有趣的话匣子。但是并不十分愚蠢,显然的。"

萨木金对于这胖人的举动轻快、言语流利,感觉一种特殊诱惑。他发现他自己正在努力记起在俄国文学上是否有人描写过这种轻浮的、可笑的典型人物,同时伯尼可夫,灵巧地擦奶油在一片萝卜上,一口吞吃掉,用餐巾扇着他的脸,尖音尖气地说话。

"我爱谈各种虚夸的话题。我们俄国人因为这样唠叨常常受人责备,我以为这并不是一种罪过。教会警告我们:'饶舌是不能得救的。'而它除了说呀说呀而外什么也不干。现在它应该认识它的雄辩并不曾使各种杂色人等全成为一色呀——真的,完全相反。是的,萨木金先生——我们有许多事要谈。欧洲人不讨论我们的问题。他们已经安定了——他们吃喝,恋爱,应用我们的原料,吃我们的面包,优雅地活着,预备选举他们的邻人到议会去——选举那些更野心更愚蠢的人们。他们特别喜欢养肥社会主义者们,然后叫他们去公开讨论怎样扩张吃、喝,和家庭生活的办法。在议院里他们并不讨论灵魂,这是失礼而且可笑的。而我们却专谈灵魂。我们是一种游牧民族。不久以前我们在拉夫洛夫[1]和米海洛夫斯基的思想的草原上吃草——昨天是在尼采的草原上,而今天我们又嚼着卡尔·马克思的草——而且打嗝。"

波坡夫正在笨拙地猛攻一盘野鸭,骨头被嚼响了,肉片从他的刀下滑出来。他怒嗥:"啊,见鬼!"

四

萨木金,充分赏鉴了食品,留心倾听着,终于还是瞭望远方,从两株树中间看出去,看见不断的马车行列缓缓移动,其中满载着艳装丽服的妇女。在她们旁边有些人骑着骏马。在一段低树丛上面,在淡蓝的空间飘浮着步行者头上的草帽和圆顶高帽。远处有一个乐队十分明朗地奏

---

[1] Lavrov(1823—1900),俄国批评家、历史家。与米海洛夫斯基同为民意派的领袖,尤其显著于十九世纪最后十年间,相信发展旧有的农村公社可以达成社会主义。他们反对资本主义的必然性、阶级斗争及无产阶级领导。

着《御者》。这喜气扬扬的乐声美妙地谐和着种种市声。各样都是斑驳陆离的,不分明,然而惬意;各样都有一种表演纯熟的歌剧音乐之美。在一切欢娱之上伯尼可夫的尖细的声调悠悠然破空而来:

"我们不是意志的,而是理性的人民。我们并不努力做事,像我们用心去想出大同幸福那么起劲。这是救世主义气概——游惰和痴呆的别名。在我们的国家里,意志并不曾被教导,但是加以压制——外面由于国家,内心由于自由思想的腐化行为。每个人都故意地烦扰人们。每个人都叫喊:'你将要充满力气地醒起来吗?'[1] 好,醒起来了,遵照我们的命令——于是使国家受大损失,把最为科学化的庄园摧毁为尘土和灰烬。"

"他有一个庄园被他们烧了。"波坡夫冷冷地说明,倒香槟酒在杯子里。

"他们还杀死牲畜。"伯尼可夫又说,"好,我并不埋怨。我克己地宣布:'打吧。但是不要教训。'啊嗬!好,我们喝香槟,祝我们的健康。我是心窄量小的人,我只容许我自己喝不碍事的这么一点。"他倒空一杯白兰地在大杯香槟酒里面,和萨木金碰了杯,郑重问道:"你已经讨厌我的胡说八道了吧?"

"我以为最有趣了。"萨木金回答,十分诚恳。

"你不说话。"

"我不健谈。"

"谨言慎行并不是坏性格。"伯尼可夫称赞,而且萨木金又看见他的脸可笑地皱起来。忽然之间,并无显明的理由,这胖人爆发了一阵大笑,这笑使他从头到脚全身波动,摇晃着他的肚皮,吹胀了他的颈项和面颊,振荡了他的女性的肥肩头。这差不多是一种暗笑,他的肚腹里响着一种咕咕咕咕,从他的肿胀的面颊和嘴唇里面逃奔出来尖硬的

---

[1] 涅克拉索夫的诗。

"吥——吥——吥——吥！"

萨木金想：

"当他笑的时候是应该吱吱吱的。"

"一个说闲话的老行家。"波坡夫从容地说，但是显然不高兴了，倒红酒给萨木金，"不要弄错了！他所注重的并不是所说的而是怎样说的。"

"你听见吗？"伯尼可夫截住他，"现在他说我是艺术家喽。回头他又会骂我是虚无主义者的。但是怎样能够归罪于我呢，倘若在俄国自由思想总不过是说闲话而已？你能够告诉我在俄国人之中哪里曾经完全表现过自由思想吗？卡牙太伊夫[1]？巴枯宁[2]？克鲁包特金？赫生[3]？乞里也夫斯基[4]？邓尼里夫斯基[5]？以及他们一类人？"

"这样挑剔，卖弄他的货色，很像是说，'我不是博学的吗？'"波坡夫批评，照样从容，但是这回却有些嘲弄了。伯尼可夫的身体波动得好像要浮起来似的，倾斜在桌面上。他的眼睛闪射着绿光，他开始急促地谈起来，随带着一些尖声尖气：

"不。等一分钟。除了巴枯宁之流和克鲁包特金之流而外，指给我看看俄罗斯的欧文[6]和傅利叶[7]，以及圣西蒙[8]吧。把他们指示给我呀。我的乖乖，在俄国他们的地位是委给苏台也夫和潘提里夫这些糊涂

---

[1] Chaadayev，诗人普希金的朋友，《哲学书信》的著者。
[2] Bakunin（1814—1876），俄国地主，因革命运动被放逐，以无政府主义著称。
[3] Hertzen（1812—1870），俄国社会主义作家。
[4] Kireyevsky，俄国斯拉夫主义运动之创始者，著名于十九世纪上半叶。
[5] Danilevsky，著名科学家，后来研究政治。曾著《俄国与欧洲》一书，历叙欧洲文化之衰落，主张俄国应有其独立的文化。
[6] Owen（1771—1858），英国空想的社会主义者。
[7] Fourier（1772—1835），法国社会主义者。
[8] Saint-Simon（1760—1825），法国社会主义创始者。

蠢材了的；而且一个无定见的伯爵[1]被他们所诱惑了，因为精神贫弱……说得粗粝和不妥当吧！"他叫喊，笨拙地装出惶恐的样子，"不要误会我的意思，萨木金先生。我并不反对天才。我不过是赞美这位世界闻名的作家，把其余的人扯拉在一起罢了。但是我觉得我可以说'蠢得好像天才似的'。我也并不是把这话适用于某一个人，而是指一切艺术的天才而言。"

他把全身倾向萨木金，咯咯地笑着，露出他的金牙齿。

"我的亲爱的——克里·伊凡诺维奇，我们全是旧教[2]徒，都是在霉灰和苔藓之上生长出来的。我们的斯拉夫主义者、平民主义者——他们全是旧教徒。就只需要某个彼得，或大或小，把我们翻转来向着欧洲，而且因为我们全是有价值的人物，我们应该叫喊：'反基督！什么柔顺者有福——'"

"我以为你过低估计最近发生的种种事故——"萨木金开始要说下去。但是伯尼可夫，拉拉他的袖子，很快地抢先继续说道：

"我不能忍受那种柔顺者。倘若我是一个世界魔王，我就要宣布杀尽柔顺者、可怜人，以及那些爱忍受灾患的人们。我看不起柔顺者。他们是一种难以处置的人们——无法处置。对于他们你能够有什么办法呢？我并不是一个慈善家。你看，我是一个铁器制造家。铁器对于柔顺者有什么用处呢？你记得托尔斯泰所写的三兄弟的故事吗？倘若一个傻子不肯防卫自己，他要铁器干什么呢？他搭茅草房，用木犁耕田，驾木轮车。他一年顶多用半磅钉子——"

萨木金已经有些醉意，厌倦了这类尖声气的唠叨。有趣——但是太多了。谁能想象到这一类思想会运行在这样一个人的头里面呢？

---

[1] 指列夫·托尔斯泰。
[2] 十七世纪中叶的一个宗教派系，不顾一切压迫，固执着古代的教义，拒绝承认希腊正教教会。

"他是哪一类人呢?"克里质问他自己,但是他觉得并不真心想要找到一个回答。他对于伯尼可夫的怀疑态度已经一扫而空。萨木金觉得异常心平气和,好像是在民事庭上和一个厉害的对方长久争论了一些夹缠的诡辩之后得到休息似的。

第五章

一

可喜的好光景是从树林后面瞭望公园里游散着的欢乐人群。他们走着,互相经过,在太阳的斜晖之中炫耀他们自己的漂亮。乐声悠扬,掺和着市声,温柔地伴随着他们。常常有笑声。马嘶。在咖啡店的一角上一只提琴正在热情地演奏着,一只小提琴响着绮腻的声音,一个女人的声音正在唱着"马克西克斯"舞曲;而波坡夫,俨然皱着眉头,用他的毛手指敲着他的杯子,和着那旋律的节奏,低声吟着:

在你的洁白的裙下
露出那长凳……

伯尼可夫正在畅饮,把白兰地加在香槟里面。他并不醉,但是他的声音逐渐低抑、阴郁,而且屡屡深沉地叹气。他继续张扬他的言语的羽毛的华彩,但是欢情渐减,显然是故意逗引人笑。

萨木金以为已经到了他和伯尼可夫开始谈论马利娜的时机了。然而,波坡夫是一个障碍。波坡夫的情调暗示某种紧张、伏兵。他似乎正在坐待开始讨论某种正经事务,但是伯尼可夫似乎不愿讨论,仍然滔滔不绝地闲谈着。波坡夫恼怒地含糊说到关于不负责任的话。那团团的胖人用手掌摸摸他的松软的脸,有些恶意地,分明说道:

"我对谁负责任?你自己知道我在制造历史——拙劣吧,或许,但是我总是在制造呀。我给予知识阶级充分自由来裁判我和责备我。但是有一个条件,他们必须明白我的事业——除了口头上而外。历史要你们马克思主义者扮演厨子,要我扮演凡士卡这猫[1]。关于无产阶级,即使是在德国,也还没有得到历史的结构。当然,我完全明白谁也不能把革命吊死在树上。斯托里宾不过是一个乡下蠢材:他先行让步,然后逐步收回。现在他想要毁灭乡村公社,建立私人租借地,照他的想法是要在俄国田园中创造美国农场。将来他能够创造的不过是数百万赤贫的乱民而已,因为他永远得不到这么多的农业机器足够创造美国农场,倘若他不能把半个俄国抵押给法国银行家。"

"他把肤浅的思想连成一条灵便的舌头——这是什么智慧呢?"波坡夫傲慢地说。他的岳父即刻拦住他:

"你说我吗?谢谢。"

他喝完一杯掺和白兰地的香槟酒,继续对萨木金演说:

"那些暴动显示了政府的弱点和一次真正革命的可能。宪政民主党,和他们到维堡去的旅行[2],永远降低了他们自己在一切健全的人们的

---

[1] 引用克里洛夫的寓言:厨子发现雄猫凡士卡正在吃鸡肉,就责备它品行不好,没有良心,将来要受可怕的报应,同时那猫一面听一面吃,把鸡肉吃完了。

[2] 一九〇六年俄皇政府解散第一次帝国会议,宪政民主党及其他反对派到芬兰的维堡开了一个联合会,发表宣言,恳请俄国人民拒绝纳税和当兵的义务。结果毫无影响。

眼中的地位。倘若无产阶级和列宁共同前进，取得领导种田的小百姓——这一场戏里面最有力的角色——的权力，那么俄国就要像一个胰子泡似的炸裂了。"

他爆发了大笑：

"呔——呔——呔——呔！"

抚摸着他的几乎凸到下巴的大肚皮，他拍拍它，他的指环放射着灿烂的光芒。眼里含着微笑，他又说：

"我们的救主，克里·伊凡诺维奇，是黄金——外国的黄金。巨额的法郎、马克、金镑。必须把这些倾倒在我们的国家里面，那么国家一旦遭遇危险，一切黄金的所有者就会起来捍卫它。这一点我是看明白了的，无论如何。"

"胡说八道！"波坡夫大声说，把头从这边摆到那边，摆了几下，紧闭着他的眼睛。

"一个爱国者。"伯尼可夫说了，瞅了萨木金一眼，"爱国者兼社会主义者。他曾经有过一段不幸的生活。他有过一种发明，后来被人偷去了。他有一个妻，而她逃跑了；他玩牌，而运气不好。"

"够了，够了。我们坐车玩去吧！"波坡夫倦怠地提议。伯尼可夫十分亲切地看着萨木金，仍然说下去：

"我爱逗恼人。当我是小孩的时候，我就常常逗恼我的父亲。他是一个矿工头领。克扣工资赚了大钱。他无情地鞭打我，但是，如你所见，那伤害并不是永远的。契诃夫毕竟是对的：倘若你把一只野兔打够了，它就能学会擦火柴。你喜欢契诃夫吗？"

"我以为他是一个真实的好艺术家。"萨木金说，他的声音是那么不相称的严肃到滑稽的程度。他偷看波坡夫，但是那工程师正在专心选择一支雪茄，而伯尼可夫理直他的领结，欣欣然伸伸他的头——那显然是他的点头的方法。

"一个最精致的作家。"他赞同，"有人觉得他忧郁。但在十月间埋怨十月的天气是不合理的。十月间有的是美好的日子——"

"当十月党[1]产生的时候。"波坡夫愤愤地插嘴。

"很聪明。让我庆祝你。"伯尼可夫赞赏，他的平滑的、蛙似的嘴扩大成一个露齿微笑，"在十月间落日是好看的，而日出也好看。你看，我是一个猎人，一直到四十岁——我杀过十一条熊。"

波坡夫召来了一辆马车，请求萨木金不要"脱离"同伴，这是完全出乎萨木金意料的。伯尼可夫欣欣然把他自己旁边的地位献给他，同时波坡夫，吃着一支雪茄，坐在前面的座位上，摆开他的两条腿。波坡夫显然已经醉了。他吸烟的时候，古怪地鼓起他的面颊，把烟喷在萨木金的眼睛上，蠕动着他的眉毛。萨木金觉得越来越被这工程师所困恼了。

二

马车转入一条宽阔的大路，路上络绎不绝的各式各样车辆连成一线。萨木金自己欢笑起来了，由于那些盛装华服的快活的人们的行列，多样颜色的漆器的光辉，各种车饰的金光灿烂，马匹装具的豪华辉煌。那些马，似乎知道它们是漂亮的，昂然缓步着，让世人赞赏它们的力量和美观。像偶人似的端坐着的马夫和御者的鲜亮颜色是使人目眩的。这些仆从所戴的漆帽闪出金属的光彩；他们摆出严肃的脸相，好像他们不但驱策马匹，而且管理着全般运动似的。在一个小湖上，平静的水面染着夕阳的红彩，反映着云影天光，其中浮游着天鹅，傲昂地弯着颈子做出质问的姿势。湖边上穿着鲜明的彩色衣服的孩子们正在嚷叫着，抛面包给那些鸟儿。黑人们的古铜面孔上闪出微笑，露着雪白的牙齿，而那淡蓝的瓷眼睛似乎燃着粼光。一些男人拥挤着往来在车马旁边。其中的军官们漂亮得好像玩偶似的，文官们戴着圆顶高帽；还有些戴着奇特首

---

[1] 掩护沙皇的"十月宣言"的保守党。

饰的妇女摇摇摆摆地坐在马鞍上。那些细腿的马匹骄傲地点着它们的头。在各种连续不断的声音和笑语之中，马蹄的旋律是分明可听的。间或有突然偶发的哨声，带着一种不谐和的影响。然而，人总有一种奇异感情，觉得这些散步的人群全是遵从着马蹄踏在硬地上的钝重的旋律的。一群密集的男人一面走一面用劲拍掌，围绕着一些白头帕白长袍的黑须紫脸的人们，庄严地走着，后面跟着一队穿宽大红裤的轻装步兵。军乐队的乐声忽而征服一切声响，忽而消沉在它里面。太阳照明了空间的尘埃，使它成为红色。在粉红的湖水的镜面上映着两朵卷须似的流云，看来就好像一只无形的鸟的双翼，然而游泳的天鹅撩乱了这些云影。这些美妙的光景使萨木金悠然想到神话，关于天鹅的诗词，以及格雷[1]的悲歌。他很想放纵自己，任随梦似的空想之力把他飘起来——投身于辉煌的幻觉之中。但是他被阻碍了，由于波坡夫的愁眉和朦胧的醉眼，以及伯尼可夫的甜腻的声音：

"何等美好的一个小世界呀。"他说，好像是综合了萨木金的种种惝恍的思想，"轻松欢乐的生活。何等民主而且虚怀。"

"对了，"萨木金情不自禁地说，"他们知道怎样排遣每日的烦扰和现实的动乱。"

伯尼可夫似乎异常喜欢听见这种话。

"的确。真实。欧洲最智慧的资产阶级生存在这里。而在圣彼得堡，在斯推里尔卡街上所有的不过是无可救药的烦厌、奢华——各个车马好像是某要人的送丧行列似的。"

他向前向后摇摆着，用他的温热的软肩头撞着萨木金。萨木金斜起眼睛从侧面向他一瞥，点点头。他正在欣欣然观赏着妇女们，但是不愿使别人觉察甚至自己也不愿承认。他看见她们装潢在漂亮的织物里面，在珠翠、花朵、鸵鸟毛里面，斜坐在奇特的马车里的软垫上。傲慢地看

---

[1] Grieg（1843—1907），挪威大音乐家。

着男人们,向他们挑逗地微笑着。他想到左拉的严酷的小说,莫泊桑的淫荡的故事;他努力猜想她们之中谁像是娜娜,像里尼·塞卡,像波尼夫人,或佛勒、奥尼的女主角,甚或伯伊斯坦的时髦戏剧中的女英雄。这些奇装艳服的妇女,招摇过市,显然都是深知她们自己的魔力的。显然有许多男人在赞赏她们的美丽,许多女人在嫉妒她们的富有,这就加强了那些华丽的生物的肆无忌惮的权威意识。

"是的。"萨木金承认他的还未形成的某种思想,"是的,是的。"他忽然记起阿连娜在刘托夫旁边的情形。

喧哗的声音似乎因为一种特创的马车的出现而消失了。和伯尼可夫的车子平行,昂然阔步着一匹小白马,丰厚的马鬣几乎拖到它的蹄上。它拉着一只玩具似的车厢,架在漆得光亮的丁香花色的两个大车轮上。车厢里坐着一个圆胖的微黑的小女人,紧拉着白色缰绳;她有黑色的眼睛和明艳的嘴唇,这嘴唇带着一种撩人的微笑,当她驱策她的马的时候。她穿着镶银色缎边的蓝上衣,而车轮的辐钉也是银色的。在马车后部的一条高而窄的凳上坐着一个小黑人,全身都穿着白衣服,他的乱头发上戴着一顶奇特的小白帽,他抱着双手,摇摇摆摆的。他的脸是孩子气的,他的嘴高傲地噘着。伯尼可夫恭敬地举起他的帽子,伸出他的头,皱脸一笑。那女人向他掷来一个眼色,扬起眉毛,然后勒紧缰绳。伯尼可夫叹息了,又戴上他的帽子。

"一个下流的妖精。"他批评,尖声尖气地,"现在正在怄气咧。她是出身高贵的。现在包着她的是一位金融家,候补商业部长——"

一部平底船似的马车,由两匹瘦高的灰马拉着,里面坐着一个长腿女人。一顶红头发上箍着一条黑缎带,使她的面孔显得娇小而且很年轻了。长睫毛半掩着眼睛,皱着金色眉毛,紧闭着鲜红的嘴唇,使她形容倦怠而且高傲。她的鱼似的苗条身体分明地紧箍在天青色的绸衣里面。车厢在弹簧上悠悠地动荡着,她的身体也同样悠悠地一起一落,好像要溶解似的。车夫是一个蓝脸大汉,有一部大黑胡子。他旁边坐着一个男人，穿着苏格兰服装，面孔修剃得精光，头也是光秃的，上衣上有许多金纽扣，好像钉在他的矮胖的身上的铜钉头。

"这是什么？"波坡夫冷笑着问，"一种讽喻吗？"

伯尼可夫立刻回答：

"以丑衬美。你懂吗？她们知道怎样使鱼上钓钩，我的朋友。为了这宝贝的种种可爱曾经有过两次决斗。"

"用针作武器吗？"

伯尼可夫开始说话，但是嘶嘶哑哑，听不清楚。他们的马车前面赶来了一辆柳条细工的二轮单马车，里面坐着一个穿红衣服的女人，她旁边有一匹斑点的大狗，摇着它的头，拖着它的长舌，竖着它的耳朵。在张着的狗嘴上面垂着它的血红的眼睑，好像有了年纪了，而且那蓝色的眼睛闪出呆钝的光泽。

"狗呀。黑人呀。可惜没有鬼，倘若有，他们也要来坐车的。"伯尼可夫说了，笑出他所特有的笑声，"她们之中的几个是使人畏惧的。而且因为畏惧，人自然要多付一些钱。在这种场合越是放荡自由就越没有讲道德的余地。"

波坡夫的脸上涨满了紫红色，两眼突出。他正在和瞌睡奋斗，他的毛手指焦急地敲着他的膝头，向左向右摇摆，好像是在人群中探望他所不能看见的人似的。他愤愤地瞅着他的岳父，显然不赞成他的唠叨。萨木金随时期待着这讨厌的家伙会和他的岳父发生异议，因而这两个无所不知的俄国人之间激起一场无穷的、毫无结果的对白，在这些美丽妇女的行列之前闹出什么笑话。

"他们无所不知除了他们自己而外。"萨木金想，"我喜欢听独白。你可以毫不反对地听着它，像耳边风似的，你无须认真思索，也不必紧张自己去防卫自以为真理的尊严。"

一对乌铜色的大马昂然拉着一辆牢固的四轮马车，里面坐着一位穿黑绸衣的老太太，灰头发上戴着珠圈，有一副急躁的长面孔。她傲昂地直挺着。她的灰眼睛瞅着那马车夫的宽脊背,她的戴着手套的手里拿着一架镀金的望远镜。在她旁边,一个胖女人平静地微笑着,对着坐在对面的两个男孩子点点头,孩子们毫不动弹,好像两只傀儡似的。

"洛克孚卡夫人——"伯尼可夫说明,移动他的帽子,把它盖在脸上,"侯爵夫人——伯爵夫人——这一类。道学家和伪善者。那老太太也是一个贵族——鬼知道她的名字是什么?我想不起来——波伊龙?科蒂龙?——克利龙?——一位很厉害的人物,张牙舞爪,实业界的要人,滚她的蛋。也是一位慈善家。她喂养乞丐。你是一位道德家吗,萨木金先生?"他说完了,背靠在萨木金身上。

"不敢当。"克里回答,而又立刻责备自己说得太快。

"我高兴听见这个。"伯尼可夫赞和,"我并不责备这些女人。况且,倘若你计算一下这些卖春妇把多少钱弄到巴黎来,你就非尊重她们不可了。不。我是说那个。丝绸、珠玉、时装、家具——一切'巴黎产品'。一切东西都因为这些妇女而活动着。卖春妇们倡导时髦,别的妇女就跟着学样。而且不要忘记——卖春妇诈取的往往是外国人,而不是法国人。例如——这里的银行家借款给我们去镇压叛乱,所以卖春妇的利益是不中蔑视的。"

"上帝知道你在说些什么。"波坡夫不平地说。

"我是在说真话呀,格里戈里。"那胖人咆哮,用软皮鞋轻轻地踢了他的女婿一下,"在这都市里一个妇人的消费量等于俄国一县的全部人口的同一时期的消费量。这是必须理解的。俄国妇女,满腹文学,穿着梦想家的破衣服过生活,自以为是安娜·卡列尼娜[1]呀,陀思妥耶夫斯基的小说里的疯女人呀,罗兰夫人呀,甚或苏菲亚·彼洛弗斯卡雅呀。我们的妇女是沉闷无趣的。"

萨木金惶惑不安地倾听着,想要分析明白他究竟对于伯尼可夫作何

---

[1] 托尔斯泰的小说《安娜·卡列尼娜》的主人公。

感想。"波坡夫或许是对的——伯尼可夫并不留意他说的什么。"他勉强承认伯尼可夫的某些观念是新颖的、独创的,但是这是他早已分明知道了的。可怪的是他记起这人曾经怎样设法贿买他。

于是他想出某种薄弱的理由。

"他常常和腐败官僚混在一起——"

他没有听清楚波坡夫说了一句什么,只听见伯尼可夫大声说出轻蔑的答话:

"你想要指示什么鬼道理给我——这是某人的——那是某人的?我爱怎样说就怎样说。人们为谁讲哲学呢?或许为小百姓吧?或者为我呢?"

一场辩论爆发了,正如萨木金所预料。美丽妇女的马车的数目正在增多。一对嘶鸣的栗色马疾驰而过,车里坐着两个微笑的女人,在她们对面坐着一个红发灰须的胖胖的汉子。汉子约略举起帽子,鼓起他的红腮,动着他的胡子,对着人群说了一句什么。群众欢呼了,一阵烈风吹过,语声、笑声、欢呼,以及马嘶混成一片合唱。

"亨洛尼谬斯·鲍次要加倍他的天才才能把这现实构造成梦魇的画图。"萨木金想,正在和一个假定的还未发言的某人辩论着。正在向他袭来的忧郁逐渐加深。忽然之间,莫名其妙地,他想到了他所知道的妇女们:"为了这些事情我不能感谢命运。我觉得我的生涯似乎全是——"

他总找不出一句明确的言辞。波坡夫用一个手指点点他的膝头,说道:

"我要走了。再见。"

"我们再绕几个圈子!"伯尼可夫用他的高兴的尖声音叫喊,"然后我们再到什么有趣的地方玩玩,倘若你喜欢。"

"很好。"萨木金说。现在,他终于得到谈谈马利娜的一个机会了。他看看伯尼可夫,后者咯咯地笑了,皱起面皮,推推他,说道:

"疲倦吗?"

"一点也不倦。"

"你有忍耐性。但是忧郁。你知道,活动活动,谈谈讲讲,随时都应该有些话说——很琐细的,或很要紧的话。对不对?"

"是的。"萨木金随声附和,"对了。"

伯尼可夫又笑,咂咂嘴唇,好像和空气接吻似的。

"你至死不肯说话。"他说明,叹气。"你讨厌我的胡说八道吗?"他问,但是并不等回答,"我是一个老人,在我的年龄谈话是唯一的消遣。人觉得必须挥脱灵魂里面的过去经验的尘垢。人不常有开诚畅谈的机会。我们的大多数人都是不善于听话的。"

萨木金觉得波坡夫走了之后,这人变为更严肃、更富于同情了。

"他或许是一个孤独的人,厌倦了孤寂吧。"他想,同时注意倾听着。

"况且,真实的诚心往往是犬儒主义的。怎样能够不如此呢?人是废料,是骗子,活着不过是用些可喜的花言巧语来自娱自慰——好像一个不幸的小孩似的。"

把他的柔软的身体的全部重量靠托在萨木金身上,他嘎哑地叫道:

"我们是何等卑鄙呀,我们这些人,我的亲爱的克里·伊凡诺维奇。人要临到结局的时候才会明白的:病魔在夜间悄悄地偷进来,像一个媒婆似的小声说道,'啊,我送一个顶美的女人来给你'。而那女人却是死的。"

伯尼可夫用他的奇特的笑声加盖在这些话上面。萨木金以为这笑是完全不合适的。他不快地吃了一惊,想道:

"好一个——一个石龙子[1]——""石龙子"这名词激起他似乎不应有的憎恶。"他是何等圆滑——而又何等放肆呀。"

但是这些话并不曾确定伯尼可夫的性质。他们的马车现在正在急滚

---

[1] 蜥蜴类之动物,其体色能随时变易,又名七面蜥蜴。

过一条华美的街道,街的两旁的宏丽的住宅都由铁栏杆把它们毫不迟疑地联结起来。铁栏杆上闪出豪华的金色条纹。在旁道上人们追逐着这些建筑物的波动。萨木金渴望着喝点东西,渴望着停下来静静地仔细较量由伯尼可夫而显露出来的繁复的、狞厉的思想;想要理解他,想要谈谈马利娜。他觉得从来没有别人这样自由地和他畅谈过,这样无拘束而又亲切。他甚至迫使他自己欣赏这胖人的某些词句:"他比刘托夫更深刻、更新颖。"

"喝茶怎样?"他提示。

"喝茶?正是时候。"

"找一个安静的地方。"

"当然要安静的地方。"伯尼可夫喊,鼓起面颊,很满足地喘了一口气,"照俄国的方式,摆一只茶炊在桌上。你愿意做我家的宾客吗?我住在一个公寓里——生活的孤儿们的头等避难所——由一位俄国太太照管着——我们的大使馆官员常到那里。"

不等萨木金同意,他就命令车夫开到那里去,而且要他赶快。其实他的避难所就在眼前了。他毫不停留地一直奔上楼去,一步比一步紧,好像一个橡皮球似的,又使萨木金吃惊于他的球形体的灵便。楼梯顶上有三道门,伯尼可夫用他的肚皮推开中央的一道。他退在旁边,对萨木金说道:

"请进。"

他自己却立刻滚进一幅厚布帘后面,叫道:

"安娜·伐尼索夫娜!安尼托希卡!"

三

萨木金揩揩他的眼镜,然后向四面一看:这没有窗子的小房间,很像牙科医生的待诊室,家具上面都蒙着帆布罩子。房间中央放着一张圆桌,桌上躺着一本画片薄;墙上有些雕刻的灰色方块。从悬挂在邻室的门上的葡萄色的帷幕里面透漏出来阴暗的暮色和香料气味。在深渊的幽静中,伯尼可夫的声音朦胧出现了:

"一个茶炊——以及各样。是的,是的,——伏洛姬卡和娇治蒂呢?……不要让她们出去……当然——照常办理。呸——呸——呸——"

一分钟之后他从帷幕后面滚出来了,欢喜地叫道:

"好吧,克里·伊凡诺维奇。"

他轻轻地走到萨木金旁边,悄悄地说道:

"这好像是一个小妓院,但是很舒服,而且远离城市的喧嚣。"

他们默默走过三个房间。其中的一个宽大而空虚,好像跳舞厅;别的两个比较小,塞满了家具和绿色的盆景。他们走进一个客厅,在直角形上转了弯,到了一道门前面,伯尼可夫用脚踢开门。

"好,我们停泊在这里。倘若你觉得热,就脱掉一切装饰品。"他说了,毫不客气地脱掉他的燕尾服。除去了这外套,他显得更肥胖了,而插在他的软衬衣上的钻石针也放出尖锐的光芒。他又扯脱他的领结,随便把它抛在一面镜子下面的桌子上的花瓶旁边。用手巾扇着他自己,他趴在窗台上向外观望,然后满足地说道:

"谢天谢地。"

他的主人的不拘礼节颇为惊吓了萨木金;他皱着眉头,过了一会儿就看见镜面上映着他的可笑的消瘦的形体在圆球似的伯尼可夫旁边,于是他不如意地微笑了。这比喻是必不可免的了:

"吉诃德先生和他的桑科。"

他立刻听到一句有趣的批评:

"你和我——我们是一枚卢布和一枚克利文尼克[1]同在一个钱

---

[1] 价值一卢布的十分之一。

包里。"

伯尼可夫即刻惶恐地大叫：

"对不起！我糊涂，把你比作一枚克利文尼克。你，克里·伊凡诺维奇——你必须相信我——我以为你的价值是很高的。我十分喜欢会见你，因为你不是一个多言的人，不是一个坏人，好像——好，好像我的女婿那样。不。你是一个通身智慧的人，哲学地考量着所见的一切和所做的一切。这样的人现在是稀奇得好像双头鱼似的，其实简直就不曾有过这种鱼。我以为我和你的会晤是一种幸运——应该开一个庆祝会。"

"他随时都要作诗。"萨木金想。而且要使他自己和他的主人和好，他微笑着说道：

"但是为什么道歉？我有权相信你把你自己比作那种小铜币——并不是把我比作它。"

伯尼可夫伸出他的头，咕咕咕地笑着，好像咽住一句鲁莽的话似的，而且惊异地看着他的客人。有几秒钟之久他不说话，忽然爆发出一阵激动的尖叫声：

"啊呀呀！那是自然。你有各种权利。这是开玩笑。你看，我是说我们的生理的差异，我们的形体的差异。但是，自然，说笑就不顾真理——"

一个巨大的女人进来了，浓眉大眼，穿着白色透明的长衣，奶子像两个西瓜似的。她的浓妆艳抹的脸上的大红嘴唇展开一个甜腻的微笑。她的裸露着肘臂的双手抬着一只盘子，盘子里盛着茶具和杯瓶。紧跟在她后面的是一个歪扭的小男人，有一道小上髭和黑人似的厚嘴唇。他的微黑的面孔好像褪色的乌贼似的。他抬着一个小的银茶炊。伯尼可夫用法语宣布了他的种种命令。

"不——不是黑衣教士。拿出去。送白兰地来。点起酒精灯。"

萨木金向四面观望。这房间陈设得好像一个奢华的旅馆的房间。它的三分之一是被一幅深蓝色的帷幕遮去了的，露出一张宽床的一部分。

从那凹室里传来了一股强烈的香味。两道敞开的窗子正对着古老的花园，很小，四面立着常春藤的墙。几枝树梢伸到窗台上。一种香甜的湿气流进这幽暗的、窒闷的房间里面。在窒闷之中一种女性的声音编排出这样的字句：

"是的。说笑就不顾真理。就是这样吧。一九〇三年我偶然——十分偶然，你知道——会见一个著名的作家——一个悲观主义者，但是有些幽默。噢，你知道他是谁。我和他喝了一些酒，然后我问他：'你为什么写得那样忧伤？'而他说，'因为我要无情地表现真理'。我们都狂笑了，而且为了祝贺无情地表现真理我们喝了许多白兰地。他是一个很有趣的人——一个倾向神秘主义的理想家。但是对于实际事物他是非常厉害的。那时我有些纸的交易，办着一点出版事业。我们这位神秘家绝无差错，出卖他的呕吐的生产品。呵，呵！"他喜欢地大笑了："舌头一滑就滑出难听的字句。当然，我的意思是说那种要从内心挣扎出来的情形。"

萨木金毫无兴趣地静听着，正在等待机会提出他的问题。桌上的茶炊在酒精灯光中闪出扬扬得意的喜色。瓷器在发亮，花瓶射出晶莹的白光，白兰地酒在瓶子里好像黄金似的。

"我真想要听听他怎样谈论马利娜。"萨木金想，失误了伯尼可夫的几句话。

"那就像一个杂耍场——他们绞尽脑汁互相提出一些谜样的难题，自从他们被陀思妥耶夫斯基所蛊惑以来。"伯尼可夫正在说，"但是看这里——这里的知识分子并不饥饿。资产阶级慷慨地喂养他们。莫泊桑有一只游艇，法朗士[1]有一座舒服的小家宅。洛蒂有他自己的博物馆。我们可以期望二十年之后我们自己的国家将要赡养我们的知识分子——那么，他们就会明白他们不能和无产阶级同路进行——"

---

[1] A. France (1844—1924)，法国文学家。

"你认识马利娜有多久了?"萨木金问,喝了一口白兰地。

伯尼可夫并不即刻回答。他把茶炊从茶炊座上提下来,把闭火器放在烟囱上,打开茶炊盖,嗅嗅壶里的茶汽,然后把饮料倒进杯子里。

"我闻见木炭气。"他解释他的慎重的理由。然后他答道:"一个出色的人物,是不是?是——是的,我认识她。我曾经向她求婚。她不肯。我想她想要保留她自己给一个贵族。她或许梦想一种爵位吧。她可以做一个省长的贤惠太太。"

他不说了,看着他的茶杯,用茶匙挤柠檬汁进它里面,然后沉思地继续说道:

"我认识她大约有七年了。我在伦敦认识她的丈夫。他也是复杂不明的一类。自成一派的理想家。他卖大麻,但是想要做些优雅的事来安慰他的灵魂。他是那些有着一个像脓疮似的灵魂的人们之一——随时痒痒。他访问过许多奎克派和英国教士,甚至把我也拉进去。但是我觉得英国教士除了葡萄酒而外什么也不懂,他们谈论上帝不过是由于应有的礼貌。"

他从他的杯子后面瞅着萨木金,把白兰地酒倒进茶里面,倒满了,立刻就连茶带酒一口喝掉。萨木金看着他的举动的敏捷,等待得不耐烦了。

"那位苏妥伐先生可以算是一个纯洁的人——在我们商人之中也有这种人。他们像彼来提[1]一样随时想要用水洗掉他们的罪恶,不但要从他们的手上洗去,也要从他们的整个肉身上洗去。我不留意这些热心要做圣人的人们。我是一个大罪人——我从小就腌在罪恶的盐里面。我相信一切地狱里的鬼魅都很尊重我。人可不尊重我。我也不尊重人。"

萨木金看见伯尼可夫的无定形的面孔忽然轮廓分明,似乎紧缩成三角形了;颧骨突出,鼻子更尖,下巴翘起,两片嘴唇挤成一线,眼里闪

---

[1] Pilate,罗马太守,耶稣在其治下被钉死于十字架上。

出一种铜绿的光芒。他的右手,搁在椅子的靠手上,由于充血而长大了。

"我想他已经醉了。"萨木金告诉他自己。伯尼可夫压低声音继续说道:

"我是一个做生意的人,而这和军人并无不同。世界上没有不作恶而能做生意这回事。普鲁东[1]派和马克思派已经说得明明白白,远胜过一切教会的神父、人道主义者之流——以及一切糊涂的灵魂。列宁是很正确的,他说我们这一阶级必须完全消灭掉。我也说'必须'。自然我不相信这是可能的。或许列宁自己也不相信这是可能的。他不过想要恐吓我们。你以为列宁怎样?"

"他不是一个很精深的思想家。"萨木金说。

伯尼可夫的脸上显出一种失色的惊异。有几秒钟之久他不眨眼地默默瞅着他的客人。

"你真是相信这样的吗?"

"是的。我觉得他的一切著作都很素朴。"

"呵!"伯尼可夫莫名其妙地笑了,"关于塞弗伐·莫洛索夫[2]呢——你知道他,不知道吗?他把列宁看作最了不得的人物。甚至有人说他给予他财政的援助。"

"又是一个彼来提吗?"萨木金问,讽刺地。

"我不——知道。他做一个彼来提是颇为聪明的。你不觉得那样素朴之中有某一种危险吗?耶稣教当初也是素朴的,而终于把人束缚了一千多年。我的思想也是素朴的,但是我是一个危险的人。"他不耐烦地说了,把白兰地倒在那两只杯子里面。

他俩都沉默了一会儿。外面粉红的天宇褪色在灰色的云层之间。茶

---

[1] Proudhon (1809—1865),法国社会主义者。
[2] Savva Morozov,当时俄国工业界著名大资本家。

炊间歇地发出嘶嘘之声。

"他显然不想谈论马利娜。"萨木金判定,"他醉了,我也恐怕醉了吧。我应该走了。"

伯尼可夫又勉强说了几句闲话,而他的面孔上却展开着一个微笑。

"那么你是很关心马利娜的喽?我懂得的。她是值得重视的。但是我必须坦白地告诉你:并不愿意伤你的感情,我不能谈论她,除非我知道她对于你不过是一个宽厚的当事人——或者是别的什么。"

"不过是一个当事人。"萨木金说,坚决地,"而且也不能说是宽厚的。"

"我看!"伯尼可夫叫喊,兴奋起来了。"是的,真的。她是捏得很紧而且贪吝的。在商业事务上她是一个名副其实的剑子手。她是一个精敏的女人。最悍厉的农民性格乔装在书生的衣冠里面。对于我她是——一个敌人。"他用手拍了膝头四下,加强最后那两字的语势,"对于俄罗斯的工业发达她也是一个敌人。她正在邀请法朗吉[1]人,你看,她把一种大产业卖给英国人。在莫斯科她有一个助手,一个克尔斯蒂[2]或一个斯可比兹[3]吧,用她的钱操纵金融。他是一个有计谋的强盗——这猪儿子——而且是她的奴才。"

他的激昂越来越凶险。他的肩膀震摇,他的头尽向前抽搐,他的苍白的粉脸是僵硬的,他的眼睛茫然放光,他的嘴唇一伸一缩,难看的红而且湿。他的小声音叽叽吱吱,字句都因为恼怒而沸腾了。带着一种急剧的反感,萨木金低着头,不愿看这软软的身体的可憎的抖颤。

"一种罪恶的东西。"他听见,"她要完结在监牢里,你看她会不会

---

[1] 按某种古事纪,俄罗斯人遣使告法朗吉(北欧诺尔斯族)诸侯:"我们的国土广大富饶,但无秩序。请来管理我们吧。"八六二年法朗吉的三个侯王侵入俄罗斯,其中的一个王子成为俄里克帝室的创业之主,统治了七百年。
[2] 两个宗教派别,都实行割去睾丸和鞭挞自己。
[3] 两个宗教派别,都实行割去睾丸和鞭挞自己。

吧。而且她也要把你牵引在罪案里面。她包庇盗贼。"

异常的敏捷,他从椅上跳起来,震动着桌子和桌上的一切东西。萨木金扶持着那洋灯。伯尼可夫的肚子已经挺到他的肩膀上。急促的言语纷纷落在他的头上:

"听着。我再提出我的请求。把那合同的草案交给我。我愿出五千,懂吗?"

萨木金要站起来,但是伯尼可夫的一只手紧紧按下他的肩膀,另一只手高举着,好像宣誓,或者要打似的。

"等着!"伯尼可夫说,他的声音更加沉静,更加清醒了,他的脸上冒着汗珠,好像眼泪似的滚下,"你不能同情于出卖你自己的国家的人,倘若你是一个正直的俄罗斯人。我们要凭我们自己振兴它,我们是有才能的、强毅的——无所畏惧的——"

"前次我已经告诉过你——我一点也不知道那合同的事。马利娜从来不给我知道她的事业的秘密。"萨木金努力说了,在那一只沉重的手下仍然挣扎着。

"我不信!"伯尼可夫叫喊,"那么为什么她雇用你呢?为什么。你不知道。她对于你这样保守秘密吗?把它找出来。你并不是一个小孩。我要给你一份事业。不要当傻子。什么彼来提洗手,混蛋。真的,你自己想想,生活确乎是一天比一天更坏。你能够做什么来改变这种情形呢?你?"

他的话完结在显然轻侮的一声里,这给了萨木金推开他而且站起来的力量。他抓起搁在镜子下面的桌上的他的帽子。

"我不理你!"他叫喊,在激动中踉跄着,"你没有良心。"

伯尼可夫用他的肚皮挺住萨木金,把他抵在墙上,对着他的脸喝道:

"你有良心吗?谁要你的鬼良心,用你的良心能够塞住什么漏洞?你在大学里研究——在什么人的大学里?……滚出去!到地狱去!滚出去!"

然后他放出一通滔滔不竭的臭骂。

第六章

一

萨木金不能记起他是怎样奔到街上来的。抖颤着而且呼吸困难,他慌忙走去,拿着帽子,肩膀默默地震动,喉咙有些哽咽。他对自己叫道:

"我应该捣他的脏脸。我就该打他。"

不久他就注意到人们让路给他未免太过匆忙,有些人竟自停住好像注意看他要干出什么事来似的。他把帽子按在头上,放缓脚步,转进一条狭窄的、灯光暗淡的街道。

"这坏透了的猎狗——他并没有醉,这野兽。像这样的人们应该毫不留情地给毁灭掉。"

一种恶劣的温暾气味充满了街道。几乎每家门口都坐着和站着一群人。一种无休止的骚乱逐步追随着萨木金。笑呀,叫呀,无疑地这都和他不相干,但是这加强了他的曾经受过侮辱的难堪之感。他觉得需要一片开阔地面——广场,郊野——空旷,寂静。从这街穿到那街,他爬上一辆古旧的街车,由一匹骨瘦如柴的马拉着,而由一个快活的、唠叨的小老人赶着。萨木金在这车里慢慢地摇荡着,颠簸到腰酸的程度。他的头昏了,而那暴怒的胖人的胖相在他的心里跳跃不停,尖声叫骂。

在他的旅馆里,萨木金要了苏打水,然后脱掉衣服,把它们抛在地板上,好像它们已经沾满了泥浆似的。他点起一支烟,纵身躺在长椅上,觉得毒气通过全身,窒息着他。伯尼可夫的鼓胀的面孔悬在他上面好像灰云里面的一只气球似的。他的思想骚动而且混乱,提起和放弃一种决定又一种决定。

"是的,是的——这样的人们确乎应该被毁灭掉。何等可恶的一种犬儒的心理……我必须离开此地。明天……我确是选错了这种职业……我能够诚信地保障什么人和什么事呢?我甚至不能够保障我自己反对混蛋……和马利娜的种种关系——我要辞去她的工作,去住在莫斯科——或圣彼得堡。你能够住在那里比在各省还更隐晦——"

他觉得他的决心是坚定的,于是安静了。他站起来,又喝了一杯嘶嘶作响的凉水,点起一支烟,停在镜子前面。下面的远方,在人家的墙壁的包围之中的一个小广场里,被黄色的灯光朦胧照明,有些小黑人影滑过好像一层薄脂油皮似的东西上。

"我真是想要隐晦地生活着吗?不。我是想要独立地生活着。那——匪徒——在犬儒主义之中发现独立的思想。"

他机械地记起希腊人把犬儒的第欧根尼[1]叫作一条狗。

"希腊人是对的。生活在一只桶里面,限制人的欲求——这是降低人的尊严。犬儒主义和耶教的隐遁主义有些相同。"

---

[1] Diogenes(公元前412—公元前323),希腊思想家,反对文化生活,隐居桶中。

有些烦恼了,他用力防止他的博学的记忆的崩溃。伯尼可夫也读过许多书。但是他所读过的显然和他的经验融合为一体了。

"不可否认的,这动物很能够想到而且说出许多独创的东西。对于他这世界并不是成语的体系;像刘托夫那样,他把他的思想锻炼成一种防卫的武器,比我的更精良得远。卑劣吗?全不。一个热情的人,而热情并非卑劣——热情是悲剧。任何人都要以为我是在替他辩护吧。我不过是力求公允而已。我遭遇着一个生长于以竞争为生活的阶级的人了。他自称为军人是十分恰当的。他的生活是由攻击人和防备人攻击自己所造成的。他想要设法和我联盟。"

"我是正在说服我自己单身肉搏一个巨人而致失败并不可耻吗?但是失败了吗?我完全理解他的秽恶的要求的理由,但是我并不原谅或容纳那要求。"

萨木金觉得晕眩,脱了衣服,爬到床上,静躺着努力寻求在这很重要的一天里他的全部经验和思想之间的平衡。他希望这平衡是安稳的。

"我更加明智起来了——"

记忆,虽然疲乏,总是在证实这几句发闪的话。

"人是废料,是骗子,活着不过是用些可喜的花言巧语来自娱自慰——好像一个不幸的小孩似的。"

接着是咯咯咯的笑声。

二

萨木金醒迟了,嘴里面有腐败的酸味。他的头里面充满了沉重的昏雾,而房间里的空气也是灰暗浑浊的,好像在黎明之前似的。他勉强起来,拉开窗上的帷幕。风悠悠地散播水汽在窗玻璃上,淡蓝的云层虚悬在屋顶之上。恰和昨天一样,人们正在下面的广场上熙来攘往;在这种喧嚷之中是难以显出个别的音调的。同样的马车向各方面驰去。不难把它们想象为全是同样的马车在那里绕来绕去，正在寻找走出这聚集着许多小人形的小广场去的路。

市声喊喊嚓嚓，带着刺耳的、闹人的咻咻。一群灰蓝色的音乐师，带着变色的铜乐，从一条旁道里侵入广场。两个人骑马进来了，一个肥胖，另一个细小得好像小孩，昂然跨坐在铜色的长腿马上。一群密集的铅色小兵踏着机械的步伐走进来。

"将要死亡的我们向你敬礼。"[1] 萨木金记起这话。恼怒了，他离开窗子，想道：

"我要告诉马利娜——昨天的事情吗？"

这问题仍然没有解答。他按铃，要了咖啡，要了俄文报纸。然后他洗浴，同时他的心里持续地穿过：

"将要死亡的我们向你敬礼。"

用湿手巾擦着背脊，他想道：

"这或许完全是由于一个伯尼可夫就像一个恺撒——提伯留斯、克老丢斯、维提留斯。[2]"而且惊异他自己对于伯尼可夫这家伙毫无反感，漠然淡忘。

他喝他的咖啡，读他的报纸。在紧接着被军事法庭绞杀了的人数统计之次就登载着一个著名的记者自以为有趣的无聊的唠叨，像一只老狗似的汪汪。绞刑是每天都在孜孜不倦地执行着的。

"将要死亡的我们——"

那报纸立刻就使他丧气了。而且要求他做一个结论。他的杂乱的、过多的记忆照例亲密地提出种种名言警句。萨木金以为最合适的是萨母朱之尼可夫的一句半：

---

[1] Morlturi te Salutamus，拉丁语，罗马帝国时代斗士于开始决斗之前向国王（恺撒）致敬之呼声。

[2] 三个都是罗马暴君。

……在这种时代，
正直的人不爱他的国家。

他想起了雅可保维奇-米尔兴的责难之词：

为什么我们应该孝敬你呢？
你是怎样养育我们的呀？

将近午后了。萨木金拿起米里支可夫斯基的书《将来的恶汉》，而且又躺在长椅上。立刻就明白这作家早已预想到他的某些意念，但是把它们配置在一种松弛的、矫柔的形式之中。讨厌！他把那书抛在桌上，而且描绘给他自己在波洛丛森林中的妇女行列。

"何等美好的一个小世界呀。"他听见伯尼可夫说过。

侍女进来问他倘若她来收拾房间会不会妨碍"麦歇"。[1]……不碍事的。

"默洗。"[2]她说。她的头上戴着一顶奇特的小帽，而且她的身材是苗条的。红鬈发翘起在那小帽下面，微笑的蓝眼睛柔和地活现在尖鼻子的脸上。

看着她收拾床铺引起萨木金内心一种轻佻的欲望。

"你好像是一个英国姑娘。"他说。

"不，麦歇——我是从阿尔萨斯来的。"

她确切地瞅了他一眼，好像她已经猜中了他的意思似的。他惶恐了，而且警告他自己：

"当然她是准备着做各样事情的，要一点钱，但是——我会受凉

---

[1] Monsieur，法语，先生。
[2] Merci，法语，谢谢。

的吧。"

他站起来，走出去到厅堂里，想道：
"伯尼可夫的地方显然是一个小型的行宫。"
双手放在衣袋里，怅然缓步在柔软的地毯上，他理着今早的心绪的线索，欣喜于它的随意曲折。梭洛古卜的诗句油然来到他的心头：

  我是这玄秘的世界之神——
  而这世界的存在只像是我的梦。

回到他的房里，叫侍役送一瓶酒来之后，萨木金坐在桌子前面，开始写作。他不曾听见有人敲门，一直到门开了他才抬头观看。

波坡夫把帽子摔在椅子上，用手巾揩揩他的湿脸，走到桌子前面，鼓起眼睛，露齿一笑。

"你和伯尼可夫争吵了吗？"他问，用一种老朋友的腔调，坐下在手椅里面。他并不等待回答，好像抱歉似的说道："显然我使你吃亏了。我自己处于一种愚蠢的地位。我不能拒绝那匪徒要我把他介绍给你。况且，他显然已经和你会过了，这坏蛋——"

对于波坡夫的忽然现形和他的没有礼貌，萨木金大为惊疑了，然而几经考虑，终于决定：

"他是被派来道歉的。好，我不接受。"这决定是暂时的。他大声问道：

"他告诉你他曾经会过我吗？"

"当然，为什么呢？不对吗？"

"对的。"

"呵，对吗？啊！"

猫叫似的长鸣了，显然十分得意，波坡夫从他的外衣袋里拿出一支雪茄，旋转着他的眼睛，说道：

"昨天你不曾注意我的举动吗？你看见了吗？我可以随便谈谈吗？"

"没有什么不可以，你尽管随便吧。"萨木金干脆地哼着说了。

波坡夫的紧张的脸皮上起了一种变化。两道深刻的皱纹从他的乱蓬蓬的黑发下面爬到他的光滑的前额上，使他的眉毛紧缩在一处而且遮掩着眼睛。这工程师咬掉了雪茄的顶端，把它吐弃在地板上，然后，低声下气地问道：

"请原谅我——但是他曾经要贿买你吗？"

"假定有这回事。那么怎样呢？"

这访客对他摇摇手，手里拿着一支燃烧的火柴，热烈地叫道：

"我们是在同一只船里面的。有人也要收买我——你懂吗？滚他们的蛋——那些伯尼可夫之流，不论是穿长裤的或穿裙子的。但是无论我们喜欢不喜欢，我们都必须出卖我们的知识。"

"但是不卖我们的荣誉。"萨木金提醒他。波坡夫扬起他的眉毛而且惊异地眨眨眼睛。

"自然。"

他点燃他的雪茄，一面吸一面喘气。然后他沉思地说道：

"知识必须和荣誉分开——倘若可能。"

"我说了一句蠢话。"萨木金反省，觉得懊恼了，决定对于这家伙必须更加小心。

"你是'石硬派'[1]之一吗？"波坡夫审问。

侍役送酒进来免掉萨木金回答的必要。但是波坡夫显然并不期望回答，因为他正在继续谈论：

"好，我们不必再用这名词。普列汉诺夫说得对，社会民主党可以和自由主义者安稳地同车并进。欧洲的资本主义是健康的，足够再活几百年，我们俄国的乡愚们应该同这些法朗吉人学习生活和工作。我们的

---

[1] 反对派称呼布尔什维克的诨名。有两种含义：一是"硬头皮"，一是"硬到死"。

土地是广大富饶的，但是它仍然是由精穷的、乞丐似的小百姓耕种着——他们是主要的消费者。倘若我们对于这问题不做一点事情，我们就要遭遇如中国相同的命运。而且你们的列宁，为加速那种结局，正在组织新的农民叛乱，恰如普加乔夫时代一样。"

萨木金喝着酒，等待着那工程师替伯尼可夫表达歉意。他必定是奉了那胖人的命令，为了那特殊的目的而来的。

波坡夫谈得很起劲，好像他们初次见面的时候一样。一只手拿着雪茄，另一只手端着酒杯，他谈下去了，训诫地瞅着萨木金：

"这些问题影响你们律师并不如影响我们工程师那么重大。说得坏一点，你们同样保护掠夺者或被掠夺者，并不必要改变既成的社会关系。我们的工作是建设，用铁用煤油来丰富这国家，使它的技术武装起来。倘若要召请法朗吉人的话，我们比商人们更明白哪一国人对于俄国更有用。商人们只想要价钱便宜的法朗吉人。倘若我们有了钱在手里，我们就能够离开那些法朗吉人自己干下去了。"

他一口吞完一杯酒，更加兴奋起来，继续说道：

"我们所需要的是欧洲那样的工业家、组织者，他们配做内阁部长——在法国或在德国那样。假如说农民或半农民的工人要受苦吗？受苦对于他们是有历史的必然性的——那是对于懒惰的惩罚。至于俄国的工业家，他是一匹无教养的动物，一只猛兽，而且吝啬，他最近才从农奴制的笼子里跳出来，而且现在他还是一个奴隶。"

"你早已认识马利娜了吗？"萨木金无意中泄露出来。

他觉得他看见这访客的眼睛里闪出嘲笑的光芒。

"伯尼可夫认识她。他是一个犬儒主义者，一个说谎者，他轻蔑人们好像铜币似的，但是他看得透各种人和各样事，他并不高看你的女东家——或者正相反他把她看得很高。他称她为黑暗的妇人。我应该说明他有一笔账要和她清算。她必定挖过他的一大块肉。在我看来她是一个自尊自大的人物。"

房间明亮起来了，萨木金，看见烟雾弥漫，站起来打开窗子。

在他后面那工程师用手指敲敲桌子。萨木金惊异地想道：

"要到什么时候才道歉呢？"

急于要再听关于马利娜的事情，他问：

"你认识古图索夫吗？"

"我从前认识他。现在也还认识他。当学生的时候，我在他的秘密团体里面，后来他带我去接近工人们。他讲马克思讲得很好，但是他自己是一个梦想家。这并不会阻止了他对于人们直率得好像一柄斧子。总之，他完全是一把剃刀。"波坡夫说，已经匆促地和乏味地描画了这人物之后。忽然从他的椅子里急忙站起来好像有什么东西刺着他的后背似的，然后问道：

"伯尼可夫对于那合同的情报愿出多少酬劳费？"

萨木金，正在一种神思恍惚的状态之中，冷笑道：

"我想那猪猡说过五千。"

波坡夫，呆看着地板，握响他的手指。

"这杂种，他应该更多出一点。"

又坐在他的椅子里面，他的愁眉展开了，他的乌眼睛还是鼓着，他赞扬地叫道：

"马利娜必定咬去了他的一大块。他是能够很慷慨的。他是一个热诚的赌徒。"

波坡夫的眼光，他的言语的洪亮，都是十分明朗的。萨木金觉得有些惶恐。

"我不愿意谈论这问题。"他声明，立刻感觉到他说得不够粗糙。

那工程师蹒跚地把他自己从椅子里提起来，东瞻西顾，然后摇摇头。侧面对着萨木金，沉重喘着，他质问：

"你不肯吗？当真吗？"

"滚蛋！"萨木金叫喊，把他的眼镜从他的鼻子上抓下来，而且跺着他的脚。波坡夫，翻转他的宽脊背对着萨木金，大步走到门口，咕噜了几句不明白然而确是可恶的话。

萨木金的双膝正在发抖。他堕落在长椅上，呆看着他的眼镜架而且眨眨眼睛。

"这些该死的骗子！"

他从来没有这样痛切地感觉过他是何等无保障，何等无权力呀。一个将近四十岁的壮年男子忍不住因为被侮辱而流泪了。吸了一支烟又一支烟，他长久躺着胡乱补缀他的经验的碎片裂痕。晚间的灯火已经燃起来了，异常刺目，这时萨木金正在面对着这问题：他要怎样逃避连续而来的卑污的、犬儒主义的横流，逃避这种滔滔不竭的邪恶的意念或言语，这些意念和言语把各样都变为一种辛辣的尘灰，毒害脑筋。

他并不尽想那问题。一个简单的思想轻易地来了——就是，在这买来卖去的世界里，只有钱，多多的钱，才能保障独立，使人得以离开那种人人都想以别人为牺牲来争取独立的人群。

"倘若进攻要钱，那么退守必定也要钱。德国工人，通过他们的党，现在是巨大财产的所有者。"

他描画给他自己一个有钱人，住在一个安逸的小国家里，或者就说住在南美洲的一个共和国里，或者，像罗素[1]博士似的，住在海地吧。对于当地的语言他只知道向土人买东西必须说的几个字。这就不必冗长地谈论各样事情，好像在俄国似的。他要有一个巨大的图书馆，陈列着最有趣的俄国书籍。他自己将要写一部书。

"我并不是彼得·斯里米尔，因为失掉我的影子而受苦。我也并不会失掉它。我心甘情愿抛弃那必须痛苦地拖曳着的一道日益沉重而又沉重的影子。我已经活过了我的生命的一半，现在我应该休息了。在这不断的经验的累积里面有什么意义呢？我的经验是足够丰富的了。那么，

---

[1] W. C. Russel（1844—1911），英国小说家。

什么是生活的意义呢?……到了我的年龄的人来问这样荒唐的问题真是呆气。"

然而,他有一个实际问题必须问他自己:

"这就是说我可以服从伯尼可夫吗?"

确定的回答来了:

"不。我不能。"

他说出这拒绝之词坚决得好像他已经知道那合同的条文而且能够把它们照抄下来似的。

三

在这样心情之中他过了不如意的好几天,游览了几个博物院和孟提巴那斯的几家欢乐的啤酒馆。有一天晚上,在一家小咖啡馆里,他听见他后面有人说俄国话。

"据说列夫·托尔斯泰夫人也雇了音格雪[1]人保护雅斯那亚·坡里雅那[2]。"

"马加洛夫!"萨木金猜想。

"那么地主们不再信赖哥萨克兵了吗?他们派人召集你所说的殖民兵了吗?……有趣。或者雇用高加索人更便宜些吧。是吗?"这是古图索夫的声音。萨木金不愿意被认识,低着头在他的盘子上面。他的同乡人现在已经付清了他们的账单,而且向门口走去。用眼角瞅着他们,他看见他们出去了。他看见马加洛夫的挺直的、停匀的身材和鬈发,以及古图索夫的短颈子和码头夫似的肩背。他懊恼地记起了某人的尖酸的笑

---

[1] 高加索的一区的土人,以鲁莽著名。
[2] 托尔斯泰的家乡。

话:"一个插曲[1]里的人物,但是不愉快的。"

在旅馆里,从安提威来的一份电报正在等待着他:

"不返巴黎。回莫斯科。马利娜。"

他把电报纸撕成碎片,抛在烟缸里,放火烧它们。而且用一支铅笔搅动余烬,等候它们完全化为粉末。一种深刻的无聊侵入他的身心。他住在这大都市里的意义忽然消失了。这都市本来是可厌的。它被富裕的外国人弄脏了,它的存在不过是为了炫耀,它迫使它的全体居民跟着学样。

"在波洛丛森林中的争奇斗艳的妇女行列是鄙俗的——儿童剧院的喜剧也是的。那街车夫对于我好像在他的破车里颠簸我的骨头是他赐给我一种光宠似的。侍役们对于我谦卑得好像我是一个野人似的。妇女们当然也是那样谦卑。"

然而他决心要停留到他的钱用完的时候:游览红色磨坊和黑猫,旅行到凡尔赛,在色尼河岸的一家书铺里他买得一大本古旧的厚重的《巴黎》,是弗洛贝尔的朋友康纳斯作的。他在早晨读它,午后就走出去研究"老巴黎",有时他诽谤这地方,但是缓步在这都市的历史的街道上,他是异常高兴的,觉得巴黎给了他某种教益。窗玻璃,比空气还要明净,炫耀着过多的黄金、宝石、皮货、绸缎、纱罗。巴黎大叫而且大笑。音乐的片段从咖啡店的门里溢流出来。这一切全都造成一种声音的旋风,暗示谐曲和旋律,唤起诗词、警句、逸话。"欢乐女儿们"正在骚动。在莫斯科和圣彼得堡的街道上她们只是怨求,但是在这里她们似乎确信有招待的权利,而且要求立刻决定。

"我们去吧,老孩子。"她们叫唤,正对着人的脸上硬送秋波。并不等待回答,她们就走开了。

"她们怕警察。"萨木金想,"她们太厚脸,也太雄赳赳。没有问

---

[1] (Episode) 希腊悲剧中二段合唱之间的节目。

题，这里的女人的支配力是更明白、更显著的。文学加强了它。"

记起了哲学家费多洛夫的关于一八八九年巴黎博览会的论文，他又说：

"工业也加强了它。"

他越来越渴望一个女性。于是闹出一场后来觉得好笑的冒险故事。

有一天晚上，很迟了吧，他徘徊在一条狭窄而弯曲的街上，两旁密接着高房子，各家的窗子是不一致的，有些似乎挤出来，伏在地上，另一些却硬往上爬。在气味浓厚的黑暗中，在旁道上和在门道里，坐着和站着一些外表过于民主化的人们。有着幽静的谈话，抑制的笑语，高声哈欠。这里的雾团气是一致疲乏的。

萨木金觉得他引起了一种窥察的沉默，甚至敌意的叫嚣。一个粗壮的男人，大头，灰胡子，拉紧他的吊裤带，啪的一声，响得这样厉害，以致萨木金跳了一下。

"不，不，麦歇。并不是手枪。"

"在街上开玩笑。"萨木金想，加快他的步伐。他走到了色尼河的一个码头上。在河上市声是重浊的，而且水流得这样懒悠悠的，使人想象到他为难地运送着这市声通过它曾经为它自己切开的石造建筑物之间的黑暗的裂口。许多窗子里的钝滞的灯光反映在黑水上，抖颤得好像尽力要消散似的。一艘黑色货船紧靠住河岸。船上站着一个人，用一根长竿试探河里。一种艰苦的声音从河里发出来，那声音的所有者是无影无形的：

"往右边，安德里。右边。更右边……停止。没有用。"

那人把长竿抛在货船上，高声叫苦道：

"倒霉！那公牛要罚我们了。"

一个穿白衣服的女人，不戴帽子，从一家慌忙走出了，几乎撞在萨木金身上。她瞟着他，从头到脚，然后缓缓地走在他前面。她是中等高度。她的身材是婷婷的，而且她走得活泼妖娆。

"啊！"萨木金决定，就尾随着她。她走进一家小咖啡馆，里面的前部点着一盏瓦斯灯。桌子都摆在门的旁边，一张桌子正在玩纸牌，玩牌人之中有一个怪模怪样的小兵和一个鹰鼻子的秃头汉子。第三个是胖女人，通身亮晶晶的：她的大鼻子上的眼镜，她的领针，她的银色的头发。

"今晚你来迟了，里莎。"她说。白衣服的女人坐在一张空桌子前面，用一种婉转的声音答道：

"雇主们都是按照他们自己的钟计算时间的。"

"而他们的钟又常常是慢的。"那小兵又说，快活地。

萨木金坐在里莎对面的另一张桌子上，而且要了酒。那胖女人忽然消失在餐室内部，临走的时候她对一个玩牌的人说：

"你用拖延的方法。依我的计算你已经输掉一个法郎了。"

里莎是动人的。她的脸上有两道弯弯的黑色蛾眉，爽朗的、英俊的褐色眼睛，略带顽皮相的小鼻子，果决的口吻。她的胸像是分明而且匀称的。

"她好像一个乌克兰女人。"萨木金暗自欣赏，而且专心研究种种开始交谈的方法。然而，里莎先开口了：

"麦歇是一个外国人吗？……哦，俄国人吗？你们的革命怎样了呢？农民和工人联合起来了吗？"

"这么多问题。"萨木金说，微笑着。她又高兴地加上两个：

"革命党吗？亡命客吗？"

"你为什么这样想呢？"

"哦，资产阶级的外国人不会到这里来的。"她说，轻蔑地。那小兵和秃头汉子都停止了打牌，默默相对。萨木金并不看他们，知道他们都在静听他的回答。好像这是十分惯熟的问题似的，他告诉她：

"是的。我参加过莫斯科暴动。"

他不能不授予他自己亡命客这荣衔。这相识进展得很容易，而且增加了他的企图，使他急于有所动作。那胖女人送给他一瓶酒，然后送给里莎一盘花椰菜和一卷面包。

"到我的桌上来。"那姑娘提示。当他服从了的时候，她继续说：

"呃！贵国人民现在做些什么？"

萨木金开始告诉她今天他读过的莫斯科和圣彼得堡的报纸上的消息，但是里莎发脾气地说道：

"为什么，这还不及我们从我们的资产阶级的报纸上得到的消息，不必说《人道报》[1]了。你害怕这些陌生的人吗？"

指着那秃头汉子，她说，说得爽快而且明白：

"这是我的叔父。你或许听见过他的故事。朱来士同志从前写过关于他的事情，我的兄弟。"她指着那兵士说："他并不真是一名兵。那是舞台的制服。他是一个歌人——他作曲而且歌唱他们。我帮忙他作曲和陪他唱歌。"

两个男人都紧紧地握了萨木金的手，而里莎握得尤其紧，并且一直握着它，说道：

"在十分钟之内我们就要开始工作。离此地不远——大约两分钟可以走到。表演一点半钟——"

"一点钟。"那兵士说。

"好啦。我们演完就回来，然后你告诉我们——"

那秃头汉子突然大声说道：

"回来干什么？我觉得更简便的是到舞台上去提议，请这位同志报告俄国时事。"

"我已经把我自己编进一篇逸话——一幕歌舞喜剧里面去了。"萨木金想。凄然看着里莎的温柔的眼睛和高耸的胸部，他抱歉地说明在一点钟之内他必须到瑞士去。里莎放了他的手，而且显然懊恼地说道：

---

[1]（*L'Humanite*）在巴黎出版，法国工人阶级的机关报。

"我明白了。那里有许多俄国人。但是——好，这里有许多俄国亡命客，但是他们都是不——很喜欢社交的。你似乎对于法国工人没有多大兴趣。"

萨木金立刻提议为法国工人祝饮。他们都喝了。然后他告别，而且急忙走开，好像他怕他们会阻止他似的。他历来不会笑话他自己——或者有过一两回吧——但是现在，走在幽静的、黑暗的街上，他发现他自己哈哈哈了。

"一桩不可告人的意外事件，幸而我没有朋友。"

四

他把他的心放在别的事情上，尽力抑制失败、错误的那种辛辣的、不快的意味，觉得他自己陶醉了，并非由于酒，而是由于女人。回到他的旅馆里，走过厅堂，他窥看那侍女的房间里面。他是空虚的。那么这姑娘当值，还没有睡咧。他按铃，而且当姑娘来了的时候，他把手放在她的肩膀上，微笑着问道：

"你能够给我一点快乐吗，能不能?"

翻起她的眼睛，姑娘当初不明白，但是后来懂得了，就把她自己贴紧在他的怀抱里，而且他把她的答话翻译成这样：

"哦，麦歇，你想怎样快活就怎样快活吧。"

她的急切的接吻是尖锐的，使萨木金的嘴唇在一种异常感动的痒酥酥的状态之中。在吻与吻之间她悄声说道：

"等一小会儿，麦歇，到我下班的时候——好吗？……二十五个法郎，麦歇。"

滑脱了他的怀抱，她不见了。

"做生意。简单。不说谎。"萨木金称赞。他并不会等待许久，但是觉得他自己很不耐烦。她终于来了。当她脱衣服的时候，她咕噜着：

"我真荣幸——巴黎有那么多美丽的女人,适合一切趣味——麦歇却找不出比我自己更值得的伴侣,我喜欢证实麦歇的这种赏鉴。"

柔软而且有劲,她开始证实他,孜孜不倦地和他玩着为艺术而艺术的把戏,并不单因为这艺术给予他一种生气而已。

萨木金在巴黎又停留了十天,时常在一种不能决定要干什么的心情之中。他想要回到俄国,回到一个商人和小市民的安静的城市里,那里曾经被革命所震撼的人们正在奔忙着恢复他们的习惯、思想,以及刻板的常规的种种关系,而且在那里马利娜能够在他面前展开她的可疑的、颇为隐秘的智慧。

"我显然是她可以炫耀这种智慧的唯一对手。她是像生活似的那样迷惑人,也同样不可思议。"

他默想着倘若他有办法,他愿意留居在这生活安定的国家里,在这被推为现世界最优美最富于诱惑的都市里。

"这是对于未开化和半开化的人们而言,而巴黎是依靠这样的人们的钱来生存和装饰她自己的。"

他记起了他最近对于巴黎的批评。

"不。这里的人民是更简单,更近于简单,也更切实的。并没有刘托夫之流,并没有古图索夫之流,并没有像伯尼可夫和波坡夫一类的哲学化的强盗们。这里的社会主义者是一些正常的人物,他们的目的是维持劳工的生活状况不至于更坏。"

这种种思想欣欣然发展得很轻快,好像它们自己自动扩张似的。记忆提供了许多名句:"真实的自由是选择经验的自由。""在正在继续变动的世界之中,寻求结论是愚蠢的事。""许多人努力寻求真理,但是谁不会歪曲现实而得到了它呢?"

在萨木金的脑筋里有固定不移的一点,一架显微镜,无论何时,只要他愿意,它就显示给他所思维的一切,他怎样思维,他怎样自相矛盾。有时他的理智的这种性质常常使他疲乏,扰乱他的生活,但是他却越加屡次赞赏这位检察官的工作，更加把他的职能看作他的推理技术的最妙特点。

在巴黎的最后几天，他每天早晨出去散步或坐车周游这都市及其郊外；晚间回来旅馆里休息；十点以后，侍女白兰支来了；在做生意的当间她问他是什么人，结婚了没有，俄国像什么样子，那里为什么有革命，革命党要干什么。关于他自己他告诉了她一些美丽的谎话，但是谈到革命问题他就严肃地说道和一个女人睡在床上是不应该讨论这种事情的——这答话显然使白兰支把他看得更高了。这姑娘的素朴的、营养式的无耻，实事求是地按期向他要钱，好像一个来历不明的医生似的，引起了萨木金的一种鄙视。但是有一次，当她娇弱无力地熟睡了的时候，她的发乱鬓纷的头靠在他的臂下，萨木金几乎怜悯她了。他也瞌睡了，但是这床对于他俩是太狭窄的。他曲肱为枕，详细考察她的面孔。她的嘴是开着的，眼睛下面有黑影，呼吸是不均匀的，有些困难。这小脸上有些悲凉。在白天他是红红白白的那样可爱，现在却惨淡得几乎不能认识了。点起一支烟，他想道：

"总之，她是绝无恶意的。她无疑地要积蓄她的钱，找一个丈夫，然后开一个小咖啡店，好像那戴眼镜的妇人似的。"

他自己想到莫泊桑的《我们的心》的那风流潇洒的主人公曾经把一个侍女作为他的情妇。他叫醒白兰支，她立刻向他道歉。当他离开旅馆的时候，他赠送她价值一百五十法郎的一只手镯，另外还给她五十个法郎。她感动了。她的双颊泛红，两眼闪出喜悦的光辉。她热心地笑着，咕噜道：

"噢，你是这样——大方。我一辈子记得俄国人是这样——"

不能找出一个字，她重复说：

"大方。"

萨木金荣耀地、温柔地拍拍她的肩头。

第七章

一

在离开巴黎之后的第四天早晨,萨木金从车站坐车到罗士戈洛得的他的住宅去。暗淡的蓝天在破碎的云片中照临着这城市。峭寒的阳光滑过冻结的地面。一阵吵闹的疾风折掉树上的几片叶子。这是惯熟的光景。还有惯熟的是那些俄国人,一个跟一个好像赛跑似的,在秋寒之中挣扎着,奔到省长衙门、法庭、县政府,以及其他机关;高等学校的灰色孩子们,工业学校的绿色孩子们,女子高级学校的朱古力色姑娘们,初级学校的顽皮小孩们。各样都是惯熟的,但是萎缩而且乏味。那些建筑物都各自分立,互相避开,而且透明的秋气无情地暴露了木造家宅的老朽,和石造房屋的笨重可怕。

"一有机会我就要搬到莫斯科或圣彼得堡去。"萨木金颓唐地想了,"马利娜呢?我今天或明天去看她——听她的谦虚的、奇拔的名言警句。

好吧……伯尼可夫现在在什么地方呢?"

他的住宅的四个窗子全都盖着木板,这加深了他的抑郁的情调。来开门的是那干瘪的、阴惨的、古老的仆妇,非里柴太,比以前更加弯腰驼背了。照例沉默着,她现在向他鞠躬。并不开口,呆看着他好像他是一个陌生者似的,她的皱缩的嘴唇一动,做了一个手势,好像要问他:

"你要找谁呀?"

当萨木金询问到比士比妥夫的时候,她几乎无声无息地告诉他:

"他在牢里。"

"什么?为什么?"

"他杀了马利娜·彼得洛夫娜。"

萨木金刚从外套下面抽出一只手。另一只就好像折断了似的跌落在他的肚子上,外套滑脱到地板上去了。这阴郁的厅堂黑暗得使人窒息。萨木金倚靠在墙上,含糊说道:

"让我想一想。这是怎么一回事呢?什么时候呢?"

"她回来之后的一天。他用枪打她。"

这老妇人走到别的房间里,打开窗板上的铁钉,于是雨条般狭窄的光线就一条跟一条射进厅堂来。

"你要茶炊吗?"非里柴太问。

萨木金点点头,走进一间空虚得可厌的房间里,所有的家具全堆积在一个角落上。坐在一只尘封的长椅上,他用手掌摸摸脸,他的手是抖颤的。在他的眼前,在虚空中,现出一个辉煌美丽的裸体女人。她怎么会死呢?

"被杀了!由于某人。"

排开马利娜的幻象而来的是一个肥蠢的、粗野的汉子,满脸黄毛,玻璃似的眼睛,唇皮臃肿成一张愚昧的、贪馋的嘴。心境逐渐澄清,在惯于防备可能的危险和不必需的烦恼的情况之下。

"这就是说我要在刑事庭上做证人,受审讯了。"

他的怒火中烧,而且他第一百次又遇见了这熟悉的老问题:

"为什么?为什么我又被牵入这种横逆的情况之中?"

非里柴太站在门道里面,双手交叉在胸上,好像她已经躺在她的棺材里面似的:

"他们命令我你一到家就要去报告警察——我必须去吗?"

"当然。"

"赛沙会送茶炊来的。"

在邻室里有沉重的足音。铜壶铿锵。杯盘叮当。萨木金走进那房间里,在里面向他屈膝敬礼的是一个笑眯眯的姑娘,胸部丰满,玫瑰面颊,蔚蓝眼睛,一条粗实的黄色发辫拖到腰际。萨木金告诉她他会照料他自己,要她出去找最近十五天的本地报纸来给他看。然后,记得他在车上不曾洗脸,他走进浴室里。他尽在那里,忘记了茶炊,到他把它搬进餐室里的时候,它汹涌地沸腾着,喷出来的水花都烘干在他的肚皮上了。他呆坐在桌子前面差不多有一点钟之久,不耐烦地等待着报纸,茶炊尽自沸腾,嘘嘘咻咻,喷汽进房间里面。

"他们把那闭火塞藏在什么鬼地方呢?"他思索,恐怕着水会烧干以致茶炊炸裂。他想打开盖子看看里面还有多少水。盖上的一个旋柄已经不见了,另一个是松弛的,以致他烫着他自己,想道这些仆役对于主人的财产是何等漠不关心呀。他终于倒水进茶炊里而且吹灭了火。这种小困难排遣了他的思虑,同时热面包和菩提蜜汁诱起了他的食欲。只有一个思想还留存在他的心里:

"我必须走了。"

可惊的是关于这事件报纸上只有两条新闻,其中的一条是:

> 昨日全市皆震惊于声望素著之马利娜被谋杀,兹据探访所得,情形如下:马氏向例于每星期日下午二时关闭其法物商店之店门,但昨日该店并未按时闭门,然亦不见顾客或女财东,大市街各店主

为之大惊。首先加以考察者为兑换业主克拉坡夫氏。氏入门呼唤女财东，并无应者，进至后房，则见彼女卧于地板上焉。

"白痴！他们连文法都不通。"萨木金想。

彼相信马利娜已不起，即出而告知化装店主彼提索夫，请其用电话召伊夫几尼夫医生，该医生乃彼提索夫之房客也。然而，当时市警局医官贝克曼适经其地。彼断定此妇人伤在颈背，显已致命，果不两小时而死矣。今夜为时已晚，此惊人惨剧之详情，请看明日本报可也。

第二天的报上也只报道拘捕了"比士比妥夫，被害妇人之甥，适在酒醉状态中"，云云。再后两天的报上载着一条短短的新闻，略述罪恶的牺牲者的庄严葬仪，"全市士女皆伴送其棺至最后安息地"。

报纸从萨木金的手里滑落到他的膝上，而且他使劲把它摔在桌子下面，沉入深思之中去了。虽然比士比妥夫的被捕可以解释为因为这谋杀案，而许多混浊不清的思想还是旋转在他的心里面。

"这猪！这傻子！他怎样能——他怎样敢？他平常是害怕她的呀——"

二

十二点钟之后不久，他坐在检察官的办公室里。这房间面对堆积着桦木柱头的一个后院。房里充满了枯败和烟熏的臭味，使人想象到由胃里冲到脑里的毒气。沙皇亚历山大三世的一张油画像高悬在一个宽而低的柜台之上。在一只旧书桌后面，在高背的皮椅子里面，坐着一个灰眼睛的老人，衔着一支纸烟，一张卑鄙的俗脸好像缝合在那黑色制服上面似的。他的鎏金色的面颊上有一张红血管的网络；他的尖尖的灰鬈子延长了他的面孔而且使他显明了；他的翘起的上髭有些军人气概；在他的圆脑壳上，在两只耳朵下面，有几丛灰头发像角似的突起来。这位检察官格丁·卡诺夫次基好像某一法国乐剧里面的角色。在这城里，他是以玩"稳提"牌最肯拼命出门的，因此萨木金忽然记起从前他在巡回法庭的律师室里听过的一个故事：大概是说，有一次，格丁和他的牌友不停地一直玩了二十七点钟，到第二十八点钟的时候，他们之中的一个得了"全胜"，喜欢死了，这事成了里翁尼·安特列夫的一篇好小说的材料。

"现在，"检察官开口了，用柔和的低音说，"我要麻烦你，我的亲爱的克里·伊凡诺维奇，关于你的当事人被谋杀这神秘案件——"

"神秘？"萨木金随声附和，"我以为凶手已经被捕了。"

检察官深深地喘气，用一个手指摸摸胡子，忧愁地说道："他并未供认他的罪过，自然在法庭未判决以前他不过是一个嫌疑犯。"

检察官的眼睛是没有光彩的，眼白是浑浊的，灰色眼瞳有些水汽，但是萨木金觉得这眼睛后面潜伏着另一双眼睛。他紧张、不安，而又恼恨他自己这样脆弱。

"我并不曾看见你的公文。"他说。

"你的话是对的。"格丁回答，点点头，又燃起一支烟。这人是一个不断地吸烟者。"这是因为，我的亲爱的克里·伊凡诺维奇，我并不是要你来做证人，如法律所规定。况且，倘若不是因为我的身体不好——我的脚有毛病，走路困难——我应该亲自到府上去拜访。自然，将来你是要受从严究讯的麻烦的，而且依法办理。比士比妥夫的证据的某些部分有这种必要。照现在一般情形看来，这个是要受酷刑的。他，自然，知道这个，所以不见得会牺牲自己保全别人。"检察官似乎在椅子里面向后一摇。他把一支铅笔插进他的胡子里面，搔搔他的下巴，呆看着柜台以外的一个角落，咕噜道：

"我请你到这里来——嗯,通知你——"

"什么?"萨木金急忙问,吃惊而且扰乱。

"好——现在,通知你关于那——案情。"

检察官用不愉快的停顿增强他的语势。

"我是说要和你开诚相见,完全坦白地直说。"他继续说了,"这案件确已引起圣彼得堡很大注意。所以特派一位皇家推事到这里来监视初审。我已经有了会晤他的荣幸。而在我们自己人之间他是铁面无私的,并且和从首都来的一切能干人一样,连他自己的妈他也不留情的。现在我们的院长,你知道的,是省长的内弟,候补高等法院院长。自然,他不愿有一个上司在他上面。而且还有别的许多事情。那么案情是要发展的,你懂得……"

电话叮叮叮响了,检察官把听筒放在他的灰耳朵上。

"我听见了……哈喽?……是的……是的……院长命令。停止吗?……很好,但是为什么呢?……是的,长官……立刻吗?……是的,长官。"

检察官脸上的紫红血管都鼓起来了,眼睛逐渐充血,上髭正在抽动,萨木金觉得必定出了什么岔事了。

"我立刻就要到法院去,"检察官说明,干咳着,"我相信你是刚从外国回来的。"

"从巴黎来。"

"哦,巴黎——是的。"检察官回忆地点点头,"我在那里做过学生,也在那里度过我的蜜月。啊,那是怎样的生活呀,克里·伊凡诺维奇。巴黎、弗洛仑斯、威尼斯——然后在这里二十七年。一个沉闷的小城市,是不是?"

"是的。"

"一个压迫的城市。"格丁·卡诺夫次基断言,自信地,"马利娜也是在那里吗?"

"不过几天,她到伦敦去了。"

"这样的吗?不,我没有去过伦敦。我可以问你——你知道她在圣彼得堡有些什么关系吗?"

"她说过关于访问坡格达诺维奇将军家的事。"萨木金回答,并不假思索。

"噢!"检察官叫喊,把手掌紧按在桌子上,扬起他的眉毛。"他是有名的,据说他是在一种——一种杠杆状态之中。原谅我。"他又说,"我不能站起——我的脚。你知道。"

"那么你怎样到法院去呢?"萨木金恼怒地想要问,握着那老人的冷手。同时检察官微笑,眼睛里挤出一点亮光,几乎是悄声私语地警诫他道:

"由于尊重和同情你,克里·伊凡诺维奇,我可以提醒你,在我们司法人员执行任务的时候,尤其是这些日子,发生一些——最恶意地夸张的毁谤,可以说吧?"

他又说了些一般人民的惶恐的想象,地方情报员的操切之词,报纸贪鄙图利的饶舌,但是萨木金并不倾听,正在努力压制着他自己的过度急于想要摆脱那冷手指的欲望。

三

在街上天气晴朗而寒冷。那些泥水坑原来因为天暖都溶解了,现在又在结冰。风奔忙着,把鸡毛蒜皮、落叶驱逐进水里面,它扯拉着萨木金的衣服,它煽动着他的困恼。好像回答风的每次扯拉似的,问题向他袭来:

"比士比妥夫会说出我的什么故事吗?……他会谋杀吗?……倘若不是比士比妥夫,那么是谁呢?"想到这一点他记起报纸对于罪人的目的并未提出解释。马利娜的回忆闪过心里,他觉得他不但漠不关心,而且几乎是敌视。

"一个黑暗的妇人。"他批评。

这又使他想到她或许是为警察服务的吧,他记起她曾经两次叫他去缴罚金——一次一百五十卢布,一次五百。

"或者那是贿赂吧。格丁想要我干什么呢?他的行动违法。他的临别训诫是一种特别的遁词。"

几只颓丧的小锤子敲打着他的头骨之下的脑壳。在家里,有一刹那之间,他看见镜子里反映着他的异常之亮的眼睛,他的稀薄的灰头发,觉得他的两腮鼓起,脸是圆的,而且小胡子已经和他的面孔不相称了,应该剃掉。镜子里也反映着体态丰盈的、秀美的侍女,正在邻室里摆设餐具。

"她必定是一个蠢材。"萨木金判定。

"主人在家吗?"非里柴太问那姑娘。

"在的。"那姑娘回答,声音里有快活的调子。

"我没有家。"是萨木金的沉默的驳斥,正在地板上踱来踱去,"我没有家——以生理的意义而论,没有妻子儿女,没有固定的熟人,没有一个相好的朋友,一个和我自己差不多同等知识水准的男子;以精神的意义而论,也没有内在的满足。惠特曼[1]主张人已经厌倦了平庸的生活,渴望着可怕的危险、未知的境界、非常的事故。这是无政府主义者的撒娇耍赖。"

"在战斗中和在绝壁边上是快活的。"

"青年期的浪漫主义。梅尼·里得[2]逃出学校,跑到美洲去。"

非里柴太进来,递一张名片到他的手里。萨木金把它举到眼镜前面,读道:

---

[1] Walt Whitman (1819—1892),美国诗人。
[2] Thomas Mayme Reid (1818—1883),英国少年读物作家。

"安东·尼乞孚洛维奇·台格尔斯基。"

"哦,是的。哦,是的。"萨木金犹豫不决地含糊说,"请他进来。"

一个圆圆的矮脚汉子已经跳到他面前,穿着姜色衣服,就好像一只红铜茶炊。

"你好吗?……你老了。我呢?"他叫喊,用一种响亮的中音,"你还认识我吗?"萨木金仔细看看,看见一只秃头,一张剃光的红脸,额角上残留着几许鬓发,一双小小的猪眼睛隐现在一管肥大的鼻子两边。一道修剪过的黑刷子似的上髭。

"不。"他说,"我不认识了。"

"原谅我来得这样——没有礼貌——老朋友就有这宗权利。我们所有的权利太多了,是不是?都应该削除掉,你说对不对?"

装出竭诚招待的脸相,萨木金颇为勉强地说道:

"欢迎你来。"

"晚餐吗?谢谢你。我原来想请你出去到餐馆里。就在你的家附近有一个餐馆,很不坏。"台格尔斯基说得很流畅,而且站起来,走在萨木金前头,进了餐室。他已经不是萨木金常在普里士家的庄严的集会上遇见的那人了。那时他是自满自足,矜夸他的学识,好像一位教授对学生演讲似的。现在他却随便说话,轻易乱谈。

"他似乎以为这是一个旅馆。我想他要问我一些问题——关于马利娜的吧。"

这猜想一点不错。台格尔斯基,解开他的对襟褂。露出一件杂色背心,把餐巾塞进领口里面,告诉萨木金说他是特派来监察那谋杀案的。

"据说她是一个美人。"

"她是——一个很美的女人。"

"我看。好,人或许喜欢破坏美的事物。美的女人被谋杀的次数常常比丑女人更多。往往由于丈夫或情人,而且总是从前面——头上、胸上、肚腹上。但是她却从后面被害,打在颈背上。这也可以说是由于企图劫掠，但是在本案中，劫掠的事实是不成立的。有人以为神秘，但是我看不过是怯懦。"

张开他的鼻孔，他嗅嗅从汤上冒起的蒸汽。他的眼光一闪，很和善地说道：

"啊！心肝杂碎汤。我爱它。"

"狡猾的畜生。"萨木金想。

"那检察官——老驴子——要把你叫到他的办公室里，但是我制止他。这小事情不必闹得太张扬，你问为什么吗？我自己不知道。或许因为愚蠢，或许因为愚蠢和卑鄙合在一起……祝你的健康！"

他把一杯麦酒倾倒下他的喉咙里面，舌头咯咯咯地响，闭了一会儿眼睛，然后又散播他的言语：

"你有一副最堂皇的仪表。你好像是一位富裕的寡妇的未婚夫。"

"混蛋。"克里暗自咆哮。

"所以你要游巴黎了。至于我呢，总是尽力修饰漂亮，然而难以讨好高雅的眼睛。"台格尔斯基说了，一瞥那侍女。当她已经不见了的时候，他叹道：

"一个迷人的少女——一个妖精。"

他立刻问：

"马利娜有一个情人吗？"

"我不知道。"

"嗯，她有的。"台格尔斯基宣言，点点头。又吞了一杯麦酒，他继续说：

"谣传你最近是她的情人。"

"胡说。"萨木金驳斥，冷淡地。

"胡说可以解释为或许，但是不正确。在俄国，胡说往往是真话。"

台格尔斯基慢慢地吃着，而且那吃的过程并不妨碍他说话。眼看着他的盘子，正在技巧地剥着一块鸡骨头，他盘问萨木金是否知道马利娜的财产的数量,当萨木金断言他不知道的时候,台格尔斯基进而通知他:现款和金银抵押品大约有四十万;乌拉尔和伏尔加流域的地产或许两倍于这数目。

"或许三倍吧。是——是的。她没有亲属。所以,这财产是一种公产。按帝国法律应该归皇室所有。这事已经使某些人大不快活——那些嗜好舒服生活的人们。"

他把他的工具——刀子和叉子——从他的短胖的手指里放下来,而且摸摸他的面颊。然后他倒酒在那些杯子里,不平地说,毫无滑稽的痕迹:

"我喝,而你不喝。你的谨慎,你的闷闷不乐,确乎没有使我惶惑,因为我是不容易惶惑的,但是有点妨碍我……我是一个陌生者,对于这城里的族类,他们——本地人——把我看作敌人。他们显然保持着部落主义,总之,这里似乎骗子很多。"

把两肘搁在桌面上,一只手支着下巴,他伸出一只手举着他的酒杯,他的暗淡的眼睛敌对地、挑战地瞅着萨木金的脸。他的响亮的声调是苛刻的、不逊的。

"我必须更加阴柔地和他周旋。"萨木金决定,想着伯尼可夫。他和台格尔斯基碰杯,而且说道:

"我恐怕我是很疲乏的。我刚才从长途旅行回来。"

"不用说的。"台格尔斯基承认,勉强地,"我们不要忘记虽然那被害的妇人显然是一个高利贷者,而你并不是拉斯可尔尼可夫[1],我也不是坡尔法利[2]。几年以前我们俩也没有辩论过马克思,和别的事情……饮你的健康!"

他们吸干了他们的杯子。台格尔斯基断续说:

---

[1] 陀思妥耶夫斯基的《罪与罚》里的人物。
[2] 陀思妥耶夫斯基的《罪与罚》里的人物。

"现在，一方面，我们有一宗丰富的公产，以及存在那些不法的本地人的手里的一切文件。你懂吗？"

"我懂。"萨木金承认。

"另一方面，在商店的一个柜台里，发现了一大批违禁书籍，那是社会民主党发行的，而且有些给马利娜的友谊通信，是一个马克思主义的宣传家写来的。那么，为什么鬼理由一个富裕的女人要保存非法文书呢？所以有人假定那些宝贝是你的。"

萨木金正襟危坐，不高兴地质问道：

"你在审问我吗？"

"不是的，我不是审问。我是给你一个消息。有这么一种假定。"台格尔斯基说明，垂下他的肥厚的上眼皮，细小的皱纹移动在他的前额的皮肤上。"你的东家的趣味是多式多样的。一大批很珍贵的、很古的书籍和分教派的手稿也都发现了。"台格尔斯基说了，沉思地。

街上的空气已经变为灰色的尘雾，而且窗玻璃已经昏暗。一种烟青的暮色充满了这房间。萨木金去拨动洋灯。

"还不，"台格尔斯基说，沉静地，"有时黑暗使人们更加亲近。我并不是奉命来审问你。我并不以皇家推事的资格来考察你，而是一个知识分子访问另一知识分子，为了咨询一桩暧昧的案子。你相信我吗？"

"信的。"萨木金鼓勇回答，十分困恼。他并不曾忘记检察官关于比士比妥夫的言论，而现在又有这宗不法的文书。

"我相信你。"他重复说，而且觉得他的两道上髭紧张得好像要爆裂似的。

"他正在设法捉住我吗？"他怀疑。

台格尔斯基又说：

"人能够从这案件里锻炼出一种刑事审判，和一种政治阴谋；因此而赚得一大笔钱。我主张容许有关各方趁机打劫吧，使这事情平息下去。因此，使比士比妥夫供认谋害是必要的，你以为如何？他曾经有过任何动机吗?"

"是的。他有过的。"萨木金积极肯定。

"什么动机?"

"报复。"

"对了。这是由于他的信件证明了的。"台格尔斯基说,高兴起来了。"告诉我关于他的事情吧。"他命令,点起萨木金递给他的那支烟。萨木金也点起一支烟,开始谨慎地谈论比士比妥夫。

他很想要相信这猪眼睛、烂醉脸的圆圆的小男人,但是这是不可能的。在台格尔斯基所说的各样事之中他觉得有些真实,但是他也觉得其中有一种恐吓,要把他牵入一种连证人他都不愿做的耸动听闻的刑事案件里面。甚至于他或许要被牵连为一个同谋犯。他或许因为不能证明有罪而得以无罪释放,但是他的身份将要被玷污了。

"我并不是伊凡诺夫或叶费莫夫。我是一个萨木金。这名字是稀有的……哦,是的,萨木金吗?你以为这个是——?我是没有保障的。"萨木金对自己断言,恐怖地。台格尔斯基忽然谈到比士比妥夫:

"好,总而言之,这比士比妥夫是一个痴子,一个呆子。他只差十五分或二十分的时间就可以成立一个'阿里比'[1]……他要你替他辩护。"

萨木金沉默着,又对他自己说:

"我是没有保障的。"

房间里变为漆黑了。萨木金咕噜道:

"要我点灯吗?"

"是的,点起来。"台格尔斯基用同样低抑的声调答应。萨木金断续摸了几支火柴,都折断了,这时台格尔斯基说了一段重要的话:

"我们彼此并不深知,我觉得我记得从前我们互相间并无同情。我

---

[1] 被告人谓被告事件发生时本人实不在场之答辩。

相信我的访问使你怀疑了。这是当然的。我要告诉你我并不保障任何人或任何物，除了我自己而外，这或许使你更加怀疑了。我不愿搅混进肮脏的纠纷里面。你也是同样不愿有这种可能的。所以，暂时之间，我们必须缔结一种防守的同盟。自然，这也能成为进攻的，譬如，送消息给报纸之类。但是现在时机还没有成熟。"

"他想要安慰我。"萨木金想。"这是一派谎话。"但是他悄声说道，"我记得你十分清楚，但是我不能说你引起过我的反感。"

"那就不要引起吧。"台格尔斯基嘱告。在灯光下他的脸变为更好看了一点，更瘦，面颊更平，眼睛更大，上髭也和蔼地移动着。倘若他再高再细一点就有资格做某一省城的卫戍司令了。

"你记得斯推拉托那夫吗？"他问，"他现在是一个十月党。他已经由政府津贴的资助建立了一个巨大的皮革工厂，当然，你读过普里士的演说了。你不会把他看作漂亮的演说家吧。俄国自由主义的情形是可怜的，我们的帝国议会就很像滑稽剧场。是——是的，萨拉托夫的省长已经被邀请去表演驯兽者和救世主的角色了[1]，一个仪表堂皇的人，但是一个傻子和夸大狂。去年我和他去打猎。他叙述他的家族世系。他对于族谱学和对于经济学一样糊涂：他完全忘记了他的一个祖先曾经被杀于斯马托坡——大约在一八三〇年间，我相信。"

他已经把他的叉子插进一个软木塞里面，而且一面说一面用它敲着他的杯子的边缘，于是他的言语就配合着一种微弱的节拍，这声音激恼了萨木金，使他不能努力判定台格尔斯基的诚意的范围和性质。同时台格尔斯基，翻起他的左眼，以同样的便捷和锋利，断续说着，虽然他的心思和他的言语似乎相离颇远：

"他夸张他的父亲的学识，说他的父亲作书反对土地村公有，主张

---

[1] 这是说斯托里宾被任为首相。

耕者有其田，他说他的父亲是伊曼纽·康德[1]派，其实那老头是奥古斯都·孔德[2]派，甚至写过一篇论文主张把自然科学的定律应用到社会现象上。我研究过我们的贵族的家谱，因为我注意在俄罗斯帝国的建立中外国人所表演的角色。"

实然之间，停止了敲敲，他声言：

"比士比妥夫很相信你。我想你能够劝他招供。在初审中，法律不许律师参加辩护。必须等到起诉状送达被告以后才行，但是——好吧，考虑考虑。"

客人站起来了，于是萨木金放心地喘了一口气。

"我不愿用官厅手续来搅扰你，"台格尔斯基说，"但是一两天之内我还要来。"他伸出一只软软的热手掌给萨木金。"我信托你在这讨厌的案情之中的慎思明辨。"他又说，这回才第一次微笑得这样宽阔，以至他的整个脸似乎都要溶解，嘴角延展到耳朵根，露出他的尖利的小牙齿。这一笑使萨木金惊异了。

"他是一个恶汉。"

这矮胖的小男人滚到门口，停住了，咕噜道：

"当然，随事都是可能的。倘若你偶尔有什么违禁文书，顶好是没有——"

萨木金，抽动肩头，好像被针戳着似的，沉闷地问道：

"马利娜和警察有关系吗？"

"什么？见鬼。"台格尔斯基含糊说，把双手一摆，"这是怎么回事？你猜想或是你知道什么吗？你有什么事实？"

"我是猜想。"萨木金承认，放低声音。

---

[1] Immanuel Kant（1724—1804），德国哲学家。
[2] Auguste Comte（1798—1857），法国哲学家，社会学之创始者。

台格尔斯基吹着口哨。

"哦。没有事实吗?"

"不。但是我有时疑惑——"

"一种猜想是必须事实证明的。据康德说,每一个判断不一定是知识。"台格尔斯基沉思地含糊说,"你曾经把这种怀疑告诉过其他任何人吗?"

"没有。"

"没有告诉你们的党员吗?"

"我是在政党以外的。"

"真的吗?很好——我是说没有告诉过任何人就很好。"他加添,又和萨木金握手,"好,再见。谢谢你的午餐。"

他走了,在门口上的这一段简单的对白约略平服了萨木金的惊异。他在房间里从这角踱到那角,想要找一句话来表现这复杂而过度沮丧的心情。种种印象的烦恼的纠结要求一个明确的定义来解释混乱,和建立一种不妥协的态度对付他的来源——台格尔斯基。

"我不觉得他相信我是在政党以外的。而又暗示家宅或许要被搜查——他想要我干什么呢?"

他记得有一次在普里士家里,台格尔斯基曾经冷酷地说国家是压迫个性的机关,而且对于普里士的教训,"你漫画化事实",他曾经傲然驳斥,"使他漫画化的是历史"。那时斯推拉托那夫曾经说道:"你的讽刺是虚无主义的。"台格尔斯基以同样的傲慢反驳道:"你是错的。我并不是意在讽刺。但是我是发现了嗜好生活的人没有讽刺的调味料便不能嚼碎那现实。怀疑论者教导,乐观主义是傻子的乳母。"

那时台格尔斯基是一个自满的人,动辄列举数字或事实,行动好像一个沉醉的犬儒主义者似的。

"他已经大改变了。当然他在跟我捣鬼。他必定捣鬼,但是他似乎有些新样,有些端方。这并不是说我可以不必小心和他周旋。他是胖的?胖人往往说着这种高音调。恺撒,在莎士比亚的剧作中,认为胖人是无害的。"

关于伯尼可夫的种种不快的回忆立刻袭入萨木金的心里。

"我不应该提起我对于马利娜的怀疑。我太容易说出不必要的话。这是因为我的纯洁,不愿意装载在心里一些——黑暗的、不正直的、由别人所引起的坏思想。"

和萨木金很相熟的那形影,带着一张劳心焦思的面孔,闪过镜子里面。萨木金从眼角里窥看着他,决定道:

"不。不要仓促判断。"

"马利娜呢?他问他自己。他不久就觉得对于已死的马利娜的思索的必要已经失掉一切泼辣性了。"

"我不必想她,但是想一想我和她的关系吧。"

"马利娜……"他回想着她在巴黎的情形,"我以为她的死亡并不算是特别神秘。这一类事情是必然要临到她头上的。她正是受了适当的报应。她的生活是接近触犯刑章的某些东西的。"

四

他勤勉地工作了三天,整理着马利娜的法律案件,清算他和她的账目;然后他发现她欠他二百三十个卢布。这是一个可喜的发现。在工作中他随时预防台格尔斯基会出现——其实是希望他出现。但是台格尔斯基把他叫到皇家推事的办公室里,穿着镀金纽扣的制服接待他,而且显得高了一点,瘦了一点,那红面庞更红,眼睛也睁大了一点。他说话更加懒悠悠,更加沉闷。那响亮的、尖刺的声音是在控制之下的。

"这位皇家推事正在害病咧。为避免不愉快的情形病往往是有利的帮助。死自然帮助人避免一切不愉快,除了地狱的酷刑而外。"

他打电话,突然结束道:

"我要来看你。"

"我有几个问题要问你。"他郑重地开始,把一封信递给萨木金,"你知道写这信的人吗?"

这信写得细密而又清楚,一个字紧接着另一个字,好像全行是一个字似的。萨木金读道:

"你的怀疑和反对是素朴的,而我久已知道你是一个聪明的妇人,所以我觉得那素朴是技巧的。马克思主义被资产阶级的看门狗和巴儿狗所曲解。那些狗的名字你是知道的,他们的咿咿汪汪你是明白的。那么不要再追逐幻想了,读列宁的书吧。你'憎恶他的粗鲁的讽刺',但是那是因为你没有感觉他的热情。许多人不能感觉这一点。因为这种讽刺和热情的综合是极其稀有的。在伊里奇[1]的前辈之中我只发现马拉提有过这种特色,虽然还差一点。"

"古图索夫,"萨木金猜想,"正是他的风格。我要说吗?我要说出这名字吗?"

这时当地的法院副院长布鲁士·狄·圣·海坡里提进来了,一个异常漂亮的时装标本。台格尔斯基把信拿过来,说道:"你不知道吧?"这一问似乎认定萨木金是不知道的,这使他很喜欢了。萨木金紧握了时装标本的手,而且对于"巴黎怎样,嗯?"这问题欣然答道:

"奇妙。"

布鲁士伶俐地笑笑,用手指摸摸他的丝光的小上髭,每一根毛都是整整齐齐的。

"我的朋友乌诺索夫亲王说得好:'巴黎是西罗亚池[2];在它里面灵魂的一切疾病和苦恼都会医治好的。'"

---

[1] 列宁的全名是弗拉基米尔·伊里奇·乌里扬诺夫。依俄国工农的习惯,常以人之父名称人,称列宁为伊里奇,犹言伊里之子也。
[2] 在耶路撒冷附近(见《约翰福音》第九章第七节)。

"西罗亚池——好像是克里米亚的萨乞治疗池似的那一类东西吗?"台格尔斯基质问,而且严厉地又说:

"而那伯尼可夫是什么人呢?"

萨木金谈起伯尼可夫,谈得真有趣,以至副院长谄媚地说:

"真的,你有小说家的天才。"

"这样的呀!"台格尔斯基说,打断了萨木金的记诵,而且点起一支烟,"你可以简单地说他是一个以外国资本为援助的商人。法国的资本吧?"

"我不知道。"

"马利娜——以英国的……由那些文件看来。"

"她从来不和我谈她的那些企业。我所办的案件我都已经整理好了,准备呈交法庭。"

"好。"台格尔斯基说。圣·海坡里提翻起白眼瞅着他,高声咂了两下嘴唇,而且走了。台格尔斯基卷起那些文件,咕噜道:

"他简直没有工夫办他的事情。第一他要和一个富足的姑娘结婚,而且他能够把这事做成,容易得好像杀掉一只苍蝇一样。到了老年他就会做参政员、国务次官,然后是枢密大臣——一个大阔佬。以他的才能而论,他是一头驴子,一个混蛋。好,见他的鬼!"

拍拍那些文件,他感动地说道:

"我必须承认这马利娜是一个趣味广博的女人。以她经营事业的情形而论,她也是一个很精敏而且贪得的人。我很惊讶马克思主义者呀,金融家呀,分教派呀。我似乎没有发现你猜疑她和警察有关系的任何理由。分教派之中或许有这种情形?我完全不明白她为什么收集那么些书籍和手稿。粗俗,胡说八道,而且低能的东西。和这些废料存在一起的是俄罗斯的和欧罗巴的名著——吕班论质与力的演化呀——英国的怀德呀,欧里维·罗吉呀,罕保特的《宇宙论》的最近的德文版呀,马克思呀,恩格斯呀——每一本书显然都读过,用铅笔画过,而且夹着检阅的签条。你当然知道这一切的喽。"

"不!"萨木金叫喊,"我不过去过她家两三回。我们常在那商店里谈论事务。"

"那商店不过是一种幌子吧——是不是?"

萨木金默默地耸动肩膀,忽然说道:

"她是乞里斯提派的掌舵者——他们的当地的圣母。"

"她是——吗?"台格尔斯基吃吃地说,而且突然大笑,几乎笑得没有声音,在椅子里跃着,摇着,半张着嘴。他揩掉笑出来的眼泪,继续说道:

"我问你呀!在世界上你在什么地方能找到我们所遇见的这样心思庞杂的人们?这到底是什么意思呀!圣母,嗯?魔鬼!⋯⋯我们谈下去吧?"

他匆促地盘问了马利娜的商业文件,而且十分钟之后唐突地问道:

"她曾经阻碍着谁的道路?你想得出吗?"

"比士比妥夫的。伯尼可夫的。"萨木金回答。

"谋杀是比士比妥夫所犯的罪。"台格尔斯基执拗地说,"唯一的问题是他是出于自己的意思或者是别人的工具呢。你把伯尼可夫描写得——"

他停住了,开始阅读一个文件,同时萨木金,悔恨着他的回答太肯定,想要使它松动一点。

"把比士比妥夫当作杀人犯是颇难想象的。"

"为什么?甚至小孩也会杀人的。公牛也会。"

把文件抛在一边,台格尔斯基气恼地,急忙说道:

"在斯台普洛波,在伏尔加河上,一个高等学校的教员被一只公牛杀死了。那教员,夏季旅行到那里,坐在草地上专心研究昆虫和草叶。那公牛飞似的跑来,用角撞他,他就作了虫类的牺牲。"

他站起来,他的腹部贴在桌子上,用手指扣起他的上衣。

"初审已经完了;起诉状已经预备好了,虽然那院长还没有签字。"

走近萨木金,以致肚皮直挺着他,台格尔斯基问:

"她的熟人之中有犹太人吗?"

"不——我不知道。"

"一个也没有吗?或者你不知道吗?"

"我不知道。"

"我想或许没有。"台格尔斯基说,显出高兴的样子,"你听,我们去看比士比妥夫吧。你可以使他自由招认。怎样?"

萨木金想不到这意外的邀请,但是记起台格尔斯基曾经救过他关于和古图索夫相识,他就默默地点点头。

"好,就这样吧。"台格尔斯基含糊说,沉静地伸手给萨木金。

第八章

一

第二天早晨,他和台格尔斯基同坐马车到市郊的监狱门口。一阵轻盈的冷雨正在摧毁昨夜的积雪,剥露了那泥泞的地面。这监狱的高厚砖墙构成一个阴森的正方形,包围着一座好像生疮似的房子,糊着古旧的石灰,生根在地上。它的四角上立着瞭望塔,在它的正中那监狱教堂上的十字架突入天空。

"这是伊丽莎白女皇时代的产物。"台格尔斯基指示。"古时候他们在俄国建筑了好些坚固的监狱。我们直接到牢房里去,不要传他到办公室里来,这比较更缜密。"他轻快地咕噜着。

他们会见副典狱长,一个穿黑衣服的小人物,有着一张布制偶人似的灰败面孔,腰上佩着一支手枪,小帽偏在一边。

"带我们到比士比妥夫的牢房里。"台格尔斯基命令。

这小人物，惶恐地眨眨他的耗子眼睛，命令看守：

"把犯人比士比妥夫带来——"

"我说带我们到他的牢房里。"

"是的，长官，但是他现在拘禁室里。"

"为什么？"

"他已经变得太凶猛。和每个人打架。"

"提出来，送他到他的牢房里。"

"现在没有空牢房，长官。比士比妥夫初来是和别的犯人们关在一个牢房里的。我们这里很拥挤，长官。"

看守小心地行了一个举手礼，冒险说道：

"左边的塔上倒方便——昨夜有一个政治犯被送进拘禁室去了。"

这光景使萨木金沉入忧郁之中。他受了台格尔斯基的命令的不愉快的震撼。这人的脸，膨胀得好像一只橡皮球，似乎硬化了似的。他的小红眼睛鼓起来。他用短胖的腿和猫似的脚爪悄然急走过监狱庭院的石块上，爬上铁梯，又下降到走廊的朽地板上。当他走进那里面圆得像一只桶似的牢房里的时候，他赶快关上门，好像要藏起来似的。

"搬几把椅子来。"副典狱长告诉看守。台格尔斯基阻止他。

"不。带那犯人来。在走廊里伺候着。"

萨木金坐在一张木床上。光线从天花板下的方窗里透下来，好像悬垂着一条灰色带子，欲使墙壁留在阴暗中。台格尔斯基坐在萨木金旁边，低声问他：

"你坐过牢吗？"

"坐过。短时期。"

"我是监禁过别人的。"台格尔斯基答说，用同样低抑的音调，"知识分子一个跟一个送进牢狱。这有一种——误会——有一种传奇的意味。"

萨木金来不及发表意见，因为比士比妥夫进来了。他好像误算距离似的大步走来，而他的腿被扣住，于是他跳进那灰色的光带里。

"靠墙站着。"台格尔斯基大声命令。比士比妥夫顺从地退入暗处而且把背靠在墙上。萨木金不能立刻看清他的一切。当初他只看见那沉重的、几乎不成形的身体，听到哮喘和含糊的叫声，好像打噎似的。

"听着，比士比妥夫。"台格尔斯基开口，但是被一阵狞厉的叫喊阻断了。

"他们打我。他们踏我。我要医生。把我送到医院去。"

"谁打你？"台格尔斯基问。

"别的犯人们。看守们。每一个人。这里的每个人都打我。我做错了什么呢？我要控告。你是谁？"

紧张起眼睛，萨木金厌恶地窥看着比士比妥夫。那熟识的、肥胖的、宽大的脸是认不出来了的。那面颊已经失去丰腴，干瘪得好像恶狗的腮似的，更加和狗脸相像的是那颊上和颈上的毫毛，以及露出的牙齿。蓬乱的头发成块地竖在脑壳上，好像一顶破小帽似的。一只眼睛肿得看不见了，另一只却大睁着，不断地眨眨。这人颤抖着，两腿是摇荡的。一只手扶着墙，他用力把破上衣的几乎脱落的袖子拉到肩膀上。他的内衣也烂了，露出满是特别斑点的胸部的白肉。

"像这样子我怎么能够出席法庭呢？全市都知道我。我所能够做的总不过是闲谈或乱说。我要求医治。"

"你必须实说，比士比妥夫。"台格尔斯基厉害地说。又是一阵狞厉的叫喊。

"就是你！又是你！你以为我是傻子呀？给我纸。我要控告。告到省长面前。"

"你的律师来看你了！"台格尔斯基叫喊。萨木金就立刻用一种不安的小声提醒他：

"不。我不能干这种事。"

趴在墙上，比士比妥夫叫喊：

"我不要他。我告诉过你除了萨木金谁也不成。绞死我吧,那么!我不相信你们的律师。"

"这就是萨木金呀。"台格尔斯基说。

"是的,我在这里。"萨木金承认,轻声说了,但是心里确信最好是做一个沉默的旁观者。

比士比妥夫从墙上向着萨木金一蹦,他的膝头撞在木床的一只角上,大哼一声,跌在地板上,然后抓住萨木金的腿。

"克里·伊凡诺维奇。"他亲热地哭喊,"我的上帝!我真喜欢。听我说。你知道他们要绞杀我吗?这些日子他们绞杀每一个人。他们把我关起来,打我,把我摔进拘禁室里面。他们把我提出来,又摔进这里。我问你:我能够杀人吗?倘若我能够杀,我早就杀了。"

"你说话好像疯人一样。你正在损坏你自己的案情。"萨木金警告,暗中用劲使他的腿脱离比士比妥夫的手掌。但是那家伙仍然乱叫乱嚷:

"你知道她是什么鬼东西。一个黄铜眼睛[1]的妖婆。这不是我说的,是未婚妻说的——我的未婚妻。"

"清醒你自己。"萨木金督促,完全被这光景弄昏了。他以为比士比妥夫确是更为清醒的。台格尔斯基悄悄走过窗下没入暗中。比士比妥夫盘着一只腿坐起来,另一只伸在床底下,他的手不停地摩着上衣的袖子。

"她害了我的终身。"他继续说,"她什么都做得出。你记得那傻子门房吗?那大家伙吗?他逃跑。他杀死了那钱商。而她隐藏他——一个杀人犯。"

"你懂得你说些什么吗?"台格尔斯基问。

比士比妥夫撕脱那悬着的袖子,拿着它向台格尔斯基摇了几下;然后把它挟在手肘底下。

---

[1] 双关谑语,此处似有"势利眼"之意。

"我当然懂得。我不怕你。好一个皇家推事。不。我并不怕什么。我也不怕她。她死了,我能够说出她的一切。克里·伊凡诺维奇,你以为她看重你吗?你以为?"

"我不相信你?我不能相信你。"萨木金几乎叫起来,瞅着那仰视着他的脸的毛髭髭的、抖颤的面孔。他机警地瞟了台格尔斯基一眼,后者低头站在一阵烟云里面。萨木金不能看清他的脸。

"他正在安排陷阱给我——我知道他。"萨木金想,恐怖起来了,比士比妥夫,抓住他的膝头和床板边缘,挣扎着,要站起来,惊惶地嘶嘘道:

"你不相信我吗?那么你怎样能够替我辩护呢?你必须替我辩护。我不明白。"

"我并不会打算替你辩护。"萨木金说,尽力坚决地,移动到比士比妥夫的手不能达到的地方,"倘若是你干的——倘若你杀了她——你顶好实说……这可以使你的良心平安。"

比士比妥夫蹭蹬了一下,摇摇手。他似乎并未听见萨木金的最后一句话,而且开始更沉静地说,而这沉静似乎使萨木金焦灼了。

"你怎样能这样说!我尊敬你。你是聪明的。你是智慧的。但是她讥笑你。米式加告诉我,他知道的。她对那英国人——格里顿——说——"

"停止!"萨木金叫喊,踢开落在他的脚上的比士比妥夫的上衣袖子,"你捏造。你凭空想出来的。"

"我?不。我曾经被打伤,但是现在并没有害病。"

"不要吵,比士比妥夫。"台格尔斯基命令,走到他面前。比士比妥夫拖着脚,退到门口,用肩头撞了门一下,门开了。副典狱长站在门外,他的肩头后面是看守的脸和那灰胡子。

"关门!"台格尔斯基命令。铁链铿铛的一声,门关上了。比士比妥夫背靠在它上,双手抱在胸上,好像一个女人似的,然后摸摸他的内衣破片。

"听着,比士比妥夫,"皇家推事说,声音响亮,"停止你的歇斯底里病。这是无益的。完全相反。克里·伊凡诺维奇和我都知道什么时候人装作无辜者,惶恐得好像孩子似的,什么时候人说谎——"

比士比妥夫把他的头撞在门上,用一种几乎是萨木金所熟识的他的正常音调叫道:

"我不说谎。我要生存。这是说谎吗?蠢呀!人们说谎,不是因为他们要生存吗?我现在是富的,因为她被杀死了。我是她的继承人。还有别人吗?克里·伊凡诺维奇——"他苦喊,喘气而啜泣。台格尔斯基的声音淹没了他:

"说实话呀。你自己杀她,或是你叫别人杀她呢?喂?"

比士比妥夫咆哮了,走上前一步,跌倒在地板上,伸脚伸手地躺在那里。

"见鬼!"台格尔斯基叫骂,从木床上跳起来。跨过比士比妥夫的脚,然后用脚尖踢开门。

"叫一个医生来。"他命令,"把这家伙留在塔里。倘若他要笔墨和纸,就给他。"

二

当他们沿着走廊走出来的时候,他低声问萨木金:

"他假装吗?"

"不一定。"

"呸!好闷人的天气。"台格尔斯基说,揩揩他的脸,当他们走进庭院的时候。他脱掉他的帽子,摇摇他的秃头,好像要散播那些晶莹的雨滴,咕噜道:

"人渣滓。他是一个醉汉吗?"

"不。不过是傻子和放荡者。"

台格尔斯基咕噜:

"他是有毒的。他能够惹起大乱子,这混蛋。"

"他想要恐吓我。"萨木金想。

台格尔斯基揩揩他的秃头顶,戴上他的帽子。天气还不暖,萨木金觉得胸中阴寒,脸上有冰冷的湿水。一个问题已经搅扰了他:这胖人为什么设法使我和比士比妥夫这样会见呢?所以,当台格尔斯基提议到饭店去的时候,他就欣然邀他到家里去吃,而又尽力掩饰他要他去的焦急。

一阵雨打鼓似的敲着皮车篷,顶上哗哗地流水,橡皮车轮激起停积着的污水的飞沫,同车人的肩膀推撞着萨木金,马车夫继续呵斥。

"喂,你!小心呀!"

"我必须防备。"萨木金想,看看他的同伴,后者因为某种理由喋喋不休地谈论着梭洛古卜。

"他有才能,而且他是悲观主义者,但却不是波特莱尔派。他是温暖而且柔软得好像一只枕头似的。"

打了一个寒颤,萨木金质问他自己:

"比士比妥夫能够杀人吗?"

他不求解答。他的心被牵引于那残破不堪的形体,和惶恐而恼怒的烂脸。他记起了这人曾经对他说过的妒羡的话:

"妇女都不喜欢我。我对她们坦白,谈话很多,立刻张开我的心思。妇女喜欢神秘的。你必定是被她们爱重的,我想。你是一个谜——你隐藏事物。这是机巧——"

到了萨木金的家,台格尔斯基点燃一支纸烟,背靠在壁炉的白色花砖上,沉默了几分钟,静听着主人吩咐侍女预备酒菜。

"漂亮姑娘。"他称赞,当她出去之后。他叹气,把纸烟垂直地捏在手里,以至它好像烟囱似的冒烟,然后说道:

"差不多两年,一直到去年春天,我也有过一个侍女,一个漂亮的圆圆的普斯可夫少女。我的妻甚至和她这样——好,做朋友——教她读书,而且——好,从事'启发'。这是她解释给我的。我的前妻是有些老实的。"

"前?"萨木金质问。

"是的……我们已分离了。且说那少女波里亚吧。那年春天有一个庄重的青年男子开始来访她。当然,这完全是自然现象。"

> 悠久此常道,
> 红尘动凡心——
> 即我圣母,
> 也曾怀春。

"我的妻和波里亚到我的别墅去了。我无聊到去看马戏团斗拳,而又不耐烦等到斗拳开始,我回家来。我看见什么呢?我的书斋里点着灯,我的桌上坐着波里亚的情人,正在专心读我的文件。我有一支手枪——一支小勃朗宁。所以我说:你发现什么有趣的东西了吗?他不能站起来;他的脚困在桌子底下,他退缩在椅子里面,他举起手,叫道:'我不是小偷……'我说,你是傻子。你应该装作小偷。那时我叫警察把你带走,然后放了你去干你的事。这就完了。现在我倒要你告诉我你来这里干什么。好,他告诉我他是一个邮政局长的儿子,在一个女子中学里做事;他分发非法文件给女子们,但是被发觉了。他们拘捕他。恐骇他,要他供出——所以他到这里。我就问他,好,那么波里亚呢?噢,他说,她也是干同样工作的。当然喽,我必须辞退那少女。后来我在法院里讲出这故事。事情就麻烦起来了,我说皇家推事的家宅也可以加以暗自搜查吗?我的上司就教训我:你的故事是有损政府威信的,他说:你大约已经忘记彼得大帝称皇家推事为'沙皇的眼睛'了吧。"

台格尔斯基慢悠悠地颤声说着。萨木金惊疑他为什么要告诉他这样一个故事呢，突然问道：

"你愿意告诉我要我到监狱去是什么意义吗？"

"我正在等候这问题。"台格尔斯基承认。他把双手都插进裤袋里，把裤子拉直一点，走到餐室门口，把门关好。然后他把那在冒烟的纸烟尾插进栽着一株橡树的桶里的泥土里面。踱来踱去，用一种公鸡似的可笑的庄重态度迈开他的短脚，他开始好像宣读文件似的说道：

"那在谋杀嫌疑之下的人，"他说了，把右手一摆，"表示迫切希望你来替他辩护，绝不要其他任何律师。为什么呢？因为你是他的房客吗？这是不够的。或许，还有别的关系吧？那是比士比妥夫已经替你洗清了的。这是一种意义。"

他正对着萨木金走来，他的肚皮几乎撞着他，又说道：

"但是还有另一种意义——而这是连我自己也不明白的。"

他的红脸变白了，他睁开的眼睛放出凶光。

"我懂得你。"他说，"你怕我要陷害你在这案子里面。"

"你错了。"

"够了，这种话，萨木金。"

台格尔斯基摇摇手，又踱来踱去，讽刺地说道：

"那就是说：我献给你我的坦白的委婉之词，而你——拒绝它，显然以为那是不可信的。"

"你当然知道最多数人并不引人相信。"萨木金教训地说了，立刻觉得他是谦卑的，而且这谦卑足以增强他的宾客的讽刺。那宾客，背对着他，正在研究书架上的书籍。他说：

"他们也不很相信他们自己。"

他一蹦，好像皮球似的，又说道：

"俄国的知识分子生活在一种不断自卫和不断辩护的修辞演习状况之中。"

"那是真的。"萨木金赞同,恐怕这对话发展为一种争论,"你已经改变了很多了,安东·尼乞孚洛维奇。"他继续说,尽力缓和地,将近阿谀了。但是那少女出现了,请他们去吃饭。

"我喜欢吃。"台格尔斯基惠赐嘉纳了。

萨木金斟酒,他们碰杯,喝干,而那宾客又倒酒,说道:

"我要先喝三杯,遵从我的父亲的遗嘱,这是最好的遗嘱。我似乎有病,体温增高,内心发冷,皮肤下面冒水泡。所以多喝是我的义务。"

很想承欢宾客,萨木金恪尽东道之谊,而且讲述他的巴黎印象。台格尔斯基默默地忙着吃喝,突然摇摇头,说道:

"在莫斯科,当我们初会的那时期,我才开始喝酒。"沉默了一会儿,他继续说:"我想不到现在喝得这么多。"

"你是莫斯科人吗?"

"不,我是杜拉人。我的父亲替巴台雪夫兄弟公司造茶炊。"

他用餐巾揩揩嘴,为妥当起见,又用舌头舔舔。

"在我的家族中我是第一代知识分子。你呢?"他问,两腮之间鼓起一个微笑。

"第三代。"萨木金说。台格尔斯基,点起一支烟,咕噜道:

"比起我来,你已经是一位贵族了。"

萨木金,也吸着烟,疑问地看着他。

"一个有趣的话题。"台格尔斯基说,点点头,"当我的父亲大约三十岁的时候,他偶然读到一本关于寻金者的旷野生活的书。那似乎很动人,所以他去到乌拉尔地方。五十岁的时候他在伊卡特林堡开了一个小旅馆和妓院。"

他的红眼睛皱起来了,他沉默片刻,注视着萨木金的脸。并未眨眼,萨木金也注视着他。

"我的母亲,一个哑巴,当我十一岁的时候死掉了。同时继母出场——一个教会庶务的寡妇,身强力大,性情狡猾,而且虔信上帝。有一次我要用一只空瓶打她的头。父亲用皮鞭痛打了我一顿,而她要我跪下,她自己也跪在我后面,说道:'祷告上帝饶恕你动手打我,你的神赐的母亲。'她要我高声祷告,我就朗诵淫诗。我的父亲又打我,打得这样用劲,以致他昏倒了,当这巨大的男人昏倒在地板上喘气的时候,我的继母也骇坏了。此后,他俩都大哭。他们的良心是很敏感的。"

萨木金,听着和看着台格尔斯基的脸,并不相信他。这故事使他记起他读过的某种书——好像这是七十年代某个无名作家的作品之一。一旦认识这衣冠时髦的人是妓院主的儿子而且挨过皮鞭,那愉快是难以形容的。

"我们全都拥挤住在一处。"台格尔斯基悠悠地说,竟然满不在乎,"一次两次我看见那可以说是两个畜生的尽情暴露。那些姑娘住在小旅馆的大厢房里,离开庭院。半夜我开始手淫。有一个姑娘捉住我,教我正经的性生活。"

萨木金把他的脸隐藏在纸烟烟雾里,想道:

"他何必告诉我这一切肮脏呢?倘若我有过像这样的任何经验,我都要把忘记它当作我的义务。我简直就不能理解说出这种肮脏的动机。"

台格尔斯基大睁着眼睛说了,那眼光是超过萨木金的头顶之上的。外面花园里风声窸窣,长椅咯吱地响。

"他们把我打得心惊胆怯,虽然我屡次想要杀掉我的父亲或母亲。但是,我仍然妨碍他们的生活。我的父亲以为受教育的人有很多便宜,这是他看见他所怨恨的警察的不受拘束而理解的。他请了一位教师来教我,后来我进了中学,结业的时候还得到一枚金质奖章。且不说我所付出的代价吧。我不再住在小旅馆,迁移到我的继母的姐姐所开的中学生寄宿舍里。我不但避开那些自费学生,而且用种种方法公开毁谤他们,坦白表示我的敌意。那些自费学生全是有钱家庭的孩子们:临近县区的商人的儿子,工厂的工程师和医生们的儿子——他们都是贵族。我的父亲绝不纵容我用钱。不过他主张我穿好衣服。我和同舍的孩子们打牌,节省我的钱。"

萨木金的情感分离了。看着他认为危险的人暴露他自己而且自行解除武装是可喜的。但是他越来越焦急地想要理解这圆圆的胖人为什么这样急于暴露自己。这时台格尔斯基继续说着他的有些讨厌的颤声低诉,控制着他的响亮声音,然而,其中咽呜的音节更加多了。

"他有些伯尼可夫的性质。"萨木金警告他自己。

"在第七年级我们班上有一个矿场主的儿子。他是马克思主义团体的领袖,一个长鼻子的顽强家伙。去年我偶然听说他第三次被送到西伯利亚——我想是做苦工。那时他硬要我相信知识分子是资产阶级的仆役,很像厨子、马夫之类一样。因为我憎恶一切有伤我的感情的东西,我就决定证明给他看他是错的。我的父亲命令我到托木斯克大学学成一个博士或律师,但是我去到莫斯科,决定要变作皇家推事,父亲拒绝供给,我喜欢我的功课,教授们对我也好,设法让我继续下去。但是在第四年级我结婚了。我的妻出身于合法的高尚家庭;她的父亲做过许多省的皇家推事,她的叔叔是大学教授……我们的儿子在五岁的时候死了。他是一个正直的小家伙。他不让他的母亲吻他。他对她说,你的嘴上油腻腻的,这就是说全是口红。或者他说,妈妈,你骂爸爸好像他是一个厨子似的。他恨厨子……我的儿子死后,我和我的妻也就分离了。"

台格尔斯基突然摇摆了一下,眯眯眼睛,急忙说道:

"请原谅这一段独白。"

"这是很好的!"萨木金大声说了,充分感觉他比他的宾客更有力而且更重要,"我听着很有趣。简直是喜欢,请你——"

"再喝一杯。"台格尔斯基插嘴,举起杯子到唇边,"好——祝你的健康!"

他干了杯,擦擦嘴唇,摸摸脸,而且叹息了。

"所以你看坐在你眼前的是典型的失败者。为什么呢?我要告诉你我对于分解刑事纠结和理清混乱观念的才能是大为我的长官所赏识了的，倘若不是如此，我早已因为我的性情耿直和喜欢表白矛盾而革职下台了。在法律的实施上，重要的不在于人，而在于原则、信条、观念。你必定很明了这一点的，人和他的行为之成为必要只在于制约观念的稳定性和增强它。"

台格尔斯基站起来，走到窗前，哈气在窗玻璃上，用手指写了 X 和 Y[1]，他含糊说道：

"但是人的构成是由于几种矛盾的原则的：生物的和社会的。这一个严厉命令，必须站在你所选定的这一点上，尽力防卫它；否则你的邻人就要使它化为灰土。但社会的原则要求你在你所属的阶级之内与你的邻人保持密切接触。而这立刻就有许多冲突的原因。此外，还有阶级的威胁和复仇。作为第三代的知识分子，你或许不留意钓饵之所在。但是我很知道在二十年内我可以升到元老院，就此完事，并不会有更多成就。对于我司法部是可厌的——生理的可厌。一切都使我憎恶，人们、观念、愿望，以及讼案。"他的含糊的话越来越不明白了。

"他醉了。"萨木金想，冷笑着，而且十分讨厌这人，"他只有一种借来的作风。以他的外貌、他的吃法和喝法而论，他应该是很高兴的。"恐怕他的宾客会忽然转身看见那冷笑，萨木金抑止住它。

"这妓院主的儿子——一位元老。"

他回想到台格尔斯基在普里士家里趾高气扬得好像一只土耳其雄鸡似的。无疑地，甚至在那时他也已经替他自己规划出到元老院去的路了。恶作剧的坡阿可夫曾经对他说道："数字是重要的，但是必不可忘记革命并不是由簿记造成的。"坡阿可夫继续说庸俗的马克思主义者特别偏爱数字，但是马克思自己不但是一个经济学家，而且曾经发现经济学的哲学的科学基础。

---

[1] 这是说人好像是代数学的未知数。看来似乎简单，实则无限复杂。

三

　　台格尔斯基摇摆进一只角里面，坐下在椅上，摸摸前额，不停地谈着。萨木金沉没在回忆里面，有心无意地听着，几乎瞌睡了。忽然他被一句奇怪的言语所惊醒：

　　"小得像一粒宝石似的灵魂。"

　　"对不起。你说谁有这样的灵魂？"

　　"梭莫伐。一年前我遇见她在一个女神学家的家里，有这么一个蠢女人——瘦削的——她也有许多钱而且在某些方面是有势力的。第二次我遇见她是在'十字架'[1]的牢房里。她诉说他们虐待她，拒绝医治她的病。"

　　"梭莫伐吗？"

　　"是的。"

　　"我认识她。"正在萨木金的舌尖上，但是他不曾说出来。

　　"一个'阿库卡'。"台格尔斯基用他的平常的响亮声音说。

　　以同情的体验，萨木金注意到台格尔斯基的微笑是这样深沉，以至那颜面筋似乎抵抗着它，而且它抹煞了这人的小眼睛。

　　"你知道'阿库卡'吗？这是一种木质的玩具，里面藏着它自身的同形体，这同形体里又藏着另一同形体，剥到第六层，里面是一个坚实的小木球。然而，我奉命再剥下去。这妇人曾经设法使某一重要同志逃出放流地。总之，她对于阴险的技术是很精巧的。她被捕了——这是第三次——在他们秘密会见的地方。当初我以为我将要遇见的必定是一只狰狞的母狼，但是实际遇见的却是一个害病的小家伙，革命思想的贞节女，对于那思想她并不十分理解，但是感情却沉迷在里面，好像一种信仰。"

---

[1] 圣彼得堡著名监狱的别名。

台格尔斯基叹息了，又忧愁地说道：

"这种妇女并不少，真怪……好，这'阿库卡'她并不美，而且很小，但是她有那种内在的魔力。一个清明的灵魂，而且她的眼睛里有那种奶娘似的慈悲——在她看来人们不过是些命该受苦的婴儿似的。这革命的淑女告诉我，'我请你叫他们把我送进医院。我有癌肿病，而你追问我许多问题，这是既不高尚又不正直的。你很知道我不能多谈。在这种时期，当斯托里宾……你是应该以做皇家推事为羞耻的'。……这一类的话。我不知道为什么，但是她又说我是聪明而且仁慈的，因此应该加倍觉得可耻。她把我批评得体无完肤，好像我已经死了似的，这是很有趣的。当然，我告诉她皇家推事是必须聪明的，而他的仁慈抵不过他的职位所规定的正义。她低着她的头。我有点怨恨我自己。所以我说再见，走掉了。这就是那故事的结局。"

"她呢？"萨木金问，看着台格尔斯基正在他的烟盒里瞎摸一支烟。

"她不久就被癌肿病吞吃了。"

台格尔斯基站起来走到桌子前面，他低声说道：

"我的故事使你厌烦了吧。记忆使人有这么些啰唆。"他继续说，倒出一些酒："常常记起这些事——或许最好是忘记它——免得成为一种负累。"

他呷了一口酒，然后伸手给萨木金。

"好，我要走了。谢谢你的——你的招待。还有，我是生在我的父亲做妓院主以前的。当我生的时候他是铁路车站上的装货工人。他开的小旅馆或许是骗来的。"

到了门口，穿上他的外衣，他说：

"我被造就成思想的机器，不根据事实而根据事实的曲解——根据观念，但是不依据逻辑，而依据观念的神秘性，违反一切实践的逻辑。"

萨木金小心谨慎地说：

"我们都被造就成创造文化的那种势力的支持者。"

"你——幻想家！文化是依照做着殖民地买卖的商人们的指示而创造出来的。"他又说，起身走了，"你讲究吃得好。"

"我欣喜你享受了它。再来。"

"我要来。"

萨木金从窗子上看着那矮胖的小形体用短促的脚步走过街去了。用一片羚羊皮揩揩眼镜，他质问他自己：

"为什么从前我讨厌而现在我怀疑的这人又拦住了我的路呢？"

而又立刻想道：

"我何必抱怨呢？他并不像是要欺骗我。他并不像是特别聪明。我并不怀疑他捏造鲁伯沙·梭莫伐的故事。那不过是调剂品，而且弄得不好。总而言之，他真是一种不愉快的东西。他已经变了吗？无脊骨，下贱而已。"

他恍惚觉得台格尔斯基的气派近似马加洛夫的，或伊诺可夫的，但是他不愿再想台格尔斯基。他情愿和台格尔斯基从此完事，而且他判定：

"我想他已经困倦于和那些烦琐的条文及显明的不义的争斗了——或许他已被它们骇坏了吧。"

琐碎的思想汹涌而来。他点燃一支烟，直躺在长沙发上，倾听着：城市安静的。一把斧子在临近发响，那样用力地砍，好像要砍断一株树根似的，那声音有些仿佛巨狗的吠吠和沉重脚步的缓慢的、有节奏的步法。

"立——正！"他记起操场上练兵官的口令。许多年前，在他的童年时代，他曾经叫过这种叫喊。因而又记起那驼背小姑娘："停止你们的胡闹。"或许就从来没有过这样一个小孩吧？[1]

---

[1] 见第一卷，小孩波里士陷溺于河上之冰洞中，毫无踪影，围观的人曾经提出这一问题问萨木金。

"显然从来就没有过这样一个台格尔斯基,没有过这样一个马利娜。无疑的,她的私人的日常生活是犯罪的。在纵容伯尼可夫的世界里这种事是十分可能的。"

他闭起眼睛想象出裸体的马利娜。

"黄铜眼睛。是的——她是有些金光闪闪。我不相信她说过我那呆子所说的话。'黄铜眼睛'——这不能是他自己的话。"

然而,他终于不能不立刻承认比士比妥夫或许不能捏造什么。他对于马利娜的怒火燃起来了。

"一个穿裙子的伐拉夫加。"

他所喝的酒把他的种种思想纠结起来而又把它们撕成碎片。

台格尔斯基的关于威胁和复仇的话在他的心里急蹦轻跳。

"他想要说明什么呢?"

书架的玻璃后面的书脊上的金字书名正在放光。纸烟的烟云反映在镜子里面。努力用语文的智慧来抬高他自己超过这一天的经验之上,萨木金默默地记诵着流行的文艺作品上的几句话,那是他在自由主义的报纸上读过的。这几句话回响着新的鲁莽音调。它们说:"把生活看得简单可解的人们是精神贫乏的。"它们说:"把精神的自由看得比世间一切荣利都更高贵的人们为独立思想而殉道是伟大的。"还有一句:"人是社会的动物吗?是的,倘若他是一只动物,而不是史迹的创造者;倘若他并不能在他的神秘的心灵中创造和谐。"

达到这一点,萨木金瞌睡而且熟睡了,后来才醒来脱衣上床。

第九章

一

第二天,从早到晚,他都在等候着事情的发展。

"我想全市都在议论我和马利娜的关系了吧。"

他首先觉得忧虑的是他只留意马利娜而并未在社会上或律师们之中结成任何强固的联系。他从来不想在这城市的六万居民之中找一两个朋友,纵然其中也有有趣不下于那已死的妇人的。他自信他在为她和为那莫斯科律师奔走的那几次旅行之中,已经很透彻地认识各省情形了。

大多数律师都是官派的老狗,爱吃爱喝,爱打牌,爱看戏。年纪较轻的几个是纨绔子弟和宪政民主党。其中两个拥护时髦的艺术理论,一个是很著名的小提琴演奏者;而这三个全都热心于打"稳提"牌。萨木金邀请他们到他的家里来的次数很少。因为他打得很坏,他们往往带来一个第四者,一个玻璃眼的老人,巡回法庭的法官。这老家伙,又高又瘦，阴沉沉的面孔，鹰鼻子，尖胡须，看来就像一只长脚鸟。而最为相像的是他的一只眼已经使他的颈项旋转得异常自如，而且他几乎不断地点头。他是以善于玩弄欧洲的一切纸牌著名的。

由于这些认识者，萨木金知道他是被看作"从首都来的"，优越而孤僻，那超然之概是另有隐秘根源的。他们，怀疑他怀抱极端的意见，都受过一九〇五年事变的惊骇，对于这从叛乱的莫斯科来的人很少表示亲近。

萨木金这一晚记起这些事的时候，他正在缓步走过那些熟悉的、踢平了的街道。蓝冰似的天空中，响着教堂的晚祷钟声，一声接一声，在铜韵悠扬中融合成一种和平的诗情。在月光之中那些商人的家宅，由庭院和花园分隔着，而又由坚固的围墙连成一片，分明地互相侧目而视。教堂的镀金屋顶，戴着十字架，正在放光。这里那里的双层窗子后面闪出小小的黄光，虽然大多数家宅的前窗是黑暗的，因为生活的习俗的脉搏此刻正在后面房间里平静地跃动着。并不是第一次，萨木金又想到这些建筑坚固的住宅里的居人或许都是些无价值的蠢材，但是并非生来没有智慧，活得也不很久——大约六十岁——而在晚年才成功，从来不会操心于上帝与人类之间的问题、知识的真理。

"我也并不想要解决这些问题。"他退让，并不问他自己为什么。他想一七九五年之后法国各省人民也必定是好像现在俄国各省人民一样懈怠颓唐的。

他经过一座破旧的戏院，那是在"大改革时代"之前由一个地主所建造的，又经过"贵族之家"这商人俱乐部，然后转入排列着那些乡绅家宅的一条大街，当他放缓脚步的时候，他已经走近一座有三根柱子的两层石造房子了，那门上悬着一块牌子："拉里沙·诺尔滴小姐——女裁缝寓。"他想起了这两句谚语：

在此勿多缝——

缝了反多事。

在这住宅里有一个安育太，美发的女子，温和得好像新鲜牛奶似的。她的灰眼睛闪出童稚的温驯和羞怯，恰和她的职业的老练成为奇异的对比。萨木金觉得她是最有趣的。有一夜，当她和他睡在床上的时候，她要求：

"买给我最新的唱歌书。你知道的。它是很厚的，封面上有一张图画——几个女孩子围成一圈正在跳舞。我在书店门口看见它，但是我不愿走进去买。"

"为什么要唱歌书？"他想要知道，"你喜欢诗吗？"

"不。我不喜欢诗——它们太难懂。我喜欢简单的歌曲。"

然后她小声低唱了两支歌曲。其中之一支萨木金认为俗恶，而另一支却使他喜欢到把它抄录下来了。

他问她是否曾经有过恋爱，安育太答道：

"不——我从来没有经历过。你看，在我们的职业中恋爱是讨厌的。虽然有些姑娘有'熟客'——你可以称他们为恋人——她们并不要他们的钱。但是那不过是为好玩，为趣味。"

他问她是否男人们有时对她不好，而这问题似乎有些使她不快了。

"他们为什么对我不好呢？我是温柔的、漂亮的，而且从来不喝酒。我们的住宅是清爽高尚的，这都是你自己知道的。我们的客人都是著名人物——他们不愿吵闹。噢，不——这里很安静。其实，有时十分沉闷。"

她说的时候，她站在镜子面前，裸露着身体好像一个鸡蛋，正在编着她的光华的头发，那是柔软而且丰富的。

"但是在革命时期真是有趣。新客人来了，情形很热烈。有一个绅士——很年轻——他跳舞跳得妙极了，好像在马戏团里一样。好，他盗用过某种款项，被警察围住了。他冲出去到院子里——嘭！他自杀了。

他的脚步那样轻——而且那样巧,你知道。"

"关于这姑娘我能够写出一部长篇小说,"萨木金想,"但是谢谢陀思妥耶夫斯基,我们现有太多的关于妓女的作品了。'怜悯堕落者。'而堕落者并不感觉她们自身的堕落,更用不着我们的怜悯。"

他拖着脚走到河边,河面由于正在结冰而成鳞形。流水沉静地冲击着宿草的岸边。一只小货船的舵尾轻轻地敲响着,帆柱悠悠地摆动;附近什么处所有些看不见的人们正在旋律地呼喊:

"哟——再来!再来——哟!"

这里的晚秋,空气里饱和着沉闷的潮冷,特别使人瑟缩。

二

半点钟之后萨木金坐在商人俱乐部的大厅里听大学讲师阿卡狄·庇里尼可夫讲演"民主主义的文化事业"。当他走进去坐在第六排上的时候,那讲师正在讲到《知识》[1],说道这杂志及其平凡的淡绿色封面已经活过它们的短促的生命,然而,它们曾经竭尽所能散播了各种美学的和哲学的谬种以及政治的毒害,而且扰乱了俄罗斯文学天才的不可遗忘的作品的智慧——这些不朽的作家曾经把文字的神奇之力发展到最高度,使人心开意豁。

那讲师,吃得胖胖的,中等身材,大屁股,头发稀疏,有一对大红耳朵和一部亨利四世似的胡子。拱着腰,摇摇穿在漆皮鞋里的脚,他把他的上衣尾巴翘成这样子,好像屁股生翅膀似的。他伸出右手对着听众,好像要帮助他们,而又摇摇捏着演讲稿的左手,那常常凑近他的脸的稿纸就像一幅手巾似的。

---

[1] 支南尼伊(知识)是高尔基所主持的一个书店的名字,刊行过一种流行很广的杂志,在交际上主张现实主义,并且以马克思主义的观点讨论社会问题和哲学问题。

他说得流利而且轻快，摆着一副好性格的、充满微笑的平滑面孔。

"给予文化的都市生活以声调、色彩和意义的是那些追踪赫生和伯林斯基的开明的知识分子，以及他们的辉煌的名字为你们所熟知的另一些知识分子。领导这知识阶级的是巴维尔·尼戈拉也维奇·米留可夫[1]，他具有非常的政治才能，这是早已集结在强大的宪政民主党里了的，这党曾经以自我牺牲的热忱推行过教育民众的事业。发表过有名的《在家自修纲领》，传播过近代激进民主思想的经典著作，聘请著名大学教授游行各省演讲各种文化问题。这多种多样而又坚决的努力的目的是要教育素朴的俄国人使他成为欧洲人，训练青年使他们能够抵抗相信马克思的可疑的学说的人们的恶影响，那些人们曾经把学生们拖到工人之中去宣传无政府主义。你们全都知道国家对于这种疯狂的把戏，这种冒险家的把戏……付过怎样的代价——"

萨木金，坐在侧面的座位上，注意观看前五排的男男女女的弯颈子——各排都不会坐满，显出许多空隙。在他后面的听众更加稀疏了，会场上不过坐着五十个默默的听讲人。

"三年前会场上是会嘘嘘这讲师的。"他想，丧气地。这无论如何是丧气的，虽然那讲师说得极其有劲。

"真正文化价值的创造者常常是那占有的本能，这是连马克思自己也不反对的。一切伟大的心都尊崇私有财产为文化的基础。"庇里尼可夫演说了，用右手抚摩着水瓶，依然又摇摇左手，这回并未捏着稿纸而是举起一本绿色的书。

"这种不负责任的批评主义要把我们引到哪里去呢？"他质问。用右手指轻拍着那本绿色的书，他继续说道：

"这书名叫《二十世纪的一个人的忏悔》。它的作者，叫作伊合洛

---

[1] Milyukov（1859—1943），著名的自由主义历史家，宪政民主党领袖，后来是临时政府的阁员。

夫，指教人们：'在你自己内心设立一个实验室，你把一切人欲、一切过去经验都加以溶化分析。'他读过梅特林克的《盲人》，所以结论说：人类是瞎的。"

说到这里会场里发出一种异样沉重的声音：

"不——并不如此。我们都大睁着眼睛掠夺和争斗。"

那讲师摇摇头。在听众之中有许多头仰起来了。会场里发生一阵嘘嘘之声。有五个人站起来走到门口。

"这会闹成一场暴动的。"萨木金判定，也就走了，忽然怀恨那讲师，觉得他的措辞庸俗，搅混了某种严肃而重要的思想。对于庇里尼可夫所讨论的这些问题，他，萨木金，能够说得更扼要、更动听。他尤其讨厌他突然攻击批评主义，以及从那本绿书里引来的不适当的蠢话。

"我必定要读它。我必定要找出那是什么意思。"他决定。

有伤他的自尊心的是觉得别人超过了他，跳到他前头——那些思想浅薄而有宣传、说教和忏悔的热情的人们，那些空虚得好像胰子泡而又在表面上显出思想的多样色彩的人们。他漫步着，打了一个寒颤，默想道：

"我快到四十岁了。这是一生的一大半。自幼年以来我都被看作具有异常才能的人。在我的整个生涯中我对于人物、事件以至我自己都感觉神圣的不满。这样的不满当然是伟大精神力的一种表征。"

这反省并没有它平常的澄清的效力。

"这儿的整个生涯是许多不相连贯的偶然事故的锁链。"他想，"锁链这字是确切的。"

三

这三天以来他都生活在一种厌恶他自己的异样情调之中，期待着新的事变。法院并不要求他交出马利娜的案件，也不传他去出庭。而且台格尔斯基也不自行出现。

"这些混蛋!"他恼怒了,而且想到或许他顶好是离开这城市吧。

"知识分子是游牧民族。幸而我没有家属。"

台格尔斯基终于在晚餐的时候来到了。他的第一句话是:

"你要请我吃晚餐吗?"

穿着剪裁奇特的灰色燕尾服,并不像制服,他显得更高更合度一点。他是在一种喜悦的心情之中的,这在萨木金却是第一次看见。

"我不明白什么东西把你赶到这样像一个洞似的地方来。"他说了,走到书架面前,"在这里甚至皇家推事也已经这样'归复自然',不知道范尔哈仑[1]与委得京[2]的分别了。省长相信科洛连科[3]是一九〇五年的一切事变的原因。那女子中学的校长认为留声机和电影机鼓励人相信从天而降的东西、超越坟墓的生活,以及一般暴戾行为。"

回头看了萨木金一眼,他叫道:

"你听说比士比妥夫的事了吗?"

"什么?"

"他死了。"

"为什么?"萨木金惊呼。

"心脏病。"

"他似乎是健康的呀。"

"心脏是反叛的机关。"台格尔斯基说。

"死得很稀奇。"萨木金说,感觉到同样不能明白的惊异。

"死得聪明。"台格尔斯基断定,"它以最便宜和合法的方式解决了马利娜案件。这唯一继承人,也是谋杀的嫌疑犯,已经退出舞台。所有

---

[1] Verhaeren (1855—1916),比利时诗人。
[2] Wedekind (1864—1918),德国诗人,见前。
[3] Korolenko (1853—1922),俄国著名作家,在十九世纪八十年代及九十年代被反动派看作妖怪,但对现世纪革命运动并无甚影响。

的地产都归入皇室，而且有些聪明人现在就要趁机营私肥己。唯一的损失者是那些热心于这轰动一时的刑事案的人们——以及想要从这寻常谋杀案中鼓动政治风潮的人们。"

他敲着书架的玻璃说道，好像开玩笑似的不经意：

"比士比妥夫的死对于你也有益的。即使你拒绝替这人辩论，你也必须出庭做证人。而且，当然，皇家推事或许要替被告辩论向你挑战，这是十分可能的。"

"现在他实行恐吓我。"萨木金判定。他高声问道："为什么呢?"

台格尔斯基毫无礼貌地打了一个哈欠，说道他昨夜一直工作到今早五点钟，然后吞吞吐吐地说：

"有一种谣言，说你和那被杀的妇人有密切关系。这事实据说是可以解释你的隐秘的生活——你是因为做了富裕的寡妇的红人而困恼了的。"

萨木金，觉得必须表示愤怒了，大声叫道：

"真是完全胡说!"

坐下，台格尔斯基好像啄木鸟似的啄出他的话：

"不要以为警察部会忘掉一个细小节目。这可敬的机关是具有超人的记忆力的。"

"你是什么意思?"萨木金质问，整饬着他的眼镜，其实那是无须整饬的。

"想想看，在朋友们的谈话中，有些人曾经充分袒护你在莫斯科叛乱期间的行为。"把餐巾安置在胸上，他说明，"我并不是说反对你的话，而是称赞你呀。"

"这可恶的伪善者。"萨木金对他自己诅咒他的宾客。他注视着这人的脸，但是他正在专心追逐一片腌菌子。萨木金想："大约不过是随便说说吧。"他大声说道，故意使他的话有一种随便的语调：

"我参加在莫斯科叛乱里面是由于地形学的理由——我的住宅是在

两道防御工事之间的。"

或许他说得太多了吧。他又说：

"我不是答辩。我只是说明。"

台格尔斯基显然并不需要答辩或说明。他低着头，正在用叉子在盘子里调和醋与芥末，把菌子搅在那里面。他倒酒，向主人点头示意。喝干一杯，带着一种满足的咯咯之声，把菌子送到嘴里，咀嚼着，鼻子里呼呼的，咽下菌子，又倒一杯酒。然后他说：

"那时我在慕尼黑，当那——非常的插曲发生于莫斯科的时候。报纸上把它描写得好像是从法文翻译出来的。"

他吞了麦酒。

"它似乎是不可信的。莫斯科？满足的、肥胖的、自得的、乡土气十足的莫斯科正在制造革命吗？幻觉。然而它是严酷的真实。"

他继续说着，更加兴奋，当他挖一勺汤放进他的盘子里的时候：

"我不知道在那插曲中布尔什维克们表演什么角色，但是我必须承认他们是天生的敌人。在我的职位上我喜欢——这是说——阅读他们之中的某些人所提供的证件，以及亲自会见别的一些人——例如，坡阿可夫。你记得他吗？"

"记得。"

"他被判处流刑五年，放逐到边远的地方。他逃跑了。布尔什维克是坚决的族类，在人民都快要厌倦了摇摆于是与不是之间的国家里他们是极其有用的。只有唯美派和那些敬爱学究思想的人们才觉得列宁学说的粗俗。但是倘若你仔细读它，而且心平气和地读——啊呀，见鬼！"台格尔斯基炸了。他已经打翻了刚才斟满麦酒的杯子。

萨木金放下他的汤匙，从颈子上脱掉他的餐巾，他的食欲消失了，而且愤恨这人的苦痛燃烧在他的内心。

"试行引诱我进圈套呀——说谎！他拿我开玩笑——这猪。"

"你使我吃惊了，安东·尼乞孚洛维奇。"他开始说。但是台格尔斯

基,又斟酒在他的杯子,诙谐地说道:

"我想不到你会吃惊。我吃惊的是你的吃惊。"

把他的愤恨压在肚皮里面,萨木金准备了一个厉害的问题。

"你是法律的代表人呀,"他想要说,"怎样能够这样随意地,几乎是赞颂地,评论一个宣传反抗国家基本大法的人呢?"

台格尔斯基喝完了汤,切开一片鸡肉,而且把奶油擦在一片面包上,他说:

"有一个莫斯科报纸的通信员在这里。他正在嗅嗅,想要发现什么是什么和谁反对谁。他或许要来见你。我忠告你——不要见他。告诉我他的事情的是——庇里尼可夫——那家伙知道各样事情而且叮当叮当响得好像雪橇上的铃子似的。这庇里尼可夫是一个候补的'生活的导师'。有这么一个空位,不过还不曾经商务局登记。他出身于诺弗戈洛得的乡绅门第。他的叔叔在那里——制造大小便用具。他是一个特种的——一个十分有福的人。他的妻是主教的侄女,她的教名是阿加太,但是据布洛克胡的《百科全书》说:'阿加太——女圣者之名,或竟无此人。'"

"我也应该像这样连讥带笑地谈谈。"萨木金想。

台格尔斯基继续对着他的食物演讲,越来越急速地说这说那,不留机会给萨木金插入他的厉害问题。况且,关于那通信员的消息已经打消了他的愤恨,又使他对于台格尔斯基的注意加紧混乱起来,后者是更加使他糊涂了的。

四

人们使萨木金觉得有趣的只在于他看出他自己和他们之间不同之点。他有才能立刻就把握住一个人惯常把经验归纳进去的成语的基本体系。他觉得文学作品的观念和形象,以及对于它们的批评和赏鉴,最容易印入他的记忆而且生根在它里面。根据这些观念和赏鉴,他判定他和别人有些什么不同,并且努力建立完全的独立。他看出台格尔斯基的矛盾和欺瞒,但是在这人的言语中他越来越发现一种熟悉的东西而这东西是被可恼地歪曲了的。萨木金觉得台格尔斯基好像明知道这种不易觉察的共同性,而又设计逗恼他似的。

台格尔斯基,已经吃完他的小牛肉,用一种巴黎人的精细吸食了那些残汁,把面包塞进嘴里,咽下,立刻喝一口酒,然后轻轻地揩揩嘴以示感谢。但是这并未妨碍着他吐出响亮的言辞——真的,那是容易使人相信那些食物输入他的胃肠是专为立刻变化为言语的。把肩背向后靠在椅子上,两手插在衣袋里,他尽谈尽说。

"你为什么住在这里呢?只有圣彼得堡是可住的地方,或者,差不点,莫斯科。你为什么不到圣彼得堡去呢?那里我有一个朋友——一个著名的律师。他是新斯拉夫主义者——那是,帝国主义者,爱国主义者,有点白痴,而且完全是一头畜生。他受过我的恩惠,而且虽然我想他已经有三个助手,他也能够替你找到一种好工作的。你为什么不到那里去?"

"我要想一想。"萨木金说,想道,"有人想要我离开这城市。"他询问了工作的门类。

"所谓好是在财政的意义上吗?"

"那还会在别的意义上吗?保卫'被侮辱和被损害'的人们,主持公道吗?那不过是大学教授在讲堂上唱的高调,但是你和我同样知道那是毫无可能实行价值的。"

他立刻说了一个故事。大概是说有一个天真而糊涂的律师上了一个条陈给斯托里宾。在这杰作里他指出农民运动是由富农领导的;它已经成为富农反对地主的战争;它利用贫农为进攻的武力,但是采取一种颇有远见的战略;到分配赃物的时候,价值高贵的细软之物都已归于富农,从此毫无踪影,而笨重东西却明白出现在贫农家的院子里,因此讨伐司令就可以因赃得犯;云云。斯托里宾看完条陈,批道:"放逐这幽默家到西伯利亚云，越远越好。"但是这幽默家，在从公共浴室回家的路上，已经被救火车碾死了。

萨木金听着这故事好像是故意编造出来表明当道要人的愚蠢的轶闻似的。

"这，'批评的思想'的旧传统。奇怪，甚至这轶闻也并未使我对于台格尔斯基有所宽恕。"

今天他对于台格尔斯基特别严厉和讨厌。愤恨没有爆发的时机就死寂了。台格尔斯基曾经发现他们两人之间的某种共同性，那种不愉快思想已经让位给台格尔斯基为什么要他迁居圣彼得堡这种焦虑。这家伙对萨木金表示好意，这并不是第一次——但是那后面隐伏着什么呢？萨木金一时间很激动，不自禁地想要向这皇家推事提出针锋相对的问题。

但是台格尔斯基的眼睛，通红而且浑浊，显然是恣情任性的，并无妥协之气。萨木金的近视眼也不能确切判断那两只眼睛的表情，它们的颜色似乎是随着光线的浓度而变化，好像母珠的色彩似的。然而，它们始终保持着一切尖刻的神气。

"说谎者的眼睛。"萨木金想，愤怒地。他说道："今天你的心绪好。"

"我表示了吗？"台格尔斯基质问，"好，嗯——我并不是常常被心绪压倒的人。今天我喜欢那案子可以归档了。"

他站起来，摆开两手，使萨木金想到了这嘲笑之词："你不能打我！你的手太短。"

"他的行为好像一个新入学的大学生似的——太过装模作样。"萨木金对他自己说，仔细观察着这人。台格尔斯基，轻轻地揸揸他的脸，在房间里旋转着，说道：

"我喜欢反驳。在幼年就养成了习惯。我不能反驳别人的时候，我就反驳我自己。这确是使我陷入困难的脾气。我曾经受过侮辱。对于斯托里宾拘捕帝国议会中工人代表的计划我随便说了几句话。在我们的部里他们正在设法使违法变为合法。我被训斥了。"

台格尔斯基站住而且取出一支纸烟,用手指揉着它。

"他确是有所求于我——否则他为什么尽对我忏悔呢?"萨木金想,把火柴递给他。

台格尔斯基点点头而且接了火柴。他把烟揉破了,把它放在烟缸里,但是把火柴放进他的衣袋里去了。他继续说:

"我被派到这里来受某种思想严肃而行为宽大的试验。我恐怕我已经失败了。但是我告诉你吧。"

他在桌子前面坐下,又沉默了片刻,然后,毫不迟疑地点燃一支纸烟。

"我想辞职。我不愿和你们律师往来——我觉得在——职业的自由主义者——对不起——的款待之下是不舒服的。我宁肯做些私家的事情。实业。在乌拉尔地方。你到过乌拉尔吗?"

"不。"

"哦哦!"台格尔斯基感叹,然后,十分热心地称赞乌拉尔地方的美。在言辞和声调上都已没有俏皮的意味,但是萨木金警备地期待着他的再说。他的宾客的唠叨使他恼怒而且厌倦。他所说的每件事萨木金都认为是无诚意的,是引出更重要的事情的序言。

然后他突然问他自己:

"倘若我处于他的地位我将要怎样呢?"

这问题显然不愉快而且可惊,于是萨木金立刻抛掉它,严肃地使他自己相信:

"我们没有共同之点。"

吹出一口烟,把纸烟当作演奏者的指挥棒似的摇摆着,在蓝烟缭绕之中他说:

"西伯利亚本地人是更原始、更严肃而又更自信地硬干着的。在那里你找不出托尔斯泰的门徒,或后悔的罪人,或别的虚夸者。那里的人们明白倘若竞争是生活的基本法则，那么每个人都有权成为无耻的和无情的。"

"呼呼。"萨木金表示。

"他们明白那个，不错。"

当台格尔斯基从风景说到风俗的时候，萨木金的注意已经确定在一点上——他必须证明他们的思想并无任何共同点，而且发现了就要立刻声明。

"'我的母亲生我就犯罪'——所以一切都该归咎在她身上，因为我命定是犯罪的。"是萨木金听见的话。

"这里，昨天，阿卡狄·庇里尼可夫——"

"他还在这里吗？"

"是的。与其说他来启发民智倒不如说他来办理他的妹妹的婚事。她是高级学校的学生。她嫁给这城市最富的人伊斯维可夫的儿子。喜宴之后，庇里尼可夫对那些半醉的商人开诚布公，发挥他要演讲的'作为行为准则的宗教'。根据了米里支可夫斯基在宗教哲学会里的演讲；他列举了托尔斯泰反宗教、反科学和反艺术的全部罪过，使听者回想托尔斯泰所谓'阿谀的活圈套正在加紧勒着他的老颈项'而以托尔斯泰内疚神明来解释这一切。他接着声明他诚恳相信俄国必然要达到政教合一的天人政治，云云。"

站起来把纸烟尾放在烟缸里，他推翻了烟缸。

"他醉了。"萨木金想。

"但是商人们听着他演讲好像他是在说明财政部怎样活动似的。当然，无知者的惊异是不值得什么的，但是天呀！知识分子是何等恐慌呀，萨木金——是不是？"他质问，露出他的黄牙齿，"我并不是在谈庇里尼可夫——他是蠢材，蠢材并不怕什么，这是我们从乳娘那听到的故事中就知道了的。我是在谈一般知识分子。他们恐慌得要死。他们已经发出惊恐的呼号了——是不是？"

他拉出他的怀表,看看表面,又继续说:

"陀思妥耶夫斯基以出奇的深切在沉重而动荡的俄罗斯心中认识了知识分子的以及托尔斯泰的最为特征之点——无聊。这是何等深切?为什么无聊呢?那确是由于这种恐慌。害怕死,就不敢回头地往前奔。就是这么一回事。"

他站起来,约略有些蹒跚。

"好,我已经谈够了——够六个月。"他加添,啪地关上他的表,"作为一个听者你是——十分合适的。你是——你是隐藏在沉默之中或是在轻蔑之中呢?"

"你是很有趣的。"萨木金回答。台格尔斯基走来逼近他,惊异地说道:

"我是一个表演给自己看的演员,或许并不像别人似的——所谓别人也包括果戈理、陀思妥耶夫斯基、托尔斯泰之流在内。"

他又露出他的黄牙齿。

"那是坏的,我知道。人因为怕自己是傻子或怀疑倘不是傻子则在自己之前的表演使自己更加恶劣,于是尽力要求别人也像自己一样,那是坏的。那是坏演员——你懂吗?"

"不全懂。"萨木金直说。

台格尔斯基摇摇手。

"我不相信。你懂的。你最好是认真考虑一下圣彼得堡问题。我敦劝你。这地方是荒野。明天我就要走了。"

他把萨木金遗留在十分疲困之中,被陪伴他的辛苦所累坏了。萨木金倒在长沙发上,闭起眼睛,排除一切思想,理会着这意外的话:"在自己之前表演。"匆匆检阅了台格尔斯基在三次访问中所说过的话,萨木金试行抚慰他自己:

"真的,他是演员,演给他自己吗?当然不是。他为我表演——他玩弄我。他玩弄他想要在那人之前装出某种模样的各个人。他为什么要和我玩这一套呢？"

几乎活现在他面前的是那圆圆的、短粗的小身体、那粉红的手掌和短短的手臂、那轻轻摸脸的动作，以及那脸自身——并不惹眼，胖鼓鼓的，毫不动弹，尤其是那醉人的邪气的充血眼睛。

"滑稽演员的面貌和体能——但是他并无滑稽意味。他是阴毒的，而且并不假装不阴毒。他是危险人物。"但是温习了他的印象之后，萨木金不得不承认在这人之中有着感动他的某物。

"我遇见过许多唠叨角色。有时我几乎妒羡他们。妒羡什么呢？他们有才能翻检思想的一切矛盾吗？他们的小聪明触动了那些矛盾吗？但是这正是对于思想自由的迫害，而妒羡迫害是愚蠢的。但是这人——"萨木金惊异地觉得他越思索台格尔斯基他就越相信这小店主的儿子使他喜欢，"怎么会这样呢？"

"第一代知识分子吗？爱反驳吗？阴毒吗？……不。都不是的。"

他的记忆并不会提示他所谓在自己之前表演，那玩弄内在的自我。

萨木金由于习惯不耐烦去处理那些深深扰乱的思想，他轻易地排除了它们。但是他心里的台格尔斯基的印象却顽强地跟随着他。他反复研究这些印象的纠缠混乱，发现台格尔斯基所留给他的比之刘托夫和别的爱胡凑乱说者所留下的更多。

五

又过了几天，他觉得他必须离开这城市了。在那些本地律师们之中，在那些居民之中，他显然是被看作更加可疑，甚至更加敌视的。人们招呼他好像悔不该对他脱帽似的。曾经在他的家里打过牌的一个青年律师简直拒绝邀请他去玩。检察官格丁，在法庭的走廊里遇见他，哼了一声，问道：

"从圣彼得堡来的那皇家推事——你早已认识他了吗？"

"是的。"

"哦——今天真冷,是不是?"

"见鬼,你老傻子。"萨木金想,自鸣得意地对自己笑道,"台格尔斯基一定是很阴毒的。"

他轻蔑人们,保持着一种不太使人难堪的态度,但是人们总是使他明白他们并不需要他在这城里。法官们尤其显然表示不满意,硬要他辩护一些琐碎的刑事案,阻挠他的民事案。

这一切迫使他拣出可以出卖的衣服、家具和不用的书籍。有一夜,在餐室里,他站在成堆的这些东西中央,无声地对他自己吟诵:

我是这玄秘世界之神——
而这世界的存在只像是我的梦。

从这两行里自然涌出别的诗句:

那么什么曾经阻住你
用你所玩的逻辑
建造可以如意的世界?

萨木金立刻想到亨洛尼谬斯·鲍次的绘画中的世界,而且想道:梭洛古卜是一个好诗人,同时是一个"被俘的思想家",任随自己降服于一个观念——人生的空虚和无意义。

"这种思想的降服限制了他的才能,所以他不能不重复他自己,于是他的诗变为太理性的、逻辑的散文的了……让我把这批评的估价写下来吧……当然,我也必须比较陀思妥耶夫斯基的《群鬼》和梭洛古卜的《小鬼》……现在是我开始著作的时候。我的书将要叫作《生活与思想》。还没有人写过一部论生活被思想所破坏的书——论生活的自由的书。"

萨木金皱着眉头，记起伊凡·卡拉马佐夫的指教："人必先爱生活而后逻辑。"

"好，为什么不努力再记起人有权为自己而生活，并不为将来，像契诃夫和别的文学勇士所指教的呢？"他决定了，走进他的书房，"追溯到四十年前赫生曾经讥笑那些把生活看作达到将来的一步的实证主义者们。契诃夫预约两三百年中的美丽生活[1]，高尔基盲信'人为更好的生活而生活'和'人——这是一种矜骄的称呼,'[2]——他们全是孔德的平凡的实证主义的宣传者。详细说来，这学说已经堕落为马克思主义，它的极端的和最可怕的结果——"

萨木金跳起来。已经有人站在他旁边。那原来是他自己，反映在寒冷的镜面上。一位思想家的眼睛，朦胧出现在眼镜之下，正在固执地注视着他。他闭起它们，然后它们才恢复了常态。他摘下眼镜，揩揩它们，又想到那些预约创立"世界和平，人间善意"的人们，而且记起某人——尼采吧？——称人类为"一个庸俗的九头怪物"。他坐下在书桌前面，开始写下他的思想。

---

[1] 见契诃夫的《三姊妹》，凡希尼所说。
[2] 见高尔基的《夜店》，萨丁所说。

第十章

一

几天之后他坐在铁道上的二等车里。他有三百八十三个卢布在行箧里，还有两只提包——一只已经交行李车。他坐着想：

"倘若这钱被偷掉或遗失了，我到圣彼得堡就真是一个穷人了。"

这使他感伤地想到活了四十年之后只积得这么一点钱。同样可叹的是他曾经被迫而卖去五十部名贵的书，装潢都很精致的。

他所坐的这一辆车上的旅客稀少，但是穿过列车的铿锵而来的是庇里尼可夫的熟悉的声音的流水似的歌吟：

我们必须承认这整个大世界。
我们才能生活……

这位大学讲师清楚地朗诵了。一个恼怒的旅客用一种深沉的低音叫道：

"什么？撒了科龙尼香水吗？我要咳呛了。"

火腿、靴油和煎肉气味一阵跟一阵冲进车厢里。外面，在灰色的黄昏中，动荡着积雪的山丘和黑色的树木；篱围摇摆着枝条好像要鞭打列车似的。在萨木金后面有人剧烈地咳嗽吐痰，忧郁地说道：

"一个因格希人被杀死了，一个受伤，别的三个把受伤者抬到城里——医院里——失踪了……"

"太太，"庇里尼可夫惊异地呼吁，"你要告诉我——你必须——你怎么解决生存的意义的问题。那是上帝？或是人类？"

萨木金对面躺着一个长腿而有尖形红色小胡子的男人，仰面朝天，闭着眼睛，两只手臂曲叠在头下面。庇里尼可夫的叫喊惊醒了他。他把双脚放在地板上，坐起，用惶恐的蓝眼睛看看萨木金的脸，站起来，急忙奔出去到走廊里，好像赶紧去救助别人似的。

"这是分界线！"庇里尼可夫叫喊，"那么那是什么呢？我们否定建立在宗教——基督教——基础上的精神文化而主张彻底唯物论的和野蛮的文化吗？我们否定它吗？或者我们并不否定呢？"

忽然许多气味混合在科龙尼香水的气味里面，而且庇里尼可夫的演说消失在深沉的咳嗽和一种严厉的大叫里面：

"不用鞭打他们，他们应该给砍掉手臂——是的，砍掉他们的手臂。"

"他们用大麻绞绳已经足够威骇他们了——"

"但是关于那损失呢？谁来赔偿我的损失呢？"

庇里尼可夫的得意的声音又飘浮在别的那些声音之上：

"你真相信知识是真实的吗？况且，科学的知识和它有什么关系呢？并没有所谓科学的道德学这种东西。不能有的。但是全世界所祈求的确是道德学——而道德学只能由形而上学所创造——是的，只能由形而上学。"

"扰乱。"萨木金想,觉得中毒似的被人硬把不必需的思想注入他的头脑里面,"扰乱——"

他久已不曾领教人们的杂谈了。他曾经相信那些饶舌的车上旅客和饭后主顾丰富过他对于人生真意的知识,用血和肉充实过书中言辞的干骨架。但是此刻他感觉饱闷——厌足于人们的知识的过剩。现在是他把他所见所闻和所经验的都组织进他自己的特殊体系里面的时候了。但是,像风从关不严的门窗中钻进房间里来一样,一些多余的、不必要的、烂熟的言语继续不断地袭来。庇里尼可夫,把红脸隐藏在那绿皮书后面,朗诵着:

"我在盲人院里看见那些可怜东西伸手探试着走路,并不知道他们要到哪里去。但是全人类不也是像那些盲人一样吗?人类不也是在这世界上摸索着走路吗?"

"我是知道我的去处的,"萨木金对他自己说,"我知道我所需要的。"

那红发长腿的男人出现在走廊里,好像被他后面披灰围巾的胖女人推挤着似的。

"你明白吗?"那女人质问,声音虽低然而清楚并且深沉,"正是在中央委员会里面?"

"似乎不可能。"做过萨木金的邻居的那人含糊地说。

"是的。党的中央委员会里有一个间谍。[1]这是事实。"

她用手推开那高人,走向车厢的另一端去了。高人,稍微跟跄一下而且咬着嘴唇,坐下在萨木金对面,呆看了萨木金的脸几秒钟。

"他要开始谈话了。"萨木金想,但是守车进来燃烛;黑暗蒙住了车

---

[1] 社会革命党中央委员阿塞夫,曾主持谋杀色格士大公等的恐怖行为,但同时为警察部服务,出卖了许多同志,但终于此时败露。

外的景物。有叮当的响声——或许有人跌落了一只茶罐吧。车厢逐渐安静,所以庇里尼可夫的尖锐的声音更加清晰地响起来:

"问题并不是怎样调和个人与社会,当社会使你瞎而且聋的时代,当社会限制你的'自我'自由发展的时代。问题是两者必须调和吗?"

"给我火柴。"萨木金的旅伴惆怅地问那守车。当他随便点燃了他的纸烟的时候,萨木金转背对着他,躺在座位上,不能忍耐地迫望着有人用手巾塞住庇里尼可夫的嘴。

二

当萨木金到圣彼得堡的时候,正是一个有霜的、寒冷的、晴明的早晨。白霜闪耀在沙皇亚历山大铜像的小帽上和方肩上。海军部的尖顶似乎激烈地指着那白色的冬季太阳。

有几天之久,萨木金漫游于那些博物院一直到晚间,然后坐在剧院里,经验着独立于这大都市的无数居民之外的一种愉快之感。画幅和古物,以多样的色彩和精巧的形式愉悦着眼睛,诱起一种舒适的疲倦。戏剧演员们的装腔作势使恋爱和生活朦胧而且轻松。

"我必须寻找工作呀。"他再三提醒他自己,缓步走过无数幽静的房间,观看各种陈列品,悠悠然满足了,因为他所观看的事物并不提出问题和要求解答,尽让他随意思想,或竟完全不想。克里·伊凡诺维奇乐于研究的不是艺术,而是生活:在生活中他毫无损失地走着他的路,而且在所抉择不但正当并且英勇的道路之中获得了更多更多自信。他所不能,或不曾立意,或许不敢做的是发现那事实的内具的意义,研究它们的基本的统一性。他屡屡感觉那统一性,甚或共同性,而且以为顺从这种思想的一致性是降低自己的。他个人的生活经验也还不曾具有独创的形式,但是那是必然如此的。他,克里·萨木金,甚至当童稚之年,就已被认为有特殊才能了的。他不能也不愿忘记这事实,因为他并未遇见过比他自己更优秀的人们。绝对多数人都是无知的蠢货，专心致力于吃喝、传宗和赚钱的原始事务。在这样人群之中和之上活动着一些人，承受了这种那种成语体系，自命为保守主义者、自由主义者和社会主义者。他们又自行分为无数小团体——民粹派、托尔斯泰派、无政府主义者，以及无所增益而更加微末更加无聊的派别。把自己插入任何一派的阵营中，承受他的教条，就是限制自己的思想自由。

萨木金站在窗前，吸着纸烟，因恼于一种逐渐增强的烦躁，一种急于要到别处去的愿欲。外面的雪下得更加紧密。纸烟的蓝烟爬在窗玻璃上，刺激着眼睛和鼻孔。萨木金毫不动弹地站着，等待一种新的、明澈的思想的产生，这思想将要是独特派，别人所不知的，充分给予他一种制驭动乱的权力之感的。

"自然，各种信条都是由理知推想出来的，但是信条对于思想必然是一种压迫。刘托夫并没有信条，但是他生活于害怕生活之中，这害怕杀死了他。唯一独立自主的人物是马利娜。"

站得疲乏了，他坐下在手椅里面。那自由的、消解一切的思想并未出现。他的继续不断的烦躁决定了他的行为。他要去访问他的妻发尔发拉。

那是一个长而缓慢的旅程，在寒冷的白雪纷飞之中，充满了马蹄嘀嗒和橡皮车轮在木板道上的吱咯。潮湿的雪片沾在眼镜上和皮肤上。真是最不舒服的了。

"见鬼，我为什么要去那里呢！白痴！……"

他有些惊骇了，当发尔发拉扶着椅子蹒跚地站起来，用可怕的低声说话的时候：

"不；不——不要来近我。坐在那边——远一点。我会传染你的。我有——流行性感冒——这一类东西。"

他询问了温度和医生，说了几句安慰的话，这都是照例的事，然后仔细考察发尔发拉的面孔。他断定：

"是的。她害着重病。"

她的面孔有发烧的红色,她的绿眼睛不愉快地闪烁着;她的尖锐的声音有惊讶的调子;她的干咳带着一种哮喘。

"我随时喝茶。"她说,把脸藏在茶炊后面,"烧热的是水——不是血。我是很怯懦的人,你知道。当我病的时候,我害怕死。我会死——何等可恶的一个念头呀。"

"你是一个健康的妇人。"萨木金安慰她。

"不。"她否认,"我不是健康的。我从前也不曾健康过。妇科医学教授说只有一条朽索维系着我的生命。堕胎常常遗留痕迹,他告诉我。"

"她就要回忆过去了。"萨木金想,有些愤懑。并不问她可以不可以,他就点燃一支烟。发尔发拉伸出手来。

"也给我一支。"她要求。

吸烟使她咳的次数更多,但是这并未阻住她说话。

"他是一只可厌地、柔滑的、伶俐的雄猫,高傲而且无情。"她痛骂那妇科专家。好像觉得不恰当似的,她又说:"一个托尔斯泰主义者:道学家,有些特种人物利用托尔斯泰的教训——他们相信阴狠冷酷的上帝。还有像诺加次夫似的骗子们。请你不要相信诺加次夫。他是一个没良心的、恶毒的流氓。"

"我想你说的是对的。"萨木金赞成。她点点头,说道:

"是的。我是对的,我是对的,我知道。"

萨木金,注视着她的手,逐渐不舒服起来。仔细修剪过的染红指甲闪闪有光,两只手不停地活动着,忽而摸摸茶匙,忽而摸摸糖壶、茶杯,忽而抖抖她的便服的橘红绸襟,毫不必要地整整衣缘,或者摸摸她的紫红耳垂,或凌乱的头发。这些活动是那样迷惑着萨木金,他甚至于不能留意她的脸了。

"这是一个可怕的城市。在莫斯科各样都是简单的——温暖的。猎夫街、艺术剧院、孚洛比约夫山——在莫斯科你能从远处看见。在圣彼得堡我什么也不知道。它容许你登高观看它吗？它是这样平坦，这样浩大，这样坚硬。斯推拉托那夫说过：'我们政治家要使木造的俄罗斯变为石造的俄罗斯。'"

"她是在发昏胡说吗？"萨木金疑惑，环顾这不整洁的小房间，悬挂着厚重的帐幕，药味熏腾，以至烟气都闻不出了。

"无论在什么地方，我想，都不像在这里似的孤寂。"那妇人说，说得很流利，"孤寂是一件痛苦的事，克里。革命对于许多人曾经可怕地加强和加深了这种孤寂。它曾经使某些人变为野兽。那个你叫他们作什么——战地强盗吧？"

"匪兵。"萨木金提示。

"是的。他们已经变为匪兵——克里，那是可怕的。"她说，在一种私语的嘶嘘之中。

"她害着重病。"萨木金想，惊异了，注视着她的手的搐动。"她紧握着什么不放，好像一放手就要跌倒——或沉没似的。"这比喻更增加他的惊异。发尔发拉越说越不明白了。

"当然，你知道我和斯推拉托那夫迷恋过一个时期。"

"不，我不知道。"萨木金回答，而又立刻觉得他不该直说。但是，总之，人必须说点实话。

"你这样说是由于体贴周到。"发尔发拉喘息了，"何等卑劣呀，那粗野的畜生斯推拉托那夫。一个泥水匠。一只恶狗。只配合富裕的荡妇。而你是这样矜持，这样纯洁和正直。你有魄力——不随从时尚——"

她突然没有声息了。萨木金提起半身，看着她，而且惊怖地直立起来。她失去了自然的姿态，毫无力气地倒在椅子上，头虚搁在胸部上。萨木金看见她的眼睛半闭着，两腮异样地浮肿，一只手搁在膝上，另一只挂在椅子的扶手上。在惊恐中他的第一个思想是立刻走开，第二个是去请医生。

他跑去大厅里，找到一个侍役，询问这旅馆里是否有医生。他听说有一个住在三十二号——马加洛夫医生，刚从外国回来的。

"请他来。"

"他出去了。"

"另找一个来。立刻。"

一位有一只小秃头的彬彬有礼的绅士拦住萨木金，低声提议叫急救车来。

"你要知道——那是有些不妥的。或许是传染病。"

"是的，是的——当然。"萨木金赞成，又转回去看他的妻。

他发现她坐在地板上，用她的手肘支持着，背靠着椅子，头是向后仰着的。

"我想起来，但是跌下来。"她说，衰弱地，眼里流泪，嘴唇是抖颤的。萨木金抱起她，把她放在床上。然后他坐在她旁边，用手掌抚摩她，故意不看她的脸，那曾经有过动人的幼稚的表情的脸，现在是染着罪过的颜色了。

"我觉得很惶恐，克里。"她可怜地自认，而又很安静，"很惶恐。我不能呼吸。"

"马加洛夫在这里，"萨木金说，"你记得马加洛夫吗？"

她点头。

"是的，那漂亮的男人。"

萨木金自己也有些惶恐，觉得并不能帮助她，深深羞于说安慰的话。然而，他说：

"不要短气。要好起来的意志比一切药物都更有价值。"

哮喘着，发尔发拉勉强说道：

"季林斯基——那公证人——有我的遗嘱……各样都归你……不要烦恼，克里——你需要它——我的亲爱的。你是正直——那房产——各样。"

"不要想别的。"他命令,"静静的。休息。"

"卖掉各样——有钱才能独立,亲爱的……在我的皮箱里——在那皮篋里——在提包里面——哦,天呀!我能够——有光照着这床——刺眼睛。"

她的咽呜和哮喘几乎是连续着的,萨木金也觉得室闷,不能自由呼吸。房间的墙壁似乎都挤拢来,挤去了空气,只留下难堪的气味。时间显然已经停止。在这阴暗而窒息的房间里,发尔发拉的近于发昏的言语越说越脱节了。

"记得吗——那音乐家将要死的时候——我们坐在花园里——银色的旋风流动在烟囱上——空气——那是唯一的空气——是不是?"

"那是唯一的空气。"萨木金使她相信,而又怀疑是否说不知道较为妥帖。

"斯推拉托那夫——一条恶狗。他打我——腹部。像一个挑煤夫。"

有人进来。萨木金站起,从帷幕后面看看。

"马加洛夫医师。"来客报到,那声音对于萨木金是异常熟悉的。这个人穿着一套剪裁合度的黑衣服。军人气概的脸修剪得很干净,还有一点小上髭。"马加洛夫。"他重复,更温和些,然后暗笑着。

"古图索夫。"萨木金忽然想起,一言不发,对着那个指指病床,"他必定借用着马加洛夫的护照。一个'非法'生活的革命家。我幸而没有和他握手。"

那彬彬有礼的绅士站在门口,咕噜道急救车立刻就来,并且问:

"你是萨木金太太的亲戚吗?"

"丈夫。"

"我可以问你住哪里吗?"

克里说出他的旅馆。

那人恭敬地鞠躬而退。

"天呀!我已经搅混在这里面了吧。"古图索夫沉静地说,从幕后钻进来。"我不能拒绝邀请。倘若你说上衣合适，你就必须穿起来……你的妻，我看。"他小声说，"听着，我现在是一个医生——不单是在护照上，在流放地我甚至实施过的。我想她有肺炎——气管的肺炎。这不是说笑，你知道。"

他走近萨木金，低声说：

"我们要不要互相认识？你觉得怎样？"

"我们不认识吧。"萨木金回答。

"对的。有一个马加洛夫是你的朋友。但是那是一个很普通的名字。偶然，他也许已经越过边境——在另一条路上。好，我走了。希望我们不久再会，我要和你谈谈——或者不可以吗？"

"可以。等他们把她搬走之后。"

"好！"

古图索夫走了，而萨木金，听着发尔发拉的窒息的言语，想道：

"我为什么答应可以呢？"

"敦劝我饮酒——好像一个妓女。"他听见，当他走近床边的时候。发尔发拉用一种哮喘的呼号拒斥他：

"你是谁？你？滚开。"

"我是克里呀。"他说，弯腰俯视着她。

但是她不能认识他。她的不宁静的手乱摸她的胸部，她的便衣，以及枕头。她嘎哑地重复说：

"滚开！……你畜生。"

三

差不多五分钟之后急救车的护士才来用担架把她抬出去。在那几分钟之间她是安静的，她的不快的、凶狠的绿眼睛迟钝地闪烁在她的浮肿的脸上。

"她要死了。"萨木金判定。"她确是要死了。"他重复,觉得孤零零的。这丑陋的直率之词——"她要死了"——像秋天的苍蝇似的叮着他,妨碍他的思想。驱逐了它的是那彬彬有礼的、矮矮的、圆圆的小绅士,他的头光滑得好像一只象牙球似的,他像一只猫似的悄悄走进来,安详地小声说道:

"按照法律,我们必须通知警察,恐怕万一发生意外,而且这位太太留有财产。但是我们——请原谅我这样说——要考察,才能承认你是她的合法的丈夫——那么各样似乎才合适。然而,老实说,你可以送那副巡长五十或多一点卢布,那么他们就不会来麻烦你了。他们喜欢这一套,况且他们是不宽裕的,因为非常——"

萨木金拿出一百卢布的一张钞票,以及零碎的二十个卢布。他把一百的一张给了那个人。

那小家伙快活地含糊说道,这房间现在必须消毒。建议把发尔发拉的东西搬到别的房间里。而且,当然,倘若萨木金先生愿意在这里住一夜,旅馆经理处是欢迎的。

他走了。

"流氓——或许是侦探。"萨木金轻蔑地想,立刻觉得小小意外的穿插在生活的戏剧高潮中是不但自然,而且也是有益的;在戏剧的紧要关节之中这种插曲使人更容易忍受那种紧张。于是他记起他在巴黎报纸上读过的那些剧评。然后他才研究更为实际的事务。

"古图索夫要谈论什么呢?我必须听听他的谈话吗?和他会见是有危险性的。马加洛夫也在冒险了。"

他打开窗上的换气玻璃片,而且咬着一支烟,在房里踱来踱去。发尔发拉的金表搁在镜子前面的桌子上。他拾起它,用手估量它的重量。他曾经给过她这一只表。旅馆侍役,来清除房间,是很容易把它偷去的,他把它放在裤袋里。然后,在镜子里一看他的忧劳的脸相,他打开那皮箱。那里面有粉盒、手套、账簿、英国造的香药瓶、一种头痛镇定剂、一只金手镯、七十三个卢布的钞票，以及一些银圆。

"她爱银子。"他记得，"倘若她死了，我并没有足够的钱来安葬她。"

发尔发拉把房产遗赠给他并未使他感动或惊异，因为她没有亲戚。那遗嘱也是完全不必要的，因为她的丈夫当然是她的唯一继承人。

他坐下，在膝头上打开那小提包，很漂亮，四角镶着酸化银。在那里面他发现一只化妆匣，而且在那顶端的袋里有一只贵重的皮箧，其中有各种文件，而且在一只角里有九百卢布的钞票。他把一百卢布一张的都放进他的背心的袋里，而把那七十三个卢布放回这皮箧里。这一切他都机械地做了，并未想到那是否必要，他动作得好像一架自动机似的，而且随时想着：

"她曾经结识过许多人，而在她看来我还是最光明的人物。她的初恋者吧。有人说，'初恋是不朽的'。真的，我没有好理由脱离我们的关系。在我们之间事情曾经紧张过——在那时各样都是紧张的。"

有一分钟之久他正直地研究着在过去发尔发拉有什么可以归罪于他的。他找不出。

当他又点燃一支烟的时候，在他的袋里的钞票发出一种干脆的响声。萨木金一听到就环顾四周。各样都乱七八糟，发出窒闷的气息。两个侍役和一个房间侍女进来了。他告诉他们他要到三十二号房间去访问医生，倘若医院里有事情他们可以到那里去叫他。

古图索夫，没有穿外衣，披着胸襟，坐在茶炊旁边的桌子前面，正在看报。另一些报纸散乱在沙发上和地板上。他站起来，用脚踢开它们，搬动一只沉重的椅子到桌子前面。

"他们把她搬走了吗？"他问萨木金，窥看着他的脸，"好，我正在这里研究俄国报纸。疯人的胡说——自由主义的知识分子想要实施非洲黑人对付野兽的魔术。主要的事实是斯托里宾的农业政策以及实业家们的竞相出卖外国资本想要购买的各样东西。外国人是不失时机的——他们甚至伸手进纺织业，莫斯科的基础里，它是一个竞技场……好，萨木金，你已经老了。"

"我对于你却不能说同样的话。"萨木金回答。

"政府照顾我。它把我送到北方去休养，我休养了四个月。并不十分舒服，但是适合于精神的卫生。后来我跑到外国去了。"

古图索夫低声说着，他的蓝紫色的眼瞳闪出他常有的笑意。他的略微粗糙的脸，没有胡须，比以前似乎更尖些，更加使人不能忘记。

"你见过列宁吗？"萨木金问，倒茶给他自己。

"当然。"

"他还是那样吗？"

"绝对地。甚至更坚定。这位先生是卓越的。你初见他不一定赞成他，但是你跳来跳去，终于归结到他那里。他从现在的孔隙中看见将来，只有他能看见。他严厉指责你们知识分子。"

"为什么？"

"为孟什维克主义和其他自由主义。卢那卡尔斯基和波格达诺夫曾经写出许多虚饰的东西。"

"我没有读过。"

"伊里奇说他们用资产阶级的思想来磨光社会主义，因为他们以为它必须高雅。"

古图索夫站起来，把双手插在衣袋里，走到门口。萨木金看见他更挺直，似乎更清秀些。

"他损失了体重吧。或者是因为穿着新衣服呢？"

古图索夫回到桌子前面，开始谈话，略带厌倦，然而还是那么锋利逼人：

"知识分子能够走的路是十分明了的。……只有两条路——跟随资本，否则反对资本，跟随工人阶级。在阶级战的正动与反动中担任缓冲任务对于知识分子是无结果而又危险的，而且也可笑。列宁用这种无结果性和或然朦胧意识那地位的危险性来说明流行文学作品中的死的绝叫和呻吟。这是正确的说明。我读过安特列夫和米里支可夫斯基的几篇作品——老天爷！他们应该羞愧。他们好像害怕黑暗的小孩子似的。"

他凑近萨木金，定睛看着他，然后把声音更放低些，问道：

"听着——你做过马利娜的律师，是不是？那是怎样神秘的事？她确是被谋杀的吗？"

他继续说下去，重复着萨木金的简洁的、谨慎的答话：

"谁谋害呢？她的外甥犯嫌疑吗？但是动机是什么呢？一个傻子吗？那是理由不充分的——哦，她压迫他呀？这像是的。那外甥怎样了呢？死在监狱里？……我看——"

"他好像以为他是审判官似的。"萨木金想。他说：

"我相信他是被毒死的。"

"这是正规的神秘故事。你不喜欢它们吗？我喜欢。例如科南·道尔[1]所做的那些。一种逻辑的游戏，不很精细，但是有趣。"

一面说，他一面搓揉着他的下巴，故意注视着萨木金而又好像他的思想并不在于他所注视的对象。他的眼瞳变为黑色了。

"一种黑暗故事。"他安静地说，"倘若她被杀了，她必定曾经阻住某人的路。那傻子是完全站在这画幅之外的。但是资产阶级并不傻。当然，傻子被穿插进去了。这便是傻子的用处。"

萨木金低着头，摘下眼镜，揩揩它。他说：

"几乎有两年之久我是她的密切的朋友。我知道她，但是从不曾了解她。你知道她是加勒派的主教吗？"

"什——什么？她？"古图索夫轻蔑地摇摇手而且咯咯地笑了，"那是乡下人的胡说——无根之谈。"

他吃惊于克里所描写的祈祷式。他皱起眉头一直到睫毛发抖。

---

[1] Conan Doyle（1859—1930），英国著名侦探小说作家。

"好一场马戏!"他咕噜,而且用手使劲摩擦他的紧张的脸。

"总而言之,你以为她是怎样的?"萨木金说。

"第一,她是野心的。"古图索夫回答,略停了一歇之后。"她的精神是远出于平常之上的,但是激发她的智慧的却是野心。她的身体是健康的,所以她有洁癖。洁癖无疑地是作为她的肉欲的制动机的。她并不留心孩子,也不需要孩子。"他继续说,皱着眉头,又停了一会儿,"她有一种研究精神。她是博学的。她对于分教派很有兴趣。但是对于这种运动我知道得太少。我觉得一切分教派者都不过是些富农,或许要除开那些'流浪者',这种人是完完全全的无政府主义者。他们是分教派只在他们是农民的时候。一旦变为商人,他们就忘记了他们不同于卫道的教会——保卫真理——换言之,保卫权力。灌输给她这种宗教趣味的是她的丈夫。"

古图索夫忽然容光焕发。

"他是一个有趣的家伙。这人痛恶教会以及各种权威。他读过法国柏士加[1]的书,他读过詹生[2]的书。他反对一切意志自由论,以为人只为自我的行为是极顶的罪恶,而那自由也只不过是选择罪恶——无论是战斗、营业,或生殖。他主张人是永远与神明相反的,所以他确是立足于恶魔派或纯粹无神论的。这人有一种热烈的精神。当激昂的时候他确乎走得很远,有一次他说:'倘若你理解上帝像教会所理解的一样,那么他是人的仇敌。'"

点燃一支烟,古图索夫让火柴自行烧尽,几乎烧着他的手指。他凭空摇摇手,继续说道:

"想想看,无疑的,使马利娜精神偏激而转向于加勒派的是这些观念。"

---

[1] Pascal (1623—1662),法国科学家、哲学家。
[2] Jansen (1585—1638),奥地利神学家。

但是他立刻摇摇头，站起来，踱来踱去，继续追究他的论旨：

"不，不。加勒主义是一种把戏。这后面是隐藏着某种东西的。它是一种幕。她是贪婪的，她崇拜金钱。她的丈夫是很慷慨的，交我捐赠给党。我常把他看作真实的革命家。这是有充分理由的。甚至关于农民，他也有正确的意见。对于社会革命党却是不合意的伴侣……好，关于她我所能告诉你的不过如此。"

"你所告诉我的都是关于他的。"萨木金埋怨。

古图索夫耸耸肩头，并不回答。他斜起肩头靠在墙上，把手放在衣袋里，衔着纸烟，烟云使他侧目而视了。他又说：

"她有一种可笑的计划，想要积蓄大量金钱来创立——在西伯利亚的某处———一种社会主义的社会，依照傅利叶的公社的方式——照例的把戏。总之，她不过是一个知识分子——头脑很好，但是被资产阶级趣味的教条和伦理严格限制了活动的发展和自由。人类正在组织一种世界规模的战争。列宁称它为动乱。土耳其、波斯、中国、印度全都燃烧着民族的热情，要从欧洲资本的铁拳之下挣脱出来——欧洲资本知道争点所在，努力巩卫它的执行力，提拔最能干的工人们来增强它的战斗的工业组织，把他们变为熟练工匠、工头、技术家、工程师、律师、科学家。在德国，尤其变为化学家。他们诉之于工人们的占有本能、他们的野心。无产阶级的知识分子由此被牵入掠夺群众的事业，因为他们已经受了变为小股东的鼓励。当然，准备对东方作战并未消除对国内工人斗争的可能性。在一九〇五年中资本家学得了一些东西。不——资产阶级并不傻。"古图索夫重复，咯咯地笑了。

他一面谈一面瞻望着窗外的深灰暮色，以及暮色中的灯火的黄色油渍似的斑点。他好像提示他自己似的说着：

"知识分子——尤其是我们的，比欧洲的更为贫乏——朦胧意识到将来的悲剧。他们之中的许多人害怕的并不是工人们暂时失败的危险，而是工人胜利之后的困苦。列宁是对的。对到无限的程度。他们惊恐于工人阶级掌握政权这观念。于是他们仓皇逃避，躲入宗教哲学的丛莽中，躲入加勒派中，躲入荒淫中，躲入恶魔派中；尤其是躲入各样各式的妥协及调和的政策中。你知道，萨木金，很侥幸的是俄国的贵族和资产阶级同样是愚顽的。麻烦的是我们的农民太多了一点。"他结论，宽阔地微笑着，同时像工人似的把烟尾按住靴底上压熄它。

萨木金匆忙点燃一支烟，觉得这匆忙几乎是可笑的，不能不寻思一种解释。

"现在他就要问我一些问题，看看我在想些什么。他将要使我相信政权是会被工人们所夺取的——"

虽然萨木金以最密切的注意听着古图索夫的话，并且也没有急于要和他争论的欲望，但他已经准备自卫，正在锻炼着流利的词令：

"人有权随意思想，但是教导的权力却必须有使被教导的我明白的一种根据。""除了占有本能而外什么东西能够感动工人的热忱呢？""以历史的观点而论，人必须从资产阶级的思想出发，因为只有这种思想才是社会主义的祖先。"

他还有别的几句话藏在心里，但是没有一句是满意的，因为每句都要激起无穷尽和无结果的辩论。

"他并不争执教导的权力，但是我并不想变为一个学徒。"

萨木金越来越不舒服而且不安宁，他觉得倘若认真争辩起来，古图索夫是很容易揭破他对于社会和政治问题的漠不关心的。他第一次觉察他对于这些问题的漠不关心。他几乎不能自信这是事实。这是真的吗？

他把这问题修改到这样：

"暂时的冷淡吧。"

古图索夫，搓揉着他的两腮，说道：

"我的腮上有一种最讨厌的疙瘩。当我从放流地逃出来的时候它们冻伤了。我的一个同伴冻坏了他的脚。"

"你知道梭莫伐死了吗？"萨木金突然发问。

"是的，我知道。"古图索夫回答。他咳嗽，又咳嗽。"是的，当然。"他迟疑了几秒钟，然后用嗄哑的低声说，"她是由于赞美英雄而加入革命运动的妇人之一。由于浪漫主义，她是道德的——"

"而且她有一种——?"萨木金问。

古图索夫把手指握响了两次，然后好像动怒似的答道：

"一种确切认识敌人的警觉性。一个智慧的人。你记得她吗？一只猫，小而柔软。对于各种卑污性质具有一种严酷的洁癖。有一次——一个做了很腐败的事的人，因为是出于私人性质的戏剧性的情境的逼近，被原恕了。'你没有权原恕他。'她说，而且坚决主张不应该把那人看作同志。但是他是被赦免了的。因此敌人的阵营中增加了一个不蠢的流氓。"

"她提议杀掉他了吗？"萨木金好奇地询问。

古图索夫微笑，但是在他能够回答之前有人敲门，有一个声音恭敬地说道：

"有电话来通知——萨木金太太的病很危险。"

古图索夫默默地看着克里，然后默默地和他握手告别。

克里·伊凡诺推奇·萨木金觉得到医院去是他的义务，而一到街上他就决定用脚走去。

四

城市包裹在丰厚的雪毡里，在圆月的清光下闪出愉快的绿色。门房们的铁铲沙沙，扫帚窸窣，雪车悄然滑过柔雪上面。商店的灯光，晶莹的霜色——各样都融合着，给予这夜的生活一种清爽、一种薄明，而且创造了舒展的情调。

"他从很体己的观点上评论梭莫伐。"萨木金想，记得台格尔斯基所说的她的故事，他决意把她排除于他的思想之外。"这古图索夫更柔和了。但是比以前更有趣。生活磨炼人们。……今天我过了一个奇异的日子。"他批评,忍不住微笑了,"我可以出卖那房产,再到外国去。我要写回忆——或长篇小说。"

忽然看出他走着的并不是到医院去的那一条街,他放缓了脚步。

"时候迟了——他们或许不准我进去看——病人。总之,看她有什么意思呢?面对着死是痛苦而无意义的。"

他继续走他的路,半点钟之后才回到旅馆来检阅发尔发拉的皮箧里的文件。他找出五百卢布的一张期票,是由杜洛诺夫签发的;一只保险箱钥匙;一个和芬兰纸币签订的交易合同;一些从报纸上剪下来的书评,发尔发拉的笔记。后来他走下饭厅,吃过晚餐,回到他的房间里,脱衣上床睡觉。

他一早就醒觉在神清气爽之中,按铃要咖啡。但是一个侍役进来说:

"殡仪馆派人来见你。"

有一分钟之久,萨木金坐在床上,焦急地寻思着他对于发尔发拉之死的消息的反应,但是他什么也想不出来。他烦恼地皱着眉头,而且斥责地问道:

"我是异教徒吗?"

梳头洗脸,他想道:

"可怜的姑娘。这样年轻。这样短促。"

自言自语地想着,他用心描画给他自己他必须执行的种种不愉快的义务。它们立刻就落在他身上了:来见他的人穿着黑燕尾服,红腮巴,大胡子,浓厚的黑发披到颈背上,使他好像是教会庶务,同时那黑毛脸却是警察的脸。这肥大的人应该是有一种咕噜的低音的,但是他却说着一种高调的、响亮的中音:

"敝馆已经知道尊贵的——的逝世——"

"她什么时候死的?"萨木金问。

"今天六点半，我立刻就——"

萨木金插嘴说今天午后五点他就要离开圣彼得堡，丧仪必须立刻举行。

"对于敝馆，老爷，你的意见就是法律。"那人说了，恭敬地鞠躬。然后他说出价目。

"太多。"萨木金想，皱起眉头。但是他无意从事于有损尊严的讲价。

"那么！不要教士送丧吗？"殡仪馆的代表说，"悉听尊便。"

一点钟之后，萨木金走在棺车后面，光着头，摸着两腮和耳朵。这是一个晴朗的日子，霜是干的。雪的尖利的闪光刺着萨木金的眼睛；他也被霜的锋芒所激怒。他的心眼之前忽隐忽现出发尔发拉的苍白的脸，尖鼻子，表示憎恶或惊异而竖起的眉毛，以及歪扭的、半开的嘴。步行是不舒服而且困难的。雪爬进他的套鞋里面，两匹马，披着黑色服饰，轻快地走着，发出刺臭的汗臭和蒸汽。雪被踏碎在棺车轮子之下和四个戴高帽穿长袍而且手持蜡烛的人们的脚下。第五个人，抬着十字架，缓步在马匹前面。风把雪从屋顶上吹下来，掠过路面，钻进人和马的脚下，激起白色透明的漩涡，又向上冲到屋顶上。

"白痴！"萨木金凶猛地说了，怒目看看他的周围。棺车爬进荒凉的街道，几乎没有商店。稀少的行人并不注意这送丧行列，但是萨木金相信他的孤零的形影由这些行人看来已是凄凉的景象了。甚或是滑稽的，骨瘦的老马，勉力走过雪上，戴高帽的黑色形体摇曳着尾巴似的拖着他们的影子在白地上，微弱地、毫无用处地火舌抖颤在蜡烛根上——殿后的是一个孤零零的戴眼镜的人，光着头，蓬松着稀疏的头发。萨木金觉得在这一切之中有一种过分丑陋的阴郁，好像引人苦笑的漫画似的。他回想到种种最不愉快的经历：图洛波伊夫的葬仪，刘托夫的象征地指着地板的番红色手指，被炸死的省长。萨木金正在感觉哀愁和悲凉，后来却大为欢喜了，因为一辆雪车驰到他后面，杜洛诺夫从车上跳下来，追着他说道：

"你走不到那里的。还有好几里。跟我来。我们到墓地去会他们。"

并不等萨木金同意，他就搀起萨木金，把他放在雪车里，嘱咐他：

"戴起帽子。"

马夫摇动缰绳，那红褐色的马就奔入严寒的气流中。萨木金，打了一个冷噤，把他的脸埋在外套领子里面，愁闷地想道：

"我要受凉了。"

在加鞭的速度中他们很快就到了墓地。杜洛诺夫对车夫说："等着！"然后对萨木金说："你受凉了吗？"接着就咒骂："混账的冷天。"

他把萨木金乱推进一座单层的小宅子的走廊里，打开门，好像它历来是一个酒店似的。房里的暖气立刻使萨木金的眼镜上蒙了一层昏雾，当他摘掉它的时候才看见诺加次夫站在他前面，还有一个男相的高女人，大鼻子，戴着海豹皮帽。

"我最诚恳地同情你。我也很悲伤呀。"诺加次夫说，和萨木金握手。那女人用干脆的声音说：

"阿里可伐——马利亚，发尔发拉的朋友。我们四年没有见面了，去年九月才偶然会着——现在我来送别她到永不回来的地方去。"

她昂然走进房间的一角，那里摆着许多神像和三盏神灯；她坐在一张桌子前面，桌子有一只茶炊正在汹涌沸腾于各式盘子中间。房间里有菜籽油、甜饼和蜂蜜的香气。萨木金感激地坐下在桌子旁边，双手捧起一杯热茶。从昏雾的眼镜里看来，墙上的沙皇亚历山大的胡子脸正在俯视着他，而那脸是高踞于一幅曲肱微睡的美丽的基督的小像之上的。

"是的。这就是死怎样爬在我们之上。"诺加次夫断言，背对着荷兰式的炉子取暖。

"我为发尔发拉难受到不能忍耐。"阿里可伐说了，把一片猪油炸饼浸在蜜碟里面，"人怎么能够想象——"

杜洛诺夫，正在衣袋和裤袋里摸索什么，高声拦住她说：

"用不着思索死——或生,都无用。我们就只要——活着,管他妈的别的。"

"你顶好少说些,凡尼亚。"诺加次夫警诫。

"为什么?"

"你说得太过了一点。"诺加次夫解释,"而且在这种特殊事件上那是十分不相宜的,老朋友。"

"呸!"杜洛诺夫喊。"这里并没有什么特殊。一个妇人死了,今天这城里准有几百人死了。俄国准有几千人死了。全世界准有几百万人死了。谁也不管。叫殡仪馆执事送麦酒来吧。"他催促。

"不!"阿里可伐说,"这是不对的——在这里喝麦酒。"

杜洛诺夫,正在看一封信,咕噜道:

"甚至在坟园里人也喝酒的。"

"坟园离此地有多远?"萨木金问。

"抱歉——很远呀——在第六区。价钱很大,你知道。"

萨木金叹气。现在他是温暖的,心情也柔和了。他更喜欢有些醉意的杜洛诺夫,比之诺加次夫和阿里可伐,而且也有些喜欢到稍远的地方在墓石和坟堆之间踏雪的光景,听听葬礼的哀歌。门打开了。有一个声音说:

"都在这里。"

诺加次夫把萨木金引到一边,小声对他说道:

"现在开始了——全是些麻烦——教士们,掘墓人们,叫花子们——他们全都要小费。你一定讨厌它。为什么你不给马利亚·阿里可伐——好,五十个卢布,要她代你料理呢?"

五

坟园确是辽远的,而且走过那些弯曲不明的道路也困难。墓石上的石碑石像，坟上的积雪，和十字架上的厚重的雪团都使人觉得透彻的冷。越走去萨木金的脚越沉重，十字架越简陋也越稀少，一直到了完全没有十字架的地方，只有一个挨一个的四个墓穴，第五个是长方形的，四面堆着冻结的土块和黄泥。两个女人好像石像似的站在土堆旁边，一老一少，都低着头。当一个矮胖教士把皮衣披在外套上匆促开始诵经，和教会庶务也同样匆促开始歌唱的时候，两个女人毫不动弹，好像冻僵了似的。萨木金，呆看着她们脚下的棺材和荒凉的洞穴，惊骇地想道：

"有一天这也要为我预备的。"

在医院里，发尔发拉的棺材抬出来的时候，他曾经一瞥那死妇人的脸，现在它浮现在他前面：苍白，尖鼻子，闭紧嘴唇，但是嘴的左角上歪开一条缝，缝里现出下颚的一只金牙齿。当发尔发拉呵斥"够了！"的时候就是这样歪开嘴的。

他想象着他自己躺在棺材里的他自己的脸：不自然的长而且——没有眼镜。

"他们不埋戴眼镜的死人吗——埋吗？"

"是的。我们全都要归于同一结局。"阿里可伐咕噜说，而诺加次夫呜呜不平，咳起来了。他环顾左右，从衣袋里拿出一条手巾，把痰吐在它里面。

萨木金窘促得想要哭了。

教士，摇动他的长头发，高声宣布：

"赐予永远和平，主呵——"

香炉的锁链叮铃地响了，一道微弱的蓝烟掠过雪上，教会庶务嗄声诵读：

"永久纪念——永久——"

"有一天这也要为我预备的。"同样思想以同样言辞追随着他。悲凉得好像墓地上的干燥的、簌簌刺人的空气一样。那时，为了永久纪念，诺加次夫把一块冰冻的土抛进墓穴里面。阿里可伐也抛了一块进去，很大的一块。杜洛诺夫站着,小帽夹在臂下,两手放在衣袋里,用他的红眼睛呆看着地面。

"好了。我们走吧。"他催促,用手肘推推萨木金。他比萨木金穿着得更阔绰,所以,在坟园出口处有十多个叫花子,老男老妇,都来包围着他。

"见鬼!"他尖声呵斥,爬上雪车。他咕噜说:"我见不得叫花子。他们是生活的脸上的瘤子,没有他们生活已经是够丑的了。对不对?"

萨木金不回答。受寒的马这样急剧地冲过凛冽的空气,以至雪车和它的周围都跳跃着;雪花从马蹄下飞溅起来。透彻的冷扑面而来。外面的冷气融合着萨木金内心的悲凉使他万念俱灰。杜洛诺夫,把一只手插进这鳏夫的肘下,咕噜道:

"她诉说孤独。这是最时髦的怪脾气——诉说孤独。但是对于她那并不是怪脾气——那是一种痛苦。"

"孤独"这个字也似乎在跳跃,它的各个字母张牙舞爪,威吓着要把他们抛出雪车之外。

萨木金紧紧地靠在杜洛诺夫的肩上,他满怀着感谢之情是在后者提出这意见的时候:

"我们到我住家地方去。我们喝茶。"

第十一章

一

他们停止在一座两层屋的走廊前面,然后奔过铁梯到二楼上。杜洛诺夫用钥匙打开门,把萨木金推进温暖的黑暗里面。他帮助他脱了外套,说道:

"往左边去。"然后他就没入黑暗之中。

萨木金用冻木了的手摘下眼镜,揩揩镜片,看看周围。这房间是小的,里面有一张椭圆的桌子、一个长沙发、三个手椅,以及五六个草莓色的软椅顺墙摆着。此外,他还看见一个书架和一只有簧的小风琴,墙上挂着一大幅翻印的斯徒克所画的《罪》——一个面目粗野的裸女被水管粗的一条蛇盘绕着,它的头停在她的肩上。风琴上面悬着凡士尼曹夫所绘的《英雄们》的大照片。书架后面是一幅厚重的绒幕。两个窗子外面对着一道高大的红砖的空墙。房间里有强烈的脂粉香味。

"他结婚了。"萨木金机械地想。

绒幕的铜环刺耳地响了一声,走进来一个妇人,高举着左手把幕推在一边。她说:

"哈喽。我的名字是陶西亚。请进来——噢,真糟!"

这时她把幕拉得太用劲,以至铜环咯吱地尖叫,而且一条细线高跳起来。线头上的璎珞打在她的胸上。

萨木金走进邻接的房间里,这里家具更坚硬些,也挂着幔帐。房间中央立着一只大餐桌,桌上有一只沸腾的茶炊。一个穿黑衣戴便帽的矮小老妇人正在忙着从食厨架上取出几只瓶子。天花板上的三个灯在淡蓝玻璃罩里面放光,照明了房间和桌面。

"彼特洛夫娜。"陶西亚说,当她走过那老妇人面前的时候,举起手好像要打她似的,但是不过用拇指示意要她出去。那老妇人,一只手拿着一只瓶,仰起头而且点一点头,露出了一张尖鼻子的鸟似的面孔,以及鸟似的小眼睛,黑而且圆。

"请坐。"陶西亚邀请,"你觉得很冷吧?"

"很冷。"

"喝点麦酒。"

用她的近于喉音的低声,她悠悠地说着,一半是淡漠,一半是缓慢。她的光滑的、时髦的灰白衣服紧贴着她的苗条身体;她的丰厚的黑发,梳妆得别有风致,掩着她的耳朵而且太强调了她的前额的高度。真的,她的整个面容是夸张的:眉毛太浓;眼睛大而且黑,显然是渲染成的;笔直的尖鼻子因为要装点成柔和而染污了;还有一张涂得太红的小嘴。

"过度修饰的面孔。"萨木金暗中思索,"弄得不好。阴沉。或许是一个颓废者。或许是安特列夫的崇拜者。大约才三十岁。"

房里的暖气温和地消融了他在坟园里所有的思想,那些思想是萨木金急于要驱除于记忆之外的。他并无转回发尔发拉的旅馆去的任何心愿，他恐怕那些悲凉思想又以更生的力量降临在他身上。在这房间的寂静中那温柔的女性的声音是安慰人心的。显然有意排遣他的愁思，她说了平凡的小事，埋怨这公寓的窗子面对着空墙，望见那工厂。

"这使你想到安特列夫的《墙》吗？"萨木金问。

"不——我不喜欢安特列夫。"她回答，手里拿着一杯白兰地，"我读的是那些老前辈——冈察洛夫、屠格涅夫、庇希木斯基——"

"陀思妥耶夫斯基。"萨木金提示。

"我也不喜欢他。"

她说得很直率，以至萨木金想道："必定是一个中学没有毕业的姑娘——一个小官家的三小姐。"他问：

"高尔基呢？"

"有时他是不坏的。有趣——但是他也太叫嚣。他必定是很苛刻的。他也不能表现女人。你可以说他爱她们，但是他不能描写她们。但是伊凡呢？我去找他。"

"她有美好的体态。"萨木金觉得，看着她姗姗走出去了，"什么东西把她吸引到杜洛诺夫呢？"

一分钟之后她回来了，一个微笑浮在她的浓艳的脸上——那脸并未改变；不过嘴大了一点，眉毛弯了，眼睛睁大了，萨木金以为那样颜色的眼睛通常是号称为天鹅绒的、娇弱的，但是她的却是硬朗的、文雅的，带着一种金属光泽。

"想不到！他睡着了。"她告诉他，耸耸肩头，"他去换衣服，但是倒在沙发上就睡熟了——好像一只猫似的。请你不要以为这是由于不尊重你。那不过是因为他通宵打牌，今早十点钟才回来——醉了。他要睡觉，但是记起你来了，打电话到发尔发拉的旅馆里、你的旅馆里、医院里——而且赶到坟园去。"

萨木金客气地请求她不必留意这个，说道他就要走了。但是那妇人已经收拾好茶桌，照样不慌不忙地说道：

"哦，不。我不让你走。我们坐在一起彼此认识认识。我们甚或可以相好起来的。伊凡对于你有最大尊重——他把你看得很高，而且在丧事之后的最初几小时你独自在那里是难堪的。"

"最初几小时。"萨木金暗自思想。

"伊凡曾经告诉我你和你的妻子分离了许久了——但是总归是悲哀的，当人死了的时候。"

她迟疑着，然后又说：

"顶好是不要去想那些想了也无益的事情，对不对？"

"对的。"萨木金赞成，她立刻继续说：

"为使你对于我感觉更舒服一点，我要告诉你我自己。我是一个弃儿。我生长在孤儿院里，后来被送到修道院学校去学习刺绣。后来我和一个画家同居了三年——我是他的模特儿。一个作家把我从他那里引诱出来，但是在那年的末尾我离开了他，在一个糕饼店里做店员。那就是遇见伊凡的地方。所以，你看，我是没有多大价值的。现在你就知道怎样对待我了吧。"

"不很愉快的生活。"萨木金说，有些惶惑。

她应声说道：

"正相反，随时都是十分愉快的，那艺术家是一个很漂亮的男人——他现在成名了。但是那作家却很坏——自私、虚荣、嫉妒——他现在也成名了。他写作关于信仰上帝的蠢人们的甜蜜故事。他假装他也是一个信仰者。"

"那是谁呀？"萨木金猜疑，但是要问却已太迟了——她正在用毛巾揩干一只杯子。杯柄破了，她就把杯子抛进污水盂里，继续说：

"你知道，那次革命使我们这样习惯于非常的事。自然，它惊骇了每个人，但是它使我们养成每天都期待着发生新事件的习惯。现在随时都是同一故事——斯托里宾绞死人民，再就是又绞杀了一些。把人的感觉都弄迟钝了。老托尔斯泰声明：'我不能安于缄默了。'而这使人觉得他原是宁愿缄默的,不过处于他的地位他必须说话——叫喊——"

"这是不正确的。"萨木金说。

"不正确?"她问,"或许,我理解事物很简单——粗率。"

静听着,萨木金想要决定从什么观点来看这妇人和她的自传,那是完全没有忏悔的音调的。

"那么她为什么告诉我这一切呢?这样对待陌生者是奇特的。"

她继续用言语款待他:

"你知道,当一个平凡的人分明知道他并没有任何事物给予别人的时候,那是很难堪的。他就开始在你面前演戏,装作他是那样这样。你看着他,甚至并不有趣——只是无聊。现在,我的伊凡正是一个平凡人,对于这他是伤心的。所以他常常想要做点事情——坐立不安。想在赛马场或牌桌上赢一百万。或者暗杀沙皇,或者炸毁帝国议会——那是不值得如此的。别的每个人也想要非常事物。我们女人涂脂抹粉,展览大腿和奶包。而你们男人在文字上或报纸上或书籍上寻求非常。"

萨木金讨厌这样的话。当她说的时候,她这样固定地注视着他,以致他惶惑着,期待着她要说什么甚至更难堪的话。她突然改变为另一种腔调。

"就以我而论吧——为什么我要倾吐出我自己给你看呢?不过因为我想要快点和你相识。你看,伊凡告诉过我你是——他说你是真正不寻常的人,因为智慧超时代而受苦的人们之一。这是他说的,据我所记得。"

"呵——那太恭维了。"萨木金对答。

"受苦算什么恭维呢?"她质问。

萨木金列举了一些自己受苦而大有贡献于公共福利的人物。一面这样说着,他一面想:

"好奇怪的妇人。她有一种特殊性格,而表面是那样粗俗,那样老实。"

"公共福利。"陶西亚重复,"那怎么做得到是难以理解的。我有一个朋友,在某省做工厂老师的一个女子。那里发生白喉症。孩子们像苍蝇似的死掉。他们没有血清。但是在这城市里他们有许多血清。"

"那是偶然的,"萨木金说,"处理不善。"

他想要重复她的成语:"因为智慧超时代而受苦。"但是他忍住了。

"是的。这可以说明许多不幸的命运。真奇怪,人忘记有原则的重要性的那些思想。"

无论如何,在一个舒适的小房间里,在温暖恬静和芬芳之中,坐在桌前静听一个漂亮女人的丰富而温柔的声音,那是很愉快的。倘若她的脸更活动一点,她的黑眼睛更柔软一点,她就更漂亮了。她的手臂是光滑的,她的手指是灵巧的。

"他惯于拿起糖果盒。"他判定,而且觉得他从前对于杜洛诺夫的批评是不公道的。有一长段时间他坐着静听她的奇异的自述,以及她对于人物、书籍和事件的近于粗率的意见。

"再来看我们,"她邀请,"许多各样人物都常来这里。其中有些是有趣的。其实,他们全是有趣的,倘若让他们谈论他们自己。"

当他出去的时候,陶西亚用劲握着他的手而且说道:

"你看,现在我们是老朋友了。"

"奇怪,我也有同样感觉。"萨木金回答,而且这几乎是真实的。

二

这一晚的剩余的时间他都在默想着这女人。间或记忆显示发尔发拉的苍白的尖脸,紧闭的眼睛,左边嘴角斜开,露出三个白牙和一个镶金的门齿。记忆也显示了荒凉的墓地上的积雪和黄土,以及新坟旁边的那两个寂然不动的人形。

"她诉说孤独。"萨木金想着发尔发拉,"她的智慧并未超越时代呀。而这陶西亚呢?除了生活安定的条件而外,杜洛诺夫能够献给她什么呢?"

他决定明天去道谢杜洛诺夫对于他的照顾,但是第二天早上,萨木金正在喝咖啡的时候,杜洛诺夫来了。

"对不起,克里·伊凡诺维奇。昨天我把我自己弄成一条猪了,他说,同时握着萨木金的手。我因为喜欢而沉醉了。我玩'铁路'[1]赢了七千三百个卢布。在牌桌上我是幸运的。"

"在恋爱上似乎也是的吧?"萨木金用友好的声调问。

"陶西亚是有趣的,是不是?"杜洛诺夫承认,把他自己这样抛在坐椅上,以至它咯吱地响了。"很有趣。"他急促确定他自己的话,"有一个布尔什维克正在对她工作,那是一个快就要去见他的祖先的肺痨病人——一个出色的家伙。你在这里是暂时的或长久的呢?我来问你是否愿意和我们住在一处,一个人单独住在这鸟笼里有什么意思呢?"

杜洛诺夫很慌忙,很不像萨木金所熟识的那人了。他似乎已经失掉了某物,得到了某物,总之已经改良了。他的大鼻子的平脸更为丰满了些。他的颧骨显然不像以前那样突出;他的红眼睛也不那么转动不宁,但是他的金牙齿更亮了。他已经剃掉他的上髭。他说话更快,但是并不那么无耻。和从前一样,他拒绝咖啡而要白酒。

"我知道,老朋友,你并不很同情我,但是我还是要——"

"我不知怎样才算同情。"萨木金插嘴,"但是你错了,我很感动于你的态度——"

"好了——我们不要谈这个。"杜洛诺夫喃喃不平。摇摇手,他继续说:

"我们最后一次会见的时候我说过我不相信你。这是我现在不相信的话。我现在不相信的是你说的不是你自己的话。我像拴在树上的小牛一样,绕了一个圈子。"

---

[1] (Chemin de fer) 法国纸牌名。

他喝完了一满杯酒，用手巾急忙揩揩嘴，挥舞着它。然后他说：

"我要发财了。现在是发财的时代，像那些愚蠢的厂主的助手们正在干着的那样。革命成就了它的事业了，它摇动了生活的根基。现在的问题是满足和安慰。——饲养贪鄙的人们到饱足的程度。你不能饲养每一个人。斯托里宾已经决定饲养较好的人们，而我是属于较好的，因为我聪明。但是我——怎么说呢？我爱知识，这就使我迟疑了。这会毁灭我的——你懂吗？我要发财，但是并不为养育儿女，留给他们几百万。不，富家子女都是些白痴。我想发财是因为要表示给把我使得团团转的人们看我和他们同样中用，而且更聪明。我很明白商人是依靠聪明人们的，他的坚强并不是由于他自己的力量，而是由于为他服务的人们。我要捐几百万给革命，莫洛索夫捐过几千，而我，伊凡·杜洛诺夫，要捐几百千。"

"你是在做梦。"萨木金说，大为好奇地听着他。

"没有梦你就不能生活，你就不能组织你的生活。几千年以来人们谈论生活好像它是脱了节似的。但是除了说生活是无意义的而外什么也不曾建立起来。是的，老朋友——无意义。任何知识分子都知道这个。或者非常人物，智慧超群——像你这样，比如说——"

"谢谢你的恭维。"萨木金插嘴，哈哈地笑了。他更加注意地听着。

"没有什么可谢。你是智慧超群的。我在幼年时代就已知道了的。但是，听着，克里·伊凡诺维奇——我并不觉得我非发财不可——其实我常想象我自己富起来的光景是恶心的，两只短脚的小人。倘若我是漂亮的，我早已成为头等骗子了。你相信吗？"

"我没有权不相信你。"萨木金声明，严肃地。

"那么告诉我——革命是完结了或是正在开始呢？"

萨木金郑重地打开他的新烟盒，取出了一支纸烟，觉得卷得太紧，必须使它松一点。它被揉破了。他又取出一支，觉得有些潮湿，好像圣彼得堡的别的各样东西似的。他一面这样考究一面思索着杜洛诺夫的问题的答案是可以肯定也可以否定的。而无论如何杜洛诺夫都要要求说明的。而且萨木金自己并未被革命的命运这问题所困恼,他以为其实它是完结了的,只存在记忆之中,一种不愉快的记忆。然而他觉得他被杜洛诺夫的问题所扰乱更甚于古图索夫的谈话。

"为什么呢?"他问他自己。

把纸烟搁在茶炊的肚皮上烘烘,他谨慎地说道:

"你的问题是要发现跟谁走好和走多远。"

"是的。当然!"杜洛诺夫叫喊,在他的椅子里面蠕动着。"这是好几千人的切身问题。"他又说,耸起他的右肩。他跳起来,两手支在桌面上倾伏着,用隐秘的低声说道:"许多知识分子都不能不赶快解答这谜:跟厂主或是跟工人呢?有些人所得到的解答却是提出另一个谜:跟上帝或是跟人类呢?你懂吗?他们已经决定,跟上帝。跟人类是倒霉的。跟上帝更舒服,责任更遥远。但是这分明是诡计,老朋友——托词。"

他挺直身子,推推桌子,摇摇手,还捏起拳头,气势汹汹地。他尖声嚷道:

"里瓦狄亚大学教授赛卡林在皇宫里面顿足大骂廷臣们,因为他们把害病的沙皇放在不好的房间里面。这是有意义的。知识就是权力。"

这一爆发才消灭了萨木金的惊异。他看着杜洛诺夫微笑了,而且点点头,心里想道:

"不。他并不会改变。"

杜洛诺夫揩掉他的前额和红腮上的汗,坐下,喝酒。他更加急促地说,几乎是悲哀地:

"你笑。你知道。你是有些——高超。"他把手举到头上:"你已经上升到哲学的高度,而且现在是自得自满了。但是试想想我们的童年时代。那时你总是被赞赏,我总是被羞辱。你记得我是怎样嫉妒你,怎样和你捣乱,要一个铜币吗?"

"是的。我记得。你是伶俐而且顽强的。"

杜洛诺夫叹气,摇头。

"你,知识分子世家的孩子,看待我这平民、暴发者,好像你是贵族似的。简直是美国人看待黑人。"

"你说得太过了。"

"或许。但是童年的印象是不容易遗忘的。"

看看周围,然后注视着萨木金,杜洛诺夫说:

"你知道吗,克里·伊凡诺维奇,'被侮辱与被损害'的人数是可惊的?正在继续增多。而且正在继续更加聪明。"

"他相信革命还没有完结。"萨木金暗中断定。

"我刚才读过洛巴亭的一部小说,叫作《时疫》。"杜洛诺夫开始说,有些倦怠地,"刚才出版。大意是说:人类是愚蠢的,生活是乏味的,趣味只在于上帝或魔鬼,非常的、未知的和神秘的东西。他认为科学的天才和它的一切发明、发现都是破坏的,因为它们杀灭了想象,僵冷了灵魂,产生了自信理解一切的一种自满的族类。情节是这样:一个面貌平庸的家伙,天才的科学家,用时疫毒害了整个莫斯科——这意思他是从一个烂醉的学生那得来的。于是莫斯科被封锁,以至几乎没有居民。偶然,那科学家散播瘟疫的计划被发觉,于是他被杀了。所以你看!我的朋友,这些——真是平庸的家伙写出怎样的书来了。"

"是的,"萨木金赞同,"现在出版了许多废料。"

"废料?"杜洛诺夫问,摸摸他的额角,"不。不是废料,因为它是被几千人阅读的。作为一个有力的出版家,当然,我必须审察货色,所以我看过各种出版物——小说、诗歌、评论——谈笑之中流露人情世故的真理的东西。我已经得到书籍专家的名声,有一个著名的出版家是信从我的——我正在引人注意。"

他的声音有些自鸣得意。他一只手拿着一个空杯子,另一只手理着他的红头发,他的屁股扭来扭去,好像正在爬梯子似的。

"归根结底：永久真实的道理存在于伊凡·卡拉马佐夫的'可诅咒的问题'[1]之中。伊凡诺夫-拉萨尼克[2]断言这些问题并不是伦理学或道德学所能解决的，所以它们幸而不能被解决。请注意'幸而'。你读过理想主义的问题吗？在这书里波尔加夫问道：个人和人类有什么区别呢？而答案是倘若个人的生活没有意义，那么人类的命运也没有意义。很好，是不是？"

微笑了一下，他从他的衣袋里拿出一个笔记本，鼓起眼睛，津津有味地尖声读道：

"'人类是一种平庸的多头怪物'——这是伊凡诺夫-拉萨尼克说的。米里支可夫斯基说：'多数人，大众，从来没有像在十九世纪之中在俄国这样渺小无助的了。'希斯托夫说：'个人的悲剧是使生活有主观的意义的唯一方法。'"

杜洛诺夫用手掌拍拍那笔记本，然后把它塞进衣袋里。他喝完了瓶子里剩余的酒，说道：

"我至少摘录了这样的警句一百五十条。挤了一整世纪的牛奶，这就是乳酪，你看。我要出版一本小书叫作《一世纪的成果》……这！我谈得使你讨厌死了吧。你必须原谅我。"

克里·萨木金认为必须作一个结论了：

"你所说的全都太过偏于一面。还有另一面的种种事实咧。"他开始，好像一位教授似的。杜洛诺夫挥着他的羔皮小帽抢先说：

"契诃夫所预约的两三百年中的大同幸福吗？高尔基吗？他已经完事了。况且，他并不是哲学家，而在今日一个作家必须是一个哲学家的。他们说他是一个善于打算的人，够狡猾的。虽然并没有什么危险，

---

[1] 陀思妥耶夫斯基的小说《卡拉马佐夫兄弟》的主人公，卡拉马佐夫的问题是善恶之价值与标准问题。
[2] 当时俄国作家。

他逃亡到外国去了。他简直就是逃避理想主义与现实主义之间的争吵……听着,克里·伊凡诺维奇,今晚你是一定要来看我们的。我常常有些人在家里。今晚也有。为什么独自尽坐在这里呢?你来吧?"

"我要想一想。"萨木金说。

杜洛诺夫已经穿上外衣,把脚蹬进橡皮套鞋里面。他突然咕噜道:

"搅起这一切纷扰的是马克思主义者们。引起人人惶恐的就是他们。一阵冷风吹来,人人都感觉衣服单薄。我也感觉的。我是好好地包扎着的,但是寒冷仍然袭击着我……好,我希望你来。"他说完,出去了。

萨木金的最初反应是对于自己所常有的那种不满意:他感伤地承认了杜洛诺夫已经变为有趣,更切实,而且已经习得简练思想的技艺了。

"这是一种危险的技艺,但是这对于防御敌对的观念的侵袭却是重要的。"他默想,"我觉得难以理解他所接受的和他所拒斥的。而且也难以理解他为什么接受这个,拒斥那个。聚会在他的家里的是哪一类人呢?那奇特的妇人怎样对付他们呢?"

更为使他丧气的是分明看见流行作品中的许多观念都已把他自己的种种印象构造成形式,而他却是常常迟疑着不能把它们组织起来。

"我读书太少而且太不留心。"他严厉地责备他自己,"独角戏和对话体——我的最多数时间是这样生活过来的。"

检讨着他的思想,他觉得他见过的人太少,于是决定晚间到杜洛诺夫的家去。

三

当他到那里的时候,杜洛诺夫出去了。陶西亚在餐室里,伸脚伸手地躺在一张宽大的长沙发上,枕着一个白套子的枕头,丰厚的黑发纷披在那枕头上面。

"哦,我真高兴!"她叫喊,伸手给萨木金,她的手臂,裸露到肩头,现出了一个毛茸茸的胳肢窝,"请原谅我。我刚洗过澡,而且太热,所以我正在晾头发。这一位是我的好朋友和教师伊弗京·伐西里伊维奇·育林。"

那人深深地陷落在一只大皮椅子里面,他的长腿的三角形膝头是凸起来的。

"请原谅我不站起来。"那人说了,举起一只手给萨木金。一面小心地握着那干瘪的长手指,萨木金一面注意到一只有些秃相的脑壳分明靠牢在椅背上,一张骨瘦的灰面孔仰视着天花板。装点着像萨木金自己似的那样一撮小胡子,高阔的前额之下有一双透亮的眼睛。

"请坐在沙发上。"陶西亚邀请,退让在一边,"伊弗京·伐西里伊维奇正在告诉我一些很有趣的事情。"

"我想我已经说够了。"育林说,用一种疑问的声调,接着就是咳嗽。他吐痰在一只有金属盖子的蓝色玻璃瓶里面。当他咳的时候,陶西亚摸摸萨木金的手说道:

"你来得真好……不,京呀,请你说下去。"

"很好。"育林顺从地说,"我的最后的印象是这样:特别喜欢听严肃的音乐的工人们最容易接受一切关于生活的问题,当然,尤其是关于社会的政治经济的问题。"

他的声音正是肺痨病者的无色彩的、衰弱的声音,他的牙齿,白而且异常齐整,或许镶过了吧,发出沉闷的闪光。虽然房间是温暖的,他的颈项上却围着一条格子花的丝围巾。

陶西亚穿着绿色的波哈拉便服,黑色长袜。萨木金以为在这便服之下或许只是一条衬裤,这就是她的身体的轮廓为什么这样分明的理由。

"我想她是容易接近的。"他结论,仔细考察着她的皱眉沉思的面孔,"披散着头发,她的脸——她的一切——显得更可爱了。使人想到一幅图画,水彩画的土耳其宫妃之类。"

"劳动阶级的各种天才的无数男女都被埋没了,全都丧失了和浪费了。"育林声言,用一种干脆的、悲凉的声音,"例如——"

过来两个妇人:阿里可伐和一个黑头发的中等身材的妇人,很像一只穴鸟,这一想象被她的袅袅娜娜的碎脚步所加强。黑头发直奔陶西亚,弯腰吻她,低声歌吟着:

"我的亲爱的!我的美人!"

她忽然挺直起来,好像被打中胸部似的,脸上装出一种愚蠢的虚伪表情,鲁莽地大嚷道:

"育林?你?这里?为什么?克里米亚[1]怎样?留心——这是自杀。陶西亚,你怎样可以容许他呢?"

陶西亚哗地从沙发上站起来,用手巾揩掉脸上被吻的水汽,一面往外走,一面说道:"来认识——萨木金——勃洛蒂尼可伐,马利亚·尼可拉也夫娜。我要去穿衣服。"

阿里可伐用她的郑重方式招呼了陶西亚,然后眼里带着一种怜悯的表情和萨木金握手,然后去扶助育林从椅子里站起来。毫不客气地接受了她的扶助,这圆肩头的高人就走到有簧的风琴前面。他穿着一套材料厚实的衣服,然而还是不能隐藏他的肩膀、手肘和膝头的骨瘦的三角形,勃洛蒂尼可伐正在对阿里可伐流利地说:

"瓦鲁波伐[2]在宫里越来越有势力了。皇后宠信她,据确实消息,她们之间的关系是——"

那关系被说明在小声的耳语之中,她然后惊惶地大叫:"想想看!这是皇后干的呀!"她又继续说:"瓦鲁波伐随时都有一个情人,一个西伯利亚的小百姓,一个魁伟的家伙。她把他的相片夹在一本《圣经》里面。多情!你能够想象得到吗?情人的相片在《圣经》里面。真恶心!"

"这不算什么,我的亲爱的。现在让我告诉你一些真正的新闻。"

---

[1] 南俄宜于养病的地方。
[2] (Vyrubova)随侍皇后亚历克山得的贵妇,曾经推荐权奸拉斯布丁给沙皇家族。

"什么新闻？什么新闻？"

"等一等，等到杜洛诺夫来再说。"

育林开始弹奏着庄严而沉闷的音乐。那两个妇人，坐在一处，停止了唠叨。阿里可伐倾听着音乐，点着头，噘着嘴，拍着膝头。勃洛蒂尼可伐用粉纸抹抹她的鼻子，她的圆圆的鸟眼睛看定了那音乐家的背面一分钟。她沉静地说道：

"在他这确是不好的。这全是教会气派。是不是？"

陶西亚进来，穿着蓝的"色拉方"[1]，她的厚重的发辫从肩上拖到奶上，颈上围着一串珠圈。她好像马可夫斯基所画的《古代贵族结婚》中的一个人物。

"他弹得不好吗？"她问萨木金，后者默默地点着头。对于一个原本不喜欢有簧风琴的人看着这种光景已是很难堪的事：一个快要死的人好像爬似的动脚动手，从那乐器里按出沉闷的嗡嗡之声。

"他已经没有多少力气了。"陶西亚沉静地说，"不过，就在今年夏天，在我们的乡间别墅里，他弹得好极了，尤其是钢琴。"

"这'色拉方'最好了。"萨木金告诉她。

"是，是的。"陶西亚同意，点点头，用灵巧的手指编着发辫的末梢，"我喜欢'色拉方'。穿着很舒服。"

她沉默了，而在音乐声中萨木金听见那两个妇人低声交谈：

"相信我，但巴兹是被炸弹炸伤的。"

"不。这是不确的。"

"这是的确的。它打中他的帽子的遮阳，而且——"

"请不要'而且'了。"

萨木金问陶西亚：

"你的原名是台谛亚娜吗？"

---

[1] 俄国妇女的常服。

"不。台西亚。"她回答,很沉静地,从他的手里接了一支纸烟,"但是现在有人叫我陶西亚的时候,这使我觉得更年轻些,你看,我已经二十五岁了。"

点燃了烟,她瞅着育林的头背,沉静地继续说:

"这样严肃可畏的音乐,他总喜欢这一类,贝多芬[1]、巴赫[2],庄严肃穆。一个卓越的人物,而现在他害病——快死了。"

萨木金一瞥她的脸。她的两道眉毛是紧皱着的;她咬着下唇,快要流泪了。萨木金赶紧询问她认识育林多久了。

巧妙地吐出几个烟圈,她用一种娇懒的半低音答道:

"八年。他从前是一个电报员,学过提琴。他很好,很温和,很聪明。后来被捕,坐了九个月的监牢,然后流放到阿昌格。我要去看他,但是他逃跑了,不久之后又在尼忌尼·诺弗戈洛得被捕。到一九零五年才被释放,而终于又第三次被捕。今年春天他们因为他的病才释放了他。他的父亲保他。伊凡也保他。他有一个兄弟,先是锁匠,后来做水兵,被杀在斯文堡的叛乱之中。他的父亲是铁道工头,后来变为筑路工程师。今年夏天死了,很富。伊弗京甚至不愿去送丧。因为遗产的关系他被召到这里来,但是他说他们故意延迟判决,等待他死掉。"

"他为什么这样急于告诉我关系她自己的一切呢?"萨木金惊异而且怀疑了。

在风琴的呜呜声中听着这一段私语,他被激动了,引起他内心的一种严肃的恐怖。他放心地叹了一口气,当育林停止弹奏,站起来的时候。育林说:

---

[1] Beethoven (1770—1827),德国大音乐家。
[2] Bach (1685—1750),德国大作曲家。

"这是梅耶伯[1]为阿乞留斯[2]的悲剧《欧们尼狄斯》[3]所作的乐曲。在像这样的锡箱子上是弹不好的,而且我已经忘记了一点。我们要喝茶了吧?"

"就来。"陶西亚说,站起来。

笨重而多肉的阿里可伐,穿着厚实的铁锈色羊毛衣服,把一只手放在勃洛谛尼可伐的肩上,用另一只手的手指打着一个琴键,乱嚷道:

"在'巴黎咖啡店'里,在四旬斋日中,波里斯大公开夜宴,那些雏妓把他缠在蛇形舞里面,而且挂了一个猪形气球在他的耳朵上。想想看,我的亲爱的。而且他是代表皇室的呀。她们侮辱了俄罗斯。记着——这是莫斯科总督里波特说的。"

"可怕!真可怕!"勃洛谛尼可伐应和,"而且他们说阿里克斯大公的情妇比里塔使我们受的损失比对马战争还大呢。"

"我相信的。"

育林挽着陶西亚的手,对她解释道:

"欧们尼狄斯,或伊林也斯——都一样——都是复仇的神灵——庄严而凶猛,好像马利亚·伊凡诺夫娜[4]一样。"

"什么?像我?谁像我?"阿里可伐质问,惶恐得好像一只受惊的母鸡似的咯咯。诺加次夫从客堂里进来了,眼睛里闪出喜气,用毛巾揩揩胡子。跟在他后面的是一个仪表庄严的长头发男人,紧紧地包裹在一件黑色燕尾服里面,胸部扁平,不自然地直挺着。诺加次夫立刻拿出一个笔记本,说道:

"极有趣的新闻。"

"我也有的!"阿里可伐急忙大声说。

---

[1] Meyerbeer (1781—1864),德国犹太人,歌剧作曲家。
[2] Aeschylus (公元前525—456),希腊悲剧作家。
[3] (Eumenides) 希腊神话,复仇神 (Erinyes) 之讳,照字面则为"仁慈之人"。
[4] 阿里可伐的全名是马利亚·伊凡诺夫娜·阿里可伐。

"你有什么？"

"你先说。"

诺加次夫把笔记本藏在背后，说道：

"为什么我先说呢？妇女在先。"

"不，不。这回不。"

当他们正在争论的时候，那燕尾服的男人，并不弯腰，拿起陶西亚的手到他的嘴上，默默地长吻了一个，然后把两条腿都弯成直角三角形，坐下在克里旁边，伸给他一只小手。他低声说：

"安东·克拉斯诺夫。"

萨木金握着那手大吃一惊，原来那手指并不如他所想象的强硬，却是柔软得好像没有骨头似的。

杜洛诺夫进来，在他前面的是一个戴夹鼻眼镜的圆圆的小女人，红色鬈发，一张漂亮的、偶人的面孔。杜洛诺夫听了那争执，就从衣袋里抽出笔记本，瞅了萨木金一眼，说道：

"请各位注意。"

然后，好像模仿教士似的，他高声朗诵：

"呜呼，汝该诅咒之可鄙之俄罗斯犹大[1]——"

"就是这个！"诺加次夫叫喊。"我有的就是这个。你呢？"他回头问阿里可伐。

"是的。当然。"她说，悲哀地点点头。

"注意！"杜洛诺夫又说，读下去了：

"——犹大，汝已在精神上绞死一切道德之纯洁及高尚，汝已自缢于傲慢于淫巧之枯枝，汝已腐透骨髓，且以汝之乖戾之道德宗教之鬼臭气污秽我教育界之生活氛围——应即逐出教会，汝卑劣疯狂之魔术家，汝之丧道败德之才能已毒害且毁灭许多汝之不幸而心志薄弱之同国

---

[1] 耶稣十二门徒之一，后出卖耶稣于罗马人。

人矣。"

当杜洛诺夫读着的时候,阿里可伐和诺加次夫都各自校对着他们自己的手记。他才一读完,诺加次夫就赶快说:

"这是赫莫京主教反对托尔斯泰的演说词。你能够相信他吗?"

"胡说八道。"克拉斯诺夫批评,耸动肩头,"这些字是怎样聊起来的:'道德宗教之鬼臭气。'这样的文字也可以作为教会的声讨文告吗?"

那红萝卜似的小女人,娇媚地摇摇她的鬈发头,用反驳的声调问道:

"那是说异端吧?"

"倘若异端散播鬼臭气,怎么能够叫作道德宗教的呢?这是双料的不通。"

在各人都争先呵责主教演说所爆发的哄闹之中,克拉斯诺夫用茶匙敲着桌面一直到叫嚷停息的时候。然后他咳嗽,说道:

"这糊涂主教的庸俗演说并不能使我们难堪,我们也不必动怒。托尔斯泰是具有最深的道德的和社会的意义的非常人物,这非常人物还没有得到大多数有思想的人们可以接受的正确的和客观的解释。"

他显然曾经训练过诺加次夫和那女人听他说话的,因为他们都沉静地喝茶,而且留心着不弄响茶具。育林,把头靠在椅背上,仰望着天花板。只有杜洛诺夫,坐在陶西亚旁边,低声说道:

"明天一定要到莫斯科去。你呢?"

"不。我不愿去。"陶西亚说,颇为高声,好像抛一个小圆石进平静的流水里似的。

"在普里阿布拉成斯基所作的《作为道德学思想家的托尔斯泰》这小而极有价值的册子里面,我们发现关于那可敬的名作家的人格和教训的十一条定律。"克拉斯诺夫说着,他的眼睛是陶醉地半闭着的。萨木金用眼角瞟着他,暗中断定:

"我相信他那样故意把自己挺得顶直,把衣服绷得紧紧的,正因为他是软稀稀的一团糨糊,像他的奇特的手一样。他必定已经过了四十了。"他对他自己断言,同时他听见克拉斯诺夫列举:

"泛神论者、无神论者、理性的神道主义者,担负着俄国的林那[1]和斯图拉斯[2]的任务,我们当代最深远的思想家,悲哀的辩护者——如是等等——而且甚至终于是唯我论的说教人;以为在唯我论中人不但发现乐天的和粗俗的功利的动机,而且也发现社会主义的以及共产主义的倾向。"

"废话。"育林说,高声打了一个哈欠。"废话加胡说。"他又说。同时陶西亚故意问那位演说家:

"你要茶吗?"

四

他们都同时嚷起来,谁也不听谁的话,好像一致急于要通过这预料演说中的缺陷,用雪堆满它,用他们自己的言语填平它。

那红萝卜似的小女人说道:

"我怀疑赫莫京的演说的记载是正确的。"

"这是从最可靠的方面得来的!"阿里可伐叫喊,顿着她的脚。

勃洛谛尼可伐,站着,拿着一只茶杯,对克拉斯诺夫说:

"还有,无政府主义的共产主义——你说漏了。而这是对于他的最好的说明。"

诺加次夫欣欣然对育林说:

"不。你太武断了。我们必须考察——确定——他是和我们一致或

---

[1] Renan(1823—1892),法国宗教史家。
[2] Strauss(1808—1874),德国哲学家。

是反对我们。"

"你的'我们'是什么意思？"育林问。

这时杜洛诺夫正在把瓶子和盘子从食橱架上搬出来，摆在桌子上，把杯盘弄得叮叮当当。

"他们总是这样爱辩论。"陶西亚对萨木金说，微笑了一下，"你不喜欢辩论吧？"

"不。"他说。她赞赏地点点头。

"那就好。现在，伊弗京爱辩论，这对于他的健康是很不好的。"

一阵阴郁的烟云笼罩在茶桌上面。

"明天我要到莫斯科去。"杜洛诺夫对萨木金说。"我可以替你做点什么事吗？……你自己去吗？明天？我们可以同去。"

"我必须抗议！"那红萝卜似的小女人叫喊。而且勃洛谛尼可伐提议：

"把赫莫京的演说寄到欧洲去。"

"我的亲爱的人，"诺加次夫讨好育林，把一只手搁在心窝上，"人们可以评论任何——哲学家、文学家。果戈理惶恐于俄罗斯的三驾马车，叫喊道：这是什么意思？你们要奔到哪里去[1]？如是等等。可是在他的时代就全没有他所说的三驾马车。而且并没有人要奔向任何地方去，除了庇徒拉雪夫斯基的团体[2]而外，这团体是想要复兴十二月党[3]的。而十二月党是些什么人呢？怎样，依我们的观点而论，他们不过是些封建主义者而已——十足的丑角，夹杂在我们自己之间。"

育林粗鲁地回答道：

"你自己就是一名丑角。"

---

[1]《死魂灵》上卷结尾，俄国好像三驾马车似的飞奔着，奔向未知的光荣的前途。
[2] Petrashevsky，俄国最初研究马克思主义的团体的发起人。
[3] 主张改革的贵族团体，其中有名诗人普希金。

"自然。以你的观点看来,人不是骗子便是傻子。"诺加次夫回答,可以算是心平气和的,虽然他的眼睛里闪出磷光,上髭也耸起来了。杜洛诺夫跳到他前面,抓起一只瓶子,瓶颈子上的套子微微响了一下。

"来,来。"他说。挽着诺加次夫的手把他拖进住室里面,那红萝卜似的小女人和阿里可伐正在那里开始打纸牌。克拉斯诺夫,轻轻地摇摆着头,眼睛被睫毛遮掩了一部分,对陶西亚说:

"我的亲爱的台西亚·马克西莫夫娜,人们可以分为年龄上的孩童和知识上的孩童。前者只注意显而易见的实物,后者,由于内在的光明,思慕着不能看见的城市。"

"我们就常有这一类朋友。"陶西亚插嘴,倒红酒在杯子里,"有趣吗?"

"是的,很。"萨木金客气地赞同,同时育林,咕噜着,伸手去接酒杯。

"好,你读过杜·布里尔[1]的书吗?"

显出怒容,陶西亚回答:

"我正在试试看。那是难懂的。"

"总是神秘主义的哲学吧?"育林问,并不等回答就继续说道:

"用不着读完它,陶西亚——那一种废物的哲学。"

"提出证明来。"克拉斯诺夫要求。但是陶西亚严肃地命令:

"又来了,不要辩论——请。你顶好告诉我们关于皇后的故事,安东·彼得洛维奇。"

克拉斯诺夫顺从地点点头,用手掌擦擦前额,开始说了:

"瑞典皇后乌尔加-伊里俄诺拉死在斯托可木郊外的古堡里,躺在棺材里面。正午的时候她的朋友斯坦波克菲莫伯爵夫人从京城里来看她,由侍队长引到殡宫。因为长久不见她出来,卫队长和别的军官就打开宫

---

[1] Du Prel(1839—1899),德国神秘主义哲学家。

门——你说他们看见什么啦?"

住室里正在高叫着:

"红心。"

"黑桃!"[1]诺加次夫叫喊。

"皇后坐在棺材里抱住伯爵夫人咧。那些惊恐的军官把门关了。据说伯爵夫人也害了严重的大病。据更确实的调查,她确是死在那死皇后的怀抱里的。"

"明白得像白天一样。"育林说,"那些侍卫都醉死了。"

克拉斯诺夫低声讲着这皇后故事,喘息着好像惊恐得说不出话来似的。最为传神,但是使萨木金讨厌到耸耸肩头。然后他想道:

"他的手绝不是松懈的。"

克拉斯诺夫确是具有奇特的前肢的:不停地活动着,柔韧得好像蛇似的,从肩头到指尖显然没有骨头。它们的活动是迟疑的、盲目的,但是那手指却毫无错误地抓取所要抓取的各样东西:酒杯、茶匙、脆饼。这些蛇似的前肢的活动大为增强了那故事的阴森印象。

克拉斯诺夫并不注意育林的批评。他高举起他的酒杯,细起眼睛考察着红酒里的光波,仍用同样声调和同样神气继续说下去:

"这故事曾经正式发表过,而且由那些见证人全体签名。在俄国曾经发表在一八一五年的《历史统计杂志》上。"

"那正是发表胡说的地方。"育林说了,咳嗽然后饮酒。陶西亚微笑着说道:

"我爱这种东西。我不喜欢读它,但是我喜欢听它。我喜欢害怕。我喜欢觉得毛骨悚然。再说一个。"

"好的。"克拉斯诺夫答应。

"减去三就好了。"阿里可伐在牌桌上低声埋怨。

---

[1] 红心、黑桃均为纸牌名。纸牌中也有"国王""皇后"之类。

"那么你为什么不打铲形皇后呢?"诺加次夫责备她。

"伊凡·普拉切夫,一个参加过镇压一八三一年波兰叛乱的军官,有一个传令兵,伊凡·西里达。这西里达,受了重伤,要求普拉切夫把他的三个金币送回去给他的家属。这军官答应了,而且再加上一点赏金。然后他对西里达说:'到我必定死的那一天你从阴间来接我。''是的,长官。'传令兵答应,死了。"

"我有十——呵!呵!"杜洛诺夫在牌桌上欢呼。

"大约三十年之后,有一夜,普拉切夫和他的妻、他的女、他的女婿同坐在花园里。一只狗汪汪汪,冲进灌木丛中。普拉切夫跟着狗进去。看见西里达在那里向他敬礼。'我的死期到了吗,西里达?''是的,长官!'"

"真有训练!"育林叫喊,高兴地,但是他的反讽并不能阻止那滔滔的言语。

"普拉切夫自己说明了,接受了临终涂油礼,发下一切必需的命令。第二天早晨,他的厨子的妻,他的农奴,跑来跪在他的脚下。她是被那厨子提刀追赶着的;他把刀子投过来,但是并未投中他的妻,却戳进普拉切夫的肚子里,后者立刻死了。"

"这是说活着使人害怕,陶西亚!"育林叫喊。

"听着使人害怕,但是活着却——不,活着是不可怕的。"陶西亚回答,同时她开始清理桌面。

在那边的牌桌上诺加次夫高声埋怨:

"这不是打牌。这是一种罪行。这是诡计。"

杜洛诺夫大笑,红萝卜似的小女人咯咯咯笑得喘不过气来,而阿里可伐却呜呜地诉冤。

"你是很多疑的,育林先生。"克拉斯诺夫说,把洗过似的杯子推到陶西亚前面,"你显然把我看作白痴。"

"你的诊断是近于精确的。"

"你看，你有意侮辱我。"

"就因为把你对于你自己的判断认为精确的吗？"

"你看。你已经略去了'你……把我看作'这一节了呀。"

萨木金做了一个鬼脸，想道：

"这就要争吵了。"

真的，克拉斯诺夫开始高叫，而且发出嘎声，好像咬着牙齿吸空气似的。

"一个像你这样危险、这样害着不治的病的人，应该——"

"死。"育林接着他说，"我一定会死的，请你稍等一等。但是我的病和我的死都是我的私事，完完全全是私事，并未损害别人。而你是一个有害的——人。试想你是大学教授，毒害青年，使他们变为教士——"他沉默了一下，然后动听地、幽默地说道："我倒是很想看见你死在我面前的。譬如，今天。现在！"

"杀我吧。"克拉斯诺夫提议，缓慢地，好像有些困难似的。他伸起颈子仰起头。他的细眼睛里闪出浅蓝的怒焰。

"我的力气不够。"育林回答。

陶西亚，双手抬着一只茶炊，用一种真诚的声音说道：

"你们在干什么？你们发疯了吗？请停止这种小——玩笑。发脾气对于你是不好的，伊弗京。你也喝了太多酒——也吸了太多烟。"

整理着他的眼镜，萨木金惊异地窥看着她。他想不到这女人会说得这样严厉，这样有权威。而尤其可惊的是他发现她被人们服从这事实。克拉斯诺夫恳切请求：

"请原谅我。"

"你顶好帮忙我摆桌子。现在是晚餐的时候了。那边的牌鬼们——你们快要完了吧？"

她把茶炊移到食橱架旁边的一张小桌子上，当她铺台布在餐桌上的时候，她对萨木金说：

"有的斗纸牌,有的斗言辞——而你却守住你的秘密,好像一个外国人似的。但是你有一副平常的外貌,或许也是一个刚直的、热诚的人……是吗?"

"我不知道。我还没有看透我自己。"萨木金大声说了,完全出乎他的意外,但是觉得他说了真话。

"好像一个外国人似的。"陶西亚又说,"从前在我们的糕饼店里人们谈天说笑。但是在一只角落里常有一个英国人,默默地静坐着,轻视各个人。"

"我并不是像那样的。"萨木金抗议。而陶西亚又说:

"我真恨那英国人!土耳其公鸡!"她又对着住室叫喊:

"你们,那边——牌鬼!快完了吧?"

牌鬼们进来了,有的高兴,有的失意。喜气洋溢在杜洛诺夫的脸上和阿里可伐的乖戾的脸上的眼睛里。那红头发女人局促地扭着一个肩头。诺加次夫,两手放在衣袋里,仰望着天花板。晚餐是和平地进行着的。大家全都喜欢白鱼和火鸡的美味;圣彼得堡的米留丁饭店的烹调之精是可以媲美于莫斯科猎夫街的,除了阿里可伐而外,人人承认莫斯科的食物的品质更精良和式样更多。克拉斯诺夫,坐在诺加次夫对面,开始讲演物欲扩充则烦恼增加,而并无裨益于人生的意义。

"佛教真理以为有生即有苦,而生之所以苦乃由于有欲。因多欲则多苦,而终至于死,这就证明了人生追逐物欲的虚幻性质。"

"不。请不要谈论死。"陶西亚严厉地命令。杜洛诺夫接着说:

"我也反对他。滚他的蛋。"

"伊弗京说得好:死是一种私事。"

"它或许是私事,但是——"诺加次夫开始说。但是看见陶西亚瞪着的黑眼睛,他立刻就改变腔调,连忙说道:

"有一个谣言,说社会主义的革命党人并不全是好的,你知道吗?"

"你是说他们的头脑吗?"育林问。

"是说他们的党，他们的中央委员会。"杜洛诺夫解释，显然不曾注意到育林的问话的讽刺性质，也或许是不愿注意它，"那确是一个老谣言了。"

"据说最近这一次拘捕是内部间谍的工作。"

克拉斯诺夫报告保皇党的僧正伊里俄都，原来反对教权政治，现在已经由拉斯布丁特别邀请到圣彼得堡，而且瓦鲁波伐已经引他去见皇后。

"家事罢了。"诺加次夫批评。同时杜洛诺夫说得更滑稽：

"对于一位贵妇僧正的滋味是比熏白鱼的滋味更可口的。"

"嗯，伊凡。"陶西亚叹气。

看着克拉斯诺夫吃东西，看着他怎样敏捷地选取最精良的部分，萨木金想道：

"这人是绝不会挨饿的。"

红萝卜似的小女人摇摇她的鬈毛头，开始响亮地说道：

"在我们的国家里事变真是多得可怕。"她叹气，她的圆圆的蓝眼睛鼓起来，使她越来越像一个偶人了，"总是这样。我不知道这一切要怎样结局。一个变故跟一个变故，而知识分子都必须把他们全部思想过来。农民暴动呀，学生造反呀，恐怖行为呀，对日战争呀，恐怖行为呀，海军叛变呀，又是恐怖主义呀，革命呀，帝国议会呀，又是恐怖主义。你就不敢冒险到街上。我简直不明白这是什么意思。又要发生什么变故了？"

育林，微笑着，悄悄地对陶西亚说了几句私话，后者就用手指指点着他说：

"不可以！安静些？"

每个人都沉默着。当初萨木金以为这女人是说俏皮话，但是更加仔细观察她的脸，却看见她眼里有泪，嘴唇也抖颤着。

"她醉了。"他想。那红头发女人更加惊慌地说道：

"在法国和英国知识分子并不必须从事政治,除非他愿意。但是对于我们——这却是一种义务。我们每一个人都必须研究这个国家里发生的各种事件。为什么'必须'呢?"

她悠悠地饮泣。阿里可伐拍拍她的肩膀,用低沉的声音献出诚恳的劝慰:

"你不必激动,亲爱的安娜·萨卡洛夫娜呀——那对于你是不好的。"

"人所要求的不过是秩序——和平。"安娜·萨卡洛夫娜感动地高声说,用一张极小的小毛巾轻轻地揩揩眼睛。

萨木金嫌厌地看着她,想道:一种有价值的思想怎样粗鄙地被歪曲了呀。

克拉斯诺夫抚慰地说道:

"我们有权避恶行善。在托尔斯泰的种种混乱思想之中有一种确是合于基督教理的:否定你自己和世间黑暗行为。把犁在手,不要左顾右盼[1],耕耘神所分派给你的园地。我们俄国的耕夫。我们俄国的生产者,素朴的人们——"

谁也不听。阿里可伐和红发女人都站起来,和陶西亚告别。诺加次夫也站起来了。杜洛诺夫对萨木金说:"那么我们一同去吗?"

---

[1]《圣经》:"把犁在手而回顾者不得入天堂。"

第十二章

一

走在回去的路上,街道被月亮的华光所照明,呼吸着清冽的新鲜空气,萨木金心中喜悦,笑起来了。他回想在乞里沙斯家里围绕着安弗梅夫娜所做的马铃薯面饼的那些集会,以及在莫斯科暴动之前他所见过的一切集会。在回忆中,他看见讨论的主题和兴趣是怎样分明地改变了,从前秘密私语的问题现在是怎样公开地争论了。

"当然,他们并不是从前的那些人。"他提示他自己,但是立刻又说,"但是在他们之间甚至有着更有趣的某物。那是什么呢?他们是更切近于日常生活吗?"

并不解答就抛弃了这问题,他回想在这些人之中觉得自己最有见识是可喜的事。不过也有过一点讨厌:那愚蠢的红发偶人的歇斯底里病的忽然发作。

"这小傻子。"

仔细算清着他自己的感想,萨木金相信或许他从来不曾感觉过这样喜悦,这样自信。自卫原来常常是他的主要情调,而且他并不常常十分坦白地正视那些会降低他的自尊的尖锐问题。但是现在他问他自己:

"我感觉这样或许是因为我的遗传足以使我独立吧?暂时独立。"他修正,觉得他自己对于他的遗传的真价值毫无知识。为了某种理由这问题并未压迫他提出答案——或许是因为记忆正在献给他陶西亚的芳影,那穿着色拉方而胸部耸起的体态。在萨木金的年龄,大多数男女都已富有性的经验。正常的生理的欲求已经变为心理的好奇,不断地想要知道这人与那人的不同。以这种人们而论,记忆和想象联合起来奴役他们,像热情一样具有暴君的专横。但是米色林娜[1]或许不能长久满足唐璜[2]的好奇吧,他对于她也是如此的吧。萨木金以为陶西亚是动人而且易于接近的。他欣欣然思念着她,想象她裸体的光景,和他所见过的马利娜的约略相同。马利娜仍然像一个疮疤似的存留在他的脑筋里,作为他生平最屈辱的故事之一,有时使他失眠了。他也有了一种习惯,为了排遣不愉快的印象,就阅读在巴黎所买的那些书籍,它们轻易地使注意集中于色情的游戏而停止了种种没出息的、讨厌的猥琐思想的斗争。

在第二天一整天之中,萨木金独自留在房间里面,以同样欣欣然的情调,殷勤地思索着杜洛诺夫和他的朋友们。外面,雪花飞舞在呼啸的旋风之中,轰击窗子。有时,那骑在毫不动弹的肥马上的阔肩的、多须的黑色沙皇忽现忽隐于白色的疾风之中,沙皇勒住他的骏马好像迷失了道路似的。萨木金吸着烟,在房里踱来踱去,坐下,躺下。好像在下棋似的,他把他所认识的人都排列起来。试行发现他们的共同点。

首先他把最无味而最可恼的一群摆在一边。这些男女是被一定的成

---

[1] Messalina,罗马皇帝克劳丢斯的情妇,以淫荡著名。
[2] Don Juan,传说中的风流浪荡子,生平有情妇数千人云。

语体系所限制的，第一个是古图索夫——这一类人对于任何问题所要说的话他都可以预想而知。

"既成品，"他规定他们，"不能再有什么发展。社会主义教堂的教士。他们已经忘却了社会主义是资产阶级发明的，是基督教乞丐的幻想的产物。他们是阶级战争和绝不可能的全无教养的无产阶级专政的传教士。我并不否认德国人所理解的那种社会主义。在德国它是资产阶级文化前进一步的自然趋势。这是历史地可以理解的。但是在俄国所能发生的是拉辛[1]、普加乔夫[2]，农民袭击庄园的暴动，莫斯科叛乱——这在俄国简直是发疯——以及无所损失的光蛋们的冒险故事。"

连他自己也吃惊于这一番评价的深刻确定了。他从来不曾在这种情调中思想过。他被抬高了，觉得理直气壮。他在镜子前面照照他自己，看见他的头发已经失去润泽，于是用手压平它，现出了它的稀疏。他拿起发刷，小心地刷刷它。但是虽然显得更好看些，这却使他想道：

"不久我会成为秃头的。"

他厌恶这种思想。

一只手捏着发刷，另一只的手指梳着鬓角，他呆看了他的脸一两分钟，什么也不想，只是紧张着耳朵倾听他的内在的自己。他以为他的脸庄重而智慧，稍微枯燥一点，但是清秀，有这种脸的人是不惮于自由地和系统地思想，以反抗独立思想的受轻微损坏，或反抗限制独立思想的企图的。

"一个知——识——分——子。"他郑重地称呼他自己，"历史上的一种新势力，还没有被人充分认识他的重要性的一种势力。"

萨木金把刷子上的落发收拾起来，揉成一团，把它抛进烟缸里，用

---

[1] Razin，俄国农民叛乱的首领，于一六一七年判处死刑。
[2] Pugachev（1706—1775），俄国农民叛乱的领袖。

火柴去燃它。当它发出爆炸声而且烧焦了的时候,他叹息了。然后,有些惋惜这宝贵的几分钟的牺牲,他又回来按照相同的性质组合人们。他把杜洛诺夫放在米托罗方诺夫一边,再加上台格尔斯基。他迟疑了一会儿,再加上第四个,马加洛夫,但是立刻觉得错了。马加洛夫不应该排在这里。

"刘托夫应该加入他们。还有伯尼可夫。是的,伯尼可夫这畜生最恰当。"

在萨木金的棋戏之中,伯尼可夫的庞大块头是表演着乳娘故事中的熊的角色的。有几只小动物共同安家在一只马的头骨里面,一头熊来问道:"谁住在这头骨里面?"当那些小动物一个跟一个各自报出它的名字的时候,熊咆哮道:"我是压倒一切。"然后它坐在那头骨上,压碎了这家和其中的居人。

伯尼可夫的多样的、犬儒主义的唠叨的使人羞辱丧气的回忆扰乱了这类人物的序列,也摧毁了棋戏的趣味。况且,这类人物自身,除了思想言语上的许多无关系的类似而外,要说有关重要的共同性那就只有一点——意图的暧昧。

"马加洛夫——台格尔斯基——正在什么基础上建立他们自己呢?他们需要什么呢?刘托夫为什么捐钱给社会主义的革命党呢?贵族政治在什么情形之下妨碍着他的生活呢?"

外面,在雪的风暴之中,那多须的黑色沙皇弹跳在毫不动弹的马上,戴着一顶警察的皮帽,这沙皇一点也不像别的那一位沙皇:在元老院广场上飞驰着,他的怒马的蹄下践踏着一条蛇[1]。

萨木金离开窗前,躺在长沙发上想女人——马利娜、陶西亚。

---

[1] 这是亚历山大三世的铜像与彼得大帝的铜像的比较,前者是图洛贝斯的作品,意在表示根基深厚,后者是伐孔尼提的作品,表示坚决猛进。

二

那天晚上，在铁道上二等车的一个间隔里，他把时间消磨在伊凡·马谛维也维奇·杜洛诺夫的跑野马的、激动的谈话之中；后者坐在他对面，拿着一杯白酒，酒瓶紧夹在他的两膝之间，他的右手掌不断地摩擦着他的未曾剃过的下巴和两腮，一直到萨木金几乎听见那硬毛刷的声音从脚下的辚辚声中泄露出来。

"你看这是怎么一回事呀。"杜洛诺夫小声埋怨。他的高颧骨的脸是皱的，他的眼睛照常不安宁地转动着，向窗外窥看偶然被闪电射穿的黑暗，又回头看看萨木金的脸，看看他的酒杯，"我并不曾愚弄我自己，鬼才知道，生活却是越来越陈旧可笑了。而其中忽然有暴富的机会——抓住它，孩子们！（或许你知道我的意思。）现在在工业上、商业上，是有希望的。在这些方面，如马克思主义者所指出，你不是乞丐制造者便是自己成为乞丐。但是倘若制造贫穷是我们国家的政策，那么这政策是并不可喜的，他并不鼓励自尊。但是'人——有一种自尊的性质'——见鬼，他想要自尊。你知道——"

他仰起头，把酒倒进嘴里面，漏落在他的下巴上和胸膛上，然后把杯子推在折叠的桌上，解开他的领结，他继续说：

"我被知识阶级所迷惑了，老朋友。你看，不论喜欢或不喜欢它，我自己总是其中之一。而现在，就在我们眼前，他分崩成一个陷坑似的。理想主义派、神秘主义派、佛学派——研究《瑜伽[1]论》——出版《迎神使者》——复兴布拉瓦斯基[2]和安尼·比桑[3]……在开路加[4]

---

[1] 印度哲学之一派，主张静坐冥想，刻苦修行。
[2] Blavatsky（1831—1891），俄国哲学家，神智学首倡者。
[3] Annie Beasant，俄国哲学家、神学家。
[4] Kaluga，俄国南部沼地。

除了开路加泥浆而外什么也没有。现在用神秘主义使开路加神秘起来。你试想,这在革命之后——"

"这运动在革命之前就已开始了。"萨木金提醒他。

"你这种痘吗?作为预防的方法吗?"杜洛诺夫质问,小心地把酒瓶安放在座位的一角里。

"或许。"萨木金承认。

"是——是的。所以有人防患于未然了吧?那么谁在发命令呢?"

萨木金微笑,默默地耸动肩头。

"写实派的作家已经变为悲观主义者了。"杜洛诺夫咕噜着,在膝头上理直他的湿领结。摇摆着那领结,他说:"我最近听见关于你的一种意见,你没有摸索邻人的灵魂的俄国习惯,或者说衣袋吧,倘若那不是灵魂。这是台格尔斯基说的。"

"我和他并不很熟识。"萨木金慌忙地说。

"我以为他说得很对。"杜洛诺夫继续说,那声音是沮丧而且伤感的,"他说你看待别人毫无友情,几乎只是轻蔑。"

"那是不对的,"萨木金直接地说,"他不深知我正如我不深知他一样。你早已认识他了吗?"

"大约两年。我们在赛马场遇见。他输掉许多钱——或许是被偷了吧,他借得我的钱,于是赢了一大注。他送我一半,但是我不要。我也赌了同一匹马,我赢得的比他所赢的多三倍。当然我们庆贺了——一小回。我们就是这样认识的。"

"他是哪一类人呢?"萨木金问,竖起他的耳朵。

"天晓得。"杜洛诺夫凄然回答。然后他又冒火了,急促地说:"他各样都有一小点。他任职于内政部——或许是警察部。但是无论如何似乎不像一个侦探。他是聪明的——头等聪明。他渴慕着某种事物,好像是无须代价的爱人吧,但是谁也不能说那是什么。他勾引陶西亚,但是你必定知道这是怎样的。他对于她是无礼的。她不愿意见他。他是用意大利字体[1]印出来的人。我喜欢这种——无定型的人。当一个人是完全的时候,你用十尺长竿也高攀不着他。"

"这是说我。"萨木金想。他说:"你有一个很有趣的妻。"

"每个人都爱她。"杜洛诺夫承认,皱起他的脸,"麻烦的是她似乎很不像一个妻。台格尔斯基早就认识她了。她像一个仆妇似的急于找人家。他介绍了我们。他说,'你要娶一个善良而毫不关心她的命运的女子吗?'她显然折服了台格尔斯基,所以现在他称她为寝室游历家。但是我并不妒忌,而且她是正直的女人。我觉得和她同居是有趣的,使人放心:她不会欺骗你,她不会出卖你。"

"育林呢?"萨木金问。

"一个布尔什维克。很聪明。但是,你看见的,一张打过的纸牌,现在他是陶西亚的宠爱,但是,那是她做母亲的本能。"

他的声音是那样可厌,以至萨木金想道:

"他在假装。"

沉默了一两分钟。然后杜洛诺夫说:

"我们都可以睡了。"但是脱了上衣,把它放在长凳上之后,他看着表,又说道:"我到莫斯科去收一部将要使全世界愕然无语的原稿。彼得·斯徒洛夫[2]——和他的朋友们——主编的。他们说它是以'背进'为主题的一部著作。甚至早在一九零一年他就已发出邀请:'回到菲希特[3]。'那么现在——好了!社会主义的革命党人也出了毛病了。真的——各样似乎都在崩溃。育林说是好现象——把糠秕和尘埃都筛出去,只有米壳才留着。好,好。"

"这是一个看法。"萨木金随声附和,只为说话而说话。

---

[1] 斜体字,一般印刷品为求鲜活时多用之,借喻畸人。
[2] Peter Struve (1870—1944),马克思主义运动的领导者,在二十世纪初年放弃马克思主义,变为理想主义哲学的拥护者,在政治上转变为极其温和的自由主义者。
[3] Fichte (1762—1814),德国形而上学的哲学家。

"我不知道。"杜洛诺夫说,又沉默了。过了一会儿,脱掉衣服,坐在软椅上摩擦下巴,他突然恼怒地含糊说道。

"你知道,不论说了什么和做了什么,人的脑筋的最锋利可怕的产物却是阶级斗争的学说和工人阶级专政的观念。"

萨木金低着头,从眼镜里瞅着杜洛诺夫,后者已经躺下,把毡子拉到下巴了。

"我必定伤了他的感情了。"萨木金判定,灭了灯,"他是更加有趣——显然也更加智慧了。"

"真是开玩笑。"杜洛诺夫说。

"什么开玩笑?"

"一个德国人的子孙教授俄国人爱国主义。"

萨木金并不回答这个,却想要塞住杜洛诺夫的嘴,他用最干脆的、最为教授派的腔调说道:

"斯徒洛夫是无愧于俄罗斯知识阶级的。他曾经首先说明过于看重个人在历史上的重要性是一种幻觉、一种自欺——"

"还有什么呢?"杜洛诺夫问,在歇了一会儿之后。

"他也承认个人有权以科学家的客观精神观察生活现象。"萨木金想要说,但是抑制着他自己,却说道,"时候迟了。我们睡吧。"

然而,杜洛诺夫固执地使劲叫了,同时他翻身用手在昏暗中指划:

"当他是马克思主义者的时候他否认个人的重要性,而后来,如你所知道,他转变为理想主义者;理想主义是不能离开个人主义而存在的,同时否认个人在生活中的重要的个人主义是胡说——不可能的。"

萨木金并不回答。闭眼睡着,他自己想:

"我不曾好好地读过哲学。"

三

"莫斯科。"杜洛诺夫说,惊醒了他。这家伙已经穿好一套厚重的细毛的烟草色衣服,显得漂亮而且阔绰了。

"下午一点钟我们要在莫斯科饭店吃午餐吗?"他提议。

"倘若我有时间。"萨木金说,暗自决定不到莫斯科饭店去。他从车站径直就到公证人事务所去办理发尔发拉的遗嘱的事。在那里他受了一个不愉快的震动:那房产已经作了二万卢布的抵押品了。那公证人,瘦而扁平浮肿的脸,尖下巴上有一撮尖形的灰胡子,一双鲈鱼的红眼睛,通知他说承受抵押者愿意加添一万或一万二千卢布购买这房产。

"不再加一点吗?"萨木金质问,暗中估计一个单身汉有一万二千卢布可以舒舒服服地过四年。

公证人摇摇他的秃头,咂咂嘴唇,重复说:

"不再加。"

这人并不鼓励人的自信。萨木金决定他必须咨询杜洛诺夫——他必定知道怎样卖房产的。

另一个不愉快的惊异正在那房子之内等待着他。来开前门的是一个十多岁的姑娘,黑面孔,尖鼻子,莫名其妙地欢呼道:

"发尔发拉·吉里洛夫娜不在家。她到圣彼得堡去了。"

她的喜欢使萨木金觉得很不端方。他严厉地说:

"发尔发拉·吉里洛夫娜死了。"

"噢,我的上帝!"那姑娘叫喊,用一种缓和的低声。然后她向后退,问道:"也许你说谎吧?"而且她立刻尖声叫道:"弗利柴台·娜沙洛夫娜!"

他看见他前面站着那熟识的平胸妇人,包着头帕。俨然弯起颈子,她把她的玻璃似的眼睛照准在萨木金的脸上,同时那姑娘用手指指着他

急剧地叫道:

"他说发尔发拉·吉里洛夫娜死了。"

"我一点也不知道。"那妇人说,并不帮忙萨木金脱掉外衣。当他从客堂走去看那些房间的时候,她拦阻他,说:

"请。你不可以。"

"滚开!"萨木金怒吼,"你不知道我是谁吗?"

"我知道,但是我不能——"

她让开,用呆滞的低声命令:

"安卡,到警察站去请梅龙·彼得洛维奇来。"

"你是傻子!"萨木金告诉她。"你要赶我出去呀!"他吼了,而又觉得这样暴怒是可羞的。同时那妇人追踪着他,用一种持平的、顶可厌的声调说道:

"倘若你有这权力,你可以赶我出去。但是你没有权力骂我。我在这里做事,我的责任是保证这房产。"

"但是你是知道我的,不知道吗?"萨木金提示她,和平地。

"我服侍发尔发拉·吉里洛夫娜,而关于你我并不曾得到她的吩咐。"她跟定萨木金的脚踵,停留在各个门口,显然恐怕他会拿起什么东西放进衣袋里,使他激怒到想用什么家伙打碎她的头颅——这种情形持续了二十多分钟,使他的神经紧张得几乎要炸了。他吸烟,踱步,坐下,明知道他的各样动作简直是加强这两条腿的路栏[1]的疑心。

"倘若我离开去,让她独自留在这里一天,她会把能够拿走的东西全偷去了的。"他默想。

许久之后才来了那巡官,胖胖的,黑胡子,默默地听着双方的声诉,然后用一种装作的低音说道:

"作为一个律师,你应该带一个医院医生证明病故的证书来。"

---

[1] 横置路中以防范盗贼或牲畜之木架。

"我把证书交给公证人了。你可以去访问。"

"那不是我的义务。"巡官说,深深地叹气,而且低垂着安在砖色脸上的大黑眼睛的睫毛。

"我可以支付必需的用费。"萨木金提议,递给他二十五个卢布的一张纸币。

"很好。"巡官赞成。他把他的阔手掌举到柔润的头皮上敬了一个礼,用手指对弗利柴台示意,走掉了。

萨木金沉入深渊了。他生活在这宅子里的时候所有的难堪的纪念淹没了他。他厌恶这些房间,其中充满各种古老家具以及表明女主人的艺术趣味的一些小东西。在发尔发拉的寝室里,他被挂在墙上的他自己的大相片所激怒了:这是全身像,最惹眼的是那一只南瓜似的头。

"让这可怜的傻子爱偷什么就偷去吧——不管她。"他决定了,出去找杜洛诺夫。

莫斯科被雪装饰富丽了。丰满的毛毡铺在那些屋顶上面,灯柱都戴了白帽,到处都闪烁着银色寒光,这城市上的霜华具有酸化银的淡彩。雪在脚下窸窸窣窣地响。铁轮也在喘息和尖叫。

"一个整洁的都市。"萨木金赞叹。

杜洛诺夫还没有到莫斯科饭店。经过一些困难萨木金才在那四壁装满食客的大厅里找到一张空桌子,厅里轰响着人声和杯盘刀叉的铿锵。萨木金并不是初次坐在这莫斯科厨艺朝坛里面。他到这里来享受,来倾听稳重而营养良好的人们的多样言辞。他以为他们都是饱食畅饮的,所以在这里比在任何餐厅里说得更多更爽快。有一次他曾经判定这些多样繁复的言辞必定相同于著名教士赛吉也夫在克隆斯达教堂所主持的"公众忏悔"。偶然听到一些零碎的激言断语,萨木金相信他们帮助他理解"人们怎样生活"比之书籍报纸更真切更智慧。

现在,在他的背后,一个愉快的低音正在开始教训:

"我们各省的人比你们莫斯科人生活得更安静。我们有工夫来观察你们。而我们看见什么了呢?"

"有更多的鲟鱼。"一个没精打采的声音说。

在萨木金前面一个紧箍在俄国旧式长袍里的狭长脊背正在波动,高声诉苦,略带些微鼻音:

"我们怎么办呢?今年春天贵族们联合宣言反对政治改革,现在我们的莫斯科贵族继续高唱贵族政治的不可侵犯性。而我们,实业家们——我们必须做什么呢?"

那低音,显然已经解答了鲟鱼问题,又在教训:

"关于你们的文艺趣味的迅速改变,我们觉得其中有一种确定的一致性。虽然易卜生[1]的反民主的观念似乎已经为公众所冷淡,而在戏院里代之而起的却是哈姆孙[2]。但是薜菜并不比萝卜更甜。哈姆孙也是反民主和反政治的。"

"但是他的英雄卡里诺为了挪威国会的议席毫不困难地放弃了他的理想。"那没精打采的声音插言。

"不错。问题就在这里。他放弃他的理想,正如今天我们的那么许多知识分子一样——为了他们的私人的成功逃避社会活动,不顾他们的父兄的誓约和革命的教训。"

"誓约——教训!那算什么呢?现在有一种新的誓约:营私肥己。这是革命的教训。"

"当然你是说笑话。"

"一点也不是。每个人都要吃呀。"那没精打采的声音说,恼怒地。

"以人格为牺牲——"

"尼逢·伊凡诺维奇,你还在相信古老的教条。但是青年人们——那些知识分子——是眼光敏锐的。一九〇六年我有一个秘书——他行为

---

[1] Ibsen (1828—1906),挪威剧作家。
[2] Hamsun (1859—1952),挪威作家。

不检，譬如说的话，被捕了。他是能干而且聪明的，正在预备进大学。我帮助他。而这猪儿子把我的公事房里的一个重要文件抄去卖给有关方面。因此我损失了好几千亩领地，好在后来又弄回来了。"

"那里各样都是我们的，凡是通到白来亚河的路道——全是我们的。"在萨木金旁边的桌子上发出的这有力的腔调是这样响亮，以至除了他自己而外许多人都回顾这高叫者了。他是一个紫红面孔的家伙，大眼睛，华美的髭须，在这蓬松的胡子之中显露着两片红润的厚嘴唇。用他的叉子在空中画了一个圆圈，他继续说："从伯斯基一直到那些山岭——全是我们的。而住在那里的是些什么人呢？伯斯基人，野蛮，无用，不能工作，地面上的废料。叫花子走在黄金上懒得拾起。"

他的听者是一个蓝耳朵的秃头男子，下巴下面挂着一枚勋章，以及一个大鼻子的高个女人，全身黑衣服，好像一个修女似的。

"我们要去考察，我的工程师和我。"那戴勋章的男子用外国腔调说，站起来了。那女人，说着破烂的俄语，用一种激昂而响亮的声调质问：

"到那里去的路程很远吗？"

"不。绝不。坐船四天。经过伏尔加、卡马、白来亚。白来亚的风景美好得叫你不能呼吸。克拉里隆·雅各弗里夫娜——简直叫你没有话说。"他站起，把他自己伸直到可惊的高度，吹喇叭似的说道：

"我并不敌对我的国家。倘若你开办这事业，我愿意把我的地廉价卖给你。"

"他们走了。"那穿俄国旧式长袍的男人，坐在萨木金前面，回转他的头，显出一只黑眼睛，尖鼻子，灰色的公羊胡子。他观察了那位美髯大汉放在盘里的小费，低声对他的同伴说道：

"十五个戈比克，这猪。他是隆马拉的商人——从乌拉尔哥萨克来的。他是可怕的富有——他在伯斯基的所有土地和整个法兰西一样大。我在尼忌尼·诺孚戈洛得博览会上见过他——一位美食专家——赌徒、牌鬼、色鬼，以及酒鬼。"

"现在是这些荒凉时代的人物灭亡的时候了。"

"大概不久了吧。"

立刻来接收那空桌的是一个短小精悍的学生和一个面貌端正的小胡子男人，约略使人想起安东·契诃夫青年时代的一张画像。那学生把他的金色小胡子和粉红面孔隐藏在菜单后面。他用丰富的声音说，好像在读当日的特殊新闻似的。

"波里斯，你应该读王尔德[1]的《在社会主义之下的人的灵魂》。"

"我已经读过了。"那端正的人安静地回答，好像道歉似的。

"王尔德说：'在社会中只有一个阶级比富人更想钱，那就是穷人。'你记得吗？"

"那是僻论。"

"我的朋友，僻论是反对因袭的俗见的抗议呀。"那学生郑重声明。他环顾左右，细起眼睛，又说：

"不可以把僻论看作曲说，而应该看作一种反映。"

那学生的议论妨碍着萨木金倾听前面桌子上的有趣的谈话。那穿着俄国旧式长袍的男人说得很清楚，但是他的声音往往淹没在嘈杂的漩涡里面。然而，仔细去听，萨木金偶然捉住一句：

"我赞成斯托里宾。他推动了聪明人们。豢养最优秀的人们——这正是欧洲的现行政策。总之，一切生活都是根据于汰劣留良的——对不对？"

有人说俏皮话：

"你的铁钉托拉斯倒了，并不留下一个铁钉。"

"不对，斯缔班·伊凡诺维奇。不是倒了——是改组。他现在是铁丝托拉斯。"

---

[1] Oscar Wilde（1856—1900），英国唯美作家。

穿长袍的人继续说：

"彼得·伐西里也维奇，就说现在的德国吧。他们已经豢养着最好的社会民主党员，把他们安置在国会里，对他们说：'制定法律呀，孩子们。'孩子们坐在那里制定法律，一切平静——并无风潮。"

"但是他们罢工。"

"罢工算什么呢？当疾病显露在外面的时候，它就更容易诊治。不，我的亲爱的朋友，全部智慧都在于汰劣留良。恺撒[1]所说的关于营养良好的胖人的话是对的。"

"自从恺撒以来，饱肚子显然看不起空肚子。"

"不。想想看。倘若叛党普加乔夫初起来就被捉住，请他做帝国会议议员以至内阁大臣，那么他就会像波特金似的高居于加它林的朝廷之上——"

"你说笑话——"

"革命已经教训人们替自己打算——这且更加坦白地。"萨木金告诉他自己。

杜洛诺夫来了，神气沮丧。他"嘭"地坐在椅子上，说道：

"糟了！我失掉一个好机会。那书已经付排了。我所能得到的不过是卷首几页校样。见鬼！我正在发行两种丛书，但是我错过了这一本……好，我们吃些什么呢？"

"试想想你自己处于社会主义之下的情形吧，波里斯。"那学生正在说，"你能做什么呢？——你？因为人都不能做违反他的私人利益的事呀。"

萨木金忽然不愿意杜洛诺夫去听那些言语，他就立刻谈论他自己的事务。杜洛诺夫用手掌摸摸前额，揉揉头发，毫不措意地听着，注视着他的麦酒，好像要摆脱头上的什么东西似的点点头。

---

[1] Julius Caesar，罗马皇帝。此处指莎士比亚剧本中语。

"卖房子是一件简单的事。"他终于说了,"现在房子正在涨价,有许多买主。革命已经使地主们恐慌。他们都搬到莫斯科来了。我们喝酒吧。你看见那边那学生吗?最新出的。修正版。他不愿为政治问题去坐牢。倘若他发现他自己在监牢里,那完全是为了别的事……糟呀,我的运气真不好。克里·伊凡诺维奇!"他忽然结束他的暴怒的言辞。

萨木金,觉得必须说话了,问道:

"什么事情使你烦恼?"

"我恼怒我不安定。"杜洛诺夫回答,叹气,吞了一大口酒。

"你会安定的,生活似乎要开展而且自由了。"萨木金不自主地加上那"而且"。

"自由?我不知道。可是更多笑话、更多刺激——或许这就是似乎更自由的理由。"

他开始匆促地和随意地吃东西。喝完了汤,他用餐巾揩揩嘴,说道:

"你所做的总不过是坐着和保持沉默——一本正经,好像一尊铜像似的。你是遵守着'不要把珠宝摆在猪猡前面,恐怕他们糟蹋它们'这教训的吗?"

"我不喜欢被宣传——或宣传家。"萨木金干脆地说。

"你喜欢你自己,当然。我也不很喜欢宣传家。虽然我以为这是不能一概而论的。不,不能。倘若我说得粗鲁,请你不要生气。事实是我嫉妒你,嫉妒你的镇静。有时我觉得你保重你的智慧好像保重童贞似的——你不愿意被玷污。"

他摇摇手。停了一会儿,他沉思地说道,更加分明:

"生活将要破坏它。我们喝酒吧。"

萨木金看着杜洛诺夫,觉得这人已经满足他的饿肚子了。杜洛诺夫,张皇四顾,咕噜道:

"我不喜欢这财神殿。让我们到你的家去。我要读那校样。它们是必须归还的。"

萨木金赞同,却又要咖啡。他想停留着再收拾些残余的言语。在嘈杂的漩涡中他的耳朵时常捉住一些合于他的心情的东西。照例,感觉这种和谐之后,他往往更加颓唐,因为那些话匣子压倒了他——在他还不能把他的广博的经验构成确切而辉煌的形式之前他们已经把它们变为简单而粗率的思想了。这样烦恼着,他回家去,在路上他告诉杜洛诺夫他和弗利柴台的意外冲突。杜洛诺夫哈哈大笑。

"好一个傻子!她读了太多的英国小说——亨弗利·槐特[1]女士是她的宠爱之一。她羡慕忠仆这种人物。所以我叫她'赫洛'[2]。她是的?是不是?英国小说是很、很有助于栽培愚蠢的——你不以为然吗?"

"不全是如此的。"萨木金迟疑地说,记起了安弗梅夫娜。

四

在发尔发拉的住宅的客堂里,脱着外衣,观察着弗利柴台的瘦长的、庄重的容貌,杜洛诺夫开玩笑而又粗鲁地问道:

"你发现什么诡计了吗,赫洛?"

她真是似乎对他微笑了。她的薄嘴唇,在她的灰腮巴上裂开一缝,延长了;她的声音是柔和的。帮助杜洛诺夫脱掉外衣,她说:

"那是我的职务,伊凡·马谛维也维奇——"

"装傻可不是任何人的职务。去预备茶炊,我们要两瓶白酒——葛来弗牌——你知道的,不知道吗?"

"当然。"

"对了。去忙去吧。"

---

[1] Mrs. Humphry Ward (1851—1920),英国作家。
[2] (Heren) 未详。

"毫不客气！"萨木金机械地觉得，看着杜洛诺夫的行为好像这家宅是他自己的似的。

杜洛诺夫走进住室，站在房间中央，看着周围，摸摸前额，咕噜道：

"发尔发拉·吉里洛夫娜心力交瘁在琐碎事务上。然而她是一个能干的女人，很知道钱的用处。她是可以振兴家业的。"

他看看他的手，立刻坐下，从衣袋里拿出一卷校样。他说：

"现在让我们找出它的主旨。"

他的脚在地板上搓来搓去，敏捷而又镇静，好像他是在摸索什么东西似的。他的脸，有着突起的颧骨，也在活动。他的眉毛抖颤，而嘴唇是噘着的。他也斜着眼睛，审查那几张纸。

萨木金斜靠在壁炉的温暖的花砖上，忍耐地吸着纸烟。

"啊！我们找到了！"杜洛诺夫含糊地说。然后他用清楚的、几乎郑重的声音读道：

"个人的内在的生活是人世唯一的创造力。提供各种社会建设工作以唯一确实根据的是这种内在的生活，而不是政治性的自满的原理。"

杜洛诺夫闭起他的左眼，摇着那校样好像一面旗子似的，质问道：

"这岂不是尽量缩紧手臂然后并力打出的拳术公式吗？他的打击的目标不仅仅是马克思主义者。"

"再读下去。"萨木金指导，熄灭了纸烟。他提示他自己，并非没有骄意：

"我不是常常反对政治学闯入纯粹思想的范围之内吗？"

把纸片弄得窸窸窣窣的，杜洛诺夫继续读着，这回更激昂，夹着他自己的小声叫嚣：

"'俄国知识阶级并不注重财富。'天晓得，你听见了吗？嗯！好像狐狸和葡萄似的。'它尤其不重视精神的财富、文化——就是，推动人类精神使世界成为他自己的而且使人更其是人的那种理想主义的势力及其创造活动——使生活由于科学、艺术、宗教而丰富起来……'哦,宗教?'……道德。'当然,'以及道德'。为了驯服那些强悍者呀。什么东西!"

"他读得真可厌,这蠢材。"萨木金恼怒地想,兴奋起来了。他抛掉那熄了的纸烟,点燃一支新的。杜洛诺夫继续读道:

"'而最为显著的是,知识阶级把对于这种财富的憎恶扩张到物质财富,本能地意识到后一种财富和一般文化观念的象征的联系。'象征的?"杜洛诺夫疑问地重复这个词,闭起两只眼睛。"象征的?"他又说,挥舞着那校样。

他读的时候装模作样变为更加不堪了。他不断地搓脚,在椅子里摇摆着,忽前忽后,校样停在他笔直地伸着的手里,把头硬凑近它们,好像他不愿弯起手肘,或想不到弯起似的。

"他喜欢着某一点了。"萨木金觉得,更加讨厌,"那么那是什么呢?"

听着杜洛诺夫读书,克里·伊凡诺维奇也经验着愉快,但是他对于这书并不愿有和杜洛诺夫的意见相同的评价。他听着那急促的声音念出有色有香的非常词语、津津有味的单句。但是这家伙的批评更加搅浑了原文,萨木金觉得他的怀疑的叫喊和鬼脸是暧昧的和不适当的,是一种不愉快的刺激物。

"'知识阶级只想公平分配财富,并非财富——这是他所仇视和畏惧的。'畏惧?胡说。这些日子他并不畏惧财富。'在他的灵魂之中,对于穷人的爱已经变为爱贫穷。'呸!我从来不知道这个。不。这简直是呆话。那么,还有什么呢?'一直到最近革命的几年间,有创造才能的俄国人都闪避这革命的知识阶级,不能忍受他的傲慢和专横。'"

"这是真的。"萨木金想,想得如此明确,以至他直站起来,皱着眉头,因为他觉得他似乎已经说过这话而且杜洛诺夫正在问他"为什么是真的呢"似的。

但是杜洛诺夫用脚一扫,继续急促地读下去:

"'对于公平分配社会财富的爱,对于大众幸福的爱,已经麻痹了对于真理的爱,已经毁灭了对于真理的兴趣。'真理是什么?请问这改悔的革命家。还有:'以我们现在而论,我们不但必须放弃与民众结合的梦想,而且必须畏惧民众较之畏惧政府所欲施的任何惩罚更为彻底,真的,必须祝福政府,只有它用它的刺刀才能保证我们以抵御民众的狂暴。'"

杜洛诺夫沉静地吹着口哨,在椅子上上下摇动着,用校样拍着膝头,然后眨眨眼睛,惊恐地含糊说道:

"这是——很直率的说法——很勇敢的说法。他们写得好像在加箍在桶上似的,混蛋。倘若他们不是为畏惧而至于无畏,我愿意吊死。你以为怎样,克里·伊凡诺维奇?你必须承认他们已经确切地表明了某种流行的情绪。"

他闭紧眼睛,然后爆发了萨木金认为无诚意和酒醉的大笑。萨木金认为必须回答,觉得好像负了不愉快的重担似的。这回答必须审慎而且透彻地想过,合于逻辑。

"你必须认真地读完全书,再加以严肃的评价。"他慢慢地开始,看着纸烟上冒起的烟,觉得心口不相应,难以说下去,"这本书的论战性质似乎超过需要之上。他的观念需要一种——哲学的明净,用不着那么些挑战的议论……这一位作家——"

"这些作家们,"杜洛诺夫改正,"有七位作家。全是知识分子,一致都是——哦,混蛋!他们终于达到了他们的目的——'新语汇',倘若你喜欢!"

他又爆发了哄堂大笑。趁着这间歇的机会,萨木金摸索着一些更为慎重而不致引起争论的词句。但是它们不来,而且萨木金确也无意去思索杜洛诺夫或品评他对于这书的意见。他向往的是这放肆的庸夫就离开他,陷落进地里面,消失了,最好是从此永远不见。他的在场妨碍着萨木金对于自己的某种最重要的思想的成熟。

弗利柴台的出现在门口是来得十分凑巧的。

"茶预备好了。要拿进来吗?"

"不用,赫洛。"杜洛诺夫说。并不等待主人邀请他,他一直就走进餐室去了。主人恼怒地瞅着他的矮胖的背面,然后看看周围。已经黄昏,房间是在暮色之中。在昏暗里,纸烟上冒起来的烟缕正在寻找它们自己的去处,郁积在各方面。发尔发拉所爱过的那些熟识的物件欣欣然具有柔和的轮廓;一道夕晖残留在一个角落里,显示了一尊镀金佛像的存在。这是一种奇特的感觉:他,萨木金,是这小佛像,这房间,这家宅的主人。但愿他能够独自住在这舒适温暖之中,使他的思想得以任意驰骋。

灯光突然辉煌在餐室里,照明了杜洛诺夫弯腰坐着,两膝之间夹着一只酒瓶,面孔是阴暗而且紧张的,他喘咻咻地拔掉那瓶塞。

萨木金是不安的,但是这不安逐渐增长,并且是不愉快的。到底感觉屈辱和惊异,他发现他自己正在怀疑:

"为什么我不能把我的经验组织得那样简单明白呢?"

然后他立刻傲昂地觉得:

"这书里所有的观念都很切近于我的——它们或许是由我发起和传播出去的吧。"

他回想着彼得·斯徒洛夫。大约十年前,他曾经见过这衣冠不整的、急躁的、饶舌的马克思主义者——反对民意派的斗士——的可笑的、驼背的、瘦弱的形体。尤其可笑的是站在这书呆子旁边的他的同志台干-巴拉诺夫斯基,黑头发,瘦高,长脚,凸肚皮,而且有一种咯咯咯的中音。

"青年们的领袖。"萨木金想,记起了男女学生怎样崇拜这些人,迷恋地静听他们在自由经济学会的演台上的讲演,记起了因为爱好"政治学的自圆其说的原理"而同情马克思主义的知识分子们怎样拥挤在秘密集会中和这两个人话别。不愉快的是回想到古图索夫曾经首先指出把马克思主义搅浑在"民族意识"的宣传之中的荒谬,果然不久斯徒洛夫就发表了"回到菲希特"的论文。然后,克里·伊凡诺维奇,以一种差一点就会犯严重错误而得以侥幸的人的满足之情,想道:

"我绝不宣传什么,所以我不必改变我的意见。"

杜洛诺夫正在喝酒,咬嚼着饼干,而且就好像擦地板似的继续搓他的脚,得意地欢呼道:

"这本书将要引起许多热闹,再版五次,无论如何——或许五次以上。哦,这些鬼——"

他的得意突然熄灭了。他拍拍原稿,悲哀地叹息道:

"而我让这本书从我的手里滑出去。发尔发拉和我曾经捉住两本,这一本却逃脱了我的掌握。你看见过《马克思主义的哲学大纲》吗?那是马尔托夫、坡徒里索夫和马斯洛夫[1]的论文集。"

闭起他的右眼,他把他的嘴唇咧成一个宽阔的微笑,露出下颚的两个金牙齿和上颚的一个。

"他们全都继续作马克思的大纲。但是提纲就是分割,是不是?只有列宁螳臂当车,顽强得好像教士阿弗伐康[2]似的。"

他终于把校样塞进衣袋里,又质问道:

"喂,你有什么说的呢?这是一件大事,老朋友。你知道,那内部间谍案和这——都是迎头的痛击呀——是不是?"

他沉默着,等待萨木金的回答。

萨木金被迫而回答了。

"我已经批评过这书的不必要的论争和挑战的情调。"他摆出教授架子郑重开始,在房间里缓步着,好像走在独木小桥上似的,"他又重新

---

[1] 这三个都是孟什维克派的领袖。
[2] 十七世纪著名教士,反对教会改革,屡被下狱而倔强不变,卒受火刑。

提起过去的理想主义与现实主义之间的争吵。人们厌倦了现实主义，所以现在——"

他用一只手挥开烟雾，同时迟疑地注视着杜洛诺夫，后者正在饮酒，而且也从眼角里瞅着主人的动作。萨木金低着头，继续说道：

"是的。关于这样的重要事情，最要紧的是要记住文字有歪曲思想的一种不忠实性质。文字有时获得了离思想而独立的重要性。你或许已经注意到近来有许多讨论语文的文章，确已出现了文字崇拜者一派人了。文字已经征服了广大领域，以至语言学似乎不再服从逻辑，而只服从发音学了。例如，我们的颓废诗人，巴尔孟、白里——"

"你为什么咬嚼这些废话呢？"杜洛诺夫质问，带着吃惊的神气，"你以为我是一个小学生吗？或者更坏，你恐怕我或许会揭发你的神秘思想而必须和我玩捉迷藏的游戏吗？你好像是不愿意发表任何意见似的。"

他清醒地说了，但是当他站起来的时候他踉跄了，急忙用一只手抓住桌边，另一只手抓住椅背。经验过伯尼可夫事件之后，萨木金是害怕醉人的。

"请等一分钟就好了。"他说，尽力温和地，"我要提醒你普列汉诺夫的主张——社会民主党可以和资产阶级从莫斯科同行到圣彼得堡以至谛弗。"

"而为什么鬼理由你要提出这个呢？"杜洛诺夫说，把校样从衣袋里拿出来，举在空中摇摆，"这书并不讨论和资产阶级的暂时联合，而是主张保持批评态度的知识阶级无条件地完全投降资产阶级——总之，我的朋友邓那夫，一个布尔什维克工人，是这样理解的。而且他也是对的。他说，资产阶级已经得到它所需要的东西——它的宪法。但是民主势力，劳动的知识阶级，得到了什么呢？做商人助手的特权吗？助手的任务是在'维持风纪'吗？"

杜洛诺夫叫喊，像一匹马似的顿脚，挥舞着校样。萨木金几乎不能把握住他的言语的联络，即叫喊的意义。克里·伊凡诺维奇站在桌子的另一边，呆了，期待着最坏的事。杜洛诺夫突然叫喊：

"我是坦白直说的，虽然我的目的在于谈论我自己！"他忽然停住，好像咬着舌头似的。然后，他挤眉弄眼，开始用正常的声音惊异地说：

"这是很好的说明，是不是？有鬼！天地良心，这可以算是我的座右铭。总之，在这我的小脑袋里是有味的。现在——说到我自己。我不是资产阶级分子，也不是社会主义者。我是自由职业队伍中的一个普通兵士——一个必须为自己作战的人，没有武器，没有掩护，没有任何东西——除了想得到一种端正的生活的志愿而外。这志愿是一切打算和行动的根据，无论那些打算和行动该得到名誉的或该受法律惩罚的。我必须随机应变，有勇有谋——如此而已。我属于哪一方面呢？属于体力劳动的无产阶级吗？我是不适宜于这个的——我不能够做自我牺牲的英雄事业。我好吃好喝。我爱女人。我属于厂主，资产阶级吗？我不能，也不愿，充当优良的小家伙。"伸伸肩膀，挺起肚子，他又说：

"甚或只是小家伙。"

他咽住最后的字，咳了，匆匆喝下一杯酒，看看他的表，急迫地说道：

"克里·伊凡诺维奇，让我们联合来办一种报纸——一种绝对的、纯粹的民主派的报纸，不要任何哲学的牢笼——跟马克思，当然，但是不跟列宁……你明白我的意思吗，不明白吗？一种精神劳动的无产阶级的机关报——你懂吗？我们要痛打他们的左脸和右脸。哎？"

"那需要钱。"萨木金说，审慎地。

"这是天经地义，克里·伊凡诺维奇。我们需要钱。"

"大批的钱。"

"正大堂皇。我们需要大批的钱——哦，糟糕！我迟了。我要把校样送回去。我今晚要住在你这里——可以吗？"

"当然。"萨木金说。

在客堂里，杜洛诺夫穿起厚重的雪靴，突然大笑。

"不。想想看。他们要把我们引到哪里去呢？你记得那个高级学校——那同班的玩友吗？你记得他是怎样办的吗？'为你父母的安乐和为教会及国家的福利。'"

摇着他的帽子，他用一种小孩逗恼朋友的声调说：

"但是我是一个没有亲戚或朋友的人，除了我自己而外并不想为任何人打算。你必须把我看作我是那样。"

他从牙缝里悠悠地吹着口哨，走掉了。

第十三章

一

克里·伊凡诺维奇·萨木金好像从雨里面跑出去的龙犬似的摇摇他自己,从充满暮色的客堂里踱进光明而温暖的住室里,歇了一会儿,抽出一支烟,同时他综合了他的印象:

"一个无赖。一个庸夫。一个骗子。他能够想出来的总不过是办一种报纸而已。早已有过这种两面三方的报纸,叫作《戈比克》[1]。他说,'我是坦白直说的,虽然我的目的是在于讨论我自己',这确是他自己的特点。"

萨木金握响他的手指,排开防御的情绪,也排开杜洛诺夫。一种新的情绪在他心中源源而来,并不寻求字句,因为字句自动地来了,容易

---

[1] 俄国铜币名。

而且流畅,虽然没有层次。

"七个主教开除托尔斯泰的教籍,七个知识分子谴责和否定俄国知识阶级的传统——它对于生活的批评态度,智慧的传统,它的动力。"

并无特殊理由他忽然想到《一耕七食》[1]中的七个血盟兄弟,西敏安的神话故事。七这数字扰乱过他十多次,像一些苍蝇似的可厌,所以必须特别努力才能把他的注意转回到《纪程碑》,那七位作家的丛刊。

"他们互相讨论一种成语体系,这体系几乎限制我的思想自由。他们要求我信仰,而我却要求知识。他们想要剥夺我的怀疑的权利。"

他毫无声息地踏着丰厚的地毯踱步,他的头面旋律地闪现在墙上的由爱神铜像支持着的古式圆镜里面。克里·伊凡诺维奇停在镜子前面认真考察他的面孔。这已经变为他的习惯,凡遇他的内心萌生重要判断的时候他都要研究一下他的相貌。他知道他的面孔是干燥的、缺乏表情的,即近视的人们所共有的那种特征,但是他却越来越觉得那是集中精神于生活与"自我"机构之研究的不受拘束的思想家的严肃相貌。他摘掉眼镜,前额几乎触着镜面,用一个手指摸摸灰色鬓发,扭着小胡子,然后露出被烟熏黄的小牙齿。

"他们的思想是我所惯熟的。或许那是由我发明而播种出去的吧。"克里·伊凡诺维奇想,骄傲地。因此他回想到果戈理的《致友人书》,里昂提夫的政治哲学,陀思妥耶夫斯基的日记,波比多诺兹次夫的《莫斯科杂记》,提公米洛夫的小册子《我为什么不再做革命党》,以及这一类著作。

此刻发生了一种天然的急需。厕所是在客堂的末端,要经过厨房和仆人住室的。萨木金,枉然在餐室里寻找不到一支烟,就拿着一盒火柴出去了。在客堂里他听见有人在咻咻地喘气。这声音是这样出乎意外,以至萨木金失落了火柴而且叫喊:

---

[1] 一耕指农民,七食指沙皇、将军、教士、地主以及其他有特权的人物。

"谁在那里？"

一种沉重的声音用低调答道：

"我，尼古拉，克里·伊凡诺维奇。"

擦燃一支火柴，就照见毛松松的头面和拿着洋灯的黑手。

"我在修理这灯。锡匠打破了那玻璃灯。"

"哦，是你呀？我不认识你呀。"

"我剃掉胡子了。"

在厕所里萨木金恍然惊悟：

"他是那些疯狂的日子的一个见证，看着我无意中参加在疯狂里面[1]。现在警察往往强迫门房们做侦探。把这家伙看作例外是愚昧的事。他杀过一个士兵。他或许会吓诈我的。"

当萨木金再走进客堂的时候，一盏小洋灯就点燃在壁上了，而且尼古拉正在扫除地板上的白色垃圾，他的弯脊背阻止萨木金的进路。

"回到城里来了？"萨木金问。

"是的，我回来了。在乡村里生活是困难——甚至危险的，克里·伊凡诺维奇。"

"那是怎样的呢？"

"地方官员对于一九〇五年发生的事变办得很严酷。他们虐杀农民。我有一个表弟——他们判决他到西伯利亚去做四年苦工。我的另一个亲戚——真是聪明而且沉静——唉，他们简直绞死了他。他们甚至为嫌疑的缘故惩罚妇女们——他们还在惩罚。他们发狂到似乎没有羞耻。而且那些新地主们，由政府派到公地上来的农户——他们和警察是联手的。穷人们都说他们：'从前你们领导别人烧庄园，赶走主人们，而现在——'"

---

[1] 在一九〇五年莫斯科暴动中，革命党曾经在萨木金和发尔发拉所住的街上作战，并且占用他们的家宅。这门房，尼古拉，曾经帮助革命党。见第三卷《燎原》开始数章。

客堂里的空气因为煤油气和尘灰而滞闷了,而这门房的沉重声音更加浓了那滞闷。除非尼古拉站开,萨木金是不能走过去的。但是那门房站在过道中央,一只手拿着扫帚,另一只手枉然努力着要扣好工作衣的领口。悬在他的肩头上的洋灯照明了他的骨瘦的三角脸的一半。剃掉胡子,这脸已经失了从前顽梗不化的表情。黄色的毛突出在他的腮上和下巴上。一双灰眼睛从愁眉之下严厉地瞅着人。他用低声说,好像立刻就要大骂起来似的。

"杀人犯。"萨木金提示他自己。

"农民们的生活好像被征服的国民,做了战争的俘虏似的——他们都虔信上帝。年轻的都跑到能去的任何地方去了,虽然现在很难领到护照。有大家室和或许有一匹马的那些人——好,他们只好尽力忍受他们的不幸。"

"或许他要把某些事归罪于我吧。"萨木金想。"你回来已经多久了?"他问。

"春天来的。发尔发拉·吉里洛夫娜,颂祝她的灵魂,收留了我。在这里,当然,你时时听见人的呼声。这里的人们有他们的记忆,他们并未忘却一九〇五年。我害怕这些邻人记得我,但是他们好像不记得了。这一区的警察全是新的——从圣彼得堡来的。当然,他们希望我们做门房的供给他们情报,但是并没什么消息可以供给。人们都是安静地生活着的。那产婆的侄子最近才出来。那学生,你记得吗?他坐了九个月监牢,但是产婆把他保出来了。前些日子我在街上遇见拉弗路士加。他穿得很漂亮,打着领结。他说他在什么地方读书。他好像是说谎。"

用一种低音,尼古拉问:

"你知道亚可夫同志平安吗?"

"我不知道。"萨木金声言,坚决地。他走上前一步,迫使尼古拉向后背靠在墙上。

"他不是把我看作侦探就是把我看作——他的同志。"萨木金判定,这时他点起一支烟,开始在住室里踱步,闷闷地瞅着它的内容。他的眼睛偶然遇见壁上的各式颜色鲜亮的小幅油画;有一幅上是一张剃光的、厚嘴唇的脸,疑问地旋起眼睛向上窥看。一个华贵的书架陈列着几十部美丽的摩洛哥羊皮精装的书籍——俄国的和法国的象征派诗人们的著作;还有一本叔本华的《箴言》。

"不,"萨木金回答他自己,"我不能住在莫斯科。"

他颇为忧愁地叹息,因为这家宅逐渐使他留恋,他觉得住在它里面是很舒服的。悬在一只宽阔的长沙发上的是斯徒克的画幅《罪》:一个裸体女人被蛇缠绕着。萨木金不能不暗自好笑这可怕的画面悬在散置着许多豪华的垫褥的这长沙发上的配合适宜。他记起了"妇女只理解细事末节"。发尔发拉对于装饰她的家宅的费用似乎是较为豪爽的。他里面充满了零碎东西:瓶子、瓷器、雕像、箱匣。家传的七只象,象牙的、乌木的,以及青玉的,全都存在这里。萨木金坐在一张弯脚的小桌子前面,把那青玉的象拿在手里,思索着《纪程碑》的七个作家。

"无疑的,这书将要引起一阵喧闹,好像半夜的警钟似的,将要得到社会主义者的狂怒的回答,而且不但是社会主义者而已。其他许多泡沫也要冒出在生活的表面上。"

思想的这方向使他厌烦了。他坚决地把那一只象放回在它的六个同伴旁边,又在房里踱来踱去。好像一位惯熟的访客似的又来了那抗议的感情。比以前更为严酷:他为什么不使他自己成名呢?

"我已经活过我的半生了。我为什么不把马利娜的被害发表在报纸上呢?那确是可以成为著名的刑事事件的。'神秘的罪行是平常人的无味的生活中的调味品。'"他记起了某种报纸上的这一句讽刺的话。

"报纸?杜洛诺夫或许是对的——现在需要一种独立的报纸。我们还不曾获得一种民主势力,这势力要把它自身看作一个独立的阶级,看作一切科学和艺术的力量的中心,看作不被资本和劳工所摧毁的一个阶级。"

克里·伊凡诺维奇·萨木金，坐在一把椅子的扶手上，几乎高叫起来地想到：

"这思想我已经落后了！"

在餐室里，在灯光之中，弗利柴台好像腾空似的默默地移动着。

"茶已经好了。"她通知，沉静地。萨木金并不回答。他的内心的耳朵正在倾听着一种可喜的扰动着的新情绪的长成。

"人道这观念正和上帝这观念同样素朴。庇里尼可夫是一个傻子。无人能使我相信人世是分割为奴隶与主人的。主人都出身于奴隶。奴隶们和主人们一样彼此互相斗争。人世的动力是智慧的能力、天才的能力。"

现在克里·萨木金的思想的进展是闪电似的迅速、顽强、不相连续，但是它们彼此都一致增强这觉悟：克里·伊凡诺维奇·萨木金是更为有独创性、更为聪明的，比之大多数人，连《纪程碑》的那些作家在内。

忽然一个不相干的思想闯进来了：

"或许比士比妥夫也是被谋杀的，因为要使他不能说话。或许台格尔斯基的特殊使命就是来消灭比士比妥夫的吧？自然，倘若比士比妥夫的谋杀的动机不过是报复，那么这案件就失掉一切神秘性，一切刺激性。现在或许可以设法证明比士比妥夫的行为是服从别人的意志——不。我必须放弃使这案件复活的一切观念。"他决定了："我将要把它写成小说。用坡的或科南·道尔的那种作风。"

那可喜的扰乱的感觉，并未消失，却获得一种暖意，帮助着他思想得比平常更大胆、更活泼。他走进餐室去喝了一杯茶，随时都在构思着可以发表在一种新杂志上的一篇小说。杜洛诺夫并不出现。去睡的时候，克里·伊凡诺维奇怀着一种满足之情，觉得这一天在他的生活中是很重要的。

"人发现他自己的那一天是一个狂欢节。"他庆贺他自己,点起临睡之前的最后一支烟。

二

刚到下午的时候,杜洛诺夫进来了,直挺挺地竖着他的刺猬脑袋,好像怕他的颈子的脊骨随时会折断似的。他的不宁静的眼睛几乎都失踪在他的浮肿的红脸上,他的紫耳朵的突出是可笑的难看。

"我的头要炸了。"他嘎哑地说,然后好像一个坏脾气的主人似的咆哮道:

"赫洛,有酒吗?拿来——快。昨夜我参加一个流氓的生日宴会。我们喝酒一直喝到今晨六点钟。打牌我输掉四十个卢布——鬼运气!"

他一杯接一杯地喝了两杯酒,继续说下去,减少嘎哑,而较为正经。莫斯科地价迅速上涨,在市中心区,每一方"萨成"[1]值到三千卢布。一个有名的斯拉夫主义者的嫡系孙子,可米亚科夫,本市绅士之一,要十二万至二十万卢布才肯卖一小片空地,因为市政府要买来开拓马路。当他的价目被拒斥的时候,他用铁栏杆封锁了那空地,使行路更加困难。

"就有这么一位本市绅士!"杜洛诺夫欢喜地和认真地大叫,搓搓他的两手,"当然,这一带没有这样的地价。这家宅实际上是没有价值的。又小,又旧,不能得到多少租钱。这地皮可以卖二万到三万卢布。我有一个买主。这交易在一个星期以内可以决定。应该快干,好像放手枪似的。"他说完了。又喝了一杯之后,他问:"好,你的意见怎样呢?"

"我想要卖掉这家宅。"

"这是一种风气。有一所家宅的知识分子就不成其为知识分子——

---

[1] 一方"萨成"等于四十九方英尺。

他是房主,那是完全另一种颜色的马。"

萨木金皱起眉头努力要想有所说明,但是他太慢了。杜洛诺夫又激昂地谈起来,说得切实而又热心。

"对的。我去接洽那买主。我尽我的能力去做。不过你先要告诉我,为什么鬼理由你要这么些钱。你并不需要钱呀。你需要的是一个报纸或一个出版所。办一个报纸二万卢布是不够的。至少需要十五万至二十万。我要向你建议:借我两万,在一年之内我要使它变为二十万。这是一种预约,但是没有保证。我并没有什么东西来担保。当然,我可以给你期票,倘若你认为可以的话。"

"你要到牌桌上去赌——这是你的计划吧?"萨木金问,咯咯地笑了。

"不。做股票交易。你和我同做。我认识一个对于这种事情有天才的人。那人有无穷的精力——他将来一定犯罪或者自杀。他是正直的,但是疯狂。他愿意帮助我们赚钱。"

杜洛诺夫站起来,斜靠在桌子边上,异常激动,他的短脚发抖,手也发抖,以至空杯敲着酒瓶。萨木金推开那杯子,才停止了叮叮的细声音。

"钱——我们必须有钱。而且有报纸!"杜洛诺夫继续说。他的脸鼓胀得好像一只气球,而且发紫。他的眼睛眨了又眨,好像一道强烈的光线闪射着它们。

"它将要是最出色的报纸,与众不同。一切科学上的和文学上的大名人——以及安特列夫。我们要向知识的现实主义派宣战。现实主义滚蛋。政治学也混蛋。我们在政治学上绕了一百年的圈子,现在我们疲乏透了——讨厌死了政治学。现在每个人都要求浪漫、感伤、玄学,要深究神秘的深奥,深入魔鬼的大肠。现在民众的偶像是陀思妥耶夫斯基、安特列夫、科南·道尔。"

萨木金衰弱地叹息,倒一些白酒给他自己,想道:

"这家伙有这么可惊的精力。"

杜洛诺夫抓起酒杯，贪馋地咽下半杯。他的湿润的厚嘴唇又在发抖，淌出这么些话：

"我们要把科学做成新闻给他们，用巧妙的方法——还有文艺论战，以及秘闻丑史。我们要记载犯罪事件——而且用欧洲报纸所梦想不到的方法——我们要从新观点上展览罪行，显示它的隐秘的深处。"

把酒杯凑近下巴，他用右手抓了一把空气，捏起又放开。

"文化——与罪犯。懂吗？"

"这是政治学。"萨木金说。

"不。有权报复的示威。"杜洛诺夫纠正，顿着他的脚。他立刻停了一两分钟，好像被惊骇似的，张着嘴而且眨眨眼睛，然后急促地含糊说道：

"现在我们不谈这个吧。这是一个计划大纲。你以为如何？"

萨木金开始揩拭他的眼镜，表示并不急于回答。杜洛诺夫忽然说到报复的话，那样尖锐，那样突如其来，以至立刻发生这些问题：报复？对谁？为什么？

"一个典型的冒险家——强项，狡猾，勇敢。当然，这种勇敢不过是由于缺乏原则，缺乏道德标准。"萨木金正在思想，颇为戒备地——这戒备是因为他觉得被杜洛诺夫所感动。

"总之，这是够有趣的。但是我想在这代议政治的时代，与政府无关的报纸是不可能的。"

杜洛诺夫坐下，惶恐地重复道：

"代议政治？"

他摇摇头，急忙说道：

"那就要看我们是津津乐道地从实记述代议政治呢或是加上批评主义的酱油呢。这酱油当然将要是政治学的。因此将要是道德化的。但是关于作家们的互相扭打和放狗咬猫这些事实却不必要道德化。我们可以用一种开玩笑的形式写给读者看。"

然后他急躁地说道：

"你已经承认这是一个切实而又有趣的计划啰。那么怎样呢？"

他又直率地问道：

"你肯动用那钱吗？"

"我要想一想。"

"想一想？你不能吝啬你不过是偶然得到的钱财呀。"

"这粗鲁的贱人。"萨木金想，戴上他的眼镜。杜洛诺夫咆哮道：

"《纪程碑》的作家们说得对——知识分子不能爱钱——他羞于致富——这是一种传统呀，兄弟。"

他说下去了，终于结束在这忠告之中：萨木金应该把他愿意保存的东西拣出来保存，定出他要卖的一切东西的价目，登报拍卖。然后他走了，留给这房主一种高兴的激动，引起他做着白日的梦。

克里·伊凡诺维奇·萨木金生平第一次想象他是一个大报馆的总编辑：必须审查、编纂、指正当代思想的一切支流、含意、作用；倾听着他的郑重的言辞的是各党的政治家，要求提高下层民众文化水准的教育家，有一点浅薄的哲学知识而对于实际生活很少认识的评论家。当代文化生活的一位独裁者。最伟大、最公平的独裁者，不拘守任何固定纲领；一个经验最广博的人，正确地说，毫不偏私，不——没有野心，不求声名，轻视钱财。真真实实是一位独立的人。

"报馆的业务可以由杜洛诺夫去处理。自然，杜洛诺夫是狡猾的，他是粗鲁的；他是一个村夫。但是他具有一种宝贵的性能——硬干。而且我也觉得他和我自己有一种同类的情谊。当然是初步的，而且正在必须发展之中。我将要是他的指导者和顾问。我将要使这人成为我自己的辅助者。或许我也必须改正我对于他的态度。"

记起他在幼年时代所认识的杜洛诺夫，他断定：

"是的，他真是有独创的才能的。"

三

第二天早晨杜洛诺夫把那买主带来了。他是一个看不出年纪的小人物，一层稀薄的灰头发从鬓边平铺到头顶上。他的厚重的红鼻子上戴着一副烟灰色的夹鼻眼镜，眼镜后面是一双浑浊不清的、凄凉的眼睛。他的脸上，满布着红血管，装点着法国式的上髭和卷成箭形的军人下髯。他穿着一套深灰色的绒毛衣服，那是巧妙地设计来缩小那圆得像南瓜似的肚皮的真面积的。他有着细毛的熊或猴子的柔软性。

"科斯马·伊凡诺维奇·西米杜波夫。"他宣布，把萨木金的手捏在他的热手掌里面。萨木金曾经会过像这样外貌的别的一些人，但是他们都是杜洛诺夫或台格尔斯基一类的——伶俐的、慌忙的，带着某种快活。西米杜波夫却悠闲地和审慎地滚动着，而且说着一种疲乏的中音的低调，把同一个字重复地说了又说。

"一座房子当它产生进款的时候是一座房子。"他通知萨木金，用镶毛的手套拍拍墙壁。"像这样的房子是莫斯科的不幸。"他继续说，叹气，当他缓步着的时候雪片在那大皮鞋底下吱吱地响，"它们像毒霉似的散布在全市上面，使莫斯科负担几千街车、马车、灯柱以及别的大批费用。"

他的声音变得更为凄婉柔和了：

"因为这样的房子，人愿意拿破仑再到莫斯科来。"

他又感叹了：

"先生们，我们在这里所过的是一种微末的生活。"

"对了。"杜洛诺夫赞成。

缓步踱到庭院里，西米杜波夫继续说：

"英国人说，'我的家宅就是我的堡垒'。但是英国人用石头建筑，所以它们有种种坚实的特点。你用木头能够建造什么堡垒呢？……你们估计这房产值多少呢,先生们?"

"三万五千。"杜洛诺夫敏捷地说。

"不要太认真。那就贵了。"

"你给多少呢?"

"三万的一半。"

"你说笑话。"

"那就算了,再见。"西米杜波夫凄凉地说了,走到门口。杜洛诺夫愤怒地咬牙切齿,小声说道,"这流氓",然后跟着那人走了。

晚间,当萨木金坐在桌子旁边计划马利娜被害的小说的时候,杜洛诺夫又出现了。他把他的外衣抛在高大的弗利柴台的手臂上,轻快地走进餐室,忘记脱掉帽子。他斜靠在花砖火炉上,恼怒地清除喉咙,质问道:

"你知道这房产已经抵押了两万了吗?我看。恭喜恭喜。"他摘掉帽子,把它硬戴在他的膝头上,愤激而又惊奇地问道,"到底发尔发拉什么时候把它抵押出去的呢?"

"她是无思虑的。"萨木金说明,随便地。觉得他的话说得过火,他提醒他自己他并无权利责备发尔发拉的行为。他把他的恼怒转移到杜洛诺夫身上。

"他谈论发尔发拉好像她是他的太太似的。"

杜洛诺夫拍拍他的帽子,咕噜道:

"这就可以知道斯推拉托那夫那公牛怎样掠夺妇女了。"

萨木金突然摘下眼镜,叫道:

"你说什么?"

"我说呀。现在,你看,他立法,他爱他的国家,不让他的手像从前那样去摸奶子和内衣,而是直伸入他的国家的钱包里了。他组织银行,布置伏尔加航轮的联合,指导水道建设委员会。一位名人,滚他的蛋。"

杜洛诺夫一面说一面呆看着房间的一角,他的眼睛正在寻找某种东西。他似乎是在半睡眠状态之中。

"还有,似乎是有用的一个机关,那帝国会议——或许说那宪法。这很巧妙地表现了在上位的人们的真实意图和事业。而毫无地位的人们,像你和我这样——"

他停止他的牢骚,开始用事务家的声调说:倘若这房产抵押两万,那么它至少值四万。他必定不可忘记地价是迅速上涨的。他进而提出把房产再抵押出去的巧妙计划。萨木金漠不关心地听着。他正在想着他的昨天的梦想怎样轻易地就突然惊破了。或许杜洛诺夫串同那西米杜波夫来欺骗他吧?这怀疑使他不安起来了。

杜洛诺夫又停留了五分钟,然后突然走掉,连"再见"也没有说。

"这房子必须卖掉。"萨木金提示他自己。闭起眼睛,他从牙缝里吹啸着这歌曲:"我并不生气。"他的思想正在环绕着发尔发拉和斯推拉托那夫。

"猪猡们的勾当。"

四

卖房子使杜洛诺夫忙了一个月,其间萨木金把发尔发拉的遗嘱送去验证,确定了产权,完成了他的小说的计划,甚且卖掉他不需要的一些东西:发尔发拉的衣橱和别的一些家具。杜洛诺夫几乎每天都来,形容消瘦,往往半醉半醒,烦躁苛刻。他喝着萨木金的白酒,告诉他关于骗子们的稀奇故事。

"骗子们的竞赛。莫斯科骗子的出名不是没有缘故的。他们确是用这种白痴的抵押欺骗了发尔发拉,诅咒他们的眼睛。我并不是太挑剔,我自己呢,并不算坏。只要我能够,我要把莫斯科的一半居民送到西伯利亚,送到堪察加——到任何边缘的处所。让这些猪儿子一个把一个互相咬吃掉——在那里,他们的哭声不至于传到欧洲。"

萨木金几乎漠不关心地听着这醉人的唠叨。他相信杜洛诺夫咒骂别的骗子正是为要使他接受杜洛诺夫自己的欺骗。所以,有一天他倒觉得惊异了,当杜洛诺夫满脸泛红,流汗,进来站在他前面郑重通知这消息的时候:

"卖掉了。三万二千。你实收一万二——六千现钞,两张三千的期票,一张六个月,一张十二个月。这是我从他的肉里挖出来的。"

他噗地落在手椅里,用手巾揩揩脸,沉重地喘息着。

"热呀。三月天气为什么……我把它卖给那承受抵押者。我可以得到四万——甚至五万多——但是只要看看这契约的副本——看看它里面的夹缠呀。"

他把一张纸抛在桌子上,但是萨木金,很喜欢这消息,用裁纸刀把他挑起来,对杜洛诺夫摇摆着它:

"不必看——也不想看。"

杜洛诺夫斜瞅着他,咕噜道:

"这是最漂亮的态度。好,随他去吧。那么我的劳力得到什么报酬呢?你要给我一千吗?"

"我要给你两千。"

"哦啊!真够交情!"杜洛诺夫哈哈地笑了,"你有趣的家伙——甚至一千也太多呢?我多说一点不过是由于友谊。然而——我们得了钱,那么——家呢?我想念陶西亚了。要她替你找定一个公寓。她爱建立一个鸟窝。虽然对于这种事她并不很内行。"

他打了两个喷嚏,自言自语道:

"我受了凉吗?"

他的喷嚏显然扫掉他的高兴,因为他的脸似乎瑟缩而且沉闷;他哼了一声,擤了鼻子。然后,想起来了,他郑重说道:

"西米杜波夫帮了我很多忙。他现在住在医院里,害着虫样垂炎。

他睡在床上想哲学，等待开割。"

西米杜波夫的哲学并未引起萨木金的注意，但是，不过由于礼貌，他问：

"西米杜波夫是怎样的人？"

杜洛诺夫立刻用手掌揩掉他的脸上的沉闷，微笑着，露出他的金牙齿。

"他是一个有趣的角色。在你们的职业上叫作什么……候补法官吧？那是在他大学毕业的时候的事。但是就在一年内他因为出卖水管案件站在被告席上。那时戏院广场里面堆积着一些水管。他看见它们躺在那里，毫无益处，所以他把它们卖给能够使用它们的人。奇妙，是不是？他坐了六个月监牢。当他出来以后，他专心打牌。在牌桌上他是幸运的，但是并不欺骗。两年前我遇见他，输给他一千三百——我所有的全部。当然我懊恼了。而他对我说：'从我这里拿五百去，我们继续打牌。''我没有钱偿还你。'我说。他说了什么呢？'为什么要偿还？我打牌是为消遣。我是一个单身汉。钱爱我。前天，我在四十二分钟之内赢了一万七千。'我接受他的提议，把输掉的都赢回来，还赚了六十五个卢布。我感谢他，但是现在我和他只赌小注。"

杜洛诺夫把这故事讲得特别有趣，脸上继续现出笑容。萨木金不得不承认那笑容柔和了这乳娘的孙子的粗陋面孔，使他几乎好看起来了。

"我们是一个多式多样的国家，一个畸人的国家，克里·伊凡诺维奇。"杜洛诺夫在歇了一会儿之后继续说，更沉静地，更深思地。他脱掉他的膝头上的帽子，把它戴在桌子上，几乎碰到洋灯，"我们的国家里有好些非常人物，数目众多，但是他们全不知道怎样处置他们自己。加入革命吗？它闹了一大阵，微笑着，以后就不见了。它又要来的，你说。我赞成。从各方面看，它是要来的。但是我们的小百姓已经把大人物闹得神经过敏。许多革命的组织者已经被毁灭了：有些拘留在西伯利亚，有些是在隐藏之中。"

他瞟了萨木金一眼,又说:

"我为什么告诉你这些呢?这是你十分明白的。"

萨木金默默地点点头。杜洛诺夫,歇了一会儿,几乎是道歉地说道:

"自然,这西米杜波夫是一个暧昧的人物。天晓得这种人有什么用处。有时我问我自己:我有些像他吧?"

克里·伊凡诺维奇·萨木金暗中做了一个轻蔑的鬼脸。

"顺便又在忏悔了吗?"

但是杜洛诺夫说:

"陶西亚教我正直地思索我自己,不要任何粉饰。"接着他就提议,"我们到雅尔[1]去。"

萨木金辞谢了。

"好,那么,到艺术剧院去。今晚上演《沉渊》[2]。你也不肯去吗?我喜欢这剧场朴素。这剧里的那男爵是对于像我这样人的一种讽刺的警告。他装扮而又装扮,结果是脱得精光。好,我要走了。"

当他出去的时候,他嫌厌地说道:

"你吸烟吸得好像一只烟囱似的。"

萨木金整顿眼镜,瞅着他的客人,有些怀疑,甚至憎恶。当杜洛诺夫不见了的时候,萨木金就把他摆在他心里的刘托夫和台格尔斯基旁边。

"正像他俩。装腔作势,两面三刀,狡猾,也不忠实。唯恐他会被理解,做出诚恳的样子,想要做朋友,只配做仆役罢了。"

这样处置了杜洛诺夫之后,萨木金把他的思想转向马利娜——这是不困难的作业,因为在他前面,在桌上,躺着一些信纸,纸上清楚地用

---

[1] 以吉卜赛演艺著名的莫斯科饭店。
[2] 高尔基自己的剧本,另一译名为《夜店》。

小字写着：

"比士比妥夫对于马利娜应该写得更为尖锐。他必须写得不是那么一个白痴，而且他的心情必须用庸俗的革命主义来加以渲染。他的恋爱事件必须加以充分发挥。他的热情的对象是一个狡猾的轻佻的少妇，除了因为他是富裕的舅母的唯一继承人而外，对于他是冷淡的。写出加勒派的宗教仪式的场面。"

一个壮丽的裸体女人出现在他的想象之中。萨木金又武断地相信她曾经想要他占有她。杜洛诺夫的女人，突然激动了他，在某些方面是很像马利娜的——她也是身段匀称而且健康的。

"'她教我正直地思索我自己。'这是什么意思？人总是正直地思索他自己的呀。"

吹吹纸烟，萨木金继续读他的小说的提纲，而且决定不必堆积太多的反对比士比妥夫的卡片，虽然这对于他要知道马利娜的某些秘密是必要的，这才能解释比士比妥夫的被杀是因为他是一个危险的人证，他能够指出要把这妇人置之死地的人们。

自从离开巴黎之后，萨木金几乎已经不自觉地开始对于马利娜怀着轻微的敌意，这敌意逐渐加强到深刻的憎恶。

"这女人对于我的生活有着怎样的影响呢？"他屡次问他自己，而且发现她曾经动摇和摧毁了他对于他自己的观念。她的神秘的死亡不曾把他牵连在轰动一时的罪案之中不过是因为比士比妥夫的死掉。倘若他作为证人而出席法庭，结果是会成为他的灾害的。假如发掘他的过去呢？接着就要逮捕，坐牢，追究参加莫斯科暴动的嫌疑，因为警察部当然是得到充分情报的。唯一的期望是检察长放过这把一个政治活动的知识分子牵连进刑事罪案里的机会。这种株连的办法是受着目前反动政治的指示的，也因为一般痛恨左派运动的缘故。克里·伊凡诺维奇觉得一股冷气通过他脊背，于是热切地吸着烟草的使人麻醉的烟气。

"是的，这女人把许多黑暗的纠缠带进我的生活里面。而且——她几乎毁灭了我。"

"现在我可以把伯尼可夫安排进这小说里面吗——"

"是的——以这谋杀为中心写一部小说是有趣的。他必须在这样幽静的环境之中,在一个舒适的、温暖的房间里面,在种种悦目的东西之中,才能写得精致,想得透彻。"

第十四章

一

当他转回来的时候圣彼得堡并不表示一点喜欢的颜色。毫无光彩的太阳在阴暗的天空中怀疑地窥看着下界。从海面上吹来的凉风一阵一阵地怒吼。昨天或当夜已经下过倾盆大雨了吧,匆匆走过潮湿的街道的人们都包紧得好像在深秋中似的。木板铺的行人道上发出一种腐朽的特殊臭味。家宅都俨然显出厌倦的神气。

《新时代》报的腔调却并不应和这天气。那社论欣欣然祝贺着储蓄存款的增加,津津乐道着把公社分给的土地变为私产的农民已经差不多六十万户。萨木金,读到这点的时候,用手指像擂鼓似的敲着桌面,吹着口哨。

"我必须替我自己找到一个公寓。"

下午的时候他去到杜洛诺夫的公寓,当他在客厅里脱衣脱帽的时候，他听见那肺痨病的育林的声音：

"波斯人已经废除他们的'撒'，土耳其人已经废除'苏丹'。德国的汉萨联盟，一种工业家的联合，已经成立起来对抗容克贵族。德国政府拒绝英国的缩减海军军备的提议。在我们的资产阶级之中帝国主义的发展是显然的。你觉得这些事实之间没有联系吗？但是其间有一个联系的，显然——"

"等一等。有人来了。哦，克里·伊凡诺维奇。"

萨木金觉得陶西亚的叫喊似乎是表示欢喜，而且她的握手似乎是很诚恳的。育林照样仰卧在手椅里，脚伸在桌子下面，颈子靠在椅背上，眼睛看定了天花板。陶西亚坐在他旁边，手里拿着笔记本和铅笔。育林伸出一只瘦手给他，但是并不看看。

"我喜欢你来了。我们喝茶吧，你可以告诉我们莫斯科的情形。这就可以逃学了。"

"知识是权力。"萨木金提示她，说得颇为没头没脑。

"多谈话对于他是不好的——"

"各样事对于我都是不好的。"育林说了，移动着他的脚，在拖脚的响声中可以听见他的短促的呼呼的喘气。

"你要到哪里去？"那妇人敏感地问。

他回答：

"弹琴。"

陶西亚扶助他站起来：他小心地，像瞎子似的，摸索着到住室去了。

"他要死了——你看见吗？"陶西亚小声说。萨木金耸耸肩头，并不回答，想道：

"她喜欢我来打断他的说教。"他的心里朦胧闪现"马克思主义——死亡"而且消失。

在住室里，有簧风琴悠悠地开始奏着一支熟识的小曲。陶西亚，悠

悠地用铅笔在笔记本上打着拍子,低声问道:

"你要我替你找一个公寓吗?"

窗外的墙,停留着一道阳光,似乎正在后退。"我们现在就可以去看。不远。就在这街上——但是——"她用铅笔指指那住室。那里,还未完成的歌曲自行变调为一种合奏。

"我相信她是可以接近的。或许放荡吧。"萨木金,看了又看那女人的面孔和奶子。

"你在想什么?"

"我在听。"

"他总是弹沉闷的东西。"

"你有几岁了?或许我不必问吧?"

"为什么不必呢?我是二十五。但是我显得更老些——是不是?"

"我并不这样想。"

住室里忽然有低音调的暴风。

"每个人都说我显得更老些。那么那是一定的了。我甚至还不到十七岁就有一个孩子。而且我不能不做苦工。那孩子的父亲是一个艺术家——听说现在是有名的了——现在住在外国。那时我们只是吃面包和茶水过生活。我的初恋是我最饥饿的时候。"

"又是忏悔。"萨木金自己在想,而又同情地点点头。

风琴的低音调现在混合着男高音和中音,合成了惩罚邪淫的乐声。这乐声像烟雾似的飘入餐室,而萨木金的纸烟的烟也是刺鼻的。总之,各样都是很可厌的。

"有时我们甚至不能买糖。但是甚至他是穷的,他也还是那么纯良,那么快活……不要响呀,斯蒂班尼达·彼特洛夫娜。"最后一句是说那正在搬动杯盘的老妇人的。

"斯蒂班尼达从前对于我是一位母亲。她爱我好像我是一头宠爱的动物似的。她很聪明,她是革命家。你觉得可笑吗?但是这是真的。她痛恨富人、沙皇、公爵、教士。她也是从修道院出来的。她是一个新信徒,但是恰当她准备宣誓的时候,她有恋爱事件,她被开除了。后来,她在医院里做护士,当日俄战争的时候到过前线。她在那里得过奖章,因为她从火烧的兵营里救出几个军官。你看她现在有多大年纪？六十？她不过是四十三呀。有些人是这样生活过来的。"

育林把同样的乐曲弹了又弹,他的严肃的力量由于这重复而增强了。他使萨木金灰心丧气。同时,陶西亚正在很严厉地呵责:

"噢,克里·伊凡诺维奇,作家们对于妇人的生活为什么写得这样少而又这样坏呢？读着它们真是叫人羞耻——总是恋爱、恋爱,除了恋爱而外一无所有。"

"但是——嗯——恋爱是——"

"我知道。我知道。每人都说这一套——恋爱是女性生活的意义。但是我相信牛和马并不这样想。它们一年只恋爱一次。"

萨木金的不快活多半不是因为她所说的话而是因为她踏倒了他对于她的观念。他烦恼了。他想要说些话来中伤她,使她更加难过。

"恋爱和饥饿统治着世界。"他提示她。

"这并不是常常如此的。"陶西亚断言。他察觉她的深沉的声音响得很粗粝,她的不活动的面孔变暗了,她的眼瞳难看地扩大了。

"她正在忍耐。"他判定。

"你看着吧,"她说,"总会有一天世上没有饥饿,而恋爱将要是偶然的陶醉,并不是坏习惯,像现在似的。"

"你正在预言一个乏味的将来。"他回答她的有趣的智言。

"有一个月的恋爱——每年有幸福的一个月。五月——全人类的喜宴之月——"

"这是你的糕饼店的梦,冲坏了的幻想的饼干。"萨木金大笑。

陶西亚挺直胸部好像要抗议似的,但是他继续说了:

"试想怀孕妇人——耕作和收获对于她们是何等辛苦。"

陶西亚站起来，走到对面的椅子前面，她的脸隐藏在茶炊后面，然后说道：

"我看，你是不喜欢做梦的。我并不是说我们必定会一切都更好起来。"

"或许，除了更什么而外是更苦。"杜洛诺夫说，出现在门口，"这是无可争辩的。我们必定可以达到那地步。我们可以双脚跛行，今天左脚，明天右脚，但是总会到那里的。"

"你像一只耗子似的偷偷进来。"陶西亚埋怨，然后走进住室去。

"我在客堂里偷听——而且检查我的衣袋。有人偷过我的手套和黄铜护手。第二副又被偷了。两次都是在帝国议会里。或许他们在更衣室里检查衣袋，顺便拿走多余的东西。"

育林停止弹琴，正在咳嗽。陶西亚说了什么诚恳体贴的话，而且他回答道：

"热的事物对于我都是不好的。"

杜洛诺夫站在食橱架旁边，取出瓶子和杯子，告诉萨木金一些关于十月党内部新成立的团体的消息。

"他们的领袖是一个叫作戈洛洛波夫的家伙。他好像作过一部曾经流行一时的小说，那小说得到过托尔斯泰的赞许。书名叫作《窃贼》。大概是自传吧，虽然他做过副省长。"

萨木金认为最后一句是讥讽的。他微笑着用眼角窥看杜洛诺夫，然后对自己说：

"他是恶毒的流氓。"

"是——是的。"杜洛诺夫继续说，在萨木金对面坐下，"右派正在组织，左派已经瓦解。"他进而评论左派瓦解的惨淡状况。

萨木金不大听他。他更留意于正在客堂里谈话的陶西亚的温婉声调。

"请你不必来了。你必须休息。倘若你喜欢，明天我把这风琴送给你。"

"这意思倒不坏。"杜洛诺夫咕噜。

萨木金越来越觉得他对于这女人的评判是不正确的,同时讨厌她摆架子。

"他要死了。"她说,坐下在桌子旁边,开始倒茶,她的两道浓眉蹙成一线,她的脸变为呆钝的了,"这是何等痛苦——一个人要死,而你不能帮助他。"

"要死?"杜洛诺夫问,喝了一口酒。

"不要装丑角,伊凡。"

"我不是的。我是十分严肃的。我知道你的脾气。倘若可能的话,我要特为你安排全套灾祸——战争、地震、饥荒、瘟疫、洪水——去帮助去,陶西亚。"

她叹息,沉静地说:

"傻子。"

"不,"杜洛诺夫纠正,"傻子的生活是容易的。我的生活是困苦的。"

"不要那样贪心。"

"谢谢这忠言——虽然我绝不采取它。"

在椅子里一跳,好像被钉子戳着似的,他用一种几乎动人的热情说道:

"克里·伊凡诺维奇——我们必须有一个报纸。一个伟大的民——主——主义的报纸。我不顾我会遭遇什么,但是我们必须有一个报纸。我已经对西米杜波夫谈过。'替我赢二十万,'我请求他,'那么我可以使你名震世界。'他只是哼哼,见他的鬼。但是我想他是正在迟疑。"

"在报馆里我可以做校对或者办事务。"陶西亚梦梦地说。

萨木金恼了。咬着他的命根的是他处于这窗子对着一道空墙的房间里的毫无作用的一种尖锐感觉,一种明知杜洛诺夫和他的女人的愚蠢的知觉。

"我为什么要信赖他们呢?"

过了几分钟之后他站起来走了。

"那么,明天我们去看公寓。"陶西亚说,自信地。

"是的。"他赞成。

二

他们立刻找到了寓所:一座姜黄而有灰斑的三层楼上的三个小房间。这使萨木金想起同样颜色的母牛。前门的两边的黄铜牌和珐琅牌说明了房客们的各式各样:一个律师,一个产婆,一个跳舞教师,一个钢琴调音家兼木器修理人;一个"厨艺学校,兼办家庭宴会";一个"打字局,三楼六号"。

"民主。"萨木金想,畏缩地读着这些招牌。

但是那三个房间是敞亮的,窗子都对着街面,它们的顶棚也是高的。地板是镶木细工的,厨房里有瓦斯炉子。萨木金就加入了这姜黄房子的民主集团。

在筹备安居之中不知不觉地过了几个星期。萨木金毫不迟疑地、仔细地,以一致端凝的趣味布置了这单身汉独居的寓所,一切必需品都已应有尽有,而且没有一件是多余的。圣彼得堡是一个阴冷的城市,但是这房子是装设着暖气管的。在冬天新家具或许要干缩,在夜间发出响声。况且,他不喜欢新家具的棱角。在他的书房里他摆了一个写名台、一个书架,和三个厚重的仿乌木手椅——这种方式在八十年代很盛行于有自由主义的倾向的各省律师们之间,在著名的日常生活审美家波波里金的小说里叫作"失望者的作风"。在住室里他使用着从发尔发拉家搬来的家具,在小接待室里他放置了一张圆桌和六七只藤椅,悬挂了戈同的隐晦笔触所画的弗洛特尔的胸像,马蒂所刻的萨尔提可夫·休得林发脾气的版画,以及格瓦尼所画的法国律师声辩的石印品。这样的布置他觉得十分特色而且完全满意。

当他到阿普拉克辛走廊和阿里山特洛夫斯基市场去看家具的时候,萨木金也去访问前辈律师是否可以请他做助理。他并不是志在从事法律业务,而是觉得必须追随在这都市生活海中更有经验的航海家们之后驶行他的船只,他终于请教杜洛诺夫,要他介绍一个大规模地承办民事案件的律师,一个狡猾的声名不大的人,一个超然于政治党派之外的人。

"我看。"杜洛诺夫说,"你不愿意和那些自由主义的庸懦流氓携手并进。很好,我们可以替你找出这样一只矮胖的土拨鼠。他们并不太少。"

杜洛诺夫旋转得好像一只陀螺似的。萨木金常常以为抽他转起来的那绳子是他对于大企业的贪鄙的野心,以发大财为终极目的。但是他越研究这老乳母的孙子就更随时随地怀疑杜洛诺夫对一切人都藐视而且无诚意,他并不隐藏他的贪婪,无疑地他是利用它来掩饰更恶的事。萨木金记起了他对于马利娜的怀疑,他记起了间谍阿塞夫事件。虽然他排斥那些疑虑,但又违反他的意志设法证实它们。

"生活正在被组织中。一方面想要克服混乱,创立法律与秩序,一方面是被束缚的势力要自由发展。对于许多人,现实变为比梦还更为使人迷惑了。陶西亚说杜洛诺夫是梦想家。他是的。但是他正在变为很切实了。我不必那么时常思索他。"

但是杜洛诺夫对于他是很必要的。他知道帝国会议休息室里的一切私语,各部的秘密会议,以及报馆编辑室里的议论;他也知道沙皇家族的无数愚蠢故事;而且他还有时间来注意流行的政治论文。

萨木金记起从前在莫斯科的时候他也是一个消息源泉,一个宣谕神,于是恼怒他的地位被别人轻易地取而代之,并不赏鉴它的价值。他也常常听到杜洛诺夫的反驳,激起轻蔑的恼怒。

有一次,那不容反驳的诺加次夫正在和测地师科台安次夫,这有着

过去是神学学生的标记的高人,辩论斯托里宾的土地政策。诺加次夫,满脸通红,而且流汗,叫道:

"你的理由是可怕的错误。这里只有两条路,不是农民变富就是我们全都毫无痕迹地灭亡掉。"

露出他的不规则的牙齿,科台安次夫用一种有劲然而难听的低音说道:

"到乡村里去看看。你自己就会看见吃瘪了贫农的肥胖的寄生虫。"

萨木金,觉得陶西亚的疑问的眼光转到他自己身上,就郑重说道:

"可是,已经新造成了五十七万九千个地主,无疑地他们都是农民之中的优秀分子。"

"你看,"诺加次夫说,"全靠他们,我们才有去年的丰收。"

在这一点上杜洛诺夫插进来了。他翻开他的笔记簿,并不看着任何人,用一种响亮的语调高声说道:

"你是在胡说呀,阁下。在今年初,斯托里宾的地主的数目已经降落到三十四万二千。这降落是因为较富的农民买了不富的农民的土地,所以实际上已经有大地主。这是第一件。第二,贫农已经开始袭击脱离公社的富农,烧毁他们的庄园。你首先应该明白事实,先生们,不要那么无目的地嚷嚷。来,我们喝酒吧。上帝不一定每天赐予我们口福呀!"

在杜洛诺夫的响亮语调之中萨木金分明听出恶意和憎恨。他不能发现这憎恨的靶子。而且看不透杜洛诺夫的心情。然而,他仍然被这家伙所吸引。在各式各样成语体系、谣言、逸话的不停的旋风之中他觉得被迫而采取思想的组织者、传道者、预言者的地位以防卫自己。他相信他在少年时代出色地表演过这种角色,而且他历来相信他自己正是生来担任这种任务的。他回想道:

"我的专心于观察削弱了我的行动意志。我们到底能够把个人的行为根本在于成为历史创造者这深彻的分析归结到什么呢?……自信自负。防卫自己的思想自由。解释事实的意义。"

他在心里重复着最后一句,而且决定把它列入他保存他的"名言警句"的笔记本里。

他也留恋杜洛诺夫的家,他像人留恋戏院似的,因为有陶西亚在那里。这几个星期以来他已经能够充分研究这女人,而且得到结论:关于她的唯一不快之点是她和马利娜的相似,而这相似到底不过是形体的相似:高大,强壮,明朗。她并不聪明,而是不可动摇的倔强的。谢谢她的愚蠢,她有时是极其坦白到近于不端的。倘若没有人问她问题,有时她一直缄默一点钟之久,但是说起来就很爽快,常常带着一种可爱的天真。她无所顾忌地谈论她自己,好像讨论一个陌生者似的;她偶然说到别人,眼睛里就有一种并不灭除她的颜面的严酷的微笑。克里·伊凡诺维奇正在开始以为这女人倘若住在他自己的寓所里是并不多余的,真的,她可以成为一种慰藉。

她越来越挑起他的好奇心。

"奇特的生物呀!"

还有,"愚蠢,但是显然是精悍的"。

觉得这女人对于他的引力快要成熟了,他就用讽刺和婉责来调和他对于她的态度。

三

有一天下晚,他按了杜洛诺夫家的门铃。那门开得比平常更延迟,从门面拴门的链子尽不移动。从门缝里传出来陶西亚的怒声:

"谁在那里?"

客厅里有一个男人正在穿上衣。这个人有一副苦行的瘦长脸,一部黑胡子。那上衣对于他太紧,所以他歪来扭去,低声哼道:"唉,真糟!"

"我来帮助你。"陶西亚献议。

"谢谢。现在好了。"那人回答,"再见。"

他戴起帽子,好像故意要使萨木金看不清他的脸似的。

"我知道这人。"萨木金告诉陶西亚。

"你知道?"她问。

"他的名字是坡阿可夫。"

陶西亚迟疑着,然后问道:

"你在外国会过他吗?"

"不。在莫斯科。很久以前。"

她默默地点头。

"伊凡知道他吗?"

"不。"陶西亚说,严厉地,注视着萨木金的脸,"我也不知道他是谁。伊弗京叫他来的。伊弗京的病状坏了。不要让伊凡知道你看见坡札斯基在这里。"

"坡阿可夫。"

"不要让伊凡知道。你懂吗?"

萨木金默默地点头。他想道:

"那么他是在躲避警察。现在他能够做什么呢,在圣彼得堡——甚或在俄国?"

又有一次,萨木金对付女人所惯用的直入法造成了如下的场面。

他和陶西亚去买食品回来。天气是热的。陶西亚躺在长沙发上休息,闭着眼睛,她的便服的上部是敞开的。克里·伊凡诺维奇坐在她旁边,趁势把手滑到她的胸部上。陶西亚问:

"那里对于你有什么趣味?"

她问得那样可惊的冷静而且可笑,以致萨木金本能地缩手,而且笑出他自己少有的恬静的笑声,他带笑地说:

"我想你真有喜剧演员的才能。"

"倘若我有,也并不在那里呀。"她回答。

萨木金站起来,离开她几步,问道:

"你曾经试行到台上去表演过吗?"

"我有过几次机会。我的丈夫画布景,演员们成群地来看我们。而且我常在戏院里,在后台。我不喜欢演员们。他们全是这样的英雄。英雄醒了,英雄醉了。我想甚至小孩子看自己也比职业的演员们看得认真。而谁对于自己确也没有比小孩子更为梦想的了。"

萨木金听着,反复思索,然后说道:

"我相信你是一个很热情的女人。"

"我已经冷下来了。我爱过一个人,而现在和第三人同居。有一次你说:'恋爱和饥饿统治着世界。'不。饥饿甚至统治着恋爱。人们写过各种各样的恋爱故事,但是还没有人写过关于乞丐们的恋爱故事。"

"这是一个要点。"萨木金承认。

他觉得在他的这一次轻举妄动之后,陶西亚对于他的态度并未变更。她帮忙布置他的舒服的寓所,正和从前同样冷静,同样不慌不忙。他认为她对于他的这种关切是受了杜洛诺夫的鼓励的,而且把她的辛劳看作是自然的。

"她爱建立鸟巢。"他记起了伊凡对于她的批评。

她替他找到一个妇仆,一个强健的、麻面的、尖眼睛的妇人,能干而且干净;但以年纪而论她太过快活了一点,她的鬈发是灰白的。

在秋天,克里·伊凡诺维奇受了凉。他的体温增高,他的头疼,他的咳嗽使他生气,一种疲弱的无聊困恼着他。受了最后者的驱迫,他问道:

"你有多大年纪,阿格菲亚?"

"我的年纪不很大——三十四。"她毫不迟疑地回答。

"你的头发灰白得太早。"

她哈哈地笑了,用舌头舔舔嘴唇,并不回答,但是带着一种期待的神气。

"你认识杜洛诺夫先生的太太有多久了?"

"很久了。差不多七八年——自从她和那艺术家同居的时候。我们同住在一座房子里,他们住在顶楼上,我和我的父亲住在地下室。"

她斜靠在门枋上,双手抱在胸前,睁大眼睛,观测着她的主人。

萨木金,躺在长沙发上,很想问问阿格菲亚关于陶西亚的事,但是他觉得必须问得小心审慎,他开始问她关于她自己的生活。她告诉他她的父亲开过啤酒店,忽然记起什么厨事必须要做。她这样突然走掉,以致萨木金觉得她有故意规避的嫌疑。

第二天他一见陶西亚就感激地说道:

"你替我找的那女仆真好呀。"

"格加[1]是很好的。"她赞成。

当他询问那女仆的来历的时候,陶西亚给了他一个生动的报告:阿格菲亚的父亲做过海军兵士,后来是商船水手长,在船上开设啤酒间而且经营私货——贩卖外国雪茄。他的行为使水手们怀疑他是革命党。有人去告密,警察搜查他的家宅,发现雪茄,察觉他有几千卢布存在银行里,因此逮捕了他。

萨木金觉得陶西亚讲这故事的时候兴高采烈,而且有着一般叙说别人的罪过和愚蠢的时候的那种满足之情。

"我很记得他——肥胖,完全没有颈项——头是直接连着肩膀的;一张悲哀的脸,红得好像一个破西瓜,布满了好像文身似的小黑斑点——那是被灼伤的——什么东西爆炸,烧掉他的眉毛。他有一部大胡子,大牙齿,猫似的眼睛,猿猴手臂,而且有这样大的一个肚子,以致他不知道怎样安置两只手,随时都把它们放在脊背后面,他是粗鲁而且盛气凌人的。"

阿格菲亚并不和她的父亲同住。他把她嫁给一个年纪颇老的看门

---

[1] 阿格菲亚的略称。

人,这丈夫有时派她去服务于他的岳父的啤酒店里。

"她过着一种不幸的生活,而我过着饥饿的生活,她常常赠送食物给我的丈夫和我。她是真正仁慈的。她常到我们的顶楼上来闲谈。有时我的住处是很热闹的——艺术家们、学生们——伊弗京·育林。有些夜间我和她一直坐到天明,讨论一切事情为什么这样坏。但是我们已经开始明白一两件事。"

她继续说:

"当格加和她的丈夫也因为走私被捕的时候,伊弗京要我冒充她的表妹去看她,请她传递消息给女政治犯们,而且我们做得很好,没有出过一点差错。几个月之后她被释放,但是她的父亲死在牢里,那门房也判了长期徒刑。出来之后,格加加入一种自修的团体。她在那里遇见一个水兵,后来和他同居了两年。他们有一个小孩——男孩。水兵在一九零五年革命中被枪杀了。在他加入海军之前,他是一个马戏团的走绳者,这样柔软,这样轻捷,这样充满活力,快活得好像一只欧椋鸟似的。他也是一个跳舞家。他是非常博学的。他被杀之后,格加疯了,被送到圣尼戈拉精神病院去治疗。"

萨木金默默地听她说,暗自抗议道:

"你总离不开这一类故事。"当她说完的时候,他勉强微笑着说道:

"那么我是正在受着现在也有些疯气的一位政治家的仁慈服务的喽?"

严肃地皱起脸,她的两道眉毛连成一线,陶西亚呵斥道:

"你不应该取笑她,她不是政治家。她不过是一个革命者,好像贫穷阶层的一切正直的人们一样。而且她现在并不疯。倘若你所爱的人被杀掉,你也会精神失常的吧。"

当萨木金并不回答的时候,她又说,好像安慰他似的:

"但是在你家里的这人至少不会侦探你的行动,跑到警察局去告密。"

"那，当然，是最重要的。我现在想要走私和制造伪币。"萨木金开玩笑。陶西亚竖起眉毛，呆看着他。

"你想要使我发怒吗？你要知道那是困难的。"

"哦。不——不，"萨木金赶快说，"我完全没有这种意思。我不过是讥笑这种说法，把那些可悲的事实——拘捕，坐牢，枪毙——说得毫无悲意。"

她疑问地看着他，等他说下去，但是他并不说，她解释道：

"我为什么悲哀呢？格加的父亲和丈夫的坐牢是因为贩卖私货。她全不知道他们的事。她自己坐牢对于她确是很有益处的，她的第二任丈夫被枪毙并不是因为走私，而是因为参加革命工作。"

用手巾扇着她的脸，她又说：

"我知道很多这一类故事，我爱讲它们。它们是从另一种生活中流传出来的。"

萨木金猜测着她所谓另一种生活的意义。

"你相信革命还没有过去吗？"他问。她摇着一个指头指着他，说道：

"你以为我是一个小傻子吗？你看，我知道你并不是孟什维克。你并不像伊凡似的，前后摇摆，梦想工人阶级会自愿与小资产阶级联盟。但是倘若社会革命党明天又开始他们的恐怖行动，伊凡就要自以为他是恐怖主义者了。"

她咯咯地笑了。

"我告诉你他是常常想要跳到比他的头更高的处所的。其实，他是——好，他最近所读的就是他最近所想的。"

"她是容易移动到任何男人的住室去的。"萨木金想，停止了要把她移到他自己的住室去的梦想，"一个布尔什维克。不是党员，我相信，但是同情者。伊凡知道这个吗？"

这发现是不愉快的，因为它引起他对于这女人一种更强烈的注意，好像是被邀请来在他的生活中代替马利娜似的。

四

晚间，杜洛诺夫家里照例聚集着一些奇特的人，这些人也照例发动言语的战争。阿里可伐对于科洛连科最近的论文《日常现象》[1]大为感奋了。测地师科台安次夫，眼睛藏在烟灰色眼镜后面，插嘴道：

"他缄默了三年。"

阿里可伐恼了，做了一个凶狠的姿势：

"你没有理由怀疑科洛连科的诚意——完全没有理由。"

"我知道的。但是过了长久的时间才使他觉得他不能缄默了。虽然托尔斯泰也过了长久时候才觉得。"他大声说，毫不吝惜他的声音。

"说科洛连科模仿托尔斯泰是不对的。他并未模仿。"

"我并未说他模仿。"

"你并未这样说，但是你的用意是这样的。你有这样的恶意。科洛连科保卫人民并不弱于你的托尔斯泰——那非常的浮躁者，那不可原恕的《克鲁采奏鸣曲》的作者。"

他们不停地辩论，一直到诺加次夫终于喜气扬扬地进来说道：

"太太们和先生们。我得到一个非常有趣的文件——莫斯科省长里波特给波格诺达维奇将军的一封信。"

当嘈杂沉静下去的时候，他读道：

"莫斯科是和平宁静的。帝国会议的选举并未引起任何纠纷。甚至没有宪政民主党所组织的选举会，他们设法开了一个，但是该会主席发言触怒在场警察，致被封闭，同时，我为示儆起见，曾判罚发言者徒刑

---

[1] 科洛连科抗议俄国政府不断绞杀革命党的论文。托尔斯泰也有过同样抗议，题名为《我不能安于缄默了》。

三月。革命党人最近也开了一个联合会，承认莫斯科事件处置不当，但是我以为那形势比圣彼得堡更好，而在乞尼可夫、卡尔可夫、基辅及其他各省确是很好。现在我的主要任务是压制平常的政治暴行——使革命阵线彻底瓦解。大学生们已迫令研究功课，他们之间的集会已经失掉号召力：初次集会参加者两万五千人（原来是九千人），第二次只七百人；前天的第三次只一百五十人，昨天约一百人。"

"我敢打赌他夸张胡说。"戈孚可夫说，这是一个尖鼻子的瘦小的学生。他忽然跳起来，得意扬扬地叫道："等一等。我知道这封信。这是讲一九〇七年的事。当然，因为在去年中它是流传颇广的。"

关于这封信的辩论现在发展开去了，烟气和言辞越集越浓厚。桌上烧着一只茶炊，热腾腾的灰色蒸汽从它的盖子下面冒起来。倒茶的是洛沙·格里曼，一个黑面孔的女学生，两只大眼睛深陷在眼窠里面，生动的嘴唇好像染过口红似的。

戈孚可夫，用手指把他的黑长发梳理到颈项后面，仰起他的傲慢的苍白面孔，提议：

"我们这是转来考察事实。"

他们这样做了，而发现戈孚可夫是对的，于是科台安次夫安慰地通知他们关于这国家的安宁状况还有更明了的种种事实——例如，监狱经费增加为二千九百万卢布，以及增发政府的特务经费。

"你们看见的，"科台安次夫说，"我们的治安的维持不但是由于过去的里波特之流，而且也由于现在的斯托里宾之流的。那反动透底的开索被任为教育大臣——"

没有人听他的。一个军人气概的穿燕尾服的男人，有一副保养得好的柔软面孔，一部美好的浓髯，用一种好听然而口吃的上低音，几乎是审慎地，责备诺加次夫：

"你从哪里得来这些——伪造的吓——吓——吓人的文书？你打算恐吓谁呀？而且为什么呢？"

"我没有伪造，费多·伐西里也维奇。而且我并不想要——"

"不——不——我觉得你有这种用意。你想要恐吓我。"

"我？天呀。真荒唐！"

阿里可伐，满脸通红，挥着她的白手巾，凶狠地质问克勒和科台安次夫：

"你们读过托马斯马·塞里克的《马克思主义的哲学的和社会学的基础》吗？"

"我读过米留可夫的《大纲》，而且，你看见的，我现在还活着，我甚至已经读过吕班[1]！"克勒大叫。

"马克思主义并不是社会主义！"阿里可伐主张，蹒跚得好像她脚下的地板正在摇动似的。

"不，"费多·伐西里也维奇固执地、审慎地说，温和地微笑着，用手指摸摸胡子，那修剪过的指甲亮得好像母珍珠似的，"不！你是在降——降低生活。你用胡说来蒙——混它。但是我们必须爱生活，我的朋友——是的，爱它，好像严酷而智慧的教师似的。那么它就会做出正当的事情了。"

"没有什么东西好像它似的！"阿里可伐嘲骂他。

他细起柔和然而水渍的眼睛看着她，用低音调说道：

"这样好心肠的女人！何等愚蠢的话，'没有什么东西好像它似的'。每件东西都好像另一件东西的。"他又提高他的声音继续他的说教：

"我的朋友，你太容易屈从事实，屈从成见。可是，重要的是要知道任何观念的接受或拒斥必须在纯粹理论的研究上加以辩论，并不全以适合或不适合作为实际活动的一种根据的程度而定。"

这时阿里可伐又把她自己插进克勒和科台安次夫的辩论之中，努力

---

[1] Le Bon（1841—1931），法国反社会主义的心理学家。

劝诫他们：

"马克思并未免除种族的偏见，那命该受苦的民族的偏见。他是悲观主义者，报复主义者，那马克思。但是我不反对他有权报复欧洲各民族——那是理由充足的——太充足了。"

"这是真的。"

"我完全赞同你。"那漂亮面孔的男人说，他的好听的上低音更加好听了。他的凹眼睛里有着轻微的笑意，而且他的美好的浓髯——似乎——显然长起来了。

"一种幸福的人的脸。"萨木金想。

在门道上，陶西亚衔着一支烟，皱着眉头，站在那里，好像一根女像柱似的，支持着那嘈杂——或者好像一个障壁，隔开更多人谈话的邻室。烟从她的脸上飘起来，她正在注意倾听那漂亮男人的审慎的、自信的言辞。

萨木金喝着茶，勉强他自己和洛沙·格里曼讨论流行的文学，并且听着那些争辩者的叫嚣。觉得他们都在努力互相中伤，他惊疑：

"那些他们有什么共同点呢？"

杜洛诺夫进来，把他拿着的一些纸包安置在食厨架上，背对着他的宾客们。他恼怒地说道：

"托尔斯泰离家失踪了。他们正在寻找，但是谁也不能找到他。"

这新闻激起了大兴趣，调解了各个人，而且使阿里可伐真的流泪了。

"他们逼迫他这样做。"

有人要求详细情形，杜洛诺夫简捷答道：

"我已经把我所知道的全告诉你了。"

他坐在萨木金旁边，说道：

"给我酒，洛沙——白的。"

他深深地叹气。

"那漂亮的男人是谁？"

"希米亚金，见鬼。等一会儿我告诉你。"

看着格里曼正在用力打开一只瓶子，他咕噜道：

"我曾经在一个私家集会上听过奥兹洛夫教授的讲演。帝国会议的议员们、著作家们——以及别的人们。农业方面的实业家都很高兴。而且出口麦价是九十一戈比克，虽然一九〇八年卖过一卢布二十一戈比克。"他从衣袋里拿出笔记本，读道："'在九金工业方面，在投资总额四万三千九百万卢布之中，银行投资三万八千六百万。在煤业方面，在一万九千九百万投资总额之中，银行占有一万四千九百万。'我们怎样解释这事实呢？"

"我并不是经济学家。"萨木金说，想到伊凡此刻就好像在普里士家里的台格尔斯基。

杜洛诺夫又放下他的笔记本，喝了一点酒，把注意转向那些纠缠的言语。

"伟大人物中的最伟大者！"诺加次夫歇斯底里地叫喊，"顶顶伟大的人物。不。我并不因此放弃主张。费多·伐西里也维奇。"

"证明他！解释给我他结晶在他自身之中是什么观念之力，这观念曾经在他的生活中引起什么变化？你是熟悉若约[1]的学说的，是不是？"

"是——是的。托尔斯泰。他不能激动我。他始终是一个陌生者。"杜洛诺夫说，"理由薄弱吗？你不回答。那就是了。"

"现在告诉我，这希米亚金是什么人？"

"一位有爵位的人的私生子，见鬼。他是海关职员。大约五年前他承继了大宗财产。现在他是正义的主持人——追求陶西亚。或许他会拿钱出来办那报纸。他在戏院里遇见陶西亚——当初他以为她是一个妓

---

[1] Joan Marie Guyau（未详）。

女。诺加次夫也在海关上做事，而且和他相识了许多年。带他到这里来的就是诺加次夫这流氓。所以，关于那报纸的事不要对诺加次夫说一个字。"

"任何人都要以为他利用他的女人去弄别人的钱。"萨木金默想。

"若约吗？"戈孚可夫叫喊，"现在谁还读若约的书？"

"我的天！"诺加次夫大声感叹，"你怎么能这样说呢？每个人都知道托尔斯泰的学说是——"

"托尔斯泰比他们都更要经久得远。"杜洛诺夫评论。

"吵闹的人们。"萨木金说，只是为说话而说话。

捏着杯子好像握着藤杖把手似的，喝着酒，杜洛诺夫纠正他：

"你是说——空虚呀。那是真的。但是这些人——阿里可伐、诺加次夫——他们制造舆论。正因为他们是空虚的，所以他们能够异常迅速地用各种新东西填塞他们自己——观念、纲领、谣言、逸话、胡说。他们相信他们是在'播种智慧、善行、常道'的。倘若情形一变，明天他们就会否认今天他们所表示的忧乐——"

"正像你一样。"洛沙·格里曼突如其来地低声说。

"不，洛沙，我的亲爱的——真正不像我一样。"杜洛诺夫严肃地责备她。

"他们也是的。"她坚持地说，这回声音更高一点，"你也是在根本应该改变的事物之中寻求适合于自身之道的人。你们在这里都慌慌张张，小资产阶级呀，所以你们再活下去也是枝枝节节的。我不知道怎样说才对，但是你们在已经到了议论全世界的时候谈论一个城市。"

她用一种高调说着，迟重地联结着她的词句。她的脸苍白了，以致她的眼睛似乎更深陷在眼窝里面，而且下巴发抖。她的声音是无色彩的，好像肺痨病者的声音似的，使她的言语更加迟重。希米亚金，坐在陶西亚旁边的角上，窥看着陶西亚，弯着腰，他的胡子在动，对着陶西亚的耳朵悄声私语。她皱着眉头，举手梳理她的耳朵上面的头发。

阿里可伐叫道：

"什么意思——全世界？"

"你不知道吗？"洛沙反问，开始列举，"土耳其革命，波斯解散国会，芬兰废止宪法，奥地利兼并波士尼亚和赫士戈夫那，日本并吞高丽。德国拒绝英国提议的海军限制，而德国社会民主党并不反对这事实。这就是我所说的世界的意思。"

"那么，请你告诉，你要叫我们干什么呢？"诺加次夫开玩笑地问。

并不注意这一问，格里曼仍然继续说：

"而且中国也有革命运动。你们谈论托尔斯泰。关于他你们能说些什么呢？说他有一个不解事的妻呀，不肖的子女呀；说艺术家的他和思想家的他常常互相冲突呀。你们想到他的不过如此。但是他是世界的人物，他的作品传诵各国，他向世人说：现在的生活是非人道的、可耻的、错误的。他现在还没有被掩埋，而你们就急忙抛污秽在他的墓上。这是丑行。托尔斯泰劝勉人们改变现世界。而你们呢？你们想要和一般生活隔离？你们正在寻求退潮后的水池——是的，这就是你们正在做的事。这就是你们的一切批评的归趋。"

格里曼的宣言才开始，萨木金就站起来走到住室门口，在这里他得到一个观察陶西亚和希米亚金的优势据点。那漂亮人鼓动着胡须，好像蹲伏着就要跳起来的雄猫似的。陶西亚站在他旁边倾听杜洛诺夫说话。萨木金，观察那些人的面色，觉得一场新争吵快要爆发了，决定他在这里已经够受的了。他偷偷地走进客堂，穿衣戴帽，回家去了。

第十五章

一

时候已经很晚。一道寒冷的朦雾寂然停在荒凉的街上,显然决不定要分解为雪或雨。虚悬在雾中的是灯柱上的玻璃罩,坐在混浊的蛋黄似的光圈之中,也寂然凝固着。黄色的光斑偶然闪现在黝黑的窗子上。

"民主政治。"萨木金想着,走过石造家宅门前的几个奇特矮胖的看门人前面,"这些人期待着我应该把我自己放置在他们之上吗?洛沙·格里曼的演说,坡阿可夫、陶西亚的行为——一切都自然地消沉在一种不如意的全体里面。"他记起了有一次在帝国会议门廊上他偶然听见一个宪政民主党员说过的话:"敌视常识的种种势力的新动员的信号。"

"是的,"萨木金默想,"或许古图索夫正在什么地方活动着——倘若布尔什维克中央七个委员被捕的时候他并不是其中之一……那犹太女子格里曼显然是恶意的东西。一个布尔什维克。希米亚金是哪一类人呢？自然陶西亚会私奔到他——倘若他需要她……不。从事文学对于我是更有益的。报纸将要少不了我的。当我在文学上成名的时候，就有充分机会来计划办报。但是不要杜洛诺夫。是的——不要他。"

在他的许多决定的这一决定上他睡觉了。

早晨，躺在床上，吸着他的第一支烟，萨木金决定杜洛诺夫到底是一匹有用的畜生。例如，他知道到什么地方购买特别香味的烟草。他也曾经赠送过他克里莫夫所画的一幅美好的风景画，作为祝贺他的新家的礼品，而且，无疑的，他也授意陶西亚赠送他祝可夫斯基所绘的那幅油画——松树投射蓝影在白雪上。一幅是在盛夏，另一幅是在隆冬。

太阳照在窗上，穿入幔里。房间是新鲜的。外面，初冬的白天必然是晴朗的。昨夜或许下过雪了吧。萨木金勉强从床上爬起来。在邻室里阿格菲亚的脚步正在缓和地移动着。克里·伊凡诺维奇·萨木金叫唤她：

"把我的咖啡送到这里来！"他想道，"是的，杜洛诺夫是有用的。就好像桑科·班仔[1]，虽然我并不是吉诃德先生。他是不蠢的——这伊凡。"

杜洛诺夫曾经把萨木金推荐给安东·色吉也维奇·普洛索洛夫律师。他对萨木金说明：

"他并不是大明星，而且他的光正在衰退。他正在被病虫蛀蚀着，不久就要被完全吃掉的。他贪吃好色，现在和第十二个女人同居。他从游艺场里把她弄来，说她有戏剧才能，结果她不过被当作一只火腿。所以她责备他损坏她的事业。据她说，倘若没有他来扰乱，她是可以成为另一也维蒂·格尔伯提的。每年她把他拖到巴黎去。没有巴黎她是不能生活的。他的业务是在混乱的情形之中，而且我必须告诉你他的声名会更好起来的。他取费公道，但是他两次失误上诉日期。有一次他必须赔

---

[1] 西班牙名作家西万提斯的《吉诃德先生》中的吉诃德的侍从。

偿他的当事人的损失：法庭认为要求正当，决定这赔偿是无可争辩的。"

普洛索洛夫确是一个冗长的人，长脚，肚皮凸起，以至现出背心和裤头之间的白衬衣。他的头特别巨大，所以从侧面看来就像一个中部弯曲的钉子。他的半秃的头顶是灰的，散布着残余的锈色头发。他的嘴唇上装点着稀疏的硬毛，下巴上的胡子形成一个尖楔子。他的脸是皱的，灰色肉包从眼睑上拖下来的，显出褪色的、濡湿的眼睛。普洛索洛夫翻起眼睛从架在红的长鼻梁上发抖的夹鼻眼镜里窥看着他。

"好，关于这一点我完全同意，我喜欢我能够帮助一位同业。伊凡·马谛维也维奇已经把一切特点都通知我了。我要拣出那些需要——好，那些搁置太久的案件。我要拣出，一定的。"

他用一种惶恐的、混乱的表情呆看着萨木金，从鼻孔里喘出打鼾似的气息，而且叹气，用手巾揩揩眼睛。

"我可以把你介绍给我的妻，但是她到诺弗戈洛得去了——那里有某种特殊的教堂。她是很爱好艺术的。现在艺术是一种风尚——青年们都需要消遣——他们已经厌倦了示威、宪法、革命。"

他怯怯地在椅子里面蠕动着，皱起鼻子摘掉夹鼻眼镜，并且急忙又说：

"当然，我不反对——而且有工作的时间和游戏的时间。现在是游戏的时间。那是自然的。"

他的服装和他的言辞都缺少整洁性和确定性。他的书斋里有一种纸灰的难闻的气味。

"我有一个秘书，米洛诺夫——一个青年知识分子——也还可爱，但是懒。这个。"

他厌烦地叹气，向萨木金一瞥，好像是说："去吧。我讨厌你了。"

当萨木金来初次审查那些案件的时候，他遇见一个服装漂亮的长发青年，黑脸上现出温和的微笑。细起他的黑眼睛，他通知萨木金说普洛索洛夫欠安，不能见他。然后他指着用蓝皮纸包着的两堆文件说：

"他把这些交给你办。你不需要我吗?"

"不。"

那青年在地板上擦擦脚,走了,萨木金就翻开《农民乌可夫家的伊凡及庇拉吉亚控告世袭爵禄公民里伐效夫要求赔偿损害案》,专心研究着它。案情是该公民驾驶他自己的两匹马,曾经跌坏一只脚和几条肋骨,并且冲撞着农民兼货车夫阿里克舍·乌可夫,致乌可夫因伤而死。死者的父亲和妻要求该公民赔偿五千卢布。该案曾经巡回法庭审讯,驳斥了该项要求,因此死者家属进行上诉。按照这意外事件的警察报告,萨木金认为这要求是无望的。在蓝纸皮背面他看见普洛索洛夫已收费总数——一百五十卢布。

《关于实业家克勒与——破坏合同案——》。

萨木金后面的门忽然开了,涌进来一阵强烈的香气。立刻有一个女人站在他旁边,中等高度,装在丝罗珠宝的虹彩里面,肩上披着皮围巾。她的厚重的发髻是染红了的,她的面孔是粉红色的,她的鼻子顽皮地隆起,她的淡蓝眼睛闪出喜悦的光辉。她的鲜红的嘴唇在尖细的牙齿上展开一个微笑。总之,她是炫目的漂亮的。

"伊里娜·维康提也夫娜。"她介绍她自己,递给他一只胖胖的小手。她邀请他去吃午餐。

午餐是多样而且可口的。他们喝了白酒而外还喝了一些麦酒和庇孔酒,而且克里·伊凡诺维奇很高兴地听到许多关于上流社会的风流生活的情报。

有一节大概是说,驻在巴黎的美国大使通知俄国大使:俄国某外交官夫人在未结婚之前曾上演于伦敦某音乐厅,只穿着一条鱼尾形的衬裤,巴黎外交界不能承认她为应受接待的一位贵妇。

"试想这种丑事。我相信那外交官是代理大使,而且真是一个很有地位的人。这是大有影响于我们在外国的威信的。外交官娶一个鱼尾巴的太太。"

她高兴地颤动大笑了。然后她进而述说皇后正在患歇斯底里病。

"宫里有那流浪的修道士，拉斯布丁。虽然他甚至并不像是一个修道士，不过是乡村的磨坊主。"

使用着"宫里""我们的贵族"这些话，她把它们说得津津有味，而又略带轻蔑，暗示她是曾经混在它们之中的。说到那些内阁大臣，她就更强调那轻蔑了：

"他们全是些无名的暴发者——斯乞格洛维妥夫、开索——你见过那开索吗？他有一双丑得出奇的耳朵——大得好像两片橡皮似的。还有克孚斯托夫，尼忌尼·诺弗戈洛得的省长，也要做大臣了——他很肥胖，以至他的马车的弹簧是特制的。"

他们坐在有些阴暗的一个大房间里，三道窗子对着一面也开着几道窗子的灰色高墙；脏污的窗玻璃、阳台和通到屋顶的曲折铁梯，都表明它们是厨房的窗子。房间的一角上放着一架大钢琴，琴上面是一幅有两块黄斑的黑色油画——一块表现一管肥大的鼻子和一张嘴巴，另一块表现一只张开的手掌。占据另一角的是一个镶嵌着母珠壳的黑色大食橱，很像五只棺材集合在一处。

这房间有一小点沉闷，而那女人的浓郁香气并不能克服由暖气管蒸起来的尘灰气味。

午餐继续了两点钟。克里·伊凡诺维奇·萨木金享受了食品，节制地喝了酒，而且心平气和。听着女主人的清脆的腔调和不断的笑声，他高兴地微笑着，想道：

"她并不聪明，但是好玩。"

她狂喜地称赞诺弗戈洛得的斯巴士·尼里狄柴教堂的壁画之美。

当她放他走的时候，她说：

"星期六我在家。演员们和作家们都来的。我们有音乐和讨论。来吧。"

"是的。我必须弄清楚去访她的目的。"萨木金决定。

然而，暂时他不能弄清楚。普洛索洛夫的无数的复杂案件需要很多时间。那服装漂亮的秘书是很浅陋的，规避工作，正在梦想变为《圣彼得堡公报》的通讯记者。普洛索洛夫自己，越来越颓唐，总是摸摸头和拉拉胡子，他的记性显然已经撇弃了他。那秘书被辞退了，杜洛诺夫介绍一个穿黑色工作衣的阴郁青年来代替他。他的颧骨是高的，牙齿常常露在外面。单这相貌就使萨木金丧气了。

二

托尔斯泰死了。阿格菲亚，送晨报进来，首先通知这消息。

"列夫·尼古拉也维奇[1]死了。"

她用低抑的声音宣布之后，走去停在门道上，又说：

"试听这房子里的一切门都砰地关上了。这消息必定惊骇了许多人。"

"你读过托尔斯泰的书吗？"他问。

"我读过《波里普希卡》和《三兄弟的故事》，以及《一个人必需许多土地吗》？昨天我们还在后楼上读它们。"

照例，她等待着主人是否有更多问题。主人并没有问题。

他并未听见比平常多的门关得比平常更响，而且对于托尔斯泰的死也没有哀愁。那天上午他为七千卢布的一桩案子出席法庭，并且得到这样印象：这要求的被准许只是因为对方律师的辩护薄弱，而法官们也不注意倾听就匆促判决了。

在律师室中他们正在热烈讨论参加葬仪的方式。是否派代表到亚斯那亚·坡里亚那[2]去呢？或者只送一个花圈去比较妥当呢？有人郑重

---

[1] 托尔斯泰的全名是列夫·尼古拉也维奇·托尔斯泰。
[2] 托尔斯泰的庄园。

提示他们今年不是一九〇五年,而且有斯乞格洛维妥夫这么一个司法大臣——

欣喜得到胜诉,萨木金打电话给普洛索洛夫。伊里娜来接电话,而且当她听了这消息之后,她问:

"你知道大学里闹风潮吗?学生们正在吵嚷。他们要求废除死刑——"

"傻!"萨木金暗自责备她,突然挂了耳机,"她应该知道警察正在偷听电话。"然而,他还是把这新闻转告给一个衣冠整齐的胖胖的红脸男人,后者翻起眼睛仰望着天花板,说道:

"好,这是一个好借口。'以死克服死。'[1]我希望他们闹到街上来,虽然——"

两个衣冠整齐的律师挟着公文皮包进来。其中之一,黑头发,高前额,眼睛深陷在头颅里,一副烦躁易怒的面孔,愤愤地说道:

"我认定只有当民族性的观念被正当理解和普遍接受的时候,社会纲纪必须维持的意识和阶级团结的觉悟才可能。我早就说过了。而且一直到这回,我们的青年们——"

"现在请你等一分钟。关于宪法的种种幻想已经使青年们安静了三四年了——"

"但是托尔斯泰很可以死了,而他们在这里又越轨胡闹。"

那红脸律师欣欣然问道:

"罗曼·奥西坡维奇,你在哪里看见过阶级团结?"

"在法国,我的朋友——在英国。而且在德国,有组织的工人阶级积极参加国家政务。这些国家全是由这种民族观念统治着的。"

"你已经被斯徒洛夫主义骗着了。政治上的爱神——而已。那是纯然的浪漫主义。"

---

[1] 俄国复活节祈祷文中有:"基督复活了,以死克服死,赐予生命给坟墓中的人们。"

又听了这争论五分钟之后,萨木金走出去到街上——迎着微风和细雨。他觉得在熟悉的市声中他似乎能够听出一种特殊音调,消沉而且惊异的。人们匆匆互相走过,从家宅和商店里跑出来,在街角上绕圈子。他们使人得到他们正在寻找躲避风雨的地方的印象。他的思想也在奔腾,急促而又不相联属。他认为,这都市的律师们用一种确是不应如此的冷淡礼貌看待他,在潮湿的黄昏中朦胧现出一个胡须蓬松的忧郁老人影像。

"他费工夫劝人勿以暴力抵抗恶行,但是在他的末日他必须逃避他的妻子和家庭所加于他的精神损害。学生们的暴动又开始了。"

他雇了一辆街车,把自己隐藏在皮车篷里,而且闭起他的眼睛。

他刚一到家,才在脱帽脱衣,杜洛诺夫就走进来,用手帕揩着他的湿脸。

"对于托尔斯泰你是怎样想的,哎?"他开始,"学生们正在吵闹。据说工厂里也有许多集会。想想看!"

他咂咂嘴唇,继续说:

"我坐车过来看见你到家。顺便进来看看:发行一种关于托尔斯泰的杂志你以为怎样?我和作家们有联络。或者你也用心写点东西。这人著作了差不多六十年,成就了世界声名,而不能获得他的灵魂的平安。问题是在这里:他宣传勿以暴力抵抗恶行,而又大叫'我不能安于缄默'。这是什么意思呢?他想要缄默,但是不能。他为什么不能呢?"

"出版这种杂志是一个好主意。"萨木金赞成,无意探究托尔斯泰的道德哲学的根源,就进而切实谈论办杂志的计划。

杜洛诺夫默默地听了五分钟,摸着他的前额和头上的硬毛。然后他跳起来说道:

"我要到国家议会去,你去吗?"

"不。"

杜洛诺夫从衣袋里拿出一卷报纸,把它塞进萨木金的手里。

"列宁的《工人杂志》。刚刚出版——前天。"

他不见了,忽然又穿戴着外衣和帽子,站在门道上,咕噜道:

"有一个谣言,说我们正在计划兼并波斯。奥地利已经把波士尼亚和赫士戈夫那关在畜栏里,所以我们也把波斯关在畜栏里。倘若英国不拆我们的台,我打算到波斯去买地毯。一种和平安静的职业。伊凡·杜洛诺夫——波斯地毯入口商。我躺在一张地毯上,你躺在一张地毯上,他们躺在一张地毯上——我们全是靠托在这样那样上的说谎者[1]。不要失落这报纸。"

他吵吵嚷嚷地终于不见了,留给萨木金无穷烦恼。

"丑角!狡猾的丑角!伪善者。"

他觉得这并不是第一次,杜洛诺夫在临走的时候总要像落幕之前的演员似的说几句特别刺戟记忆的话,发出暧昧的臭气。

背靠在炉砖上取暖,萨木金展开那擦伤揉皱了的报纸。他的烦恼并未减少。仔细考察着那社论的简洁尖利的言辞,他轻蔑地抗议道:

"在托尔斯泰自己都觉得孤独无力的国度里他们打算领导什么人呢?"

三

晚间他去看普洛索洛夫。那老人穿着寝衣出来见他,他的颈上扎着绷带。他用抖颤的双手抓住椅背,蹒跚着,喘出一种低音笛似的细声,好像醉了似的。

"那么我们胜诉了。我很喜欢。"

当他拖声慢气地谈着的时候,他总是摸着左边的颈项,仰起他的下颚。他的浑浊的眼睛正在萨木金附近寻找什么东西,好像不看见他

---

[1] 英译 Lie,有"躺"及"谎"两意,此处应是双关谐语。

似的。

"现在我们要开始办理那伯爵夫人的案件。我们明天就写上诉状。我们也要得胜的。对不起——我必须躺下,你知道。你去看我的妻——她要你去。她有一个男客在那里,一个现在很时髦的人物——你知道我的意思——艺术,哲学,这一切。吓啦!"

他摇摆着左手,把右手伸给萨木金,抓起后者的手,尽捏着它。

"为托尔斯泰悲哀了,是不是?在我年轻的时候,车尔尼雪夫斯基、杜布洛留波夫、涅克拉索夫全都站在他的前头。我们把他们当作教会神父似的读他们的书。我从前是神学院的学生,你知道。我们把我们的信仰建立在他们的文字上。那时,托尔斯泰是不重要的。我们被指教去思想的是人们,不是我们自己。托尔斯泰才开始集中在自我上。关于这可以说一句双关的谐语:环绕着一部分而脱离了全体。好,再见。我的耳朵痛。你去吧,那边。"

他指示了住室的门。萨木金揭起厚重的绒幔,开了门。房间是空的。一盏蓝罩的小灯燃在一只角落里。萨木金拉出手巾,好洁地擦掉他的手上所沾染着的暖气和汗水。

餐室的门半开着,显出三个男人和伊里娜坐在一张桌子周围。不期而遇的人们在克里·萨木金的生活中是多到毫不足奇的了;然而,一次跟一次使他更怅然觉得生活范围的有限,它的狭窄和它的内容贫乏。

在这情形之下,现在这红发的胖人,有一张剃光的淹死的人似的微蓝的肿脸,厚嘴唇,就是他的从前的家庭教师斯图班·安得里维奇·托米林;而坐在他对面幸福地微笑着的是大学讲师庇里尼可夫。

"他们都不肯听那失望的呼声,生理学家杜·波斯·里蒙[1]的演讲《我们的知识的限度》的结论的呼声。'强不知以为知呀!'的呼声。我们永无所知!"托米林严厉地郑重宣布,咬牙切齿,用装满果酱的匙子

---

[1] Du Bois Reymond (1818—1896),德国自然科学家。

指着他的剃光的下巴。

"绝对正确。"庇里尼可夫热心地断言。

一个单薄的孩子气的声音开始急促地歌吟：

"对了！某种偏僻趣味和别的痴呆限制了思想的自由。"

"正确。"庇里尼可夫又说，"是的，这可以算是第一，其次是政府的政策——贵族政治，当然。"

"噢！"伊里娜叫喊，招呼萨木金，"我真高兴你来了。让我介绍给你——阿卡狄·戈士米乞·庇里尼可夫——约里·尼戈拉也维奇·提弗多克里波夫——"

"我们从前会过的。"萨木金说，走到托米林前面。并不站起来，舔舔嘴唇，斯图班·托米林翻起他的茶色眼瞳望着萨木金，慢慢地、严肃地举起他的手。他问：

"我们会过吗？我在哪里有过这种光荣？——"

恼怒他的傲慢，萨木金就尖酸地提醒他。

"噢，是的。噢，是的。我记得。我教过你和别的几个孩子。有一个，我相信，是淹死了或什么——"

他转面不看萨木金，又挖取一些果酱。克里·伊凡诺维奇在提弗多克里波夫对面坐下，后者是一个矮小的男人，有一张活动的小脸，很像是猴子的，微黑，满长着黑髭须，弯眉毛继续惊动于闪出惊异之光的眼睛上。萨木金敌视地考察着托米林。"他不是真正的人——他是一只玩偶。"他综合他的印象。

这教师的金丝发已经稀少，像一顶无边小帽似的平铺着。蓝色浮包拖在他的眼睛下面。他继续用左手的鼓胀手指摸着腮巴和鼻子，右手正在忙着不断地运送果酱、脆饼和糖块进他的厚嘴唇里面。果酱碟、脆饼碟和糖食盒都堆集在他面前。他的整个形态好像气球似的。他的鼓起的肚皮，使人想起伯尼可夫，抵在桌子边上，缩短了他的手所能达到的范围，所以他每次想要抓拿什么东西的时候，他必须从椅子里稍稍提起身子。姑且不论这家伙的不健全的异样躯体如何,萨木金认不出来他所记得的那疲弱怠慢的人了。他说话是这样决断,这样专擅,以至不能再把他当作伐拉夫加所说过的"一个企图不明"的人了。而且他的眼瞳不再像是粘在眼白上,而是沉没在有粉红网络的乳白眼球之内的——沉没而又浮起,闪出一种阴险的光芒。

"一副可厌的凶相。"萨木金默想,倾听着。

"在我的讲演'虚拟的知识的迷惑'之中,我指出数学家所应用的奇异的、不可想象的数量是非实有的,并不能给予宇宙和人生一种可以体验的观念。我说过数学是二十世纪的玄学,这种科学已趋于中古经院派的方向,在中古时代魔鬼是被体验了的,而哲学家在针孔里计算天使的数目。关于知识的真确性这问题,我主张,必须在一种严格的哲学精神之中再加以反复考究。我们必须考察知识是否确是在我们努力认识上帝之中魔鬼所设置的陷阱。"

"原谅我打岔你的很重要的演说,"萨木金冰冷而客气地说,"但是,倘若我记得不错,你从前常教人说知识必须被理解为本能,为人的第三本能——"

"当我在研究的时候我教人那样,当我认为教错了的时候我就停止教人那样。"托米林回答,打开一个糖纸包。

萨木金急于想要说俏皮话。

"好一个村夫。"

用一种将近发狠的声音,他说:

"那么,请许可我提出教师的责任问题。"

"一个正当的问题。你可以去问耶稣,问巴尔洛[1],问圣奥古斯丁和问弗洛特尔——"

"敏速的反击!"庇里尼可夫叫喊,转面看着提弗多克里波夫。后者

---

[1]（Pyrrho）古希腊人,主绝对怀疑论。

就用一通嚷嚷扑打萨木金：

"你必不可以忘却我们的祖先被逐出伊甸园的理由——而且要记住这世间的种种苦果。你读过洛札诺夫的书吗？"

托米林高声咀嚼着糖果，庄重地说道：

"洛札诺夫是一个说谎者、一个色情主义者和一个异教徒。在这里他是没有地位的。他的地位是在地狱里。"

从眼角里向萨木金投下恶意的一瞥，他咕噜道：

"有两种责任：一是对上帝的，一是对魔鬼的。搅混他们是有罪的。且不说那也是不智的吧。"

舔舔嘴唇，又用手巾揩揩它们，他对伊里娜说：

"再回头来讲托尔斯泰吧，让我说——他教人思想——倘若你能够把他所公开的关于他自己的思想称为说教。但是他并不曾教人生活，甚至未曾见于他的所谓创作——这是叫作艺术的那种文字游戏。最高的艺术是使生活活现于灵肉和谐的光辉之中的艺术。你必不可以分裂信仰和理性，否则生活就要变为一条许多不可理解的意外事故的锁链，我们必然因此而灭亡。"

"'一条许多不可理解的意外事故的锁链'——他是从希斯托夫那偷来的。"萨木金回想。

克里·伊凡诺维奇不能记起以前曾否像此刻似的这样恼怒过，这样憎恶过。在愤懑中，他真的恶心反胃了，看着托米林横吞大嚼糖制品，几乎无休停地把那些细点用鼓胀的手指像一部自动机似的喂进厚嘴唇里面去。使这从前的教师流出单调的滔滔不绝的言辞的或许就是这种津津有味的咀嚼吧。萨木金觉得他的说教的放肆语气是针对着他的。那说教的意义对于萨木金既无趣味也不足奇。知识的真确性的问题，转向于宗教和玄学的趋势，在萨木金看来，是烂熟的，过时了的。使萨木金觉得痛苦的是从前的托米林竟至变到这极端。当他谈话的时候，其间夹杂着庇里尼可夫和提弗多克里波夫的一句半句，这从前的教师完全忽略了萨木金,后者相信他是故意如此的。

"他是在报复吗?为什么呢?"萨木金惊奇,于是记起这红头糖食家跪在他的母亲面前求爱。"不。不会为这个。"他判定,"伐拉夫加喜欢调侃他——"

"人是生性好乱的,就好像火花一定向上飞一样。"那弱小的提弗多克里波夫快活地说,他的小脸笑得皱缩了。打开一包巧克力糖,用指甲刮掉纸皮,托米林用冷话消灭了那小人的高兴:

"《约伯书》不是全都应该拘于文字的解释的,因为这书出自异种民族——在上帝之前犯了不可饶恕的罪的民族,而被惩罚——"

他站起来,显然就像一只桶,穿着黑灰色外衣,这是燕尾服和俄国旧式长袍的杂种。鼓起眼睛,他瞅着墙上的时钟,哼了一声,用手掌摸摸面颊。

"这是我走的时候了。我必须去准备今晚九点钟在一个私家集会上的讲演。我的演讲主题是'民众所理解的命运与教会所教导的命定'。"

他吻女主人的手,对别人们点头,走了,沉重地拖曳着他的脚。伊里娜跟随在他后面。

"他是非常的。"提弗多克里波夫用低抑的音调说。

"一个极智慧的人。"庇里尼可夫凑合。

"而且真博学!"

伊里娜转回来。

"他不是独创的吗?"她质问,而且自己回答道,"很独创的。"

转面对着萨木金,庇里尼可夫说:

"伊里娜·维康提也夫娜有才能把非常有趣的人们找出来聚集在她的周围——"

"我幸而得见这般辉煌人物。"萨木金尖酸地回答,带着他并不想掩饰的一种讥刺。

伊里娜看着他笑了。

"你这样会咬！……但是真的，他是怪有趣的，"她调解地说，"两年前我遇见他在尼忌尼·诺弗戈洛得。那地方是不适合于他的。它是一个商业的城市，每年发狂六个星期。所看见的全是商人、商人——肥大的商人。其次就是漂亮——女人，意想不到的淫荡。他在那里狂饮烂醉，以至害病。我教他尽力吃糖——果然治疗了他的酒瘾。你知道，这人为了要吃什么就会随便在酒店里高声演说。"

萨木金高兴地听着她说。她的话使他觉得轻松快慰，而且他真诚地笑了，当她说了这么一段之后：

"你试想想看。一个面目可憎的家伙跑来向你建议：你愿意我证明给你上帝的存在吗？然后为了半瓶麦酒他肯定，否定，证明。那是怪有趣的。据说有几次他是被打了，还带到警察局去。但是现在，如你所见，他确是到底有些意思的——他是一位哲学家——"

"而且是一个独创一格的人。"庇里尼可夫悲哀地说。萨木金得意地瞅着庇里尼可夫和提弗多克里波夫的脸，这两张面孔显然已经失色了。庇里尼可夫噘着嘴，灰心短气地听着，那小人却耸耸肩头，咕噜道：

"一种神的裁判。我是说那酒瘾。倘若你没有罪，你就没有悔。倘若你没有悔，你就不能得救。"

"我的丈夫是一个老平民主义者。"伊里娜继续说，活泼地，"他喜欢一切独学自修的天才。我想他是有道理的。由学校教育磨炼出来的人们尽管同样优秀，而往往依据书本的指示去思想，但是这些鲁莽的人物却冒险冲撞一切和各样东西。他们是真正的野人。我对于野人是满不在乎的。他们绝不会使你厌烦。"

"伊里娜·维康提也夫娜，"提弗多克里波夫叫喊，在他的椅子里蠕动着，"你这样说吗？你，收集奇花在你的沙龙里——"

"伊里娜·维康提也夫娜说笑话。"庇里尼可夫解释，但是带着疑问的口气。

"他不是很精敏的吗？"那女人叫喊，转面对着萨木金，后者站起伸手给她。

"噢，不！我不要你走。我有事务要和你谈谈。"

别的两个男人，得到了他们已经不受欢迎的暗示，都站起来吻了伊里娜的戴着指环的红色胖手，走掉了。在几秒钟之间伊里娜用微笑的眼睛考察着萨木金；然后做了一个滑稽的鬼脸，她叹息，问道：

"我们要谈谈托尔斯泰吗？"

"这倒也不必。"萨木金声明。

"谢谢。关于托尔斯泰我已经讨论过四次，在电话里的交谈还不算。我的亲爱的克里·伊凡诺维奇——家里没有现款，有几笔小账还没有付清。你能够尽速收到你胜诉的案件的讼费吗？"

"我愿意尽力去做。"

"请费心。就是这么一点事务。但是这并不是说你可以走了。"

她提议他们到住室里去谈。就飘飘然用一种弹性的跳舞步伐走到那里。她的橘色衣服宽松得好像披肩似的。当她走的时候，她好玩地摇摆着手，整理衣服，虽然只是匆匆一瞥人也可以觉得她正在推动某种东西。

"她是一个快活的人。"萨木金对他自己说。他想："她把自己隐藏在长大的衣服里，或许是因为她的体格不佳吧。"他是感激她的，因为她曾经评论托米林。他诚恳地、温和地看着她。

住室被关在镂空的细工波斯铜罩里的灯光所照明，各样东西都蒙着幽雅的影像。铜壶、铜杯和铜瓶悠悠然闪现在墙下的小台子上。铜器之多使萨木金想道：

"想要独创一格。"

伊里娜把她自己安放在长沙发上，那上面挂着一巨幅彩色画：一片黄色沙山，有一队骆驼，和两株瘦削的棕榈，枝叶破碎，正在狂风中摇曳着。

"我的丈夫的病显然逐渐严重了。"伊里娜诚恳地告诉他。

萨木金觉得她的音调里毫无哀愁。他问她提弗多克里波夫是怎样的人。

"不过——一个懒人。"她告诉他，举手整顿她的头发。萨木金看着她的凸起的胸部："他以游荡为生活。他是一个很有钱的父亲的儿子，那父亲正在出卖什么给外国。他的叔父是帝国议会的议员。他是以游荡为生的；那庇里尼可夫也是这种人，刚从外省来，带着一个右眼有点斜而有二万五千妆奁的年轻妻子。你去过帝国议会吗？"

"我去过一次。不久或许还要再去。"

"我们同去。那是十分有趣的。你看人们在那里制造法律，他们也正是我常在吉卜赛人的娱乐场里、酒店的雅座里看见的沉醉的人们。"

细起她的眼睛，她审问：

"我想你已经听见我是做过乐剧女伶的吧？好，我是的，而且因此我享受过许多俄国最优秀的男人们的友情。"她欣喜地说，而且瞟了他一眼："自然，因为要能够把衣服穿好，我也必须要能够同样轻易地脱掉它——你害怕吗？"

"一点也不。"萨木金冒昧地说。伊里娜警诫地用手指指着他。

"对于我你不可以怀抱同情，也不必浪费怜惜，那就好了。也不要有色情的希望。我已经够厌恶恋爱和其他许多猪猡趣味的了。我们做好朋友。好吗？"

"好的。我很赞同你的意见。"萨木金答应，同时想道：

"她的丈夫快要死了。她需要人来执行业务，为她工作。"

"好，就是这样。我不过见过你四次，但是——说实话，我喜欢你。你是严肃的，但是你不宣传。你不愿宣传吗？因此你纵有许多过错也是可以原恕的。我也厌恶宣传。我是三十岁，或许你以为我少说了几岁，但是我真是恰恰三十岁，二十五年以来我曾经被宣传又宣传了！"

萨木金，温和地、微笑地，听着她的好听的唠叨；当她握响她的手指的时候，他觉得她的轻快的言辞也好像发出剪子似的清脆响声，而且她的蓝眼睛的愉悦的光辉燃起更大的明焰。

"她是比阿连娜更有趣的。"他断定。"她是更成熟的。而且不蠢。这一位不会打她的奶，或穿麻衣坐在灰里忏悔。我对于她顶好是小心些。"他结论。

然而，他还是几乎每天去访普洛索洛夫夫妇。当那老人有余力的时候，他和他工作，同喝茶或同吃饭。在餐桌上普洛索洛夫也谈到七十年代和八十年代的知识分子的生活，说得很倦怠而且少，但是有趣。他几乎认识当时的每一个出色人物，而且说到他们，就悲哀地摇摇头，好像这些人都曾经英勇地牺牲了自己给历史的巴倭[1]。

"纳特生的诗：'有信仰——巴阿将死。'但是，如你所见，他并不曾死。欧洲的压迫越来越迅速地毁坏着我们的农业国家。我想你是一个马克思主义者，和今日的其他各个人一样。甚至那无耻的畜生——斯托里宾——也曾是的。"

"还要茶吗？"伊里娜问。她照常拿着一本书坐着，并不搅扰她的丈夫的挽歌，敏速地翻阅着书页，摇动着眉毛。她读法国小说，以及俄国象征派和浪漫派的作品，也很喜欢斯堪的纳维亚的作家们。

在不知不觉之中克里·伊凡诺维奇·萨木金和她的关系正在变为一种温和的友情，并没有不愉快的义务，也并不怕更亲密或加重责任。

---

[1] （Baal）古腓尼基尊崇之日神，转为庸俗崇拜的偶像。

第十六章

一

在伊里娜的家里,萨木金得到了休养,并不受杜洛诺夫家里的种种印象的袭击;在后一家里,好像泥污的雨水流进阴沟似的,泛滥着谣言、观念、事实——全都是各种各式的不合意的,正如带它们来的那些人们一样。杜洛诺夫的访客们,不断地增多,好像铁道车站上的旅客似的盘旋着,并且相互搅混他们各自的目的的意义和位置。

杜洛诺夫急转、慢滚、流汗,以残忍的决心他继续寻求办报的款项——关于这种努力陶西亚笑说过:

"他好像在干草堆里找针似的寻求十万卢布。"

然而,杜洛诺夫自信他能够找出针来的,而且他的乐观增强了萨木金的阴暗的疑心:

"他从哪里得钱来生活呢?"

萨木金暗自把杜洛诺夫的款待宾客的家看作"革命饭店""免费旅舍"之类,而且觉得那不是他应该去的地方。他看出杜洛诺夫和他的一切朋友有一个共同点,一种惊恐的心理和一种传播惊恐的癖好。他也看出这些人对于时事是比他更为通晓的,而且觉得没趣,因为他们很不注意他的言论,甚至不注意他的存在。按照向来用人们在谈话中所显示的趋向来评品人物的习惯,萨木金把这些人划分为建设派和破坏派。

第一派的首领他觉得是诺加次夫,这人慷慨激昂到几乎流泪,在他的脸面前挥舞着握拳的右手。他断言:

"这国家经过革命之后已经沉静下来了。它工作,它繁荣,它变为欧化的了。斯托里宾曾经使用残酷的方法,但是谢谢他的土地政策,我们得到一次丰收。"

"还有绞杀了许多革命者和使许多农民无家可归。"戈孚可夫冷静地插入他的沉重的低音。

"你,戈孚可夫,是一个常常由于道德的盲目而降低了自身的政党的党员。"诺加次夫怒骂,继续在鼻子面前摇着拳头,好像在嗅它似的。并且他歌吟似的说道:

"我们,平民主义的社会主义者,是第一流的民主主义者。我们不瞎说没有农民参加其中的文明进步。我们不是盲目的。我们欢迎金属工业的发展,因为农民需要农具。至于我自己呢,我欢迎政府决定减低铁的进口税,这可以克服铁荒——"

破坏派的头目是台格尔斯基,他坐在几乎看不见的暗角里,不慌不忙地说道:

"铁或许是要走进俄国军火公司和同类工厂里面去的吧?我们不但缺少铁,而且缺少水泥和砖瓦,以致我们必须出卖大量谷类来购买它们——"

他津津有味地计算数字,列举出几千几百万卢布和几十几百万普特。

"而且，几千农庄被放火烧掉，被逐的农民不断袭击富农，说国家平静未免太早了吧？"

又在计算他所爱的数字，台格尔斯基缓缓地郑重叙述：十二月一号，两千多学生在大学里开会；在警察厅长赫斯的命令之下，二百五十个警察冲入会场；支林托和孚洛达的监狱都发生过暴动。

"在这都市里有孟什维克的两个合法的日报，一个布尔什维克发行的星，这是什么意思呢？"

"不过是社会主义者们想要一个把一个吃掉而已。"科台安次夫愤愤地叫。

在茶桌上，阿里可伐继续用手巾揩着她的流汗的红胀的脸。她津津乐道英国妇女参政运动者的功绩，得意扬扬地描写她和潘卡斯蒂夫人的会晤。洛沙·格里曼和陶西亚默默地听着。希米亚金坐在陶西亚旁边，常常一瞥她的奶包，然后扭扭他的胡子。他随时低声吟着：

　　他们现在辩论耶稣基督，
　　　研究烧鹅——
　　　研究政治与诗歌——
　　然后急忙就要麦酒啰。

"这是契诃夫的诗吗，是不是？"

格里曼恼怒地答道：

"契诃夫从来不作诗。"

"他不曾作过吗？真可耻。"

这初生羽毛的休闲绅士特别使萨木金反对，倘若他是能恨的，他一定最恨这人，这人对于陶西亚的顽固的追求激怒了他。显然，这酥脆香甜的饼干似的花花公子是能达到他的目的的。虽然萨木金对他自己不肯承认，他访问杜洛诺夫的唯一目的是要看看那娴静的、苗条的、温柔的女人。他觉得从来不曾有过别的女人像他和陶西亚相处这样惬意的。他相信她还在怀疑地期待着他；但是每当他告诉她是何等钦慕她的时候，她的面容就变为沉闷而且呆滞了，保持住一种不能打破的沉默。

"你喜欢希米亚金吗？"他问她，有一次。

"不。"她说，显然是诚恳地。

"他现在做什么事？"

她耸动肩头，说道：

"他有钱。"

"除此而外呢？"

"我不知道。哦，是的——他拉提琴。"

"你听过他拉吗？"

"我怎么会听过呢？他并不曾在这里拉过。他说他在音乐学校学的，打算开一个音乐会。"

"他很注意你。"

她又耸动肩头。

"一个富人——饱闷了。当你有了各样东西的时候，还有什么事情好做呢？"

萨木金喜欢她的天真的问话，常常觉得那后面有着甚至更其稚气的思想。

"你喜欢富人吗？"

"当然不。"

"为什么不？"

"他们有什么好处？他们不再需要任何东西。他们已经得到他们所需要的一切，用不着再思想什么。"

她皱起眉头，又说：

"你总是逗恼我，好像我是一个小孩似的。"

他开始告诉她富人使贫人也愿意变富，但是陶西亚眉毛皱拢在一

处,喝止他:

"得了。否则我就说你想要使我愚蠢。"

这确是他不想要的。他想要这女人。使她比现在更愚蠢对于他并无利益。

有一次,他甚至担心陶西亚会被拖入危险的把戏里面。

二

已经一个星期不去访问杜洛诺夫,一直到在街上遇见送丧行列他才知道育林死了。冬天的殡仪特别凄凉,而又加上那一次送发尔发拉下葬的记忆,天气也是寒冷而且敌对的。风在嘶嘘,雪片像针似的尖利。漠不关心的行人们,并不注意这行列,匆匆走过柩车两旁。他也有了和前次同样的哀思:

"这也是为我预备的呀——"

八个人走在育林的棺材后面:五个男人和三个女人——陶西亚、洛沙·格里曼和一个矮小的老妇人,穿着厚重的夹棉外衣,披着围巾。陶西亚阔步前进,仰着头,脸相是愤怒而且愁苦的。显然难以与短脚的洛沙和老妇人共同步趋,她继续迈进,或则落在后面,挤着男人们。有一个男人戴着阿斯图拉康小帽,把胡子脸藏在竖着的皮领里面;有三个好像是工人;最后一个,剃光的脸上有一部灰胡子,毛蓬蓬的皮帽向后歪戴着,以至露出高圆的前额,一面走一面用多节的手杖戳着雪地。萨木金站住一会儿,当陶西亚看见他的时候,她点点头。倘若他不走近她去是失礼的。

"他终于死了。"她幽幽地说,而又立刻高声怒气地说,"他是二十九岁。坐过六年监狱。十七岁就开始革命。有一个侦探是被派来侦察他下葬的——那就是,鬼鬼祟祟地跟在后面。"

她望着步道点头示意。

"忘记它,陶西亚·马克西莫夫娜。"提着手杖的男人粗声说。

萨木金偷看步道,但是不能认出谁是侦探。"那是育林的母亲吗?"他问,一瞥那老妇人。

"他的房东太太。他并没有亲戚。只有朋友。"

回头一瞥那些送丧者,她问:

"你为什么尽待在这里?"

萨木金答应晚间去看她,走开了。

"在粗率的外表之下她有着仁义的、温厚的灵魂。和台尼亚·古里科伐、鲁伯沙·梭莫伐、安弗梅夫娜是一类的。觉得自己只是为服役于人而生的一类人。"他默想,赶快往前走,不自主地时时往后看看是否有人跟踪着他,"服役于人,不论这人是谁。米托罗方诺夫也是属于这一范畴的。这古旧的、奴隶的、基督教的精神还不曾消失。这些以撒[1]——如我父亲所说。"

可恼的是陶西亚必须列入这些微末的人物之中,虽然这同时增强了他想要把她从她偶然堕入的人群中提拔出来的愿望。他走着,怕冷地瑟缩着,而且低吟着涅克拉索夫的诗:

> 脱离黑暗的荒唐网络呀,
> 我用火热的血和剀切之词
> 解救那堕落的灵魂——

"是的,我决定要和她谈谈。"

但是那一晚他到杜洛诺夫家去是有些勉强的,恐怕会遇见台格尔斯基。他不能忘却前次在杜洛诺夫家里突然碰见台格尔斯基他是何等可耻的惶恐,他也不能忘记当他迟疑地走近他的时候的那几分钟的苦恼时

---

[1](lsaae)亚伯拉罕之独生子,曾被置于柴火上奉祀上帝。

间。那时终于是台格尔斯基首先招呼——圆圆的，服装漂亮，红红的脸上浮着爽快的微笑。

"所多玛和蛾摩拉[1]！"他曾经小丑似的招呼萨木金，和他握手而且从眼镜下面窥看着他。在欢欣的情势中，他在五分钟之内说完了他怎样"被请求辞去"皇家推事，怎样成为"自由的小伙子"。

"在帮助银行发展上宪法显然是很有效用的。作为一个经济学上的诡计的爱好者，我现在准备做一些关于这前途发展的可能性的各种报告。银行像疔疮似的长出来——说笑话，像脓疱似的。"

台格尔斯基的喜悦的脸色和玩笑的声调有些缓和了萨木金的不安。但是并不能摇动他相信这人是既卑鄙而又阴险的成见。

"在马利娜案件中他打击我，"克里·伊凡诺维奇愁闷地想，"他打击了我。"

三

他起身去杜洛诺夫家比平常更早些，希望看见陶西亚独自在家。但是当他到达的时候，他发现科台安次夫和戈乎可夫已经在那里了，面对面坐在一张桌子两边，房里充满了热病的政治议论的叫嚣。

他听了他们一会儿，然后对陶西亚低声私语道：

"我要和你谈谈。"

她注意地看看他，然后答道：

"好。但是我还要再听一听他们的议论。"

然而，立刻，杜洛诺夫和希米亚金，都醉醺醺地进来了，照常嚷着最近的新闻：

开索大臣已经毁坏了莫斯科大学，正在计划驱逐圣彼得堡的四百个

---

[1]（Sodom and Gomorrah）死海边上之两城，居民犯同性爱之罪，上帝降罚，均毁于火。

学生，和华沙大学的一百五十个学生。

科台安次夫听着这些消息的时候，把他的长嘴唇缩得这样远，以至下巴凸出，他的灰脸皱得好像是老妇人似的。当杜洛诺夫说完的时候，他高声长叹而且闷闷地说道：

"你是快活得好像久已不曾灭火的消防队员似的，伊凡。天知道，你是的！"

"闭嘴，莫狄文[1]人！"杜洛诺夫叫喊，"那么就来说意大利和土耳其的战争吧，怎样呵！呵！呵！……真是无往不利。意大利人就要向我们买更多的谷类喽。"

希米亚金把一只大糖盒放在陶西亚前面，弯身向她说话，她只是摇头。

"现在，注意这一点吧。"科台安次夫咆哮，乱舞着手，好像淹在水里的人似的，"统率我们的军队的是那些波罗的海一带的男爵们——林南康卜、斯台克尔堡之类——而其他各种机关之中都有这些——'康卜'和'尔堡'之类。我们的高级学校是由捷克人统治着的。顿河盆地的煤矿已经租让给法兰西。而且现在比萨拉比亚的乡绅们都已爬在我们的头上——开索、普里希克维奇、克鲁希凡、克鲁潘斯基——鬼才知道他们有多少。而我们俄罗斯人正在干些什么呢？制造树皮鞋吗？"

"你是俄罗斯人吗？"戈孚可夫直接地质问。

"我？"科台安次夫吃惊地呆看着他，然后转向杜洛诺夫说，"伊凡，告诉他，莫狄文人是我的绰号。我的孩子，"他继续说，恻悯地看着戈孚可夫，"我是俄罗斯人，一个乡村教师的儿子，一个教士的孙子。"

萨木金偷看着希米亚金和陶西亚，想道：

"杜洛诺夫确是要把她出卖给这蠢材的。"

---

[1] 俄国内芬兰民族之一。

人们继续进来，一个跟一个，一个又一个，好像蜂子似的，带来某种逸话，某种事实，某种谣言。逸话说得最出色的是也鲁克莫维奇，一个刚从大学里开除出来的学生，农奴军队时代的一个犹太军人的孙子——一个须发过盛到使人以为他至少有三十岁的青年。把顽皮的黑头发一摆，那剃光的蓝面颊上虽然没有胡子却有蓬松的眉毛，他从打皱的眉下瞻望着，突然叹气，咂响嘴唇，把双手隐藏在背后，毫无笑容地说出响亮而滑稽的声音：

"有两个人走在尼夫斯基大街上。这一个对另一个说：'蠢材。'警察来了。'你必须跟我到局里去。''我们犯了什么法呢？''你侮辱当今皇帝陛下。''官长，你糊涂了。我是骂我的朋友呀。''请不用辩。人人都知道在俄国谁是蠢材！'"

人人都哄堂大笑，然后要求：

"再说一个，也鲁克莫维奇。请……他不是聪明的吗？"

对于萨木金一切逸话似乎都同样愚蠢。觉得他今晚不会有机会和陶西亚谈谈，他决定要走了，但是停住静听洛沙·格里曼正在说的话。洛沙，刚来不久，必定带来一些可疑的新闻了吧。坐在萨木金对角的椅子上，她用一只手抓住椅子，另一只手指着科台安次夫和戈孚可夫说：

"你们恰像一些小学生。自以为已经完成了一次革命，得到了可笑的帝国议会，你们已经是成熟的欧洲人，可以烧掉你们的教科书和忘掉你们曾经学得的东西了。"

"给他们一下子，洛沙！"杜洛诺夫叫喊，他的声音因为正在用力拔一个酒瓶塞子而紧张了，"为了纠正他们自己，给他们一下子吧。"

她并不需要鼓励。她的不很强大然而热情的尖声好像一把小螺丝锥似的旋转进那嘈杂里面，以至科台安次夫的含糊的反驳无法排开它。

"你以为因为不曾被绞死，你现在是胜利者了吗，是不是？"

"你是什么意思？"戈孚可夫叫喊。希米亚金向他一瞥，皱起他的庞大的苹果似的红脸，现出一种痛苦的表情。

"你现在又回到老平民主义者的自足自满去了,"洛沙说,"你以为这国家是唯一的,依照着它自己的特殊法则而生存的。"

"这是不确的。"科台安次夫断言,显然抱歉了。

"不确!确的。在一九〇五年以前——甚至远溯到八十年代,你们曾经更注意欧洲生活,世界大势。你现在已经不留意欧洲和政府的外交政策。可是那是罪恶的政策,那罪恶在于它的愚蠢。派军队到波斯是什么意义呢?在巴尔干投机冒险是什么意义呢?鼓动波兰、芬兰民族反对犹太人的政策是什么意义呢?你们都想过了吗?"

并未向谁告别,萨木金悄然溜出房间,回家去了。他不忍再观看希米亚金谄媚陶西亚,他的公猫眼里的油光,以及那妇人注意听他说话的情形。

"杜洛诺夫要骗取这公猫的钱来办报,就让他占有那妇人,这卑鄙的畜生。"他终于判定,不愿承认由这判定所引起的苦恼是超乎意料的,他立刻设法闪避他的痛苦的失败,"至于那犹太姑娘的话,她说得不错。我必须研究外交政策的各种问题。它们是重要的。"

然后他默想在伊里娜家里比在杜洛诺夫家里舒服多了,但是和伊里娜同居,这是一定可能的,却不如和陶西亚同居那么舒服。

"她太过腐败。和她同居是太吵闹、太混乱。但是她聪明。伴随着她人觉得自由——"

四

几日,几周,几月加速度地飞驰过去,这印象大概是由于这事实:普洛索洛夫有病不能办事,萨木金不能不时常旅行到邻近各城市去接洽许多当事人。

各省的生活依然不变:同样审慎的自由主义的律师,同样可厌的当事人,同样恭顺得难堪的旅馆侍役,同样被生活的烦琐所束缚的单调无聊的居民；马车夫同样唠叨着圣彼得堡巡回法庭辖境内的雀麦的昂贵。

倘若除开俄罗斯人民联合会所发行的报纸的胡吵乱叫而外，人就找不出一九〇五至〇七年间种种事变之后的各省生活的任何改变，或许只有这一点是例外：人民比以前更加确信他们有权大吃大喝。

春季伊里娜带着她的丈夫到外国去了。七个星期之后，萨木金接到她的电报：

"安东死。葬于此。"

几天之后，她回到家了，她的头发比以前染得更漂亮，完全不和谐于她的黑色丧服，这对于她是意外地简素的，以致萨木金以为她的不高兴是因为这不和谐。但是，后来证明，那真正原因是法兰西人寿保险公司拒绝支付普洛索洛夫声明由她领款的保险证券。

"天晓得他们要干什么，"她发脾气，"那些亲爱的法国人爱钱，我老实告诉你吧。我曾经带着遗嘱去。我们的领事替我请求——但是他们不肯支付。"

然后，更沉静一点，她又说：

"他是要付的，倘若减少五万法郎。但是我要全部二十万法郎。"

她愉快地微笑着：

"而且在这里我可以得到六万卢布。凭这点钱一个人能够生活下去了，能不能？"

她提议萨木金接收她的丈夫的事务，把旧案件所收的讼费交给她四分之一。

"四分之一太多了吧？"她问，窥看着他的脸。萨木金，一向只得百分之五十，说道四分之一不算多。

她大笑：

"我不过是说笑话，我的亲爱的克里·伊凡诺维奇。我一文也不要。我是不贪的。确是我劝安东为我的缘故去保寿险的。但是，总之，倘若你出卖你自己，你必须要一个好价钱——对不对？"

"什么叫作出卖自己?"他问,耸动肩头,好像要表示对于她的言辞的愤懑。但是她大笑,双手上下拍着她的大腿,摇摆着她的裙子。她说:

"这。不要装好人,我的亲爱的人。不要装腔。我知道我的价值。"

是的,这在她是容易的——简单。然而,生活又变为惊扰的了。斯托里宾在基辅被刺。在杜洛诺夫家里人们狂热地辩论着他的被杀是由于秘密警察或是由于社会革命党的恐怖分子呢。那辩论的猛烈使萨木金大吃一惊,看不出恐怖行为平常所引起的欣喜之情。真的,他得到这印象:这些口角家是不高兴的,甚至烦恼,因为这位大臣的被杀。

这种情绪表现在台格尔斯基的话里面。用一个手指摸着他的小胡子,他说:

"一般人认为阿塞夫并不是往还于秘密警察部与社会革命党之间的唯一人物。有一个谣言说刺客保格洛夫是一个悔悟的特务员。据说在严加拷问的时候他说:'生活并不缺乏意义,但是它的意义现在都被压缩在馋嘴上,所以我再吃几千口或竟不吃——因为我明天就要被绞死——是没有什么紧要的。'自来恐怖主义者如沙索诺夫和开来夫都不曾说过这种话,我胆敢赞赏保格洛夫先生的行动为警察部机构的轻微破裂。"

这简洁的说明,说得沉静而又无所顾忌,冷却了他们的热闹。用了萨木金时常发觉其中有伪装音调的一种喜悦,诺加次夫说道:

"这是很对的。这事件显然是内部的异变。他们正在崩溃。而罗普可夫[1]的行为,也是的——那可难以叫你赞赏。"

觉得他自己的话有些不妥,他立刻叫道:

"但是,听听马利亚·伊凡诺夫娜所得到的关于拉斯布丁的新闻吧。"

阿里可伐就毫不迟疑地开始记诵,以亲见者的确切,叙说那西伯利

---

[1] 曾任警察部长,退职以后,曾泄露间谍阿塞夫的活动,因而被处流刑。

亚小百姓的某一次狂欢饮宴,他和皇室的亲密,以及他对于皇后的影响。

"这一切并不显示一点正常状况,是不是?"台格尔斯基问萨木金,一只手拿着茶杯,另一只手拿着糕饼,走近他面前。

"似乎是胡说。"萨木金回答。

"但是我们正在增加陆军,重建海军。那青年正在朗诵一首有趣的诗。听他读!"

那青年,黑头发,苍白的脸,穿着黑衣服,打着一个好像金质似的锦缎领结,正在皱着高的前额,敏感地吟诵着:

> 恐惧着生活,我们逃避
> 到豪饮的欢场和道院的静室;
> 到为国的公务,
> 到善于说谎的、慰藉我们的书本。

"我想他的父亲是皇家产业总管或监督——总之,一位大员。他曾经两次企图自杀。你和我都有希望接替他的位置。"

"并不算十分可喜的前途。"萨木金审慎地说。

"不?……至于我,我喜欢做一个大臣。维特[1]出身于信号手或什么。"

那诗人正在吟诵,半闭着眼睛,摇摆着脚,右手插在衣袋里,左手在空中挥动:

> 这样逃避也不行,
> 我们就躲藏在文字的烟雾里。

---

[1] Witte (1849—1915),于一九〇五年至一九〇六年间曾任俄国首相。

"白痴。"台格尔斯基感叹,走开了。

台格尔斯基的行为继续扰乱萨木金,后者以为其中有着损害他的尊严的某物。在另一个城市中,这家伙曾经和他建立了种种关系,他显然不愿意再维持了。为什么呢?

"在那里他忏悔,卖弄自由主义——在这里他只在杜洛诺夫家里会见我,而从来不曾去访问我,也没有要去的表示。当然,我不曾邀请他,但是都一样——"

他觉得最不安的是台格尔斯基不曾告诉他关于马利娜神秘死去的详细情形,"他真好像是避免对我谈话似的"。

五

萨木金在伊里娜家里庆祝一九一二年的新年。

大约有五十个人——女优、律师、青年作家、工程营的两个军官,以及一个颈上悬着勋章的老人和他的红润柔软得像油酥饼似的年轻的妻。然而,最大多数宾客是青年人——学生们,和一些像花花公子似的用短脚昂然阔步着的小伙子。三个房间热闹得好像休息时间的戏院客厅似的,在这穿着雉毛似的多彩的漂亮衣服的女人一再央请之后,在嚷叫着——注意!安静!表现地板艺术!——之后。众人才快然闭嘴,艺术家和演说者才登场鞠躬。

女优克拉斯诺卡提乞娜,一个娇小玲珑的女人,穿着紫色绸袍,袍下露出一双穿着大红鞋子的小脚,尖得好像羊蹄似的,抬起她的黑眼睛对着天花板,凭空乱说了几句,伤感地唱道:

> 我们是从原野捕来的野兽,
> 吼出我们的最野的吼声——

她得到感谢的喝彩,被央请和也鲁克莫维奇合唱二声曲,后者确是有一种圆朗的上中音的,在合唱中他和那女优无望地祈求着:

快来,快来,夜呀!
月光的衣,
用蛊惑的忘却包裹起我们,
抚慰那惨痛得发狂的灵魂,
好像母亲抚慰她的孩子似的。

得到更大的喝彩,但是也有人抗议:
"为什么这样悲呢,太太们和先生们?"
"对了!"那伴奏者叫喊,这是一个年轻而秃头的男人,领针上有一粒绿宝石,袖扣也是绿的,"打倒忧郁!"
那戴勋章的老人出来对青年讲话了,摸着他的灰色的小尖胡子:
"我们庆祝一九一二年的新年,我们战胜拿破仑的百年纪念——以及我们的代议政治的七周年纪念——我们的进步是显著的。"
"对了!"
"更快活起来,孩子们!"
"我们全体合唱吧!"
"我们对于法国的友谊使我们不能正式宣布这重要的节日。"那老人继续说。但是青年们挤紧成一团,轰然唱道:

从辽远的国度——

也鲁克莫维奇,石面孔上毫无表情,接着唱出完全的句子:

我们全集会在这里——

来从事光荣的劳役，
　　来享受我们的自由的欢欣。

"够了，够了！"一个红头发的青年叫喊，尖鼻子上戴着夹鼻眼镜，跳到唱诗班前面，"多愚蠢的歌曲呀！说什么我们从辽远的国度来集会在这里？我们不都全是俄国人在我们自己首都里吗？"

"对呀！"

"伴奏者！奏《疾如波浪》。"

"噢，请奏《波浪》！"

那戴绿宝石的人仰起头，挥着手，打着琴键，同时也鲁克莫维奇开始独唱。听着这歌唱，萨木金觉得这青年确是在嘲弄，当他悠悠唱着这一节的时候：

　　每天每天过去了
　　进向我们的末日裁判。

"我将要被绞杀！"有人在邻室里叫喊，"用什么歌曲来庆贺新年呀——"

"这是比独创更其独创的，如尼古拉二世所说。"一种声音从另一角里响应他。

毫不动容，也鲁克莫维奇继续唱：

　　你死——你被埋——
　　好像不曾生过似的。
　　你将要不再起来，
　　受友谊的文饰。

"停止！"有许多声音同时喊叫，女性的声音最为分明。那红头发青年又跳出来，穿着灰泥色的怪样燕尾服。旋转得好像风标似的，显出一种卖艺者的柔韧身段，摇着他的手，他怒吼道：

"我们是应该羞于听这种歌曲的。三代青年都唱着这种愚昧的歌词。现在为什么——我要问——为什么我们这一代参加过民主政治运动的青年们不曾创作出一支革命的歌曲呢，除了《那加伊乞卡》[1]这被打的歌曲而外？"

"哈啦！"

"说得好！"

"这是真的。"伴奏者断定，显然高兴起来了。

"哈啦！"

掌声妨碍着红头发的叫嚣，但是他的喊声仍然穿过喝彩声的浪潮。

也鲁克莫维奇的声音压倒了这嘈杂：

"阿拉比也夫，你为什么不担负起里斯勒[2]的任务，而只是嘲笑这《萨台里孔》[3]的庸俗呢？"

"噢，停止辩论！"

"悲观主义和青年是相容的吗？"

"是的！"有人回答，"自杀的多数是青年。"

"噢，停止呀！"

"让我们唱《我们否定旧世界》。"

"只不过是要否定它，傻子！"也鲁克莫维奇含糊说，他的铜眼睛从流汗的脸上呆看着萨木金，好像要把他推出去似的。

萨木金觉得必须说话了。

---

[1] 俄语，直译为"哥萨克的皮鞭"。

[2] Rauget de Lisle（1760—1836），法国国歌《马赛曲》作者。

[3]（*Sateyricon*）有半羊半人之神参加歌唱的古希腊滑稽剧。

"你有一种很好听的声音。"他说。

"但是有一种很不好的性质。"那学生回答。

"真的?"

"是的。"

"粗鲁而且愚蠢。"萨木金暗中判定,不想再交谈下去。

《我们否定旧世界》被拒绝了,群众只好唱:

> 一个青年落下痛苦的泪,
> 为了他的精致的天鹅绒外衣。

有一桌晚餐摆在普洛索洛夫的秘书的工作室里,而且从那里来了一群喜气扬扬的宾客,舔掉他们的嘴唇上的晚餐的油腻,就兴奋地加入一场言语的战争。

吵嚷扩张开了。宾客们分裂为许多群,好像许多炉子似的,放射出言语的火花。从邻室里来了一阵几乎是歇斯底里的叫喊:

"打倒精神贫乏的宣传家、自由的限制者、理性主义的狂想派!"

站在大钢琴前面演说的是一个著名的律师兼韵语制造者,一个高大的贵族绅士,有着灰色鬈发和一张对于生活饱闷无聊的人的面孔。

"十九世纪是一个悲观主义的时代。在文学上和哲学上从来没有过像在十九世纪中似的那么多的悲观主义者。无人曾经企图研究这现象的原因。可是那原因是很明白的。唯物论便是答案。是的——正是这个。物质文明并未创造幸福——它并未创造。精神不能满足于单纯的数量,纵然壮观。这就是马克思学说所不能克服的障碍。"

也鲁克莫维奇用乌克兰语讲了关于太过高雅与格外中庸之间的冲突的有趣故事。高雅是丰衣足食的自由主义者的特征,而中庸则据也鲁克莫维奇说是某一国家的历史的性质。这历史是一位中年的太太,在职位上是罗曼诺夫皇室的嫔妃。她喜欢好吃好喝,但是无论如何她究竟是一个真正的寡妇。这高雅和这中庸之间的关系僵住在这事实上：一个缺乏男性的豪气而另一个缺乏自发的能力。结果，出现了一个比较鲁莽得多的第三者，他强奸了这嫔妃而且使她怀孕，于是这太太觉得她已经完成了自然法则，对其余一切追求者说道：滚开，傻子们！

在萨木金近旁椅子上摇晃着的是瘦高的、须发蓬松的作家阿洛夫——"平民主义的最后典型"，如他在新闻记者访问中所自称。一只手拍着膝头，另一只手挥着一支烟，他用乏味的低音对一个服装平常而面貌平凡的、年轻的喜剧女优说：

"傻子们是吃罂粟子长大的。农妇没有时间看顾小孩，喂他奶，等等。于是她把罂粟子嚼烂，包在布里面，塞在小孩的嘴里。小孩吸着它睡着了。是的，罂粟子是一种催眠剂。鸦片和吗啡都是由它造成的。它是一种麻醉品。"

"你知道各样——各样——"那女人赞叹，十分高兴。

"我有什么办法呢？他们在这里讨论马克思主义。但是问问他们农妇是怎样生活的。他们都不知道。书呆子。伪善者。"

在萨木金后面的书呆子们已经发现詹姆士[1]的《宗教经验种种》和杜普里的《神秘哲学》之间的许多共同性了。

在大钢琴前面的著名律师愤愤地抗议道：

"英国曾经产生莎士比亚，而我们产生过什么呢？……里翁尼·安特列夫。"

邻室里有人喜欢地说道：

"等一等。意大利就要打土耳其，将要变为我们的黑海邻邦，将要开放达旦尼尔海峡。"

"那么我们也要打他们了。"

"好，为什么不打呢？那是可能的。"

---

[1] W. Janes (1818—1910)，美国哲学家，实验主义之创始人。

伊里娜，走到萨木金面前，微笑着，小声说道：

"你厌烦了吗？"

"一点也不。"

"有意思吗？"

"是的。"

她用指头指指他，然后看看她的表。

"现在是我们坐下来晚餐的时候了。"

那律师兼韵语制造者捉住她的手臂，同时回头对别人说：

"对日战争之后和一九〇五至〇七年间的种种事变证明我们是生活在一个火山口上——是的，火山口上。"

晚餐桌，摆满了餐室的长度，延伸到住室里面，还有供四人坐的一些小桌子沿墙摆着。电灯的寒光被橘红的纸罩所柔和，增强了桌上玻璃器和银器的温厚气色，使人的面孔润泽而且年轻。两个老侍者和一个吉卜赛型的尖鼻子少女正在奔走伺候。伊里娜跳在椅子上，欢喜地宣布道：

"太太们——请你们选择座位和共餐的同伴。"

"这不妥当——她们每一位要有两个绅士和一个额外者。"

"好，对于额外者怎么办呢？"

"有地方的。"

"在桌子底下吗？"

"我们没有办法。请你们自行方便吧！"伊里娜叫喊。这时萨木金自己想道：

"这些女人不很尊重她——一个游艺会的歌女，一个老人的情妇。但是她对付得很好。"

刀叉的铿锵和杯盘的叮当似乎使言辞尖锐而有生气。摇着他的红头发，阿拉比也夫说：

"一般人认为代议政治是不完全的。但是，以德国为例，工人阶级代表在国会中的议席增加无可否认地证实这制度是能够发展的。"

"这并不是主要之点。"有人插嘴。

"德国将要成为世界上第一个社会主义的国家。"

红色的怒焰闪现在阿拉比也夫的夹鼻眼镜里面。

"代议政治使青年们得免于从事政治的必要。政治使浮士德[1]变为吉诃德[2]，而人根本是一个浮士德。"

"这是真的。"那伴奏者承认，他坐在萨木金对面，正在对付一片火腿。当他说的时候他赞赏地连连点头，他的微笑的脸在梳得光光的头发下发红了。

在那伴奏者左边坐着"最后典型"和那喜剧女优，在他的右边是一个肥蠢的诗人。萨木金回忆这蠢家伙甚至在一九〇五年以前就已公开赞颂犹大的行为，在他以前是无人赞颂的。机械地，记忆提示他阿塞夫的犹大工作，以及政治叛徒们的其他行为。纯然自动机似的，他一直默想到在二十世纪中犹大常常在诗歌和散文中变为英勇的——用以自解自辩的一位英雄。

"吉特伯、安特列夫、戈洛凡诺夫——那瑞典女作家——以及别的几个外国作家——"他想。纷纷的议论使他厌倦，于是他坐着默想，研究那些人们。

红发阿拉比也夫坐在那诗人旁边。他局促不安，用叉子刺着熏白鱼，好像要跳起来似的，碰着一个紧包在淡紫色绸衣里的仪态堂皇的女人，她警诫他：

"不要碰我呀，米提亚。"

萨木金旁边的那男人，咂咂嘴唇，悄悄地对着他的耳朵说道：

"我们这一代人更不一致了。现在人变得更——多式多样。或者思

---

[1]（Faust）哥德的诗剧《浮士德》的主角，代表研究与批评。
[2]（Don Quicte）西万提斯的小说《吉诃德先生》的主角，代表信仰与力行。

想更自由了吧?让我们喝点英国的苦啤酒——"

他俩各自喝了一杯,然后又喝一点规宁煎汁,同时一个同伴,也是律师,有一张剃光了的漫不经意的脸,竖起黑眉毛,说道:

"对于糖尿病,可格那酒是有用的,而对于肠胃病,最好是黑醋栗白兰地酒。"

也鲁克莫维奇正在诵诗,他的声调是可笑的愁惨。当他叹息:

陛下,无疑地
你的圣心是不精明的!

的时候,半桌子的人都哗然大笑了。

"他们有一小点满足了。"萨木金想。

"安静!"有人叫喊。

壁炉上的时钟,不慌不忙,开始了它的辞别逝岁的铮鸣。人人都忽然站起来,静悄悄地。当十二下单音响过之后,萨木金愁然想道:

"又过了一年了,什么也没有留下。"

他们同声叫喊"哈啦!"碰杯。好像他们刚刚度过艰苦的危机似的,各人都激动地互相庆贺新年,各人都欢呼了。

"演说!演说!我们请普拉东·亚历克山得洛维奇!"

那著名的律师坚决不肯布施他的修辞才能,但是最终起立,用左手摸摸他的灰头发,然后把它安放在心胸的背心上。用另一只手高举起一杯酒,他开始说了句拉丁话,但是立刻淹没在一阵喧哗之中。

"——这是马尔卡斯·奥里留斯[1]说的。西尼卡[2]也说过词异而理

---

[1] Marcus Aurelius (121—180),罗马皇帝、哲学家。
[2] Seneca (公元前4—公元65),罗马哲学家、戏剧家。

同的话，而他俩都是复述芝诺[1]的。"

"那么你就讲色诺说的就好啰。"也鲁克莫维奇咕噜。

普拉东·亚历克山得洛维奇有一双大眼睛，美丽得像女人似的，而且非常雄辩。他操纵眼睛的表情正如操纵舌头同样敏捷。当他沉默的时候，他的眼睛就给予他的善于调护的脸一种失望的表情；当它们看着女人的时候，它们就睁大了，好像灵魂被隐秘的苦情所折磨的人祈求救助似的。他有情妇众多的声名，可以算是家庭幸福的毁坏者；当他谈论女人的时候他却面带怒容，他的蓝眼睛变为黑的了；他的容貌是宿命论的。现在，他正在讲演古代哲学家，他的眼睛是细眯的，闪出使他的红脸增光的傲昂的笑意。

"请原谅我追溯古代哲学。我讲到它只是要提示诸位斯托克派[2]对于基督教伦理结构的影响。"

这简略的哲学讲话恐怕要膨胀为可怕的冗长议论的。萨木金，听得疲倦，而且这演说家的面部表情也有些讨厌，就转眼观察群众中的十多个妇女；她们全被这位雄辩的普拉东·亚历克山得洛维奇的声音和有意的微笑弄得呆头呆脑了。

只有伊里娜是例外。她的梳得飞蓬似的红发，活泼的尖眼睛，以及炫目的长袍，使她好像一只异域的雀儿偶落在谷仓的院里似的。握响她的手指，微笑着，顾盼着，她正在对一个多须的胖男人低声私语，那男人听着，几乎禁不住要大笑了，满面充血，用餐巾紧紧蒙住他的藏在胡子里面的嘴。他的几乎光秃的脑瓜皮亮得好像那大笑正流通在它里面似的。

"她并不留意仪式——或男人们。"萨木金想，赞赏地。

"于是我们终于觉悟这些远古以来想要限制精神自由发展的企图已

---

[1] Zeno（公元前336—公元前264），古希腊哲学家。
[2] （Stoice）禁欲主义。

经把我们拖到社会主义，以平等说的可怕压力威胁我们了。太太们和先生们：在这里的我们全体都是——谢谢上帝——不平等的。我相信你们之中没有一个愿意做我的模拟品，我更不愿做你们之中的任何人的模拟品，纵然他是一位天才。我们全是不相同的，好像花草、金属、矿物似的——全是自然而然的。我们各自都是适合于自己的单一性的，重视他的无可比拟的个性的。这是我的新年祝词：太太们和先生们，我祝贺你们的个性的各异，精神的自由发展！"

"阿门。"也鲁克莫维奇使劲地说，但是他的反讽的庄严被淹没在不一致的欢呼所造成的吵闹之中。那律师喝了酒，挑战地呆看着也鲁克莫维奇，但是这学生正在专心把红酒倒进他的香槟酒杯里面。阿拉比也夫跳起来，用响亮的声音急促说道：

"我敬佩我们的尊严的教师和同业的堂皇的演说，但是在敬佩之中我必须声明——"

这声明始终没有宣布，因为每个人，都有点醉了，都急于要说话。

"戈米赛之夫斯开亚被捧得太高了——"

"我的天！你说得真可怕。她从前被误解。我看她现在还是被误解。"

"朱来士[1]相信德国工人将要拒绝战争。"

"那些工人们真会拒绝吗？"

"戈米赛之夫斯开亚是浪漫戏剧的女优，而在她还未充分发展之前就被断送了，因为她被迫而牺牲她的才能在现实主义戏剧上。现实主义毁灭了我们的艺术。"

"是的。那是真的。这是我国的不幸。"

用叉子刺戳空气，也鲁克莫维奇带着庄重的愁容，说道：

---

[1] Jeae Leon Jaures（1859—1914），法国社会党领袖，曾主持巴黎《人道报》，因反对第一次世界大战被法国国粹党所枪毙。

"在大世界中我们发现彗星。在小世界中我们发现病菌和微生物。我们人类怎样能够继续活下去呢?"是的,我问你,我们到底怎样能活下去呢?

"简直开玩笑!"阿拉比也夫叫喊。也鲁克莫维奇看看周围,质问道:

"是吗?"

戴勋章的老人插嘴,几乎是喊口令的声调:

"那是真理!那是真理!疾病增多了,增多了。我们的财政部去年就死了——"

他的年轻的妻提醒他:

"但是他们全是老人呀。"而且她急忙又说:"比你老得多的。"

一个金发青年像受伤的野兔似的叫起来:

"我的天呀!在我们的国家里思想这样贫乏。我们的鹰现在都在哪里呢?"

有人从幔后窥看着,用伤感的声音诉说:

"那么米里支可夫斯基呢?希斯托夫呢?还有罗札诺夫呢?"

"是——是的。"在萨木金近旁的男人缓慢地、瞌睡地、含糊地说,"人格——历史的原动力。"

"英国有莎士比亚、拜伦、雪莱——甚至吉伯林,倘若你喜欢。而我们有安特列夫,以及流浪汉赞美者[1]。"那著名律师昂头作势地说。

"但是这些全是出自陀思妥耶夫斯基的,出自他的《被侮辱与被损害的人》的。"

"我们的作家们不爱他们的国家,他们仇恨俄罗斯。"

一个诉苦的尖声音逐渐穿透嘈杂,压倒了它。这声音发源于餐桌顶端上一个服装整齐的瘦人,有一只像鸡蛋似的秃头,高鼻子,尖形的灰

---

[1] 指高尔基自己的早期作品。

色小胡子。站在伊里娜旁边，蹒蹒跚跚，一只手挥舞在她的指甲花似的头发上，另一只手摇着餐巾，他叫喊：

"在欧洲面前真丢脸！一个冒险家！一个流氓！一个骗子！拉斯布丁这家伙夸耀皇后写给他的信，说只有她的头靠在他的肩上的时候她才觉得舒服。俄罗斯的皇后，唉？这混蛋说起皇室好像他也是属于它似的。唉！你能想象得到吗？"

"关于拉斯布丁另有一种不同的意见——"

"俄国沙皇们并不是喜欢亲近弄臣、畸人和村夫的唯一人物——"

"不！等一分钟！廷臣们拉着他的袖子，大臣们执行他的诏令。你试想想看。"

他叫得这样愤激，这样骚扰，以至人可以相信他曾经亲身受过拉斯布丁的侮辱而且想要起而竞取他的地位。有人轻蔑地嘘嘘。有人怪叫：

"滚他的拉斯布丁！"

但是他仍然继续他的叫嚣。

萨木金觉得有一只手在他的肩上。原来是伊里娜呀。

"克里·伊凡诺维奇，亲爱的——你愿意说几句吗？你对于他们大多数是新相识。他们都想听听你说的。我们必须停止这疯人。等到餐桌撤出之后我们可以跳舞。那么你愿意说几句吗？请吧？"

萨木金已经不由自主地饮酒过了他的常度。他的头脑里充满了欢笑的嗷嘈，欣欣然觉得这些人之中没有一个人曾经说过他所能说的以上的话，也不曾说过他完全不熟识的任何事物。他是更丰富的，他是更坚强的。要演说出所有的那些意见并不需要多大勇气。餐桌上浮着一道蓝色烟霭，其中闪现着各种嘴脸和混浊的眼睛。各样都是朦胧的、轻飘的，好像一场梦似的。他站起来，用叉子敲敲杯子，开始演讲，像他在法庭里说话似的那样干脆而简洁：他也不曾等待嘈杂平静下去。

"太太们和先生们：今晚在这里所说过的话，最重要的是关于浮士德和吉诃德先生的。这一问题是我们大家全都久已熟悉了的，即屠格涅夫的问题。但是在这里的说法已经不同,说得好像他久已应该如此似的。是的,我们都是被教养为吉诃德先生的。自幼年以来,在家庭中,在学校中,在文学上,我们都被教导着必须牺牲自己来为社会,为人群,为国家,为正义与公道。我们曾经为我们明白画出的唯一模范是《圣经》里的那孩子——以撒:牺牲给我们的神父们的诸神,我们的民族的传统。"

觉得嘈杂已经平静,克里·伊凡诺维奇感到群情的热浪,于是放低他的声调——他很知道他的并不强大的声音是一到高度就要爆裂的。在烟霭中他看见注视着他的许多眼睛,勇气弥漫在他里面——他生平第一次尝到有勇气的快活。

"你们都知道以撒在祭坛上的地位是由公羊代替了的。现在的公羊是不肯用来作奉祀上帝的牺牲品的。要留着剪它们的毛,或者用它们的皮来制衣服。但是现在有一种新偶像,工人阶级,已经加添在旧神明之上,而且人类不能避免牺牲的信仰正在继续盛行。我并不想说明或解决社会主义是否能由无产阶级专政的方法而实现,如列宁所指教。这问题超过我的能力之上,因为我并不是吉诃德先生。但是我自然而然充分欣赏我们的可敬的普拉东·亚历克山得洛维奇的思想,表现在他说明平等说的可怕压力中的思想。我要提示这事实:我们的智慧,原是检验的机能,批评地研究世界的浮士德的机能,现在已经被强力转变为一种信仰的机能。现在信仰脱离了逻辑,缺乏情感的支持,引人到个人内心的分裂,人格分裂。由于这——这种分裂——发生了俄国知识阶层的这些特性——它的摇动不定,它的多样矛盾,它的轻信易变。"

克里·伊凡诺维奇·萨木金相信他所说的是独创的,由于他的坚固的心性在他的全部意识生活中所养育成的深远思想。他相信他自己正在辉煌地、美丽地说明"冷静观察与忧郁情调"所得的种种结果。被他的信念的豪气所推荡,他失掉了审慎发表意见的常态,同时品味着报复的甜蜜。

"由于这基本的动摇才发生这种种事实:斯徒洛夫由马克思主义者变为新斯拉夫爱国主义者,由《批评集》变到《纪程碑》,社会民主党分裂为敌对的两派,恐怖党的中央委员会里发现内奸,政治间谍布满全国,以及种种卖友变节的行为——"

他觉得难以继续说下去了。听众都显出倦容,而且常常有醉人打岔:

"你的吉诃德先生和浮士德是陀思妥耶夫斯基的上帝和魔鬼——"

"对了。"

"在七十年代中,历史的原动力曾经发现在人格之中——"

"但是五十年之后人格被绞死了——"

"你胡说。"

"为什么是胡说?"

"二十年前就已宣说得救在于群众的无私的意志了——"

"那是真理。"

"什么是真理?"

"太太们和先生们,让我们谢谢这位演说家。"

散坐在各处的十多个男女,由女主人领导着,向萨木金拍手欢呼。他鞠躬,觉得他自己是这样轻,好像掌声和欢呼把他举起来,飘摇在空中。那著名律师,用劲握着他的手,殷勤地说道:

"我真高兴。这样成熟的思想——"

那穿晚礼服的大鼻子家伙几乎歇斯底里地对着那伴奏者喝道:

"你总是说'那是真理','那是真理'。不错。什么是真理呢?"

萨木金记得最清楚的是伊里娜约略蹒跚地走来拉着他的手说:

"对于政治我是一点不懂的,但是你堂堂地把它一笔抹煞了。现在你不可以相信这普拉东。他是一个蠢材,但是狡猾。他也有一张甜嘴。好吧,我要去款待宾客了。"

她去到大钢琴旁边,伴奏者弹起一支欢乐的曲子,于是她更为欢乐地唱了，同时做着不很雅观的姿势，挤眉弄眼，把身体卷成一只猫似的，从她的鲜亮的衬裙下踢起她的小脚。

> 噢，我曾经在生命的指挥之下跳舞过，
> 热情的青春呀，你从哪里衰退？
> 从你的，噢，雪花石膏似的手吗？
> 从你的，噢，玲珑娇小的脚吗？

"好呀！"听众喝彩，淹没着这欢畅的歌声。

> 噼啵！那悠扬的歌——
> 那欢乐的四组舞曲，那合唱的歌。
> 噼啵！我的心里曾经涌现过，
> 不能消灭的热情之火。

"妙呀！"有人用喉音叫喊。

> 噼啵！噼啵！我过了一生——
> 噼啵！噼啵！是的，我所知道的
> 不过是生活的一两件事——
> 噢，是的，一点点呀。

那戴勋章的老人油滑地吃吃笑着，咕噜道：
"她是不会衰老的——上帝！"

> 手提包似的花花公子呀，时髦的筵席，
> 我何等欢喜——她却来这里！

我用我的鞋子指着你的头皮，
把酒杯翻倒在你的鼻子上！

而且她把一只脚扬起来和她的肩头一样齐。

萨木金满怀着这古怪歌曲所引起的扰乱之感回家去了，而且在第二天中午一醒来就记起它。

六

一天之后，在普洛索洛夫的书斋里，萨木金常在那里工作接见当事人，伊里娜躺在皮的大沙发上吸烟。她说：

"在那宴会席上你出风头了。你是很——新颖的，你知道。而且勇敢。"

他走到她面前，坐在那沙发上，极其温柔地说道：

"你唱伯朗吉的诗真美妙。"

"是吗？我高兴你喜欢它。"

她转侧到更舒服的地位上，献媚地瞅着他，握响她的手指：

"这是对我祈求的一种话。有一句拉丁话是怎样说的？'爱使人轻信'——是不是？安东讨厌这种歌。他是道德家，可怜的人——"

然后发生了萨木金在几分钟之前并未想到或期望的事情。这女人闭着眼睛默默地躺了几分钟之后，叹了一口气，微微睁开眼睛，低声说道：

"让我们把这事看得简单些。它并未把我放在任何义务之下，也并未扰乱我们——是不是，是吗？倘若我们愿意，我们再来；倘若不，我们就忘记了它——赞成吗？"

"好。"萨木金赶快认真地说。

"吻我。"她命令。

她的爽快大为克里·伊凡诺维奇所赞赏，把她抬举到无限的高度。

"不。她并不是阿连娜。她是爽快的——没有一点不诚恳的影子，没有歇斯底里病态。"

第十七章

一

萨木金认为他和伊里娜之间是不会有经久的联合的。最初他对于这点感觉烦恼,但是这怅惘之情不久就消失了。但是,那明朗的、美丽的陶西亚的吸引力并未消失;它是越来越增强着的。

和陶西亚自由交谈的机会仍然闪避着他。她变为莫名其妙的高傲和缄默,不再疑问地注视他,显然决定不跟他单独在一处。萨木金,觉察了这一切,以为她正在考虑从杜洛诺夫转移到他,克里·萨木金,他并不急于要听那决定的言辞,虽然他相信那言辞将要是他所期待着的。

"一个正直的女人。"他想。

他不能看见任何事物可以改变他对于陶西亚的这种简单明白的观念:这女人受了杜洛诺夫的恩惠,感激地服侍着他,而且知道改换夫主是困难的,虽然她看出杜洛诺夫的缺点而且觉得和他共同生活前途毫无保障。

"在安弗梅夫娜的晚年,发尔发拉待她很不好。但是这老太婆永不曾离开她的女主人。"他提醒他自己,而且觉得陶西亚对于杜洛诺夫也会成为和这相仿的情形。

他困恼于希米亚金的竞争,但是他相信杜洛诺夫自己并不会是障碍,而且他也不厌憎陶西亚关心政治。

"这完全是因为无聊,因为心地仁慈。况且这已经是过时的事。"

所以他大为惊异了,当第二天晚上杜洛诺夫半醉地走来,狂乱地摇头,嘎哑地含糊说出这话的时候:

"陶西亚走了——你懂吗?"

萨木金一怔,受了深刻的刺激。他原来正坐在桌前研究戈提勒·康斯特控告费多·庇特林破坏合同要求赔偿一万五千卢布这纠缠的案件。明天他必须出庭,而且胜诉将要使他得到优厚酬金。现在,从眼镜里呆看着伊凡,他恼怒地质问道:

"到希米亚金那里去了吗?"

杜洛诺夫按住椅子站起来,一只手拉着椅背,默默地用另一只手把一个揉皱的信封抛在桌子上,萨木金,用他的剪子的尖端夹起那信封,轻蔑地把它拿在手里。信封是潮湿的。

"外面是湿的吗?"

"下雨,有鬼——正在下雨。"杜洛诺夫含糊说,还是摇摇头,闭着眼睛。

"伊凡,我离开你了。"萨木金赞。信上的字写得很大,看来就像一些图像。

"我厌憎你的朋友们,以及一切唠叨和麻烦。我不明白你为什么必须如此,这有什么益处呢?他们全是些骗子和无赖,而又随时在增多。如你所知道,我待你是坦白的和友好的,但是我觉得你已经不需要我,而且很少尊重我。你旁观着希米亚金追求我,而这人是一头畜生,所以这自然使我很伤心,因为你毫不措意一头畜生怎样看待我。当然,我自己能够打他的耳光,但是我不知道你和他有什么事务上的关系,总之,我是不愿意妨碍你的事务的,虽然我不喜欢这些勾当。况且你喝酒多而又多。我知道你是好的,好心肠的,但是我很以为羞耻的是我所做的总不过是给你的宾客们一些吃的喝的。我认为我或许是适宜于做一些别样事情的。我需要一种严肃的生活。再见,伊凡。不要生气——陶西亚。"

萨木金读完这信,把它抛在一边,轻蔑地注视了杜洛诺夫几秒钟。伊凡,像这封信一样,有一种潮润柔软的容颜。他伏在椅背上,喘气,眯眼,叹息。

"傻子!他快要流泪了。"萨木金想。他大声说,好像宣读判词似的:

"她是对的。你已经把你的家宅变为一个旅馆,一个车站——一个白痴的饶舌家们的俱乐部,而你自以为你有一个谈政治的客厅。她完全是对的——"

"谁不是白痴?"杜洛诺夫忽然质问,用一种异样的声调,把椅子提起来又摔在地板上,"当初她喜欢这样——各式各样人们,谈论各式各样事物。"

"而又什么也不明白。"萨木金补充。

"这是胡说,老朋友。"伊凡抗议,显然已经清醒。"人生错在这里,"他纠正他自己,"各人明白各人所必须明白的事。油虫、耗子、苍蝇——它们明白它们必须明白的事,狗们、牛们也如此。人类却必须明白各样事。给我一点喝的。"他要求。当他的东道主人表示不急于满足他的需要的时候,他也不重复要求,仍然继续说:

"陶西亚明白各样事。"

"对于你她是一个很好的女人。"萨木金报复地说。

"我知道。"杜洛诺夫赞同,摸摸他的前额。"她——你看,她像母亲似的待我。说得可笑吗?并不可笑——一点也不可笑。"他含糊说,然后甚至更为悲凉地说道,"她尊敬你。她期待你来说明,来解释。那时她听说你在新年发表演说——"

杜洛诺夫停顿了一下,抚摸着他的胸襟,好像要确定他的钱包是否安然无恙似的。

"怎样?"萨木金悠悠地问。

"什么怎样?"

"演说怎样?"

"噢,是的。她恼了。她总是问我你是不是一个布尔什维克。"

"我以为你告诉过她我是的吧?"

杜洛诺夫点点头,然后从他的衣袋里拿出一本小簿子。

"当然,那演说是被人曲解之后传达给她的。"萨木金声明。

"我不知道。"

杜洛诺夫用那小簿子拍着他的手掌,宣布:

"这!四万二千存在银行里。我在牌桌上赢了一万七千,出卖军用皮带净赚九千。我一点一点地积存得一万四千。希米亚金答应我二万五千。这是不够的,但是还有——西米杜波夫也要给我一点。我一定要办报,即使必须要我把灵魂卖给魔鬼我也要办报。我要请也鲁克莫维奇作评论。他将要压倒一切名人——他是毒辣的。是的,萨木金,我必须有一个报纸。但是陶西亚呢——噢,真见鬼啊!我们出去吃晚餐吧。"

萨木金拒绝出去。他别有隐情地问道:

"或许她会回来的吧?"

"我怀疑。我知道她去的地方。安排那地方的是洛沙。"杜洛诺夫含糊地说,把簿子塞进衣袋里。

他走了,留下萨木金完全不能再集中注意于康斯特和庇特林的讼案。点燃一支烟,恼怒地用手指擂鼓似的敲着那肥大的案件纸包,克里·伊凡诺维奇闭着眼睛,就更分明地看见陶西亚的苗条体态,高耸的胸部,沉静的行动,有些凝固然而漂亮的面孔,以及诚恳的、疑问的眼睛。他记起他把手放在她的奶上的那一天,她滑稽地问道:"那里对于你有什么趣味呢?"他也记起另一件事,她曾经拉起他的手,仔细观察手掌心,说道:

"生命线长——你是长寿的。"

"她漂亮得好像马利娜,但是不像那样有趣。那犹太姑娘当然替她找到布尔什维克的关系,由此而走上那必然的道路,监狱和流放地。是谁说过,我相信是李克特吧:倘若一个漂亮女人是不愚蠢的,她就不允许她自己相信社会主义。陶西亚是愚蠢的。"

这思想并不曾安慰他。

"总之,我自己正是一个吉诃德先生,一个梦想家——我完全惯于从我自己的头脑里想象生活。陶西亚却不。她不喜欢幻想。"他尽力说服他自己,思索着人能够和陶西亚同过一种澄静的舒服的生活。

二

自从新年演说之后,萨木金已经觉得理当留心社会主义的报纸。略带一点勉强,但是很有规律,他看着两份孟什维克的和两份布尔什维克的刊物。前两份使他恼怒的是它们的言辞的迟重,它们对于布尔什维克报纸的零碎的追求。他觉得孟什维克的刊物是脆弱无力的,不能使读者感受应有的影响——它们的论文的形式降低它们所要辩护的主张,不能集中而只是分散所有的论证,没有义愤的热情而只是念念不忘它们前次在思想的联合上的私人的猥琐的仇恨。总之,这些报纸所代表的一群知识分子并不能简洁地和自信地说明他们所明了的:这文盲的农民的国家所必需的是种种改良,而不是一次只有彻底的、无情的反叛才可能的革命,像过去俄国人民的一切政治运动所主张的那样。克里·伊凡诺维奇·萨木金相信印在这些愚蠢的报纸上的各样言辞他都能够说得更有效、更尖刻、更活泼。

布尔什维克的报纸还更深地激怒着他；在恼怒中它们引起他的敌忾，同时使他惶惑不安。在它们之中，他发现它们的一贯的确定企图是要使他反对自己，要使他相信他所承认的价值是错误的，连他的全部思想习惯都要不得。照明它们的题材的是一种社会哲学，一种他所不能反驳的"成语体系"。

克里·伊凡诺维奇在琐碎的事理上是老练的，但是他以为难以反驳；所以他觉得要反对这种成语体系他只能提出一个论据：

"我不需要它。"

他每一想起布尔什维克党人，他就看见布尔什维克主义人格化为斯徒班·古图索夫的沉静而坚实的形体。这主义的首倡者生活在国外，但是萨木金，坚称它为荒唐的成语体系，能够想象列宁不过是一个知识分子，一个在外国被生活所苦的书呆子，一种虚声而不是一个人。

"有点歇斯底里病，好像加尔洵[1]或乌斯班斯基[2]似的。当然，一个吉诃德先生。"

然而，古图索夫是一个真实的、久已熟知的有血有肉的家伙。他正在不远的地方，作为一个组织者而活动着。每次和他邂逅都留给萨木金一种这人确有资格指教人和领导人的印象。

萨木金和他的最近会晤曾经大为增强了这印象。

萨木金在那宴会席上演说之后不多几天，伊里娜对他亲切地微笑着，说：

"你知道，克里·伊凡诺维奇，你的演说是一个大成功。我对于政治并不比一只土耳其母鸡知道的更多，而且我也不过从一本肥大的书里的一张滑稽图画上才知道吉诃德先生。在我看来，歌剧中的浮士德也不是一个很光明的角色。但是我也喜欢你的说法。"

---

[1] Garshin（1855—1888），俄国诗人、小说家，曾患精神病。
[2] Uspensky（1840—1902），俄国小说家，曾患精神病。

她吃吃地笑着，沉默了一下，继续说道：

"你好像在都市里住过的农民，指教村人们怎样思想。我希望你不会恼我，嗯？"

"正相反——真是过奖了。"萨木金回答。

"从前我们有一个这样的农民在我们的别墅里。他常常使我们好笑。他会说：'在城里，人人都玩，人人都会唱自己的歌。'"

她告诉他：

"拉卜提夫-波卡蒂洛夫要你到他的家里。你知道他吗？他有一点傻，但是他是有趣的，他是一个贵族，而且很富。我想他是这里的市长。他溺爱各种歌人，尤其是法国的。他知道他们全体——全是著名的。他的家是有趣的。餐室的天花板就好像一只水槽，装饰着各种图样。他称它为'古代贵族式'。他有许多瓷器，塞满了一个房间。有些东西是可爱的。"

"他为什么要我去？"萨木金问。

伊里娜说：

"他喜欢独创一格的人们。你愿去吗？他也要我去——因为从前的关系。"她又说，瞥了他一眼。

于是萨木金到了一个宽大的房间里，那天花板是长椭圆形的，浮华地图绘着旧俄罗斯的图案。

在一只角落里，桌子后面坐着两个人——一个是著名的大学教授，那名字好像是希腊文的：萨木金曾经听过他的讲演，但是那困难的名字已经逃出他的记忆之外。另一个是长身的，面容枯焦的人，络腮胡子，看来很像漫画上的滑稽的英国人。有一个不整洁的小男人站在那里，一只手按着果子，另一只手摸着上衣的一个纽扣。他咳嗽，用一种细声音说道：

"那么，我们见面了——"

他的脸上有一种畏缩的灰黯的容颜，说话是怨声怨气的。

萨木金知道工业家们，尤其是莫斯科的，都严厉批评由地主贵族所倡导的帝国议会的政策。他知道戈诺伐洛夫和拉比欣斯基之流曾经开过一次会议，讨论经济和外交政策问题，在这会议中斯徒洛夫和一个重要而匿名的孟什维克曾经发表演说。但是在这房间里他看不见一个像是商人或工业家的人。这集会是由知识分子组织成的，其中有些和他见过面，有些在报纸上见过相片。他们是一些教授——不是顶著名的；一些作家——里翁尼·安特列夫，俊美的苍白面孔，厚重的黑头发，正在摸着他的小胡子；颓唐的"平民主义的最后典型"；诺加次夫、阿里可伐、也鲁克莫维奇、台格尔斯基、科台安次夫、阿拉比也夫；有几个服装漂亮而且发式特别的太太们——有一位的头发梳得那样紧贴在耳上和腮上，以致她的脸似乎窄而且尖，差不多丑了，她们全是中年人，过了三十了；还有一个戴眼镜的灰头老太婆，总是恼怒地噘着嘴唇，她惯于用一本小簿子扇着她的小黑脸。伊里娜还不曾出现。

在房间的末端，紧靠着墙，站着密集的一圈人，似乎是工厂工人们，他们的最多数都是有胡子的庄重人物，但是其中有一个高的、阔肩的、差不多是青年的人，那高颧骨的活泼的脸上没有一点髭须的痕迹。另一个红鬈发的男人身高齐他的肩头。

"在这国家里工业正在迅速进展。资本家们正在组织他们的报纸。莫斯科的工业家，由财政大臣领导着，要求修改对外通商条约——首先是对德的。"那畏缩的小男人怨声怨气地说，咳了又咳。

他们都严肃地静听他说。这房间里正在蒸发着半百人的气息，窒闷而且温热。萨木金却打了一个寒颤，低下头去，当古图索夫的熟识的声音打破沉寂的时候：

"还有，帝国议会赞助政府扩充海陆军的计划。"

古图索夫从人群中走出来说：

"因为这里的演说家们似乎都不急于陈述他的事实，似乎有许多事实，而且因为这些事实是众所周知的，而且因为我只有五分钟就要走，我请求许可我现在发言。"

萨木金回头一瞥古图索夫,他穿着皮外褂,好像一个铁路工人似的。他有着新留起来的胡子;肩头似乎窄了一点,但是显然更高了;然而他的容貌并没有改变的痕迹,他的灰眼睛是大睁着的,而且具有和从前一样的光芒。

"和从前一样的这古图索夫。现在,侦探显然并未跟踪着他。"

然而,他觉得在外表上古图索夫在环绕着他的人们之中依然是并不惹人注目的。

古图索夫吸烟,熏着他的胡子;他的言辞是响亮而且分明的。

"还有一些种类不同而关系不小的事实。"他说,在被允许演说之后,"政府在巴尔干联盟的组织中担任什么角色呢?紧接着土意战争而来的巴尔干战争,很可能是以毁灭土耳其为目的的,政府和这战争有什么关系呢?资本家企图把我们带进一次新战争里面吗?倘若如此,对谁战争呢?为什么战争呢?这些事实和这些问题或许是知识阶层所考究明白的了吧。"

萨木金,坐近和天花板及墙壁涂成一色的一道门旁边,是最不惹人注目的。门半开着,有人在它外面叽里咕噜:

"我对他说:'我的朋友,这些事情必须彻底思索,否则就完全不想,而且倘若完全不想,那就必须闭着眼睛过日子。'他说:'但是我怎么能够呢?无论如何,我是首相呀。'我说:'那么闭紧你的眼睛吧。'"

"噢,真有趣!"这是伊里娜的叫喊。

门外的有趣的谈话妨碍着萨木金听取古图索夫演讲的意图,虽然他到底听取了一些断片。

"俄国知识阶层的基本特征常常是思想落后。在前世纪三十年代和七十年代中,法国工人已经表明无产阶级自觉之后,俄国人还在演说中和书信中称道农民劳动的健全性,并且说工人的精神是被工厂的机械所呆钝了的。"古图索夫宣言。门外伊里娜的声音欣欣地响着:

"在我的一个女朋友家里我看见他没有穿裤子。"

"他显然是在准备着到罗曼诺夫皇宫去表演。"

"就在最近,我们的合法的马克思主义者们,以及孟什维克派,曾经表示艳羡法国律师们,白利安之流、米勒朗之流、维维安尼之流,以及一切小资产阶级的精神的亲属,这些人在冲撞大资本家们之后,就出卖工人,变为同一资本家们的武装卫士——"

萨木金想道:"有了胡子的人不应该有这样声调。"

"这是诬蔑!"有人叫喊,而这叫喊立刻就引起别的两三种声音。有些人顿脚,吵嚷,挥拳对着古图索夫:

"你没有资格——"

"说谎!"

"那么《纪程碑》是什么呢?"

"对了。"

"而且把民主派当作'将来的恶徒'又算什么呢?"

"而且'思想和信仰的保卫者'必须逃避的那些匈奴人都把自己躲藏在山洞里和陵墓里去了吗?"

"俄国并没有陵墓。"

"这是不确的。基辅修道院里有陵墓。"

"奥得赛有许多陵墓。"

"俄国知识阶层并没有叛徒。"

"多得很。"

"可以从提公米洛夫[1]算起——"

"知识阶层的英勇的生活是有历史做见证的。"

"他并不是说知识阶级全体——"

---

[1] 曾参加暗杀亚历山大二世的恐怖团体,后来公开悔过,作了一本书,《我为什么不再做革命党?》

古图索夫笑得胡子发抖了。他也叫道：

"等一等！我还没有说完呀！"

"你已经说够了！"

"我们知道你们这些穿着幻想的衣服的家伙的。"

伊里娜从小门里走进来，叫道：

"发生什么事情了？"

一个圆圆的小男人，有着通红的面孔和快活的眼睛，像一个橡皮球似的紧跟在她后面滚进房间里来。

失望地摆摆手，古图索夫向着开在一道厚墙上的拱形门走去。有五六个人跟着他出去。吵嚷越来越高，越凶，越热闹，也越常常被台格尔斯基的响亮声音所穿透。

萨木金也觉得被古图索夫的演说所中伤和沮丧。他尤其沮丧的是分明觉得他不能冒险和古图索夫争辩——这人是永远不能理解浮士德和吉诃德之间的不能调和的对立的。

"一个布尔什维克。布尔什维克党人并不是民主主义者……的确不是。"

伊里娜细起眼睛，看看天花板，看看人们，然后试探地说道：

"好像面饼馅里的菌子——是不是？"

萨木金用默默的微笑回答她，同时他的耳朵被台格尔斯基的恼人的声音所刺激。

"关于一切生活现象的估计都是出自知识阶层，而且重视它自身的作用和他对于人民的任务——这也是出自知识阶层。但是我们知识分子知道人是羞于说出自己的毛病的。"

几声怒吼：

"那是不确的。"

"托尔斯泰主义。"

"阴谋家的行为。"

要压倒台格尔斯基的声音是困难的,它好像一阵汽笛似的穿透嘈杂。

"请不必激动。我并未小视任何人的任务。我自己也还没有任何业绩。我的意思不过是说第一代的知识分子显示他自己是流动的、不坚决的,比之农民或工人——"

"真是创见!"

"节省你的讽刺吧——你有的并不多。"台格尔斯基继续说,逼人注意,"我知道——像那些法国人一样,我们有许多世袭的知识分子。他们的祖父是教士、小商人、小店主、承造者,最大多数是小市民。但是他们的父辈曾经出来教导群众,和一百九十三个革命党同时被捕,受了审判,坐了监狱,流放到西伯利亚。现在我们看见他们的孩子们在社会革命党之中,在孟什维克之中,而大多数却被雇用来维护贵族政治的国家机构,这国家打算在明年举行它的成立三百周年纪念。"

"停止!"有人叫喊。

"这是命令我或是命令贵族政治呢?"台格尔斯基质问。

有两三个人大笑。

那圆圆的胖主人,拉卜提夫-波卡蒂洛夫,站在伊里娜后面,吸着一支纸烟,把琥珀烟嘴从嘴里拿出来,低头对着妇人的耳朵,咕噜道:

"倘若明天秘密警察部不来传我去,那才怪咧。"

"你不可以任性这样闹着玩呀,老孩子,"伊里娜警诫,"我想不到今晚你会做出这种事情。"

台格尔斯基,在萨木金不能看见的处所,继续说道:

"刚才在这里被阻止发言的那位有胡子的绅士就是俄国知识分子的一种新典型——"

"从前也有他这一类的。"

"我并未遇见过。布尔什维克主义有它的创造性。"

"是吗?"

"看看他们的《真理报》吧。"台格尔斯基劝告。

于是,有二十多个人同时嚷起来。萨木金听见阿拉比也夫的歇斯底里的叫喊高出于一切之上。

"这是冒充博学的劝告。在柏格森[1]已经在哲学史上开创了新纪元的时代——"

"米提亚发脾气了。"伊里娜笑着对拉卜提夫-波卡蒂洛夫说,后者附和着也笑了。

"米提亚觉得民主派是他的私敌。我们老贵族们比之近代青年们是更为宽容得多的——"

在邻近什么处所,诺加次夫哭诉似的说:

"那么我们怎么办呢?俄国文化已经不中用了吗?我们必须依照那德国犹太人的思想而生活了吗?我的上帝呀!"

那戴眼镜的老太婆,气势汹汹地挥着她的簿子,用咬牙切齿的声音呵斥台格尔斯基:

"你的那位朋友,装得好像工人似的,曾经竭力想象出一些并不存在的东西,一种冒险家的幻梦。我认定——阶级的理论是错误的。并没有所谓阶级这种东西——不过那些人迷惑于唯物论和无神论,魔鬼的科学——而且有荒唐的野心。"

"对了!"诺加次夫叫喊,"那老拉伐格夫妇,马克思的女儿和女婿,都完结于自杀了。这就是唯物论的意义。"

台格尔斯基的尖声撕破了那嘈杂。

"我的问题是提出来给昨日的知识阶层的。国家正在严重情况之中。林那金矿工人的被大批屠杀已经酿成政治罢工的新风潮——"

"经济罢工吧。"

"不。从事经济罢工的不过十五万人。从事政治罢工的却有五十多

---

[1] Bergson(1859—1941),法国哲学家,唯心论者。

万人——"

台格尔斯基继续渲染对德战争的威胁，而又自行提出反面的意见："在德国国会中社会主义党占多数，而且议长是斯乞德曼，所以他们不会允许资产阶级发动战争。"

"假如法国发动呢？"

"我们必须记住在阿加德[1]事件的时候柏林工人的主战示威——"

"法国不会发动的。"

"他们已经准备了四十年了，不会吗？你说笑话！"

"秩序，请注意秩序！"那教授叫喊，枉然用铅笔敲着桌子。有人立刻发出惨厉的叫声，好像淹在水里似的：

"这里还不曾有谁说过'祖国'这神圣的字！真可怕！由于忘记我们的祖国，我们自居于她的疆土之外，自绝于我们的祖宗的国度。"

"祖宗并不都爱他们的子孙。"

"不是由于跟随着祖宗的脚迹我们才到了现在的地步吗？"

但是那演说者，或许被自己的歇斯底里闹聋了，并未听见这些反驳。

"太太们和先生们，"他请求，"让我们信任——"

人们显然厌倦了。他们都分散为一些小群，各自低声谈话。在萨木金后面有一阵热烈的私语。

"差不多一百年以来，都是律师们在制造法国历史——"

"太太们和先生们，让我们信任宪政民主党，因为这党知道祖国是什么，感觉她，爱她。"

"那些米留可夫派已经不是民主主义者了。"

"但是也还不是资产阶级的党。"

---

[1]（**Agadir**）非洲北部摩洛哥商埠；一九一一年德国政府曾派战舰潘色号到那里去，作为对于法国政策的抗议。

"他们会是的。等一等看。"

空气是窒闷的;人们越来越骚乱,而且人数显然已经减少。萨木金,想要避开台格尔斯基,逐渐移动到门旁边。当他终于冒入街上的时候,他深深地叹了一口气。

已经下过大雨,冷风正在驱散黑云。缺月正在潜行于黑云之中,不时照明步道,以至路上的圆石有一种油光。人家的窗玻璃上闪现出锡似的色泽,各样东西都似乎有意地瞅着萨木金。有两个人赶上了他,其中的一个扬头阔步好像套着马具似的。他的肩上抬着一只铜喇叭——很大,亮晶晶的。另一个懒散地走着,两手插在衣袋里,挟着一个小黑皮包。尽力要超过萨木金,这人撞着了他,咕噜道:"对不起。"

他接着就对他的朋友说:"什么鬼事也不会发生的。我们总不过是吹牛、吃饭、喝酒、睡觉和死亡。"

"好,你看着吧。"那抬喇叭的人大声说。

"是的,有事情要发生了。"萨木金想,"战争?不会吧。但是倘若战争——这或许是顶好的事,无论如何。它能够统一国民的情绪。帝国议会的权力将要增加。"

照例,在被动参加集会之后,他觉得被言辞所中伤,烦恼于种种矛盾的浪费的补缀之词。而且,拉卜提夫-波卡蒂洛夫家的这集会也仍然使他照常轻蔑同辈。

"没有浮士德,也没有吉诃德先生。"他回想,放缓脚步。取出一支烟,他默想着台格尔斯基评论古图索夫的话,"俄国知识分子的一种新典型?"

他站住点燃了烟,然后慢慢地走去,说服他自己:

"能够充当这种典型的只有把吉诃德先生和浮士德和谐地综合于一身的人。"

"台格尔斯基——是什么型呢,这——诡辩家,他那样说或许完全是一种间谍的狡计——想要知道哪些人同情布尔什维克。那些工人——

倘若真是工人——是保持着足够的沉默的。或许这里的布尔什维克就只是这么几个人，面饼馅里就只这么一点菌子——伊里娜是机智的。"

然而，并没有苦味，他想：

"沉闷的、无聊的人们。可是生活又在因为有必须抵抗的威胁而活动起来了。必须抵抗，因为他们威胁着要奴役个性，要建立比以前更多压迫的奴役制度。是的——当然，各种思想都有发表的权利；各个人都有自由思想的权利，不受时代和环境的拘束。"

克里·伊凡诺维奇·萨木金坚持着这观念。他能够以同样的流畅和有力复述任何人的任何思想、任何言辞。可是他确信这一切泛流的思想必须归纳入一个形式之内，必须引入一道河床之中——限制于堤岸之中。他看见漂流在生活水面上的人们，各自攀缘着各自的救生之草，同时觉得言辞的虚掷增强了他惯于轻蔑人们的态度，把它削尖到苛酷的程度。在大集会中他避免谈话，因为他知道有许多人比他更善于公开辩论，更消息灵通，更博学多闻。而且，也有更有才能的人们。是的，不幸事实是如此的。想到这里，克里·伊凡诺维奇记起那驼背小姑娘曾经勇敢地、深切自信地呵斥那些成人们。

"停止你们的蠢话。这些人并不是你们的孩子呀。"

雨滴又开始降落。萨木金雇了一辆街车，逃避在车篷底下。马缓缓地驰去，它的屁股难看地轻摇着，一个松驰的铁片在萨木金头上的皮篷上噼啪着，雨像打鼓似的怒敲着它。

"何等空虚的生活呀。"克里·伊凡诺维奇默想，深深感觉屈辱。

三

然而，这种情调并未持续。伊里娜在各方面证明她自己是比他所想象的更为有趣的女人。熟练于恋爱的技艺，她容易诱起他的性感，使他经验着他从来不曾有过的最奇妙的颤动。况且，他正在男人需要刺激的年龄,所以很感谢女人的自荐。

"我喜欢疯狂的恋爱。"她告诉萨木金,在这样使他惊异的一阵动作之后,"制造爱情必须有美术家的鉴赏性。我的亲爱的——不可以像动物和卫兵那样尽了任务就完事。"

她有许多稀奇的知识,关于那些精于放荡生活的人士——高级军官、阔佬显宦,以及金融家们。她储藏着无穷的故事、逸话、奇谈,全都说得津津有味,好像退职的婢女谈论从前的阔气主人似的——这婢女自己已经致富,正在以她所熟知的蠢材的言行为笑乐。

因为她爱读书,而且读过许多,她是能够用死人比喻活人,用小说中虚构的角色比喻真人的。

"我希望我能写出你们男人们——我知道你们的一切。"她宣言,握响她的手指,眼睛里闪出绿色光焰。包裹在中国绸里面的她的柔嫩的身体是那样灵活、敏捷,她像一只轻软的球似的从这房间滑行到那房间。她颤声唱着法国小曲,移动着黄铜的、青铜的和镀金的陈列品到这里那里,不断地唠叨,好像一只喜鹊似的——真的,她对于一切发光的东西并非不像喜鹊那样热情的。她自己是从头到脚通身透亮的。

她尊重地、爱好地看待那些东西,用手指抚摩它们,对萨木金叫道:

"看这制造得多么精巧呀。"

"很好。"萨木金赞成,从眼镜里窥看着一个丑陋的中国偶人,怀疑她是在考试他的鉴赏能力。

当她倦于跑来跑去的时候,她就躺在长沙发上,衔着一支烟,而且很起劲地讲着玩笑故事。应和着她的声音的抑扬顿挫的是变化很快的种种小鬼脸。

"一位时髦的太太带着朋友回家来了,一进门就骂她的女仆:'你为什么把家具和陈列品摆得这样乱七八糟,毫无道理?''这是马利小姐的命令,太太。'太太转面对她的朋友说:'我的女儿是很有想象力的。'"

萨木金客气地笑笑，虽然他认为这一类逸话有些平淡——从喜剧上窃取来的，只是值得忘记的材料。但是他偶然也听到另一类故事。

"熊饭店的大厅里正在开着欢宴。一位宾客，区执行吏，贵族，说他赞成把一切私有土地分给农民们。'我们应该使他们得到绝对免费的赠送。'他说。'你有一些土地吗？'有人问他。'当然有啰。但是抵押出去了，利息很重。银行正在进行拍卖。你看，要是在帝国议会里提议，我就能使我自己出风头了。我是很好的演说家。'你觉得有趣吗？"

"是的。"克里·伊凡诺维奇同意。

"你听见戈里目钦对苏孚林[1]说的话吗？'农民焚毁大庄园，并不算坏事。这可以使贵族们受到一种震动，迫使他们停止勾结自由主义。'"

并不留心她从哪里听到这大臣的意见，萨木金问：

"这是什么时候的事？"

"一九〇五年。这一年有许多狂暴的党派。我告诉你吧，老苏孚林是一个可爱的，而且很聪明的人。他是一个非凡的戏剧赏鉴家，但是他不喜欢演员。有一种农民似的严酷性质。他把男女演员都看作无价值的浑人。'演员是没有自己的祈祷文的，而每个人是必须有自己的祈祷文的。'这是他平常谈话的方法。有一个时期我常常看见他，我想要加入他的剧团。但是他说：'不，伊里娜。你是属于音乐喜剧的，而我不喜欢音乐喜剧。'一个怪人——但是一切俄国人都是奇怪的。你就看不出他们需要什么——共和国或是大洪水。"

听着这些传说、这些评论，萨木金沉思地默默吸烟，暗自觉得这些话并不相宜于这小妇人，这从前的卖笑女，而且它们也扰乱着他。同时他逐渐相信在他所交往过的一切女人之中伊里娜是最舒服，最适合于他

---

[1] 当时著名新闻记者，保守派机关报《新时代》的发行人，也是一座戏院的股东和经理。

自己的,而且他已经有些淡忘了对于陶西亚的失意。

伊里娜告诉过他她的生活史,说得简略,而且时常停顿。

她的外祖母也维尼·但吉洛曾经做过马戏团的走绳者,跌坏了一条腿,以后和邓波夫省的一个地主同居,生了一个女儿。地主死后,她在邓波夫开时装店。伊里娜的母亲进过高级中学,在毕业的时候,那外祖母被救火车碾死了。她的母亲在高级中学教过法文和德文,而且曾经把伊里娜送到舞艺学校里去受教育;在这学校里她落在一个老人的手里,这老人是当地政府的首脑。

"和他分离之后——我就走呀走呀。"她简括地结束了。

"你的母亲呢?"

"她害肺病死在克里米亚。我的父亲是一个物理学教师。我才五岁的时候他就遗弃了她。"

萨木金相信伊里娜现在过着清净的生活,虽然仍然和老相识们往来,并不参加狂欢豪宴,但是以拉卜提夫-波卡蒂洛夫对于她的顺从而论,她还享有那些放荡者的友情的。

在讨论林那金矿工人被枪杀那一天,他和她同到帝国议会去旁听。

"在大臣席上左边顶端的那人是内务大臣。"伊里娜悄悄地说。"试想想看,"她继续说,"我看见过这家伙在我的一个法国女友的房间里只穿着短裤。而现在他有权指挥俄罗斯。这是一段逸话。"

她的私语懊恼了萨木金,因为妨碍他努力把法国议会的集会和展开在眼前的光景相比较。在巴黎议会中,满堂坐着沉重的、茁壮的人们,带着平日养尊处优的从容自在气概,确信他们是法国人民意志的化身。其中有许多律师、法学专家,而律师们总是站在他们的先头,领导他们的活动。那些人是生活于基础稳固的国度的。他们代表久已组织好的政党,各政党都有它的历史和传统。

想到这里萨木金就怦然心动于曾经有人在那私人集会上所宣扬的"祖国"这个词了。

"那些人自一七八九年以来就已有了他们的'祖国'[1]。他们争取了它。"

"倘若这里有一个人能够讲道理,那就要算马尔可夫,"伊里娜正在私语,"试看那马尔可夫——他有那么可厌的一副怪相。还有那普里希克维奇——他正在局促不安,好像有谁烧着他似的。作为一种集会这并不是很动人的,是吗?"

"并不是的,"萨木金赞和,挑剔地注视着那些想要给予国家法令的人们,想道,"那诺加次夫能够发表一些什么呢?"

诺加次夫正在他的座位上蠕动着,坐在他旁边的是一个红胡子、秃头的胖男人,穿着旧式俄国上衣,萨木金觉得这人的颈子比起他的头似乎太宽阔,那头似乎并不是停在颈子上而是从它里面突出来。好像在动荡的盘子里的西瓜似的摇晃着。这人的祖国显然只限于他所治理的范围之内。马尔可夫好像一个省会教堂庶务,有着蒙古型的颧骨。议长洛次安科好像一个饭店侍者头目。别的最大多数人好像没有脸,没有话说似的。拥挤在这圆形剧场里的人们,穿着各色各样衣服,好像教师出去了的教室里的骚动的学童们似的。他们交头接耳,互相私语着,或在他们的椅子里蠕动着。转移眼光到另一行议席上,萨木金看见米留可夫教授,圆圆的银光的白头,小脸,红得好像初生的婴儿似的,当他微笑的时候露出紧密的、亮晶晶的尖牙齿,好像就要咬似的。这是懂得祖国的意义的一个人。他是一个要角。但是,在这各种人物——互相私语,东瞻西顾,听任一位同仁读着遮在脸上的一张文件,凭空挥手——的集会之中,还有另一个重要人物吗?在最前列,在一个大间隔里,坐着穿了镶金制服的辉煌的大臣们,其中之一是灰色小胡子的司法大臣,好像正在大笑似的抖颤着。

克里·伊凡诺维奇·萨木金并没有野心想象他自己在这里做一个议

---

[1] Patrie,法语,"祖国"的意思。

员，甚或是一党的领袖；然而，他一记起刘托夫评论他的话，就毫无困难而且十分清楚地想象他自己坐在内阁大臣席上。

他听见这句话："从前如此，将来也必定如此。"一阵怒骂的抗议发自左翼席次，一阵欢呼发自君主派席次。那穿着旧式俄国上衣的男人也起劲地欢呼，挥舞着他的双手，那小头抽动得好像要摆脱他的肥厚的不自然的颈子。诺加次夫把头缩在两肩之间，拱起脊背，双手按着桌面——好像就要跳起来似的。人群中有一种波动，好像整个地面正在震摇似的。说这话的是有着头等饭店的稳当侍者的种种特征的一位大臣，他皱着眉头用预言家的声调说了它。

"顽钝的畜生！他从里翁尼·安特列夫那借来的。"伊里娜悄声说，快活地，故意用手肘推了萨木金一下。

萨木金，记起他在新年宴会席上的大胆兴奋的经验，疑心这位大臣此刻也是那样兴奋着的。他回想从前剿平巴黎公社的加里弗提将军在法国国会里怎样受了被人大呼"刽子手"的欢迎，以及他怎样顿足回答："刽子手？就在这里！"真是一大风潮！

"那马尔可夫是何等的蠢材呀。"伊里娜嘤嘤地刺进他的耳朵里，好像一只黄蜂似的，"弯着头对那包可夫说话的是塞沙·卜洛波波夫。那包可夫是很漂亮的。但是，以最多数而论，他们都是很蠢笨的，是不是？而且毫无精彩——"

克里·伊凡诺维奇同意地点点头。他仍然在想：是否必须具有特别勇气才能对着这些人镇定地，用那驼背小姑娘的坚决声调说话呢？半已经遗忘的往事一个跟一个闯进他的心里，好像落在无底洞里似的：警察把莫斯科学生驱逐进骑兵学校；农民男女合力扯断谷仓的铁锁，把一座钟抬到钟楼上；莫斯科几千学生在对着灰蓝色的沙皇欢呼；尼忌尼·诺弗戈洛得也有过同样欢呼；各阶级的几千人跪在冬宫前面唱《上帝保佑沙皇》而且大声欢呼。可是这同一沙皇是公认为无足轻重的角色的，没有才能而且缺乏意志，据说是在一个德国的妻和一个西伯利亚农民冒险家的掌握之中,后者或许是一名罪犯的子孙。最后的光景是几万莫斯科市民举着红旗列队走在革命者尼戈拉·波满的铺着花毯的赤色棺材后面,终于遭受了不分皂白的枪杀。

"这议场里的人们是代表那些下跪的、被枪杀的,以及主使枪杀的人们的。以大体而论,这些人并不比他们的沙皇更有才能,更有意志。这些人只有在一个勇敢的人——例如,拿破仑——的领导之下才能够成为一种制造历史的势力。是的。'从前如此,将来也必如此。'"

伊里娜继续私语着,说出议员们的名字,描头画脚地说明他们的性格,同时萨木金偏头向着她,做出注意倾听的样子,却正在敏速地想道:

"真正必要的是勇气加上一句简单明了的口号,譬如'法兰西——祖国!'真正理解这种口号的只有一代跟一代在祖国之内发展了工商业,而且支配着祖国的经济生活,强迫非洲人、印度人、中国人全都为这祖国而工作的资产阶级。每一个英国人都有五个印度人为他工作。但是在父与子不断冲突着的国度里,'俄罗斯——祖国'这口号是可能的吗?在这国度里差不多每十年知识阶层就有一次新分裂——六十年代派,七十年代派、平民主义者、民意派、马克思主义派、托尔斯泰派、神秘主义派——这口号是可能的吗?"

克里·伊凡诺维奇觉得好像一个曾经妨碍他的呼吸的脓疮突然在他内部破裂了。满怀着轻快、光明和勇气,他走出了帝国议会。几天之后,还在同样情调之中,他在一个著名律师的住宅里讲演道:

"在几个月之内,罗曼诺夫氏就要举行一个普遍的祝典,庆贺他们统治俄罗斯的三百周年纪念。帝国议会已经指定五十万卢布作为祝典的经费。我们知识阶层应该怎样看待这祝典呢?它似乎是检阅过去三百年的好机会。"

他故意压低他的声音,留心它会尖锐,会爆裂,这是在高音调中常常会发生的。他设法避免兴奋,抑制着他的热情,要把他的议论在低调中说得精彩有力——他觉得这技巧已经使他的听众更加注意了。他说的时候并不戴眼镜，相信近视眼的玻璃似的表情可以增强言辞的力量。

简略地说过罗曼诺夫氏的族谱之后，他指出这氏族的最后一位是伊立沙弗它，彼得大帝的女儿，自她以后俄国帝位就被荷斯坦·戈托卜大公这一个德国人[1]所占有。他相信这史实对于某些听众是新闻，果然某些面孔上显出惊异之色了。傲慢的一笑表示谴责他们的无知之后，萨木金开始说得更加大胆。他列举自拉辛至普加乔夫[2]以来的一切民众叛乱，并未省略堪特拉·布拉文的叛乱，关于这他仅仅知道有过一个顿河哥萨克人布拉文，那地方有过一次叛乱而已。这些哥萨克人斗争的目的是什么，这叛乱因何而发生——他并不比别人知道的更多一点。

"这年轻小子米凯尔·罗曼诺夫是因为愚蠢才被老贵族们选出来做皇帝的。"萨木金对他的听众郑重宣言，"在这氏族之中只有一个聪明的沙皇——彼得大帝，他是这样迥然不同，以至一般平民把他们的神赐救主看作是反基督的，而且有些老贵族怀疑他是大主教尼孔的儿子，据说这主教曾经和皇后犯过奸。"

简略说过三个女帝，和亚历山大一世、尼古拉一世，以及别的两个亚历山大的统治之后，他说：

"当今的尼古拉二世和罗曼诺夫氏的亲属关系好像单是在他的愚蠢这一点上。"

他停住了，喝一口茶，用小手指甲搔搔他的右额，深深地叹气，然后继续说道：

"现在俄国，我们的祖国，将要举行由一些无足称道的人们统治了

---

[1] 号称彼得三世，被他的妻加它林所篡夺。他终于被谋杀。在父系方面他是德国人，而母亲确是俄国人——彼得大帝的女儿安娜。
[2] Pugachev（1726—1775），俄国农民起义的领袖。

三百周年的纪念大会。我们的立宪的沙皇的统治开始于科登加惨案,接着是一九〇五年一月九号的血的星期日,最近是大屠杀林那金矿的工人们。"

"你忘记了莫斯科巷战!"从一个暗角里来了这叫喊。

"不。我并未忘记它。"萨木金反驳,"我一点也不曾忘记。我只是注重贵族政治之下的最重要的事件。"

"它还不算是最重要的吗?"

"一九〇五年莫斯科的各种事变我是十分熟悉的,但是对于它们我有我自己的意见,现在来说明这意见就会使我们离开我的特殊论旨太远。"

"请不要搅乱发言人呀。"一个长脚高人郑重警诫,这人的窄狭的髭须卷曲成许多小圈圈。他面对萨木金坐着,枉然努力用茶匙在久已冷了的茶杯里面捞取一片茶叶。

克里·伊凡诺维奇·萨木金继续演说。他用疑问的形式说明一种恐惧:忠顺的臣民,在纪念会那天,或许会去到皇宫广场上跪祷,像一九〇四年那样的吧?

"我们俄国人太过于容易下跪,不但对于沙皇和政府如此,而且对于向我们宣传的人们也如此。你记得吗——"

>老爷,在你名下
>容许我们屈膝吧。

"原文不是这样的。"那角落里的人说,有些得意似的。

"看见这种膝头的活动性,日本就来利用它,德国也来了,强迫我们签订单是于它有利的通商条约。这条约到一九一四年满期。政府正在增加陆军,扩充海军,和奖励军火工业。这是有计划的。巴尔干战争从来没有一次我们不参加的。我觉得或许在三百周年纪念的这一年中贵族政治并非不会赐予这国家一次大战。"

"甚至一点小胜利也要我们付出大代价!"那角落里的人叫喊,鲁莽地截断了萨木金的演说。他不能不结束道:

"我说完了。"

宾客们默默等待着主人发言。那著名律师以土耳其公鸡似的庄严站起来,仰起他的半灰色的鬈毛头,好像演员似的头,用左手掌摸摸那剃光的蓝面颊,而且把他的纸烟灰抖掉在烟缸里,然后他开始用丰腴的上低音说道:

"一段最有趣的演说。然而我想要自由发挥——指出它的唯一缺点——历史的多血症。啊,历史,太太们和先生们。"他用一种倦怠的私语说:"谁知道历史呢?历史还未被写出来咧,除了好像安慰那些枉然追寻着生活意义的人们的一部长篇小说而外。我所说的生活意义并不是目前的,也不是由于叵测的明天所诏示我们的,而是全人类生存的意义。这意义已经用人类的血肉播种在我们的地球上。历史是写来辩护,颂扬一个民族、一个人种、一个帝国的业绩的。分析到最后,历史记录种种不幸、灾祸,加重我们的祖先的罪恶。我们熟读历史比熟读任何福音所得到的更为深刻的教训是,'互相宽恕'。"

厌倦地垂下眼睑,他摇摇头,然后做了一种巧妙的姿态把纸烟抛在烟缸里——好像抛掉一只赌过的牌似的。然后,深深叹息,使劲摇摆着他的漂亮的头。他继续说:

"世界伟人们的生活史——这是真历史,而且是一切不愿以大同幸福的梦想欺骗自己、迷惑自己的人们所必读的。我们知道世界伟人有一个是幸福的吗?不。我再说,我们不知道,也不能知道,因为我们认为最平常的幸福都是任何伟大人物所未经验过的。"

他的面容变为颓丧了,他的丰腴的声调里充满了苦情。他用一种熟练演员的巧技玩弄着声音和词句,利用新奇的警句和韵语来铺排他对于生存之无望的讽刺、悲苦、郁怒以及哀怨。他虔敬地说出里翁那都·

达·文西[1]、斯威夫特[2]、魏尔伦[3]、弗洛贝尔[4]、莎士比亚、拜伦、普希金、莱蒙托夫[5]等等名字，称他们为伟大的殉道者。

"这都是我们的文化的祭坛上的伟大殉道者，精神的伟大殉道者，这是基督教堂中不曾有过，将来也不会有的——那么我们对于生活还能有什么要求呢，太太们和先生们？"他质问，他的有福的表情中巧妙地含着悲哀，"我们人类呀，甚至我们的神明都是很不幸的，甚至大多数宗教都是受苦的神明的宗教，狄俄尼索斯[6]呀，佛陀呀，基督！"

他突然停止，鞠躬，摸摸他的阔眉毛。缓缓地把右手放下来，他溶解了似的落进椅子里。一阵掌声之后，那角落里的人说道：

"阿门！但是真理滚蛋。我一定要继续活下去——不顾一切真理地活下去——"

"又是开玩笑，卡尔拉莫夫。"主人埋怨，感伤地，但是有些恼怒。"你是一个过时的虚无主义者，你不过是如此而已。"他又说，接着就邀请各个人去晚餐。伊里娜辞谢了，而且萨木金伴送她回家。时候晚了，街道是荒凉的。这城市，昏昏欲睡。呢呢喃喃。浓重的气味从人家庭院的门口传出来。在一条街上，月亮只照着左边楼房的上层，而在第二条街上，又只照着步道，萨木金恼怒这种情形。

"你试听他背诵哈姆雷特的自白，或安东尼的演说。他是一个头等戏子。据说苏孚林要他加入他的剧团，无论什么条件都可以。"

萨木金正在懊丧之中；他觉得那阿波洛[7]型的家伙曾经抹煞了他的演说好像揩掉黑板上的粉笔字似的。而且他以为伊里娜明白这种情

---

[1] Leonardo da Vinci（1452—1519），意大利画家。
[2] Jonathan Swift（1667—1745），英国讽刺文学家。
[3] Verlaine（1844—1896），法国抒情诗人。
[4] Flaubert（1821—1880），法国写实主义小说家。
[5] Lermontov（1814—1841），俄国诗人。
[6]（Dionysos）酒神。
[7] 诗歌音乐等之神，专用于美男子。

形，所以说这些话来抚慰他的受伤的虚荣心。

"蠢呀。"他默默地暗自指责她。他高声问道：

"他常常这样表演悲观主义吗？"

她很爽快地答道：

"不。他常常是十分快活的。但是在家里他就维持着这种作风。他和他的妻怄气。她是很富的——她的父亲是一个大工业家。据说她一文钱也不肯给他，而他是懒的，作诗，作文，发表在《新时代》上。"

萨木金，已经不听她说些什么，正在想着这样的人在法国就不会写无人要读的诗词，而是要坐在国会的议席上的。

"我们是懒惰疏忽的。"他觉得，而且立刻想道，"他并不引证现代的任何人。这是顽固的表征。表演悲观主义是容易的事。但是他说得真漂亮。我必须把我自己建立起来。"克里·伊凡诺维奇·萨木金终于得到这结论。觉得时间飞快地滑过去，好像带着一切滚下山坡似的，然而，比起事变的迅速来，萨木金自己的升腾还是可厌的缓慢。同业的领袖们亲热地和他握手，他被邀请去出席许多集会，他的说话被人们注意倾听——这些全是他的，然而他并不满足。发挥别人们的种种思想，用无尽藏的记忆中的多式多样的名言警句来增强这些思想，他或许是很熟练的，但是他觉得他还不曾把他的知识组织成一种完整的体系，也还不曾以一定的主旨把它贯通起来。长久以来惯于把一种观念看作应付事实的一种形式，理性的机械活动的结果，他相信重要人物是根源于一种神秘的特性的，这特性创造了禀赋异常的个人，例如斯威夫特长老、拜伦爵士、克鲁包特金王子等等。这特性，深藏在情绪之中，保障着个人思想的完全自由和独立，不受历史、时代或阶级的侵扰。克里·伊凡诺维奇·萨木金觉悟这思想自身是一种学说——并不新，真的，但是无论如何总算是他自己的，由他想出来，由他养育着的。而且，他也有足够的聪明来认识他所有的这学说将要永无出息。况且，它是理性的浅薄的、机械的活动的结果，并不能把种种事实组织成一种完整的成语体系——

一种缺乏任何才能的人所能轻易做到的玩意。好像他所熟知其生活史的一切有才能的人们一样,他是不满意人们的,同时分明觉得他心里面的不满意于自己的疗疮正在化脓,而且这疼痛迫使他提出一个可惊的问题:

"我是这样的情感贫乏,以致我的下半生也必定依然像我今日似的吗?"

他记起幼年时代所预示给他的伟大事业,青年时代所给予他的希望,以及他和发尔发拉结婚的最初几年间的生活,于是觉得有些放心了。

第十八章

一

夏季,伊里娜和一些朋友坐船遨游于伏尔加河上,约定到乞斯洛弗斯基温泉去等待萨木金。是的,他需要温泉沐浴,需要休息。他疲劳了。然而,他不愿引人注意到他和这交游太广的富裕女人的关系的性质,这确是有害于他的,因为她的过去无法使人忘记,而且她也并不格外设法使人忘记。他屡次打电报给伊里娜,延展他的行期,逗留在家里,一直到她由奥得赛到亚历山特,到马赛,到巴黎去过秋季。然后,他去到乞斯洛弗斯基住了五个星期,接着就逍遥到谛弗里斯、巴库,渡里海到阿斯图拉康,由那里溯伏尔加而上至尼忌尼·诺弗戈洛得。他参观了博览会,看过这城市中所举行的贵族政治三百周年纪念会。因为同一目的他也到了孔士托洛马。这全部旅行可以算是最好的消遣。

回家之后他有力地从事工作,屡次旅行到各省去,奔忙着处理普洛索洛夫所遗留下的案件。随时他也获得他自己的当事人，而且甚至不能不雇用一个助手——伊凡·卡尔拉莫夫。

卡尔拉莫夫是奇特的。他几乎不断地从牙缝里吹着口哨，而且时常对他自己亲热地说话：

"伊凡，你懂吗，上诉的理由就埋伏在这里了。"

他的肩膀是宽的，头是大的，黑头发全部往后梳，平整得好像贴膏药似的，显出了高的前颅：眉毛丛生在沉入深窠里的像樱桃似的圆圆的黑眼睛之上。他的骨瘦的脸皮已经有一层灰败之色，一边腮上有相当二十戈比克铜币那么大的一颗毛茸茸的黑痣。他的勾鼻子是软骨式的，他的嘴唇厚而且亮。

他的怪癖之一是留意反革命派的文学。他读过大批的这一类小册子和长篇小说，固执地劝诱他的主任来共同欣赏：

"这是当代的一个出色作品，克里·伊凡诺维奇，叫作《时疫》，洛巴亭作的。你不必全读，只消看我标明给你的那几页。"

因为想要理解这家伙，萨木金就把书拿去读了：

"工厂的老工人们，纪念莫斯科普里斯那区的暴动，举行军事裁判的游戏。把穿着政府制服的每个人都枪毙了。"

"但是，卡尔拉莫夫，这是一片谎话呀。"萨木金叫着走进他的助手一面工作一面吹哨的房间里。

"这书里每一句都是捏造的。"

"你为什么要看这种书呢？"

"我正在教育我自己。"卡尔拉莫夫回答，"你读过鲁狄阿诺夫的《我们的罪》，米里支可夫斯基的《俄罗斯病了》，洛可提的《拥护民族主义》，和斯托里宾的演讲集吗？"

卡尔拉莫夫几乎是夸耀地说出一二十部书名。萨木金躺着吸烟，听着，想道：怪癖是空头的、无足轻重的人们用来装点他们自己以吸引注意和接受注意的布施物的东西。

"'注意的布施物'是尼戈拉·米海洛夫斯基说的。"他提醒他自己。

萨木金早已停止写作马利娜被害的小说。关于马利娜和比士比妥夫的种种特征他曾经做过十七页笔记；他曾经决定使伯尼可夫成为教唆杀人者，比士比妥夫是凶手，安插在这两人之后的是神秘人物格里顿。他曾经开始描写那城市，但是结果证明它是百科辞典里常有的那一类干燥文章。

杜洛诺夫偶尔来看他，总是醉醺醺的，激昂的，衣冠不整，红眼睛，肿眼皮。

"陶西亚已经被放逐到孔士托洛马的拜伊。"他告诉萨木金，"我想他们从来不曾把人放逐到那里。天晓得它是怎样一个城市。它的居民总数是二千三百人。在那里的流犯除了她之外，只有一个波兰人，陷溺在那里，已经变为土著，以养蜂为业。然而，她是平安的——似乎并不苦闷。她常常写信来要书。我寄给她几部新出版的长篇小说，但是她不喜欢。她质问我为什么和她开玩笑。你明白吗？她是整个搅在政治学里面了。"

他已经不谈办报的事，对于萨木金的询问他回答道：

"现在谈它有什么鬼用处。我用我的钱做了一次投机，完全贴光了。"

"这好像是谎话，"萨木金想并且问道，"我想你打牌把它输光了吧？"

"不。我卖士敏土和砖瓦。现在很需要建筑材料。我期望得到好价钱，但是我受骗了，那士敏土是假的。"

当杜洛诺夫谈论陶西亚的时候，萨木金并非不曾注意到他的女仆阿格菲亚，她在餐室里搬动食具的声音那时忽然停止了。杜洛诺夫走了之后，他问那麻脸女人：

"你听见陶西亚——遭遇什么事了吗？"

"是的。听见了。"

萨木金期待地看着她。她知道了,爽利地说道:

"好,只要你的灵魂不死你无论在什么地方都能够生活的。我知道我的一个同乡人,他被放逐的时候仅仅只能看书,但是回来的时候他就会写论文了。"

"这并不像安弗梅夫娜。"萨木金暗自判定。

作为一个料理家务的女仆,阿格菲亚是毫无错误的:她善于烹调,把房间收拾得干干净净,用不着主人操一点心。总之,她不给萨木金更换她的任何借口,虽然他高兴这样做,因为他兢兢然觉得他的家里有一个陌生的人——很陌生,而且并不蠢,甚至对于事件和言辞她有她自己的评判。

二

有一晚上,杜洛诺夫带着台格尔斯基来了,两个都醉醺醺。萨木金已经六个月不见台格尔斯基,而他的突然来访是不愉快的。但是仔细看了他之后,厌憎变为有些恶意的愉快的好奇心,因为他已经颓唐到几乎不能认识了。他的圆圆的厚实的小形体已经失掉它的镇定和快活;他的剪裁合度的灰上衣已经变为太宽大,露出从前并不觉得的活动的棱角;他的圆脸立刻显得消瘦而且浮肿;他的眼睛,现在大睁着,有一种可怜的卑贱的表情,这使它们对于他的主人完全是生疏的了。甚至以前他所显示的和杜洛诺夫的表面相似——同样圆胖而且结实,同样声音响亮——但是这种类似此刻只足以强调杜洛诺夫的肥壮,显得伊凡比较更好看些。

沉醉地咂着嘴唇,可笑地呐呐说不出话,台格尔斯基咕噜着:

"他们正在基辅严重准备审判犹太人谋害基督徒的罪。"他高声大笑而且拍着大腿,"在罗曼诺夫氏祝典的前夜这倒是配合得宜的。你是反犹的吗,萨木金?那么,你必须承认你是祖犹的喽——懂吗?杜洛诺夫是反的你是祖的——而我是保持中立的,就是说,看哪一边更有利就站在哪一边。"

"他以为政府发动这事已经在社会上造成另一裂痕。"杜洛诺夫解释,在椅子里上下动荡着。

"不错!"台格尔斯基叫喊,"因为要使它瓦解,分离。这也是蠢的。其实并没有整个的社会。那么正在瓦解的是哪些人呢?"

"没有喝的吗?"杜洛诺夫质问。而且当萨木金认真答道"没有"的时候,他又说,"好,我们快就有喝的了",说着就走进厨房去了。

萨木金来不及阻止这种专擅,这也不是杜洛诺夫的新行动,前次他曾经派阿格菲亚去买过他所喜欢的酒。

咂着嘴唇,翻起眼睛,他的小脸形成一种怪相,台格尔斯基咕噜道:

"社会——人民。完全是虚构。在俄国它们是虚构的。你听见过别的任何国家的内阁大臣们能够对议院怠工的吗?好,在这里他们就正在干着这种事。大臣们已经有好几个月不出席帝国议会。而官僚们的这种顽钝无耻并未引起公众的愤怒。没有任何人愤怒——连你也不,而且你还——"

台格尔斯基尖声大笑,用一个手指指着萨木金。然后他鼓起两腮,继续说道:

"你知道,我怀疑你是聪明的而且故意把你自己隐藏起来。但是,因为你并不聪明,你把你自己隐藏在缄口不言之中,而且也并不打算被发现。但是我理解你。"

"我可以恭贺你吗?"萨木金提议,并不格外伤感于那些醉话。

"不要生气。我也是一个傻子。关于马利娜案我是能够使我自己一举成功的。"

"怎样?"萨木金问,不自主地走到他面前,故意降低声音。

"我能够。而且得到一大笔钱。"台格尔斯基说，几乎是迷惘地。

"你已经查出是谁杀她的吗？"

台格尔斯基扶着椅子的靠手，向前一伸，好像要站起来似的。他舔舔嘴唇，用混浊的眼睛瞅着萨木金的脸，咕噜道：

"我知道的。"他肯定地点点头，"那是简单的。动机并不是劫掠。那么是什么呢？嫉妒吗？那并不是嫉妒。是什么呢？竞争。我们必须留意那竞争。明白了吧？"

"是的。但是那是谁呢？"

萨木金热辣辣地想要听那名字，因为他觉得在杜洛诺夫面前台格尔斯基对于这问题是要保守缄默的。

"行凶者无疑地是比士比妥夫，有人预约保证他不至受刑——但是那教唆者是——一班骗子，也是很有地位的人们——"

"你们正在谈那案件吗？"杜洛诺夫说，走进来了。他深深地吸了一口气，坐在萨木金旁边，摸着他的前额。"这案件是他爱说的痛心事。"他说，拍拍台格尔斯基的肩头。台格尔斯基继续说：

"比士比妥夫的房产已经卖给检察官——一个低得可疑的价目。外乌拉尔的矿产已租让或出卖给工程师波坡夫，但是他不过是一个傀儡而已。"

萨木金的记忆里现出伯尼可夫的软身体，以及他的油腻腻的笑声：

"呸——呸——呸——呸！"

萨木金必定想到那人，这不过是自然的事，但是使他吃惊的是发觉伯尼可夫已经退入过去那样遥远，而记起来又是那样淡漠。萨木金，觉得好笑，就从那往事再进一步，想道：

"其实，关于马利娜的全部事件并不如我平常所想象的那么重要。"

"噢，停止吧。"杜洛诺夫命令，对着台格尔斯基摇摇手，"谁管得着？从前有一个富裕的寡妇。因为这样那样她被完结了，财产充公，由政府拍卖。如此而已，滚它的蛋。"

"你是傻的,杜洛诺夫,"台格尔斯基反驳,显然清晰了,而且他用手掌拍着椅子的靠手,继续说道,"假使公开审理马利娜被害案,不必像审理被控杀害小偷育钦斯基——显然是被女贼乞伯里克所害——的犹太人们的那种中古方式,只消传讯当地皇家推事,那省长的女婿,做证人,我敢断言那证人将要成为被告——"

"好听的童话。"杜洛诺夫咕噜,呆呆地注视着餐室的门。"幻想。"他又说。

"——由于嫌疑凶犯的死亡而结束不能了结的调查手续是非法的,因为法庭所有的文件证明本案中还有比比士比妥夫更重要的人犯——"

"为上帝的缘故,忘记了它吧!"杜洛诺夫叫喊,跳起来,"我讨厌他。好像一只鹅似的——嘎嘎嘎,嘎嘎嘎。这是你的罪过。我们想要战争。远在一九〇八年伊斯孚尔斯基就对苏孚林说过我们所需要的是一次成功的战争——无论对谁战争。而现在这是一般人的信念,自多数大臣们、君主主义者们,以至虚无主义者们。"

他用短脚急遽地踱来踱去,窥看餐室,然后摸摸屁股,恼怒地喘着说道:

"我们正在做后方准备,见鬼。为什么举行三百周年纪念呢?提示沙皇们的伟大业绩给那些猪儿子、那些忠顺臣民呀。还要在基辅开全俄商业博览会咧。"

"一次战争?……很好,"台格尔斯基说,毫无生气,"我们需要某种灾祸。一次战争——一次革命——"

"现在不要预言革命吧。那是不确的,姑且不论谚语有所谓'不会因为说说就有事'。当根据事实而说的时候,事情是会发生的……好,我的主人,你要请我们喝酒吗?"

"我要喝茶。"台格尔斯基说。

台格尔斯基在椅子里一动,但是并不站起来。杜洛诺夫牵起萨木金的手,把他拉到餐室里,那里的桌上的灯照明了一只正在沸腾怒响的、擦得透亮的茶炊,两瓶金黄色的酒,几只玻璃杯和瓷杯。

"原谅我把他带到这里来——原谅我这样多事。"杜洛诺夫恳求,一半是小声的私语,当他倒酒的时候。

"你不必道歉。"克里·伊凡诺维奇慷慨地说。

"你已经变为上等人,重要的人。"杜洛诺夫赞叹,"你已经开拓出你的路,我看出来了。而我——我还套在我的圈套里。它是宽松的,并不至于勒着我,但是我觉得它有些可怕了。'你上山,鬼扯脚。'陶西亚甚至不回答我的信。我想不通,她的确没有逃走,也的确没有死掉。"

萨木金并不留意他的话,正在想着倘若伯尼可夫为教唆杀人案站在被告席上那是何等快意的事。他也想到这两个访客,他们是怎样受了事实和观念的影响,被生活所颠覆。他是何等高超,何等独立,比起这两个人来,总之,比起一切以变态心理应付观念和事实的人们来。

"'我们度过生活好像忍耐病痛一样'——这是谁说过的?"

杜洛诺夫窥看客堂,暗笑地说道:

"他睡觉了。他正在走向不幸的结局——像一个酒狂病者一样。那谋杀案毁灭了他的前途。"

"毁灭了它?"

"是的。他确是受过有渎职之嫌而交付裁判的危险的。他曾经服务某银行,而那银行也破产了。他踏着某人的脚尖或舌头。我可惜他,他有头脑。现在他常到我那里去'解脱他的灵魂'。在别的国度里人们也'解脱他们的灵魂'吗?"

"我不知道。"

"或许只有这一国。显然的。'解脱灵魂'——就好像把暴徒交给警察,或把病人交给医院似的。这说得有趣。人解脱了他的灵魂,没灵魂地生活下去——不受它的麻烦。"

杜洛诺夫的声音是愤怒而又平淡的。他用指甲掐着他的修剪整齐的上髭的硬毛,而且拉着耳朵,张皇地看看桌面,瞅着酒杯。

"昨晚我去参加讨论战争就要爆发的私家集会。那讲演者——并不是什么要人——有一副大牙齿，那必定是随便乱安上的，因为它们毫无规则。那讲演吗——好，它似乎并无任何确定宗旨。我以为你或许要说它是增益知识的——说了种种事实，提出结论，那么一套。他当然讨论我们的对外政策，关于波斯和巴尔干-达旦尼尔海峡、波斯湾、蒙古。结论呢——好，他说，倘若我们不愿变为欧洲的殖民地，我们就必须加紧扩大我们的国界——当然这是说殖民政策。"

一只手抓起酒杯，用另一只手挥开萨木金的纸烟上的烟雾，他默想，叹息，而且喝酒。

"当讨论的时候，那白痴，那十月党人斯推拉托那夫要求：给予我们一个强大的人……诺加次夫突然宣布他自己是一个君主主义者。正所谓'在节日之前来信上帝'。这肮脏的野狗。"

又倒满一杯，泼了一些，他臭骂了，然后越来越辛辣地说：

"他做了一番冗长的演说。他说，贵族政治是上帝的作品，上帝选择最虔敬的人们，把他的智慧赋予他们。而社会主义是有产者、小商人所捏造的，因为要恐吓和欺骗劳工贵族，而且因为那理论是错误的——"

他又停住了，然后突然在椅子里一蹦，急叫道：

"真理的支持者——沉默得好像坟墓似的！你为什么不说话呢？……你懂吗，萨木金？见鬼！"

"安静些。"克里·伊凡诺维奇严厉地说，"你醉了。"

"见鬼！"杜洛诺夫又说，推开椅子，蹒跚地站起来，"是的。我醉了。你清醒。清醒去吧。见你的鬼！"

按住椅背，他勉强走进客堂，在那里拖拉台格尔斯基而且乱嚷：

"喂！走呀！醒起来！走呀！"

萨木金坐在桌前，咬牙切齿，等待着两个醉人走出去。当他们像一对狗似的哼呼着出去了的时候，他就立刻按铃叫阿格菲亚，告诉她：

"以后杜洛诺夫来的时候,你告诉他我不愿见他。"

那女人的好像被鸟啄过似的脸通红了,她的几乎被麻点所破坏的眉毛颤动了。她的眼睛大睁着,但是嘴唇是紧闭的。

"她不高兴这个——她讨厌它。"萨木金觉得。他严厉地问道:

"你听见我说的了吗?"

"是的。听见了。"

"你应该说'是的,先生',或者'对了,先生'。"

"是的,先生。"阿格菲亚说,迟疑了一下之后,出去了。

"我一定要送她走。"萨木金决定,"我想明天那家伙就会来道歉的。他是放肆到容许桑科[1]随便的范围之外了。"

三

但是杜洛诺夫并不来。过了一个多月,萨木金才在维也纳饭店里遇见他。

这饭店在各种报纸上大登广告说它是文艺名家们的退休之所,因此萨木金早已想去到那特殊地方,其中没有歌女、舞人、滑稽小丑,或魔术家,只有作家。

现在他坐在烟气弥漫的房间的角落里,在一株细瘦的棕树所掩映着的桌子前面,从一面扇形叶之下注视着人们的行为。并不容易看见很多。飘动在桌面上的一阵烟雾模糊了人们的面孔,它们似乎浮起而又没入淡蓝之中,眼睛都是灰黯阴沉的。但是声音却来得响,所以那些有意引起公众注意的话都分明显现在嘈杂之中。萨木金,倾听着它们,记起了巴尔扎克的《栗皮》所描写的在一个银行家家里晚餐的几页。

"先生们,一种异端正在猖獗——"

---

[1] (Sancho) 吉诃德先生的跟丁。

"我提议为托尔斯泰祝饮一杯。"

"他死了。"

"以死克服了死。"

"我认为库布林[1]是更有才能的，比之我们所尊敬的——"

"把异端派逐出教门！"

"对了。那么祝饮我们的亲爱的列夫——"

"打倒一切祝饮！"

"朋友们：光明的孩子的智慧是永远反对时代的儿子的智慧的。我们是光明的孩子。"

"打倒一切智慧！"

"让我们快活起来！"

"而且歌颂那些已经获得声名的人的声名——"

"为阿里克山得·布洛克[2]祝饮一杯！"

"为什么呢？让他自己去饮吧！"

"你错了。科学——"

"——是作为一种技术才有用的。"

"对了。科学家不过是幻想家。"

"在我们的中学里我们的物理学教师不能证明重量不同的物体在真空中以等速度降落。"

"医药的科学重要吗？"

"我们全是被放逐在人间的堕落天使。"

"废话。滚开。"

"注意！我要讲一讲爱——"

"讲给老祖父吗？讲给木乃伊呢？"

---

[1] Kuprin（1870—1938），俄国小说家。
[2] Alexander Block（1880—1921），俄国诗人。

"讲给还没有过三十年的木乃伊。"

一个温柔的低音铿锵地说：

"基辅的贝伊里事件正和杜里菲斯[1]事件一样——"

"打倒基辅的政治事件。我们是自食其力的。"

"播种理智，小的——永久的理智。"

"那么，为什么要革命呢？"

"要使加里邦[2]成为人呀——"

"群众是没有理智的。"

"对呀。"

"有铜币。"

"我并不是谈论钱，我是谈论人呀。"

"注意。"

"真的，群众是超理智的。"

"伟大是无智的——疯狂的。"

"妙呀！"

"像上帝似的。"

"是的。伟人是像上帝一样疯狂的。伟大的醉汉。知识是什么呢？现代是理智的吗？"

"哈！哈！哈！混蛋的现代！"

"它是癫狂的。它是矫揉造作的。"

"它是大臣们在帝国议会里造成的。"

"不要触动大臣们！"

"先使加里邦成为人。"

"大臣们是一触就倒的。"

---

[1] Dreyfus, 法国犹太籍上尉，一八九九年间被诬通敌，左拉等为之辩护，终于昭雪。

[2] (Caliban) 莎士比亚的《暴风雨》中的角色，野蛮而残废的奴隶。

"德国正在变为社会主义的国家。"

"噢,我的神父,恕我们不喝这一杯!"

"这并不是开玩笑。"

"我们并不是开玩笑。我们是在祈祷呀。"

"我们是在哭泣咧。"

"打倒政治学!"

"太太们和先生们:倘若——"

"生活是一天比一天贵——"

"而且越来越使人头疼。"

"摧毁这暴乱!摧毁这非人的、可怕的——"

"加里邦!"

"无论你怎样说,我总以为可米色支夫斯卡亚是一个天才——"

"说!我要一只鹅。你懂吗?嘎嘎嘎,嘎嘎嘎,鹅。"

"最时髦的悲歌是《我失掉了一环》。有这么一环,它是使作为一个人的我和像我这样的一串人们联合起来的——"

"我们必须讨论提高文艺作品价格问题。"

"等一等!我什么也听不出来。这地方嘈杂得好像小菜场似的。"

"我已经失掉那一环。我找不出像我似的人们。"

萨木金旁边的桌子有一个冶容诲淫的女人正在歌吟着:

> 我们是从原野里捕来的野兽,
> 吼出我们的最野的吼声,
> 在紧闭着的牢门之前——

"噢,不要。"一个带醉的青年人说,他的粉红脸上有一双黑眼睛,他拍拍她的手……"我们不要读诗。我们说些简单正直的话吧。"

一个黑胡子的高人昂然阔步到那女人前面。当他弯腰向她说话的时

候,他的豪华的胡须拖在她的裸露的肩上,以至她推开他。那人分明地说道:

"波格达诺维奇将军写信给亚尔太省长但巴兹,要他推倒拉斯布丁。这是事实。"

"你从哪里听来的?"那妇人问。

"从将军夫人那里。"

"你又到那说谎者那里去了吗?"

"但是,我的亲爱的——"

那青年站起来,有些踉跄,走过萨木金的桌子前面,他的乱头发挂在棕叶上。他对萨木金微笑着说道:

"对不起!"

然后他皱起眉头,又说:

"没有——剑——歌唱。在这世界上诗人没有可歌的东西——你懂吗!"

他用湿眼睛看着萨木金,泪水奔流在他的粉红面颊上。他想要点燃一支纸烟,但是它破裂了。注视着它,他咕噜道:

"杀害和玩耍——我们用被赞颂的剑来杀,我们玩直射的球……言辞毁灭思想。太约恰夫说的。我们必须毁灭思想,杀掉它。我们必须洗净我们自己的思想。"

杜洛诺夫和另一个人来坐在棕树的另一面的那桌子上,杜洛诺夫背对着萨木金。他的同伴面对着萨木金,是一个头发蓬松的男人,红胡子,长手臂,尖声音。

"来一瓶马尔戈斯,伙计,"他命令侍者,然后对杜洛诺夫说,"你呢?"

"格来勿——白的。"

"我们再谈吧。你说的都是俏皮话。"

他转面对着杜洛诺夫:

"这对于那些学童是不错的,我的亲爱的人。他用时间作酬劳的标准。这是真的,是不是?差不多三年以来我继续收集关于十八世纪音乐家们的史料,同时一个制造家具的细木匠,使用机器,在同一时间内出产了一万六千只椅子。那细木匠现在是富的了,即使每只椅子他只赚十个戈比克。而我呢?一个在报上写论文的穷人。我必须到外面去研究,但是我没有钱。我甚至不能买书。这——我的好人。"

"可是,我们仍然必须解决劳动问题。"杜洛诺夫闷闷地说。

"是这样的吗?那么你解决吧,"红胡子劝告,"喝点酒就解决了。无论怎样解决,你都必须沉醉,否则就闭起眼睛。"

杜洛诺夫,移动他的椅子,向周围瞻望,而且分明是高兴看见萨木金的。他站起来,伸手给他,显然欣喜地欢呼道:

"好,好。你也在这里?"

萨木金一言不发地和他握手,同时杜洛诺夫拉转椅子,坐下,问他:

"你看到台格尔斯基的消息了吗?前天《交易所日报》发表的。他自杀。"

"死了吗?"

"当然!我可惜他。他并不动人,但是聪明。聪明人难得动人的。"

萨木金坦然等待着他自己对于这消息的反应——台格尔斯基的自杀将要引起他的什么感情、什么思想呢?

他只觉得一个不愉快的,甚至危险的人已经从此消灭了。这完全不是坏事。他的心情开朗了,这时杜洛诺夫安详地笑说道:

"你自己也不动人,但是你很聪明。"

"我绝不可以使我自己惹恼了他。"萨木金想,仔细观察着杜洛诺夫,"他也是一个恶汉,但是他是诚意的。他的诚意,在某种程度上,也会变为恶毒的。不过,那时他已经醉了——"

一个胖人走来找杜洛诺夫的红胡子同伴,而且把他带走了。带醉的青年早已不见，另一个男人正在走近艳妆女人。这人高而且瘦，大鼻子，苍白面孔，颜色奇妙的透明的小胡子，戴着夹鼻眼镜。挨着他的肩头一路走来的是一个青年女子，粉红面孔，拖着一条丰厚的金发辫子。

"让我介绍给你这位小姐。她正燃烧在舞台的梦里。"

他的话被淹没在这一阵叫嚣之中：

"'在永恒之中我不过是一个密码，可是我之为我是永远的。'这是巴拉亭斯基说的——他是你所不知道的一个辉煌的诗人——他比在他以前的任何人都更深邃地感觉死的可悲的诗意。"

这时杜洛诺夫就来尽桑科的职务。他详细报告在座的人们的姓名和品位。

"他们的最多数是乌合的暴民——这是安特列·伯里称呼他们的。但是在文坛上嚷嚷的正是他们。在这坛上，他们制造种种声名，我的朋友。"

杜洛诺夫漫不经意地说着，好像有一小点厌烦。在他对于这些嚷嚷的酒徒的批评之中并没有苛刻的意味。他提示各个作家的特点，并不用他自己的言辞，而是引用他们互相批评的歪诗谐文，警句谑语，以及逸闻轶事。

萨木金听着这些多少已经熟知的特写素描，感觉到恶意的喜悦，因为他越来越高兴看见人们的无聊和渺小。

"让战争到来吧，他们就要显现他们原来是些什么东西。"杜洛诺夫忧郁地说。

"为什么你这样相信战争是必不可免的呢？"萨木金质问，在歇了一会儿之后。

杜洛诺夫向他一瞥，而且耸动肩头。

"你以为德国社会民主党正在阻止它吗？当然，他们是一种势力。但是想要战争的不但是德国人，法国人想要——我们也想要。"

他从他的椅子里提起半身，向周围看看，激昂地埋怨道：

"他们呱呱呱好像沼地里的蛙似的。你注意到这几年以来文学上讨论的主题是死吗?"

萨木金点点头。他说:

"这主题是可敬的。"

一种尖刻的怪相出现在杜洛诺夫的不美的脸上。

"可敬,我的乖乖!那是一种欺骗——就是这样的。死并不把任何责任加在你身上,无论你是怎样活着的。但是生活是一位严肃的高尚淑女。她说:'你们这些猪儿子肯赏光想一想你们是怎样活着的吗?'困难就在这里。"

"奇怪,你讲起道德来了。"萨木金敌对地说。

"难道平民是不能讲道德的吗?"杜洛诺夫平静地问,哈哈笑了。"你是一位——贵族。不。这种卖弄死的玩意给我一种痛苦。它是一种卑污的游戏,我认为。诗人兼律师安特列夫斯基不久以前当众选读他的关于死的书——想想看——全书都是讲死——好像这人不能找出比这更好的事情来做似的。他描写他所见过的一切丧葬……克里·伊凡诺维奇,当战争到来的时候你打算做什么事情呢?"他忽然质问,他的脸立刻膨胀成一种丑相,眼睛呆了,全身紧张、挺直。

"我要做正直的人们所要做的事。"萨木金镇静地回答。

"是——是的——当然。"杜洛诺夫含糊地说,他立刻颇为盛气地继续说,"这不是答复。什么鬼知道谁是'正直的人'?我是正直的吗?……嗯,我是吗?"

"是的。"萨木金温婉地说,很讨厌谈话的这一转折。而且恼怒杜洛诺夫阻碍他倾听醉人们的话,醉人们的数目虽已减少,却是变为嘈杂了。穿出这嘈杂之上来了一阵尖声:

"你记得米里支可夫斯基的预言吗?"

啊啊!因为死生乃前定。

> 且听福音——
> 只为春来太迟
> 忽然就到花期。

"你听,"杜洛诺夫说,"你听见吗?"

"是的。但是那是韵文,韵文的意义是被音律所约束的……现在是我回家的时候了——"

杜洛诺夫也默默地起立,垂头丧气地站着。他把一个火柴盒移来移去,然后说:

"我想再坐一会儿。"

"一个小型的加里邦。"萨木金想,迈步走了,"一个矜夸者。他不能为他自己找到一个位置,所以他高谈阔论。他的真位置是做锡匠——装设溺器的铅管。或者做一个杂货店的店员——而他想要卖弄政治学。"

空气是新鲜愉快的,在一阵似乎消灭了这城市所特有的腐朽气味的大雨之后。月亮明朗地照耀着,使步道上的石块光滑得像缎子似的;雨水像玻璃虫似的蠕动在石块之间。"月的蓝色银辉。"萨木金低吟了,放缓脚步,瞻仰着头戴金盔骑在马上的沙皇铜像。

"在帝王与贵族的斗争史上他并不算是最坏的。帝王与贵族。"他重复,寻求着一种类比,"由于毁灭贵族中的最良分子而取得帝位[1]。统治了三十年。掌握着普希金的命运。"

听过那许多蠢话一点钟之后,他觉得他自己是一个智慧的人,于是他的心情开朗了。他十分明白在那饭店里所吹嘘的一切观念的细枝末节;他觉得他自己高踞于这一切观念的中心,是它们的主宰,而且以为那饭店顾客们的庸俗无聊已经使他高升于他们之上,使他有权不想人们

---

[1] 这是说尼古拉一世,他的登极是由于镇压了贵族革命分子的异谋——俄国史上所谓十二月党。

的命运。

四

他越来越觉得他自己被各种集会所吸引。在集会中他避免辩论,只是发表简单的、深思的演说,说明倘若人人有自由思想的权利,那么人人就有尊重对方意见的义务。

"以对于实际生活的关系而论,我们各个人都是一个保障自我利益的告诉人,在争求物质利益之中,人们往往变为仇敌,但是生活不能完全归纳于民事刑事诉讼之中。生存竞争的学说必不能包括更高尚的精神利益在内,也不能打消人求认识自己的神圣努力。"

变化无穷地玩弄着这论旨,用无数的引证铺张它,他技巧地掩饰着它的陈腐的年龄,而且发现他的听众注意倾听他,尊敬地看着他。因为"忠实于自己",他知道这种注意是他廉价得来的,于是对于人们更加谦抑,而且有些慈爱,好像成人对少年们谈话似的。总之,他过着一种远离动乱的舒服生活;在他看来,别人或多或少受着这种动乱的骚扰,他却只是迅速地增加着他的重要性和好名声。

五

在一月尾伊里娜回家来了。才一见面她就真正惊奇地说道:

"你相信吧——我真的想念你!你是怎样有盐味——这样有酸味而且新鲜。"她又说,吻他:"你懂得怎样宽容一切人的愚蠢,怎样不干涉别人的行为。我是很不喜欢被干涉的。"

"她很聪明。"萨木金警惕他自己,这并不是第一次了。他并不觉得她的赞美是格外惬意的,但是他喜欢又会见她。像从前一样,她穿着颜色鲜亮的、柔软的某种毛衣服,而且活泼得好像一只小猫似的。躺在长沙发上,吸着纸烟,她快活地谈着,同时握响她的手指。

"巴黎方面很注意我们,但是他们并不赞成我们。他们不喜欢基辅审判犹太人的白痴事件。内阁大臣可可维兹夫在柏林说帝国议会和报纸并不能代表民意。法国人严厉谴责俄国大臣们对于帝国议会的态度。当我在法国的时候,我偶然钻进一个政治团体里面——我的一个老朋友嫁给一个做国会议员的律师——一个狂热的爱国者,非常仇恨德国人。他是胖肥而且性急易怒的,动辄红脸——他随时都会冒火,完全出于恶意。他喜欢我们的帝国议会中只有十三个社会主义者——面包师的一打,全都互相敌对——而且其余的不是在西伯利亚就是流亡国外。"

"他们讨论战争吗?"

"法国人常常谈论战争。"她回答,十分确定。然后她笑了,用她的手指勾结着萨木金的干硬的手指,解释道:"法国有太多律师。你们的职业是攻击和防守。而法国律师,除了普通当事人而外,还有他们的 la belle France, la patrie[1]——"

"祖国并不是可笑的事。"萨木金俨然指教。

据据他的手好像估计它的重量似的,她继续说:

"我觉得有一种对于任何事物都要加以防卫的人们。在搬到这里来以前,我的丈夫和我住在白西那亚街,同一座房子里住着一位伯爵夫人或公爵夫人或什么之类——好像是梅恩多夫或梅恩堡——总之,梅恩什么。她防卫她的爱犬在楼梯口上撒粪的权利。"

萨木金欣欣然听着她的快活的唠叨,并不介意那些寓意显明的逸话。于是他使伊里娜从言语进于行动了,这总是使他和她同样快乐的。

他觉得俄国正在接近新异的重大事变的边缘。他看见在两个大都市中所举行的当朝统治三百周年纪念会并无仪式以上的意义。像亚洛斯拉夫尔、孔士托洛马、尼忌尼·诺弗戈洛得,这些曾经积极参加一六一三

---

[1] 美丽的法兰西,祖国。

年事变的各省市，都有盛大的表示。但是连这些省会所举行的庆祝也很勉强，没有热意，照例做些教堂仪式和列队游行，屈服于"俄罗斯人民"和"米凯天使长"这些专制主义团体的淫威之下。担任这些团体的要角的显然是警察、教士，以及这里那里的当地豪绅，这些人最多数所代表的是商人阶层而不是工业资产阶级。使人得到的印象是"人民"正确地理解了尼古拉二世的庸懦无能，并未忘记在他统治之下的重大事件：科登加惨案、血的星期日、莫斯科巷战、枪杀林那金矿工人，以及屡屡大批屠杀工人和农民。欧洲各国皇室，罗曼诺夫氏的亲戚们，也冷眼看待这纪念会，显然注视沙皇与代表大资本家利益的帝国议会之间的关系。总之，贵族政治显然是过时的东西，不但在政治的和道德的意义上，而且也在生理的意义上，因为那帝位继承者正在害着不可救药的堕落病。同样显然，战争就要爆发，这战争终于要摧毁沙皇主义而以一个共和国来代替它。

克里·伊凡诺维奇·萨木金并没有足够现实性的想象力来构成他自己的将来的明白图形。他也不打算这样做。但是他屡屡问他自己他是不是到了加入某一政党的时期了呢。不幸，在现存政党之中他找不出一个组织够强固的政党，就是说，能够保障他获得他应得的有价值的地位的政党。没有一党能够这样保证他的；全都会由于某种行动而使他受累，例如宪政民主派旅行到维堡之类。

他很留意帝国议会的活动，常常到那里去观察。他终于得到的结论是一切党派都在强烈左倾的改组过程中。宪政民主派的一次大会要求选举法的民主化、御前会议的改组，和实行责任内阁制。十月党分裂为三派——左派、中派和右派。十月党的古奇可夫宣言政府正在"导国家于崩溃"。同样在改组中的是商店店员们、教员们、市政职工们和农民代表们的各种集会。

杜洛诺夫对于这种情形是十分高兴的：

"民主主义勃兴了！"

他的中兴是显然可见的，由于他的衣服的多式多样和漂亮，由于他的发胖，和由于他所讲的故事。

"台格尔斯基似乎遗留下一个妻——唉，什么妻！"他闭起眼睛，吹了一声拖长的口哨，"近代主义的作风——一种不自然的运动——而她谈话好像她快要死了似的。我到那是去推销一批书。那些书真的名贵，我的朋友。全是我们的经典，装帧的是斯乞尔或斯纳尔——不管他是谁。她剥削了我七百个卢布。我告诉她说我认识她的丈夫，她说'是吗？'就算完事，这鬼婆。"

"你应该结婚呀。"萨木金劝告。

杜洛诺夫显出惊异的样子。

"我能吗？陶西亚怎么办呢？我快就把她保出来了，你知道。我已经答应过——一定的。"

"她又会跑到布尔什维克方面去。"萨木金逗恼他，并不认真。杜洛诺夫不说话，疑问地看着他。然后他突然说道：

"假使她真跑去吧？我也跟去。我们出版文学书——伟大的著作和杂志。"

他新近已经抽烟。这习惯是不合于他的体态的。矮矮胖胖的，衔着一支烟，他就好像一只茶炊了。难看地点燃一支烟，把整个脸都皱起来。他继续说：

"你知道吗，我以为我们的工人们将要追随列宁——他的话太过明白动人——他证明无产阶级专政的必然性——"

平常萨木金对于紧要问题是审慎地保藏着他自己的意见的，但是这回杜洛诺夫激怒了他，竟使他失掉控制力，切齿说道：

"有不可能性反对这必然性——时势是很有利于常识的发展的——"

杜洛诺夫又把他的不安的猜疑的眼睛定住在萨木金的脸上，而萨木金连自己也吃惊地说完了他的意见：

"列宁使他这一派陷入地下室去了。"

"嗯。"杜洛诺夫哼。他咽了一口烟,咳呛得流泪了。

克里·伊凡诺维奇几乎想不到工人阶级,正如他很少想到俄罗斯帝国内的各弱小民族一样——他偶然记起这些民族的存在只是由于安狄昌暴动之类的事实。自然,他记起工人们的次数比较更多——因为随时都在枪毙工人。但是这些记起闪过他的意识并未引起任何责任感,对于建筑在压迫上的生活和人民的被残杀。自从德国社会民主党在国会中占了大多数,斯乞德曼做了议长以来,萨木金就认定他所生存的时代能够产生朱来士[1]、樊得文[2]、伯兰丁[3]、巴布洛·伊格里西亚士、欧京·狄布士[4]、倍倍尔等等。他们的姓名都是刊在历史上的。研究着这事实,他并不期望他自己的姓名和这些人排在一起,但只是觉得在评判工人阶级的时候他必须谨守这老教条:"不要吐痰在井里。说不定你有时必须喝它里面的水。"他认为这警诫并未说到别人或许要喝的井水。他对杜洛诺夫说列宁使革命的无产阶级陷入地下室之中的话,却已暗示了他自己的希望,于是他责备他自己失检了。

---

[1] Jaurès(1859—1914),法国社会党领袖。
[2] Vandervelde(1866—1938),比利时社会党领袖。
[3] Branting(1860—1925),瑞典政治家,社会主义者。
[4] Eugen Debs(1855—1929),美国社会主义者。

第十九章

一

一九一四年夏间,克里·伊凡诺维奇·萨木金已经显著于这种人们之中:他们的主要特征是对于加速发展的、变动剧烈的生活抱着一种苛刻的批评态度。他们对于他一致认为是:

"智识高超的人。"

他知道这些人们在批评主义之下隐藏着他们的中心愿望:想要停止或限制一切把生活的颈项扭转向右或向左的企图和计划;这种扭转是这样厉害,以致一切批评家都被排开,落在真空中,在这真空中是不能有任何希望和梦想的。他所交往的人们主要的是野心很大而业务冷落的律师们;被职务所疲敝烦恼的高级学校教员们;饱食暖衣而为生活的无聊所压迫的冒牌美术家们,如希米亚金之流;读过《法国革命史》和《罗兰夫人传》而喜欢胡乱卖弄政治的妇女们;还未被著名的狗、批评家吠过或咬过的青年作家们,他们对于艺术的社会责任问题的态度却已经有些狂妄了;少数帝国议会的沉默议员们,虽然他们属于这党或那党,但是显然不相信任何纲领能够满足他们的各式各样欲望。这样的议员之一,一个有着凸形前额和隐士面孔的瘦男人,把他对于政治的态度表示得十分明确。他说:

"以现势而论,政治学忽视人生的根本问题。政治学的基础在于统计学,而统计学并没有影响于,例如,两性关系、离婚父母之子女的地位和教育,以及其他家庭问题。"

他们的大多数演说一开始照例是:

"我们民主主义者——我们俄国的民主主义者——"

"中下阶层出身的知识分子已经衰微了。"萨木金反省,"比起贵族来他是辉煌的,而比起商人来他却不那么辉煌,要达到与贵族平等,地产是主要的。要达到与资产阶级平等是比较容易得多的。"

这些人大多数是神经衰弱的。读过弗洛伊德[1]的书,他们以为他们"认识自己"了,而且坚信他们自己的单个性。作为一个人,他们愿意超然独立于现实生活之上;他们几乎全都立于党派属从之外,恐怕党的纪律和纲领有害于他们自己的"精神本质"。这些人对于社会的自我评价是由阿拉比也夫说明了的:

"我们是这国家的最后后备队。"他断言,而且并没有被谁反驳过。

人是无足轻重的,这种观点并未使萨木金懊恼或高兴,他早已使他自己相信这种观点是正常的了。在七月间他也毫不烦恼地看着大群人众密集在尼夫斯基大街上向冬宫流去,去表示信仰沙皇和赞美他那样豪爽地使臣民流血的勇敢[2]。

几千双脚重踏在木板路上产生一种无节奏的异样声响,好像打桩似

---

[1] Freud(1856—1939),奥国医学者,以精神分析学著称于世。
[2] 对德宣战。

的。在人们的光头之上浮泛着各种喉咙的叫喊：

"救救人民，主呀——"

"乌拉！"

"保佑我们的皇帝胜利！"

"乌拉！"

在群众的先头，仰起光滑的笑脸，昂然阔步着的是帝国议会的议员们，穿着镶金制服的人们，红裤子的将军们，长头发的教士们，白上衣铜钮扣的学生们，绿上衣的学生们，打扮漂亮的妇女们。以后就来了像橡皮球似的蹦跳着的圆胖人物；接着是拿着行杖蹒跚走来的一群衣冠不整的老人；又来了戴着鲜亮头巾的妇女们，其中有些正在身上画十字，最多数却张口大叫着越过她们前面的人头，使空气中充满了尖叫和怪喊。人家的窗户里和阳台上站着妇女和儿童，也在叫喊，摇摆着他们的手——而且他们或许都在开照相机咧。

"Morituri te Salutamus。"[1] 萨木金引用，不过立刻就感觉疑讶，"不——这是不对的。"

"你看——沙皇与人民的联合。"有一个声音在他背后说。

伊里娜正在对他谈话，但是他并不听，只是旁瞬了一眼，当他听见她说"每个人都有防卫某种东西的习惯"的时候。她拉着他的手臂站住了：她的化妆的面容是焦急的，蒙着悲哀的暗影，好像盖着群众所激起的灰尘而且罩在一层薄明的雾里面似的。

"我懊悔不到巴黎去。"她感叹，"天晓得这里要闹出什么事来——"

"这或许可以显出恢复健康的振动作用。"萨木金俨然教导，"你知道——好像溶解的盐一样——只要一振动它就会结晶的。"

"好，我并不是盐，所以我不愿意受振动。"她懊恼地说。

---

[1] 拉丁语："我等将死之人向君敬礼。"罗马力士在决斗之前向国王致敬之语。

萨木金沉默了，注意着几个熟悉的面孔：诺加次夫，穿着山东绸衣，脸上显出喜欢和流汗的亮光，几乎是跑着、推着和撞着；瘦长的也洛尼莫夫，迟迟疑疑地走来，用手指摸着他的耳朵；庇里尼可夫，手挽着一个穿白衣服戴奇特帽子的高女人；斯推拉托那夫，捏着一根沉重的手杖，昂然阔步着；在他旁边的是议员普里希克维奇，秃头，无色的胡子，摇摇摆摆地走着；马尔可夫，胖脸，好像穿着最好的星期日服装的屠户似的，缓缓走着。最惹眼的是几群工人们。

"他们不念旧恶。"萨木金想，而且讥讽地怀疑道，"无产者无祖国吗？"

大约三十个系着白围裙的泥水匠正在走过。他们是在萨木金所住的那条街上建造一座五层楼的，这楼几乎正对着他的公寓的窗户。他认出他们是因为看见他们的工头，一个秃头的瘦老人，毛茸茸的猴子脸，有一种受苦人的凄厉声音。

"游惰者。"这人时常高声臭骂。为了这种言辞，他被楼上的住客所控告，曾经被传到警察局去拘留了三天。但是第二天早晨他又厉声叫骂："游惰者——鬼儿子——"而且这违禁语传播开了。

另一个惹眼的泥水匠缓步在这老人后面。他是高大的、阔肩的，有一顶黄鬈发，一部修整的大胡子，一个快活的、好性格的微笑时常显现在他的粉红脸上和透明的蓝眼睛里。他在十分挨近萨木金的窗户前面工作，而且萨木金时常称赞他的好相貌。

穿着烟灰色制服的男女孩子们，显然是从孤儿院来的，小步小步地走着。然后是邮政工人、铁路脚夫、医院护士、关税职员、徒手兵士。群众走过的越多，人就越觉得殿后的是组织这些成分的原动力。一旦完结，这原动力就自行显现为一队骑马的警察。

"我们到熊饭店去吧。"伊里娜要求，"我已经吞吃了许多尘灰，可是仍然饥饿。"

二

熊里全是"哈啦"的呼声和碰杯的叮铃。拔瓶塞和拖酒瓶的响声。人觉得这些人好像是聚集在铁道车站上欢送某人似的。萨木金紧张起他的耳朵,倾听了这嘈杂一会儿,然后赶快摘掉眼镜,揩揩它,低头看着桌面。

"有一个熟悉的声音。"伊里娜说,握响她的手指。

萨木金也认识那明澈的甜腻的腔调,刺着他的耳朵的是塞卡尔·彼得洛维奇·伯尼可夫的言语:

"我们文雅地战斗着——以分配食物取得胜利。我们用糖和印花布征服了整个中亚细亚。"

萨木金皱紧眉头从眼镜里向好像要浮起来似的桂树和棕树之中的一角上窥看着那不能忘却的球状身体,那气球似的红亮的脸,那尖利的闪烁的小眼睛。伯尼可夫用右手举起一杯酒,用左手拍拍胸膛——有拍团面的软声音。

"德国人用钢铁,用机器来斗争,而主要的是用头脑——是的,头脑!"

"我想起来了,"伊里娜说,"伯尼可夫。一个厉害的企业家和少有的荡子。"

萨木金并不听她,而是在听着坐在邻近桌上的两个人的沉静的对话。一个是秃头的瘦人,有一部长胡子和几粒金牙齿;另一个,大鼻子上戴着蓝眼镜,有一部灰白胡子和一个高前额。

"塞卡尔·伯尼可夫已经落在圈套里了。"有金牙齿的人说。

"他会挣脱的。他和有权势的联手。"

"联手有什么用呢?我们的大臣们每个星期更换一次。在帝国议会里的他的竞争者正在始终一致地竭其全力。"

"那就好了。战争绝不会摧毁商业。"

他们沉默了。在伯尼可夫附近有人大声叫道：

"满足农民！"

"那么你以为我应该再看守他一小会儿吗？"有金牙齿的人低声说。他的老同伴，看看表，用更低的声音答道：

"不要忙。米提亚就要来了。我们应该知道他所发现的事。"

"为什么你不理我呀？"伊里娜懊恼地质问。

"我正在听呀。"萨木金解释。他听见：

"我们的人道主义者，激进的知识分子们，曾经拼命要跳在历史前面一步，"伯尼可夫尖声叫喊，"他们要制造历史，但是不学习卡尔·马克思，而学习普加乔夫。"

"必须关闭帝国议会。"有人吠吠。

"他们全都醉了。"伊里娜断言。"不。我不愿待在这地方。窒闷。我需要新鲜空气。我想要驱车到岛上去。"她急躁地说。

萨木金也愿意离开，恐怕会碰见伯尼可夫，但是和伊里娜驱车同游却不在他的预定计划之内。然而，在他能够对她说明之前，一个玫瑰色面颊的美发青年走到邻近的桌上低声说话。

"塞卡尔现在在这里。"那老人说，得意地，"你说他已经落在圈套里，而他正在我们前面跳跃着。"

有金牙齿的人的脸变为苍白了，抖战着。敞开双手。

"谁想得到——"

"是——是的——这是一个打击。他必定花了三十万以上。"

"但是谁能够泄露这机密给他呢？"那青年问。

"噢——他到处都有朋友。"

有金牙齿的人从椅子上跳起来叫道：

"你！你泄露给他，你黄野狗！"

他高声臭骂，他的诅咒使满堂沉默了。

"我们出去吧。"伊里娜不耐烦地说。

在街道上,萨木金告别伊里娜,走回家去。有些头等马车驰骋过去,里面坐着的军官全都显出同样神气——傲然仰起头,把指挥刀挟在两膝之间,两手搁在刀柄上。

"伯尼可夫,"萨木金想,加上一句痛骂,"一个坏透了的骗子——罪恶的典型。"

他知道他是在机械地斥责那胖人,为了憎恶所引起的憎恶。他对于这人并没有敌意,只是轻蔑。

"它是很久以前的事了——现在好像是一段趣味恶劣的逸话。"

在圣以撒广场方面一队铜乐正在咿咿呜呜。人成群地向那方面跑去。一队骑马的警察冲过。各处都现出白制服的警兵。在喀山教堂前面忠顺的臣民已经集合成庞大的群了。萨木金走近一伙去听他们说些什么,但是有一个警官来警告他们:

"走过去呀,倘若各位高兴,太太们和先生们。"

"哈喽。"希米亚金说,用手肘推着萨木金,然后摸摸他的头上的巴拿马草帽边,"让我们离开这坏纪念的场所[1]吧。现在,这是为你们而战——"

"我并不需要战争。"萨木金干脆地回答。

"你不需要吗?我需要。我以为这战争很合时宜而且很有益。战争使各民族单一化,助成它们的统一。"

希米亚金的声调是丰满的,而且通身香气,以至他的言语也似乎是芬芳的。在街上他似乎比在室内更漂亮些,但是少微失掉一点尊严之概。他的淡紫色的衣服,他的华贵的巴拿马草帽,他的象牙手杖以及戒指上的黑宝石都夸张了那花花公子气派。

"战争消除了社会地位的差异。"他继续说,"人类在和平相处的时

---

[1] 指圣以撒广场。因其纪念牺牲者。

候是不够聪明、不够英勇的,但是敌人当前他们就必然发生一种亲密之感,同胞之谊,认识共患难以团结御侮的必要。"

在铁栏之内,在尘土飞扬的一个小方场之中,有一群男女小孩抬着铲子和木棍列队前进。一个十岁的小音乐家走在他们前头,吹着口琴。旁边有一个穿格子花布衣服和戴眼镜的妇人领导着他们。

"塞约沙——合着脚步。"她叫喊,"一——二——一二。"

"德国社会主义者们,我们的先生们,"希米亚金呜哝着,"早在一年前就已投票赞成为扩张军备而增加新税。"

从一道窄街里,像从一个烟囱里似的,喷出来一群一群的人,抬着神像和沙皇、皇后及元老们的照片。追随着他们的是一个骑马的黑胡子警官,把他们赶在一边,用皮鞭威吓他们,呵斥道:

"站住,我告诉你们!转回去!转回去!"

"俄罗斯起来了。"按捺不住的希米亚金解释,被一群穿着短外衣和棉布衣的工人们拥挤到墙边。其中的一个,灰胡子,阔肩头,拿着一根沉重的手杖,望着萨木金,凄然说道:

"一个说这样,一个说那样。你就不知道你应该在哪里。而时间是过去了。"

"你想要到哪里去呢?"希米亚金问。

"这正是我们不知道的事。"

"你们是什么人?"

"各样人都有。"

"市政府卫生局的。"

"修马路的。"

"告诉我,这战争的原因是什么,先生?"那拿手杖的老家伙向萨木金质问。

"这已经解释在沙皇的宣言里。"

趁着步道上的一阵混乱,萨木金潜行离开希米亚金。这时突然铜鼓嘡嘡，喇叭鸣鸣，市民们都挤到街上，好像活塞把蒸汽从管子里挤出来似的，高大的卫戍队拥着团旗踏着圆石路走来了。

"普里奥布拉成斯基团。"一个敬畏的声音说。另一个声音说：

"西敏诺维斯基团。"

"孩子们！欢呼这最虔敬的基督教军队呀——乌拉！"

跟着叫喊的不到十多个人。

一个穿灰制服、戴着红十字袖章的女人推挤过来，越过萨木金前面。她大声说道：

"但是这些兵士里有犹太人和鞑靼人——"

立刻就有一个系白围裙戴草帽的短脚男人在萨木金旁边叫道：

"卫戍队全是受过洗礼的呀，你傻子。"

"你自己才是傻子！"那女人反驳，转动她的白胖的脸向着他，"你使他们受洗吗？"

"嗨，你！你竟敢——"

萨木金赶快转到一条窄街上，摘掉帽子，用手巾揩掉前额上的汗，想道：

"无知的人民——为了这些人的缘故——"

他的心里一阵恼怒阻碍着他完成他的感想。

三

他记起三个星期之前警察们怎样在他所住的街上准备法兰西共和国大总统的通过。这街上的门房们全都被传到警察局去；然后，在那一两天之间，警察继续巡查住户，搜索了三个家宅，捕去了一个学生，而且在大白天从一家乐器修理店里押去了阿格菲亚的朋友班可夫斯基，一个秃头的、看不出年纪的、脸剃得精光的家伙，有一副修道士的面孔。在早晨，围绕着正在建筑中的房屋的木棚都被漆成蓝色，街道也洗过了，于是出现了一二十个衣冠楚楚的男人们，大多数是有胡子的。其中的几个年轻人开了一个玩笑：他们拦阻行人们，设法使他们挨着新漆的木栅走过，以致他们的侧面和背面都涂着蓝漆。

大约正午时候，街头发出一声警戒的哨音，好像遵从这哨音似的，一辆漂亮的汽车就急驰而来，里面坐着一个戴缎帽的胖人，两个穿镶金制服的军官坐在他对面。第三个军官坐在车夫旁边。有些暗探假装过路人；有些窥察家宅，好像对于站在窗户后面的人发生好奇心似的。萨木金在他的窗子里窥看着，想到普因开勒[1]先生早应该在一年前来庆贺罗曼诺夫氏的三百周年。

阿格菲亚在邻接的房间里，当萨木金穿着寝衣和拖鞋走进去的时候，她对他快活地一笑，她的裸露的手臂交叉在她的脸上。

"你高兴看见法兰西共和国的头了吗？"他问。

"我并未看见什么头。"她回答，"那是从缎帽到鞋子——肚子全都胀鼓鼓的。一个国王必须装成平民，好像一个商人，这是可笑的。"那女人继续说，"而且头上戴着一只黑圆桶。他是应该穿戴得与众不同，使他显得重要的——好像教士的小帽，或什么。穿着这样的服装，我们的警官都比他堂皇得多。"

虽然萨木金很不肯和她说话，这麻脸婆却越来越随便而且放肆了。另一方面，她在她的工作上毫无错误，使他没有辞退她的借口。他或许会突然碰见一个男人在她的厨房里的吧，但是除了班可夫斯基而外也从未碰见过谁，虽然分明是有别的男人们来访过她的。她不吸烟，班可夫斯基也不吸，但是厨房里常常有烟草气味。

过了几天之后，伊里娜给他看一张粗鲁的钢笔漫画：用刀剑凑成一个方块，把普因开勒的脸画成一枚炸弹放在中央。方形顶端的两角各有一张卢布，一张里是半已涂去的沙皇尼古拉的脸，一张里是英国国王的

---

[1] Poincare（1860—1932），曾于一九一三至一九二〇年间任法国总统。

公猪头；下端两角是比利时国王和罗马尼亚国王。这漫画的题名是《方形中的一点》，这是法文"普因开勒"的译意。

"这是卡尔拉莫夫给我的。"她解释，"他常有这种有趣的东西。"

"在我年轻的时候我常常因为好玩收集这样的——钢笔和铅笔的谐画。"萨木金厌烦地说，并不加添说这样的谐谑现在引起他很像是敌视它的作者的某种感情。引起他这样感情的也由于卡尔拉莫夫的注意街上闲人的保守主义和反革命倾向的各种表现，卡尔拉莫夫的悠悠的口哨和低声自言自语，卡尔拉莫夫的平滑的黑铁小帽似的头发。真的，卡尔拉莫夫的一切都引起萨木金的惊奇，几乎荒唐到怀疑他是染了头发，用假护照生活着的，或许是一个社会革命党，一个恐怖党人，一个马克西莫[1]主义者，从西伯利亚逃回来的。但是伊里娜知道卡尔拉莫夫是她的丈夫的亲表弟；他的父亲是住在加尔兹的兽医，他的母亲于一九〇七年被捕死在监狱里。

在桑梭诺夫将军统率之下的俄国军队崩溃之后的几天，卡尔拉莫夫献给萨木金一张薄纸。

"你喜欢看吗？"他问。

萨木金看了用打字机打成的稿子：

> 朋友们！我们否定马克思主义吧！
> 那学说尊崇和颂扬暴力之神——
> 可恶的阶级斗争——
> 起来，社会主义的爱国者！
> 走去打倒外国的敌人！
> 打击德国工人——走呀！

---

[1] 企图以暗杀达到革命目的的组织。

我们去找我们的新兄弟，
加入古奇可夫的委员会。
我们管什么人们咆哮和诅咒，
我们管什么马克思的神灵？
起来，起来。

普列汉诺夫自己这样说，
斯乞得曼、樊得文、格特士也这样说。
在帝国议会里巴里亚诺夫，
三番两次重复这歇斯底里的废话。
起来，起来。

我们抛弃红旗；
我们竖起三色旗；
派出无产阶级所组成的军队
打破德国工人的头颅！

"坏。"萨木金说。
"不能再坏了。"卡尔拉莫夫回答。
"这样粗劣。"萨木金又说。
"低能。"卡尔拉莫夫解释，耸动肩头，好像道歉似的。
"他在开我的玩笑吗？"克里·伊凡诺维奇·萨木金怀疑。他初次发现卡尔拉莫夫的下唇比上唇更厚，使他的脸上有一种轻蔑的表情，而且他的眼睛，毫不活动，全无礼貌地直瞪着和他说话的人。

他立刻记起卡尔拉莫夫有许多回的表示是十分暧昧的。

例如，关于德国大使馆被捣毁的事，卡尔拉莫夫曾经叙述如下：
"他们捣毁和抢掠一座丑陋的石房子。他们也许已经毁坏了邻近的家宅。倘若警察允许他们，他们甚至要拆毁冬宫咧。我认识的一个副巡官对我说：'战争不过刚才开始，人们就已谈论打劫。刚才拘留了一个人，因为他当众宣说那大使馆的被捣毁是得到当局的默许的，因为它的主人，一个武官，曾经盗卖四万双军用皮靴给德国人。'还有另一件事。当大使馆屋顶上的铜像被拆毁的时候，有一个老人说：'要是同样处置阿尼乞夫桥上的那些裸体像，那就糟了。'"

萨木金干脆地问：

"你是说这种行动并非出于人民公愤吗？"

"我没有想到什么愤不愤。"卡尔拉莫夫回答，他的负疚的声音显然是开萨木金的玩笑。他又说："人们不过是自己寻开心，在警察许可之下。"

"这，当然，不是这样的。你漫画化了这些事实。"萨木金宣说。卡尔拉莫夫又说：

"现在那些新闻记者——他们真是愤怒了。他们被禁止发表他们的反动言论，被剥夺了嘎嘎嘎的权利。甚至那中间派的和事佬言论也被打成泥浆。"

萨木金觉得十分清楚的是全国都在勃发着爱国情绪——正和他在日俄战争初期所见的情形相反。这回自由主义的资产阶级一致采取这口号："沙皇与人民联合！"帝国议会郑重消除对于政府的歧异。学生们举行爱国示威运动。各省打给沙皇几百通电报，宣言主战，相信必胜。报纸都在记载"条顿人的虐杀"。散文的和韵语的作家们都以毁灭恐吓德国。各处都在称赞顿河哥萨克人可士马·克里育乞可夫，他因为要鼓励市民的敌忾，用刀和矛刺杀了十一个德国骑兵。

"无疑地，这比实数多说了十个。"卡尔拉莫夫批评。

"他假装怀疑来抬高自己。"萨木金判定。使他讨厌的是听见伊里娜更加常常说到卡尔拉莫夫。

"他是有趣的——好玩的。一条怪鱼。"

"我们有的怪鱼太多了。叫人讨厌。"萨木金说。几天之后,她说:

"他是有才能的。昨天他读给我一种乐剧——怪有趣的。一首虔信的银行家们的合唱诗——噢,那是叫喊。听着:

噢,像这样咬嚼邻人的骨头
真是圆满的天福!"

"这玩笑并不合时宜。"萨木金抗议。她坚决反驳道:

"你错了。这正是生活必定比以前更可喜笑的时候。那么,你懂得股票市场的情形吗?上星期四我赚了八千。但是我要警告你那是冒险的事情。更安全是买黄金——任何金制品。"

"是的,当然——黄金。"萨木金漠然赞同。

他并不关心这女人的行为,她称赞卡尔拉莫夫也并未引起他的妒忌。他正在专攻一个问题:战争开拓给他什么前途,什么道路?它已经宰制着这样广大的人群,当然,它不会延长的——并没有延长战斗的足够资源。协约国当然要打溃德国和奥地利,俄国将要在地中海内获得出路,在巴尔干半岛获得坚固根据地。这都是很好的,但是他私人能够获得什么权益呢?用他所能有的一切勇气,他决定他必须使他自己得到一种显著地位——这是他早就应该这样做的了。

"我必须这样做——完全由于尊重我的生活经验。它的价值是我没有权隐藏它,使世界,使人们无所见闻的。"

但是这一套理论并不满足他。他知道这隐藏并非使人们无所见闻,而是隐瞒他自己,因为他是正在掩藏着已经搅扰了他一生的某种东西。他以为他是没有野心的,他觉得他自己并没有服役于人群的义务。他不是憎恶人类者,但是他觉得人类的大多数似乎毫无价值,其中有些人确是仇视他自己的,当他听见桑梭诺夫的军队在东普鲁士败绩的黑暗消息的时候,他责备他自己太过速断。几天之后,伊里娜给他看一张相片,握响她的手指。

"看。这是奇怪的。"

这相片很不清楚，必须用力才能辨识。似乎是在一段街道上，有两座窗子被毁的小石房子，一双人脚从走廊里突出在石阶上，马路上散乱着破碎的家具，一架没有盖子的铜琴躺倒在地上，一株被砍倒的枫树或栗树横卧在街上，树前一堆燎火上露出钢琴顶盖，火前面的一只大安乐椅上坐着一个俄国兵士，正在注视火焰，他的一只脚踏着一架打字机，一支步枪夹在他的两膝之间。背面是朦胧可辨的别的两个兵士，正在装配或卸除一匹不成形的马。

"这标题可以叫作《胜利者》——可以吗？"伊里娜说。

萨木金懊恼地答道：

"我相信这——暴乱的光景是专为照相而布置出来的。干这宗事的大约是某些年轻军官或新闻记者。"

伊里娜反驳：

"噢，不。照相的是马林诺夫医生——他的假名是波格达诺夫。他从未开业行医，但是他是很有学识的。我初结婚的一年，他在我们的家里演讲。他是很谦和的——而且漫不经心。"

她把肩头和胸部一摇，握响手指，然后显然得意地说道：

"你知道，战争是怪有趣的——奇妙。早晨一醒来你就惊疑——今天谁胜了，谁败了？而且你等待报纸好像等待有趣的访客似的。"

"这对挨打的人可没有趣。"萨木金批评。而伊里娜哲学地答道：

"那么要他们设法不再有任何斗争吧。"

几天之后她通知他说：

"你能够想得到吗？卡尔拉莫夫当义勇兵去了。"

萨木金惊疑她为什么说得那样又喜又惊，问道：

"为什么你这样喜欢？"

她答道：

"你忘记了我是半个法国人吗?"

卡尔拉莫夫的这消息特别可恼,因为萨木金刚刚决定要派他到诺弗戈洛得省的一县去办一件案子。

那是关于庇索乞诺伊村农民非法侵占已故勒伐肖娜的耕地和牧场的案子。她的后裔帝国议会议员诺加次夫,偶然发现该庄园的旧详图,曾经委托普洛索洛夫依法起诉,而且得到成功。然而,高等法院批驳了这判决;同时有一个修道院要求该地产的一部分,理由是勒伐肖娜曾经立定契约捐献该地,而且三年以来农民都向该院租佃。

使案情更加混乱的是农民安尼辛·弗洛林可夫宣称修道院所未要求之牧场已由诺加次夫在第一次判决之后售卖给他,而该院现在使用牧场干草作为他弗洛林可夫交付期票的款项。克里·伊凡诺维奇·萨木金,甚至在许久以前,就已对这案件的高度可疑性质毫无幻想,而且认为普洛索洛夫承办该案是最为失算的。现在,就只在几天之前,诺加次夫曾来访他,终于使他相信这诉讼必须停止。

诺加次夫并不企图隐藏他的焦急。

"我承认它,我的朋友。我做得鲁莽,我不是生意人,我不知道法律的要点。你看这怎么办呢?忽然来了一个意外的遗产。我并不富,我是有家室之累的。一家人有种种必需用度。只为发现那详图就弯曲了我的判断。现在我才明白那详图不过是一种——一种假定,譬如说的话。"

他有一副清洁光滑的样子,衣冠整肃,好像他刚离开公共浴室才不过一小时似的。当他谈话的时候,他摸着他的胡子、他的屁股,以及他的厚重的衣襟;他的和蔼的脸上现出迷惑的愁容,却又有一种欢乐的微笑闪烁在他的眼里。

萨木金抱怨地质问他在这种情形之下他要求什么呢?

"和平。"诺加次夫断然宣言,声音有些尖,满脸通红,"你看,这是很不好看、很不相宜的,一个帝国议会的议员和农民打架,在这种时候——好,你知道。所以我恳切要求你——去和那些农民接洽。向他们提出一个和解方案。否则报纸就会趁机捣乱。最好是平平静静地和解了它。"

"这主意并不坏,"萨木金想,"而且这是普洛索洛夫所遗留下的最后一案。"

这是可喜的事,他提醒他自己;只要这案件一办完,他就可以免除常常和伊里娜会见的必要,她正在开始以她的亲近来压逼他,她常常用毫无礼貌的、随便的态度伤害他的自尊心。

第二十章

一

现在萨木金坐在一辆乡下双轮马车里，颠簸在从波洛维奇到乌斯蒂育支那去的崎岖驿路上。常常有突然而来的一阵冷雨从蒙雾里浇在他的膝上。皮车篷是摇晃的，撞着他的头顶。他取出他的伞，把它张开。每一颠簸，伞骨就刺着那老车夫的脊背，后者立刻喝道。

"走呀！走呀！"

其实那马是一匹好畜生，轻快地跑着，用不着催促的，拉着这样的破旧车子才真是冤枉咧。

沿着路旁的树木在雾里漂浮着，它们的抖颤的黑枝条已经被秋风剥得精光；白肚皮的喜鹊跳来跳去，又快又响地唠叨着；沼地的腐败气味迎接着这吱嘎的马车，而且追逐着它；浸透皮肤的潮湿使人发生异常忧郁的感想。

诺加次夫、弗洛林可夫之类，以及庇索乞诺伊村农民之类的这些小事情；比起正在法国北部表演着的威胁"世界花都"巴黎陷落的戏剧来，真是何等渺小呀。倘若德国人胜利，那么法国人不但又要陷于经济破产之中，而且也要屈膝于一个天赋并不如他们自己的民族之前。是的。这样一种打击将要影响整个欧洲的前途，以至全人类的命运。或许德国人，将要取消革命，创造他们自己的拿破仑，而开始征服整个欧洲。同时，日本将要开始征服亚洲。人类的前途是受着种族的冲突和斗争的威胁的。试想想看，这一切正在进行于千千万万恒星行星的无限空间之中的这极小的行星上，真不过是一点微尘而已，而人生存在这上面——一个人不过活五六十年——

　　关于自然界的这些思想很少侵入萨木金的心里，而当它们侵入的时候那动因总是由于论述人在宇宙中的"厌世"[1]思想的书籍——由于这个那个英雄的成语体系。而这个那个英雄是为了只有他自己才知道的理由变为确定的悲观主义者了。克里·伊凡诺维奇不喜欢这些思想，不愿深究它们，认为它们能够限制他正如别的系统的思想能够限制人们一样。但是他保留着它们，许给它们一种高贵性质——这性质能使人脱离现实，超升于现实之上。他分明觉得当人们讨论相对性学理或太阳内温度的时候彼此是显得更为智慧的，无论天河是一道无限的螺旋形或一道弧形，无论地球将要烧完或冻结。这一回他却不顾这性质，一举而把这些精警的思想的价值压在这些话下面：

　　"承认这一切是真的或不是真的都可以的。不解决这些问题一个人还是能够活下去的。"

　　然而，在坐车的时间之内，囚居于眼界逼窄的雾袋之中，听着破车的尖叫钝响，萨木金初次准备承认人类在这世界上的生存是一种很近于荒唐的神秘。

---

[1] 原文是德文 Weltschmerz。

傍晚的时候，精疲力竭而且满怀忧郁，他被拉入一个拥挤的小城市，显然是由十多个尖顶教堂钉住在地上的。缄默的车夫断然把马驱过一些小铁工厂，在它们黝黑的深处有灼灼的炉火和锤击的响声。灰色河流的岸上也来了砍木头的斧声，周围一片强烈的噪音，而且人们正在以急速的旋律歌唱着：

噢，船夫呵，哟嗨呵！
噢，绿的河——看着她去哟！
这样拉哟！这样拉哟！
哟嗨呵！

"她去哟！她去哟！她正在跑哟！哈啦！"
在暮色中有一群人正在从岸上把一只新造成的木船拖下水去。
"还在过着原始的生活。"萨木金想，"我们已经落在欧洲后面——我们搅扰着她的生活。我们的人数惊吓着她。我们的天然富源使她嫉妒。"

他记起了坐在安乐椅子上用脚踏着打字机的兵士。
"野蛮。完全野蛮。野蛮。"
"赶到旅馆去。"他命令，这声音使他精神一振。车夫镇静地回答道：
"为什么？我知道我要把你送到哪里去的。"
他把车赶到一座两层屋的走廊前面，那房屋有五面窗子对着街道，窗框上装饰着精致的雕刻，蓝色的百叶窗上绘着花卉，看来好像贴着贴纸似的。一个有发的大汉，来到走廊上，彬彬有礼地鞠躬，说道：
"欢迎！辛苦了？娥尔加！快来！"
大汉不见了，闪出娥尔加，一个高而苗条的姑娘，面孔红得几乎难以记出她的饱满的口吻。她也显然是沉默的，对于萨木金的询问"这是谁的家？"只简略答道："主人的。"

在几分钟之内，萨木金发现他自己坐在一个敞亮而洁净的房间里的一张桌子前面，旁边有几只藤椅，墙上裱着有菌子似的花朵的蓝纸。背靠着的墙有一个玻璃橱，橱的上层堆着许多茶碟。其中有一只玻璃瓶，瓶肚子里盛着一座用颜色火柴棍精巧造成的教堂。橱的后壁上挂着几个复活节的糖蛋，还有一个很大的木制的红蛋，系着绿缎带。在其他两层上的是小盒子、盘子、碟子、空瓶子，其中的一只空瓶是制成熊形的。

在另一面墙上挂着两幅翻印的画片：一幅是《神圣家族》，另一幅是尼古拉二世和他的妻及子女，这是在三百周年纪念节所发表的相片。在这两幅之间的是一个老英国式的棺材形的红木座钟，钟锤正在摇摆着。房间前部的一只角里供着五个神像，其中两个是包银的，它的木座上雕着葡萄。一只茶炊正在桌上蒸腾着，但是没有人来倒茶。这座房子里全是一片寂静，好像每个人都已睡着了似的。

萨木金不能理解——这的确不是一个旅馆。然而这是什么呢？

立刻有一个美髯的大汉走进房间里来。

"请喝茶。"他响亮地邀请，而且坐下在挨近茶炊的桌子前面。

"请必须原谅我的糊涂，我不明白我为什么被送到你的家里。"

"你被送到的地址是对的，按照那电报。"美髯大汉使他相信，"诺加次夫先生打电报来要我们派马车去接你，并且竭诚招待你。这些地方是偏僻的。好马都被征发去打仗去了⋯⋯那么，我的名字是安尼辛·伊菲莫维奇·弗洛林可夫。"

他流利地说了，声音几乎是反中音，但是恰好配合着他的轩昂体态和美好面貌。诺加次夫的干预引起了萨木金的疑心，但是弗洛林可夫立刻消除了它。

"我是一个造船匠。我制造小河里行驶的各种船只。我必须请你原谅。我的妻已经去访问她的父母的家里去了，那地方就是我们明天必须去的那村子，庇索乞诺伊。她是我的第二任妻。我们是去年春天结婚的。和她同去的是母亲——我的母亲,就是——她的婆婆。我的一个儿子已经被派到前线去,另一个在这里帮助我。我的女婿向来是做教员的,后来经理国营麦酒店。他也被派到前线去了,而且我女儿跟着他去做红十字看护妇。麦酒店关门了。可是他们说政府从麦酒专卖中赚了十亿五千万卢布——真有这样多吗?"

"十亿,我想。"

"这也是一个可惊的数目了。战争要我们费很多钱,对不对?"

因为萨木金不说话,他继续说:

"设法停止这纠缠不完的诉案是一件好事。这讼案正在毁坏庇索乞诺伊农民们。他们的村长现在这里,在监狱里。地方官把他拘留了一个月了,因为办事不力。你不必担心,先生——我在庇索乞诺伊是很著名的。"

"一个可喜的家伙,"萨木金想,"也并不蠢。"

"我们简单的人不常了解政府的政策。这是什么意思呢?战争增加了支出,但是这宗收入却被裁撤。当然,你知道,没有麦酒工作是不同的。从前,当人们疲乏的时候,只要答应给他们满满一桶麦酒,他们就又活泼起来了。那么,那经济政策是为什么呢?当我们战胜的时候,我们无论如何是要要求赔偿损失的。但是让我们赶快完结那些德国人吧。一拳,又一拳,然后提出要求:赔偿损失,否则我们又要打。"

萨木金提示他桑梭诺夫军团的溃败。

"是——是的——这回我们输了。但是不要紧的。我们的人数多得多。"他沉默了,瞅着萨木金,"我们也不必太性急。战争有它的特点。事情总是——有一利必有一弊。"

"这还有什么利呢?"萨木金问。

"嗯,这是难说的。但是你能够怎样说呢?我们有着太多人而耕地很少。并没有足够的田地养活每一个人。农民们都不愿意到西伯利亚去。强迫他们移殖到那里去是超出政府的——魄力的,怎样说?——原谅我。我怎样想就怎样说。"

"对的,"萨木金说,有些兴奋,鼓励地说,"越诚恳越好。"

"况且,这里只有我们俩,"弗洛林可夫继续说,脸上展开一个宽阔的微笑,"并不会传开去的,对不对?"

"当然。"萨木金承认,想道,"一个很机灵的人。"

关于弗洛林可夫的各样都感动着萨木金:他的清亮的蓝眼睛,他的柔和的、宽阔的微笑,他的光滑的红腮。他的前额上的四道浅浅的皱纹均匀得好像乐谱上的线条似的。

"这就是所谓开展的面貌。"萨木金判定。

他也喜欢那豪华的胡子,对比着那蓝色工作衣更觉得好看;以及这家伙喝茶的方法——只端起杯子并不连碟子抬起来。鉴赏着这农民,萨木金觉得他的心里流畅着源源而来的新思想。

"一个农民贵族。一个古代强盗和冒险家的后裔。一个沙特科。一个伐西里·布斯拉伊夫。一个狄支尼夫。一个条顿人想要奴役、毁灭的人种的子孙——"

"我的意思是说农民们迫于贫穷,发生暴动。因此他们被鞭打、枪杀和囚禁。干这种事政府是有魄力的。但是强迫移民到西伯利亚——这就没有魄力了。我不明白。为什么这样呢?他们不怕打杀他们,但不敢把他们迁徙到别处去。在我想来这是有些古怪的。你以为如何?"

弗洛林可夫的眼睛细起来了而且阴沉沉的。

"强制移民这意见是新颖的。"萨木金断言,急于想要再听。

"谢谢一九〇五年,农民已经学会思想。"弗洛林可夫说,用一个微笑来缓和那坚决的语气,"是的,我们已经学会思想,但是我们没有可以谈论的人。所以有你这样一位客人在我真是一种喜庆。我们的小城市自古以来是从事工商业的。我们造船,在沼地里挖铁矿,铸造钉子和别的小东西,而且我们的木工是著名的。"他迟疑而且叹气,用双手分开胡子,好像很想显露他的脸相似的。然后他又说:"以全体而论,我们尽有谋生的方法。然而,这地方很荒芜——沼地,湖塘,小河,树林。当然,足以谋生,但是要舒服却太拥挤。拥挤在教堂里正如拥挤在浴堂里一样不好。老实说,这里的人们是粗野的,尤其是年轻人们。他们说外国的过剩的年轻人都被遣送到非洲、印度、美洲去——而这里的年轻人却都挤在家里。最近送了一些到前线去,现在稍稍比较安静些——"

"你们现在有什么罢工吗?"萨木金问。

"不。我们现在没有罢工。但是我们有酗酒和打架。它们妨害业务。"

弗洛林可夫,睁大他的亮蓝眼睛,看看时钟,站起来说道:

"请原谅我。旅行之后你必须休息。这房间里各种都替你预备好了。倘若你需要什么,尽管招呼娥尔加。"

然后,展开一个宽阔的微笑,露出他的整齐的黄牙齿,他又说:

"一个宣教士刚刚来到这里。狄米徒兄弟。你知道他吗?他们说他是很出色的。我就要去听他的讲演。"

萨木金,觉得已经休息过了,问道:

"我可以跟你去吗?"

"何消说,当然可以的喽。"弗洛林可夫高兴地欢呼,"并不远——几乎就在隔壁。"

二

几分钟之后萨木金发现他自己坐在聚集着几十个人的房间里。大约三十个人坐在椅上、凳上,以及三面窗子的窗台上;其余的人们都肩挨肩地站着,这样拥挤,以至弗洛林可夫难以通过,一面挤进去一面威严地悄声说:

"让开。让我们进去。"

这地方看来好像是向来做公众集会的场所的。两个灯挂在天花板上，照明了人们的头部；各面墙上挂着一些圆形框子，后墙上有一幅沙皇肖像。

弗洛林可夫护送着萨木金到了第一排。他对着一个秃头小老人的耳朵悄声说话，后者就服从地让出座位。萨木金坐下，揩揩他的浑浊的眼镜，戴上，立刻向前一看。沿墙摆着一张小桌子，在它后面用双手按着它好像要跳起来似的站着的是狄欧米多夫，灰头发，颈上套着不曾扣好的白衬衣领，胸襟上绣着一个黑十字。颈上还挂着一个镀金的或铜的大十字架，摇摆在桌子上面，撞着他的狭长的灰胡子，这是比从前更长了的。

用一种沉闷无色的声音，他凄惨地说道：

"耶稣基督徒们，我们的给予和平的、爱好和平的主和王曾经为我们受苦，接受彼来提治下的死刑，被埋葬而且复活——"

那白衬衣特别增强了那骨瘦的枯脸上的皮肤的土灰色，以及没牙的嘴的黑圆洞，这是被一圈灰毛围绕着的。这宣教士的眼睛，已经失掉以前的清亮，显见得小了，好像少年人的——或许因为它们已经深陷在眼窠里吧。

"他还认识我吗？"萨木金惊疑，很希望他不认识，"这人故意使他自己装成圣伐西里的神像的模样了吧？"

"我们，基督教的仆役，迷途于人世的虚幻之中，已经为我们的主人所遗弃。什么使我们如此呢？"

狄欧米多夫挺直身子，凭空摇摇手，同时开始说道："现在的邪恶的诱惑"，"理性的专横"，"科学的诡辩"，以及肉体胜过精神的可耻可鄙。他的演说里充满着从祈祷文、诗歌，以及宗教文献中引来的字句，但是偶尔也突兀地插入教会哲学的世俗说教者的一些话：

"理性谋杀了人对于邻人之爱。"

"言语岂能作为真理的反映？"

萨木金批评狄欧米多夫的演讲为无生气的、刻板的和职业的，好像律师们在小罪案中的例行演说。

"可是,他是忠实于他自己——以及他的上帝的。"他承认。

一股浓厚的、潮湿的酸味停滞在房间里面。一个穿着旧式俄国上衣的红脸大汉坐在萨木金旁边,他的眼睛几乎是闭着的。只要那宣教士一提高声,这人就哼哼,他说过两次:

"想想吧,这时候!"

狄欧米多夫开始用尖声怒吼:

"德国人是被认为世界上最有教养的人民的。聪明——他们不是发明过抽水马桶吗?而且他们也是基督教徒。现在他们已经对我们宣战。为什么呢?谁也不知道。我们俄国人不过是为自卫而战。在俄国,只有彼得大帝才为了争取更多土地而去攻打基督教徒。但是那位沙皇是神的仇敌,而且因为他反对基督,人民才知道他。我们的历代沙皇们曾经攻打过种种异教徒、伊斯兰教徒、鞑靼人、土耳其人——"

一个响亮的声音欢喜地从暗角里叫道:

"而且攻打人民——"

一阵有所期待的默默激动通过听众之中。另一种批评怒响了:

"土耳其人也是想要和平地生活着的。"

第三种声音说道:

"从前我们为什么和日本人开战呢?"

坐在萨木金旁边的大汉站起来摇摇手,粗声粗气地警诫他们:

"大家不要吵呀!"

但是那只角上已经有几声叫喊:

"怎么?倘若他说话,他是说真理——"

"那些铁匠、钉子匠正在捣乱。"弗洛林可夫说了,出现在萨木金后面,"你想要走吗!"

"我想要走。"萨木金说。

"这长老是一个沉闷的演说家。"那大汉鲁莽地说,然后转面对着正在双手按住桌子站着等待嘈杂平静的狄欧米多夫说道：

"前年春天我在庇士可夫听过你的演讲，我的好人。那时你说得还明白。"

狄欧米多夫向这人投下一瞥，捏着胡子，然后转面看着围绕了他的一群妇女之中的一个瘦高的生物，她正在高声请求他：

"神父，告诉我们——和沙皇那样亲密的那荣耀的小百姓是谁呀？"

从角落里来了一阵怒吼：

"傻子们，为什么他不到前线去面对枪弹叫他们停战，却来对我们说教呢？"

"这是真话！"

"他们把我们的好马全都牵去了。"

萨木金心痒痒地急于要走。他相信狄欧米多夫正在用熟识的眼睛看着他。但是他走不出去。弗洛林可夫站在一群胡子大汉当中。狄欧米多夫用左手摇着几张纸，把右手伸给萨木金，喃喃说道：

"您好吗，克里？你是克里，而且你是自己[1]吗？各个男人是他自己，各个女人是她自己。不。您瞒不过我的——不！"

有人尖叫：

"看！他咬文嚼字！这伪善者！"

弗洛林可夫转面对着萨木金，笑嘻嘻地说：

"我要把你介绍给——伐西里·彼得洛维奇·狄尼索夫，我们的市长——牲畜和鹅鸭饲养家，可以吗？"

他们三个一同走到回廊上，走入爽快而冰冷的月光之中，月光丰满地散播在油腻的烂泥的绒面上，在无数污水塘的暗淡的玻璃面上，在两层砖屋的棱线上，和在涂着漂亮颜色的教堂上。狄尼索夫，用宽大柔软的手掌捏着萨木金的手臂，说道：

---

[1] 俄语"萨木"，意译自己。

"你愿意和我们同到我的家里去吃晚餐吗?"

"并且谈一谈。"弗洛林可夫插嘴。

萨木金同意了。狄尼索夫拉起他的手,把他的大手滑到他的胳肢窝底下,说道:

"天气真冷。"他拉着他的客人走过街去,几乎是把他从地上抬起来。

在路上,狄尼索夫显得很巨大,以至萨木金自己想道:"他大约比我大两倍。"

弗洛林可夫走在泥水中,牢骚道:

"钉子匠又出来捣乱了。你有什么法子对付他们呢?"

"我们有法子对付他们的。"那市长自信地说。

三

一小会儿之后他们坐在一个灯光暗淡的房间里,其中满是箱匣和食橱。十分钟过去了。狄尼索夫,从外面窥看房里,哼了一声又不见了,然后弗洛林可夫友好地看着他的客人,说道:

"这是某些人谋生活的方法。我们有着太多宣教士——伊凡·乞里可夫,克隆斯达的哀倭安神父——他死了——"

迟疑着,正在想第三个,他又审慎地说:

"列夫·托尔斯泰也是的。现在每个人都宣传格里戈里·拉斯布丁,说他是一个西伯利亚小百姓,现在掌握大权。你听见过关于他的事情吗?"

"拉斯布丁的权力是被人夸大了的。"萨木金说。他的话使弗洛林可夫大为高兴,后者说道:

"在这里我们以为那全是谎话。俄国人喜欢夸大。例如,我们的钉子匠埋怨贫穷,但是他们的收入比木匠更多。所以木匠就指着钉子匠说他们的生活更好呀。他们也秘密组织团体。对付工人是困难的。我相信一切工作定出一个价格——"

狄尼索夫停在门道里,把它完全塞满了。他说:

"请你们进来吧。"

他们走进一个大房间里,一张摆满了杯盘瓶碟的桌子上点着两盏雪亮的煤气灯。狄尼索夫扶着萨木金的肩背,把他推到一个穿红衣服的小胖妇人前面。

"我的妻,"他说,"马利亚·尼卡诺洛夫娜,这——我的女儿,苏菲亚。"

这女儿比母亲高一个头,肩膀也宽大——一个壮丽的姑娘,有着玫瑰色面颊和一条很厚重的发辫。她的柔和的大眼睛使萨木金想起了他的女仆赛沙。

"我的教女。"弗洛林可夫通知萨木金,然后转面对狄尼索夫的妻说,"好,母亲,请你吩咐吧。"

萨木金被吩咐坐在她旁边,而且她立刻问他:

"你喜欢那宣教士吗?"

"我不喜欢那一行的人们。"

"我也不喜欢。而且他是一个坏演说家。"

"等一等,"那父亲说,"我们先喝酒。"

但是她不肯等。她用响亮的声音继续说:

"在圣彼得堡他们说得多好呀。即使你完全不懂,听着也是高兴的。"

那父母和教父,都举起酒杯,得意地看着他们的客人。沉默了片刻。狄尼索夫大声说道:

"好,上帝保佑,让我们用草色白兰地奠下基础。"

草色白兰地是这样猛烈,以至萨木金失去呼吸,昏眩了一会儿。他们告诉他:这必须用胡椒把它追下去,接着就喝一杯加一点"里加香液"的普通麦酒来"镇压它",然后吃梭洛维兹青鱼。

"这是最美味的青鱼,全世界第一的青鱼。"狄尼索夫夸耀,"德国人有他们的俾斯麦青鱼——此外只有许多吠吠……现在我们必须喝点英国苦啤酒开胃。"

他们喝了苦啤酒。一盆鸡什碎汤出现在桌子上。弗洛林可夫在座位上蠕动着,笑容满面,摸摸膝头,大声说道:

"我宠爱的汤!"

狄尼索夫声明:

"我们遵守把晚餐当作宴会的老规矩。我们不要为充饥而食,但是为娱乐而食。"

喝了颇大的三口酒之后,萨木金逐渐满怀着一种好性质的忧郁。他想要发表某种非常的高见,但是他的记忆只提供给他一些奇突的、暧昧的言辞,况且,他不能集中思想,因为那女儿苏菲亚不断地提出问题:

"你读过米里支可夫斯基的关于恺撒大帝的小说吗?读过金斯来的《海白提亚》[1]吗?我喜欢历史——《班胡尔》[2]、《你往何处去?》[3]、《坡木庇伊城末日记》[4]。"

然而,这些问题并未妨碍着她吃东西,以至萨木金被迫而想到倘若她读书也像吃东西一样有味和敏速,她就必定读过很多书了。她的母亲也吃得这样热情,她的思想和兴味此刻显然是完全集中在她的盘子里。弗洛林可夫和狄尼索夫正猛攻他们的食物,屡屡喝酒,而且交谈着:狄尼索夫发牢骚,而弗洛林可夫安慰他。

---

[1] Kingsley (1819—1875),英国小说家,基督教社会主义者。《海白提亚》(*Hypatia*) 是关于基督教初期的历史小说。
[2] (*Ben Hur*) 瓦拉士(L. Wallace)作于一八八〇年,叙述基督来临的故事。
[3] (*Quo Vadis*) 波兰小说家显克微支的历史小说,叙述耶稣被害的故事。
[4] (*Pompeii*) 意大利那希里斯东南之古城,于一八七九年被地震所毁灭。《坡木庇伊城末日记》系英国小说家鲍沃尔-李顿(Bulwer-Lytton)所作。

"那些兵士把什么都吃完了。"

"他们不会给他们鹅吃的。"

"噢,他们也会去找出来吃的。"

房间里有一种舒服的、馨香的暖气。蜂蜜的甜味刺激着鼻孔;浸浴在这暖气中,温馨透入全身毛孔,自然是愉快的了。萨木金环顾着他左右的大汉们,想起了某些赞词。

"'我们俄罗斯是能力无穷的国度。'不——我们,读书人,梦想家,拘泥于文学的紫色斑块的人们,我们并不是我们国家的命运的支配者。其中另有一种无形的势力——心志单纯的人们的势力——"

苏菲亚郑重问道:

"你知道怎样可以买到《三位英雄》这幅画的翻印版吗?"

萨木金没有时间答复她,因为这姑娘的父亲对他说:

"我们正在埋怨战争。它已经毁了我们的事业。例如,我有一个合同,约定十二月中在德国交付一万只鹅。"

"我的马也都被牵去了。现在我不能运木材去应付急需的订单。这怎么办呢?"弗洛林可夫提出,快活地微笑着。

"我们是神所不悦的人们。"狄尼索夫使劲叹息,"'你上山,鬼扯脚。'我不明白这战争是为什么打起来的。"

"这是难以明白的。"弗洛林可夫附和,"德国人想要干什么呢?他们这样急躁地要到哪里去呢?我们必定要打倒他们。他们和我们做过许多买卖。我们给过他们所需要的一切方便。我们各处都有德国人——将军们,经理们,面包师们。他们可以要干什么就干什么。请你告诉我们——这战争的原因是什么?那国王讨厌这沙皇吗!或者是什么呢?"

"我可以吸烟吗?"萨木金问他的女主人。她的女儿用一种颇不愉快的语调代她答复:

"当然可以。我们并不是旧教徒。"

"我们是开明的人。"弗洛林可夫告诉萨木金,微笑着,"我也吸烟,当我年轻的时候,但是我的牙齿开始受害,我就戒掉它。"

狄尼索夫的妻有一双尖利的、冰蓝的小眼睛,它们敏速地闪过各样东西,辉耀在她的圆圆的红脸上。她的短手臂以准确的敏捷活动于桌面上,好像立刻就达到各处,有弹性似的伸展到桌子的尽头。

"再吃一些。"她屡次催请她的客人,"随便。请呀。"

萨木金,点燃一支烟,开始解释战争的原因。他从不曾深切研究过那些原因,但是他流利地说了。

"德国人向来嫉妒我们的广大土地和丰富资源——"

狄尼索夫大声打岔:

"什么广大土地?森林和沼泽吗?"

弗洛林可夫高兴地插嘴:

"至于丰富资源,我们自己要用的呀。"

萨木金,并不批评这些意见,仍然继续说明日耳曼人对于斯拉夫人的态度。当他谈着的时候他突然觉得他的心里迅速燃着对德敌忾,这是出乎意料的,扰乱着他,一直到他认出它久已潜伏在他内部,不过现在才燃烧在意识之内罢了。

"他们的科学家和历史家再三申述——说得粗一点——斯拉夫人是日尔曼人的肥料,而且他们看待我们正如美国人看待黑人一样。"

"想想看!"弗洛林可夫叫喊,带着吃惊的神气用手肘推推他的主人。

狄尼索夫扫清喉咙,咕噜道:

"这些科学家!"

"不。我以为这是一种侮辱。我不能同意这个。"

克里·伊凡诺维奇继续发表他的意见。听着他自己的声音,他觉得他相信他所说的话;在几次停顿之中,他匆匆想道:

"我们必须有所信仰的时代已经到来了。所以我也必须服从这种逼迫吗?不,其实不然。这种逼迫不过是一些没有影子的言辞,抹煞了一切矛盾的空话。例如——'国家'呀——'祖国'呀——'祖国正在危险中'呀。"

当他说着和想着的时候,他听见狄尼索夫的固执的唠叨:

"在商业上德国人并不见得可恨。做买卖德国人是靠得住的。"

"你真是愚人呀。"弗洛林可夫反驳,斟满一杯黄白色白兰地,加上些香蜜,"你所想的总不过是做买卖。你会卖掉这城市咧——"

"城市是卖不掉的。"狄尼索夫坏脾气地回答,同时那女儿正在证明给萨木金显克微支比大仲马更为历史的。

喝了两杯金黄色白兰地之后,萨木金的舌头变为异常沉重,而且他的腿也不能移动。

"我将要怎样站起来走出去呢?"他惶惑着,听着那些固执的声音。

"仲马完全忽略了时代背景——"

狄尼索夫嘶嗄地叫道:

"这就是说:汝必不可杀人。"

"谁说的?"弗洛林可夫好兴致地问,"这是问题:谁说的?"

"上帝说的。"

"上帝说过许多事情。他对约书亚说过完全不同的话。他告诉约书亚:'攻打。我将要停止太阳的行程。'"

"他绝不会说过这种话。"

"他说:'我将要停住太阳,使你能够看见要打的人。'"

"这完全是你捏造的,教父。"苏菲亚说。

以后萨木金觉得一切模糊,化为虚无了。

四

他恢复意识是由于他的肚腹疼痛,觉得玻璃杯的碎片在他的肠胃里移动,刮削。他躺在一张柔和的、温暖的鹅绒被窝里,好像陷落在面粉袋里面似的。外面的太阳泼洒它的艳丽的光辉在凝霜的树木上；室内是一片深沉的寂静，以至除了疼痛而外毫无声息。萨木金呻吟了。疼痛之外，他是深深懊恼着的。突然壁纸破裂；椭圆的一块闪开一边，露出了一道门，然后狄尼索夫走进门洞，说道：

"啊呀！"

于是新的困难的日子由此开始了。

狄尼索夫帮助他的客人走到一间密室，这是可以算是卫生设备的，因为有一只水箱流出水来洗刷马桶。邻近还有一种文明设备，浴室，其中已经替客人准备好热水了。

这肥大的农民确是伶俐的。他敏捷地开了水箱，而且送来手纸、手巾，以及干净的衬裤。他顺便说明：

"气温十一度[1]，谢谢上帝！"

他甚至尽力安慰他的客人，后者是羞愧不堪了的。

"那是蜜制白兰地。无论你吃了多少，它都替你洗刷干净。德国人都受不住四杯——它打倒他们。是的，真的——蜜制白兰地是一种使人驯服的饮料。那制法是我的妻的秘方。它在她的家里秘密相传了一百多年。关于它我知道得不多，除了它是强烈的而外，虽然它的力量似乎并不很——六十五至七十度的强度。"

当萨木金急忙出去喝早茶的时候，他发现茶炊旁边只有那市长一个人，穿着蓝衬衫、姜黄色睡衣、宽大的黑裤子和毛拖鞋。他的红胖的脸上确是没有灰色小胡子的，而且他的多节的脑壳上的灰发也是稀薄的。他的肿胀的小黄眼睛里闪出和蔼可亲的光辉。

"你的家人还在睡着吗？"萨木金问。

"我的家人？噢，不——时候不早了，你知道——差不多十一点了。我的女儿已经去对戏词。我们这里有一个非职业的剧团，由警察局长太

---

[1] 零上五十二华氏度。

太指导。那母亲现在附近，大概是在厢房里。"

"我不知道我要怎样抬着我的完全翻倒了的肚子到那乡村去。"萨木金悲叹。

"你不必去，"他的主人说，"弗洛林可夫已经把事情全都计划好了。你是疲敝的——不再适合于旅行。所以他派马匹去接那些代表，大约下晚他们可以达到。本来你是应该在今早六点钟前去的。你打算怎样呢——留在这里或是回到弗洛林可夫家去？"

他的肚子的情况并不鼓励萨木金冒险出门，所以他说他还是愿意停留在他现在的地方。

"很欢迎。我认为光荣。"狄尼索夫回答，显然是高兴的。真的，他已经从椅子上提起半身来鞠躬了。然后，他继续谈话：

"我们这里的多数人都不明白这次战争的原因。当然，如你昨晚所说，德国人不喜欢俄国人。但是那是些怎样的德国人呢？一个商人，尤其是做大买卖的商人——他并不必须喜欢人们，请原谅我的这种看法，但是商人定规喜欢商业，工业家定规喜欢工业。弗洛林可夫喜欢制造木船。例如，他想制造一种在浅水上行驶的大货船，不用引水也能浮起来——懂吗？各个人都必须喜欢他自己的工作。现在，我卖鹅。我的鹅养活在明朱克和立陶宛。这些地方都挨近德国。"

他的话几乎是一句一顿，在停顿中他鼓着腮和噘着嘴：喘出长长的咝嘘之声。

"我心焦。"他解释。他的沉重的、平板的声音是紧张的，或许这市长信赖他的言语并不如信赖他的惴惴的气势。

"这里有些人说沙皇要惩罚德国干预我们的土耳其战争。他们说他的祖父伸手到君士坦丁堡，被德国人阻拦了。那时英国讨好德国，但是这回他们反对他们。所以英国对沙皇说：出去占领君士坦丁堡，只要打德国人。而且法国人——他们也来说话。他们说：要什么拿什么，只要替我们赶走德国人。"

听着狄尼索夫说话立刻就变为毫无趣味。萨木金不耐烦地等待着什么来结束这个单调而沉闷的谈话。但是这家宅仍然是一片寂静,只是偶尔听到一种女性的雄辩的叫喊:

"去告诉那猪儿子——"

"我的妻现有一场斗争,"狄尼索夫解释,"这几天工人们正在捣乱——可怕的捣乱。"

他深深地叹息,而且又说:

"我的父亲曾经对我说过,'你的工人们应该走在你前面,好像修道士走在院长前面似的'。是——是的——但是现在一个工人就是一个强盗——他所要干的不过是破坏,捣乱,除了他吃饭和睡觉的时间而外。"

幸而萨木金想到逃避他的主人的一个好借口,就告诉他说在那些乡村代表来到之前他必须检阅几种文件。

"当然,当然,"狄尼索夫急忙地说,"弗洛林可夫已经把你的皮包送过来了。"

"他想得很周到。"萨木金觉得,环顾着这有两道窗子对着庭院和大路的敞亮房间;房间角上有一株巨大的橡树;还有甲可布所画的原野图,画着加它林女帝和一个瑞典王子。这幅画悬在一个宽大的绿色长沙发上面。窗台里有两只鸟笼,一只里是一个红胸的、庄严的、跳跃着的小照莺,另一只里是一只娇小玲珑的灰色鸟,凄然停在它的小横木上。

"大约是夜莺。"萨木金判定。

他在长沙发上坐下,点起一支烟,半闭着眼睛,沉入深思之中。但是他的动乱的肚子妨碍他的思想,思想都懒怠地自行穿着暧昧的言语的服装:

"是的,在这里他们——"

记忆罗列给他所走过的二三十个小城市。像这样的小城市大约有几百个。像狄尼索夫和弗洛林可夫这样的人大约有几百万吧。他们这一类人构成各省会居民的大多数。无知,然而精敏而且苦干。手工业和小商业都在他们的掌握之中。乡村也在他们的掌握之中：因为各乡互相交换货物。

"当然，他们的数量是远过于工厂工人的。我必须查出这些人的确数。"克里·伊凡诺维奇决定，竖起焦灼的耳朵倾听他的肚子的咕噜，好像雷击似的。每半小时必须跑一次厕所的紧迫可耻地打断了他的重要思想。然而，当他回到沙发上的时候，思想也就回到他身上了。

他默想中等学校，甚或大学，摧毁了这种人们的独创性质，摧毁了他们的思想和言语的独创性、他们的生活方法，以及保持过去历史的反映的各样东西，和构成一个民族的真实面目的一切东西。

"在描写生活的消极的性质和现象之中，我们的文学曾经忽略了这种人物。这是批评家的重大错误。使艺术道德化了。我们的艺术根本是道德主义的。"

那胖胖的小女主人抬着一个盘子走进来，说着一种完全和她的球状的油炸酥饼似的形体不相合谐的干燥的嘶沙声音。她说：

"喝了这汤，你的肚子就会好了。"

他喝了，而且在十分钟之内他的内部动乱已经减轻，很像是他的肚里涂过油似的。

五

黄昏时候，弗洛林可夫满脸通红，欣欣然带着三个农民进来。

其中之一是一个高家伙，有着阔肩和红发。他有一只木脚，他的毛手里捏着一根小手杖，一部修剪齐整的胡须装潢在严峻的面孔的大鼻子下面。他的眼睛潜伏在蓬松的眉毛之下。他的整个强大体格掩蔽在一件蓝色长上衣里面。

第二个农民比较矮一点，有一只秃头、一部灰胡子和一管反卷鼻。他穿着缝合的短上衣，一双像铁片似的硬皮长筒靴。

"一个很普通的典型。"萨木金存记在他的心里,转向第三个。

他穿着一件妇人的缝合上衣,一条折叠的披巾紧束在皮带一类东西里面。他的长筒靴是灰皮子的。当初一看使人得到他比他的同伴们更矮的印象,这种误会是由于他的双肩极其宽大的缘故。灰色鬈发形成一顶小帽。再加上满脸毫毛,以至从大胡子里突出的鼻子好像啄木鸟的嘴壳似的。他的眼睛是黑的,闪闪有光。这人的全体,从头顶以下,都是可惊的毛松松的。他的破上衣露出一些棉毛团,他的肚子上捆着一条毛披肩。这人好像是随便用斧子滥砍成的,也曾经有人设法削减过那阔度和棱线,但是没有成功,却留下一些凹凸的痕迹。

"我们都到了,"弗洛林可夫说,"这是三位代表——"

那毛人的黑眼睛直瞅着萨木金的脸,而且可恼地集中在萨木金的眼睛上,好像胶粘在那里似的。

"这是斯蒂班·杜达洛夫,对日战争的英雄。这是我们的智人米海洛·也其里夫——"弗洛林可夫介绍。

"我是马克西·洛夫索夫。"那毛人宣布,声音很响,"他俩是官方指派来进行讼案的,而我是公社委派来负责调解的。"

他轻蔑地指指他的两个同伴,后者各自站在门道的一边,好像卫兵似的。

"坐下。"狄尼索夫邀请,勉强地。门道上的两个顺从地自行就座,但是洛夫索夫向前走了好几步,用脚搓搓地板,好像试试它的力量似的,继续说道:

"不要旁敲侧击——不要转弯抹角,我要求——"

"等一等!不要忙呀,我的人!"弗洛林可夫叫喊。

"我要求——把你的条件告诉我们!"

"我的天呀!"弗洛林可夫呼唤。

"你并不是刚从水里出来的梭子鱼,不要像那样扑通扑通,安尼辛。要像这位市长似的——你看他坐在那里好像墓地上的铁像似的。"

"不要一来就吵架，洛夫索夫。"市长懊恼地请求。

"我吵架？何消说——我不过是解释给这位绅士我是为什么到这里来的。"

洛夫索夫的声音一到高调就破裂而且颤抖。他直站着，两只手掌插在折叠的披巾下面，两个手肘都突出成三角形。他的脸上的毛可厌地搐动着；好像正在生长似的，而且他的固执的注视大为激怒了萨木金，后者说道：

"我的当事人诺加次夫愿意撤销他控告庇索乞诺伊村公社的诉讼，倘若该村公社愿意撤销它控告我的当事人的诉讼。"

"不过如此吗？"洛夫索夫质问。

"是的。不过如此。"

"好便宜的调解。关于我们的损失呢？谁来补偿呢？"

"你所谓损失是什么意思？"萨木金审问，然后立刻就得到详明的解释：

"损失就是这一笔钱。那律师把这案子一直拖延到现在，整整三年，他的无耻的眼睛也是藏在镜片后面的——"

"这家伙这股劲，尽捣乱！"弗洛林可夫从心里爆发出来。

"他从我们这收了好几笔钱，总数是一千一百六十个卢布。这是一项。我们现有他的九百五十个卢布的收条。"

"他死了。"萨木金提醒那发言人。

"我们能够追究他的后代。"洛夫索夫回答，"我们也要求赔偿使用牧场四年的价钱。有人已经取得那牧场的产权。"

他看着弗洛林可夫点点头，后者的回答是伸出手来对洛夫索夫做了一个"把式"。但是洛夫索夫只是摇头，镇静地说道：

"我们把各样事都打算过了。"

"我也打算过了。"弗洛林可夫插嘴。

"我们也要求诺加次夫先生赔偿五百卢布，因为他的非法控告，因为他和修道士们统统作弊,因为他的诈欺取财,因为——"

"这一切——你的一切要求——统统是孩子气的毫无根据。"萨木金突然打岔,再也控制不住由那两只黑眼睛的凝视所激起的愤怒,"诺加次夫撤销控告,准备付给两百卢布。不要忘记他并不是被迫而拿出钱来的。"

"但是他愿意,"洛夫索夫澄静地说,"而且弗洛林可夫也愿意。"

"我愿意?"弗洛林可夫玩笑地说。

"确实得像青天白日一样,安尼辛。要一千九百三十个卢布。虽然你拿我们的干草是在警察保卫之下,那也同样是盗窃呀。"

"听他说。"弗洛林可夫诉苦,"噢,马克西,你要到什么时候才会安静些,你疯油虫?"

萨木金站起来,愤怒地说道:关于这案件他只知道诺加次夫提议撤销控告和他愿意付给公社二百卢布。

"我不能也不愿再讨论下去。"他坚决地宣布。

"你们为什么不说话?"弗洛林可夫大声对也其里夫和那跛子说。

"我们能说什么呢?我们不过是证人罢了。"也其里夫沉静地回答。杜达洛夫却又说:

"他们不信任我们,他们才派马克西来的。"

"他们派我来是因为你们是懦夫——我可不怕什么人。我是太过惯于受恐吓的。"洛夫索夫说。

狄尼索夫想要站起来,但是结果只是摇摇手。

"到厨房里去,也其里夫,"他提议,"喝茶。"

洛夫索夫转背对着萨木金,叫道:

"你们不能讨论了吗?我知道——你们是在另一方面的。我们要请我们自己的律师来反抗你们。"

三个农民出去了。弗洛林可夫在他们后面小心地关上门,转来对萨木金说:

"看看这种人，倘若你喜欢！"

狄尼索夫面现怒容地插嘴道：

"你不应该把他们带到这里来，安尼辛。对于这件事我没有一点关系。现在人们都要以为我是捣混在它里面的。"

"嗯，你没有关系吗？"弗洛林可夫问，冷笑了，"你看，克里·伊凡诺维奇，那家伙是一种什么角色？他无家无室。他没有一件值得操心的东西，除了捣乱而外。像他这种暴躁家伙每一村都有几个。他以前甚至更凶，现在他是在警察监视之下住在他的家乡。他所能做的总不过是捣乱。乡村就是受他这类人的苦。"

"一千九百〇五年种下的祸根。莫斯科把事情弄糟了。"狄尼索夫怀恨地说。

"那是真的。"弗洛林可夫赞同，"我是说——莫斯科对于我们和对于俄罗斯负着重大罪责。"

"让我去听听他们说些什么。"狄尼索夫说，就移动他的庞大身体，悄悄地爬出房间。同时他又在埋怨：

"你绝不应该把他们带到这里呀，安尼辛。"

"好了，好了。这不会使你受什么累的。"弗洛林可夫对着他的背面说，然后坐在长沙发上萨木金旁边，"是——是的，莫斯科——一九〇六年，有一个本地农民塞吉波斯尼可夫从莫斯科回来这里。他曾经在那里做过门房，在这以前他是一个很安静的、轻言细语的人。好，他回来惹起许多扰乱，以至被捉到监牢里，押送到诺弗戈洛得去，被绞死了。这一切不过发生在一个短时间内：午后一点钟判决，第二早晨就执行。在审判的时候我是见证，而且我奇怪他站在法庭上头发蓬松，对法官说话却好像他有什么大权力似的。"

弗洛林可夫温和地说了，用双手摸摸他的胡子，把它分披在他的胸襟上。他的红脸上带着一种慈善的微笑。

"他和我说话好像我是少年人而他是我的先生似的。"萨木金觉得，也是慈善地。

"当然,莫斯科替我们争得一个帝国议会。而且,当然,帝国议会能够做些好事。这要全靠在它里面的人们。我们选派了诺加次夫。一九〇五年农民曾经推倒了他,他受了伤,而且把土地卖给狄尼索夫。我买了他的森林。后来他觉得又想要做地主,这就闹出事来了。他是一个柔和的人,托尔斯泰的信徒,但是贪馋。贪得使我们好笑——贪呀,但是他不知道怎样做贪的工作。"

门悄悄地开了,那市长伸进头来,而且用手招招。弗洛林可夫微笑着站起来,向萨木金一瞥,说道:

"他要我们去。我们去吧。"

走进客厅里,他们停在挨近一只大衣橱的角落里。高墙上的方窗孔里的光线投射在衣橱的门上。洛夫索夫的声音分明地跟进来了。

"也其里夫,你比我大十岁,但是比我蠢得多。或许你不过是装傻,想要得到一种更舒服的生活。是不是?"

"够了,算了吧,马克西,我知道你怎样谈判——"

"一个农民怎样能相信他们呢?你听说过他们对于我们有过什么好处吗?他们的唯一目的不过是——榨干农民。你从他们那得过什么好处吗?我们从他们那得到的恩惠不过是使我们无力自拔而已。"

萨木金并不把这种偷听认为有价值,但是他被弗洛林可夫的大脊背拦阻在衣橱与墙壁之间。分明听见的是喝茶的声音和在砥石上磨小刀的声音,以及一个老妇人的埋怨:

"喝茶吧,演说家。倘若你不留心些,你又要被警察抓去的。"

重浊的油腻气味从窗子里飘进来。

"他们曾经断送了杜达洛夫的一条腿,说是因为'教会和国家的光荣',好像小学生背书似的说着。现在他们又在断送农民的头颅和手足,为什么呢?为了谁的利益他们又开始这战争?为了你的吗,杜达洛夫?"

"这无赖。"弗洛林可夫悄声说,得意地。

萨木金从那巨人背后蜿蜒出来，回到房间里。他正在想着：

"他是一个恶毒的生物。在这些日子又必须提出这问题了，'斯拉夫的河道将要流入俄罗斯海里，否则这海必然要干涸'？"

他发现狄尼索夫站在房间中央，呆看着地板，双手交叉在肚皮上，温驯地玩弄着他的手指。

"不会有结果的。和这马克西就做不成什么事。"

"我或许要去庇索乞诺伊和那些农民当面谈谈。"萨木金提议。狄尼索夫精神一振，解开双手，摸摸屁股，坚决地说道：

"不。这不会有任何益处。农民并不懂法律。他们多半是生活在法律之外的。诺加次夫绝不应该用这种事情来麻烦你。不。他真不该。想想看这是什么意思，来调解！这是说让步呀。你把这件事转交给我和弗洛林可夫吧，克里·伊凡诺维奇。我们设法去解决它。"

弗洛林可夫转来，露齿微笑着，说道：

"他们正在互相争吵。有了一瓶麦酒，言语就飞翔起来了。"

"是的。麦酒这问题也——它是被禁了的，所以私酒到处都是。人们甚至喝木酒精。"狄尼索夫愤愤地说了。弗洛林可夫，高兴然而并非没有妒意，确信地说道：

"而且修道院秘卖麦酒，五个卢布一瓶。"

"喝茶，喝茶。"苏菲亚召唤，奔跑进来，婷婷地站住。她挽起萨木金的手臂，然后郑重问道：

"他们说知识阶层的转向宗教思想已经使他们解脱了黑格尔和马克思的哲学的迷雾，而且使他们更爱国了，这应该感谢米里支可夫斯基，你赞成吗？"

"我简直不懂她说些什么，"狄尼索夫赞叹地大声嚷嚷，拍拍他的女儿的肩背。因为应和这赞叹，弗洛林可夫哈哈大笑，说道：

"有时这些年轻人聚在一处，你讲我说，坐着听听是有趣的。说的当然是俄国话，而那意义——就难懂了。"

萨木金觉得这姑娘并非无动于她的这两个父亲的欢欣,在行为上和精神上。她的玫瑰色脸自得地红涨了,她的小圆眼睛欣欣然细眯着。萨木金不喜欢继续发问的人,也不喜欢这娇媚的少女,柔软得好像压坏了的枕头似的。他喜欢那两个父亲,他们使他不回答她,而且给予她忘记她的问题的时间。她又另提出一个:

"你知道庇里尼可夫教授吗?认识的吗?你不觉得他是非常聪明而且很有才能的吗?秋天他到这里来打猎——我们这里的湖里有许多野鹅——"

"是——是的,野的。"狄尼索夫怀疑地插嘴。

他的女儿继续说:

"他们三个人同来。一个是诗人,很喜欢吃的大汉子。第三个不算什么。"

"他是有些来历的,"弗洛林可夫抗议,"一个退职官吏。他的名字是台格尔斯基。"

"大概是同名的人。"萨木金想。然而他终于问道:"他像什么样子?"

"很不好看的。"那姑娘说,皱着眉头。萨木金不自主地点点头。

"有些矮,或许有病。灰头发。不多说话。"弗洛林可夫又说。

这姑娘又提出她的"聪明"问题,于是萨木金到了忍耐的限度,给了她一番简短的演说:

"你的趣味很广博。"他开始,尽力说得亲切谦和,"但是我觉得在这时候我们各个人的趣味似乎都应该集中在战争上。我们的战争打得并不很成功。从前我们军政部大臣在报上正式宣言我们有充分准备,但是现在证明不确。所以,这位大臣对于他负责的职务的情况不过有一个模糊的观念而已。交通部也是同样情形。"

指出铁道机构和军事需要不相符合之后,他审慎地评论财政部的政策。

"我们是借债为生的,全靠公债和法国银行的借款。我们已经欠了差不多二百亿法郎。"

他开始演说是因为要关闭这受过教育的女青年的嘴,但是他立刻证实它正在变为记诵,而且是成功的记诵。这证实使他心安理得是由于弗洛林可夫和狄尼索夫听得出神,寂然不动,以至一手举着茶匙一手端着茶杯的弗洛林可夫不能把茶匙喂进嘴里去,茶匙里的糖液滴漓在桌上。狄尼索夫背靠着椅子,眼睛转动,一只重手搁在他的女儿的圆肩头上。他大有深意地感叹了。没落在沼地之中的一个小城市里的大人物们的这样无疑的注意鼓励了萨木金的雄辩,鼓励了他的希望。看着他们,他提示他自己像他们这样的人有几百万,于是他热忱而坚决地说下去了。

"而且,在我们这欧洲所不能理解的国家里,某种稀奇古怪的事是可能发生的。我是说拉斯布丁。关于他的权力支配沙皇和皇后的一切传说一半——我再说,一半——是捏造的谣言。但是这事实依然是真的:一个不学无术的、唯利是图的冒险家在皇族中握着一种权势。昨天晚上你们听过的那宣教士,我在年轻时代就已认识他,那时他是木匠。他是一个可怜的生物,一个精神错乱的人。但是他是正直的,诚心信仰上帝,爱他的邻人。拉斯布丁,从各方面看来,却正相反。"

弗洛林可夫不能再维持静默了。他把茶匙放进茶杯里,抓起颚下的胡子,而且在椅子里一晃荡,以至它咯吱地响了。他说:

"这真是真真实实——"

"但是怎样办呢?"狄尼索夫问,颓丧地,"噢,主呀!"

"在生活中你们必须开拓你们的权益。"萨木金庄严地教导,"你们,各省各县各村的居民们——你们是真实的俄罗斯,她的真正的主人。你们就是权力。你们有数百万人。必须统治这国家的,使它民主化的,是你们。不是那些百万富翁,不是那些官吏,也不是你们派到帝国议会去的诺加次夫之流。你们应该亲自出场。"

"我们的业务怎样办呢？我们应该怎样处理它呢？"弗洛林可去质问，悲愁地。

"现在不论什么行业都困难透了。"狄尼索夫忧郁地呻吟，"这战争——它颠覆了各样事情。商业要求的是没有变乱。"

"天呀，那些农民还在厨房里面咧。"弗洛林可夫记起来了。

"告诉他们滚蛋，"狄尼索夫凄凉地说，"叫他们住旅馆去。告诉他们我们明天再谈判。你把这件事交给我们去办吧，克里·伊凡诺维奇。结果如何我们会告诉诺加次夫。我们会写信给他。这是一件小事。你用不着担心。我们知道那些农民，从头顶到脚跟。"

弗洛林可夫，走进另一个房间里，叫道：

"伐西里·狄尼索夫，到这里来。"

趁着独自陪伴萨木金的方便，苏菲亚立刻质问：

"你读过鲁狄阿诺夫的《我们的罪》吗？"

"不。"萨木金直接地回答。

苏菲亚觉得热。被暖气和热茶弄得满脸通红，她用一幅花边手巾扇着她的胖胖的小脸。她的胖手在萨木金的眼前一闪一闪的。

"她根本是一个寝室侍女。"他评定她。同时那姑娘却油嘴滑舌地唠叨着：

"一部奇妙的书呀。他现在是农村视察员，住在波洛维奇。他把那些农民描画得这样可怕，以至庇里尼可夫——他也是波洛维奇人——说：'这全是真实的。但是鲁狄阿诺夫除了恢复农奴制度而外毫无可以满意的办法。'告诉我，现在恢复农奴制度已经不可能了吗？"

"你想要恢复它吗？"

"我不懂政治学，也不留心它。但是照现在农民们的情形看来，对于他们是必须有个办法的。"

弗洛林可夫把头伸进门里来说：

"你会玩'斯徒可尔卡'[1]吗?"

"不。"

"你会玩'拉木斯'吗?"

"我想我可以玩的。"

"好。到这里来。在晚餐以前我们可以打完一盘。"

克里·伊凡诺维奇完全满足于他所有的种种表示,他的主人们越来越重视他。他心平气和地坐下来打纸牌。他是幸运的,他赢了八十三个卢布。当他清算他的幸得之财的时候,疑惑闪过他的心里:

"好像是贿赂似的。但是——为什么呢?我并不曾有什么好处给人呀。"

牌打完了,吃晚餐,全都充分发挥了天赋的才能。萨木金记不起他是怎样去睡的,但是在中午的时候他被狄尼索夫叫醒了。

"你必须起来了,否则你就要误了火车钟点。"狄尼索夫告诉他,"或者你愿意和我们再住一天吗?你是很投合我们的趣味的。可以在一起畅谈的人是很少的。你的意见如何?"

萨木金回答说他也欣喜会见这样情投意合的人们,但是停留是不可能的,因为他必须到里加[2]去。

"全是因为战争吧?唉,这战争——"

---

[1] 一种纸牌。

[2] 参看下章英译者注。

第二十一章[1]

一

在旅行到波洛维奇去的三小时之中,萨木金逍遥在有着良好弹簧的马车里面。他到达的时候恰好赶上火车。到了诺弗戈洛得他又遇见从前曾经遇见过的意外事故,但是更紧张些。

在充满了军官们的车站餐厅里,一个剃了胡须的小老侍者替他在一半被一株桂树遮掩着的一张桌子前面找到一个座位。这桌子的三分之二是堆积着杯盘的,那侍者就把余下的地位划分给萨木金。在这样忙迫之中,他告诉萨木金到里加去的火车常常延迟,而且无人知道它什么时候

---

[1] 在本章中萨木金是作为城市乡村联合会的官吏出现的,该会的任务是救济战区难民。他加入该会当然是在本章之前。作者对于萨木金生活中的这一段插话在原稿上留下一部空白,因为缺乏某种材料,延搁未写,一直到死后。——英译者注

到站；车站上塞满了赶赴前线去的西伯利亚军队；开到彼得格勒[1]去的两列伤兵车也被停留——

"最恼人的是波兰难民太多——"

"他知道他是在和城市乡村联合会的人员谈话。"萨木金默想。他问：

"扰乱了吗？"

"我们简直茫然失措——看着就伤心。"那小老人说。

别称和平工具的刀叉的鄙俗的声音由于一种异样的新音调——刀剑的铿锵——而增强了。窗户外面，站台之上，一队铜乐正在呜呜嘟嘟，哀鸣哭诉；转辙的机关车和信号手们的尖厉的哨声拆破了乐音；附近什么处所哄传来兵士们的合唱。军官们，紧束着刀带，正在嚷嚷闹闹。妇女、鲜花、香槟酒瓶和继续活动的刀叉闪烁混成一片。在餐厅中央的一张大餐桌子顶端站着一个衣服整齐、高额秃头、八字胡的男人，高举着一杯酒，正在演说，虽然萨木金只听见不相连续的几句：

"我们的错误——一八七一年所不应有的，那时我们也可以——可惜我们把那些小国交给德国人——"

"不要担心，老先生呀！"一个年轻人大声叫喊，"我们要把普鲁士人赶回他们的本国去。为军队祝饮！哈啦！"

许多哈啦，急促而不和谐。有人提议：

"祝饮沙皇的健康！"

"由他去吧——"

"为什么呢？"

"谁敢这样放肆无礼——？"

"食堂不是敬礼沙皇的地方。"

"对了。"

---

[1] 原是德语"圣彼得堡"，对德宣战后俄语化为如此，意云"彼得城"。

"不。我不赞成——"

一个骨瘦的小军官笑眯眯地走到桂树前面,想要折下一枝。他通身崭新,皮带和纽扣都亮晶晶的。他的大眼睛闪闪发光。他的微黑的尖鼻子脸,和小黑胡子,使萨木金想道:

"达特安[1]。"

他醉了,摇摇晃晃,他的手柱然摸索着树枝。然后他抽出他的佩剑。萨木金从椅子里站起来,恐怕那人要砍桂树——萨木金急忙避难到窗子旁边。

那老侍者跑到军官面前。

"长官,请原谅。我们有小刀。"

那军官对他微笑,咕噜道:

"滚开!"他举起剑,踉跄后退,向着树上砍去。打掉几片树叶,剑却砍在桌上的那些盘子上。

挨近萨木金的什么处所有一阵哄闹。他对着窗子观看。窗外和他只隔着一层玻璃有两张毛茸茸的露着牙齿的狰狞可怖的鬼脸。军官的剑并不曾骇着他,但是这些脸却使他惊恐了。立刻不止两张,而是五张,十张,十多张,都露出牙齿,以难以相信的速度继续增多。最初的两张正在说着什么。许多手摇摇摆摆的。毫无声音地大笑着,一群人密集在一处,灰暗不明,好像一些圆石头似的。他们对着窗子拥挤成坚固的一团,威骇着随时有冲打进来的危险。

在几秒钟之间萨木金觉得胆怯力弱。他似乎听见那阴森的非人的笑声,而且似乎淹没在铜乐的呜呜呀呀和机关车及信号手的尖厉啸声里面。

两个雄壮的宪兵进来带走了那挑战的剑客,由一个胖军官陪伴着。那老侍者收拾残破,埋怨道:

---

[1] D'Artagnan,法国大仲马所著小说《侠隐记》中的主角。

"每天都有这种事。今天是第二次。另一个也带到司令部去了。他跑进女人的住室里去对妇女们显示他的特殊事物——"

"请，咖啡，咖啡。"萨木金催促，匆匆看了窗子一眼，急忙转回去，揩掉脸上和颈上的汗水。

在那大餐桌上，文官武将，男人女人，都起立举杯道贺；他们开始尽力高声大唱《上帝保佑沙皇》，使彼此互相震聋，显然不顾音节的错乱。这疯狂的歌唱破裂在"强大的武力"这几个字上，因为有人尖声叫喊：

"你竟敢怀疑沙皇军队的力量吗！"

"你应该把窗帘挂在窗上。"萨木金说，当侍者送咖啡来给他的时候。

"他们把窗帘拿到医院里去了——但是窗子当然是应该遮起来的。兵士是不准喝麦酒的，但是军官们——好，你自己看见的。他们不但畅饮香槟——而且有更强烈的饮料。"

萨木金不断地用眼角瞅着那窗子。有少数兵士在站台上，但是三三两两的还是来贴在窗玻璃上窥看，他们的模糊的脸相现在已经宁静了，而几分钟之前曾经歪曲了它们的无声的大笑却还保留着一种不可思议的异感。

"他们是被动员来保卫祖国的。"萨木金想，"祖国这观念对于他们发生什么作用呢？"

这深沉的问题以新奇的强烈向他袭来，使他自己无法推拒。他仓促发现一个答案。

"群众中的个人并不能构成祖国这观念。'我们是俄罗斯人。我们是诺弗戈洛得人。'祖国是一个抽象的概念。没有祖国的历史的知识，这概念就不存在。"

餐厅里人群迅速地稀少下去。妇女们一个跟一个不见了。嘈杂却更加厉害。在远处的角落中心里萨木金能够看见一群威仪堂皇的文官和三个军官，以及一个身穿军事委员制服的秃头大汉，嘴里衔着雪茄，左颊上贴着一个黑十字药膏。

"我们所需要的是获得更多知识——我再说，更多知识——并不是战斗。"那委员说明，用一种轰响的低音，"我们能够打倒土耳其，但是别的国家甚至不让我们打中它们。"

"俾斯麦[1]说——"

"他死了。"

"我们全都要死的。"

"历史是知识阶层文化活动的结果。这是无可争辩的。各阶级在历史中显示职能的学说是想要发现解释社会矛盾的理论的无效尝试。写成历史的并不是有产者和无产者，而是别的人。"

"灰色人[2]吗?"萨木金敏速地记起，而又觉得颇不适当。

他注视着漫到杯子边上的咖啡的黑圈，急于想要压下"祖国"对于他有什么意义这问题，同时拾掇着那妄人的断片言辞。

"对于我，祖国是没有它我就不能圆满生活的东西。"他试行解答。

"先生们：容许我提醒你们这并不是辩论政治的地方。"一个权威的声音叫喊。

"也不是和自己辩论的地方。"萨木金又说。但是他仍然在继续着他的思辨：

"不。这是不确的。住在巴黎是比住在彼得格勒更有趣更快活的——"

"我们在波兰的失败是因为我们被犹太人所卖。这还不曾发表在报纸上，但是已经哄传一时。"

---

[1] 历来主张亲俄政策。
[2] 这是引用里翁尼·安特列夫的戏剧《人的生活》，在该剧中"穿灰衣服的鞭人"是象征命运的，主宰着人的穷通得失。这是英译者的注释。但高尔基的短篇小说《巨敌》中也有一个灰色人，往返于红色和黑色两个敌对的势力之间，成为"两根舌头的丑类"。

"报纸都在犹太人手里。"

"上帝使它失掉祖国的这人种的叛逆是早已确定了的。"一个尖声急叫,高到燥烈的程度。这声音的所有者是一个红脸男人,有一只鸡蛋形的秃头,和一部稀疏的灰胡子。

"见鬼,我是一个地主,没有权辩护我的庄园的利益吗?"

"你没有。在战时一切民权都合法地被沙皇所剥夺。"

一种铃声刺耳地响了,而且有人叫喊:

"到里加去的车来了——"

椅子、桌子和地板一阵乱响。杯子盘子丁零当啷。有一声歇斯底里的叫喊:

"先生们!在这生死关头——"

"为什么是生死关头,混蛋?"

二

十分钟之后萨木金坐在二等车里,那是破而且旧的车厢。它吱吱嘎嘎地响着,而且震摇得好像要跳出轨道似的。这拥挤的车厢里的喧哗和骚乱暗示着浮动和不可靠。三个灯,在中央和两道门上,模糊地照明了每条椅上坐着三个人的形体。旅客都摇晃着,他们的动荡似乎震撼着车厢。一个胖大女人,穿着胸襟上有红十字的锈色皮上衣,戴着锈色小帽,不断地冲撞着萨木金。她双手抱着一只小提箱在她的膝头上,她的头在椅背上滚来滚去,呼呼地睡觉,她的庞大的身体随着震荡而波动着。那冲撞惊醒了她,她低声道歉:

"噢,请原谅我——"

一个穿俄国长袍的男人,戴着小缎帽,坐在窗子旁边。烟云从他的灰胡子里冒出来。他的鼓眼睛正在呆看着他对面的男人,后者有着一副丹麦种大狗的高傲面貌——下颚突出,前颅向后倾斜到颈项后部。在他旁边有两个男人正在打瞌睡，一个是默默的，另一个好像正在恼怒中似的咂嘴。暗淡的灯光使这些人极其丑陋，这是完全适应于萨木金的心情的。他疲倦，衰弱，困恼，陷溺在亨洛尼谬斯·鲍次的荒唐之中。他的心凄然留恋着一个小城，其中有十多个教堂，有狄尼索夫的温暖友好的家，有聪明俊秀的弗洛林可夫。

面貌像丹麦大狗似的那男人，裹在一条格子花毛毡里面，低声说道：

"你看，一个主人必须明白他自己的事务，但是他是无知的，什么也不懂。有一次举行皇家步兵军营奠基礼，当然，他亲自参加。'奇妙，'他说，'你们把各种废物堆在一处，浇上一些东西，它就变为强固的了。'"

"我说呀——等一等，"灰胡子的男人叫喊，他的低音是狂喜而又沉静的，"何消说，这是明显的。这是他的国家观念。"

"噢，他并不是说俏皮话呀。"

"我想他们是在谈论沙皇。"萨木金想，闭起他的眼睛。在完全黑暗之中各种声音更加分明。他现在能够认出在前面的邻座上漂浮着一个细弱的声音，偶尔被一种干咳所间断。在漂浮之中他分明说出：

"我们实际上是殖民地。我们的金属工业差不多百分之六十七是在法国人手里。法国资本控制着我们的造船工业的百分之七十七。我们的银行的存金额是五亿八千五百万，其中四亿三千四百万是外国资本，包括法国投资的二亿三千二百万卢布在内。"

"说话的当然是一个穷小子。"萨木金判定，"又是一个数字狂的台格尔斯基。"

"我们打仗是因为麦歇[1]普因开勒急于要'里挽奇，'[2]一八七一

---

[1]（Monsieur）法语，先生。
[2]（revanche）法语，报复。

年，因为他要恢复四十三年前被德国占去的矿产地带。我们的军队正在表演着雇佣的任务——"

一阵爆发的怒吼打断了那平静的言语：

"噢，那么你要怎么办呢？你正在宣传无政府主义者列宁的意见，是不是？那么你是一个所谓'布尔什维克'啰？"

"不。我不是布尔什维克。"

"真的吗？我并不是没有受过教育的，我以为。"

"不过列宁是一个精于计算的人——"

"等着，伊果。"第三个声音插入。而第四个嚷道：

"将来再辩论吧。"

"那么你说，列宁怎样？"

"我们俄罗斯人是不善于计算的。"那灰胡子宣言，摇摇头。

"我们的主要工业——纺织业——是完全在我们的手里的。"

"在维特洛夫们和拉布辛斯基们的手里。"

"还有别人吗？"

当初不分明，后来那细弱的声音又冲破了那些兴奋的言语，萨木金听见：

"倘若你不懂无产阶级专政这奇异的观念——其中有着我们的大臣们能够从列宁那学得的许多东西。他是一个博学多才的经济学家。甚至工人阶级专政，在我看来——"

机关车严厉地长啸：忽然一阵震荡。车厢互相摩擦。什么东西炸裂；制动机尖锐地呼号；穿着红十字皮上衣的女人跳起来，她的提箱撞在萨木金的肩头上，而且叫道：

"我的上帝！我的上帝！什么事？什么事？"

人人都惊醒，站起来；有一阵推挤，向门道奔去。

"发生意外了。"萨木金说，把他自己紧靠在椅背上，完全被那震荡、那喧嚣和旅客们的惊恐弄得脚酸手软。一种声音已经在安慰激动的群众。

"在我们刚要进站之前他们摇动信号机。我们的司机是顶能干的。"

"你听见吗?"那女人责备萨木金,"而你就叫喊发生意外了。"

"我并没有叫喊。"

"你当然叫喊了。我听见的。你是城乡联合会派来的吗?"

她立刻开始严正呵责这联合会既不知道它的目的,也不知道它的办法,和它有些什么权力。

萨木金,恼怒了,回答道,联合会才开始工作,要批评还太早。但是那女人顽强地反驳:

"你们正在妨碍我们红十字会——以及兵站部。"

有一副狗脸的男人忽然插嘴:

"城乡联合会很明白他们的前程的。他们是米留可夫集团的后备军——就是这么回事。封闭帝国议会之后,他们就要进一步成为政党的。相信我!"

萨木金勉强辩护,困惑于那些叫喊、耸肩和问话。他自己对于这联合会的目的并没有很清楚的观念,但是他喜欢这种主张:在帝国议会之外成立广大的民主势力的联合是可能的。忽然,出乎意料,他的好出风头的记忆讽刺地提出:"你们把各种废物堆在一处,浇上一些东西,它就变为强固的了。"然而,就在这时候,他再也不能辩论和思索这组织了。他的心已经被搅乱,因为大约五分钟之前他看见台格尔斯基走过他面前的不愉快的确也痛苦的印象。无疑地那是台格尔斯基,虽然形容消瘦——缓缓走过,呆看着地面,被旅客们推撞着。他有些蹒跚,靠住墙上有几秒钟之久,他的头那样低垂着,以至他的剃过的宽下巴几乎触着他的胸口。

列车依然停着不动,旅客们的骚嚷来得更加分明,而且通过这一切混乱之中流出了还更可恼、更可厌、更清楚的台格尔斯基的审慎的声调:

"俄罗斯的国家资本，倘若我没有记错，大约是一千二百亿卢布。这其中包括乌拉尔的那些残破工厂，以及残破机械，例如一八四五年造的蒸馏机，一八三七年造的汽锤，和倭克特林堡铁道工厂里的那些机器——"

"官僚式的管理——"

"在纺织工业方面我们也还用着七十年代的机器。在国家资本中我们也必须包括农民的工具——木犁、木耙——"

"他还是计算而又计算。以计算为生活的目的——奇怪。"萨木金想，烦恼着。他不再听台格尔斯基的嘶哑的言语，那好像是泼沙子似的。这时幸而机关车发出简短的啸声，拉着列车平静地走了一分钟，然后又砰砰嘭嘭地停住了。喇叭尖锐地呜呜着，而且有一声拼命大叫："立正！"

萨木金又记起那驼背小姑娘的恼怒的声音：

"停止你们的胡说。这些人并不是你们的孩子呀。"

然后机关车又嘟嘟，急扯着车厢好像在发脾气似的，以致那皮上衣的太太抓住萨木金的膝头和灰胡子的肩头。

"噢，我的上帝！请原谅我。这些司机真是可怕。"她道歉，然后解释，"车子好像开在乡下的道路上似的。"

"列车在两分钟之内就要开了。"一个守车通知，走过车厢。

萨木金觉得几分钟时间似乎从来不曾这样难堪的冗长过。后来他常常想到这不眠的惊恐之夜。他相信这夜已经结晶了他对于生活和人们的最后态度。

列车的急进使他转念到那司机：

"几百人的生命托付给这受过半点教育的家伙。他把这几百人推走了几百俄里。倘若他一旦发疯，跳出车外，拼命奔跑，力竭而死呢。倘若他不顾自己的生命，完全为了仇视人类，颠覆了这列车呢。他对于我——对于人类——几乎是全无责任心的。在一九〇五年中喀山铁路的司机就在讨伐队的眼前把革命工人们运走了。"

"人世的权力是个人的权力。这是永恒的法则。分析到最后,推动世界的是一些个人。群众为了各个人的利益互相摧毁。世界是这样造成的。'从前如此——将来也是如此。'"

"我必须从我的记忆中扫除书本的尘沙。这些尘沙只因为在我的思想的照耀之下才有光辉。当然,并非全部如此。其中有些是真实美丽的颗粒。言辞的音乐比声音的音乐更重要,后者不过是七个音的各种配合机械地影响了我的感觉而已。总之,言辞是人的武器、甲胄、刀剑。过多的言辞拖累着心思的灵敏。有些人的言辞杀灭我的思想,磨折我的感情。"

在这些思想中并没有新的成分,但是它们来得比从前更有条理、更加确定。

三

黎明的时候列车缓缓驶入雪的狂飙之中——风吼雪涌,到了充满着兵士的混乱城市。车站上拥挤着穿着制服的人群,风把他们吹过街道:他们成群地或单独地走着,骑着,坐车,押运着枪炮。在各处紧密的极冷的雪片之中,那些模糊的形体闪烁地移动着,肩上荷着枪或者徒手,都背着背包。雪从步道上扬起来打击他们,从屋顶跌落在他们身上,在十字街上旋转着,咆哮着。

克里·伊凡诺维奇·萨木金装束得很暖和,颇有些英勇之气,好像很有资格来参加一种历史的大事件的男子了。一个容貌奇特的马车夫,被雪所击溃,穿着连头巾的蓝外套,戴着芬兰皮帽,红脸,长须,好像画片上某个时代的将军,用拉脱维亚的语调通知萨木金说旅馆里都没有房间了。

他的灰八字须的两端直指着他的两只耳朵。他是肥大的,车也是巨

大的,而他的马却是瘦小的,小步小步地款款而行,好像老太婆似的。车夫厉声呵斥:

"啊哟!啊哟!"

人们都咒骂他,一个士兵甚至用枪托冲打那马的肚皮。

三个旅馆都已宣告客满,但是第四个通知萨木金可以加铺位在别人的房间里。在分配给他的房间里,狼藉着军官的用具:桌子上躺着一把剑和一架双眼望远镜,一支手枪挂在手椅上。帷幕后面有人在低声私语,好像拉锯子似的。

在几分钟之间萨木金站在一面朦胧的镜子前面专心整理他的打皱的衣服和纷乱的头发。觉得他的仪容足够神气了,他才走下餐室去喝咖啡。立刻就有一个下巴上束着绷带的高人走到他面前,打听他是不是来撤退工厂的人。当侍者送咖啡来的时候,另一个红发男人也同时走来,毫无礼貌地坐在他的桌子上,低头凄然看着他的手指甲,用倦怠的声音问道:

"那么,对于你的糖你打算怎么办呢?……呵,对不起,不是你。我说,你不是他。你是做什么事的?救济难民?我和你是同事。我是从俄勒派到这里来的。难民都要遣送到我的家乡去,到国家的中心地带,以大体而论。但是他们不给我们铁道运输,倘若难民用脚走去,我相信一定要像鹅似的冻死在路上。那么,我们有什么办法呢?"

从说话的神气看来,这人显然是别有用心的。萨木金仔细观察那右眉上有一小个硬瘤的圆脸,想到在歌剧《波里士·戈达诺夫》里演唱狄米徒里这一角的伶人就是这种面孔。

萨木金忽然觉察他是独自坐在一张桌子上的。其余的桌子上全都是三两成群的,而且全都伏在桌上低声谈话。从弹子室里传出来打象牙球的声音,在那门道上有五个军官坐在一张圆桌上吃早餐。他们正在对着一个戴小缎帽的黑卷须军需官哈哈大笑,因为后者正在用一个故事款待他们。他的低音单调地轰响着,只听见他反复申言:

"我说：'阁下——'"

"非常混乱，"那有着小硬瘤的人说，"各个人都失掉某种东西，各个人都在寻找某种东西。从牙洛斯拉夫尔开到俄勒去一辆货车。那是立刻就到这里了的。而到这里一分钟之后它就不见了。"

"汤。"有人在萨木金后面说。

"什么？"萨木金的同伴漠然询问，望着他的肩背后面。

"汤也是偷来的。"

"偷来的？为什么是偷来的？"

"他们为什么偷呢？那好像是游戏似的。"

"你为什么想到偷？"

"我应该想别的什么呢？"

萨木金，被那不眠之夜的种种印象熬干了精力，漠然听着那些模糊的唠叨，凝看着窗子。外面的雪雾之中闪现着一些灰色人形。好像有些露齿的丑怪的胡子脸靠在窗玻璃上无声地大笑着似的。

萨木金转面对着侍者。

"告诉我，"他问，"我可以得到一杯麦酒吗？"

"不必麻烦。拿两只杯子来，"有小硬瘤的人说，从衣袋里拿出一只酒瓶，"顶好的白兰地，白尔提。他们只能给你私贩的劣酒。"

"谢谢你。但是——"

"不用客气。这是战时。"

他一面倒酒在两只杯子里，一面介绍他自己：

"雅各夫·彼得洛维奇·拔尔兹夫。"

然后，用迟疑不定的近视眼睛惶惑地看了萨木金一眼，他缩回头去把酒倒进他的嘴里。他把一片糖也塞进嘴里，鼓起两腮，痛苦地皱起他的小鼻子。这人的没有礼貌、说话唐突，以及他的混浊的眼睛的可厌——全部引起萨木金的好奇心。他听着那单调的声音，试行品评这家伙：

"四十岁,我想。失败者。或许是以为'什么都一样,随随便便'的人物。"

"这里有许多投机家和骗子,"拔尔兹夫说,点燃一支纸烟,这烟有一个太长的烟嘴,"其中有些也穿着城乡联合会的制服,像你自己似的。我没有工夫穿上我的。坐在你后面的有伊萨亚克森和白尔门,技术家,机器入口商,电器装置家,等等。他俩都是骗子,而且正在受审判。"

他又拿出他的酒瓶,再倒白兰地在两只酒杯里。萨木金喝了,谢谢那人,觉得这酒和香水相同。

搓搓他的红头发,把它揉成一顶阿斯图拉康小帽似的,皱起眉毛,拔尔兹夫警告他:

"当然,伊萨亚克森要来对你献殷勤——换言之,欺骗你。他已经骗了我两千。"

"他们怎样能够做得到呢?"萨木金想要知道。

"哦,他们有法子,你打牌吗?不。那就好。昨天有一个白痴在牌桌上输掉三车木材。那是他运来给红十字会——做棺材用的——反而输掉了。"

继续不断的低抑而急促的谈话散播在餐室里面。弹子室里的象牙球不断地嘀嘀嗒嗒。瓷器在碗碟柜里嘈杂地乱响。这一切喧哗忽然一扫而空,由于一种狂欢的响亮的中音的叫喊:"哈啦!哈啦!"

> 噢,勇敢的比塞留克人,
> 他们记得说过的话——

十多个声音兴奋地接着唱,成为一种轻快的乐歌:

> 我们的母亲俄罗斯
> 世界的伟大头领!

立刻是一阵吹啸和尖叫,和脚跟顿着弹子室的细木地板的响声。

"必定是有新闻纸来了。"拔尔兹夫咕噜,站起来,慌忙走开了。萨木金觉得慌忙并不适合于那肥重的形体,不类似这人的行为。他责备他自己为什么不询问拔尔兹夫难民们住宿在哪里,以及撤退他们的方法和技术,总之,他错过了一个认识这种事业的实情的机会。倘若他在会见联合会当地负责人之前得到这一切情报,那么他就能在那人面前显出他自己是十分内行而且能够独立工作的人了。他静坐了十多分钟,听着那乐歌的悠扬、奔放,以及狂呼大笑,和舞步的钝响。他觉得独自坐着是难为情的,好像反抗那些英雄们的欢乐似的。他想要看看那房间里的光景,但是门道上塞满了人,因为这餐室里的每个人几乎全都挤在那里。

他站起,向他的房间走去。在休息室里他被一个陌生的人阻拦住,这人穿着镶皮外衣,手里捏着他的阿斯图拉康小帽。两只圆眼睛突出在他的崎岖的大脸上;他的大头平躺在肩膀上,显不出颈项,好像是驼背似的。

"原谅我,"他用沉静而沙哑的声音急促地说,"我的名字是马克·伊萨亚克森。是的。我在这城里是很知名的。我必须警告你——和你谈话的那人是一个骗子。是的——本地的理发匠,雅斯卡·拔尔兹夫——是的,一个骗子,一个赌鬼,一个投机家,一个十足的流氓——是的。你新到这里。我应该告诉你,这是我的名片……对不起——"

转背对着萨木金,他沙声问侍者说:

"都预备好了?"

萨木金读了名片上的熟悉的字:

"马克·伊萨亚克森。技术部。"

"无疑地,一个骗子。"萨木金判定。

四

  几分钟之后他坐在马车里，雪纷纷落在他身上。暴风像以前一样凶猛；雪的旋涡似乎更紧密和沉重，或许是因为比对着明朗的天宇吧。在白雪中兵士们无穷无尽地前进，一队又一队，他们的刺刀像梳齿似的梳着雪花。雪从屋顶上，从地上，从旁边袭击他们；他们踏着雪堆，走呀走呀，用急促的脚步，默默地走着，走在窗户都全被雪遮瞎了的家宅之间的深沉的空隙之中。几千灰色形体这样默默移动着是叵测而且沮丧的。兵士们的肩背上长满了白色石花菜，狂风正在揩拭他们的脸上的红斑。萨木金相信他以前从未听过风声这样凄厉，这样连续不断。

  有整整一点钟之久，他坐在一个陈设庄严的、温暖的公事房里，听着那双下巴的、有老乳娘的慈祥之气的、柔软的大汉发牢骚。他的光秃秃的脸，保养得很好，蒙着一层紧鼓鼓的光滑的皮肤，好像羔羊皮似的，在应该有胡子的地方是一片蓝色，混合着血红。有一张鼓起的小嘴，上唇直往上缩，再往上就是柔软的小鼻子，以及小小的淡蓝眼睛，在灰色鬈毛之下。这整个人使人发生一个老妇人装扮成男人的印象。

  把手失望地敞开在桌子上面，他说着一种悠婉的最高音，语调是温和的，但是有些怨恨：

  "联合会派来的我的同事们全都在前线上。但是因为我是俄罗斯——亚细亚银行本地支行的经理，也因为我的健康状况，使我不能离开这城市。难民们住在离此地四十俄里的那些空虚的夏季别墅里面。现在那些别墅已经由红十字会租去收容伤兵，而且红十字会要求我们立刻腾出别墅。"

  言语的平静流利使人觉得他是健谈的。

  "我一辈子也不能理解什么人把难民们送到这里来。他们全是犹太人，你知道——很穷，而且十分歇斯底里的。他们叫喊得可怕。他们带着几群小孩。小孩都死了,大人又冻又饿。我们这里还有一群木匠。他们是从布里斯特-里托夫斯基派来的,但是流落在这里。带他们来的建筑师失踪了,一个钱也没有给他们,现在他们也在吵闹,要求钱和食物,砍伐树木来烧炉子。他们确实拆毁了一些建筑架子,他们制造棺材出卖——难民是很容易死的——他们完全不守法律,那些木匠。拉提维亚人是强悍的,而砍树和拆毁建筑架——好,当然,这是为一般人,不但为拉提维亚人制造十字架。所以,我希望,我的亲爱的克里·伊凡诺维奇,你将要竭力解决这——戈尔狄的结[1]。首先,是那些木匠。他们那里有一个特务员似的人,一个最不愉快的年轻人,但是他确是知道事情的根由的,我就打电话去叫他来会你。他的名字是洛色夫。"

现在他的牢骚发完了,他用更快活的声调说到货品缺乏、物价高涨,以及卢布的币值低落。

"当战争开始的时候每个卢布值现金八十个戈比克;现在值六十二个,显然有跌到五十个的趋势。当然,这是对于谁也没有好处的坏风气。贱价的卢布也能够有相当的效用——但是,都一样,你知道——是的,政府的财政政策——并不十分高明。私家银行的业务被限制得太严了——"

他的声音逐渐低下,他突然大叫:

"我发誓!我们从前会过的。你记得吗?在某一省的什么地方。尼忌尼·诺弗戈洛得?萨马拉?那时候我有胡子,而且我注意分教派运动——"

"戈米里青![2]"萨木金叫喊,记起了当时他曾经想过这家伙为什么好像一个女人。

---

[1] 意谓难题。[古神话] 腓力基王戈尔狄(Gordius)用绳打一结,预言有能解者即得君临小亚细亚,然终无能解者,后亚历山大大帝拔剑斩断之。
[2] 初现于第三卷第十章。

"对了!"那金融家承认,快活地微笑着,"但是那是我的假名。"

对于萨木金这会晤是不愉快的;总之,他所有过的会晤能够使他愉快的本来就很少。然而,这一次他确实觉得嫉妒、愤懑、轻蔑这些人改变他们的地位、成语体系,以及本身的错误那样容易。

"妄自菲薄——缺乏自信。我不应该为这些事实烦恼。另一方面,我应该以我自己的始终一致自豪。"他想,坐在到华沙去的列车里面。

暴风还在猖狂,显然以使车子出轨的决心摇撼着它。机车发出几声紧张的长啸,小心地把列车拉到一个夏季避暑的车站。萨木金从车里走入凛冽的寒气中,他的眼镜片上立刻结冰,迫使他把它们摘下来。

"立正!"一个高大的军人叫喊,一只手举起敬礼,另一只手握着佩剑。他立刻又叫了,好像恐吓似的:

"稍息!"

在他后面站着三十多个兵士,全都抬着木把铲子。一个守车跑来传令:

"装他们!装他们!邮务车下面的那一辆!快!"

"加倍的快!上车!"

兵士们不见了,只留下那红帽站长和有须的大宪兵在站台上。行李包从行李车里抛出来,乱七八糟地堆积着。各样都做得发疯似的急迫。风急推着列车,正在换掉车辆;轨道发出宏大的尖声。萨木金站在那里等待那不认识的年轻人,用戴着手套的手保卫着他的脸,防备雪的袭击。时间爬得极其缓慢,甚至不爬,而是旋转在一点上。而且他完全不能确定他在这里必须做些什么事情。站长走到他面前,粗声问道:

"你是联合会派来办理难民的事的吗?……那么,请到这边去。他们正在车站后面——在一座灰色房子里。"

"我是来会见一个叫作洛色夫的人。"

"那是洛克提夫,我想。米凯尔·伊凡诺维奇·洛克提夫。"那站长很大声地断定。久已站住不动的宪兵,用无声的步伐大步走到萨木金前面。

"洛克提夫暂时离开了这里。那灰色房子里有些俄国人。"那宪兵说,然后用手指着一些雪盖着的包裹,问道,"这是你带来的面包吗?"

"不。你愿意带我到那里去吗?"

"当然,"宪兵赞同,然后埋怨道,"一千三百人,才带来四包,不过十普特重。这些官办的事,我的乖乖!那些穷鬼已经三天没有面包了。"

他们走出车站,陷入深沉的雪堆之中。

"洛克提夫,米式加。[1]"萨木金想,回忆着他曾经那样喜欢提拔的不合意的年轻人,"我相信我亲身认识了这国家的一半人口了。"

一个新奇而又可厌的思想闪过他的心里;他所认识的人们全都站在他所经历的道路旁边,注视着他的来去。风从房顶上把雪堆倾倒在宪兵的头上。雪跑进萨木金的领子里面和雪靴里面。一座两层的木屋前面冒起一阵白烟。从那里面传出来呻吟和呼号。

"波兰人和犹太人住在这里。"宪兵烦恼地说,"一个犹太人已经死了——你听见他们哭叫吗?"

萨木金从前门走进一个房间,房里有两道内窗,和通到二楼的分为两段的宽楼梯;有几道门里爆发出小孩和青年男女的惊叫,好像被火烧着似的;从楼梯上很庄严地走下来一些大胡子的瘦老人,穿着长袍戴着睡帽或打皱的尖角小帽,灰鬓发披在胡须上面的腮巴上。跟着下来的是一些老妇人,穿着长袍和夹棉外衣。他们全都喃喃,嚷叫,呻吟,鞠躬,摇手。在波兰语和犹太语的歇斯底里的混乱中,萨木金能够听出几句俄国语:

"我们怎样处置这些小孩呢?"

"我们快要死了。"

---

[1] 初现于第三卷第六章,曾为萨木金书记。

"面包！给我们面包。"

"那米式加到哪里去了？他是明白——"

从楼梯上来了一个青年的响亮声音：

"你戴着眼镜，所以你看不见。"

这些人挤紧成一个肥大的多头怪物，逼近萨木金，发出鱼腥和小孩尿布的沉重刺鼻的气味，而且急叫着：

"他们为什么不让我们到城市里？"

"这战争是我们的错误吗？"

"我们都被抢劫了。"

"我们在这里不能买东西。"

"我们是贫穷的。"

"他们告诉我们：去吧，一切都会——"

"我们像狗似的被赶走——"

"你们宣传仁义，然后制造战争。"一个年轻的声音在楼梯上责骂。在楼梯上的人群的头上浮着一阵抽抽噎噎的悲啼，好像农妇在哭她们的死者似的。

"好，你看——真是糟透了——"萨木金含糊地对宪兵说。

"疯人院。"宪兵愁苦地说。他又责备说："事情都糟在你们的联合会手里。"

"但是那白痴洛克提夫跑到哪里去了呢？他是应该来会我的。要他来解释解释。"

宪兵迟疑着，然后低声解释：

"洛克提夫已经由普斯可夫秘密警察的命令把他传到那里去了。"

在男人们的吵闹和妇女们的悲号之中，一个沉重然而清楚的低音顽梗地响着：

"因为这种可怕的愚蠢已经害死了十七个人了——"

说话的是一个高大的老人，有一部尖形的长胡悬挂在骨瘦的黑脸上，那脸上有一双闪烁的圆圆的黑眼睛和一管抖颤的尖鼻子。

"我们要求你——准许我们这些还有一小点钱的人——到俄勒或乌克兰去。我们正在这里受掠夺。我们已经被毁灭了。"

一个小老人，裹在一条红毯子里，忽然从他旁边跳起来，用一只手把毛毯按在肩头上，举起另一只手，这手总是无助地落下去。在他的流泪的皱脸上，那浑浊的灰眼睛可怜地眽眽着，而他的眼皮好像是烧过似的通红。

萨木金努力不看他——但是无法回避他的注视——等待着他说出什么可惊的言语。但是这灰胡子老人只是间歇地喃喃着犹太话，单调地呻吟着，抖颤着他的红眼皮。还有几个同样眼睛的老男女。一个小女人不断地扯拉着她的红头发上的黑发网，同时她对着萨木金的脸摇动拳头，呵斥道：

"为什么要小孩们受苦？为什么？"

一个老人拉拉她的手，推开她，说道：

"这时代是应该忘记小孩的——静静的吧！"他责备那女人。她用双手掩着脸，厉声呜咽着。群众中响彻了一阵悲啼。楼梯上有许多叫喊；许多人挥着拳头；栏杆吱吱咯咯；鞋底和脚跟撞击着楼梯，响得好似放枪似的。萨木金看着那些孩子的面孔和眼睛尤其痛苦。孩子们都不哭，甚至于那最小的也不哭，除了还抱在怀里的一个而外。

"穷鬼。"萨木金咕噜。

"私贩子和暗探——"宪兵说。

"但是怎样处置他们呢？"萨木金问。宪兵用眼角瞅着他，回答道：

"应该把他们送到俄勒去。那里的当局可以有办法。在这里的这些并不算顶坏。他们每天都有吃的。但是在别的房子的那些——"

吵闹和哭泣激怒了萨木金。臭气越加浓厚，妨碍着他的呼吸。但是感觉最痛苦的是他的脚冻得发烧，他的脚趾好像是夹在烧得通红的小钳子里似的。

他把这情形告诉宪兵,后者提议:

"你顶好走进那院子里。那里有些俄罗斯木匠很舒服地住在面包烘房里。"

"没有旅馆吗?"

"旅馆都给伤兵占用了。"

第二十二章

一

　　大面包房里充满一种愉悦的、微带酸味的暖气。三道方窗，都被雪蒙蔽着，只放进来很少的光明在低矮的天花板之下，所以在灰暗的暮色中萨木金得到这面包房里挤满了人们的印象。其实这大房间里不过有二十个人而已。五个人坐在一个大工作台上打纸牌，有七八个人围绕着他们。有两只毛松松的头从一座蹲伏形的炉灶边伸出来。在看不见的一只角落里，有一个人正在用低抑的声音唱着凄凉的歌曲，应和着手风琴。一个鬈毛大汉躺在面粉箱上，用双手做枕头，吹啸着同一歌曲。炉灶的烟囱里面，风正在窸窣，飒飒，咆哮，口哨。打牌的人们叫喊：

　　"我有'黑王子'和'害人精'。"

　　"'铲形八'和两只'希'。"

　　"三只十点，糟呀！"

"安静呀!"一个老人叫喊,把正在缝补着的什么衣服从膝头上放下来,把针插在他的黄衣服的胸襟上,急忙来迎接两位访客。他高兴地叫道:

"好日子,西敏安·加弗里洛维奇。"

"我希望过完冬天就杀尽那些德国人。"宪兵咆哮。看看周围,他又说:"你们把板壁都烧了吗?"

"我们用板壁做棺材。"

"你们要负破坏人家财产的责任。"

"我们要负责的。这种明显的事情是容易负责——战争准许破坏各种东西。"

"这敏捷的家伙好像是这些暴徒的首领。"宪兵执拗地说了。"我要到车站去,"他又说,看看他的表,"倘若你需要我,派人来找吧。"

在一条长凳上坐下,萨木金挣扎着要脱去他的雪靴。那脚似乎冻结在靴子里,脚趾的疼痛是不能忍耐的。穿黄衣服的老人高兴地微笑着观看他的努力。一个面容光滑的伶俐的小男人,有一部修剪整齐的灰胡子、一管尖鼻子和一双灵动的眼睛,把两个大拇指插进束在腰上的有一片铜牌的高加索皮带里,像一个军人似的直立着,脚跟并拢而脚尖向外。

打牌的人都不打了,也来观看萨木金脱靴子。只有歌人的声音和手风琴仍然合奏着哀乐。

"它们不肯出来吗!"那老人恭敬地问。

萨木金觉得这一问是有嘲弄的意味的。真的,这老人对于他似乎既不诚恳而又机诈。然而,他终于不能不咕噜道:

"你能帮助我吗?"

"阿里克先,过来。"老人叫唤。那鬈毛汉子悄然从面粉箱上跳来蹲在萨木金前面,按着他的腿把他的脚一扯,以至他在座位上一蹦。

"不要太使劲,阿里克先。那样扯是不行的。"老人抗议,仍然那样油滑地微笑着,这更加激怒了萨木金。雪靴到底脱掉了,萨木金站起来。

"谢谢你。"

"这是应该的。"阿里克先含糊说。他是异常之高的,阔肩头,而且他的玫瑰色的圆脸上披着鬖发,使他具有中古画片里的天使神气。

"太漂亮。"萨木金不如意地想,当他在士敏土地面上走了几步的时候。

"你是联合会派来的吗?"那老人问。

"是的。"

"第四个。"这老家伙说,转面对着别的那些人,张扬着左手的四个指头。

"你是来接替米凯尔·洛克提夫的地位吗?你说,来照管难民吗?好,我们同样明显地是难民。甚至更苦。"

他轻轻一跳,跨坐在桌角上面,开始了伶俐的谈话。

"更苦,因为犹太人或许会捣鬼,波兰人本来是囚徒,而我们是俄罗斯人,沙皇自己的百姓。"

萨木金缓步在他旁边,试行立定脚跟用脚掌拍地来取暖,随时都觉得冷气钻透他的全身。

那老人谈呀谈呀,说着他的来历:他们曾经在波兰替红十字会工作,建筑营房。和他们包工的建筑师被查出舞弊,逃走了。后来他们仍然继续工作,每天工资一个半卢布。

"这是不够用的,倘若必须自备伙食。好,定规又郑重告诫这是战时,我们的兄弟们明显地在打仗,所以我们必不可以贪利。不错,我们说,我们愿意尽点义务。"

一个秃头大眼的高人来站在这发言人旁边。他穿着厚重的夹棉上衣,高到膝头的长款灰皮靴。他的脸长而且瘦,有一部褪色的红胡子。那整洁的小老人兴奋地算起账来了:

"四十三天的工作——共合一千二百二十五个卢布,但是我们所得到的不过是三百零五个卢布,算是伙食钱。然后他们告诉我们:到里巴伐去,在那里发钱,那里有更多工作。好,到里巴伐他们收了我们的账单,宣布我们是难民,把我们送到这里来。"

"他们虐待我们,老爷。"那秃头的老家伙用沉闷的低音说,把双手交叉在胸上,阔手掌都停在肩头上。他的迟重的声音是抖颤的。有人咕噜道:

"他们把工人当作囚犯。"

"他们对于人毫不怜惜。"

一个尖声高叫了:

"人是马铃薯。"

"嗨,又来了!"那秃头呵斥,摇摇他的右手,"不要吵,人家正在谈正经事咧。那手风琴也不要呜呜呜。"

这提议并无人理会。一场争论正在燃烧在围桌而坐的那些人们之中。一个尖声固执地说:

"人是马铃薯。每个人都吃人。做主人的——是野兔——"

"不是野兔——是甲壳虫[1]。"

"去吧!野兔自然要吃的!"

"还有蜚蠊。"

"人吃人比别的东西吃人更厉害。"

当那整洁的老人复述这团体的种种灾难的时候,萨木金尽在想他冒着寒冷和辛苦而来确不是为了这些人的,也不是为了他们的缘故才献身国家来帮助它反抗强敌。

在这老人的伶俐的唠叨之中,在他的显然无诚的高兴之中,他听出讥刺的语调,他觉察这家伙屡屡使用"明显地""定规"这些字眼,好

---

[1](Beetle)吃马铃薯的甲壳虫。

像是习染着某种人物的腔调——好像是从平民主义作家的故事里学来的。刚才开始的那些愚蠢的辩论也使他记起了乌斯班斯基的小说。

"这可疑的小老人——"

他的脚逐渐温暖，面包房里的潮热容许他解开上衣的纽扣。他在一条长凳上坐下，严厉地质问：

"那么，你们在这里干什么呢？你们为什么不到别的地方去做工呢？"

这一问使那辩论突然停止了。在静默中只有一个声音分明地和嘲弄地响着：

"问这种话，并不聪明吧？"

"我要解释给你，老爷。"那整洁的老人答应，在桌上一蹦好像骑在马上似的，"每天定规要吃，我们必须设法找出吃的东西。我们拆掉三座建筑架和棚子来做材料。砍掉几棵树。我们的行动显然是非法的，如宪兵所说。但是这里有许多小孩，而且他们受冷挨饿。有些甚至死掉。所以我们替他们造棺材。而且我们依靠这些工作生活着。前天一个波兰女人生产小孩，定规死了。今天早晨一个老人又失掉灵魂。所以我们安静地混日子。"

他说着，并不留心掩饰他的嘲弄，因此萨木金觉得他自己的脸已经恼怒得发紫，以至这恼怒使他全身燥热。他点燃一支烟，听着，等待着反攻这发言人的雄辩的机会。歇了一小会儿，那老人又说：

"老爷，我们停留在这里是因为我们已经被宣布为难民，我们不能走到别处去。当然，要走也能走的吧，但是我们应该领到我们的工钱。我们原是免费送来的，但是从里加以后，神秘的交易开始了。他们要我们五十个卢布才让我们坐车到俄勒。这数目并不大，但是当你一无所有的时候，五个戈比克也是大资本了呀。"

"这是不确的，"萨木金严厉声明，"难民都是免费运输的。"

"你的前任米式加·洛克提夫也是这样想的。他因为这种不合理的情形确实引起了一番争论。所以宪兵把他带走，放进地牢里——我想是在那里。然后他们提出种种问话来敲打我们：米式加·洛克提夫曾经煽动你们暴动吗？那么，你可以明白这事情定规是怎么办的了吧。"

"他或许告诉过你们——什么胡说吧？"

"我们没有听见过。"那老人回答。

但是那壮丽的阿里克先责备地提示他：

"他说这战争是国家所犯的愚蠢，而德国人也是些傻子。"

"你必定是梦见过吧，阿里克先。"那老人和气地说，"谁也不曾听见过他说这样的话。"

"这家伙定规是他自己想出来的。"他继续说，转面对着萨木金，眼睛隐藏在微笑的皱纹里，"至于米式加，他是一个很能干的家伙。他曾经呈请红十字会：发给我们八百卢布。红十字会要求——证明文件！我们预备送去，但是米式加说，不，不要送原件去，送抄本去吧——他确是明白官家的诡计的。"

他的顽皮无礼的细声音并不曾淹没掉那秃头老人的低音调，后者对阿里克先说：

"你必须管住你的舌头，你傻子，不要打岔长辈们的谈话。战争并不是蠢事。一九〇五年它铲除了许多坏人。这回或许也是同样的。战争是可怕的事——"

克里·伊凡诺维奇·萨木金决定要结束这一切了：

"战争是历史的不能避免的事。"他教训地开始，摘掉眼镜而且揩揩它们，"战争是一个民族在质量上长进的明证。战争的根源是竞争。我们各个人都想要比现在生活得更好。各个国家、各个民族也是同样——"

"人是马铃薯。"那尖声音咕噜。

"但是人有时自己骗自己，误信他比别人更好和更重要。"萨木金继续说，相信那些人可能接受已经降低到他们的文化水准的这一真理了，

"不幸德国人就是这种人，相信他们是世界上最好的人种，而我们斯拉夫人是应该听从他们的命令的无价值的畜生。这种自欺在德国已经培养了四十年，由于他们的作家，他们的国王，他们的报纸——"

"我们自己会看报纸，"那整洁的老人插嘴，"当然报纸定规记载这些事。"

这回这老家伙说得很慢，好像疲倦，或不愿说话似的。当他说的时候，萨木金听见别人说：

"这戴眼镜的不像洛克提夫那样有出息。"

"你不应该用'明显地''定规'这些字眼。"萨木金愤愤地抗议，"你完全不懂得它们的意义。"

"字眼算什么？"那老人质问，叹气，"无论你怎样说，字眼到底是字眼。但是我们已经说到我们的正经事情之外去了，老爷，而且在明天之前你尽有许多时间——"

"什么明天之前？"萨木金质问，惊异了。

那老人解释每天只有一列火车到里加去，而且是在早晨。萨木金被这消息骇呆了。它毁灭了训导这些人的一切欲望，而且引起一些重要问题：

"那么我到哪里去吃？——喝？——睡觉呢？"

"睡觉并不需要多大的地方，"那老人安慰他，"而且我们可以款待你一点茶，倘若你不嫌厌我们泡的。喂，阿里克先——孚马——烧茶炊。到时候了。"

他站在萨木金前面，几乎把他挤进炉子去。并未消解萨木金的恼怒和疑虑，当他继续说的时候：

"我们像吉卜赛人似的流浪着，但是我们有一切家常东西——两只茶炊是我们从犹太人那得来的——还有柔软的被褥。那些难民并不宝贵财产。为了保全生命把东西随便给人。"

炉子烘着萨木金的背面，把他包裹在舒适的暖气里，这暖气催着瞌睡，引起悠悠忽忽的思想。它也柔和了他的心，使他安于停留在这些人们之中的必要。他是可以到车站去设法和站上的官员们过夜的，但是他不愿爬过没膝的雪堆和受风的打击。

"受着种种辛苦乃是我自愿担负的义务的分内之事。"他想着，暗中好笑。这整洁的老人也引起了他的好奇心，使他想要抹煞他的权威。

"这狡猾的、几乎毫无教育的生物能够把什么加进生活里面呢？他是他的同仁所公认的领袖，另一种说教。他替别人造房子。试问他自己有房子吗？这倒是有趣的。照例，这种说教的人物是由于'指导生活'的才能为别人而生存的。自然，那不一定是寄生主义，虽然他总是为了某种教条、某种成语体系而侵犯着别人的意志的。"

二

面包房里开始活动了。鬈毛头的阿里克先和尖脸青年孚马正在角落里烧茶炊，翻动炉里的煤和洗茶杯。秃头老人正在切面包。有人在清理桌面和摆设凳子。一些光脚板在这土沥青的地面上噼噼啪啪回响着。有两个穿淡红上衣的人，不系腰带，同样头发蓬松，从炉上走下来，似乎要加入活动，穿起长筒靴和短外套，同时走出门去了。这一切都进行在阴暗的暮色之中，其间充满了粗劣的烟草的烟雾。黄昏逐渐加深，风在烟囱里怒吼，怪叫，吵闹得更加厉害。

萨木金，看着这些人的忙碌，默想道为了他们设立过许多学校、教堂和医院，而且有许多教师、教士和医生为他们辛苦工作。这些人改良了吗？不。他们还是和二十年前、三十年前一样。

面包房的一角上堆满了这些木匠们的箱柜和工具。为了他们工业家生产斧子、锯子、凿子——车子、农具、日用品和衣服等等。分析到最后，甚至战争也是为了要给这些人土地和工作。

"这种思想当然是配得上称为素朴和异端的。"它违反自由主义的箴言和社会主义的理论。但是这种思想变为知识阶层的指导原理是十分可能的。人类社会的阶级尊卑制度是由生物学决定的。甚至虫类也不完全一致——"

这些思想缓缓地、自动地、暗淡地来到他的心里。

在沉闷的、潮湿的黄昏中，萨木金的鼻子幻觉了强烈的烟草味，以及酒的芳香。那些思想少少妨碍着他想象他自己在旅馆中的光景，也稍稍妨碍着他倾听那些人的交谈。

那秃头老人的深沉的低音愤愤地轰响着：

"你是在玩弄字眼呀，俄西卜——这就是你干的。那位绅士说的是真理。战争是上帝派给我们的必须要做的事。"

"我们并没有谈上帝。"那整洁的老人反驳。

"许多事我们都不谈，但是却在想。你自己就是的——你并不说出各种小真理。每个人都使自己明白，使别人糊涂。人们——"

"人是马铃薯。"一个中年人尖声说，他的圆圆的红脸上有一双鹰眼睛和一部黄胡子。

"滚你的蛋。你总是唠叨这一句话。你疯啦，西敏安。"秃头老人激烈地呵斥。

"等一等，格里戈里·伊凡诺维奇。"那整洁的老人请求。

"没有什么等的。你先听我说。对于犹太人上帝下过什么命令呢？消灭你的敌人，甚至到了第七代——这就是他要他们做的事。这是说，消灭干净。而且他们已经做了。《圣经》上所记着的那些民族都不存在世上了——"

"格里戈里，你不论怎样说，我们总是马铃薯。任何人可以对我们做任何事。"

"但是在一九〇五年人民——"

"割断马尾巴。"

"不是的，西敏安。他们反叛了。"

"你反叛了吗？"

"我？不。那时我是——"

"你为什么不反叛？"

"倘若我不反叛，那是有理由的。"

"现在不要把你自己藏在理由里面。告诉我们那一切吧。为什么你不反叛？"

"让我解释。"

"噢，你是一只马铃薯。"

挨近萨木金的脚面前，在炉子旁边，阿里克先和孚马正在低声谈着：

"要是米式加，他就会解释这一切。"

在桌子上，辩论正在高声进行着：

"一九〇五年以前也有过几次反叛的。那些富农猛烈反对地主们。"

"他们自己想要做地主。"

"米式加把这一切关于富人的话放进你的头脑里——"

"好，他不对吗？"

"对的，对的。米式加是对的。"俄西卜叫起来，用手巾揩着一只有柄的珐琅杯子。

"他是一个沉静的小伙子，但是有勇敢精神。"

"不错。当我听他说话的时候，我自己想：你，你这小子，你不过二十岁，就这样——而我是整整四十五了呀。"

"受过教育。"

"那是的。他明白事理，而我们就没有工夫想想我们的将来。"

"我们太迟缓。"

木匠们都在桌子前面坐下，他们的一排胡子脸使萨木金记起了出现在诺弗戈洛得车站餐厅窗外的那些露着牙齿的毛脸。

"他们在我面前这样大胆谈话好像忘记了我在这里似的。况且我是穿着军官制服的呀。"

俄西卜走到他面前，客气地说道：

"请到桌子上去坐。"

他居然凭空一摆手，好像牵马似的。在他的匀称的体格的活动中，在他的灵敏的手势中，萨木金觉得也有着他的柔和的音调和流利的言语中所特有的同样动人的温良。然而，这人到底有些类似那尖刻而鲁莽的洛夫索夫，以及心思豪爽的人们。

"上帝佑汝。"俄西卜说，放在萨木金前面一杯茶、两块糖和一段面包，"我们有工作的时候，我们每天吃四次：早晨、中午——和这，算是随便的晚餐——然后，在七八点钟之间——晚餐。"

两只茶炊在桌上喷着蒸汽。在他们面前点着几支蜡烛，烛光闪烁，约略照明了那阴郁的黑暗。

秃头格里戈里·伊凡诺维奇显示他自己是面包和水的赏鉴家，埋怨面包是酸的和水是咸的。在桌子的另一面，黄头发的西敏安正在和那阔肩头白眼帘的农民剧烈地争辩着。

"你不能穿着席草鞋进天堂呀——不能够呀！"

"这问题我觉得有趣，老爷。你以为怎样？人在这世上是一个过客或是一个主人呢？"俄西卜突然询问，声音很响亮。这问题停止了一切交谈，而且萨木金看见许多眼睛期望着他，觉得这问题是他们所关切和熟悉的。把他的茶杯端在手里，他说：

"人在世上的生活是这样短促，当然必须看作是一个过客。"

"对了吧？"秃头格里戈里得胜地呜呜，"我告诉过你——"

"等一等，"俄西卜请求，高兴的，凭空做了一个游泳的姿势，"我们假定人的生命是短促的吧。而在这短促之中他是什么呢？有人断言人们是这世间的主人——"

"他们一直到坟墓都不过是过客。"格里戈里插嘴，他转面对着萨木金，"老爷，他总不过是想要证明反叛是合理的。他不过是想要这样。

你看,他是一种异教徒,一种偏想家之类。他并不为上帝着想,而是为他自己着想。他是一个抖乱者,真的。他和我们在一起并不久——不过一两个月。"

"让我们听这位先生的解答,格里戈里·伊凡诺维奇!"俄西卜温和地请求,"那么,老爷,你怎么说呢?在短促的生活中,人是什么呢?"

"他的能力的主人。"萨木金回答,在想了一会儿之后。他得意地觉得他的答话大为搅扰了那哲学家,而且使那秃头辩士高兴起来了。

"你明白了吗?"秃头呜呜地叫,而且哈哈大笑,用手指着俄西卜,"你明白了吧?各个人是他自己的主人,而在他之上的是沙皇和上帝。这!"

各个人都沉默着。俄西卜移动了一下,好像要站起来,但是不能。

"那么这就可以说,"他温和地开始,"能够增进他的能力的人,学习科学的人——他是主人,而其余的人都不过是过客。"

他的声音立刻具有一种逼人的响亮:

"那么我是一个过客。而且我们在这里的全都是过客。不错。但是我们要想得到怎样的待遇呢?过客们——这并不是说乞丐,是吗?我们是乞丐吗?绝不是的……我们自己还布施乞丐的,当我们有多余的戈比克的时候。我们是工人——有劳动力——而被招待在这里——战争!"

萨木金对于这关于科学的议论感到切肤之痛。

"知识使科学家致富是不确的。经商的比大学教授生活得更阔绰。工业家之类往往出身于半受教育的农民。在生活上的成功是一个能力问题。"

俄西卜深深叹息,说道:

"当然,我要郑重声明我们并不打算和你辩论。我们显然是没有学问的,老实说,我们依照我们自己想——"

"你从哪里学来这'我们''我们'?"格里戈里·伊凡诺维奇横蛮地叫喊,"在这里的人谁赞成你?你指给我看看!"

"我赞成他。"桌子顶端的一个小家伙声明,站起来了,使别人都能看见他。从远处看来,萨木金觉得这人似乎比一个小童大得不多,但是从耳根到下巴长满了比胡子更茂盛的硬毛,而且在昏暗中显出蓝色。

"我在这位绅士面前声明:我赞成他,赞成俄西卜,而不赞成你。而且我认为你是有害的,因为你和宪兵们相好,因为你说过关于米式加的谎话。噢——这老鬼!"

黄毛头西敏安从茶炊后面伸出头来,尖声喝道:

"我也要告诉你,你臭虫——"

两三个声音同时咕噜起来,而且有人严厉地声明:

"我们并未选举你做我们的头领,格里戈里,而你在这里却自尊起来——"

"俄西卜·科伐里阿夫比你受过更好的教育,在职业上也比你更好。"

那高大的秃头老人畏缩地伏在桌子上,用双手捧着他的茶杯,把那有着尖须子的头摇来摇去,而且不明不白地怒哼着,好像一只狗对着一块唯恐被人夺去的骨头似的。

俄西卜站起来,好像乐队的导奏者似的举起双手,响亮地大声说道:

"等一等,伙计们!我要明白告诉你们——我并不想做你们的头领——我愿意在别的方面做点事情。所以,我们不要再谈和正经事情毫无关系的事情。让我们谈谈正事吧。"

他离开座位,温恭地向萨木金鞠躬,请求道:

"官长——请你帮助我们领到红十字会的账款,免费运送我们离开此地——"

桌上的人们都挺直了,有些甚至站起来,全都期待地注视着这官长。克里·伊凡诺维奇·萨木金十分确信地告诉他们说将来他一定要尽力帮忙,但是他现在想要休息,因为他曾经过了困苦的一夜,而且正在头痛。

"这里的空气不好——全是烟雾。"

"去吧,伙计!睡觉去!"俄西卜叫喊。

三

五分钟之后萨木金躺在一个角落里,角上的面粉箱就是他的床,枕头是用一幅干净手巾包着一件毛皮的东西。

萨木金欣赏他自己离开了那些人,离开了他们的猥琐的纠纷和愚蠢的辩论。

"大多数人的生活都是受着前途所引起的希望的指导的。自来如此,而现在也难以想象有所变更。"他默想。

这临时卧榻是板硬的;箱盖吱吱地响,它的一角抵触着什么东西。

"人必须忍耐些。"他怜惜他自己,埋怨着一个隐约不明的人,同时也并非不骄傲他能忍受辛苦的毅力。这骄傲缓和了他才一开始为国宣劳就遭遇挫折的失败之感。

这面包房被低抑的嘈杂所震撼。有些人正在准备在地面上睡觉。秃头格里戈里·伊凡诺维奇已经爬到炉灶顶上,挨近烧着茶炊的处所。一群人仍然围桌而坐,正在倾听着一种悠悠流出的声音:

"我们当然必须同心一致,但是马铃薯们只有被埋在土里的时候才会同心一致。我们的村子里有六十三家人,而只有一个人过得好——也夫色·戈青,这家伙有一个无底洞的肚子、一只长手和一副贪婪的头脑。那村里还有别的三个人,可权算是他的助手——好像班长对于团长似的。这也夫色在春天就知道秋天的事,怎样怎样,以及各种东西的价格。倘若你问他要谷种,他就给你——"

"这是一种老把戏——"

"一点不错。我的叔父现在是八十七岁。他说在农奴时代在领主之下农人的生活更好——"

"许多老人都这样说。"

"是啊,那么怎样能够同心一致呢,俄西卜?"

"一个聪明的百姓。"萨木金赞赏这无望的意见。

一支蜡烛灭了。另一支照着红发农民的铜头、他的听众的石脸,以及俄西卜的小面孔——有着银色胡子,显现在茶炊后面烛光更亮的处所。他正在嚼面包,喝茶,活动着,同时别人们却静静地坐着。萨木金注视了俄西卜几秒钟。然后闭起眼睛。

他不能睡,虽然他是疲乏的。这地方发散着酵母面团、羊皮和臭屁的气味。有人在说梦话,咕咕喃喃的。有人在打鼾,好像故意模仿烟囱里的风声似的。围桌而坐的人们正在低声谈话。萨木金偶尔听见几句。

"这法则——利润——这鬼并不是野兽——"

俄西卜的声音响了:

"对于一种人,现世界有希望的;对于另一种人,扰乱——"

"拖倒了他。"

"一点不错。"

萨木金的皮肤痒痒的。"寄生虫。"他想,"我与这些木匠和那些犹太人有什么关系呢?我为什么牺牲时间和劳力呢?因为我必须服役于人民吗?"

他的头被嘈杂所箍紧,他的嘴里有辛酸的泥土味。

"我并不算很老,不过四十一,我的头已灰白,不是由于时间,而是由于生活。"

"你的生活是在时间之外度过的吗?萨木金反驳他自己。"

"我的父亲是一个铁匠,性情严酷,爱吵闹,所以公社把他驱赶到西伯利亚去。从前有一条法律,倘若一个农民不能和公社和平相处,就要被当作捣乱分子送到西伯利亚去。好,我的父亲被判罪了,而且丧失在西伯利亚。当他们送他去的时候,我才十多岁,但是我已经在村小学里毕业。我的姑母把我领去,送进阿尔色马的一个修道院里,那里她有一个朋友。我照例像一条鳗鱼似的从那里滑走,到了尼忌尼·诺弗戈洛得。我自己去投靠木匠阿赛夫·安德里奇——一个很聪明的老人,有奇巧的技艺,虽然总是醉着。他一直把我打到十七岁,所以我定规要跳河——他们把我捞起,救活了。当初他要打我,后来又安慰我。他说,'我打,不是为恼恨,而是为儆戒。我向你发誓,俄西卜,我除了责罚而外实在没有别的方法教导你。一定有别的方法的吧,但是必须由你自己发现出来'。我是愚蠢的,像一切儿童一样,蠢了一个长时间,做工,喝酒,和姑娘们玩闹,什么也不想。"

这地方逐渐安静。围着桌子的七个人更加挤紧在一处,其中两个把头伏在桌上,那茶炊以可笑的庄严挺着它的肚皮在那两只头上。一支纸烟的红焰偶然一闪亮,照明了阿里克先的漂亮脸孔、西敏安的铜面颊,或一管长长的鸟鼻子。

"在巴黎我才开始思想。我们八十七个人被派去做世界博览会的工作——建筑俄罗斯馆。四个人死在那里,各人的病不同,但是多半是因为酒。五六个人留住在那里。巴黎,我的朋友们,真是一个快活的城市。它赛过我们的一切城市,甚至赛过圣彼得堡。首先,它是欢乐的,而且它的工人们也是欢乐的。一个少有的城市——论形式和美丽可以算是世界第一了吧。好,当我们在那里的时候,一个叫作觉尼的俄国人常来看我们。他每次来都问我们俄国的生活情形。那时我连'亭子'这个词都说不清——总是说'丁子'。这觉尼也是和我的父母一样被官府驱出俄国去的。但是对于生活他有广大的知识。"

听到这里萨木金自己暗笑了。

"后来我在俄国也遇见过像他那样的人们。他们是可以认出来的。他们不谈论他们自己的事,只谈论工人们的生活情形。"

"哦,也有人尊重马铃薯胜过尊重面包的——"

"他们有这种意见——以为世界的人民——农人和工人——应该夺

取一切权力。大家都是人——法国人，德国人，荷兰人——"

"这是孩子气的意见——"

"等一等，西敏安。"

"没有什么等的。它真叫我讨厌。各国都有它的沙皇或国王，它的国家，它的疆土。你在过军队里吗？你知道那誓词吗？我是在过军队里的。我去打过日本，但是我自己幸而到迟了，打不着。现在，倘若一切人都像犹太人一样没有国家，那就不同了。人们都走在国土上，兄弟。它支持着人们的脚。你不能离开你的国土呀。"

"那是真的。"有人勉强说。

"它不是你的，它不是我的。可是我们全都在它里面——恰像马铃薯似的。"

"他是聪明的。"萨木金又暗自称赞，在将要入睡的时候。他所听见的最后一句话是俄西卜说的：

"称它为你自己的国家，而它什么也不给你，除了苦工而外，好像西伯利亚一样——"

四

萨木金睡得又长又熟，醒来也清爽，当俄西卜叫醒他的时候：

"现在是到车站去的时候了。我送雪来给你洗脸。茶也预备好了。我和你同车去——我要到里加去办点事情。"

"好。"萨木金摸摸他的肩膀和胸腹，它们是因为躺在硬床上面有一小点疼痛了的。

他俩坐在不同等的车厢里到了里加。萨木金一到就去给戈米里青一个郑重的报告，认真地说明事情有严重发展的可能，甚至必然，而且劝他立刻把那些难民运送到俄勒去，然后把俄西卜交代给他。当天下晚他坐在到彼得格勒去的列车里，回想着和估量着这次旅行的经验。

在这些日子他所见过的人们之中，特别显著的是漂亮的弗洛林可夫的纪念像似的形体。萨木金欣然回忆着他的敏捷而确切的举动，每一举动都做得恰到好处。弗洛林可夫轻蔑钉子匠和洛夫索夫的刁顽也是有意义的。

一个有魄力而且很聪明的人。在法国，他可以代表他的城市出席议会。洛夫索夫是一个村野的暴民。狡猾的乡下人们把他推进困难的境地里，因为他们不需要他也不怜惜他。

奇突而自相矛盾的记忆召来了农民们打开谷仓的光景，以及炉匠古巴索夫的形体。恐怕别的同类形体跟着那石匠而出现，萨木金"定规"想道：

"农民们是并不顾惜任何人的。或者他们把某些人推出去——利用这些人的虚荣心——是出于有意无意之间的。"

带着一种舒服之感，他回忆着契诃夫和布宁所写的农民生活的小说。

然而，过度饱和的记忆的自动作用仍然继续不停，召来了门房尼古拉，矫捷的俄西卜，红发西敏安，尼忌尼·诺弗戈洛得的西伯利亚码头上的船夫，以及偶然见过的十多个顽强人物，最后是诺弗戈洛得车站上的那些兵士们的露齿皱眉的胡子脸。也很自然地，他想到那阴郁的书《我们的罪》。这一切都扰乱着和苦恼着他，而克里·伊凡诺维奇是不愿感觉痛苦的。

"生活奔流在我的周围好像河水围绕着一个孤岛似的——尽力要把我冲去。"他悲叹了，这些话来得这样出乎意料，好像它们是由别人悄声说出来的。记忆所显示给他的那些人们像一些敌人似的横拦在他前面。

"至于古图索夫、坡阿可夫和亚可夫同志之流呢，勃留索夫称他们为匈奴人。列宁是阿蒂拉。[1]"

---

[1] Attila（406—453），匈奴国王，曾统治欧洲大部分，有"凶神"之称。

他的痛苦加深了。

"暴力革命。人类从来没有这样疯狂过。哥萨克人的梦。拉辛、普加乔夫——他们都是哥萨克人。他们起而对抗不许他们坏法乱纪的莫斯科国家组织。加它林是对的,她摧毁了赛波洛之斯基哥萨克人的独立。"他急促地想了,同时觉得这些思想并不会安慰他。

第二十三章

一

彼得格勒蒙在雾里，而且正在融雪。地上的各样东西都好像包裹在湿漉漉的薄纱布里似的，妨碍着呼吸，潮湿了思想，而且使人衰弱。

一个不愉快的惊异正在萨木金的家里等待着他。阿格菲亚，照常把双手叠在胸前，通知他说她要辞职到医院里去做看护。

"我觉得可惜。"萨木金含糊地说，烦恼了。这麻脸女人异常之好地尽着"一个仆役"的义务。她办伙食的费用是很经济的，因为她不作弊，大概她已经满足于食物店所给她的佣钱了吧。

"医院给你多少钱？"他问，"我可以同样给你那么多钱。"

"我要走并不是因为钱。"阿格菲亚说，微笑着，用两只手掌拍拍她的双肩，"你做战时工作也不是为薪水的缘故呀，是吗？"她又说。

他很想对着那并不愚蠢的脸说几句斩切的话——摧毁她的绿眼睛里

的笑意。记起了安弗梅夫娜，他恍然大悟：

"在现社会组织之中必须剥夺人们自作主张的权利、独立行动的权利的。"

"我已经替你选定了烹饪学校的一个女子。"阿格菲亚说，还是微笑着。

她出去了，留下她的主人陷于思想纷乱之中。这不能不说是——受了挫折吧。

"家用仆役的社会义务是什么呢？当然是使知识者节省精力，不必清理房间——扫除尘垢、碎纸、垃圾。其实，这是一种很光荣的体力与智力的合作——"

"我们必须有一种公民必读的书，简明规定在文化过程中各种必然的关系和任务——牺牲的不可避免性。各人必须有所牺牲。"

想到这里他记起了他的父亲所说的关于亚伯拉罕献出牺牲的话，然后懊恼地点燃一支纸烟。

阿格菲亚带着她的后继者回来了。这女子是胖胖的，玫瑰色面颊，有一管尖端向上的鼻子和一双蓝悠悠的圆眼睛。当她说话的时候，她总是用舌尖舔舔她的饱满的嘴唇，而且她的声音是低而温柔的。她使萨木金欣然同意了。

二

第二天，在联合会的一个会员的家里的集会上，萨木金报告他的出差经过。在一间墙壁上装饰着许多瓷器的大餐室里，一群男女正在听他的讲演。围绕着他的最多数人都是肥壮的，只有一个人极其消瘦，但是有一个圆球形的大肚皮。他用两只长脚站着，双手插在衣袋里，摇摆着他的黑毛头，那皱而苍白的肿脸装在一部宽大的黑胡子上面。他的引人注意也因为他类似站在他的肩头之上的那长形的凸肚子瓷瓶。

在长桌上面对着萨木金的是诺加次夫，沉静地看着他，摸着胡子。在他旁边的是一个有着教士长发的红脸大汉，把两只沉重的手肘搁在桌面上，拱着他的厚肩膀。他的顾盼有些粗鲁之气，而萨木金觉得十分熟悉那两只小小的臭猫眼睛，以及它们的有红血丝的脏眼白。

用实事求是的音调描写了那些木匠的境况之后，萨木金觉得这些事实似乎太不重要，应该加强其中含有的严重性。

"有人曾经企图煽动他们的公愤——一个青年煽动家已经被捕了。"

"或许是一个少尉吧，"诺加次夫旁边的那人说，"少尉们全都是社会主义者。"

"你太夸张了，"一个戴眼镜的女人说，坚决地，"我的儿子就是一个少尉。"

那长瓶子似的人摇摆着，用含糊的低音说：

"不要妨碍发言人。"

萨木金开始谈论那些犹太难民。凭着他的不很鲜活的想象力，他描写了他们在一个寒冷的夏屋中的生活状况，小孩和老人，没有面包。他回忆着那红眼睛老人——那枉然努力要举起无力的手来的衰弱老人。他立刻觉得听众的趣味减弱了，于是他提高他的声音。然而，一两分钟之后那有教士长发的男人扫清喉咙，郑重说道：

"你不要打算使我成为亲犹者呀。"

一个秃头的小男人，灰脸上布满着乱胡子，用手拉着耳朵，暴躁地说：

"不。请不要谈这个。为什么使大家讨厌呢？关于那些犹太人有许多不安的谣言，从前线传来的。"

"他们是间谍。"一个胖女人说。

"是的。你听见吗？我们必须停止自由主义的那一套思想。"

"战前是走私贩子——现在是间谍。我们的软弱并不能算是基督对于邻人的爱呀。"那秃头说，仓皇地，而且有些假热心地，"爱邻人是不包括希腊人和犹太人在内的，这不过是指一切基督教徒而言。"

"比里斯事件已经证明这两种人互相卫护是何等有力。"

"那么杜里菲斯事件呢?"

萨木金狼狈了，由于这突然爆发的仇恨，声调各不相同而精神却是一致兴奋。况且，在论战开始之前他就已经自认失败了。他站着，呆看着那些人互相鼓动，他用手指玩着一支铅笔来掩饰它们的抖颤。他的听众现在互相嚷叫，而且臭猫眼的塌鼻子男人用劲拍桌子，以至食厨架里的杯碟都铮铮地响了。

"由于这种圈禁，使他们成为残废。"

"在罗马从前有过一种'几杜'。[1]"

热烈的争辩继续不停，辩士们在彼此之前互相抛置言辞好像在赌台上打纸牌似的。

"阿塞夫!"

"拉斯布丁!"

"海涅!"

"狄斯拉里!"

"可耻的'坡格隆'[2]——"

"德国也有'坡格隆'的。"

"我们停止这种——扰乱吧。"像瓶似的男人用命令的口气叫喊。他向着桌子一倾，把双手从衣袋里拉出来，搁在背后，而且立刻挺直身子："我们集合在这里并不是为考察犹太问题——这并不是解决它的时候；而是为更重要、更悲惨的问题，正在面对着我们的我们的问题——我们的长期受苦的国家的问题。要研究它，要解决它，我们必须是客观的。当然，在犹太人之中或许有间谍，正如在俄罗斯人之中也或许有一

---

[1]（Ghetto）划给犹太人居住的区域。
[2] 犹太虐杀政策。

样。我们可以承认，在比较上，犹太人做间谍或许比俄罗斯人更多些。这可以由地理的条件得到解释。犹太人住在边界附近。但是让我提醒诸位伯堂·得·孔提南的一句谐语：当一个俄罗斯人偷东西的时候，他们说一个扒手偷的；当一个犹太人偷的时候，他们就说犹太人偷的。"

萨木金听见一番悄悄的私语。

"你听见吗？这犹太人的混血儿显出他的真相了。"

"他是吗？怎么会是？他是一个公爵。"

"爵位并不能保证不受传染。阿历克山得·米海洛维奇大公的母亲曾经和一个犹太人同居——"

附近什么处所铃声叮叮，一道门砰地关了，有些人小心地溜进餐室来。

那瓶形的长人的声音镇静地歌吟着，好像野蜂的嗡嗡。

"我们必不可忘记在我们的军队里有许多万犹太人。倘若这些鲁莽无谋的谣言泄露在报纸上，那结果是会在军队中发生很有害的反应的。"

"这样推诿是聪明的。"

"一个自由主义者。他们的策略是恐吓——"

"而且我们不要忘记倘若帝国议会的五个社会主义议员已经被判处苦役，这并不是说那祸害已经完全根除。负责肃清国内敌人的那机关在工作的技术上或许有些错误，例如阿塞夫和鲍格洛夫的意外事件，但是它对于这些敌对势力的计划和工作还是十分明了的。在工人群众中煽动抗议和罢工，实行宣传失败主义的无政府观念的就是这些敌对势力。我看这报告是很有价值的。因为由此可知那种宣传也是在难民群中进行着的。"

克里·伊凡诺维奇觉得他自己有些惶惑。

"我顶好不那样说——但是至少我不会说出那煽动家的名字。"

他又立刻反问他自己：

"我为什么不应该那样说呢？"

他没有时间找出答案。在他后面的角落里,他听见有人私语:
"噢,他恐慌得那样——"
"是——是的,还是,他知道——"
那演说家把他的手从背后抽出来,交叠在他的胸前,继续嗡嗡:
"我们现在要做的是什么呢?今天到会的人们之中有几位已经知道我的意见。那是很简单的。城乡联合会必须成为一个统一的组织来负担历史所给予它的使命,来代替闭会期间的帝国议会。进步分子的这种统一组织将要享有各种权利,比之帝国议会所享有的更为广泛,可以这样说的。它将要把留在帝国议会之外的一切有价值的、思想纯正的分子都吸收在它的范围之内。一句话,它将要是包罗一切白领阶级和技术工人的一个广泛的民主的联合会。由于这种组织的创立,我们可以夺取米留可夫所谓'在左边的公驴们'的根据地,而且献给全国最优秀分子显露头角的广大机会。"

"这是说——连左翼分子在内吗?"臭猫眼的胖人质问。并不看着他也不改变腔调,那演说家质问:
"你愿意把你自己和你的同志包罗在比那更坏的人们之中吗?"

他停住了。当一两个听者开始拍掌的时候,他做了一个禁止的手势。

"还有几句。犹太人是著名的巧妙宣传家。所以,圈禁中的犹太人的迁移和分配必须以隔离为原则——把他们送到人口稀少而且只有农民的地方去。"

"他们到那里去干什么呢?"一个青年的声音叫喊,有些怒气。
"他们自己会想法去干的。"塌鼻子男人回答。
"犹太人正在挨饿——这是神话。"

萨木金很佩服这消瘦的演说家的观念和说话的态度。在他惶惑着只听见嗡嗡之声之中,萨木金感觉到这人不可动摇地相信他是正在尽着宣传唯一不容争辩的真理的义务,他的每一个字都是对于人类的最高贵的贡献。萨木金确实觉得可惜的是这演说家的状貌不能配合他的信念。他应该有火红的头发、严肃的苍白面孔、炙热的眼光和扫荡的姿态。

那假热心的秃头小老人宣布暂时休息。会众都站起来，立刻集成几小群，开始交谈。萨木金才看清他们的数目比他所想的几乎多两倍。那红脸胖人走到他面前。

"你不认识我了吗？我是斯推拉托那夫。你也老了，我的亲爱的人。至于我——我一向并不很好。糖尿病。"

他津津有味地说出他的病名，带着一种自负的神气，用舌头舔着他的突出的青嘴唇。他的鼻子似乎是塌的，那是因为他的两腮那样紧绷绷地鼓起来，所以在它们之间鼻子显得矮小了。

"我欣喜知道你也抛弃了一九〇五年的意见。"他说，用鲁莽而且已经浑浊的眼睛考察着萨木金的脸，"我们现在清醒了。我们必须谢谢德国人。他们打击我们，教训我们。我们梦想阶级革命，但是忘却邻近的敌人。现在他已经自行提醒我们了。"

戴金丝眼镜的太太走来拉起他的手臂，默默带他走开。

"你要把我带到哪里去？哪里？"他咕噜着，沉重地迈步走去。

萨木金最不愉快的经验是他在这里遇见台格尔斯基。他惶惑地看着这家伙赫然穿着和他自己同样的金肩章军官制服。

"但是我在报上看见你——"

"什么报？"台格尔斯基质问。

"我现在记不得了。"

"那只发表在圣彼得堡的一个报纸上。这报纸把我埋葬得太早了。"

"那是怎么发生的？"

"噢，一场醉后的吵闹……那么，我们是在战争中的喽？"他说，摇着他的剪得像一只刺猬似的头，"噩梦！一九一二年凡诺夫斯基大臣说我们的军队是在很不好的状况之中的——服装破旧，步枪过时，大炮稀少，而且完全没有机关枪。兵士的伙食是由商人包办的，很不好；没有钱来改善。军饷不能按期发给，部队都在负债。在这种状况之下，我们被拖入保卫法兰西第二次被德国击溃的恶斗之中。"

高谈阔论着，台格尔斯基继续抚摸萨木金的皮带，迫使他一步一步退到墙边，在那里那假热心的老人和诺加次夫正在低声交谈，相对微笑着。

台格尔斯基的外貌已经大变了。他的脸似乎已经干瘪。罩在一层灰色的皱纹网里。他使人发生他的颈项受伤的印象——因为他总是把头偏向左边，好像受惊的鸟似的紧张着他的耳朵。但是他的锐利的眼光和凌厉的声音使萨木金记起了奉命来调查马利娜被谋杀的神秘案件的皇家检事台格尔斯基。

"那时他是想要把我推进那事件之中使我覆没呢，或是他想要拯救我呢？"萨木金怀疑，听着这人的鲁莽的言辞。

"你记得斯徒洛夫的迷恋政治吗？"台格尔斯基问，露出他的牙齿，他把手一挥，指着房里的大群人，"看这些迷恋者。"

"你有一条乖张的舌头，安东·尼乞孚洛维奇。"诺加次夫感叹。

"它可以在《新时代》上发议论吗？"台格尔斯基问。那假热心的老人把头抬起又低下了两次，用他的细眼睛观测着台格尔斯基，然后柔和地说：

"社会主义者不会投稿到我们的报上的。"

"为什么不会呢？社会主义已经不是可怕的了——因为它已经投资在战争里。在这国家里尤其不可怕，因为普列汉诺夫已经和米留可夫携手共进于历史之中。"

那老人毫不迟疑地脱离墙壁，一言不发，走开了。

"孟希可夫，"台格尔斯基在那老人背后说，暗笑着，"骗子和强盗阵营中的最伟大的新闻记者之一，你当然知道的。在布洛克胡氏的《百科全书》里，他是被称为富于正义感而且热诚追求真理的。"

诺加次夫玩着他的胡子，平静地微笑着，悠悠说道：

"是的，十分显然，也是一个伪君子——伪信者。"

"托尔斯泰主义者。"台格尔斯基又说。诺加次夫吹吹胡子，走开了。萨木金看见他穿着软的绒靴。

"不久之前，在正像这样的一个集会里，我会见斯徒洛夫。"台格尔斯基说，又对着萨木金自言自语，"以他的性质而论，总是瞎得好像白天的猫头鹰似的。他想要知道我正在想些什么，所以我说：倘若有人能够赎取思想，好像赎取那践踏乡绅人家的麦苗而被捕的马似的，那么我可以为我的第一思想付给你五个戈比克，以供《纪程碑》杂志应用。"

一觉察到这房间里的那尊贵人物正在皱眉注视台格尔斯基，克里·伊凡诺维奇就决定他也顶好是摆脱这家伙。他向前走了几步，但是台格尔斯基拉住他的手臂。

"现在你要到哪里去？等一等！这里已经预备了晚餐——而且是好晚餐。一点不坏的冷餐冷酒。这些古董瓷器"——他挥手指点着墙壁上的那些发闪的装饰品——"的主人们是很厚道而慷慨的。他们并不关心谁在他们的家里吃饭和他说些什么——他们的富裕是足够在历史上表演一种角色。他们把战争看作历史的主要意义——英雄制造厂——总之，生活的美饰。"

从前的猜疑又激动在萨木金的心里。

"他试探我。他是一个间谍。把他自己装成急进派来表演阿塞夫的角色。他是莽撞的，而且因为被失败所苦很想要吵闹。"

和这猜测同时发生、同时存在的是另一种推想：

"或许这是他在公众之前自行革新之道。无论怎样，他的转变向善是米里支可夫斯基写在他的书里的恶汉的转向。一个小店主、妓院主的儿子否定文化。"

"啊！那么这是我们的圣人喽——我们的无畏的智者。让我们领教领教。"台格尔斯基高声说。

所谓圣人是一个黑胡子的小男人，坐在椅子里悠悠地摇摆着，挥着手，摸索着他的全身，摇出又响又快的言语：

"倘若忽然发现伊凡那傻子——太子伊凡——正是人民自远古以来所梦想的贤君，那又怎么说呢？"

他的脸，由许多小器官粘合而成，掩盖在密密的黑毛之下，他的突出的眼珠，以及他的身体的搐动，使他好像一只马尔莫西[1]。他说话好像同时既相信又怀疑，而且又有些恐怕。

"'人民的声音是上帝的声音'吗？不，不。人民只谈论事实，但是人民的秘密思想，他们的天国之梦——这些才是神圣的思想，神圣的梦。圣贤必须伪装。真的，他们伪装。圣贤需要一种假面。我们不是都知道圣贤伪装为傻子、乞丐、愚人吗？他这样做是要使我们不至拒斥他们，庸俗不至嘲笑他们。"

他吸引着十多个听众，互相侧目而视，互相期待别人冒昧反驳。但是他不停地说着，跳跃着，摇摆着，把手合拢做出抗辩的姿势，把手敞开做出拥抱的姿势，手掌抓起又放开……他的小黑眼睛似乎藏在他的胡子里，滚到耳朵根上，而且下降到鼻孔上。

"他有一小点鲍次的书面的异相。"萨木金想，注意倾听着他的惊惶的言语。

"所以，附会于那西伯利亚小百姓[2]的一切劣迹或许不过是发生于他貌似愚人，而他又正好利用这一点来使我们在适当时期之前猜不透他的真相，使我们不必把他引入无益的争论，引入政党和派别——使我们不必把他拖入我们的无神的泥沼里面。太太们和先生们——这是一种奇谈。"

"这狗——他唱得好——他唱得何等动听呀！"台格尔斯基说。

同时那长脚圆肚的汉子嗡嗡道：

---

[1]（Marmoset）南美所产的一种小猴。
[2] 拉斯布丁。

"我的可敬的和亲爱的朋友,在这时期,这种童话的神秘主义是全不适宜的了,不论这故事怎样美丽。我要提示你们自一月以来帝国议会已经决议批评政府的行动——在我们正在和威胁我国生存的强敌斗争的悲剧期间这些行动是绝对不能容许的——是的,威胁我们的生存,威胁着要奴役我们。自然,你们都知道地方行政的积弊,这已经引起元老院的调查。还有,莫斯科的虐杀德国人,戈里目钦的行为,自由经济学会的被禁——以及只足以增强前线失败的痛苦印象的种种方案。"

他恼怒地说着,他的声音现在好像是在可怕的压力之下的消防水龙的喷水的唏唏嘘嘘。

"你们也知道我们到底克服了许多困难,把帝国议会中的六个党派组合成一个进步的集团;而且现在更加必须加紧使各地城乡联合会变为统一的组织。乡村与城市,地主与工业家,面对着一个共同的敌人。作为爱国者,我们有权希望国内一切进步势力将要赞许这种团结的重要性。我们不但有权希望——而且也有权要求。因此我认为你企图在拉斯布丁的恶势力日益猖獗的时候替他辩护,在文艺的意义上是巧妙的,而在政治意义上却是最有害的。"

"我要鉴定他。"台格尔斯基含糊地说,舔舔他的嘴唇,把双手插进衣袋里;像猫悄悄走近一只鸟似的,他留心地小步小步向着那发言人走去。萨木金"定规"转向客厅,要听听台格尔斯基说话,但是忽然有所警觉就谨慎地停住了。

然而,台格尔斯基并没有说话的机会,因为那矮胖妇人叫道:

"都请到桌子上来,太太们和先生们,吃上帝所赐予的东西。"

台格尔斯基并不是唯一在等待这时机的人。与会的人们都一致集合在桌子面前。萨木金离座回家,思索着这进步的集团,尽力规划出他在它里面的地位;思索着台格尔斯基;思索着这一晚他所听见的各种言辞。这一切都必须调和,凑成一致——拣取好的米粒,忘掉那些渣滓。

第二十四章

一

时间以可惊的速度飞驰过去，显出它的非物质的性质，它毫无痕迹地消逝在热辣的言语的波浪里，在文字的烟雾里，并未留下一点灰烬。克里·伊凡诺维奇·萨木金看了许多，听了许多，但是他仍然超然独处，虚悬在事变的洪流的上空。种种事实，经过他前面，通过他内心，撞着他，伤着他——甚至威逼着他。但是各样事情都过去了，而他对于生活仍然是一个天命不可知的观察家，觉得在他内心的尊重他自己的坚定不移的感情和他自己的独立的意识已经增强而且旺盛。然而，他还是不能自命为无动于衷，因为凡是接触着他的事情都使他激动到一种高度；例如，有一次经验显然使他又感觉到十多年前所遭遇的困难了。

开到前线去的一列货车在普斯可夫附近脱离轨道。在这一列车里有三辆车装载着送给兵士的糖果和饼干之类。而事后发觉这三辆车既不在破坏的车辆之中,也不在不坏的车辆之中。萨木金奉命去调查这奇迹,因为法院调查员不回答联合会的询问,这些物品是联合会送去祝贺某一部队的成立百年纪念的。

法院调查员是一个状貌最特别的地方官。他是高而且弯的,有一只沉重的大头,灰头发好像被打架扯乱了似的。他的高昂的前额上,罗列着皱纹,愁然装点着两道银色刷子似的眉毛,眼睛里闪出铁锈的颜色。他的鹰鼻子隐藏在一部好像泥塑成的光滑而肥大的胡须里面。这灰胡须显然是被烟草熏黄了的。看样子,他似乎是不会比上校更上的军官。

"也弗提基·坡诺莫夫。"他介绍他自己,显然勉强而且迟疑地伸手给萨木金。知道了萨木金的来意之后,他声明:"我不能告诉你什么消息。上帝才知道那些混蛋车辆到什么地方去了。"

他的无趣的粗声音是没有一定的语调的,而且他说得似乎道歉似的,好像他的职务原是讨人喜欢的,而在这特殊事件上他实在是无法尽职了。

"我们已经确定了这事实:出事地点附近的那村子的农民们曾经劫掠了那几辆车,而且打破了守车的头颅。伙夫被打破了脸。现在的问题是他们怎样能够把车辆偷去呢?它们必定被拖到上帝才知道的地方去了。我们已经拘捕了七个嫌疑犯,其中有四个女人。这些女人现在极端否认一切。你知道这真是很不愉快的——可以这样说。"

萨木金问那列车上是否有军警护送。

"当然。有十一个兵士。他们已经由军事调查员拘留起来了,那调查员认为他们曾经参加劫掠。你知道这怎么能够——女人们,在黑夜——以及这一切。是——是的。各式各样偷窃正在流行——很流行,很流行。偷窃和欺骗。"

萨木金看着这人,被揭破窃贼和骗子的劳作累得弯腰驼背,久已疲敝了,现在对于他的工作显出十分漠不关心。

"我可以亲自检阅那些审问的记录吗?"

"照规矩是不许可的。但是以战时而论，以你的官位而论——我想那是可以的。"他较为活泼了一点，继续说道，"那么，你住在哪里？还没有地方吗？嗯。你的行李留在车站上吗？我看。"

然后，他的声音里有着得意的腔调，他说：

"这里并没有住宿的地方。城里塞满了难民、伤兵、从前线退下来休息的官兵、投机家、骗子，以及一切盗匪和废料。但是让我使你高兴一点吧。所有的居民，甚至富有的人家都出租房间来赚钱。他们把贵重的东西和值钱的家具隐藏起来，藏在草棚里、浴室里、花园的亭子里。我的房东太太就是这样的一个。你可以住在她的家里，但是你必须和一位中尉同住在一个房间里——他受伤了，而且是一个傻子。连午餐、晚餐、茶或咖啡在内，她要二十五个卢布。现在钱是不值钱的。

当萨木金说他自己愿去住的时候，这调查员似乎吃了一惊。

"虽然，到底你要在这里干什么呢？然而，这并不干我的事。我可以问问房东太太。"

用舌头把他的纸烟从他的嘴的右角转移到左角，他举起电话听筒，说道：

"是的，马上就来。"

房东太太出现了，一个伶俐的小妇人，红发，系着绿围裙，她的脸就好像一个红腮上有灰色的傻眼睛的偶人的脸。

"坡林娜·彼得洛夫娜·维托夫蒂。"调查员介绍。

她温和地微笑着，然后把萨木金引到一个房间里，几面窗子都对着堆积许多大琵琶桶的庭院。

克里·伊凡诺维奇昨夜通宵不眠。从彼得格勒开来的列车走得很慢，屡屡突然停车，而且停得很久，那些车站上摩肩接踵的全是兵士、农妇和毛松松的老人们；怪叫的手风琴，乱唱的歌曲，瞎跳的舞步，以及窥看窗孔的后备队兵士的胡子脸。萨木金一记起这一夜的车声铿锵、吹啸、吟唱、吵嚷、咒骂和手风琴的单调的刺耳的哼呼，就疲乏不堪。

他脱掉军服上衣,躺在一个长沙发上,立刻睡熟了。

二

他被一种奇异的感觉所惊醒,好像被强迫着倒竖蜻蜓似的。睁开眼睛,他看见他的脚前面有一个人头——黑的——直竖在两只戴着肩章的肥大肩头之间。这是很容易明白的:这军官正在抬起沙发,凶猛地使劲摇晃它,想要把他摔下来。萨木金急忙提起脚,放在地板上,坐着,仓促问道:

"你干什么?你要怎样?"

"一本书。这里必定有一本书。"军官说明,很响地咂咂嘴唇,然后挺直他自己。他的声音是沙哑的,不是因为受凉就是快要爆发了。他的矮胖的体格像一只大箱子似的。一个小白十字章悬在他的胸前,黑头发像刷子似的横竖在他的低下的前额上。

"伐勒里·尼戈拉也维奇·彼得洛夫中尉。"他报名,向萨木金走近一步。克里·伊凡诺维奇也介绍他自己,并且伸手给他。

那军官后退。他说:

"我不能握你的手。"

"为什么不?"

"你坐着。我站着。一个军官可以站着和一个坐着的普通人握手吗?"

"我是近视眼,而且还没有睡醒。"萨木金和平地解释,看着那厚嘴唇、剃光的脸、蒙古型的小眼睛和大鼻子。

"你早就该对我解释。"军官责备,把双手藏在背后。

"我现在已经解释了。"

"太迟了。你使我有权相信你的行为是自由主义者、社会主义者,以及一切混在城乡联合会中要想在我们的脚下捣乱——的人们的常有的行为——"

他喘喘，沙哑的声音越来越高：

"你还微笑着，这更增加了你对于祖国卫士和军人荣誉的轻视，这轻视——值得我用一粒子弹来回敬。"

"他很可能这样干的。"萨木金想，竭力镇压他自己的惶恐。他谦恭地说：

"是的——现在军人是应该受尊敬——"

"现在！在一九〇六至一九〇七年间剿灭革命党的时候就不应该了吗？不应该了吗？"

"当然，那时也是应该的——"萨木金急忙赞成。

"这话我倒高兴听。"彼得洛夫中尉说。"我高兴听，"他又说，"否则——我相信决斗。你相信吗？"

"我没有机会研究这问题，"萨木金审慎地安抚他，"但是倘若我不曾记错，在战时是禁止决斗的，是不是？"

"是的，但是为什么呢？"

"要知道为什么是容易的。"萨木金说，觉得他的前额上汗津津的，"假如一个普通人向你提议决斗——而你是，最勇敢的人，挺身接受他的枪弹——"

彼得洛夫中尉像眯着似的眼眼眼睛，咂咂厚嘴唇，而且嘴唇扩开成一个宽阔的微笑。他伸出他的短粗的手掌给萨木金，然后几乎要欢呼似的喘着说道：

"妙哉！你的手。会见知识分子是快活的。让我们喝酒。啤酒？这里的啤酒是好的。"

他用手指在墙上一按，立刻就出现一个美发的肥女人。

"啤酒，"彼得洛夫命令，用两个手指比一比，"兹委啤尔[1]……母

---

[1] 波兰语，两瓶啤酒。

牛！她一个俄文也不懂。天晓得谁需要这些小民族。应该把他们送到西伯利亚去。真的，我们应该把异族人迁移到西伯利亚。现在他们住在边界上，全是拉提人、爱沙尼亚人、芬兰人——他们都是倾向德国的。况且，他们全是革命党。你知道，一九〇五年里加军事教导团痛快地处置了拉提人们——他们把他们当作疯狗一样枪毙掉。好家伙，那些军士——头等射手。"

这噩梦似的相逢越加难堪，越加沮丧。彼得洛夫中尉和萨木金肩挨肩地坐着，拍他的膝头，用手肘和肩头推挤他，莫名其妙地嬉笑，使萨木金相信他旁边坐着一个什么事都做得出来的狂人。那窄小的蒙古型的眼睛不自然地在它们的窝里跳跃着，闪出鱼鳞似的光辉。萨木金记起了图立孚诺夫——比较少危险——而更粗鲁。

"那是一个醉汉和失败者。这是一个神经病的——疯狂的——一个英雄。"

肥女人送来两瓶酒和一小碟咸饼干。彼得洛夫，把佩剑弄得铿铿锵锵，急速脱掉他的皮带扣上衣，卷起他的格子花绸衬衣的左袖子，显露他的臂力给萨木金看，问道：

"舒服一下子，是不是？……这是为军队祝饮呀！……好，彼得格勒现在有些什么事情呢？那拉斯布丁是个什么东西？关于他的那一切故事有什么意义？"

然而，并不等待回答，他就把衬衣从裤子里拉出来，露出左边的肚皮，而且用手指摸着一个红疤骄傲地解释道：

"刺刀。被刺刀戳穿了。我们必须冲到敌人面前，是不是？是的。我们在前线并不顾惜自己。但是你们在后方——你们是比德国人更厉害的敌人。"他叫喊，把酒杯砰地掼在桌面上，而且莫名其妙地混骂，直立在萨木金前面，两只短手好像游泳似的挥舞着，"你们普通人，你们已经把后方变为军队的敌人。是的，你们已经！我正在保卫什么呢？后方。但是当我带兵向前攻击的时候，我记起我的背上也许会中一刺刀或一粒子弹……你懂吗?"

"我听见过兵士杀害军官的事件。"萨木金审慎地开始,知道中尉正在期待答复。

"噢,你听见过,听见吗?"

"是的。但是我不相信。"

"不相信是孩子气的。或许你装假——不说出你的真意。但是想想看,军官所率领的兵士之中有四个是一九〇七年被同一军官鞭打过的。差不多每一连里都有在革命年头被鞭打或被枪杀的工人和农民的亲戚朋友。"

这种反叛的可能性对于萨木金完全是新闻,他怔住了。

"古图索夫这类人是早已想到这种因果报应的吧,当然。"他立刻断定,然后说:

"我从来想不到。"

"你不会?好,你现在怎样想呢?"

克里·伊凡诺维奇张开双手,绝对诚恳地说道:

"这种情形加倍提高了军官的英勇精神。保卫国家——"

"在一颗子弹打在前额上和另一颗子弹打在背后的情形之下吗?那是的,是不是?……那是的,是不是?"

"是——是的。"萨木金拉长声音说,回答着那沙哑的私语。

彼得洛夫中尉窥看萨木金的脸。然后他把双手搁在萨木金的两肩上,大为感动地说道:

"让我吻你,我的朋友。"

他的嘴唇把萨木金的嘴唇吸得这样紧而且长久,萨木金几乎窒息了。这一吸的厌恶之感由于剃过的粗糙的须根的刺痛而增强起来。

用左手的小指从眼睛上揩掉一点泪,中尉诚恳地大笑,咂咂嘴唇,说道:

"谢谢你,我的朋友。这种情形,混蛋——是不是?我又可以说,我的一团在一九〇五年剿灭革命的时候是极其努力的——你懂吗?"

他的右手,端着酒杯,抖颤得把啤酒都泼出来。萨木金,把双脚弯在椅子底下,听着那沙哑而缓缓沸腾的言语:

"不消说,还在出发之前我们的团长就警告我们军官们要查出部队里的哪些人曾经被鞭打过,或有过不好的政治记录——然后把他们派出去做前哨而且——好,你懂的。他真是一个父亲似的司令官。到战争结局他一定要做师长的。"

他谈呀谈呀,关于那团长、他的妻,以及团附。黄昏已经来了。混杂的声响,由苍蝇陪伴着,飘过洞开的窗孔。远方什么处所有一个乐队正在奏着《御者》。在邻院的一堆琵琶桶后面有一个怒恼的男人正在教授兵士们唱一支歌曲,凶猛地吼道:

"白痴!留心拍子呀——一,二——左——左。现在来。一,二!"
一个尖锐的中音唱了:

  若要活得有价值
  就该准备把生命献给——

"合唱——唱!"
那合唱,雄壮胜过和谐,"唱着走"。

  俄国军人,上帝的孩子们,
  把敌人赶下泥坑。
  军乐洋洋铜鼓响——
  胜利之歌更高扬——

"这么唱吧,傻子们!"
"我带出来二百三十个人——而回来六十二个。"中尉说了,顿着他的脚。

萨木金,听着,猜想着这谈话要到什么时候怎样才会完结呢。

"一百八十六——十七。"他听见,"我们是一些——青年军官,我们实行作战。我们站在农民的前面,而农民恨我们,因为我们是贵族——我们站在工人前面,而你们知识分子煽动工人反对沙皇、贵族,以及上帝。"

他歪斜了一下,好像它的一双脚忽然缩短了似的,然后用力摸摸他的前额,咂咂嘴唇,默想了一会儿,他说:

"我不是说你个人,而是说一般普通人——一般知识分子。不消说,我自己的堂姐姐就有一个革命的丈夫,一个矿务学校的学生——顶聪明。一九〇七年他被放逐——到世界的尽头。你说吧,你怎样看待沙皇——还有那流氓拉斯布丁——和皇后?关于他们的一切胡说都是真的吗?"

"似乎有些真的。"

"有些?"彼得洛夫喃喃,"多少?"

"那是难说的。"

彼得洛夫中尉坐下在沙发上,拿起他的佩剑,把刀口从鞘里抽出一半,又插进去,钢刀擦响了铁鞘。他又这样做了一回,那摩擦更加响亮,然后他把剑抛在旁边。他说:

"愚蠢,是不是?你要打牌吗?你要打。那家伙,法院调查员——他也打。还有他的妻。我们去看他们去。他们会和我们打的。"

萨木金并不敢拒绝,而其实他也没有理由不顺从,因为他也是苦闷无聊的。他们毫无趣味地玩了一个长时间,当初是玩"优先权",后来又玩"斯徒可尔卡"。在他们玩的全部时间之中,那调查员仅仅说了一句话:

"归根结底,你就不明白你玩牌或是牌玩你。"

"做事情也真是像打牌这样。"中尉声明。

赢了一堆邮票和纸币之后,调查员的红头发太太,惶惑地一笑,说道:

"我不能再玩了。"

"那么叫啤酒来。"调查员提议。她走了,男人们开始玩"铁路"。彼得洛夫不停地喝着啤酒,但是并未显出醉意。他嗡嗡地哼着:

> 若要活得有价值
> 就该准备——是的,是的,是的——
> 不是这里,不是那里,不是任何地方,
> 哪里都没有一点意义——

他随随便便地玩着,胡乱冒险,输了许多钱。他们坐在陈设着沉重的桃花心木的家具的房间中央。一只铺着一张绒毯的长沙发上面挂着一幅版画,《到维也纳之前的詹·苏比斯基[1]》。在几乎高齐天花板的一个书架的顶上竖着一只米凯微支[2]的头部的塑像,向着花园的两道窗子之一是开着的:窗外一株菩提树的枝叶正在默默地移动,几乎是不能觉察地,把那树的药味传送到房间里来,在夜的黑暗中产生一种不知从何而来的暧昧的窸窣之声。

萨木金已经拒绝玩"铁路"。他坐着吸烟,看着中尉的面孔,同时设想他在进攻时间的光景:德国人们在他前面,农民们在他后面。他孤立在他们之间,萨木金的思想淹没在这悲哀之中:

"孤立于两种死亡之间——而还活着。"

"告诉我,"他问,"当你移动去攻的时候,你露出你的剑,好像战场图画上那样的吗?"

---

[1] J. Sobiesski (1624—1696),波兰国王,曾于一六八三年击败土耳其军,拯救了维也纳。
[2] Mickiewicz (1798—1855),波兰诗人。

"对了，对了。"中尉咕噜，正在数钱，"我露出各种东西和各个人——剑呀，莫意呀，赛沙呀，马沙呀——我露出。我不但移动去攻——我跑。而且叫！而且挥着剑。你必须挥着什么东西——才够神气。你知道，我在战壕里偶然听见过一句名言——一个兵士对另一个兵士凶狠地喝道：'这是什么意思——好像你是活的似的移动吗，你傻子？'"

中尉沙哑地大笑，在他的椅子里摇摆着。

"这是十分出色的警句，是不是？这就是事逼人为——"

紧接着中尉的哈哈大笑之后，法院调查员说道：

"我赢得很多。"

而且他收集着那些钱币。

彼得洛夫中尉站起来，双手向桌面上一挥，说道：

"这全是我的。"

沉静地吹着口哨，他走到对角的长沙发面前，坐下，打哈欠，然后翻身躺下。

"两个星期以来他都是这样。"法院调查员悄悄地解释，当他收牌的时候，"医好出院了。受伤，枪炮震坏了神经。"

彼得洛夫打鼾。

"他是当地的一个房主，总督府里的一个很重要的官员的儿子。他把他的家属送到伏尔加去了，把他的房子租给陆军部——有租金的。他大概不能从战争中活出来——他正在休养精神。"

在中尉的咻咻的鼾声之中有着莫测的怪诞，由于调查员的悄悄私语而加强了。

"那是米凯微支。"他指着那头像说，"我的妻是波兰人。"

天已经亮了。萨木金祝了主人的晚安，走回到他的房里，脱衣躺下，倦怠地思索着那些极其夹缠而又无聊的人们：独立于敌人的圈子里英勇地完成任务的人们；以及他自己——想到他自己就有些怜悯之情，而且痛恨那些唐突地、几乎是报复地，把他们的印象的重压推在别人肩上的人们。他，克里·伊凡诺维奇·萨木金，从来不许他自己对着亲近的人们埋怨生活。甚至对着马利娜·苏妥伐也不许。当他已经入睡的时候，彼得洛夫走进来，大声打哈欠，哗啦地脱着衣服，毫不顾到同居的伙伴。穿着寝衣坐在那里，他用双手乱摸着毛茸茸的胸部。

"睡着了？"他质问。

"不。"

"我的好朋友，在我们之间生活没有意义——没有任何意义。不论玩弄多少自由主义的观念。毫无意义。好，晚安，睡吧。"

"谢谢你。"萨木金沉静地回答，十分吃惊于中尉对于生活的批评——这批评并不适合于英雄行业，以及这人的心情或外貌，这样突如其来，好像撞铜钟而发出木铎的声音似的。现在，在疲乏或挫辱的时间，虽然是稀有的事，萨木金已经容许他自己怨恨生活缺乏明白的意义了；但是这怨恨是具有他和发尔发拉争吵的时候因为要使她伤心而夸张责备的性质的。自从台格尔斯基把萨木金在生活中的任务和位置规定为民主政治中的贵族以来，萨木金就已不能再认真相信生活缺乏一切意义了。但是中尉却相信这个。他是十分认真的。

"老朋友，重要的是现在没有上帝。"彼得洛夫咕噜，小心地点燃一支烟，这小心好像是他的老习惯似的，而且忽而摸摸他自己的胸部，忽而摸摸那同样毛茸茸的大腿，"你懂吗？现在没有上帝。并不是按照伏尔泰，或那些——什么？噢，好，滚他的蛋。我说没有上帝——并不由于逻辑或理论，而是由于在物理上、生理上真实感觉的某种意义，以及什么，什么？无论如何，你懂得的。当我是小孩的时候我坚信——尼忌尼·诺弗戈洛得有敏尼和坡札斯基的著名的纪念像。我以为莫斯科有一个，而更好的一个是在尼忌尼·诺弗戈洛得。当我到那里去进军官候补生学校的时候，看呀看呀，并没有纪念像！从前有过吗？从来没有过……关于上帝也是这样的。"

三

早晨，当萨木金在铿锵辚辚声中醒起来的时候，中尉已经离开了房间。这铿辚是因为炮队踏过圆石路。和这铿辚争鸣的是几处钟声，响得这样厉害，以至房里的空气似乎发抖了。

在喝咖啡的时候，法院调查员说明城里正在检阅刚从彼得格勒开来的炮兵；敲钟是因为今天是星期日，教堂号召信徒去做弥撒。

"我的妻到教堂去了。"他又说，并不必要地。而且他用郑重语气说明在普斯可夫察究失踪车辆是不行的，所以应该到更挨近前线的地方去。

"我也怀疑你能够在那里找到它们。"他又冷淡地说，"盗窃给养当然是做得非常机巧的。干这宗事的是投机家、军需官、兵士，以及愿意干的任何人。"

他终于提出一两个理由说明那些车辆或许已经被转移到立陶宛的什么地方去了。萨木金觉得这家伙有理由希望他也失踪。但是这调查员坚持他的主张，要萨木金到立陶宛去。而且写信把他介绍给他的内弟，一个战地宪兵上尉。

"他可以给你许多便利。"

萨木金为联合会第一次出差曾经留给他最不愉快的印象，但是他仍然认为到前线观察兵士们的行动是他的义务，倘若可能的时候。

于是他到了前线，坐在一堆旧枕木上，罩在上面的是一株细叶的巨树，顶上淡绿而下部是铅色，那些奇特而轻飘的叶子毫不动弹，虽然它们周围的每件东西都是激动的。太阳，在混浊的天空中熔解着，以炫目的光芒和可怕的热力，照耀着布满小丘的广大平原。这平原的一面的边缘是铁道的低矮的沙土路基；另一面的边缘是浓密的森林，这森林从前必定是直达路基的，因为许多高度不同的水塘散布在这郊野上。

离萨木金一百步之处的路基被一条河所截断，河上架着桥的铁笼子，急流的河面闪出水银似的光辉。这河是狭窄而多浅滩的，一边岸上长满了蔓草和芦苇，另一边却是平坦的沙碛。沿着沙地望去，人可以看见士兵们正在沐浴，游泳，散步，洗马。有三处地方，他们正在用拖网捕鱼。他们用温暖的油光光的河里的沉泥摩擦他们的胸部、大腿，以及彼此的脊背。士兵的数量多于水塘和小丘，众多得好像倘若他们全部躺下就可以盖满整个地面似的。某处他们正在斗拳，好像在马戏场里似的；另一处营房的屋顶上盖着绿色的树枝。在远处，差不多在森林的边际上，用树杈架成的营房正在被拆毁着。散布在郊野上的是用绿色枯枝掩饰着的帐篷，狼藉在各处，堵塞着水塘和山丘之间的道路。烟霭从团部厨房烟囱里和营火上冒起来。萨木金计算那些营火，八个，十一个，不再数了。还有些小火，火上有锅。锅周围坐着三两个士兵。有些士兵穿着白色或灰色衬衫。有些裸体坐着，正在缝补内衣。许多个兵士单独散步，远离着同伴。烟霭慢慢地和迟疑地从地上腾起来，混合着燥热的空气形成一道灰云，低垂在人们上面。烟霭发出沼地和人身分泌的臭氧的味道。人们在叫喊，不清楚的嚷嚷造成另一种云雾——由各样声音构成的。有人乱唱着进行曲；有人乱唱着农村小曲；手风琴铿锵地响着；斧子噼噼啪啪；什么处所，看不见的鼓手们正在练习他们的功课。离铁道路基三四十步远的处所站着一群密集的人们，在他们中间有两个人正在跳舞，同时大声合唱着一支旧歌曲：

    这农家少年，这乡下小伙子，
    他是傻的，蠢的猪呀！
    噢，黑樱桃，噢，红樱桃！

    他吹掉手指，拔掉牙齿，
    不愿为沙皇和真理去作战——

不，长官！不是他！

噢，黑樱桃，噢，红樱桃！

领导这合唱的是下级士官卡尔拉莫夫——萨木金已经和他会谈过了。这反革命文书的爱读者，这反政府轶事的热心传播者，现在比以前消瘦了。他已经挂着一部颜色暧昧的胡须。他并未失去开玩笑和装小丑的趣味。

"我正在练习爱国。"是他回答问候的话。

"你已经在作战，不曾打过吗？"

"我还没有机会和敌人见面。我们坐在漫长的潮湿的战壕里用来复枪交谈。敌人喜欢用机关枪甚或销毁人命更厉害的器械。他们并不热心于使用刺刀、枪托、拳头之类的英雄比武。"

他用这种嘲笑的、近于暧昧的态度谈着的时候，他继续翻眼睛和咂嘴唇。然而，在他的自作聪明的胡扯乱说之中偶尔也夹杂着另一种言语。

"我的职务是监视兵士遵守军纪——不要胡说八道，否则枪毙，并且不准逃走。"

"他们逃走吗？"

"这或许使你惊异，但是我们逃的，而且常常逃。纵然明知道抓着就要被枪毙。"

由于他的通知萨木金才知道不能再走近前方了。

"军队正在改组，整顿阵线。你当然知道这是什么意义。本团正在从扼守的阵地向后移动。"

他把手一挥，指着散布着兵士的郊野。

"这是后方。人们在这里休息。我的一营是特别派来休息的，但是我们和许多休息的部队似乎还要往后退进沼地里面。"

萨木金询问他为什么选择这样潮湿可厌的地方来休息呢。

"我不知道。你自己就可以看见铁道的那一面是干燥的沙地——还有些常青树。那小丛林的左后方是野战病院和其他红十字会的设备。血红的纱布、塞子,和种种外科手术的废料常常漂流下来,使士兵们常常抗议他们的饮水的来源不洁。"

沉默了一会儿,卡尔拉莫夫问道:

"你或许认识叫作安东·台格尔斯基的一个人吧?"

"我会过他。"

"他也和城乡联合会有关系吗?你不知道吗?他并不穿着联合会的制服,但是他做着给养方面的事务——他是考察员之类。他知道各样事,计算过各样事。"

"他崇拜数字。"萨木金告诉他。

"不错。他是个异常有趣而且聪明的人。那些军官都恨他。他们说他是和警察有关系的。以他和兵士们的谈话而论,他似乎不是的。"

"这样谈话是许可的吗?"

"什么谈话?"卡尔拉莫夫毫不狡猾地问,而且并不欺瞒萨木金。"和普通人谈话吗?那就要看谈话的内容如何。"卡尔拉莫夫说,吃吃地笑了,"例如,谈社会主义——那是不许的。谈沙皇也是不许的。"

"噢,我看,他谈这些了吗?"

"不。"卡尔拉莫夫否认?忽然十分严肃,"我并不是说他谈论这些特殊问题。他谈论的是关于兵士生活的一些小事情。"

"而且军官们都不喜欢他吗?"

"是的——而且不喜欢一切普通人,在一般原则上。"

"但是他们并不至于怀疑他们全是来侦探他们的,"萨木金干脆地说,而且不由自主地同样干脆地又说,"当他做皇家检事的时候我就认识他了。"

"真的吗?"卡尔拉莫夫低声说。

不过是在这谈话之后两小时之内萨木金就亲自看见台格尔斯基被谋杀。

四

萨木金坐在作为军官食堂的板棚里喝茶。这里大约有十个军官：两个在窗前下棋；一个在写信，时时仰头微笑；还有两个坐在一只角里翻看画报和报纸；一个肥胖的老家伙，头上和胸前都悬着勋章，正在喝咖啡——有些人围绕着他，其中一个小黑胡子和猫眼睛的人正在讲故事，故事使那老军官呵呵呵大笑。

萨木金正在接洽骑兵上尉路士乞次，这人体格这样魁伟，很难以想象一匹马能够支持住他。他的脑壳上有一丛灰色鬈毛，他的玫瑰色的圆脸上装点着一双羊眼睛、一管大红鼻子和一部夹杂着几丝银须的隆重的黑胡子。听完萨木金说明来意之后，他彬彬有礼地用一种深沉的低音说道：

"忘掉它吧，我的朋友。这已经迟了，早三天或许有点办法。但是现在我们稍稍后退，给养车辆能开走的都已尽量开走了，而且各样东西都乱七八糟。我们都找不到我们自己的东西。我们必须运输弹药和军械。这是我们所要做的事。有些给养或许已经烧掉了。"

这时台格尔斯基进来，用力把门砰地关了，以至萨木金背后的薄木板墙也震动了。窗子都咯吱地关上。门又同样有力地闪开，一个红头发的高大军官拿着一条马鞭跟踪台格尔斯基进来。

"我要求答复。"军官厉声咆哮，这样用劲地顿脚，以至在食堂里好像在一只桶里似的回响着，然而他的刺马锥的铿锵还是分明听见的。

"请你离开我。"台格尔斯基也咆哮，当他坐在桌子前面而且把几只盘子推开一边的时候。萨木金看见他的手发抖。那灰胡子，鼓腮巴，胸前和颈上悬着勋章的胖军官严厉地说道：

"小声些，请你！什么事？"

那红发军官的面孔是死样的灰绿色，而且痉挛地歪曲着。好像在受苦刑似的，他努力要闭起他的眼睛，但是它们只是突出来。

"昨天这位绅士告诉我们西伯利亚农民卖奶油给日本，虽然明知道这是要转运到德国去的。"他说，用马鞭拍着他的长筒皮靴，"今天他斥责我和塞加莱也夫上尉判处无辜死刑——"

"是的！"台格尔斯基叫喊，"你们枪毙疯人——并不是逃兵。"

"不准说话！"那胖军官大发雷霆，"谁给你这样的权力——"

"这里有几十个这样的逃兵。你看他们彷徨无路。他们都是些病人——他们有精神病。他们不知道到什么地方去——"

只有那两个棋友仍然坐着不动。别的军官们——七八个——全走到台格尔斯基的桌子前面，面对他站着，围着这胖人。萨木金看见他们都怒目瞪着台格尔斯基，只有一个依然漠不关心地用牙签挑着牙齿。红发军官站在台格尔斯基旁边，比后者高过两个头。他说了几句什么，台格尔斯基高声反驳道：

"是的，我是一个法律家，我知道我所说的话。我再重复——那是谋杀——害了精神病的人们。"

那军官举起他的马鞭，但是台格尔斯基站起来，大叫道：

"你敢吗！"

他那样有力地把那人一推，以至那人踉跄了，马鞭打在桌面上，那老胖军官气喘吁吁地喝道：

"路士乞次上尉——"

这时嘭的一声枪响。萨木金分明看见台格尔斯基的脸惊恐失色，看见他的身体沉重地跌落在椅子上，连椅子翻倒在地板上，在寂静中又响了一枪，一只椅子脚崩为碎片。

那胖军官咕噜道：

"维来敏诺夫中尉，你总是——"

那红发军官把手枪放在桌子上，解了皮带，脱掉佩剑，也都放在桌子上。他低声说道：

"为你服役，上尉——"

"你为什么不制止他？"那胖军官沉静然而恼怒地质问。

"我很抱歉。"路士乞次说，他的声音也是这样沉静，以至它是摇曳的。留存在萨木金的心里的最后印象是台格尔斯基的尸体，衣服都揉皱了，头都躺在桌子下面，脸是黄的，眉毛紧皱在一处——

萨木金觉得倘若他自己要从椅子上站起来他就会跌倒的。

"我看见人被杀掉这并不是第一次。"他提醒他自己，但是这提醒并无效用。他倚靠着椅子，横吞了一大口不好喝的冷茶，倾听着那沉静的会话。

"军法适用于普通人们吗？"

"你怎么会问这种话呢，我的朋友？在一九〇六年和一九〇七年那些革命党是怎样处置的呢？"

"噢，是的，我忘记了。"

"要紧的是公众方面。"

"兵士们方面——"

萨木金并不知道有两个军官已经出现在他旁边，一直到其中的一个说：

"我们全体，连将军在内，请求你不要宣布这不幸的意外事件。"

"我知道的。"

他们同时说道：

"无论如何，在此地是不可以的。"

"尤其是在队伍里面。"

"我和兵士们并无接触。"

"这可以说是自杀。"其中的一个提示，几乎是殷勤地。而另一个问道：

"你早已认识这人了吗？"

"是的。"

"他和你自己一样是在联合会里的，是不是？"

"你和他相好吗？"

"不相好，"萨木金使他们相信，而且自动地又说，"一年半至两年之前，他确有过自杀的企图。曾经发表在报纸上。"

"妙极了！"一个叫喊，带着一种暗自高兴。而且另一个同样得意地说：

"很好。你记得在什么报上——什么时候吗？"

"不，我不记得了。"

"真可耻。"

"好——你遵守你的约言吗？"

"是的，我遵守。"萨木金宣言。

其中的一个哗地把脚跟靠拢。他说：

"再见，先生。"

另一个也把脚跟靠拢，但是一言不发，然后他俩都匆促回到他们自己的桌子上去了。

五

萨木金站起来，慢慢地走出那食堂。他缓步沿着铁道走去，一直走到离车站一俄里半的处所。他坐在枕木上，呆看着展开在他前面的士兵们的宿营地。一个困难问题自行出现了：谁是更伟大的英雄呢——彼得洛夫中尉或安东·台格尔斯基？

台格尔斯基的被杀，一个活生生的健康的人忽然闪电似的变形为可怖尸体，震动了他而且惊骇了他。但是这小店主和妓院主的儿子的死亡并未引起他对于这人的怜悯，或其他任何"仁慈的感情"。萨木金分明记得在马利娜被杀案中台格尔斯基所给他的那几点钟异常不快的时间。

"那时他对我玩弄着某种暧昧而侮辱的把戏。一个典型的冒险家，一个失败者。在逞强斗狠为英雄中这样冤枉死去不过是意料中事而已。"

萨木金现在正在回忆在一个著名作家的住宅里的一个小集会上,在桑梭诺夫军团溃败之后,台格尔斯基说过:

"我所属的知识阶级比任何工人更为无产者化。一个有训练的工人,甚至技术并不高,不但是他的体力的主宰,而且也能够赏识他的技术知识为确定的真理,为拥有显然有用的东西的人。我现在是号称为法学家,保卫社会,保卫它的政治和经济的秩序,以及它的成员的生命财产。但是倘若我一旦认为并无保卫这种秩序的必要——倘若我觉得这种秩序是我的敌人,贬损我的人格呢?"

"那么,你是一个无政府主义者喽。"他的反对者阿里克先·戈金轻蔑地说。戈金还是八年前的花花公子样子。他曾经保持着他的聪明的眼里的快乐的光辉,但是那光辉现在闪出傲慢的讽刺,而且他的动人的声音响着自满而坚定的腔调。他显然更强壮了些。他的故意皱起的眉毛使他的善于保养的脸上显出某种重要神气。

"我或许是一个无政府主义者吧,但是并不是因为我明白那种理论,它有时是粗俗的,确也是暧昧的——"

"真的吗?"戈金曾经问过,用一种惊疑的声调。

"是的,真的。你现在是一个爱国者。你责骂失败主义者。我完全理解你。你现在在银行里做事;你将来要做经理,甚或要做将来俄罗斯共和国的财政部长。你是有着必须防卫的东西的。我呢,如你所知道,不过是一个小店主的儿子。当然,像你自己一样,或者像我们的光荣的祖国的任何其他国民一样,我并未被剥去再开小店或妓院的权利。但是我不愿意开什么了。我现在是一个已经脱离了社会的人——你懂吗?脱离了社会。"

"像奶牙脱离了小孩的嘴似的吗?"戈金曾经问道。

"随便你说吧。"台格尔斯基曾经倦怠地承认。而且那做主人的作家,皱起他的有些呆滞的漂亮面孔上的眉毛,伶俐地和预言地说道:

"我在你的话里听见死亡的信号。你是倾向于自然的。"

台格尔斯基曾经默默地耸动肩头。

"不，台格尔斯基不是英雄。当然不是的，"萨木金判定，"他的行动是一种绝望的姿势。他曾经试行自杀过一次，失败了。现在他是有意被杀。他自称为第一代的知识分子。他真是一个知识分子吗？……但是我已经见过许多人被杀了。"他记起，而且仅坐着反省这记起是在矜骄之中呢或者只是在惊惶之中呢。

"我有权矜夸经验的广博。"他想，凝视着千百灰色形体无休停地、不倦地盘旋在原野里，在它们上面摇荡着那多式多样声音的云雾。人能够看着、听着这种毫无意义的奔忙，而在思想和回忆的抖颤的烟霭里是无所见闻的。

萨木金也不听见一个穿外套的高大兵士已经走到他面前，拿着一根小手杖，低音问道：

"你有什么我能看的报纸吗，先生？"

萨木金慌忙四顾——附近并没有别人；离一百步远的处所，有三个士兵缓缓移动着。

"没有。"他干脆地回答。

这士兵深深地叹息了，用他的手杖刺探着一块腐朽的枕木。他又提出一个问题：

"你是联合会派来的吗？"

"是的。"

觉得他的回答简短得唐突无礼，他问道：

"带伤了？"

"风湿病正在损害我。我在战壕里真是难过。这里是潮湿的——泥水地。"这兵士咕噜，而且期待着别的问话。当并无问话的时候，他摇摇手杖，同情地说道：

"我早就从那边看了你许久了——我对我自己说，一个人仅独自坐着,思索我们的悲惨的生活——"

萨木金仍然沉默着。这兵士更深沉更大声地叹气,用手杖刺探着污泥,然后向车站走去了。

他使萨木金遗留在一种阴郁的恼怒之中,由这恼怒开始燃烧起种种奇异的思想。

"何等巨大的宝贵精力、教育设备,都浪费在这一类半开化的、半文盲的群众上。正确地说,他们对于生活的助益并不如妨碍那么多。"

在他的心的一角里,萨木金觉察了这些思想的似是而非的荒谬性质,但是他并不干涉它们,所以它们在他内心好像引火的朽木似的冒起窒息的烟雾,在他的记忆中激起种种景象:劫掠谷仓,举起巨钟,和同类事故,以至诺弗戈洛得车站上那些露齿的毛脸兵士——以至目前千百兵士奔忙砍伐树枝的光景。

三个兵士正在逐渐走近来。萨木金,站起来,赶快走在第一个兵士后面。这兵士,显然以为萨木金要和他说话,站住等待着。但是萨木金,发现了一个方便的岔道,就走下铁道路基,向城市走去了。

在这路径的一面,风景较为不甚枯寂,也没有那么多错杂的人物。河流蜿蜒在一片丘陵起伏的原野上,遍地草泥,装饰着一些小小的桦树丛,这里那里点缀着松树的青铜色的树干。在它们的常绿的顶盖之下站立着白色的帐篷、黄色的宿营地,以及用防水布盖着的箱子堆。到处都是红十字,护士的白色形体闪现在这里那里。偶尔有穿着淡紫色法衣的教士闲坐在小木屋的窗下,形成一点可喜的斑块。从车站到城市去的大路,是用小圆石铺成的,沿着河堤延展开,把它自己隐藏在蔷薇里或桦树丛间。离车站半俄里的处所,忽然从蔷薇地上冒出一个蓝衣兵士,并未系皮带,肩上抬着一条闪动的铁杆。走在他后面的是卡尔拉莫夫。

"你听说了吗?"他激动地低声询问萨木金,"维来敏诺夫中尉枪杀了台格尔斯基——"

"那是意外的事吧?"萨木金问,猜疑地审察着那士兵的脏脸。

"噢，不是的。他们有过一番争论。"

那兵士用力扯着胡子而且摇摇头。

"亚可夫。"萨木金记起来了，回忆到一九〇五年的莫斯科和那防御工事，"亚可夫同志！"

卡尔拉莫夫怨愤地说道：

"台格尔斯基是对的。他说他们判处病人死刑，并不是逃兵。那维来敏诺夫是一个军法官。"

"发生事情的时候你在那里吗？"萨木金严厉地质问。

亚可夫同志也问了卡尔拉莫夫一个问题：

"我可以走了吗，长官？"

"你可以走了。"

亚可夫走过大路。那铁杆似乎使他向前倾，同时也从后面拉着他。卡尔拉莫夫摘下他的帽子，用它扇着他自己，匆促地谈着，沮丧地——完全不像他平常那样了。

"差不多每次炮战，结果都有些兵士受了精神伤害。昏迷地直往前走。有些走得很远。被捕了——逃兵！而且这兵士简直不省人事——他甚至不会说话。他绝对是病的，精神病。"

萨木金听着，想着：已经和那两个军官约过，他不能泄露这谋杀的情形。但是谣言已经散开，那些军官或许会以为那是他开始的吧。

"你早已认识这——兵士了吗？"他问，觉得有一块干燥的痰梗在他自己的喉咙里。

卡尔拉莫夫惊疑地看着萨木金，说道他认识亚可夫在修理行李车的工厂里做铁匠，后来在团部厨房里做火夫，等等。

"一个最聪明的、有教养的人。你为什么要问呢？"

"在他面前谈论这——台格尔斯基意外事件——是合适的吗？"萨木金问，立刻觉得他把问题引入歧路去了。

"意外事件。"卡尔拉莫夫叫喊，鼓起他的眼睛，"但是他在我知道之前就知道了。他在那里做工。"

克里·伊凡诺维奇·萨木金极其严正地说道：

"倘若他早已知道——那就不同了，总之，我以为在这些可悲的日子我们必不可以在兵士之前损坏军官们的威信。"

"哦，"卡尔拉莫夫慢慢地拖长声音，微笑着，"那么你是支持战争的喽？"

"我是的。"萨木金大胆断言，而立刻又情愿不说。

"那就——真的不同了。"卡尔拉莫夫说，带着显然的讽刺，"但是你看，我知道一个事实：一九〇五年维来敏诺夫是普斯可夫斯基团的一个少尉，曾经率领一队人在冬宫附近枪杀人民。普斯可夫斯基团也有另一著名的勋绩：一八三一年它剿平了波兰的叛乱——"

萨木金用一个问题打断他的记诵：

"你是说因此我们就必须破坏这军队的纪律吗？"

卡尔拉莫夫显然惊奇地转动着他的眼睛。他的钩鼻子脸上充满了紫红。在几秒钟之间他默默地站着，舔舔嘴唇。然后，恢复了他的滑稽的常态，他把双脚并拢，做了一个貌似严正的丑脸，鞠躬，说道：

"我必定不耽延你了。"

他突然转背，走掉了。

"荒唐鬼，"萨木金默默对着他的背后呵斥了，"小丑。乐剧的小丑。当然，一个虚无主义者。一个无政府主义者。"

六

看着急速退走的卡尔拉莫夫，他点燃一支烟，想道：当国家"在敌人打击之下遭受灭亡之危，全国人民必须同心同德，结成不可逾越的岩墙，以御外侮"的时候，像这小丑之流、亚可夫之流、木匠俄西卜之流、台格尔斯基之流，这些不负责任的人却在人民中散播破坏的思想和观念。想到这里当然要记起骑兵上尉路士乞次——克里·伊凡诺维奇害怕起来了,觉得他自己正在危险之中。

他可以说有时现实对待他是敌对的。它把他当作一只皮箱似的翻倒,把他所见过的和记得的各样事物都搅混得乱七八糟。在短时期间——一点钟,十分钟——他会忽然大惊地感觉他的生活经验缺乏条理和连贯,缺乏思想与目的的综合一致;在这感觉之后隐伏着生活没有意义的疑虑。这很多经验似乎是多余的,纯然无益的,而同时阻碍着任何观念形成得更明白确定。照例萨木金是忌避确定的,但是他觉得这新的、清楚的某物要求一种和他的生性相反的情调——坚决,这是他从来未曾有过的。他欣然觉得那曾经忽然燃烧在他的心里的欲念——把卡尔拉莫夫和亚可夫的事通知路士乞次上尉——是和通知卡尔拉莫夫说台格尔斯基做过皇家检事很少不同的。这样的欲念更加屡屡出现在他的心里,而这是不能用私人嫌怨加以说明的——这些欲念发生于另外一种原因。克里·伊凡诺维奇·萨木金并未发现这原因,因为他怕去寻求它。

在一丛年轻的桦树荫中,站着一匹瘦骨棱棱的马,系在一部农家的二轮载货车上。原来是白色的马毛已经混合着尘土,成为肮脏的毛色,夹杂着黄班。它的巨大的骨瘦的头颓然低垂在地面上。一只浑浊的、潮湿的眼睛在一个深陷的眼窝里发出钝滞的闪光。

萨木金停着注视这一匹骏马的可悲的漫画像,想着托尔斯泰的《可尔斯土麦》,库布林的《绿宝石》,并且决定他必须做的是乘第一班列车离开这地方。

"那些军官必定以为我散布了关于台格尔斯基事件的谣言——"

一个老人忽然从桦树丛中出来,完全和那匹马一样的漫画像。他是高大而驼背的,穿着污垢的帆布上衣,同样材料的裤子卷在膝头上。暴露着他的铁锈色的脚干。他的灰胡子是一丛异常挺直的粗毛,拖曳在他的脸下面。他的眼睛在那灰色眉毛之下几乎是看不见的。把一根长烟管向萨木金一扬,他低声慢慢地说道,好像不愿意似的:

"你有火柴吗，先生？"

他从萨木金手里拿起火柴匣，小心地点燃他的烟管，用了两支火柴，然后把那火柴匣塞进他的裤袋里。

"我想你顶好把火柴还我。"萨木金提议。

老人用手摸摸衣袋，然后摇摇头。

"就算是一个赠品吧。"

把萨木金从头到脚打量了一番之后，他突然说道：

"这战争不会有一点好处的。不。现在我们住在'残灰'里面，我们收割谷物，他们把它全都烧掉——在卡洛梅里，在乌杜洛伊都是同样情形——全烧光了。说是要使德国人一点也得不到。男百姓哭了。女百姓哭了。但是有什么用呢？你不能用眼泪来灭火呀。"

他沉思地说着，看看地面，看看萨木金的脚。辛辣的蓝烟缭绕着他的言语。

"他们砍伐树木——这样随便，好像以后两百年不会有人住在这里似的。这是践踏地面，先生。人们被杀了，地面被践踏了，你怎样能明了这种事情呢？"

萨木金，觉得必须对这老人说几句话，问道：

"你现在在这里干什么？"

"我拉谷草来给伤兵。我正在等我的妻——她去领钱去了。但是现在钱有什么用处呢？真糟呀，先生。生活已经变为悲惨的——"

"你应该忍耐。"萨木金审慎地告诫他。"现在每个人都是困难的。"他又严厉地说，然后自信地预言道，"这不久就会过去了，将来你又可以平安地生活了——"

他用一个手指摸摸帽檐，走开了，默默含怒地向世界宣言：

"这国家再不能从这些文盲那得到任何益处了，当他们自有意见的时候——"

他迅速走去，想要回头再看看那老人，但是又抑制着他自己，恐怕那家伙会跟随着他。思想一个跟一个地接踵而来。

"卡尔拉莫夫或许正在使他们有意见。那么他的动机是什么呢？……"

"你差不多可以相信要使农民工人理解政治乃是那些过分野心的人们的一种末路的勾当，他们已经失败过一次，现在又急于要重整旗鼓了。"

第二十五章

一

　　一点钟之后萨木金在救护列车里，站在车厢的前台上瞭望那散布着白色气球似的帐篷的郊野。他感觉悲凉。精神的扰乱已经产生身体的衰弱。他的肚子痛，耳鸣，台格尔斯基的惊惶的脸相闪现在他的眼前，一想到卡尔拉莫夫就心烦意乱。这一切郁积成了猛烈的泻痢。萨木金，恐怕这是赤痢的开端，到中途的一个铁道医院里住了五天，回到彼得格勒也还在家休养了几个星期。

　　他到前线去的不成功的旅行在他心里产生一种困恼的憎恶，憎恶毛脸的兵士们、木匠们、犹太人们，这憎恶有点近于敌视人类，不论是穿什么衣服的——卡其布的或帆布的或印花布的。从前他对于犹太人是并不歧视的。他觉得贝伊里事件辱没了国家体面，龙其辱没了知识阶级。萨木金曾经相信他对于政府的反犹政策的态度是符合于大多数知识分子的态度的，而且是唯一正确的态度。但是，当前线传来一种无人道的反犹的疯狂骚嚷的时候，他发现他自己在想：

"想想看，为什么犹太人对于我们处于这样显著的地位？而鞑靼人，或乔治亚人，或亚美尼亚人却并不呢？"

他提醒他自己：乔治亚人和亚美尼亚人能够在军队里做军官，升为将军。在俄国没有犹太将军，而在英国，犹太人却并不常变为爵士。有一个犹太人确是做过印度总督的。[1]

凭了耶稣这人，犹太族创立了全欧奉行而且传遍世界的一种宗教。凭了卡尔·马克思这人，犹太族播种在世间一种破坏的学说：资本与劳动的不能妥协性，阶级仇恨的必然增加，社会革命的无可避免。

"总之，反犹问题的根源是极其暧昧的。但是我现在并没有解决它的义务和责任。各个个人的社会的义务到底是什么呢？从哪里开始呢？决定它的限度的是什么呢？"

在彼得格勒他觉得他自己有些不合时宜了。那里的生活越来越紧张，沸腾，狂热，尤其是发横财的疯狂。伊凡·杜洛诺夫，总是半醉着——这与其说是由于酒水倒不如说是由于他的活动的成功——跳跃着，忙乱着，而且汗津津的。萨木金，好几个月不曾看见他了，已经完全忘记了他。但是有一晚，在诺格兰夫斯卡牙戏院的客厅里，在休息时间，杜洛诺夫跑到他面前，抓住他的手肘，和他握手，高兴地窥看着萨木金的眼镜，发散着酒气，慌忙表示这不期而遇的喜悦。他似乎是当天早晨才从彼特洛萨孚得斯克来到的，现在正做着供给孟马斯基铁道材料的营业。

"我们四个人合作——诺加次夫、工程师波坡夫——他认识你——和左沙洛夫，也是一个工程师；左沙洛夫和波坡夫是技术顾问。好家伙——实业的豪放家，你可以称他们。异常之愉快。你呢——在联合会

---

[1] 这是指李定爵士（Lord Reading），但是著者把时间提早了五年。——英译者。

里,我看?好,前线的情形怎样?听我说,我请你吃晚餐。我们可以好好地谈谈。可以吗?"

杜洛诺夫显然因为喝酒而有些更不健康了。他已经剃光了他的头发以及胡须。他的脸是浮肿的,鼓胀得好像气球,几乎看不见鼻子,好像被抹平了似的,他的肥厚的嘴唇突立着,热切地颤动着,露出一些好像没有嚼化的食物似的金牙齿。他的伶俐的斜眼睛在姜色眉毛下面闪烁着,翻来翻去。萨木金以为和他闲谈到底是有趣的。他俩同去到欧罗巴旅馆。

这地方是拥挤而且嘈杂的。有许多服装华丽的女人。一个小弦乐队正在演奏着,两对男女正在踯躅于桌子之间。要判定他们跳的是什么舞是困难的。挨近音乐台,举杯站着的是帝国议会议员马尔可夫,诨名铜铸骑士,因为他的面貌好像彼得大帝。他站在那里,扬着一个手指在肩上,正在说话。他的言辞是听不见的,但是站在他旁边的一个小男人的话却是听得见的。

"我们轻蔑物质文明。"那小男人说,好像是在重述马尔可夫的无声的言辞似的,"我们太过自喜于制作世界文学、无政府主义理论、堂皇无比的舞曲,作诗,以及扔炸弹。并不知道怎样生活,我们已经学会了游戏——包括以恐怖主义为我们的娱乐之一在内。"

"那人似乎是休尔金,"杜洛诺夫不耐烦地咕噜,"据说他是聪明的。但是所谓聪明在今日是什么意义呢?这是问题。"

"我们已经和贵族政治斗争了整整一世纪。"一个陶醉的声音尖叫。同时一个脊背长得不自然,好像没有屁股似的妇人高声乱嚷着:

> 我们,俄国的最黑暗年头的子孙,
> 在可怕的时代诞生在这世界里——

萨木金忽然听见伯尼可夫的很可纪念的高调的声音。

"全是胡说,我告诉你。全是胡说。"他自信地、动听地歌吟着,"我们有一个绰号'快干'的师团。这真是一点不错——他们迅速地逃避德国人。这并不是诽谤。去问那些军人,他们会告诉你的。"

"你看这一匹狼,"杜洛诺夫敬畏地说,"伯尼可夫。名人,十足的匪徒,非常聪明的人,甚至国务大臣们都注意他的。"

萨木金,伏在桌上,拱起肩头,继续倾听。

"好,那么,你要干什么呢?从战争一开始他们就把全部军队赶进泥沼地带,委弃给德国人,缺少步枪,并没有大炮和飞机——兵士们全都比我们知道得更清楚。"

"不要发表这种讨厌的言论。"马尔可夫叫喊,凶猛地。

"遵命。"伯尼可夫答应。萨木金怯怯地偷看着他,看见伯尼可夫十分容易地抬着他的大肚皮,周旋于桌子之间,扬着头,他的面团脸上燃着一种和蔼而光辉的微笑。

一个黑胡子的高大男人,穿着俄国上衣,高出于人们的头上,大声对马尔可夫说:

"这是不能不看的真实。兵士们都知道杀一个德国人我们必须丧失三个俄国人。"

"这是谎话。"

"他们都恐慌了。"杜洛诺夫感叹,"但是你看伯尼可夫多么澄静呀。军队必须四百万双皮鞋,而他早已囤积了牛皮。我恨他这一类东西,但是我尊重他。你们这一类人是我所爱的。但是我不尊重你们,我觉得不会比对于妇女更加尊重些。不要生气。我也不尊重我自己。"

萨木金严厉地一瞥他的肿脸,想要说几句庄严的话,但只是问道:

"陶西亚现在在哪里?"

"我尊重陶西亚——这是我能尊重的唯一女人。她现在在顿河岸上的洛士托夫。不久以前她派一个人来见我,带来一封信,要我给她钱——一百三十个卢布。我交给他三百。我有很多钱。作为一个使者,那人沉默得像哑子似的，一条干鱼。他住宿在我的家里。从前他来访过陶西亚。他的名字是台阿可夫——托尔乞可夫——"

"坡阿可夫。"萨木金纠正他，机械地。

"大概是的。她不让我知道他。我曾经以为他是她的一个老情人，但是这样一条干鱼！一个阿弗伐康大主教。"

依照他的习惯，萨木金紧张着耳朵倾听人们的声音——这智慧的源泉。人群已经稀薄，房间逐渐空虚。跳舞的已经变为三对，而且，虽然琴弦悠悠地嘤鸣着，固执得好像乞丐的唠叨，人声却更响亮、更热闹。

萨木金注视着一个瘦高女人，裸露的手臂，妖媚地倚靠在一个右颊上贴着黑十字药膏的军官身上，注视着，他正在照常专心摄取人间智慧的断片。他向来自信得自本源——人们的嘴上——的智慧是比之得自书报的更为真诚的。他有权断定醉人的意见尤其诚恳，所以有时他觉得全世界都是醉的。

"先生们！"一个圆脸的小男人说，他的胡子稀而且长，好像猫须似的。一副夹鼻眼镜摇摇不稳地停在他的钩鼻子上。"先生！"他用一种抖颤的中音叫得更加动听，"我们研究病源，发现了那征候之一——拉斯布丁。但是那是笑话，先生们。笑话！拉斯布丁是一个小小的丘疹。一个无关重要的细胞组织的发炎。"

"那是悲观主义。"

"你听见了吗？"杜洛诺夫质问。萨木金点点头。

"我们临到一个歧路——单独媾和否则全军瓦解而至革命，普加乔夫式的农民革命！"那演说家宣言，压低他的声音。立刻有两种声音呵责他：

"这说得太远了——"

"这是讨厌的！——"

"他们都恐慌了。"杜洛诺夫又说，冷笑着，把酒杯举到他的厚嘴唇边,"你知道,很多人已经觉察了革命的可能性。这是事实。诺加次夫已经到挪威去买了房产,以备万一。你以为怎样?你以为它是可能的吗?"

"不。"萨木金坚决地说。他又说:"不要谈话,我要听听。"

"好,我要为革命饮一杯,"杜洛诺夫咕噜,"这是一种解决。个人的和全体的纠结的总解决。"

那瘦高女人走到那小演说家前面,扶着他的肩头,她的手臂和肩背弯曲成美好的线条,悄悄地和他私语。他站起来,拉着她的手,他们向那军官走去。

杜洛诺夫目送着他们,眨眨眼睛,说道:

"我们找姑娘玩去吧?"

萨木金拒绝了。

二

那一夜他住在伊里娜的家里。在她的家里,每夜每夜,都有被事变所困恼或疲乏的各色人物聚集着和叫嚣着。

"战争要怎样才会完结呢?"

疲倦地说出这话的人们的数目显然逐日增多了。

诺加次夫缓步游行着,慷慨地散播着同情的言辞和微笑,随声附和着说道:

"是呀。大炮打得远,但是无人能知战争的结局。德国的技术进步了。"

当诺加次夫设法安慰人心的时候,庇里尼可夫教授却在散播惊恐。他曾经在前线做过兵士通信检查官,回来割治虫样垂炎。在医院里躺了一个月,他已经失去许多体重,憔悴的面孔上长着金色的小胡子。他的脸已经减少润泽而加多凝固;他的眼睛现在睁得更大,有一种阴郁沮丧的呆滞表情。当他沉默的时候，他咬牙切齿，耳下的胡须不停地和恼怒地移动着。但是他很少沉默，很爱谈话。

"你就难以想象兵士们写回乡里去的信，以及他们收到的信。"他说，用一种隐秘的低音调。听着他说的是一位动物学教授，一个容貌愁惨的人，正在皱眉怒目瞅着伊里娜，好像正在努力要鉴定她在动物中的地位似的。还有别的两个听者是萨木金认识的——一个戴勋章的整洁的秃头小老人，有一个冗长的教名；一个满面娇媚而神气懒散的女人，苏乎林剧院的演员。

"当然，前线的状况是不许写出的。那些书信大约可以分为两类：大多数完全不提战争，好像写者和它毫无关系似的；另一类就写得非扣留烧毁不可了。"

"而且我想有几封信曾经呈交当局长官，那些写者或许已经受难了吧。"城乡联合会的一个官吏提示，自信地细起他的眼睛。他有一副长脸，而且他的牙齿是不整齐的。

"是的，偶尔也有这种情形。"庇里尼可夫肯定。把声音放得更低，他继续说：

"兵士们是可怕的，太太们和先生们。真有些可怕，他们全不关心国家命运，全是乡村和田地的奴隶，以一种动物性的、不可动摇的敌忾对待统治阶级——文化人。这种敌忾当然已经被亲德派、失败主义者、布尔什维克这一类人所利用。"庇里尼可夫从衣袋里拿出一本笔记簿，举起它给人们看，然后请求许可宣读几段兵士们的书信。

"请读吧。"那小老人说，用一种细声音，做出仁慈的神气。

"那也戈叔叔已经被判罚苦役——这是应该的。所以他现在是一个没有财产权的人，这正是你所渴望的好机会。"庇里尼可夫读了，首先向他的听众说明信上的标点全是句号。

"你要尽力于伐西里祖父的遗产。他活着的时候请你用各种方法好好奉侍他而且防备赛沙偷去。那两个孩子死了我们没有法子，因为上帝赐予由上帝收回。但是你的第一件工作是照管磨坊，在秋天以前必须修理门翼而且不用板条要用帆布。对于俘虏不要太软，倘若那猪儿子是由鬼推来替我们工作的。"

"这！"庇里尼可夫说，又摇摇他的笔记簿。

"我不知道这有什么使你烦恼的呢？"那小老人说，耸动肩头，"这是一个很有钱的农民写的。"

"一个很不通的人写的。"伊里娜又说。别人都在沉默中等待着。在椅子里蠕动着，庇里尼可夫冷笑道：

"这封信的作者是团部厨房里的一个厨子。另一封信，一个兵士写的，恰和这成为对比。"他说，而且开始高声读道：

"战争拖延下去了，我们继续撤退，谁也不知道要撤退到哪里。有人说兵士自己必须停止这战争。有些俘虏能说俄语。其中的一个曾在彼得格勒的一家工厂里工作了四年。他证明给我们并没有别的方法能完结这战争。倘若这一次完结了，另一次必定又要来。战争是有利益的。军官升级。文官赚钱。所以必须解除一切权势者的武装，由人民自己来管理生活。"

庇里尼可夫把笔记簿塞进他的衣袋里，那老人冷笑道：

"是的——这是另一种腔调。所以我们必须战斗。"他摇着他的粉红的小拳头，露出一只红宝石戒指，又说："但是我们首先必须做的是要帝国议会停止激怒皇帝。"

"阁下，"庇里尼可夫咆哮，他的全脸全身都显出误吞了一杯醋的人的神气，"对于他的亲德的妻和那脏流氓拉斯布丁又怎么办呢？"

"教授，你或许不相信上帝的存在，对于你上帝是不存在的。"那小老人沉静地说。而且，当他摇手阻止庇里尼可夫反驳的时候，他问："你不能设法不相信拉斯布丁的权势吗？"

"奇怪的问题。"那女优叫喊，立刻用手巾掩住她的嘴，她的眼睛跳舞了。

"我们太多谈论恶事，因此夸张了它的力量，帮助着它的发展。"

伊里娜，背靠着手椅上，技巧地吐出一些烟圈。庇里尼可夫站在老人前面，不耐烦地听着他的冗长的议论。

"俄国贵族有三百年的传统。不要忽略了这事实：三年前全俄曾经举行了三百周年纪念盛会，欧洲并没有别的国家能够夸耀贵族政治的这样基础稳固。"

萨木金知道这老人是财政部的重要职员。伊里娜曾经说过他最近曾经做过一大笔金融投机，而且向她报效。

这时老人郑重说道：

"皇帝是一个孤独的人。他没有朋友。他的亲戚们都反对他。但是他是温和的，而且喜欢被抚爱——"

这使萨木金记起了她的话来了："我并不要他养活我，但是我要咬吃他的钱。他喜欢被抚爱，而且肯付出好价钱。"他坐在伊里娜旁边，微笑着。

三

萨木金和伊里娜的私通久已是可厌的，但是，自从战争发生之后，她才引起他的确定的敌意。一种贪财的狂热已经燃烧在那胸中。她曾经参加过某种数目很大的暧昧投机。她变为急躁，放肆。喜怒无常，而尤其激怒萨木金的是她开始表示轻蔑俄国的一切——军队、政府、知识分子，以至她的家里的仆役。常常。在各方面她对于法兰西的命运表示惊恐：

"该死的德国人和他们的长射程大炮。倘若他们毁灭了巴黎，我能够到什么地方去生活呢？你们的军团应该是使德国人陷入泥沼的，却反而使自己陷溺了。你们所有的将军们真能干呀！他们不知道干地和沼地的区别。"

萨木金认为没有和她争论的必要。但是她的那些偏激的话确是使他忍耐不住的。有一次他对她说：

"在你看来巴黎就是法兰西的一切了吧？"

"是的。当然是的。不懂得这意思的人就不懂得法兰西。只有你们的国家才有像这样的城市——一种蝶形领结，缝在衣服上。彼得格勒代表什么呢，我倒想要知道。像你这样漫无目的，正是因为你没有中心，没有巴黎。这也就说明为什么此地一切都是这样含糊，这样混沌，这样散漫。譬如你吧。为什么你不去做帝国议会的议员呢？你是聪明的——你知道许多事。但是你的志愿在于什么呢？"

听着这些话，他恼怒得对于这妇人的全部敌意涌到心头，然而，他仍然以为访问她的家宅是有利益的，在这里，一到晚间，被前线故事所惊骇的人们都来聚会，而且人数逐渐增多。他们的惊骇尽在扩大，而且在恐惧外敌之上逐渐增加了国内可能革命的恐惧。在他们之中，萨木金觉得他自己是撒旦[1]一类，比他们更聪明，更重要。三角同盟的外国人时常忽然出现，尤其是英国人，他们去到各处，对每个人讲演，好像代表什么权威似的。萨木金毫不惊奇地在伊里娜的家里碰见一个穿着英国军官制服的人，衔着一只烟斗，青烟缭绕着他的面孔，使人难以记起或认识他就是格里顿先生。在萨木金的记忆中，他的脸是圆而且闪耀着健康色的；现在它是皱的，下巴低垂着，鼻子更大了，皮肤是枯萎的茶色的，从前炯炯的眼睛现在燃着一种疲乏的、淡漠的、勉强的笑意。他摆着将军架子，谈话也不装腔作势。看那雄赳赳的模样萨木金以为这人在战前无疑地是一个军官。那英国人看着他微笑，但是并不走近他，好像期待着这俄国人先走过去。

"你记得我吗？"他威严地质问，露出一排坚固紧密的牙齿中的两个白金镶牙。在势必谈论天气、健康和战争之后，他的声音为某种理由降

---

[1]（Satan）魔王，按犹太经典，彼尝为天使长，因抗命被逐出天堂云。

低了,他提出了萨木金所等待着的问题:

"那么始终不曾发现谋杀马利娜女士的人吗?拙劣的警务。我们的苏格兰巡捕是可以把它找出来的——没有问题。她是一个出色的俄罗斯妇人。"他称赞:"有点——怎么说呢?太过富于没有实际重要性的知识,但是她的精神仍然是十分切实的。从前我常常觉察这一点。俄罗斯人似乎畏忌实践。他们掩藏实际性,而用宗教、哲学和伦理来装饰它——"

他现在高声谈论着,尽力把俄语的音节说得清楚明白,发表着他的意见,那自负的神气好像相信聚在这房间里的各色人等,连那些中国的偶人在内,都从不曾听见过一个真正欧洲人的演说似的。

"就在最近我读了一本最有趣的书——《经济生活的哲学》。一种奇特怪诞的企图,想要以神学的方式说明马克思的理论。在大不列颠正常的人是绝不浪费他的幽默之词在这种题目上的。德国人或许喜欢这种使唯物论神学化的工作——德国人和俄国人同样是无理性的——但是这哲学的习惯并不会阻碍他们又来黑夜盗窃法兰西。他们有他们的康德和黑格尔,但是和他们最亲近的是菲希特、斯丁那尔和尼采的哲学。他们牢记在心里:实际活动是一种生存斗争,为生活的自由而斗争。"

"一个极端的欧洲人,"庇里尼可夫敬畏地小声秘密对伊里娜说,"地理的和思想的极端。"

"我并不打算夸张英国在过去欧洲历史上的劳绩,但是现在我敢断言:倘若英国在此次战争中不加入法国方面,那么德国早已打破、劫掠了她——而你们的国家也同样完事了。"

到号召晚餐的时候他才停止了他的伟论,但是一小会儿之后,在餐桌上,他的高调又唱起来了,说出一些容易记忆的成语。

宾客们一致肃静地听着他说。萨木金以为这是出于尊重同盟国的来宾。这家伙狠激怒了他,他决定打破他的置身争论之外的习惯,想寻找一个适当的机会,用适当的方式来反驳格里顿。

伊里娜突然说道,带着大胆的嘲讽:

"请你不要生气,格里顿先生,但是你当然知道英国是并不很使人欢喜的,而且理当如此。一百〇二年之前,你们的军队在滑铁卢终于扑灭了法兰西革命的火焰。你们夸耀着你们阻止欧洲变为联邦的这种暧昧的劳绩。因为我相信组织这种联邦确是拿破仑的目的。近百年来,你们,'人类贵族',中庸的民族,顽固的伪善者,超然漠不关心欧洲的命运。你们,自鸣得意的骗子,已经使许多民族成为奴隶,据说每个英国人有五个印度人替他工作——且不说他们奴役着的别的民族吧。"

萨木金惊异地听着,看着伊里娜的脸上的表情,它已经在脂粉之下变为紫色,显出一层白粉。她的颈项也红涨了;这充血显然使她窒息了,因为她敏感地扯动着她的头,而且用她的戴着亮晶晶的指环的手指把夹糖钳子扳开又扳开。萨木金记不起从前曾否看见过她这样苦恼,这样激动。坐在她旁边,他蜷伏在椅子里,把头缩进肩膀里,质问他自己道:

"这怎样了结呢?"

了结在沉默之中。格里顿,正在要点燃纸烟,质问地用眼睛轮流观察那些面孔,显然期待着有人来回答伊里娜。但是伊里娜,把眼睛约略皱起,尖锐化了她的表情,继续说道:

"有一次我遇见一个阿拉伯学者,他说,'一个英国人在欧洲是一匹狐狸;在殖民地他是一只没有适当名称的野兽'。你们把德国人看作强盗和野人。但是你们的政府帮助普鲁士打败法兰西,反对奥地利,援助俾斯麦。所以,我们不要谈政治吧,免得吵架。"她了结了,疲倦地叹了一口气。

在椅子里一摇摆,格里顿大笑了。庇里尼可夫用惊惶的眼睛瞅着伊里娜。其余的人们——大约半打——都坐待着。

"是的,"那女优说,长叹了,"什么人在什么地方做了些什么事,忽然就打起仗来了。你知道,似乎毫无理论的余地似的。各个人,各个地方，都在争论着各样事，而且各个人都各自互相仇恨。"

萨木金吓昏了似的静听着这些忧郁的话。不时斜眼窥看伊里娜的粉脸，他悬想道：这乐剧的歌女，她并未变为卖淫妇，不过是因为那老人选中她，养活她而已，格里顿的矜夸怎样会伤她的心呢？他，萨木金，曾经随意吻她，从来不曾听见过她的政治意见，除了那些逸话和闲扯谈而外。他自来很相信他的观察力之高超，观察之正确，品评人物之切当。对于伊里娜他已经忽略了某种性质了，这一觉察使他很不快活。以为她的头脑贫弱，他或许对于她太过坦白了吧。看着格里顿先生用一种特制的羹匙似的小巧东西挖去烟斗里的残灰，他听见他的发音清楚的一派官话：

"严格地说，引起这战争的是你们俄罗斯人。倘若在谈判中你们不发脾气——"

这"人类贵族"的代表的语汇对于萨木金毫无趣味。格里顿是一个陌生者，一个偶然的宾客。倘若当他变为俄国主人之一的时候，他的演说是会得到重视的。在此地必须加以思考的是萨木金对于伊里娜的态度。或许他不必和她破裂吧？他们的联合有着不可否认的利益，继续扩大了确是于他有用的人们的交游范围。伊里娜似乎也是能够进攻和防守的。

四

自由参加着各种集会，萨木金从混乱的言语中拾取他认为最有意义的词句，觉得那些词句正在他的心里自行组织为某种和谐而强固的东西。他看见前线的惨淡事件正在使人们更加摇惑惊恐；男男女女更加明白表示他们的怯懦和恣肆，他们的犬儒主义，以及他们在事变影响之下的毫无能为。他觉得他自己在他们之中还是一个撒旦，但是一个愿意而且能够帮助他们生活的撒旦。照常谨言慎行，他以他平素的灵敏选择着流行的言辞，机警地在适当时机发表他自己的议论，和以教授式的干脆提供意见。

"现在并不是开拓思想的时候。我们目前必须在正确的、客观的原则之下把思想构成体系。当然，我们必须避免使思想庸俗化的危机。我们全都一致承认改革政治的必要。这已经很够了。但是环境要求着更困难的事——联合。因为大势所趋，我们不能不有所淘汰而只择取能够使我们联合的观念。"

这种议论满足了——安慰了那些自以为他们的言辞应该被尊重为确有益于世道人心的人们的焦躁。偶尔有人问他：

"这种联合实现在什么情况之中，怎样实现？"

"这确是需要我们研究的问题。"他回答，而且倘若他看见那问话者不满足，他就看看他的表，走掉了。

在一次集会上，一个高大的男人，灰胡子鬈成许多贴紧的小连环，开始反驳他。亮蓝眼睛在紧皱着的浓眉之下闪出严峻的光辉。他穿着胡乱杂凑成的服装，既太短也太紧——黑条纹的棕色裤子，格子花的灰上衣，蓝缎背心。这人的滑稽模样和庄重神气是引人注目的。

"注意，"他开始，"你随时都在谈论知识分子之中的联合，但是我们要和什么人联合呢？例如，现在有布尔什维克派和孟什维克派，前者追随列宁，后者追随普列汉诺夫和马尔托夫。那么你是跟谁联合的呢？"

觉察危险，萨木金考虑着他的回答。他看见他必须回答的不但是这鬈胡子男人，而且还有三四十个人，都拥挤在这富丽堂皇的房间里，四面罗列着桃花心木的写字台，中央是一张长桌。他不慌不忙地点燃一支烟，然后说道：

"据我看来，这问题的根本发生于国际主义和民族主义的对立。你们全都知道德国社会民主党已经由于投票赞成战时公债而委屈了国际社会主义，樊得文委屈得更甚，甚至在这以前维维安尼、米勒朗、白利安这些社会主义者的行为就已显示何等孱弱无力了，同时可鄙的伸缩性是这些社会主义者的伦理学。"

法庭的经验早已训练萨木金规避危险。他的博学多闻是足以使他因时制宜引申任何名词的。而且,他很知道人们对于他们所炫耀的思想和词语是并不明了的——他知道这个因为他常觉得他自己也是这样不明了的。因此他规避解释这种伦理学的妥协性是社会主义者的性质呢或是他的学说。

"在谈论国际主义之前,我们必须认清楚什么是'民族'。试看英国。英国人比别的任何国人都具有更明白的民族观念。他们是一个血统的民族,由于这血族的统一而固结为独立的强国,压迫着数万万异族替他们做工。因此,无疑的,社会主义最难生根发芽于英格兰。英国有费边社会主义者们,但是人不必去研究他们。这名词起源于一个罗马将军费边士——以迟钝、缓慢、保守而著名,让别的将军们先去战斗罗马的敌人,等到敌人削弱之后他自己才进攻。英国在十九世纪初期就已采取这种方法。"

那髯胡子看着他转移听众的注意,咕噜道:

"我真不明白你为什么要告诉我们这一切。"

那亮蓝眼睛的注视激怒了萨木金。它们的亮光好像炽燃的煤炭的蓝焰似的,而且一个轻蔑的微笑似乎埋伏在这人的胡子中间。

"美国还不是一个民族,"他继续申述他的论旨,"它们是机械地联合着的,但是也并不是英吉利人、日耳曼人、犹太人、意大利人、斯拉夫人的一种混合物。美国和俄国有许多共同之点,但是,作为一个国家,俄国更不统一,甚至分裂得更厉害。美国人民绝对多数是欧洲种族,除了黑人而外。我国的人民却包括五十七个种族,彼此无法联合。波兰人不了解乔治亚人,乌克兰人不了解巴士克人或克吉士人,鞑靼人不理解莫狄文人,等等。世界上没有一个国家像我国似的急需一种文化的中心权威,一种适应各方的精神势力的了——"

"现在我明白了。"那髯胡子说,慢慢地从椅子上站起来。他从他的

衣袋里拿出一顶揉皱了的遮阳帽,把它在膝头上拍拍,恼怒地说道:
"走吧,马太。"
一个矮胖男人站起来,他有一张沉静的圆脸和一顶乱头发,穿着黑色工衣和长筒皮靴。当他走过萨木金面前的时候,他大声嚷道:
"你知道得太多了,以至——"
"——以至听着使人羞耻。"鬈胡子补足了那一句话。
"是——是的,你知道得这样多,但你理解得这样少。"那穿黑工衣的人又说,然后他俩向门道走去,用脚顿着细工镶木地板好像马似的。
"你们应该听我说完呀。"萨木金对着他们的背后叫喊。
马太回答:
"我们听够了——我们早已经读过了。"
"我知道他们。"姜黄头发的阿拉比也夫少尉咕噜,威吓地,用手杖敲敲地板。一个小白十字架在他的卡其布衣服上发闪;他的新肩章也是亮的,与他的金牙齿和皮带上的铜扣子一样亮。他的全身似乎因为这些金属光彩而活跃着,甚至他的声音也是铿锵的。他站起来,用劲倚靠在手杖上,摸摸他的黄铜色的长胡子。他谴责地说道:"他们是从维堡方面来的工人——他们,是那里的布尔什维克,鬼东西。"
"我们必不可以激动工人们。"马利亚·伊凡诺夫娜·阿里可伐插嘴,和平地,但是坚定地。
"什么?不要激动他们?真是吗?"阿拉比也夫叫喊,用眼光扫射听众,好像要先认定谁是胆敢反对他的人似的,"我们应该派他们到前线去,做冲锋队。那是我们必须做的。叫他们面对子弹。这是他们所需要的。我们已经有着足够感伤的,足够软弱的,滥污的自由主义,玩弄着足够的名词和术语。名词和术语并不能驯服野猫。"
"叫喊有什么用呢?"爱看戏和下棋的律师维希纳可夫质问,悲哀地摇摇他的光秃的脑壳,而且沉重地叹息,"叫喊已经太迟了。"他回答他自己,敞开他的双手,"各样东西都正在崩碎——各样东西。克里·伊凡诺维奇很明智地指出俄罗斯是一只土锅,正在煮着我们,但是永远煮不成什么东西,全是些各不相容的——"

"也像泥脚的巨人。"阿里可伐叫喊,好像给某种吓人的新奇事物起了一个名字。三位太太同声赞成她,第四个显然恐慌地问道:

"俄罗斯将来在共和政治之下好像什么呢?是不是那些巴里亚人、卡尔莫克人和别的蛮族都有权娶俄罗斯女人了呢?"她是一个冗长的女人,稀瘦的脸结束在一只可笑的尖下巴上。一架夹鼻眼镜颤巍巍地停在她的软骨似的鼻梁上。她的胸上闪出一面从前斯莫尼学院学生的贵族徽章。

十多个人同时爆发了议论。阿拉比也夫叫得最凶。他好像坐在针毡上似的辗转不安,用手杖戳着地板,抓住椅子乱摇,好像捉着反对者的头发似的。而且他通身闪耀着金属的光泽。

"荒谬的幻想,石硬派。"他叫喊。

一个穿俄国旧式长袍的胖男人,用双手捧着肚子,发出一阵肥腻的嗡嗡的低音:

"一个穿树皮和麦秆鞋子的国家自告奋勇去打穿铁甲的敌人。这是奇妙的思想,是不是?单为这一点我们就该推翻政府,虽然我并不是自由主义者。那些愚蠢的傻子应该先替农民建筑石房子,盖铁屋顶——然后我们才能打算战争——"

阿拉比也夫的尖声浮在这吵闹之上:

"我并不是商人。我是贵族。但是我知道——我们的商人们已经证明他们自己充分能够继承贵族的文化、贵族政治的传统。商人们已经在提倡艺术,收集艺术品,出版美好的书籍,建造壮观的住宅——"

"好,我不知道。科米亚可夫为了几尺土地硬要敲诈莫斯科市政府二十万。"有人叫喊。

"请你不要用这些琐碎的批评妨害我演说。"阿拉比也夫疯狂地咆哮。觉得有发生纷扰的可能,人们都降低声音,使阿拉比也夫更沉静

些,发表着他的意见:

"社会主义,在它的根本原则上,是一种压制个性的陈旧的、野蛮的形式。"他叫嚣,声音更高,而且摇晃着他的头发,以至那些粗直的头发落在耳上和腮上,使他的前额显成三角形,那脸似乎更瘦削了,他的嘴唇是颤动的,他的下巴在发抖。萨木金觉得这瘦小的形体好像玩偶似的有趣。

"社会主义的原则是权利均等。这就是说必须把一切人看作是同等能力的,然而我们知道欧洲文明的全部过程是以能力的差异为基础的。我也欢迎社会主义,倘若它能够人道化——组织——那些朴野、懒惰、贪婪的异端者,我们的农民,但是我不相信社会主义能够适用于农业国家,尤其是俄罗斯。"

看见这人已经安然接替了他萨木金的地位,萨木金走掉了。他觉得他离开集会常常是正当其时的,他的离开必然会使听众们可惜,怀疑这人还没有把他的主要观念显示给他们就走掉了吧。他相信他在别人眼里的地位正在继续改善——人们更注意看他,更留心听他的话。这相信,虽然使他觉得骄傲,同时也使他更加不安:把握着"主要观念"在他是根本的事,然而它还不曾从他的多样经验中体现出来。他越来越确信这是很困难的:要迫使大堆原料产生一贯的要义,给予它一种新颖的形式,在别人之前显现为一种新发明的作者,使这国家的一切前进势力联合一致。

近来杜洛诺夫,衣冠不整,也不理发修脸,而且照常半醉着,曾经向他发牢骚:

"我的合股的同事们揩去了我——二十七万八千。诺加次夫是一个天生的骗子——你对于他能够期望什么呢?但是我可惜左沙洛夫和波坡夫——他们是好家伙——正当的乖觉儿,你知道。左沙洛夫的生活是模仿梭洛古卜的——他的生活是由'我自己的游戏法则'统治着的。波坡夫是一只水母,一个不幸的赌徒,但是一只令人同情的狗。真糟。我不知道怎么办。你必定是有一种分明可行的终极目标的。而我没有。钱？我已经有钱。钱跌价了。现在卢布的价值是四十三个戈比克。无论如何，在我看来，钱并不是什么目标。倘若我有陶西亚，我要用黄金包裹她，用钻石镶她……让你看个饱！"

"她是布尔什维克吗？"萨木金问。

"好像是的。"杜洛诺夫回答，准备喝酒了。在他的上衣的内里的袋子，就是可敬的人物藏手折的处所，杜洛诺夫拿出一只扁平的玻璃瓶，瓶上套着银丝网，瓶里装着一种特别珍贵的白兰地。小心地从瓶颈上旋开那杯子，他咕噜道：

"台格尔斯基赠送我这瓶子。报纸谎话他是自杀的。一个月以前科台安次夫的兄弟，一个军官，告诉我说台格尔斯基在前线什么地方死于一件意外事故之中。他是一个有趣的人。他结算出我们的贵族政治和行政机构的代价，法兰西共和国的代价，而且发现那差额是轻微的。因此，法郎在卢布之后并不远。"

"我要告诉他吗？"萨木金问他自己，"然而，我为什么要告诉他呢？"第二个问题取消了第一个，而且从此安东·台格尔斯基就从萨木金的记忆中褪色淡忘了。

五

他们每次会见，杜洛诺夫都显示给萨木金许多细小的珍贵新闻，这是他从动乱的人群深处挖取来的。他把它们从他的矮胖的形体上震摇出来，好像许多尘垢似的，但是这些琐碎的胡说之中几乎往往有萨木金认为珍贵的东西。

"陶西亚介绍一个人来给我。他是奥得赛大学的法律学生，在第三年级因为不缴学费被开除了。他做过码头夫，在啤酒厂里塞过瓶子，而且在俄加可夫附近捕过鱼。他是聪明而快活的。我叫他做我的秘书。"

用右手拍拍他的小酒瓶，沉思地用一个手指搔搔眉毛，他继续说道：

"现在，他是染透了的羊毛似的布尔什维克。他有一种目的——内战，攻打资产阶级，造成一次社会革命，按照着这名词的十足的充分意义——就是这样的。"

"你是说你相信有这样的可能性吗？"萨木金问，冷淡地。

"我吗？我相信人们。不是一般的人们。而是像这康托尼斯托夫似的人们。我并不常会见布尔什维克们。但是他们是不含糊的，老朋友。工人们正在激动。有几次罢工已经提出反战的口号，顿河的矿工曾经和警察战斗。农民都厌恶战斗。逃兵一天比一天更多。布尔什维克有许多群众。"

他大声长叹，突然站起来，恼怒地说道：

"你总是盘问我，克里·伊凡诺维奇。关于这些事情你是比我知道得更多的。那么你为什么盘问我呢？我确是知道我是怎样的一个傻子的。请你帮助我明白为什么我是这样一个傻子吧。"

"你醉了。"萨木金告诉他。

杜洛诺夫恼怒了，努着嘴唇，走掉了。萨木金鼓起怒目瞪着他的背影。他简直摔了一支纸烟在那家伙后面。

"那卡尔拉莫夫也一定是布尔什维克。"他想，而且记起了科台安次夫，这人最近在某日报的编辑室里的集会上曾经大声嚷道：

"圣西蒙早已预言过银行家们将要统治世界。在各国之内，各个银行家将要把他的全部资金归入一只袋；然后他们将要把他们的一切资金放进各国的一只袋里；然后他们联合把一切国家和一切民族的集中的资金放进一只袋里，然后他们就会用仁爱的方法组织全世界生产和消费，按照最严格最神圣的公道法则——如某些很聪明的德国人所规划的，当然不是说卡尔·马克思这一类疯狂梦想家。那么，我们害怕什么呢？镇静地等待着那些银行家的有力的活动的济世利民的结果，银行家的改良政策，不是更聪明吗？害怕银行家们会把我们的衬衣和短裤都剥了去，这是孩子气的。当然他们会的——但是不过是暂时——不过为了集中，为了独占。之后，他们就要把我们组织起来制造——鞋子、衣服、面包和酒类——他们就要给我们衣服和鞋袜，解除我们的饥渴。那么，我们为什么要关心什么海峡，关心于把巴尔干各国变为俄罗斯的省区呢？为什么？"

  在这种粗糙的滑稽词令之中，萨木金觉得有着健康的元素，但是他并不留意那滑稽，只感到那讽刺的烦恼。他尤其敌视科台安次夫或卡尔拉莫夫这一类人。对于他，他们是奇怪的生物，嬉皮笑脸的捣乱者，在他们的玩笑话之下隐藏着一种虚无主义的破坏热情。卡尔拉莫夫装出认真爱好反革命文学的样子，假意赞颂里昂提夫、卡提可夫和波比多诺兹次夫。科台安次夫却表演着一种尽力想用荒谬理论来使人好笑的奇怪角色，但是他常常把最严肃的思想穿在可笑的废话冗谈的服装里面。他，和卡尔拉莫夫一样，是一个"失败主义者"，反对战争，漠不关心他的国家的命运——这命运现在正在各方前线上争衡着。

第二十六章

一

充满着报纸的吵嚷,各种集会的热烈争论,前线传来的恶劣消息,皇后企图秘密对德国议和的谣言,时间正在疾驰猛进;日日夜夜飞快地过去了;"祖国""俄罗斯""我们的国家"这些名词重重复复地说了又说。街上的人们走得更快,更慌张,更多交谈,更容易互相认识——而且这一切都很感动克里·伊凡诺维奇·萨木金,使他觉得新异,他分明记得这种异常激动初次袭击着他的情形。

他在伊里娜家住了一夜。她喝了一些酒,很啰唆,很任性。她已经使他精疲力竭。他睡得很少,而且不好;很早醒来并且痛,于是决定回家。

这城市的街道和广场是早已用作练兵场了的,而且各处都在喊口令:

"立正!"

这口令是从幼年以来就流连在他的记忆里面了的,那时,在省城的宁静中,它响得确定而且决断,虽然是来自远方——来自郊野。现在在这支配着全国兵力和一亿五千万人的生活的首都里,这口令却响得可厌、可怜,有时简直是颓唐而且无聊,好像一种失望的祈求或哭喊。

萨木金,听着这口令,怀疑地摇摇头,而且停住。他看见他前面有一队穿着破旧制服的小兵缓步走过铺石街道。其中许多人还穿着普通衣服。他们走得好像是不情愿,好像不相信因为要去杀人就必须用劲重踏过铺石路或木板路。

"左!左!"一个高大兵士沙声高叫。他有一个十字架在他的胸襟上,戴着袖章。他是跛的,用一根粗木棍支持着他自己。伍行里的小人们的各种脸相都显出同样愁苦的表情,他们的各色眼睛都显出一致空洞的神气。

"立正!"的口令疲敝了军官们,对着这样活着然而迟缓无力的一群人;在萨木金看来他们似乎是抽去了空气的橡皮球似的瘪而且皱。潮湿的、破云散乱的天宇虚悬在街道上、广场上。憔悴的太阳,散布着黯然的闪光,展开在那些暗云后面的远处。

"立正!"军官们在喊口令。

城市已经醒起而且纷扰着。工人们正在拆除一座未完成的家宅的建筑架。一个救火队正在工作回来的途中。湿淋淋的、瑟缩的消防队员呆看着正在被训练在地上肩挨肩走路的兵士们。从转角上来了一个军官,骑在一匹花斑马上。在他后面爬行着一些小钢炮,铿铿锵锵地,横切过救火队的去路。戴钢盔的军队通过了。一小群穿着各式服装的人们走过了,领导者是一个抬着神像的黑胡子教士,在他旁边的一个青年掮了一根悬着国旗的旗杆,好像一支来复枪似的。

萨木金站在旁道上,吸着烟,觉得这一切活动与其说是使他沮丧,不如说是使他惶惑——使他惶惑而且悲凉。那戴着十字架和袖章的高大兵士用无力的声音命令：

"休息——吸烟去——"

跛行着，用木棍戳着地面，他走到旁道上，坐在石阶上，然后从衣袋里拿出一张报纸，把脸藏在它后面。萨木金觉得那兵士旁瞬了一下，似乎想要招呼他，而又迟疑着。

"训练他们？"他问。那兵士勉强地从报纸上面看看他，低声答道：

"是的。马马虎虎。但是在一个月内不能造成一名兵士——你自己看见的。"

萨木金走了。此后他每遇见操兵就停住几分钟看看，听听旁观者的议论，听听像他自己似的别人的话。议论都是讽刺的，忧愁的，恼怒的，愤恨的。

"吓，这些小钢炮——"

"我想，大的都已消灭了吧。"

"像这样的英雄们恐怕不能打德国人吧。"

而且有一个女人叹息：

"唉，天呀，这要到什么时候才完结呢？"

越来越清楚，越来越确定，萨木金的观察自然显现出这简单的结论：

"街上的人都以怀疑的心理看待军队——兵士。这国家显然已经竭尽了她的精粹的人力了。人们都厌恶战争——必须设法结束它。"

皇后企图对德军单独媾和的谣言证实了他的结论，这结论甚至是由完全不同的一类事实加强了的。壮丁的数额显然缺少，尤其为在全城各广场中顿脚的这些新兵所表明。统率大群矮小男人的是一些曾在前线服务过的军官们，残废的，受伤的，被炮火震坏神经的。他们板着面孔，歇斯底里地叫喊。他们的部众的顽劣，阗茸，激怒他们到痛苦的程度；他们咬牙臭骂，侧目偷看旁观的群众，萨木金得到一种印象：他们或许是已经以鞭鞑无力的兵士为乐的了。而他的同情是在这些残废而疲敝的士官方面的。

"军队中的知识分子,"他想,"知识分子组织群众——保卫国家。"

记忆显示了台格尔斯基死的光景,维来敏诺夫的分明的姿势——他在他的长官之前把他的佩剑放在桌子上的姿势。

后来萨木金不用离开他的家宅就能看见练兵了——因为他们就在他的窗子底下操演。一打开窗子他就能听见:

"立正!……喂,你麻脸的人。提起肚皮。你是干什么?有了双胎了吗?……你的脚尖,混蛋!你没有听见吗?脚跟靠拢,脚尖张开!你——你鬼孙子,你是怎样站着的?你为什么一只肩头高一只肩头低呢?你们这些傻子?你们这些无聊的白痴!……立正!眼睛看前面!开步走!一,二——一,二——左——左……立定!你们这些生错了的鬼东西——我有什么办法呢?有什么办法呢?"

主持操练的是一个高大兵士,肥头大脸,塌鼻子,红胡子,右眼上有一条黑膏药。大约有两点钟之久,他训练他们走路,然后,休息片刻,又教他们刺枪。在萨木金寓所对过的庭院里伸出来的木架上悬挂了一个大草包。兵士们轮流叫喊着"前进",跳到草包前面,对准它用枪刺戳去。这光景是无聊而又可笑的。萨木金,曾经时常听说德国炮队的威力和射击的猛烈,他自己就不能想象一个拿着刺刀的兵士能够达到敌人前面。用草包来教练战斗他觉得是可耻而且荒谬的。他相信他对这些愚蠢操法的意见是爬在窗口上观操的那些居民所一致赞同的。

在一个秋日的休息时间,在夜雨初晴之后,各处都是一片寂静,街上忽然响起二弦琴的铮铮,接着是一阵温和的欢笑。萨木金走到窗前,向外瞻望。十多个兵士密集在一只灯柱周围,和着二弦琴唱歌,奏琴者是一个鬈发青年男子,黑得好像吉卜赛人似的,穿着卡其布制服和透亮的长筒靴,秀丽而且活泼。他用低调唱歌,所以在二弦琴铮铮声中、脚踏声中和抑压的笑声中,很难听出那欢乐的舞曲的词句。然而,萨木金紧张了耳朵,终于听出了一节:

长官，请你告诉我，
军士与恶狗有什么区别？

"哈啦！"一个听众叫喊，简直顿脚了。那些新兵沉静地暗笑着，看看周围。在他们的低抑的笑声中爆发了欢喜的词句：

我们能够一个跟一个闹着玩——
但是我们一个也不能逃走呀——

萨木金勃然大怒。

"这家伙应该吃耳光。"他断定。已经到他去法庭的时候了。他穿好衣服，收拾了公文皮箧，一两分钟之后，他站在那青年前面。吃了一惊，怒气全消。这孩子的黑脸上的一双亮晶晶的蓝眼睛是怪相熟的。这青年把二弦琴横靠在他的颈上。再挨近些，他是更小、更瘦了的。和那些兵士一样，他睁大眼睛疑问地瞅着萨木金。

"我可以问你你为什么穿制服吗？"萨木金质问，苛刻地。那孩子响亮地答道：

"我是志愿兵——属于音乐队。"

"哦，我看。你叫什么名字？"

"斯庇伐克——阿开底。"那孩子说。他皱起眉头，反问道："你为什么要打听我是谁呢？你有什么权力盘问我呢？你是联合会的吗？"

"是的。"萨木金机械地回答，"我是联合会的。你的母亲是伊立沙弗它·勒孚夫娜吗？"

"是的。"

"她在这里吗？"

"她死了。你认识她吗？"那孩子温和地问。

"我认识。"萨木金说。再走近他，他低声说道："我已经听见你唱的歌。你真是冒险呀。"

"我冒险?"阿开底快活地高声问。他开始弹他的二弦琴。萨木金觉得那些兵士的眼睛里有一种不友谊的表情,好像讨厌他似的。其中两个特别紧张地瞅着他——一个厚嘴唇大眼睛的矮胖家伙和一个红胡子的光头男人;还有一个站在他旁边,穿着蓝工衣,脸孔好像犹太人,旋起眼睛而且咬着嘴唇。萨木金用手指摸摸帽檐,走掉了。一个声音追随在他后面:

"一个没有佩剑的军官——不过有些铜牌和钻孔的东西——噢,我说的!"

接着这嘲骂而来的是几句低声私语。

"他不过十六岁。眼睛像他的母亲的。漂亮少年。"萨木金想,尽力要镇压住一种热辣辣的感觉。

"使我扰乱的是什么呢?"他反省,"为什么我不把我应该说的话告诉那孩子呢?当然,他是由失败主义者们、布尔什维克们,诱骗出来的。或许他也是由于个人情感所主导——为他的母亲复仇吧。季明瓦特会议的口号——把对外敌的战争变为国内的内战——是正在实行着了。这是出卖国家,毁灭国家。是的,确是如此。这少年还是半个小孩。他不算什么。成人是不干这种事的。那些歌词却是有关系的。我必须干什么呢?我能够干什么呢?"

他并不想找出这问题的答案,觉得答案必须继之以行动,而对于那种行动他并无力量。他加快脚步,转了一个弯。

"生活是何等无意义呀。"他对他自己叫喊。这一怒吼澄静了他自己。他一再想象阿开底在兵士群中高兴地微笑着的光景。他忽然记起:"那穿蓝工衣的脸上有雀斑的家伙——他是从莫斯科来的。他的名字是什么呢?那锡匠的学徒吧?是的,当然,就是那家伙。难道我又要重逢我所见过的每一个人吗?这一切会晤是什么意义呢?这些人是稀奇得像天上的大星似的呢,或是像小星似的多到无数呢?"他欣然回想到他曾经把思想和印象结束在其中的那几句话。他的进路被一小群人阻住,这些人占据了旁道的全面。像别的行人一样,萨木金走过街道去绕开那人群,并且站住听听:

"我们是从加里西亚退回来的。沿途随时随地都在焚烧粮食——面粉、小麦、给养站、村庄——全都火焰弥漫。在田野里我们无休止地践踏着谷类。天呀!这样毁灭生活的原因是什么呢?"

萨木金踮起脚尖,伸长颈子从人头上面看看。靠在墙上的是一个高大兵士,头上扎着绷带,臂下挟着一条拐棍;他旁边站着一个矮胖的女护士,她的白色大脸上戴着一副黑眼镜。她是沉默的,用她的手帕角揩着她的嘴唇。

"各位,"那兵士请求,用手拉开衣领,露出他的喉结,"我们必须研究这毁灭的原因。我们必须明白它的原因。战争——什么意义呢?"

萨木金急忙走开,想着倘若因为战争而受到这样那样痛苦的人们全都看见了布尔什维克们所指示给他们的那原因所在——

"在二十世纪中,普加乔夫式的叛乱是不会发生的,甚至在像我们这样的农业国家里。但是我们应该常常准备对付更坏的事,赶快集结全国一切进步的力量。俄国并不需要一次革命。她需要种种改良。革命只能看作一种病症,社会机体的炎症——看英国吧,这代议政治和社会协调的发源地,并未革命就强大起来,征服了半个世界。这些并不是新思想,然而往往被人忘记。英国自由主义在过去两世纪间在欧洲历史上的任务——我必须作这样一篇论文发表在报纸上。"克里·伊凡诺维奇忽然警告他自己,"我好像是宪政民主党的下级党员似的。"

他认为他自己的生活经验其实早已经在别人所说的方式之中。当他还年轻的时候,他就已伤心而困恼于这事实,但是久已逐渐习惯于忽视这种言辞的伤害——他觉得它使他的真实思想庸俗化,阻碍这思想显现在与众不同的光辉的新形式之中。在不知不觉之中他已经使他自己相信当时势必须的时候,他将要容易地剥去他的全部经验和思想上的一切别人的言辞的外衣。现在觉得已经到了把他自己从掩藏着他的无可比拟的真实自我的这种束缚之下解放出来的时候了。

"我活了半世纪,并不是专为认识英国自由主义的成效呀。"他反省,带着冷酷的苦笑。他快步走着,相信在行进中思想来得更自由,也更容易被把握住。街道里不安宁地喧闹着。衣服不整洁的、吵嚷的妇女们围绕着食物店。在街角巷口上集聚着小群小群的人们,纷纷议论着,一个街车夫坐在车台上,皱着毛脸,正在看报,不时一瞥阴黑的天宇。各处都出现兵士。有些忙着到操场去;有些列队到车站去,他们的刺刀和乐队的铜鼓铜号闪出一片亮光。伤兵的行列延伸到远处,伴随着女看护们。

"倘若我要对我自己坦白无隐,我必须承认我自己是一个不好的'德谟克拉西'派。"萨木金反复冥想,"'德谟'原意是暴民。希腊人称它的政府为'民治政府'。民治就是治民。不会是别的什么。作为个人,我只能承认由上而下的贵族专政是唯一合法而自然的社会制度。"

在这一点上,萨木金已经发现了他自己的某物。在巡回法庭外面,他站住,皱眉俯视着里提尼大街。而且遥望涅瓦河之外,稀薄的、迟疑的烟云正在从工厂烟囱中升起来。

二

在法院的律师室里一个七嘴八舌的辩论正在沸腾。五六个律师已经把一个阔肩多须的男人挤进一个角里,而且对着他的脸叫喊:

"往下说呀。"

"是的,是的。"

"那是一种危险思想。"

从他的深厚的眉毛下面,在他的华美的大胡子上面,那大的蓝眼睛勉强地展开一个温和的微笑,他用一种近于最高音的高声负疚地说道:

"但是我不过是把它当作问题提出来,并未否定它。我觉得攻打有组织的敌人,如军团之类,似乎比对付社会革命党的游击战更容易些。"

那容貌动人的律师维希纳可夫,最重要的银行之一的法律顾问,威严地用中音说道:

"由于表明社会民主党人能够成为十分驯良的爱国者——德国人已经永远降低了马克思主义的国际原理——"

"然而,季明瓦特会议——"

"不过是一种搐动——"

一个戴烟灰色眼镜的老人,胖得好像面团似的,坐在房间角里的桌子前面。摸索着他的胳肢窝,好像正在从他的内衣袋里拿出缓慢的字句似的,他用鼻音说:

"加里诺·罕姆生的三部曲中的英雄,无政府主义者,尼采的信徒,易卜生的信徒,为了挪威国会的议席欣然舍弃了这一切。你知道,这里应该注重的是那观念,而不是事例。在法国,我的朋友,在法国,律师和法学者鞭打——"

"——而且知道怎样把观念打扮成妇人似的。"他的同伴说,这人有一管大鼻子,黑头发梳成果戈理的样式。他停止翻弄他的文件,把它们捏在手里,而且不理会那老人的议论,高声怒吼道:

"不。试想想看。十九世纪我们就已有过卡拉木辛、普希金、斯拍朗斯基。[1]在二十世纪中我们有加彭、阿塞夫、拉斯布丁。一个犹太的败类,已经毁灭了最强的党——你甚至可以说是全国的党,一个农民的败类,民间故事中的傻子,正在毁灭皇座——"

"好,不算傻——"

萨木金又在核阅着他预备出庭的案件,同时倾听着散乱的谈话,拣

---

[1] 卡拉木辛是俄国著名的历史学者;斯拍朗斯基是一个进步的大臣,曾经制定俄国法律。

取他认为合适的词句。他从未失去妒羡善于玩弄字眼者的能力，所以现在他责备他自己为何不曾思索过接连并列的加彭、阿塞夫、拉斯布丁。前两个可能有极其不同的多种解释。

那面团老人突然摘下眼镜，挥舞着它，吹吹鼻子。他叫喊：

"不！原恕我！倘若普列汉诺夫讥笑失败主义者，而考茨基和樊得文也如此，那么我说：剃掉那些失败主义者的头发。是的！剃掉一半，好像我们平常对待被判处苦役的刑事犯一样。这就可以使我——使各个人——能看见失败主义者——这种敌人。这是我说的！"

一阵大笑。老人更加歇斯底里地叫道：

"不！原恕我！这不是开玩笑的。这是保卫社会以防内奸的一种方法——"

"加西米尔·波格达诺维奇说得不错。那些人应该被烙印该隐的标志。"

"帝国议会中的布尔什维克分子已经被判罚到西伯利亚去做苦工——这满足了谁呢？"

"这不过是侵犯了帝国议会议员不可侵犯的原则。"

"昨天他们这样对待布尔什维克们，明天他们也要这样对待我们的。"

"记着维堡的抗议。"

"他们想要俄国失败，以便重演一八七一年的巴黎疯狂。"

"是的。当然，他们并不隐藏这个——"

"我们需要贵族政治的失败。"

"不是我们。是全俄罗斯的人民。"

"国际主义是丧失了祖国意识的人们的学说。"

服装整齐的人们逐渐增多。他们的整整一打现在围绕着桌子，叫嚣着。那老人把手展开在桌面上，像游泳似的挥动着，而且仰起他的紫涨的脸大叫道：

"我不是商人，我不是贵族，我是在各阶级之外的。我尽着重要的任务，在这还不懂得扩大人权的文化意义的国家里保障个人的权利。"

"社会革命是冒险家们的空想。"

"俄罗斯的冒险家们，俄罗斯的——"

"而且是犹太的。马克思是犹太人。"

"列宁是俄罗斯人。欧洲社会主义者并不梦想社会革命。"

这并不是第一次，萨木金听出了人们害怕社会革命的音调。在二十四点钟以前，他或许会否认被这害怕所感动的。他对于群众自来采取一种怀疑、轻视、敌对的态度。在青年时代他就已讨厌了关于不幸的、被践踏的、受苦的人们的书籍和言论。他一再发现示威和一般群众运动是无效果的。他不由自主地参加在一九〇五年的诸事件中曾经增强了他对于群众力量的怀疑。他久已把莫斯科暴动看作业余剧团的游艺节目。为了适应时代要求他当然涉猎过马克思、普列汉诺夫、列宁的著作。这涉猎是并无热诚也不肯多费劳力的。但是他断然不同意于用这新方法解释世界文化发展的历史哲学。不。历史的原动力绝不是阶级或盲目的群众，而是个人、英雄。英国的加赖尔比德国的犹太人马克思更接近真理。马克思主义不但缩小了，而且几乎打消了，个人在历史上的重要性。萨木金对于这问题的心理倾向是十分确定的：他的终身事业，如他所见，是发展在他自己之内的领袖的、英雄的诸性格——独立于现实生活的纷扰之外的英雄性格。

但是，六个月以来，现在，他已感觉一种惶惑不定，那理由是他所惮于寻求的。而且今天，在他的同事们的争吵之中，他恍然大悟，他的精神的账簿上记录着他所不能容忍的、敌对的一批新异的个人。阿开底、亚可夫、卡尔拉莫夫——是的，卡尔拉莫夫也显然是的。台格尔斯基或许是被压迫的群众的另一种卫护者——正如那乖僻角色刘托夫一样。还有马加洛夫、强盗伊诺可夫、坡阿可夫、陶西亚，以及别的一些人。最后，古图索夫这久已熟识的——压逼的、可憎的人。这些人全都相信社会革命的必然性。在工厂中宣传着它，主张用政治罢工来促成它，散播它的种子在军队里，梦想引起内战。

"历史是由英雄们造成的——勇敢者的疯狂——卡尔拉莫夫——"

他的对方的律师尼逢·耶莫洛夫走近他面前，一阵香气袭人。这人异常漂亮，光滑，面孔留心修饰得好像女人似的，玫瑰色双颊，淡红褐色眼睛里有一种倦怠的表情，一种柔和的微笑展开在翘起的上髭和尖形的灰色下髯之间。

"我的亲爱的克里·伊凡诺维奇，倘若你能够延缓我们的案件，那就是给我一个大恩惠了。我现在正在办理一个小案件，之后我还要去出席一个最重要的会议。我很感谢你。"

他伸出指甲修得光滑的手给萨木金。

萨木金并不急于要保障他的当事人的权利，欣然答应了。他把文件塞进皮箧里，回家去了。当他在法院里的时候，天气就已改变了。一阵温风，秋天的先驱，正在从海上吹来，把乌云赶到屋顶上面，好像急于要把它们推进里提尼大街的空隙里似的。打击着人们的胸部、面部和背部。行人们似乎并不注意它，互相疾走过去，消失在庭院里和门道里。萨木金走过三十多个囚犯前面，押解他们的狱卒们都拿着露刃的大刀。有一个囚犯，一个矮小的人倚着高跷似的拐杖跛行着，所以他就像蛇背似的。风奔忙着，哆嗦着，好像磨利了大刀的蓝色刀锋，而且悄声呼喊"立正！"

然后一个送殡行列进了街道。一位英雄将要被埋葬了。铜乐队奏着殡仪进行曲，黑色马匹和好像刚跳出池塘的青蛙似的绿衣兵士们缓慢地走着，棺车摆动流苏和饰穗。扶棺而行的是一个高大女人，木呆呆地走在棺后，完全罩在黑纱里面，黑纱飘拂在她周围。风正在要把这女人撕成碎片，把她飘到云端。行人急忙奔赴当日的各自目标，显出专心于所事的表情，并不注意那英雄的殡仪、囚犯，或别人。一列伤兵走来了，为首的是一个戴眼镜的胖大男人，萨木金从前曾经在什么地方见过他。

他的思想正在被卡尔拉莫夫牵引着。在他的记忆中轰响着卡尔拉莫夫解释布尔什维克政策给伊里娜的嘲讽的言辞：

"能够燃烧的就会燃烧，只要热到一定温度，只要氧气的供给充分。没有这两个条件，那就只有腐朽，没有燃烧。按照马克思的学说，工人阶级必须把腐朽过程转变为燃烧过程，烧遍世界。在我们的时代，工人和农民已经达到必要的温度。布尔什维克正在熟练地表演着氧气的作用。所以工人阶级是一定要燃烧起来的。"

"他并不是这种类型的唯一标本，这卡尔拉莫夫。这种诙谐者和讽刺家是与布尔什维克同族的。他或许是第一代的知识分子，像台格尔斯基似的。像杜洛诺夫似的。这种人没有传统。没有国家历史的联系，除了学校而外。无来历的人们。"他甚至回忆到狄来诺夫大臣不愿"厨役子女"进高等小学。他的思想的这一转折，出乎意料地刺痛，使他枉然惶惑了。他试行原谅他自己，当他打开他的寓所的门的时候：

"我并不因为二十世纪的这些虚无主义者突然袭击着我而惊恐失措。"然而，他的思想滑出了它自身的惰性，好像滚下山坡似的。

"罗马是由罗马人所教育的野蛮人毁灭了的。"

第十次，他记起了勃留索夫的关于正在袭来的匈奴人的诗，以及关于帝国议会中社会主义议员被判处苦役的或人的言语：

"五个人被判罚到西伯利亚，五百人将要认为这判决是对他们挑战。"

坐在写字台前面，一只手掌捧着头颅，萨木金看着他的纸烟的青烟缭绕在绿色台布上面，化为一股轻气。他的思想一个跟一个流动得好像这微妙的烟似的，以同等的速度消灭着，当另一套思想显现在它们之上的时候。

"你所需要的是一个纺锤，把种种思想纺成一条强固的粗细均匀的线吧——蜘蛛以一定的目的纺织它的网。"

这些不如意的思想潜伏着一种羞辱的谴责，暗示着生活的无意义。

萨木金赶快消灭了它们,好像吹熄一支火柴似的,然后回头再想那些突如其来的无来历的人们。

"加彭、阿塞夫、拉斯布丁。修道士伊里阿多。普洛托波坡夫据说是候补内政大臣。"

他想起了关于普洛托波坡夫的一切批评:他不懂政治,甚至识字不多,但是聪明,乖巧,圆滑,精悍——在精悍中有人看出他的不健康。一个乡下人,出身于辛伯斯基的小贵族。他有一所纺织厂,这是承继宪兵团将军西尔维托洛夫的,这将军曾经被波兰革命者坡得里夫斯基暗杀于巴黎。完全是一个莫名其妙的小人物。

"这国家显然已经耗尽她的健康的力量了。米留可夫的党是在十九世纪就累积起来的综合体,现在正在组织资产阶级。我要加入这一党吗?我愿意使我自己受制于它的纲领,服从那些政治家的指导,使我的个性消失在他们之中吗?"

他初次发生加入一个党派的观念。出乎意料地,而且加强了他的不安。

"许多党派现在被破灭了,好像我周围的别的各种事物一样。"他断定,狠心地把他的半节纸烟压熄在一只碟子里。

三

近来,在检阅他的思想的时候,他越来越觉得它们之中有着好像关于纺锤和蛛网那样清醒着实的观念。在这样的时间,他在他自己的心中所达到的崇高地位是不稳固的,而且要保持这地位他必须用行为来防卫它。他必须在人们面前证明他的无可争论的才能和权利。但是每当他参加集会的时候,他就觉得在别人的偏激言辞、热烈争论之中显现了那些人也有着同一焦躁不安,同一急于表示才能,同一缺乏自信。在立于党派之外的人们之中,在像他自己一样矜夸独立、以离开党派自豪、富有批评权利的人们之中,他看见了关于他自己的一切。这种人的数目正在日渐增多。有时他以为他们真是太多了,然而他却也容易相信在他们之中他是最完全的代表,最显著的代表。

杜洛诺夫有时伴随着他去参加那些集会。

照常微醉着,也照常准备更醉些,杜洛诺夫穿得阔绰然而不整齐,领带歪在左边,红头发是飞扬跋扈的,高颧骨的面孔是搐搦着的。他的情绪忽而高涨忽而低落。在过去一年中他变为更为不安,更为慌张,但是有时却十分消沉、颓唐。萨木金向来把他看作消息传达者,测度时事的一种工具,观察周遭生活的温度表。现在他发现杜洛诺夫逐渐失去这种特性,聚精会神在挣扎着要越过萨木金既看不见也不理解的某种障碍。总之,杜洛诺夫变得十分缄默自守了。在这种情调中,他是特别使人不快的,因为他总是怨恨地皱着眉头。

"想出神了?"萨木金问。

"不过是疲倦。"

然而,有时他却可以说是欢喜得可怕。滥说,滥笑,把自己装成小丑,用手指甲搔着他的背心纽扣,他倾倒出他所有的消息来了。

"不。试想想看,克里·伊凡诺维奇,"他快活地尖声叫喊,在房间里盘旋着,"我们的国家已经发生了这样的事了,首相计划出一种顶漂亮的报纸,由凯克布乞主编,联合里翁尼·安特列夫、科洛连科、高尔基。凯克布乞的酬金是十万,安特列夫的是六万,并不是以行数计算稿费。科洛连科和高尔基,各人每行一卢布。这是欧洲不曾有过的大价钱——轰动世界——有趣极了。"

然后,他说了一个奇怪的故事。一个非法的布尔什维克曾经在里翁尼·安特列夫家里躲了几天。这人曾经和他的主人争吵,而且安特列夫打了他一枪。杜洛诺夫立刻接着就报告一个与那故事毫不相干的消息:有些军官秘密访问拉斯布丁,谣传宫廷方面阴谋废除尼古拉沙皇,拥立米凯尔大公。

"他们应该请我去做皇帝。"他高兴地大叫。突然他胡乱歌唱着夏里宾的滑稽小曲:

> 我将要表示给他们怎样治理国家,
> 和怎么充裕国库——
> 我将要回答我的心的一切要求,
> 否则我为什么要做皇帝?

"为什么这样喜欢?"萨木金问。

"我不——知道。"杜洛诺夫承认,挤进手椅里,然后更镇静地、更沉思地说:"或许这不是喜欢,而是惶恐。你知道我是一个酒徒,一个真正没有一点好处的人。但是我并不蠢。这是使人伤心的,老朋友——并不愚蠢,而毫无好处。是的——好,你知道,当然,我看见过一切人物。有些玩政治,有些玩肮脏把戏。盗窃多得无数,当德国人来到的时候他们不会找出任何剩余的东西的。我并不可怜德国人。正应该这样对付他们。适当的惩罚。拿破仑的遭遇。但是我可怜俄罗斯。"

他从椅子里蹦起来,像一只皮球似的,倒酒在杯子里,自信地说道:

"我们要有一次大革命,克里·伊凡诺维奇。工人们的反战罢工已经开始了。你知道吗?食物缺乏。军队把面包都吃光了。我恐怕结局是欧洲各国自行媾和,而以我们为牺牲。它们曾把俄罗斯分割成碎片,剥食她的骨头上的血肉。"

把这意思又絮说了三分钟之后,杜洛诺夫邀请萨木金同他去出席一个会议,讨论组织所谓首相计划要出的报纸。萨木金拒绝了。那些几乎每天都有的集会,人们都在其中焦躁地发泄和消解他们的惊恐,已经使他厌倦了。

他看见这种惊恐的根源在于他们一致相信他们自己的政治远见,他们的预知大破坏的不可避免。他觉得这些集会的组织越来越随便。他尤其喜欢的是这些集会中的无党派分子继续增加了改良派政党的气焰；有革命倾向的人们也更加时常出现，当众演说。萨木金相信各政党正在崩碎，解体；同时正在改组过程之中。出现的人们之中有孟什维克派，杜洛诺夫称他们为"戈斯-里伯-邓"[1]，卡尔拉莫夫早已尊称他们为"德国正统派变节者的最良学徒"。也有宪政民主党，甚至十月党，如斯推拉托那夫和阿拉比也夫之流。普拉托诺夫教授也来了，藏在一个角落里；还有穿着灰色衣服的梅阿可丁和庇希可诺夫；还有《新时代》的圣人孟希可夫，咳嗽而且装病；以及别的许多著名人物。会场规定完全自由发表意见。外省律师哀得孚加托夫提出问题：俄国有过欧洲所谓民主政治吗？他用了三十分钟时间证明俄国并不曾有过这种民主政治。他是得到了一切人的注意倾听的。人觉得各个人都急于要说或要听某种镇定的、安心的言辞——发现某种历史的号召一切的呼声。在这些言辞的骚乱之中。萨木金的耳里轰响着那兵士的口令：

"立正！"

在安特列夫的家里的一次这样讨论留给他一种特别不快的记忆。

四

在窗子都面临着马尔斯[2]郊场的一个大房间里，聚集着许多人：有趣的妇女们，头发都披在耳朵上；穿着炫耀裁缝艺术的服装的漂亮青年男子们；相貌堂皇的律师们；作家们。这房间是并不舒服的——显出还未曾有人住过，还未曾装置家具的寝室的荒凉景象。萨木金坐在一面窗子底下。外面是秋夜，寂静得好像这家宅是在荒野中央，远离着

---

[1] "Cotz-liber-dans"是三个著名社会主义者的名字的混合。——英译者注
[2] (Mars) 战神。

城市似的。加深了这寂静的照常是一种风声：电线撞击着排水管的声音。

在陈设稀少的房间里人声响得不自然的高而且怒。人们都集合在桌子周围，但是这行线被破裂为两三个人一小群一小群。桌上立着一只气雾蒸腾的大茶炊，木炭气是显然的。正在倒茶的是一个黑发女人，有一张巨大的粗糙面孔。炭的酸气味似乎是由她而来的。

主人，穿着天鹅绒上衣，面孔漂亮而呆滞，雄赳赳地仰着头正在说话，一只手按住桌子，另一只不断地摸着耳后的长发。

"我不愿做曾经说谎而且继续说谎的金翅雀[1]，当敌人已经放火烧我们的家宅的时候，只有懦夫或狂人才能宣传国际的兄弟之谊。"

"但是宣传它的是无家者呀。"坐在桌子角上的一个碧眼金发的男人说，他好像是贴在那一幅黑色图画的沉重框子之下的墙上似的。

这作家站起来，放低他的浓眉，显然想要使他的面孔更活泼些。

"国家正在危急之中——这事实必须从早叫喊到晚。"他断言，然后说出善于措辞的有趣语句，"这国家的危险是因为群众不爱惜它，不愿意保卫它。我曾经巧妙地描写过他们，温和地叙说过他们，但是我不曾理会他们，现在才理解了一小点，当他们以漠不关心他们的国家的命运报答这国家的时候。"

"好胡说。"贴在墙上的男人鲁莽地抗议。他的话立刻被萨木金所认识的一个律师所淹没了，那律师质问：

"对于为爱俄罗斯这虐杀犹太人的国家而死在前线上的犹太人你有什么要说的？"

"我以为别样信仰和别一种族的人民保卫奴役他们的人们是不足奇

---

[1] 高尔基小说《说谎的金翅雀和爱真理的啄木鸟》。在这讽喻的故事中，金翅雀歌颂羽族同胞的希望和勇敢，但是啄木鸟证明它是一个说谎者，因为啄木鸟提出无可争论的证据，证明金翅雀所歌颂的飞行壮举不过是绕地一周仍然使它们回到它们出发的起点。

的。从前如此,现在如此,将来也要如此。"这作家郑重宣言。

"噢,请你不要预言。事实是犹太人为了把他看作仇敌族类的人而战斗。"

编辑伊也鲁沙里斯基,一个有成为胖子的趋势的大汉,苍白的脸上装着似乎正在生长着的胡子,加入辩论。

"当然我们必须叫喊。"他说,他的音调是呆钝而迟缓的,"我们开初叫喊'前进!'现在却叫喊'援助!'但是当我们只是叫嚷的时候,德国人将要捉住我们的颈背,猛推我们去反对我们的同盟国。或者那些同盟国将要对德议和而以我们为牺牲,说道,拿波兰去,拿乌克兰去,深入那些沼地去——但是不要触动我们。"

一个烂脸的矮胖男人,也是一个作家,扫清喉咙,咳嗽,用手掌把灰头发压在头顶上,说道:

"今年夏季会议就已主张单独对德议和了。"

讨论进行得缓慢而且无趣。有些人似乎谨慎,缄默,或许厌倦于把同一思想彼此互相重复的必要了。大多数却装出有趣于这著名作家的大声疾呼的演说,他征引他自己的作品里的话来支持他的思想的真实和深透,虽然他所征引的总是不适当的。

一个灰发的小老妇人正在低声说话给一个戴夹鼻眼镜而且头发披在耳上的高大女人。

"我的儿子里昂是很敏感的,"她告诉她,"他几夜不睡——他继续想呀,写呀,而且喝浓茶。"

虽然简短,但是屡次,黑色图画下面的角落里常有恼怒的、不客气的声调,讥刺的言辞;一个急躁的次中音像一条缎带似的自行展开。

"这真是可笑的,你知道,在你看来一亿五千万人的命运要以一个个人的行为而定,而这个人便是格里戈里·拉斯布丁——"

萨木金逐渐注意从暗角里传来的这种声音,听得越来越明白。然而,这回主人特别妨碍着他的倾听。主人放一片糖在他的很浓的茶里,自信地高声预言道：

"人们将要感觉他们自己是兄弟，只有当他们明白他们生存在大地上的悲剧，感觉他们在宇宙中的孤独的可怖，在他们的铁牢笼中窥见生活的莫测的神秘——生活只有一条出路——死——的时候。"

他吞吃了一匙茶，觉得不够热或不够甜，就把大半杯倒进污水盂里，把空杯推到茶炊的龙头底下，同时温婉地、优柔地、严肃地说着：

"社会主义者们，布尔什维克们，梦想以一致饱足肚子来联合人类。不，不。这太孩子气。我们知道肚子饱的人们是能够成为敌人的。现在他们正在互相战斗。他们从前常常战斗。他们将来也要常常战斗。以为肚子饱了人就会心平气和——那是侮辱人类。"

"看，这真是为鱼类说教的哲学。"角落里的男人叫喊，站起来了。他举手理直他的蓬松的红发，"不消说，听着这种胡说倒也是有趣的。"

"让我完结呀。"这名作家客气地说。

"不。使你完结的不是我，而是工人阶级。"红发男人说，说得更坚决，更响亮。好像要排开四围的人们似的，他开始更移近主人，说道：

"你已经完结了。你的有点学院气——自由主义气——的资格已经到了末路的末路——到死了。到这里你必须画一个终了的句号。历史上的新来者现在掌握着一切，统治着行为。"

"我的上帝，好一个放肆的家伙！"那灰发的小老妇人说了，转面对着萨木金，"我的里昂不喜欢和任何人辩论。他是很敏感的——他几夜不睡——他继续想呀，写呀，而且喝浓茶。"

"工人阶级要求肚子饱，而且要求更高权力。而且因此，对不起，它必须从那些肚子已经饱了的人们手中夺取权力。是的，夺取权力——用暴力。它必须这样做。事情已经到了人和印着一卢布或一百卢布的纸片同价的地步。甚至现在邮票也当钱用了。据说银行支配工业就是金融资本的独占，就是一切工作都转化为钱币，化为荒谬，化为白痴。银行家骑在鞍上操纵一切。百万富翁，见他的鬼，已经把工人们分裂为各个国家，已经发动了一种战争——什么战争！而我喝茶，讨论为鱼类说教的哲学——你应该害羞呀！"

宾客们恼怒地皱眉看着这演说家，或谦逊地对他微笑着，坐在萨木金前面的脸修得精光的男人，显得十分懊丧，好像挨了一棒似的，咕噜道：

"啊——他这！这！这！"

这名作家背靠在椅子上。他的漂亮面孔显出怒容，而且似乎罩在暗影之下。他的眼睛似乎退入眉毛之下。他咬嘴唇，而且歪扯着嘴。他伸手到桌上的盒子里抽出一支烟，但是坐在茶炊旁边的那女人小声提醒他："你已经戒烟了。"他把它抛在一只湿的铜烟缸里，但是立刻又抽出一支，点燃它。在烟云中他皱眉细看那演说者，演说者是一个矮小的、窄胸的男人，黑衬衣上穿着灰上衣，系着一条宽皮带，有一顶蓬松的乱发，这使他的头显得格外巨大。他的脸上有许多雀斑。萨木金很快地就认出了他：

"拉弗路士加，那锡匠的学徒。"

"现在为了那些有钱人，那些钱商的安宁，你要我爬进宇宙的什么处所，把我自己隐藏在大地里面，徘徊在地狱里。"

"容许我提醒你，这里有妇女们。"那头发披在耳朵上的胖女人说，她的音调是感伤的。

"我知道的。这是什么意思呢？"

"和缓你的言辞。"

"我并不曾说过不正当的话，我也不打算要说呀。"演说者坦然声明。"倘若我说得直率，那是因为必要，你知道。现在甚至宪政民主党也试行直率说话了。"他又说，摇摇他的左手。他把右手的拇指插在他的皮带里面，活动着别的四个手指，迅速地放开又捏紧。他的雀斑脸上的黄铜色小胡子也在活动着。

"我并不是破门而入的。我是被邀请来听智慧的言辞的。"

"谁邀请你？谁？"一个方脊背的人咕噜。

"并无智慧的言辞，我听见的是荒谬议论，倘若你原谅我这样说。在阶级社会中，高谈宇宙和神秘不过是要恐吓人心。并没有别的理由，因为宇宙和神秘并不能替资产阶级生产利润。在我们解决了我们的社会问题之后才能解决那些宇宙问题。解决它们并不是那些意识到自身的孤立无助而惶恐着的个人的事业，而是从争取面包的必要中解放出来的百万大众的事业——这是将来的事，至于囚居在地球上呀，'死神潜行在世界上'呀，我们是太阳之下的'被捕的野兽'呀——好，这一切，你知道，费多·梭洛古卜比你写得更美丽，而完全是不能使人相信的。"

他停住了，用舌头舔舔下唇，又摇摇手，向门道走去，说道：

"那么——再见。"

五

一阵完全寂静陪送他到门口。然后那方脊背的男人深深感叹，小声说道：

"唉！现在他走了。"

宾客们等待着主人发言。他把他的纸烟直竖在茶碟里，定睛看着那缭绕的青烟，以圣者的态度欣然说道：

"一个有趣的家伙。他们梦想使世界的天气变为普通安乐。"

一个编辑，一个可以疑为官方间谍的革命家的兄弟，出来拥挤他：

"他们忘记了更幽深的地下世界的人只要不高兴就能一脚踢掉安乐的人。"

"是的。他们忘记了陀思妥耶夫斯基的人，即文学上所敢于描写过的最自由的人。"这名作家说，摸摸他的漂亮的头，"我们不能超越陀思妥耶夫斯基，以向着永恒的自由迈进而论。这自由是由认识生活的悲剧而获得的……在莫斯科的孤寂比起在宇宙中的独寂来算得什么呢？在宇宙中只有空虚，而并无上帝。"

萨木金得到这样印象：这主人漫不经心地，随便哼呼着，对付那些只是由于客气而说的话。这人自己必定已经觉察这个了，因为他摇头而不说话。激怒的声音起来了：

"一个角色，他是不是？"那方脊背的灰头发男人问："一个匪徒。一九〇六年的余孽。不是真的吗？"

那些女人特别恼怒。那胖女人苦恼地皱着脸，说道：
"这样的言辞！你们注意到他的言辞是何等粗鄙吗？"

一个体格不大丰满的太太做出讨厌的样子。把肩头耸到耳根，她诉苦：

"唯物论的毒害正在异常迅速地散布着。"

各个人立刻都发议论，照例，谁也不听谁的，互相打岔，急于要倾倒出自己的思想。一个黑发女人，紧紧地裹在红衣服里，厚嘴唇，高鼻子上戴着夹鼻眼镜，正在用一种快活的低音说道：

"这我们应该感谢现实主义。它已经冷了生活，使人们垂头丧气。那些现实主义文艺的绿皮杂志的灰暗可厌已经使人们变为精神的贫乏者，人必须回复到自我，到深厚的感情的源泉，伟大灵感——"

主人听着，吸着烟，按照那些议论的节奏点着头。

萨木金并不惊异拉弗路士加的出现。不过他又想到关于这些不期而遇的人们的大星小星的比喻。

"他们是可多可少呢？似乎已经多了。"

"我的上帝——他是什么人？他从什么地方来的？"那胖太太问，轻蔑地。那烂脸作家，扫清喉咙，轻微咳嗽，回答道：

"一个诗人，他写韵文。我相信发表在布尔什维克的刊物上。我带他到这里来，表示他给——"

安特列夫点点头。他说：

"是的。我要看看谁将是要承继'美丽女人'的诗人[1]，《意外欢喜》的诗人。我已经见过了。但是不曾听过。我找不到机会使他读他的诗。"

"我的上帝！我的上帝！我们要被领到什么地方去呀？"那太太玩笑地质问。

萨木金老老实实地听着，吸着烟，保持着他的和平，甚至一个字也不肯说。他的纸烟的青烟爬上窗玻璃。外面，在黑暗中，潜伏着寒冷的电光。偶尔有一道新的光亮，闪过，消灭，好像彗星似的。显示生活不但在城市的边际上，而且也在无底深渊的边缘上，一片铅锤似的黑暗。萨木金觉得好像他内心充满了浓厚的、温暾的酸水，摇荡着，滚动着，想要呕吐。

"我们并未被领到任何目的地，"他说，"我们只是在惊恐中绕圈子，同时我们的庞大的、复杂的、笨重的国家正在往下滚，破裂崩碎。我们被引到大灾变。"

他停住，看看周围的人们是否听着。他们都听着的。他不常当众演讲，而当他讲的时候，是用低音调，干脆，避免征引，而且用他自己的言辞述说着别人的思想，相信这种方法可以迫使听众承认他的见解的新颖。他显然成功了。宾客们都热心地听着他说，几乎没人打岔。

"我们，知识分子，精神的贵族，民主政治的中坚，必须立于前卫，掌握舵柄，抱定单一的目的，成为一个文化的和政治的势力——根本是一种文化的势力。我们并不是财产所有者——我们并不贪鄙——我们并不急于牟利——"

"大吉大利。"一个沉静的声音插言。另一种更高的声音立刻严厉地说道：

---

[1] 指阿里克山得·布洛克（Alexander Block，1880—1921），因为他的诗里常有"美丽女人"这句子。《意外欢喜》是他作品之一。

"这是不确的。"

萨木金继续说着,觉得比以前说得更坦白。

"我并不反对财产。一点不反对。财产是个人主义的基础,文化是个人的创造活动的成果——这是由一切实证科学,由一切美术证明了的。并不必须是布尔什维克,俄国式的马克思主义者,无政府的马克思主义者,人才能认识大资产所有者们的权力是祸害的,并不是创造的,而是破坏的。战争已经显示了他们的疯狂。但是还有另一群财产所有者,而且他们是大多数。他们的生活与民众接近。他们知道用怎样的代价把不成形的原料转变为物质文明的货品、物品。我说的是我们的内部各省的小有产者,各县各镇的和平的行商及工匠。你知道他们是数目众多的。"

他约略估计了那数目,而且顺从着一种敌对的情绪继续说道:

"我们的作家们,来自这一健康阶层的作家们,在他们的成名的努力之中曾经太轻薄地描写了小城市的俄罗斯,曾经过分地漫画化了它。"

"它是野人们、梦魔似的人们的所在地,"安特列夫忽然怒喊,"不必劝我去服役于他们——我,我不干的,'人是生而受苦的,好像火花向上飞一样',但是我宁愿和要做欧洲皇帝的拿破仑死在一处,而不愿和普加乔夫,无教养者,死在一处。"他停住,然后提高声音又说:"Dixi[1]。"

他的话解放了别人。宾客们似乎从瞌睡中醒来了。那编辑首先开口,用手掌摸着他的灰色小胡子。

"这是可以理解的。民主主义似乎已经过时。现在我们是在无产者与资本家战争的前夜。"

"对于我们,在我们的国家里,这是早熟的——"

---

[1] 未详。疑似 Dixie 之误,如然,则为 D. D. Emmet 所作之歌,后为美国南北战争时南军之战歌。

"但是似乎必然——"

那灰胡子弯腰凑近安特列夫，拍拍他的膝头，而且像狗似的注视着他的漂亮的、郁怒的面孔，说道：

"我的好朋友，你必须会见那最智慧的人，有最大才能的人——"

那黑头发红衣服的女人正在和那胖女人辩论。

"我们需要的是一位领袖。"黑头发叫喊。胖女人用手巾扇着她的红涨的面孔，回答道：

"各个人应该是他的感情和思想的领袖。"

"领袖——正是这个话。塞卡尔·彼得洛维奇·伯尼可夫——"

"我会过他——"

"他主张和德国联盟。和德国联合，我们就能扼住欧洲的咽喉。为什么呢？"

"并不为要扼住那咽喉——"

"不。为什么吗？协约国掌握着我们的银行资金的百分之六十，而德国掌握着百分之三十七。德国必定对于这事感觉恶劣——呢？"

那编辑，站在萨木金对面，摸着他的背心的纽扣，说道：

"布尔什维克主义是破产者——社会民主党——的一种穷途末路的姿态。你听见过樊得文所说的话吗？"

"请来吃晚餐，"那小老妇人通知，"现在物品这样坏，而且这样贵，这样贵。"

宾客们都移动到邻接的房间里。萨木金不愿吃贵而又坏的物品，并未向谁告别，回家去了。他困恼，伤感，因为他被阻止发表他认为特别有价值而且很体己的思想，况且，他的被阻止是在他的心容许他十分坦白的时候。从前，有时他高声说明他的思想，检阅着它们，并且看出它们之中某些最能引人注意，某些无人理会。在这种方法之中他曾经从谷物中扬去皮壳。这回使他想道：

"观念的力量显然已经到了止境。这转变已经需要愤发的情操。"

第二十七章

一

当萨木金从那宅邸走进广场的时候,他的空虚之感消失了。显露在夏季花园的黑暗和树木——变为化石似的——之中的是一座白色建筑物的淡影,和涅瓦河上的灯光的黄斑。

城市是沉默的,好像注意倾听着未来。夜是寒冷而潮湿的。脚步声含糊不明,路灯柱上的白光抖颤得好像就要熄灭了似的。

"有情操的处所,就有悲剧……这些人全是无助的、可怜的。他们能够干什么呢?他们都不适宜于悲剧。安特列夫所理解的悲剧太过物理的,太过唯物论的。他庸俗化了悲剧的情绪,把它简单化到畸形残缺的程度。悲剧的意义是不能,必定不能,为民主主义者所理解的。它从前常常是,也必定常常是优秀人物的特权。"他把安特列夫区分在"教书先生"之中,这种人是固执地把他的观念和信仰强加在别人之上的。有些情绪、观念,在杜洛诺夫看来是无价值的,或者在台格尔斯基看来。台格尔斯基和杜洛诺夫的相似使萨木金移动得更缓慢,因为他以为他已经得到一种发明。

"他俩都是第一代的知识分子。而古图索夫也是这样——"

在"教书先生"之中萨木金觉得古图索夫是最可恨的。而且他又遇见了他,当他在希米亚金家里的时候。后者正在计划一种出版企业,邀请萨木金来起草对于某造纸商人的合同。

萨木金刚走进客厅,正在脱外衣的时候,就听见一种熟悉的声音响着富于讥讽的腔调。这声音来自这富裕的出版家的接待室里,接待室里陈设着一架大钢琴,一个大沙发,铺着地毯,几只皮椅,许多陶制的小牛小马。古图索夫背对钢琴坐着,琴键像牙齿似的显露着,他的头分明映在黑色琴盖上,琴盖好像恐吓他似的竖着。那里还有别的少数人。

"我们的军队已经被打败,而且我们正面临革命关头。不必先知也可以断言的。只须去看看工厂——工人们的营垒。革命就要爆发,或许明天,或许后天。资产阶级想利用工人的行动来粉碎贵族政治,而且从此之后要开始某种新的局面。倘若资产阶级,得到将军们的援助,完成了它自己的组织,那么无产阶级就要遭遇比沙皇及其臣僚更其危险的一种敌人。"

低头伏在桌子上,萨木金翻起眼睛观察着这发言人。古图索夫的一切都激怒着他:他的可笑的平民服装,紧箍在头上、肩上和胸上,使他好像火车头的机器匠似的;他的浓密的硬胡须,他的剪短的头发,他的粗糙的枯瘦的大脸,使他好像一个牲畜商人。特别激怒萨木金的那嘲笑的眼睛,其中不可磨灭地闪烁着那久已熟悉的挑战的微笑;以及那自信的、强烈的音调——明了各样事情而且有预言家的资格的人的音调。

"无产阶级有它自己的目的。它的前进分子知道资产阶级的改良对于工人阶级是无益的,而且它的任务不只是以共和代替疯狂的贵族政治,使营养充足的胖人们享受更大的物资安乐而已。"

他用一只手摸摸胡子,同时把另一只手从前额滑到后头。

"有人问我:知识分子必须做什么呢?那是明显的。他必须仍然做资本家的仆役,满足于给予资本家言论和行动自由的改良,否则就必须和无产阶级进行社会革命。不是这样就得那样。没有第三种决定在逻辑上是可能的,虽然在心理上或许可能。因此,孟什维克、社会革命党,以及民粹派社会主义者的存在是不合理的。"

人们都沉静地听着他说。在这沉静中萨木金感觉到敌意。希米亚金的妻悠悠地说道:

"说得这样可怕的简单。但是他们说他是著名的布尔什维克——算是司令员一类。我的丈夫就要回来了。那些人也在等着他,我已经打电话给他了。"他说着一种无色彩的单音调,窥看着她的丈夫的接待室,显然迟疑于他应该关起那门或是让它开着呢。她原是矮的,她的挺直的气概使她高了一点。她的娇好的面孔上有着天真蒙昧的某物。她的蓝眼睛里有着一种疑惑的表情。

"顶多十八岁。"萨木金想,暗自咒骂希米亚金是一头畜生。

"为什么知识分子更容易接近工人阶级呢?"有人突然质问。

古图索夫答道:

"正经地说,这是显然的。并不是说无产阶级将要请知识分子吃糖果。然而,你的意思却是这样的。我们已经有了种种技术的条件,在这些条件之下工人阶级的生产劳动能够在各方面大规模地发展起来。资产阶级的阶级愚昧自行显现于这事实之中:有产者并不关心文化的发展。工业家制造货品,但是毫不耐烦去理会他的货品的国内消费者的文化教育。他的理想的消费者是殖民地的居民。成为统治者的无产阶级,尤其是我国的,必须尽其最大可能来发展我们的庞大的国民经济的工业的和技术的组织。为了这种工作,我们必需几十、几百、几千万具有最高度的科学知识的人们,至于糖果问题——我留给别人去谈吧。"

"喝茶吗?"女主人问萨木金。

接待室里的人们开始消失在另一个房间里,留下一阵蓝色烟雾。萨木金,辞谢了茶,问道:

"那说话的人——他来接洽出版什么书吗?"

"是的。我的丈夫说他们的书的销路很好。我想他已经卖了几部……拉斯布丁呀,布尔什维克呀——比萨拉比亚的地主呀。"她继续说,疑问地看着萨木金,"它们源源而来,好像是从——你说什么?从熔岩来的地方来的吧?"

"沉渣吧?"

"是的,沉渣。全是这样奇怪的。"

她交叉着腿坐着,摇摆着左脚,而且用长烟嘴吸着一支细纸烟,她的单调的声音是幽静的,几乎是平板的。

"我到这里不过一年多。我的家在克希尼夫——也是一个可怕的地方。但是这里——我不习惯。河水是这样浑浊,这样恶心。而且人人都想要革命。"

希米亚金进来。萨木金觉得这家伙甚至比从前更漂亮,更善于修饰了。好像要反衬出他的苗条体态似的,杜洛诺夫跟着他进来。以一种戏剧里的首相的神气摘下手套,希米亚金欢喜地说道:

"最近消息——运输系统完全崩溃了。'完全'是我说的。"把手一摇,他在空中画了一个十字。他又说:"全部机车的四分之一需要大修理,百分之四十必须继续小修理。"

理直了已经揉作一团的他的手套,希米亚金的妻皱起眉头瞅着他,一道深纹刻在她的前额上。她的整个面孔显出这样的变化,以至萨木金想道:

"她至少是三十岁。"

"谁在这里嚷嚷?"杜洛诺夫问她,好像老朋友似的。

"几个作家,还有另一个人,"她转向她的丈夫,"那布尔什维克。"

"哦。好,关于他,并没有生意要做。在事实上,不会有的,无论如何。印刷所和造纸商已经发疯了。他们要求吓死人的价格,倒不如把我的钱全部都交给他们更简便些,免得他们一百卢布一百卢布地拿去。不。我想要到日本去。"

"去吧,"杜洛诺夫赞成,"把钱交给我。我来经营出版事业,你住在那里逍遥淫乐。我要把各事办妥,使我们的祖国得到安宁秩序,然后打电报给你:'回来,牛奶和蜂蜜的生活完全准备好了'——见你的鬼!"

"他是一个丑角!"希米亚金冷笑地说,"那么,克里·伊凡诺维奇,和印刷所及造纸商的合同谈判已经完事了。"

"来喝茶吧。"那妻子提议。萨木金辞谢了,因为他不愿会见古图索夫,然后走进街道里,走在短促的冬日的寒冷的黄昏之中。悔恨白跑一趟到这富裕的希米亚金家里,他赶快走着,灯柱闪过他旁边好像在追逐行人似的。

"你在逃避谁呀?"杜洛诺夫问,抓住了他。他脱下他的海豹皮帽,而且用它揩揩他的脸。"我们到饭店里喝酒去。我必须和你谈谈。"他独断地又说。并不等回答,他继续说:"他要到日本去,倘若他去,这公牛必定带着大批钱去。斯推拉托那夫已经收拾起他能够收拾的一切现金到阿尔泰去了——说是去疗养。或许他也要转道到日本去。有些人到瑞典去了。"

"你总是谈论钱。"萨木金愤愤地说。

"我知道它。我喜欢它的声音——叮叮咚咚。我似乎错过时机。现在钱已经失掉权力,除了黄金而外。你会见你的兄弟了吗?"

"什么兄弟?"

"狄米徒里呢?你还不曾会见他吗?我们进这里面去。"

他们走进一家饭店。坐在一个角落里的桌子旁边。萨木金保持沉默,忍耐地等待着狄米徒里的消息,思量着——他有几年不看见他了?他现在像什么样子?

杜洛诺夫悠闲地选了酒，要了吉士。然后他问道：

"有人说这种酒是混合的，是吗？胡说吧。"

萨木金点点头，燃起一支烟。不能再等待，他问：

"你在哪里会见狄米徒里？"

"他住宿在我的地方。陶西亚派他来找我。他老了许多。你们不通信吗？"

"不。他现在干些什么？"

杜洛诺夫微笑。

"我不知道。我不曾问他。一九〇九年他在托木斯克被捕，放逐到伯里索夫三年。因为图逃，又加上两年。"

"他图逃吗？"萨木金又问。图逃并不合于狄米徒里的观念。

"为什么？你不相信吗？"

萨木金不回答。

"他要你的住址，我已经给他了。"

"当然。"

"陶西亚正在亚鲁斯拉夫尔活动着。"杜洛诺夫沉思地低声埋怨。

"跟布尔什维克们？"

"显然——是的。"

谈话陷于悠悠缓缓。萨木金，被过去的人们的重复会见的嘲弄意味所压迫，找不出问题来谈论。

"狄米徒里——没有品格，没有才能……为什么？兄弟——母亲。"

他默想着人是何等的孤独呀——时光逝去，甚至家族联系也朽断了，失掉力量。

杜洛诺夫一言不发地喝酒，不过偶尔噘着嘴，翻翻眼睛，冷淡地问：

"听？"

萨木金听见：

"我主张……艺术将要完成它的神圣目的,只有当它学会说足以引起教会仪礼中的老斯拉夫言语所能在我们心中引起的同样神圣敬畏的一种不可理解的言语的时候。"

说这话的是一个在中等高度之下的短小精悍的人,他的声音是高调而乏味的。他的黑头发全向后梳,显露出三角形的高前额,其间有一双深陷的黑眼睛。他的脸皮约带黄色;他的薄唇上隐约现出剪过的黑髭,而且他的下巴是尖的。他站着说话,双手抓着椅背,把它摇前摇后,他的身体也在摇摆着。坐在连在一处的两张桌子周围听他说话的是三个青年妇女、两个男学生、一个军官学生、一个穿着海军学生制服的阔肩运动家,以及一个红面颊灰眼睛而快活地微笑着的矮胖的漂亮青年。他们焦躁地倾听着,同时发出赞成或反对的叫喊。

"是的——我主张——艺术必须是贵族的和抽象的。"那演说家声明,"我们要知道现实主义、实证主义、理性主义都是同一魔鬼——唯物论——的各种面具。我欢迎未来派。它至少是从过去的可厌的庸俗中向这方面的一跳。我们的先辈,中了这庸俗的毒,不能理解象征主义——"

"我想陶西亚也正在向前跳跃。"杜洛诺夫咕噜,摇摆着他的杯里的白酒。"明天我要去找她,我知道找她的地方。"他说,几乎是挑战地。"狄来徒里·伊凡诺维奇告诉过我一些很有趣的事情。"他说下去了,妨碍着萨木金倾听另一张桌子上的议论。

萨木金喝完了热酒的最后一滴,站起来,一言不发地对杜洛诺夫点点头,走出去。

二

第二天早晨九点钟过后不久,狄米徒里来访。克里·伊凡诺维奇一面穿衣服,一面从约略开着的门的窄缝里窥见他的兄弟的形体。狄米徒里站在书架前面，双手搁在背后，长到膝头的青上衣挂在他的拱肩头上，黑裤子束在大皮靴里。

"一个机器匠——一个铁路工人——"

萨木金勉强走去迎接他的兄弟。地毯和拖鞋淹没了他的脚步声，以至狄米徒里一直到克里说了"哈喽！"才转过身来。

狄米徒里突然拥抱他，吻他的面颊，然后推开他，打了一个喷嚏。这拥抱的结尾是滑稽的。狄米徒里的灰脸上泛起红色，咕噜道：

"对不起。那是因为科龙尼香水，"他又打喷嚏，而且又打了，说道，"它是强烈的。"

"我们都老了。"克里·伊凡诺维奇说，坐在桌子旁边，点燃咖啡锅下的酒精灯。

"我们还要活下去的。"狄米徒里喜欢地回答，加上一个赞赏的微笑，"你是漂亮的。"

克里·伊凡诺维奇觉得在这次弟兄会晤之中有着某种亲昵。他回忆到一本小说里曾经描写过这种情景。虽然在那小说里并没有人打喷嚏，确也有着同样很不雅观的举动。

"好，告诉我你做过些什么事情。"他开始，更加密切地看着他的兄弟。狄米徒里显然是刚才剪过发修过脸的。他的农民的脸由于耸立的短髭而显出一种雄赳赳气概，也由于他的风尘辛苦的容貌，好像夏季露营之后的兵士。他的颇为粗鲁的体态由于那淡蓝眼睛而清俊了些。在童年时代，克里曾经称它们为绵羊眼睛。

"那地方是很不舒服的，有些惨淡。"狄米徒里说，"官方特务员的胡乱压制人民的愚蠢行为，看了使你心血沸腾。后来你逐渐习惯了那荒凉之区，你能够感觉它在渴望人们。我是说它。你能够听见风在私语：'那么你来了吗？很好。开始吧。'"

"依然是梦想家和诗人。"克里想。

狄米徒里的声调是响亮的。但是发音不明，字眼含糊，好像舌头有毛病似的。

"你说话有些异样。"克里说。

"因为我的牙齿，"狄米徒里解释，"我在亚鲁斯拉夫尔装了一些假牙——差不多把我的一点积蓄全都用在这改造上了。我自己的牙齿是被坏血病毁了的。那里缺乏蔬菜、肉类，连鹿肉也难得。全是鱼，很多鱼。甚至天气也只适合于鱼类。它伤着陆地汉[1]的感情：脚下是沼地——头上是雨水。苏士伐河不过是养鱼缸，离它四十里的俄必河也是一个鱼的王国。"狄米徒里说下去了，显然高兴地喝着咖啡，把左手的拳头紧按在桌面上。

简单地，好像用手斧雕人像似的，他说了卡马河上一个木船长的故事，这人是当地商人的儿子。曾经因为和社会革命党有关系而被押解回家去。

"他是一个毛茸茸的大动物，红头发，声音洪亮。他的胡子长到腹部。他有一双公牛眼睛，也有公牛力量。他正是童话里的巨人。他每次和他的父亲——有七普特重[2]——争吵，他都把他用布带捆起来，拖到屋顶上，使他骑在屋脊上。他喝酒，当然，可是不过分。那里人人喝酒。没有别的事好做。在三千畸人之中，只有五个人到过托木斯克。只有一个人知道什么叫作戏院——那里，一直到现在！"

狄米徒里停止了，显然是在回忆着某种感动过他的事情。他的脸上有一层暗影；他低下眼睛，把他的杯子推到他的兄弟面前。

"用幻想来填塞他的空虚的岁月。"克里想着，把咖啡倒进那杯子里。他问道：

"好——那巨人遭遇了什么呢？"

"在六个月之内他被坏血病吞没了。"狄米徒里告诉他，"那是奇怪

---

[1] 嘲笑新来水手的诨名。
[2] 约合一百一十五公斤。

的，但是我已经觉察了：身体越健强，坏血病就袭击得越凶猛，而身体较弱的人倒是更能支持的。或许并不如此，但是我得到这样的印象。那里也有麻风病，但是很少。它确是不愉快的地区。不过，在罗曼诺夫氏的帝国里，见鬼，也还有些出色的人民。例如，俄斯蒂亚克人，尤其是孚高尔人——"

他冗长而又热心地谈着孚高尔人和麦昂人的血统关系，谈着俄斯蒂亚克人，谈着当地商人无耻地掠夺土人们的每年的市集。

"噢，是的，他们知道怎样掠夺。这是他们超越土人的唯一知识。但是他们的贪利是渺小的、短见的、愚蠢的，而且似乎没有任何目的。分析到最后，这些富农是很无用的——废料，人间任务的临时表演者。"

克里·伊凡诺维奇更加仔细地考察他的兄弟。在狄米徒里的上衣之下，好像铁甲似的，有一件鹿皮或麋皮背心，纽子一直扣到下巴，只露出衬衣的蓝领。他的手掌是宽大的，好像划桨者似的，纵然他的头发白了，他还使人想起他曾经是爱过马利娜的那学生，曾经是人人的百科辞典。

"他生存在空虚的地方，现在正在用他的心的捏造物来填塞它。"克里·萨木金固执地对他自己重复说，同时他听着。

"没有官能的生物，可以这样说，"狄米徒里继续说，好心情地笑了，"这也是我的头衔，倘若你喜欢，这是在波尔台伐的一个马克思主义的朋友献给我的。那时，你或许记得，我正在一种改良派的情绪之中，对于布尔什维克主义并不很亲近。有一天，在争论之中我的朋友说道：'你知道得很多，萨木金，但是你的知识是无用的，它在你心里不起作用。你买了好布来做衣服，但是你不能剪裁缝纫……总之，你是单细胞体，没有一种官能。'我说世界上并没有一种官能的生物这种东西。他不承认。他说：'有这种生物的，你就是。'这使我大笑了，但是我开始思索它。后来我认真研究马克思，我觉得他的历史哲学完全扫除了一切资产阶级的社会学和其他苦心造作出来的玩意。而且，你知道，列宁是最卓越的政治思想家——"

他停止了，用手挥开烟雾。然后他说：

"你吸得很多。"而且他又说："他们说你已经退出党派之外，是吗？"

克里·萨木金反问道：

"谁说的？"

"陶西亚——"

"我从未加入党派——任何党派。我从未和那位太太讨论过政治。"

"好，她确不是太太。"狄米徒里咕噜，而克里，要避免再讨论下去，问道：

"你知道马利娜被谋害了吗？"

"是的，我知道。古图索夫告诉我的。他们还不曾发现是谁干的吗？为什么呢？"

"不。"

"奇怪。"狄米徒里低声说，把双手放进衣袋里，仰望着他的兄弟的头上的窗子，窗外一阵吹啸的风正在散播雪片。

"你有家室吗？"克里问。

"噢，不，不。"狄米徒里立刻回答，摇摇头。

"但是你从前谈过它，是不是？"

"它并不长久。后来我才知道她——我说我的妻——有许多亲戚——无聊的地主们，做官的弟兄们，自由主义者们，全是这一类。而且他们也是分离派，而我是代表相反的民族的，所以他们像一群野蜂似的在我周围嚷嚷。而她也嚷嚷，当然。虽然，以大体而论，她是一个好女子。当我第一次到托木斯克的时候，她确写给我许多很悲哀的信。总之，我已经和她同居了差不多三年。是的，我可怜那些小羊。她有一个男孩和一个女孩。他们都是漂亮的小家伙。男孩现在是十五岁，而育利亚已经十七岁。我们是好伴侣——"

他匆匆说了，停住，把他的杯子推到克里面前。看着克里倒咖啡，他更沉静地、颇为哀愁地、有些惊异地说道：

"我自来以为你是一个党员。在一九〇五年，当你告诉我你不是布尔什维克的时候，我断定你否认它不过是为了政治秘密的理由——"

克里得免于更加惶惑是由于杜洛诺夫，他冲进房里来，好像有谁在后面推动他似的。摇着他的帽子，他厉声宣布：

"昨夜普里希克维奇、育梭坡夫亲王，和罗曼诺夫皇室的一个王子，狄米特利·巴夫洛维奇，杀死了拉斯布丁。"

这三个人静默了几秒钟。然后，杜洛诺夫，看看这两兄弟，用帽子扫掉外衣上的雪，质问道：

"怎样？你们以为怎样？"

克里·伊凡诺维奇，欣喜杜洛诺夫在他为难的时候闯进来，而且带来这消息，笑说道：

"你叫喊得好像它是震动世界的消息似的。"

"奇怪。"狄米徒里低声说了两次。杜洛诺夫脱掉外衣，不平地咕噜道：

"好，它是什么呢？音乐喜剧的终局吗？想想看！今天他们完结拉斯布丁。明天他们或许要完结沙皇尼古拉的。"

狄米徒里摇摇手，从他的衣袋里拿出一只没有链子的银表，看看表面，同时慢慢地、略微疲倦地说道：

"罗曼诺夫氏是一个大族。一时杀不完的。他们之中的一个会被骇得出来对古奇可夫和米留可夫之流说道：让我做皇帝，我情愿听从你们的话。"

"当然，这事件不是平常事件。"克里·伊凡诺维奇调和地说。杜洛诺夫激动地搓着手，跳跃着，翻转眼睛好像要把它们隐藏起来似的。萨木金，看看他，不能决定这人是惊骇或是喜欢。

狄米徒里伸手给他的兄弟，说道：

"我要走了。"

杜洛诺夫跟他走到门口,于是克里·伊凡诺维奇有时间思索道:

"我应该约他再来,或什么。但是邀约兄弟来访是可笑的。我们并不曾争吵过。"他安慰他自己,听着厅堂里的交谈。

"但是我怎样找到她呢?"杜洛诺夫问。

狄米徒里的回答是迟疑的:

"我告诉过你——伊萨亚克孙医生会指示你的。"

"我明白了。"

又转回房里来,杜洛诺夫立刻问道:

"好,你怎样找到他的?"

在萨木金还不曾发现适当的回答之前,杜洛诺夫好像在捕机里的耗子似的匆匆从这面墙奔到那面墙,搓着手,咕噜道:

"我记得他从前是那样温和的。各样事现在正在崩碎,破灭。革命正在爬进一切裂缝里面。革命是——动员了。右派正在移向左派。你注意到进步分子的团结已经变为何等有力了吗?"

他瞎撞在一只椅子上,坐下,拍拍他的膝头,他的猜疑而烦恼的眼光终于停止在萨木金的脸上。克里·伊凡诺维奇提醒他:

"城乡联合会已经被禁止了。"

"那些小家伙怎样呢?那些工作人员呢?"

"小家伙们并不制造革命。工作人员都在前线。"

杜洛诺夫沉重地叹气,咂咂嘴唇。

"前线也有发生扰乱。狄米徒里·伊凡诺维奇告诉我的话是很对的,那里有许多异变的征兆。而拉斯布丁的被杀并不是玩笑的整体。不——"

"你害怕什么呢?"萨木金问,展开一个微笑。

"我愿意我知道。"杜洛诺夫说,"或许我什么也不怕。"

他站起,环顾四周,从长沙发上拾起他的帽子,注视着它的内心。

然后他拱起肩头，并且说道：

"明天我要到亚鲁斯拉夫尔去，去看看陶西亚。有趣吧？"

"并不特别。"

"是的。这第一个和唯一的人。我和她同居——很好。并不多，三年。我快要五十岁了。其中四十年我生活于——屈辱之中——"

"我想不到你说得这样——可悲。"萨木金讥讽地说。

"狄米徒里·伊凡诺维奇已经困恼了我。"杜洛诺夫咕噜，穿上他的外衣。他扫清喉咙，更加分明地说道："你知道，克里·伊凡诺维奇，在生活中找到任何意义并不是容易的事。"

他终于走了，留下给他的主人厌倦和恼怒。萨木金走进他的书斋，坐下来草拟他在巡回法庭中失败了的一个案件的上诉状，但是他没有工作的情绪。风在外面唏嘘着，使空中的雪花更加紧密，雪花扑落在窗上好像在叙说寒冷的、不安的思想。

"不。要在生活中发现任何意义是不容易的。狄米徒里发现它在政治上，在布尔什维克主义中。这可以理解为他这一类人——没有才能的人，在生活中失败的人——的末路。被种种失败所压倒是俄国知识阶层的特征。它常常把它自己看作一种工具。不曾有人教导它以它自身为目的，以自身为世间最有价值的要素。达到这种觉醒的道路都被言语文字所扰乱，所模糊。艺术、科学、政治是三神一体[1]、三位一体[2]。人常常为某物而生活，而不知道为自己而生活——不曾有人教过这种智慧。"他记起加莫夫怎样有趣地谈论过为自己而生活的人这问题：

"我不曾遇见过这样的人。"

他坐着吸烟，后来，坐得疲乏了，从这房间踱到那房间，用思想配

---

[1] Trimurti，印度三大神 Brahma（创造者）、Vishnu（维持者）及 Savi（破坏者与再造者）之联称。

[2] Holy Trinity，基督教连合圣父、圣子及圣灵为一上帝，是以本体上三者为一上帝，而个性上则为三身。

合思想。他就这样消磨了几点钟一直到黄昏,然后走出去到伊里娜家。

三

在晚茶的时间,他在那里照例会见一些宾客。庇里尼可夫教授也在座,还有一个瘦高的秃头男人,一张烟熏的黑脸上有一部灰色的公羊胡子。伊里娜高兴地欢迎萨木金。她叫道:

"你听说拉斯布丁的事了吗?那完全是一种阴谋,是不是?……来认识。"

"孚伊诺夫。"那秃头有些勉强地自己介绍,他的声调是重低音。握着那冷硬的手,萨木金看见他自己的头上面有两只圆圆的公牛眼睛,这眼睛蒙着一层蓝雾,它们的乏味的凝视集注在一个软骨长鼻子的尖端上。这人弯腰坐下,小心地伸开两只长脚,好像恐怕它们会断掉似的。他的窄肩头罩在军服里,他穿着短裤和厚实的运动长袜。

庇里尼可夫穿着绿毛布的普通服装,使他好像铺着青苔似的。他显得瘦了很多。摇着一本镶银边的黑簿子,他正在兴奋地对伊里娜说道:

"我检查士兵书信几乎三年了。我知道军队中兵心士气的每一变化,所以我说俄国军队已经不存在了——"

"我们没有柠檬。"伊里娜道歉,当她递一杯茶给萨木金的时候,一支纸烟衔在嘴里,她的眼睛是眯着的,"他们说只有从意大利大使那里才买得到柠檬……了不得?"

庇里尼可夫在椅子里一扭,急促说道:

"伐西里·乞里洛维奇·孚伊诺夫曾经检查过军事邮件一年,所以他可以证实我的意见。有些能战的个别部队,但是以整个而论却没有军队。"

"是的。"孚伊诺夫说,点点头。他把一个手指插进衣领里面而且做了一个鬼脸。

"他们试行恐吓我。"伊里娜对萨木金说,把纸烟抛在秒水盂里。"他们一来就对我唠叨:兵士们只想着土地。他们不愿作战。我们将要有一次革命。"

"你夸张了,我的亲爱的。"

"绝不。我已经害怕了。我不需要革命。我想要到巴黎去。但是我不知道该对谁说:喂,你!请不要制造任何革命。请停止战斗。"

她在说笑话,但是萨木金知道她是恼怒的。她的化装的粉脸微笑着,而眼里却闪出严冷的火花,而且她的小耳朵因为充血而紫胀了。

穿着花样特殊的红衣服,娇小而又灵活,她就好像一只稀奇的鸟。

"你的笑话是可喜的。"庇里尼可夫插嘴,固执地,但是她阻止了他。

"你要我严肃吗?很好。"

她把一只拳头搁在她前面的桌子边上,大声说道:

"据我知道,兵士们现在并不制造革命。当法国兵去打普鲁士兵的时候,他们唱:

> 我们前进——我们前进——我们前进——
> 像羊被赶上屠场似的。
> 我们将要像鼠子似的被杀掉。
> 而俾斯麦将要高声大笑。"

她用法文复述了这歌词,然后继续说道:"就是这样的。普鲁士人打败了他们。但是,当他们回到巴黎的时候,他们立刻就成立军政府。[1]兵士是这样的。此地或许要发生同样情形。我们应该知道的是会不会发生。我讨厌死了关于兵士们的不断的埋怨,以及正在传染着我的

---

[1](Bommunard)一八七一年巴黎公社所建立之政府。

革命恐慌。我是一个乐天派或——你们叫作什么？一个宿命论者。倘若革命来了，那就有它要来的必然性。这会震摇着你，会使你做些革命或反革命的事，不是这样就是那样。我把我自己的意思说明白了吧？"

萨木金默默地喝彩——简直可以说是心花怒放。

"她不是阿连娜。她不装作牺牲者和殉道者的模样。"

"是的。"庇里尼可夫颓唐地赞同，搔搔他的前额，"但是，你看——"

孚伊诺夫拉起他的两条腿，弯着，又伸直，然后直立到很高的高度，缓慢地，几乎是嗫嚅地，他硬挤出一番迟重的话：

"这战争已经残酷地显示了历史的不能协调的基本矛盾，这历史我们常常被错误地教导着。创造文化的是少数人，大多数人处于服从的地位，在那过程中执行机械的任务。自动机——体力。但是这些自动机同时生产一个斯巴达克思[1]，一个斯提班·拉辛[2]，一个几乎无法无天的斯提班·拉辛，一个想用黄金装饰他自己和他的妻的野人——不过如此而已。是的，不过如此。尼采，伟大天才的思想家，十九世纪后期的普罗米修斯，首先认识这一点，而且指出我们在逻辑上——和在历史哲学上——在生活意义上的错误。"

孚伊诺夫把他的两个手指插进领子里面，扯拉着领子，暂时闭着眼睛。这些动作并未阻碍着他的硬挤的演说：

"一个知识分子的革命者是被看作一个英雄的。他被颂扬和崇拜。但是，在他的工作的真实意义上他是文化的叛徒。以他的意图而论，他是文化的敌人——敌对着他的民族和他的国家。当然，他也拥护作为个人的他自己的权利和地位。他觉得人世的基础，阿基米德原理的支柱，是个人。是的。但是他的思想是完全错误的。人格必不可以从群众基础上发展起来，它必须踏倒群众。一方是贵族的，另一方是民主的。历来

---

[1]（Spartacus）罗马泽拉斯的斗拳力士，于纪元前七三至七一年间率领奴隶叛乱。
[2]（Razin）曾于一六六七年间领导顿河高加索农民叛乱。

如此。将来也永远如此。"

他向伊里娜走近一步,弯腰望着她。一只手搁在桌上,对她挤出严厉的话:

"我们现在正在大灾变之前。开玩笑是有罪的。"

"真是有罪吗?"那妇人说,扑哧地笑了。

"是的。而且用黑色描画民主政治生活对于艺术也是犯罪的。真的艺术是悲哀的。悲剧是生活被群众所破坏的产物,但是它并不为艺术中的群众所感觉。莎士比亚的加里邦并不知道悲剧的意义。艺术必须是更贵族的,更不可思议的,比之宗教。它必须说出一种不能理解的和可怕的言语,我完全赞同里翁尼·安特列夫。"

"而我不能容忍他。我从来不读他的东西。"伊里娜反驳,有些奇怪,"况且,你所说的各样对于我太过高深。我不是革命家。我并不著书或写戏剧。我不过是爱生活——如此而已。"

"我也不赞成。"庞里尼可夫说,迟疑地。他问:"你呢,克里·伊凡诺维奇?"

"现在纷纷谈论马克思,当然使人想到尼采。"萨木金回答。在迟疑之后,他提议道:"让我们再听一听。"

他发现他自己不想判定他对于孚伊诺夫的议论的态度,但是他觉得现在他的思想的旋流越来越接近于这议论后面所隐伏着的观念。

他想到《隐士和熊》这寓言中的警句:"一个狡诈的愚人是比敌人更危险的。"

孚伊诺夫又引起人们注意到他。他说话的态度使人期待着他甚至还要说出一些十分新颖的话来的,但是说来说去总不过是沉闷地重复别人已经说过的话。庞里尼可夫,点头赞许着,委婉地插入一言半语在那迟重的演说之中,显然是想要磨滑那演说的尖锐的棱角。

"他是什么人?"萨木金低声问伊里娜。她看着映在银茶炊上的她的面影,抚摸着她的眉头,同样低声答道:

"我想他是一个农村视察员。他已经写过或正在写一本书。一个新星——庇里尼可夫把一切品类的人物——像他一样的——都带到我这里来,因为他的妻不许他混在政治里面。而他以为我是喜欢款待宾客的。"

她停住,微笑着,而结尾这一句话是双关的——并不特别机智,但是足够盐味的。她立刻转到更为重要的话题:

"先生,听我说。关于钱的事怎么办呢?我们必须买金子。你懂得古玩金器吗?"

萨木金不懂。但是今天他真是很喜欢伊里娜,急于要讨好她,他说他要嘱咐在这种事情上确是对于她有用的人来见她。

"伊凡·杜洛诺夫——我要他明天来,或者后天——"

好像伶人出场似的,庄严地走进来一个女人,穿着狐皮镶边的衣服。跟随着她的是一个脸上毫无血色的娇小学生。这女人立刻就开始讨论食物稀少而且用高价也买不到。

"十二个卢布一磅。"她叫喊,她的美丽的眼睛里充满了恐怖,"十八个卢布。而且真能买到一点东西的只有也利细也夫商店,或者,更好一点,那著名的警卫军官们的商店。"

庇里尼可夫已经在认真地讯问那学生:

"谁是你的精神的领导者?我的意思并不是说私人的,而是说——"

那学生用高调的中音悠悠地答道:

"最流行的作家是洛格诺夫、希斯托夫、米里支可夫斯基——外国的是柏格森,我想。"

孚伊诺夫发表了关于个人的任务的意见,又使萨木金记起加莫夫的议论。那位太太正在得意地说道:

"有一个女人,出售冬宫储藏的酒和糖。我想她大概是嫁给皇宫里的什么仆役的。她提着一只篮子从这家走到那家——要你买你所需要的东西。糖是坏的,而酒却很好。波尔多酒和布尔贡酒。我要嘱咐她来见你。"

"那图洛诺夫？安洛诺夫？……他是可靠的吗？靠得住吗？"伊里娜问，萨木金使她放心：

"是的，是的。"

孚伊诺夫大叫：

"社会主义者们宣传个人消融群众中的必要。这是神秘主义。炼丹术。"

庇里尼可夫接着就来赞助，他的欣喜的小声音是急促的：

"人回到原始状态，把数百年来精心结构的文化生活变为那样平庸简陋，按照历史和社会学，群众简直是原始的族类——"

克里·伊凡诺维奇·萨木金觉得他知道全世界聪明的读书人所说过的各样事，以及庇里尼可夫之流和孚伊诺夫之流所反复称道的一切断片。他也相信他知道任何人能够提出来反对现实生活不断地破坏个人的一切议论，以及主张彻底改革社会的阶级机构个人才能获得自由的人们所已说的或能说的一切言辞。

"狄米徒里·萨木金，人类的解放者。"他想，在孚伊诺夫和庇里尼可夫互相唱和之中；而且他冷笑了，当他看着那学生静听这两位圣者的高论，把他的异常苍白的脸转向这位那位的时候。

他判定：人们越来越变为卑劣的和无足轻重的了——被这战争所压倒和骇坏。他觉得他自己比任何人都丰富，具有广博的经验，只要情况一变，就会使这样经验的所有者显得光辉灿烂。比起他自己来，那些人并不能听取，却能说得更动听、更大胆，对他们谈论是何等无益呀！他的生活经验是一种负累，毫无出息地朽烂掉；无论经验怎样丰富，他的生活是可厌的。他知道各样而且厌恶各样。他渴望灾变，一声警报，使人们恐怖，猛烈地把他们推进，摔进异样情境之中。他渴望着这无穷厌恶的结局。

第二十八章

一

结局似乎接近而又迷离,蹦蹦跳跳的——一蹦向前又一跳向后,十一月末帝国议会一致勇猛反对政府,但是接着"进步联盟"就发生分裂,以致政府禁止了城乡联合会。在萨木金看来,伊凡·杜洛诺夫是测验时局波动的机器。杜洛诺夫,住在不远的地方。有时早晨忽然来张罗钱币,而且几乎每天白天都来访萨木金,用最近的新闻、谣言和闲话来喷射他。有一次萨木金问他:

"伊凡,到底——你是干什么的?"

"我赚钱。"

"什么行业呢?"

"没有行业。"

"什么没有行业?"

"没有就是没有!"杜洛诺夫愤怒地叫喊,"好,我投机——各式各样的。今天我赚一万或五千,明天我被赚一万或五千。它是一种赌博。一种赌博。我应该做别的什么事情呢?这已经够有趣的啰。"

他老得很快。皱纹出现在他的脸上、耳朵周围,以及前额上,蓝色肉包悬在他的眼睛下面。他的两腮,不久以前还是厚实而且紧张的,现在是松弛的抖颤的。

他从亚鲁斯拉夫尔旅行回来,神气显得很冷淡。

"好?——陶西亚怎样?"

杜洛诺夫看着地板,答道:

"她穿着可怕的鞋子。她在烟草厂里工作。她和一个女子住在一个老丑婆的小房子里。"

他一面说,一面按着他的背心上的和衣襟上的纽扣,好像在摸索他自己似的。他尽力使他的言辞有趣。

"我会见那老丑婆五分钟之后,她就问我:你为什么不制造革命?你在等待什么?然后她夸耀她的丈夫在一九〇七年被放逐,去年才回来,在家住了四个月,死掉了。一千多个工人送他下葬。她对我谈了几乎两点钟。我含含糊糊地答应着她,恐怕她会打我和把我摔出去。然后陶西亚来了。她变得很黑,好像是铁造的。但是她并没有什么大不同。她的朋友是一个大鼻子的鬈毛姑娘——我想她或许是一个犹太的知识分子。围绕着她的是那老丑婆的独脚儿子,一包骨头,一个兵士。他曾经前进,后退,得过圣乔治十字章。他们全都只有一个观念——把这战争变为内战,如季明瓦特会议所宣言。"

他停止,摇摇他的系着金链的表。一会儿之后,萨木金问:

"陶西亚有什么话要说吗?"

"或许她只是想。"杜洛诺夫说,把他的表放进背心的袋里,把双手插在裤袋里,"你要知道她怎样看待我吗?她甚至不肯赏光给我一次密谈。她把我推到她的朋友们前面,说着漂亮的介绍词——她说,不坏,不过完全腐化了。这使那老丑婆的儿子异常高兴。他几乎笑死了。"

眯眯眼睛,努力把他的闪烁的眼光定住在萨木金的脸上,他更温和地说:

"我想她是怜悯我的,而我也怜悯她。可怜的鞋子——她有那样漂亮的脚背,那样美好的脚趾。各得其所的人都是一个好家伙。噢,她是美丽的。她的一切都美丽。她能够做一个欢乐女[1]而致富。"他忽然不说了。他似乎吃惊于听见他自己说出这样冒渎的话。而且大张着嘴呆看萨木金。克里·伊凡诺维奇,面带怒容,问道:

"你记得阿连娜·提里卜尼伐吗?她也是一个美人——"

"是的。她现在在哪里?"

"我不知道。她是一个荡妇。她曾经在阿孟剧院登台。和她同居的那富人——也很丑。他自杀了。"

"上帝知道这一切事情是怎样发生的。"杜洛诺夫咕噜,用力拍拍他的脑壳上的褪色的红头发,"我记得乳娘告诉过我某些妇女的生活——圣洁的修士和殉道者。她们抛弃了她们的富贵家庭,以及她们所爱的丈夫和孩子。而罗马人使她们受尽苦刑,把她们送去喂野兽。"

克里·萨木金记得了《圣经》上的故事,如他的父亲读过的亚伯拉罕以他的儿子作为牺牲之类;也记起了他曾经自比为吉诃德先生,而杜洛诺夫是桑科,于是俨然说道:

"从前有而将来也会有这样的人们,他们自己不能抵抗他们的内在世界的被破坏,他们自愿去承受他们的命运,使他们自己作为牺牲。对于这种事情有一个名词——马左克狂[2],而它养成了淫虐狂[3]——以

---

[1] 原文是法语(Fille de joie)。
[2] (Masochism)一种变态心理,以被异性奴使或虐待或伤害乃感觉快乐。奥地利小说家 Leopold Von Sacher Masoch(1835—1895)曾于所著小说中描写过主人公有此异状,故名。
[3] (Sadiom)以虐待女性而逞淫欲为快乐的变态心理。

别人受苦为快乐。大概说来，淫虐狂和马左克狂是人类的两种基本类型。"

他停止了，觉得他所说的话是暧昧的，使他陷于错误的方向；但是他立刻发现回头的路。

"我们可以研究这问题：谁受苦更多呢？当然是更敏感的人。拜伦，自然，比他在议院中所辩护的织工受苦更深、更强烈。霍卜特曼创作的剧本《织工》也是同样的。"

他喝了一口咖啡，继续说道：

"我们必须分别牺牲与英雄行为。罗马人寇尔条斯[1]跳入孚留木的裂口——是最著名的英雄行为，最完全合理的自杀。我们为什么不可以假定把寇尔条斯推进裂口去的是畏惧必然的死呢？或许推动他的是愿意做最先灭亡的罗马人的矜骄欲望，而且不愿和可鄙的奴隶群同死吧。"

"是——是的，"杜洛诺夫答应，无趣地，"有时人很想一跳。"

"他一点也不曾理解。"萨木金恼怒地想着。他用讥刺的语调继续说道：

"你似乎跳得太多，跑得太多了。"

杜洛诺夫扣好衣服，走到门口，咕噜道：

"当我们幼年的时候我不曾做过一切游戏。贵族子弟不要我加入他们的玩意。所以现在我要尽量玩一玩。"

"他恼恨了吗？"萨木金惊异，而且立刻忘记了他，好像人忘记了忘记应该做的工作的仆役似的。在萨木金看来，杜洛诺夫的存在不过是几点钟，当他出现在他面前谈论他的各种各样的商业——买了什么，卖了什么，赚了多少——或者大批帆布，或者一票印书纸的时候。他随时在

---

[1] 神话：罗马中部突然裂开，据说神要求罗马最大珍品以为牺牲，寇尔条斯遂跃入裂口中，地乃复合如初。

买着卖着，而且曾经和诺加次夫合股开了一个"讽刺与幽默"的小戏院在某处阴暗的地下室里。萨木金，偶然到过这戏院，发现所谓幽默无非是一个公证人在他的妻子面前打开他的公事皮包而其中有一条女人的衬裤之类。这戏院不到一个月就关门了，改为歌唱咖啡馆。萨木金问杜洛诺夫：

"你损失很大吗？"

"不。诺加次夫却损失了。而且这不是第一次。他是愚蠢而又贪污的。我很想使他损失到连衬衣都没有。使这猪儿子变为街头车夫，或邮差，或什么。我憎恶这托尔斯泰主义者。"

杜洛诺夫极其轻蔑地摇摇头，问道：

"你需要钱吗？"

"要钱干什么？"

"噢，不过是说一般用途。我已经聚积了许多。钱不久又要多起来了。他们想要发行二十亿——"

克里·萨木金已经有足够的钱，但是作为一个情报员，他是很重视杜洛诺夫的。一个乱头发，苦于睡眠不足，眼睛发炎，他在早晨就进来说：

"进步联盟的领袖们正在和'黑百团'，和俄罗斯人民联合会会员，讨论一次皇宫革命。他们想要推戴某人来代替尼古拉沙皇。仇敌们都变为朋友了。你对于这事有什么意见？"

"我不相信有这回事。"萨木金回答，斟酌出这最简单的答谢。但是他知道杜洛诺夫所传来的一切谣言是往往得到事实证明的：譬如，在帝国议会报纸未宣布之前，杜洛诺夫就已报告他内务大臣普洛托波坡夫和德国代表谈判单独讲和了。

"你从哪里打听来的？"萨木金追问。杜洛诺夫把两肩耸到突出的大耳朵跟前，悠悠地说道：

"女人们。她们并不理解许多，但是她们知道各样。"

二

克里·伊凡诺维奇发觉他的生活无聊,但是他一天比一天更相信不久之后在他前面就会展开另一种生活的广大远景,更要增高像他自己这样非常出众的人物的价值。市内食物缺乏逐渐成为灾祸。工人们都很激动,但是在一月中"战事工业中央委员会"的劳动团体已经被拘捕,而且彼得格勒的布尔什维克党委员会毫无成就,它于二月六号呼吁工人们于二月十号帝国议会社会民主党议员被审判的周年纪念日举行的示威罢工也失败了。

"各样事情照常进行——历史的逻辑正在显出作用,摧毁一面,增强另一面。"克里·萨木金想。

二月十四号,帝国议会闭会的日子,工人们开始了几次罢工;十天之后爆发一次总罢工;街道里泛滥着革命的示威群众好像奔腾的春水似的。

克里·伊凡诺维奇·萨木金勇敢地等待着,观察着。不愿被示威者的黑暗浪潮所席卷,他从远处,潜伏在角落里,考察着一切。他觉得没有理由使他自己混入这种喧闹的、恐慌的群众里面——他并未曾忘记工人们的面貌和形态;他曾经亲历过莫斯科的示威,以及这城市中的一月九号,即"血的星期日"。

他看着无穷的不可信的密集的、灰暗的、毛茸茸的男人们、女人们、青年们奔流过去,拥挤在多孔的石墙之间,而且听着这合唱:

起来,饥寒交迫的奴隶——
起来,全世界的罪人——

"给我们面包!面包!"妇女们厉声叫喊,响亮地。

暴众偶尔沉寂，整肃行列，冲过他们前进道中的障碍。然后一阵狂呼怪叫：
　　"那里有什么东西？滚开！同志们！要勇敢呀！"

　　　　这是最后的斗争——
　　　　团结起来——

　　唱歌的人是无数的，而且毫不休止地歌唱着。萨木金觉得示威者唱得这样整齐和谐这或许是第一次，而且工人们的歌曲的严肃意义已经由他们毫不畏惧地表现出来了。一九〇五年一月九号并不曾有过这样的歌唱。那时的暴众或许就不能在这种方式中歌唱。然而，现在并不是完全没有重演血的星期日的结果的可能。确是并非不可能的。零零落落的几个人脱离了大众，蹦跳着走过萨木金前面，狠狠地苦笑着或凄凉地皱着眉头。另一群人奔过他们前面，混合在大众里面。
　　萨木金屡次环顾那些阴暗的窗子。但是除了几个不成形的斑点和一道青霭而外看不出窗里有什么东西。群众终于看见了，留下雪都被踏平而露出路面的街道。
　　"新的扫帚。"萨木金回忆，转向回家的道路，使他完全熟悉的种种思想得以自由活动。
　　"在家里没有这样多的人妨碍我的生活，而有的是我所需要的人们，我所喜欢的人们。要选择任何思想路线是很容易的，而要创立一种满意的亲近团体却很困难。"

三

　　到家里。他被一张喜气洋溢的脸所欢迎。他的女仆已经盛装起来，在那明亮而丰满的嘴唇上展开一个甜蜜的微笑。她的眼里闪出无限快活

的光辉。萨木金早已不喜欢她和她的不恭顺,但是他仍然留着她,因为她善于办理家务。现在他不能不问她:

"你为什么这样快活?"

"事情变得很有趣了,克里·伊凡诺维奇。"

"什么事情?战争吗?"

"战争快要完了。"

"谁来停止它?"

"工人们和农人们都不愿再打了。"

"是吗?谁许可他们不打呢?"

"他们自己不肯打。"

"哦,我看。"

和她辩论是无益的。萨木金很知道的。但是她的"生活的愉快"深深地激怒了他。在二月二十六号晚间,当他回家来晚餐的时候,他又不能不问她:

"好,你有什么意见呢?"

"革命已经起来了,克里·伊凡诺维奇。"她回答,用舌头舔舔她的嘴唇。她继续说:

"这是真的,是不是?"

"或许。但是一九〇五年一月九号也发生过这种情形的,你知道那时的事情吗。"

"知道。对我们讲过了。"

"什么?谁讲的?在哪里?"

"在楼下。阿开底讲的。那年轻人,阿开底。他在那里讲解报纸。"

"开饭了。"萨木金严厉命令。

他分明记得他在一九〇五年莫斯科的经验,二月二十七号这一天他决定不出门。独自在毫无热气的房间里,只点着一支快要熄灭的可怜蜡烛,他站在窗前瞻望着夜晚的黑暗,左手边有两处地方冒起熊熊的火焰,以致黑暗似乎要消解了,红色斑块正在盛大和蔓延,那气势好像要烘热全城的空气似的。在远方,杂色的火花悠悠地飞升着,然后又以同样的审慎降落在房顶后面。

那喜气洋溢的女仆从早晨调了咖啡之后就已不见了。在这一整天之中他只能吃沙丁鱼和吉士,吞尽了他在厨房里所能找到的每一件食品,而还是饿着,烦恼着,房间的异常阴郁增加了它和人间隔离的气氛,这气氛波动而且抖颤,好像尽力要消灭那烛光。烛底本身也已经太短,不能长久支持下去了。

"一切都糟透了!"

火花在黑暗中的抛物线的过程给他一种十分暧昧的印象,暗示着不祥的恶兆。他相信他听见几声枪响,虽然那或许是关门的声音。两辆货车驰过街道,震摇着窗架。第一辆似乎装载着铁器,另一车辆里却站着几个人,拿着步枪——隐约现出刺刀的闪光。

"谁被捕了呢?"克里·伊凡诺维奇惊疑。从此他就摘下眼镜,尽站着用羚羊皮揩着镜片,紧张着耳朵,猜疑为什么不再听见枪声。

克里·伊凡诺维奇忽然心血来潮。前夜他和伊里娜争吵,而且吵得激烈。杜洛诺夫介绍的那人卖给她金币,号称为罗马帝国的古物,其实是近代的赝品,那证明书是伪造的。一只古瓶也证明不是真金的,而是镀金的。伊里娜歇斯底里地顿足咆哮,咒骂杜洛诺夫和那掮客串通欺骗。

"你的朋友,他有一张骗子面孔。"她曾经叫喊,而且要求萨木金控告他。她的暴怒的表示激怒了他,他想道:

"倘若她起诉,我就一定要被拖累在里面。"

他曾经竭力安慰她,但是她用这样讥刺的话糟踢了他,以致萨木金寒心于这些羞辱,爆发了反击的言辞,愤愤地走掉。

四

一阵紧急的叩门声音。萨木金并不立刻走进客厅。他抬起烛台,用一只手掩护着它的波动的火焰,等待着叩声自行重复,默想他并无被捕的理由;或许是杜洛诺夫吧——真的,除了他而外还会有别人吗?他猜得不错,杜洛诺夫进来了,全身臃肿不堪,肚皮是凸出的。

"你睡了吗?"他粗声地问,喘着,咳着。他解开外衣,放下一个沉重的包裹在脚下,接着又从衣袋里拿出一些小包裹,递给萨木金。"食物。"他解释,把外衣挂起来,"你的肥蠢的女仆告诉我你的家里没有一点东西吃。"

"城里正在闹些什么呀?"萨木金懊恼地问。

"革命。"伊凡回答,用手巾揩掉脸上的汗,而且用一个手指摸摸左面颊,"他们说,巴夫洛夫团和别的警卫军都已变到人民方面——就是,帝国议会。而人民——正在行动中。警察署都被捣毁了,而且巡回法庭和立陶维斯基堡[1]正在燃烧。大臣们和将军们正在被捕。"

萨木金怀疑地站在房间中央。杜洛诺夫用手掌拍拍他的面颊,不慌不忙地继续说:

"真是发疯。他们用刺刀打进我的房里,问道,'你是戈洛木比也维斯基将军吗'?而我相信并没有这样一个将军。"

"他们是警察、宪兵吗?"萨木金问,捋着胡子想道现在他和伊里娜的纠纷不会有什么不愉快的后果了。

"警察,见鬼!警察都躲起来了。他们说警察都藏在顶楼上,准备用机关枪扫射——你是怎么回事?你觉得不舒服吗?"

"我的头——"

---

[1] 彼得格勒的一个监狱。

"人人的头都——发昏了。我也是的,老朋友。我来这里过夜。在家里,你知道——"

他拍拍他的膝头,颓唐地继续说道:

"老实说,我害怕。五个人——两个学生,一个兵,还有一个男人,一个带手枪的女人。我对他们说明,而她——她就打了我一个耳光。"

萨木金坐下,觉得他确乎未曾想到会发生这些事情。杜洛诺夫来了之后,房里更加寒冷,外面更加黑暗。

"我能够理解大臣们的被捕。但是为什么将军们也——倘若军队……这是什么意思,他们都变到人民方面了吗?军队已经承认帝国议会为最高权力机关,是不是?"

把头停在一个肩膀上,杜洛诺夫用一只眼睛看着他——另一只眼睛几乎肿得睁不开了。

"明天我们就会明白一切了。"他说,"看!烛快要灭了。另点一支。"

他打开那些包裹,把它们的内容都散布在桌面上——面包、火腿、香肠和熏鱼——而且要萨木金找出一个螺丝锥,他就用这螺丝锥打开几只瓶子,继续说道:

"总而言之,人民是高兴的。他们饿着,但是他们能够自由呼吸,他们都想要笑。看不见愤怒的脸相——一般表情是正经的。虽然他们已经开始——活泼。演说家在各处叫喊'国家正在危险之中'呀,'团结才有力量'呀。有些人确在高呼'打倒沙皇'。兵士们,带伤的和别的,都演说反对战争——他们的态度最激昂——最激昂。"

萨木金枉然费了许多力都不能把烛插进烛台里,烛台是热的,所以烛的脚根总是熔解,跌倒。杜洛诺夫来帮忙,他俩各出心裁,默默地工作了一个长时间。然后杜洛诺夫道:

"好了,我们来吃吧。我从早晨起就不曾吃过东西。"

他俩又默默地喝白兰地酒,吃火腿、沙丁鱼和白鱼。萨木金喝了几口酒，说道：

"这是有名的酒。"

"从沙皇的地窖里得来的。"杜洛诺夫咕噜，"你的女友把我介绍给出卖这种好商品的那妇人。"

"你替他买了什么金器吗？"

"我为什么买呢？我介绍了一个古董商去。"

"他骗了她了。"萨木金告诉他。杜洛诺夫似乎并不惊异。

"你期望他不会骗吗？一个古董商——"

杜洛诺夫，吃完了，摊开盘子，喝了一杯白兰地。

"我们在这里！"他说。"我们活着看见革命。"他的声音可厌的响亮——这样响亮，以至他自己也茫然四顾，好像他以为这声音是属于别人似的，"我并不需要革命，但是，自然，我也不会举起一个手指反对它。我所挨的或许是革命的第一个耳光。当然，这并不是可以夸耀的赠品。你知道，克里·伊凡诺维奇，那些人——那些将军搜捕者——走了之后，我觉得很悲哀。我所过的是愚蠢的生活。从前你们住在楼上，而我住在下层，在厨房里。你们贵族子弟虐待我，好像一个黑奴，一个犹太人，或一个支那人——"

萨木金记起了台格尔斯基的关于第三代知识分子的议论，以及他自己在巴黎的三层楼上观察生活的景象。他微笑了，为要掩藏这微笑，他低下头，摘下眼镜，而且揩揩镜片。

"活了几乎半世纪只有一个人——只有一个陶西亚——"

"我或许可以告诉他关于马利娜的事了。"萨木金想，并不理会杜洛诺夫的话，"但是马利娜也十分可能变为一个布尔什维克。许多人在生活中都不曾生根——不会严格保持确定的地位。"

伊凡·杜洛诺夫继续非议他的生活，他虽然已经醉了。

"我的朋友邓那夫，那工人，尽力劝告我不要浪费时光，应该研究学问，站在工人阶级的立场上。他的立场，布尔什维克的立场——"

"你感动了吗?"萨木金问,因为评论的缘故。

"不,我不曾。但是你脱离了它。为什么呢?"

"等一等,"萨木金站起来,走到窗前。时间将近半夜,在这甚至白天也很安静的街上,此刻照例是凝固着毫不动弹的沉寂的。今夜,两层窗架中几乎不断地传进来震动的嗡嗡的轻微响声——人群的步声,自动车的喇叭声,救火车的疾驰声。但是把萨木金引到窗前的声音是异常沉重的,使窗玻璃都呻吟了,真的,甚至食厨架上的盘子也嘤嘤地响。

在黑暗中萨木金看见两个立方体的怪物缓缓走过街道,前后围绕着一圈武装的人们,他们的刺刀摇动着,划破了黑暗。

"装甲车。"闪过他的心里。"装甲车正在过去。"他高声说,他的大声中充满着奇异的欢喜。

"你以为他们要扫射了吗?"杜洛诺夫瞌睡地含糊说,"他们不会的——厌倦了——"

装甲车不见了,杜洛诺夫展开手脚趴在椅子上,咕噜道:

"没有人愿做任何事。他们打了伊凡·杜洛诺夫一个耳光——就算完事。"

萨木金,看看他,想道:

"他不过是一个醉人而已。"

他走进寝室里,拿着一只枕头,把它抛在长沙发上,说道:

"睡吧。"

"我要睡。我真要睡了。"

杜洛诺夫站起来,踉跄地走向长沙发,他伸着两只手,好像瞎子似的。他自行倒下,好像跳水似的,伸开他自己,低吟道:

尖锄已经掘成深洞——
已逝的生活孤寂无聊——

"萨木金,这是谁作的?"

"尼克丁。"

"见鬼!你知道各样——各样。"

他睡了。萨木金也想睡,觉得有些被酒食所陶醉——被他周围所发生的事故所陶醉。燃起一支烟,他站在窗前窥看着黑暗,其中有些黑色人形像鱼似的寂然游过。只因为他们比黑暗更加黑暗才能分辨出来。

"那么——革命了。在我生平中的第二次。"

他决定明早出去看看这革命,以便决定他自己在它里面的位置。

第二十九章

一

早晨，萨木金和杜洛诺夫喝了咖啡，吃完了残余食物。然后他们出去，走在冷风之中，风急忙地散播着干燥的雪花，而起劲地猛进了不过一两分钟之后，就又销声匿迹，好像觉得现在散播雪花已经太迟了似的。

萨木金走在杜洛诺夫前面，注意观看周围，想要看出什么还未见过的异常事物。杜洛诺夫提醒他：

"你觉得这城市显得多么寒碜了吗？"

"是的。"萨木金承认。他记得一九○五年冬季莫斯科也正是这样。政府官吏、街车夫、中等学生、警察——全都不见在街道上，穿好衣服的、可敬的人们也一样不见了。代替了他们，街上狼藉着面貌粗野的群众。那时在莫斯科群众都徘徊在弯曲的小街道里是使人难以理解的。现在这里,大多数人显然都向着一个方向前进——迅速而镇定地移动着。面容黧黑的工人们,没有武装的兵士们,异样的蓬头垢面的妇女们——全都急忙走着。有些穿好衣服的人们却缓缓地彷徨着。常常有一小群一小群兵士,没有军官,但是都拿着步枪。满载工人和兵士的运输汽车沉重地拼力驰过。偶尔出现一些红带和红臂章。

"喂,喂!克尼亚色夫!"杜洛诺夫叫喊,去追赶一个骑自行车的人,这人的大胡子拖在左肩上。萨木金等了伊凡一分钟之后,独自走了。

走过一辆巨大的货车,巧妙地装载着各式椅子。椅子都用草绳扎着,堆积得几乎高齐二层楼房。对比着这货车,那姜色肥马和走在它旁边的红脸车夫显得出乎情理的渺小。和车夫并肩走着的是一个敞着外衣的学生,小帽向后戴在颈上。他摇摇手,叫道:

"你想想——这些人民——"

"我们想我们是合理的。"车夫用深沉的低音嗡嗡,"你去和我的头领谈谈。他会说明你的谜的。他也会解释关于人民的谎话。"

车夫快活地大笑著。萨木金急于想要听他还要说些什么,放缓了脚步,但是他自己的注意被吸引到站在步道上军火商店门前的十多个人。一个矮胖子从那店里出来,剃光的脸上戴着海狸皮帽,他的外衣上张扬着两只毛茸茸的袖头,他举起手,高声说道:"牙科医师。"就放了手枪。

一道拱形门上的珐琅招牌"牙科医师"的"科"字立刻不见了,于是这射手微笑地看着观众。一个声音称赞道:

"好枪法。"

一个穿着油腻的厚外衣的满脸胡须的家伙伸出手来,问道:

"我可以看看这枪吗?"

他看了,判定它的牌号,说道:"科尔提!"然后他把那武器放进他的衣袋里,走掉了。

"你要到哪里去？"那射手急叫，正要去追赶这窃贼。然而，有两个人跳出来拦住他，一个在前，一个在后。

"你们要干什么？"那射手恼怒地质问。

"你要那玩意干什么？"那年轻人平静地问。另一个人对着窃贼背面大叫：

"戈狄也夫，回来呀！"他转面对那射手说："你去吧，先生。这里没有你做的事——你要干什么呢？"他问萨木金，用蓝眼睛估量着他："这商店没有买卖。你不必停留在这里。"

萨木金服从地走开，有些快活。那射手立刻赶到他面前，说道：

"我死也不明白这一切。他们是什么人呢？上帝知道。"

萨木金已经踱到街道的另一面，转身观看。一辆运货汽车驶到那商店前面，于是已经站在窗前的人们立刻就从店里搬出几只箱子。

"在光天化日之下抢劫。"那射手说。

萨木金不回答。他并不需要同伴。那人领会了。当他走到第二个转角上的时候，他冷笑道：

"你好像是和他们一伙的。"而且立刻在另一条街上不见了。

二

越走近徒里达公园[1]，活动的人群就越多，并不很密集。在里提尼大街上，挨近桥的处所，或许在桥过去那里，在维堡车站方面，有几声枪响。巡回法庭还在燃烧着，但是火焰已经衰弱。除了墙壁而外什么也不曾留下，在它们的环立之中火正在贪馋地咬嚼，啃噬木头。不时从大火中发出剧烈的叹息，在这样的时候，小火从大火里喷射出来，好像蝴蝶或鲜花似的在空中抖颤着，而且立刻化为黑色灰烬。

---

[1] 徒里达公园围绕着帝国议会所在地的徒里达皇宫。

二三十个人聚集在火对面的步道上，大多数都已上了年纪，有些确是老了。欣赏着这光景，他们漠不关心地交谈着，好像什么也不足为奇的老看客似的。

"窃贼们放的火吗？"

"当然。"

"立陶维斯基堡也是他们的工作吗？"

"还会是别人吗？那些警察局也是的。"

"政治犯们确是帮忙他们的。"

"他们最恨宪兵。"

"警察部——"

"他们还不曾烧它。"

"他们要烧的。"

萨木金转进塞吉也夫斯卡牙街，而且放缓脚步。不久以前，那些被大炮震坏神经的、受伤的兵士们曾经在这街上训练新兵，喊叫："立正！"

沿着徒里达公园围墙走来二十多个人。在他们的中央，三个兵士押解着两个人：一个没有帽子的人，高大，秃头，有着高前额和大胡子，胡子是揉乱的，满脸血污，闭着眼睛，但是扬头走着。在他旁边的是另一个高人，跛脚，摇摆着，他的帽子戴到眉毛上。他穿着黑色的冬季短外衣和皮靴。这些人默默地走着，有一种送葬行列的肃静。在他们旁边，好像押解着他们全体似的，一个小男人细步急走着。他的肩上抬着一支双筒枪。他穿着一件旧外衣，紧紧系着一条红腰带。在他的芬兰皮帽之下隐藏着一张小脸，大眼睛，最出色的是那小黑胡子，并不特别浓密，然而修剪得很齐整。萨木金讯问他被捕的是些什么人，他们为什么被捕。

"更高的一个是宪兵。另一个不知道。他们都是为枪杀人民被捕的。"那小男人用快活的音调大声说。追赶着萨木金，他分明地又说："枪杀自己的人民这风俗必须改掉，甚至军队也要改掉。"

"要把他们送到哪里去?"

"送到帝国议会去惩办。自然,你知道皇上已经交给帝国议会建立秩序的充分权力。所以,我想,一切好的坏的现在都要经过帝国议会。"

萨木金看看这人的脸——骨瘦,尖眼睛,有些快活的皱纹。

"你是义勇兵[1]吗?"萨木金问。那快活的人现在和他并肩而行,用手肘推了他一下。

"不。我是个手艺人。我是装修匠。费多·普拉可夫是人人知道的。打猎不是一种行业。它是一种消遣。"

克里·伊凡诺维奇对于一般人少有同情,但是他喜欢常识丰富的人们,如米托罗方诺夫之类。他颇为高兴地倾听着他的饶舌的同伴,而这同伴流畅地谈着,好像久已想好了似的达到这结论:

"打猎是畜生的行业,是残害的。狐狸残害松鸡,以及一切雀鸟;狼残害绵羊、小牛,使我们受损失。所以人,当然,要保护自己,不能不打狼。这是我的想法。"

在徒里达皇宫围墙的门道上,潮涌的群众使萨木金脱离了他的同伴,撞在门道的石柱上,被推进墙里面,抛入一只角落里。角落里是宽松的,萨木金深深地喘了一口气。他察看他的衣服上的纽扣是否都还存在。东瞻西望,他看见围墙之内的群众比在街上的较为稀疏,而且都靠近墙边。在皇宫前面留出一片空地。街上的人们并不进来,好像有什么无形的障碍拦着他们似的。

"昨天,街道里还是何等清静的呀。"

站在萨木金周围的人们大多数是衣冠整洁的。在他后面,在墙角上,站着一个胖胖的蓝眼睛妇人,她的白羔皮帽下面有一撮黑鬈毛突出在她的玫瑰色的前额上。在萨木金旁边的是一个高大的黑眉毛老人,穿着镶绿边的灰色短外衣,戴着平顶帽,有一部黑色鬈须。一个戴海狸皮

---

[1] 俄语"义勇兵"与"猎人"同音,故有下面的答语。

帽的高男人，圆脸红腮，金色胡子，推挤着走到墙角里的妇人面前，对她说道：

"那完全是对的——希脱洛夫斯基、兴加里夫、楮尔金——以及，当然，米留可夫、勒孚可夫和你的叔父。它是进步联盟的本部。他们决定和政府斗争，用一切方法使军队能够平静地作战。"

"平静地作战是可能的。"有人说。

"原谅我。正确的说法是：使军队能够在前线镇静地做它的工作，使工人们能够镇静地制造军火。"

"用什么喂养他们呢？"站在萨木金旁边的一个面色苍白的矮男人质问。

"帝国议会自己会有办法的。"

"但是用什么喂养那些兵士呢？"那苍白男人还是固执地问，声音更高。那穿绿边衣服的老人弯着身子，悄悄地对那男人小声说了几句。

"我不管他们是什么人。今天顾不得这些。"那苍白男人大声说，而且脱掉帽子，在他的秃头上摇摆着它。

那金色胡子的男人有好几个听众。他正在演说：

"米留可夫——很聪明——"

"米留可夫并不是一个军人。"

"我们需要的是维持国内的安宁。我们帝国议会将表明这一点。以洛次安科为主席的领袖会议正在开会了——"

有着金色胡子的男人的红腮突然变白。他转面对秃头说：

"听我说呀，你要干什么？——见你的鬼！"

"我们走吧，那妇人赶紧催促，跳出墙角。她凶猛地推开萨木金，并不道歉，然后拉拉金色胡子的同伴的袖子，把他拖到帝国议会的门口去了。"

"他们是什么人？"萨木金问那穿绿边短外衣的老人。

"爵爷——"老人郑重地说，但是并未说完，接着是一阵低抑和惊异的唏嘘之声。一辆运货汽车驶进庭院，粗声咆哮着，好像一头熊似的。开车的是一个颈上扎着绷带的兵士，他的遮阳帽歪戴在他的右耳上。他旁边坐着一个学生，车厢里有两个拿着步枪的工人，一个帽子遮着眼睛的文官，一个肥胖的灰胡子将军，以及另一个学生。街上更加嘈杂起来，有人欢呼"哈啦！"庭院里的喧哗却已降低。

"这是怎么回事呢？"灰色老人问萨木金。

"他们被捕了。"克里·伊凡诺维奇毫无把握地冒险说。看着工人们把那文官拉出车子，他又说："我相信这文官是司法大臣——"

"但是谁——下命令呢？"

"帝国议会。"那苍白男人高声宣言，"他们想要关闭它，而这是回答。"

三

萨木金观望着。那大臣显然是轻的，好像毫无重量。敏捷地扶着那学生伸出的手，他跳到地上，又同样敏捷地跑了几步，就消失在一根柱子后面。搬运那将军下车却是困难的。圆得像一只桶一样，他呼呼地喘着，坐在车子边上，小心地放下一只脚，显出裤子上的宽大的红条边，又缩上去，放下另一只脚，一直到一个工人终于对他叫道：

"不要害怕。跳呀！这并不是海——"

杜洛诺夫忽然出现在萨木金旁边。气喘吁吁的，几乎是踉跄着，他低声说道：

"群众来了——两万，或许更多——我发誓。用我的名誉担保。工人们，兵士们，还有音乐。水兵们。浩浩荡荡，见鬼！这里那里已经开枪。这是事实。从屋顶上——"

杜洛诺夫显然是惶恐的。他的肩头也抖颤着。他把头伸向这边那边，好像在寻找熟人，然后咕噜道：

"那马尔可夫——凶恶的傻子——他们说他从俄兰尼博调来一团机关枪队。你说,现在是谁当权呢?"

"这是我也看不出来的,那穿着绿边短外衣的人插嘴。"

"我们顶好进皇宫里去。"萨木金说。

杜洛诺夫立刻赞成:

"对了。在那里面,无论什么事——"

他走在萨木金前面。莽撞地开拓着他的路。然而,在走廊上他们被一个军官阻住,军官自称为帝国议会的警卫长。他们逗留在那些圆柱后面。在门廊的入口处——在这高台上他们可以从容观看革命。那穿绿边衣服的老人在他们旁边旋转着。

"只要有警卫就有政府。"他说,安慰地。杜洛诺夫斜瞅着他,问道:

"你是一个侍从吗?"

"是的,先生。我伺候过米克林堡-斯徒里雷斯基爵爷二十七年——以及别的大臣们。"

他显然是高兴被注意的。凑近杜洛诺夫,他列举道:

"卡卜尼兹子爵,或,例如,洛次安科先生——"

忽然,在逼近的处所,爆发了铜乐队的《马赛曲》[1]。整个庭院都激动了,也激动着街上的群众,好像他们脚下的地面振摇了似的。有一阵可以说是欢喜或是失望的歇斯底里的叫喊:

"兵士们!"

萨木金觉得他胸口紧张,好像他脚下的石块已经移开——觉得惶恐,以至想要把这可耻的胆怯解释为一种生理的感觉。他对杜洛诺夫说:

"站定!不要推我呀。"

---

[1] (*Marseilleise*) 法国革命歌曲,现在的法国国歌。

"我并未推你呀。"杜洛诺夫咕噜,他的脸是自从昨天酒醉之后就皱缩不堪了的,大张着嘴,下巴发抖。萨木金觉察了这,想道:

"他似乎也曾以为血的星期日的重演并非不可能的。"

四

在街道里的人群迅速分道而驰——最大多数,怯怯地欢呼着,奔向音乐;少数人急剧向右边跑,离开皇宫;庭院里的人们更靠近围墙,让出皇宫前面一片空地,空地上盖着一层被踏成灰色粉末的雪。

萨木金恼怒地想道,这一片空地好像特为他让出来,使他能够看清现在三两成群默默疾走过它上的工人模样的人们似的。他们在台阶顶上被一个军官拦住,几个兵士横着刺刀阻止他们。他们嚷着他们是工厂的代表,那军官受惊似的耸起肩头,走开了。法兰西国歌的铜乐更加响亮,空气被这一阵喧哗所震荡,其间降落着那侍从的怪不调和的言辞:

"真实的主人是凭他的气味就可以认识的。真实的主人有温和气味。狗知道这个。主人们,从祖先以来,几百年间,就已自然而然明白事理,他们这样明白,所以皇上叫他们办理帝国议会。现在下贱的人们跑进它里面去了。"

那侍从的髭胡子原来是黑的,像他的刷子似的眉毛一样。现在染着一层灰色,它显出粗陋的盐粒上的光泽。他的高声是单调的,锡音似的。这侍从的全身似乎是锡制的了。

六七个人在听他说。其中的一个,穿着镶皮外衣,竖着领子,戴着海豹皮帽,胀鼓鼓的红颈子,用戴手套的手摸摸胡子,叹息道:

"在这时代你太旧了,老人——"

"这使我难受,"那侍从继续说,"学生们拘捕将军——这种事是可以容许的吗?"

萨木金听着侍从的话,想道:

"这也是合乎常识的。"

墙外面出现了一团密集的群众。先头的中央有一面红旗,举着它的是一个阔肩的、没有帽子的高大男人。他穿着冬季外衣。外衣的袖子已经破到肩头。他显得十分强悍,因为旗杆是粗大的,有十多尺长,而旗是绒毡做的。他把旗子举在他前面容易得好像拿着一支蜡烛似的。在他两旁走着两个兵士,抬着步枪;之后是许多兵士。这群人的最先头几行几乎是武装着的。甚至阿开底那小子也走在其间,抬着一支没有刺刀的步枪。不到一分钟人群就塞满街道,漫溢进庭院里,而且那抬红旗的人已经停在皇宫石阶前面。有人叫喊:

"不要放下旗子。不要放下呀!"

兵士们挤在群众里好像通过筛子似的,有些抬着机关枪,有些抬着铅盒子,有些抬着木箱子。他们叫喊:

"让开!"

并没有人指挥他们,好像看不见那警卫军官似的,他们走进门去,消失在皇宫里面。

五

随着年龄的增加,克里·伊凡诺维奇逐渐失去他的近视。他的视觉已经变为差不多是正常的了,所以他戴眼镜与其说是由于必要不如说是由于习惯。从镜片中窥看着群众的各种面孔,在灰黑色的集体里他能够认出在揉皱的有檐和无檐帽子底下的各式状貌:骨瘦的,肮脏的,烟熏的,毛茸茸的。他试行从这些一切面孔之中构成一只综合的面孔,但是不成功,这失败激怒了他,鼓励着他更加努力。他支离地回忆着亨洛尼谬斯·鲍次的破裂的、歪曲的世界,里翁那都·达·文西[1]的变相画

---

[1] Leonardo da Vinci(1452—1519),意大利最著名的画家。

面，杜勒[1]所画的耶稣周围的智人们的可怕的容貌。

"不。我所要做的不是这种事。我是要把一切面孔压缩成一个——把一切头颅压缩成一个——有一个颈项——"

他记起古代罗马皇帝有过同一愿望，想要一刀砍掉那唯一的头。

"恨人厌世近于疯狂。不。哪一类人才能够做这些人民的领袖——拿破仑——呢？只有喂饱肚子的观点上来看幸福——生活——的人民。"

"洛次安科？"几百个喉咙叫喊，"我们请洛次安科！"

克里·伊凡诺维奇正在聚精会神于创造一个领袖人物的过程之中，对于他周遭所发生的事实只是机械地感觉到。

克伦斯基，这律师，从宫门里跑出来，一个暧昧的平常人物。他正在叫喊：

"军民人等！可喜可贺！保卫帝国议会的伟大光荣是你们的。我宣布你们是首先保卫革命的光荣侍卫——"

"哈啦！"暴众急叫。一个吃力地抬着几只铁箱的年轻兵士对着克伦斯基叫道：

"让开，让开！"

"他们为什么把机关枪抬进来？他们要从窗口里扫射吗？"那侍从问，惶恐地。

"他们不会放枪的，老人。他们不会放的！"一个戴着斗拳手套的人说，脱下右手的手套，撕掉那拇指套。

"请洛次安科！"费多·普拉可夫叫喊，他站在石阶底下。继续被后面推挤着，他歪扭在一边，露出他的脊背，正在设法维持他的地位。他挤眉弄眼，叫道：

"洛次安科！"

忽然出现一个大胖人，用震袭耳朵的声音大叫道：

---

[1] A. Durer（1471—1528），德国画家。

"国民们!"

他是这样庞大,以至萨木金觉得这家伙像一座钟塔似的,倘若挨近他面前是不能看见他的全体的。庭院里,甚至墙外街上的嘈杂都沉静了,这时洛次安科像气球似的鼓胀着,满脸充血了。他的无限的大声音轰响着:

"混乱——"

这两个字音混合成一种非人的厉声,"传声筒"的声音。

萨木金觉得装修匠普拉可夫似乎畏缩在这声音之下了。挨近这演说家的人们,站在下一层石阶上,都向后退,而那戴手套的人竖起他的衣领,把头藏在里面,他的肩膀抖颤得好像正在大笑似的。

"敌人现在在彼得城门口,"洛次安科咆哮,"我们必须拯救俄罗斯,我们自己的,神圣的俄罗斯。我们必须镇静,忍耐。'忍耐到底的人将要得救。'我们必须工作,战斗……不要听那些人说什么……伟大的俄罗斯人民呀!"

萨木金第一次看见洛次安科,就喜欢这体格庞大、声音洪亮的塞坡洛支斯基哥萨克贵族的后裔。大约因为他说得冗长吧,"俄罗斯人民"厌倦了。几千个喉咙的叫嚣淹没了他的喇叭声音。这演说家也就转过他的脊背和红颈子对着伟大人民。

"你应该看看脱了衣服洗澡时候的洛次安科。"那侍从说,满足得近于骄傲了,"最好是看他吃的时候——吓,简直是一位沙皇,甚至上帝自己。"

"愚蠢与庸俗的必然混合物。"萨木金澄静地标出这人的品性,觉得有些满足。

戴着斗拳手套的男人脱掉右手套,突然拿出一张手巾,揩揩他的湿脸。然后他向后宫的门走去,好像瞎子似的推挤着人们,他撞着萨木金的肩背,并不道歉。他的面孔是骨瘦的,有一撮黑色小胡子。他咬着下嘴唇,上嘴唇向下缩,露出不整齐的大牙齿。

几辆运货汽车，怒吼着，急驰着，赶开密集的群众，送进来一些文官和将军，这些官员都被小心地卸下在皇宫石阶前面。每次新来的车似乎浇凉了群众的情绪，嘈杂也减低了，人们的面容变为沉思、恼怒、冷嘲、轻蔑。萨木金听见有人高声谈论：

"他们要怎样处置他们呢？"

"他们不会审问他们的。"

"他们将要把他们藏起来一直到释放的时候——"

"当然——结果是释放他们出去。"

"那么他们就要报复了。"

"应该把他们送进修道院，吃面包皮过日子。"

"你真聪明。"

"把他们放逐到——"，

"或者把他们放进拉多加湖淹死掉。"一个戴着旧芬兰小帽和穿着破烂的黑色短上衣的男人说，他的小帽罩着眼睛，眼睛下面的浮肿的青白面颊上点缀着一些灰色硬毛。努力控制着他的哮喘，这男人继续说：

"修道院——前几天我们的妇女们去到阿历山得洛-尼夫斯基修道院，替孩子们祈求面包。他们快要饿死了，那些孩子。你就不忍心看见他们。所以那些妇女才去祈求。一个修道士，住持，真可恶——那猪儿子。他说，我们不开店，我们不卖面包。那么施舍给我们吧，为上帝的缘故——或者给我一袋裸麦面粉吧。他说，'这些女人，为什么这样想呢？我们自己是靠布施过活的'。这脏猪！他们有很多积蓄——你懂吗？藏在仓库里！糖、面粉、三角麦、马铃薯、葵花子油、大麻子油、干鱼——而且很多。这些上帝的仆役，什么东西？"

冷酷的声音互相交谈着：

"是——是的。每个人都服事上帝。无人服事人。"

"我们服事人。我们为人而工作。"

"是的，但是无人服事人民，"一个穿着男人外衣的瘦高女人说，

"除了社会革命党而外没有别人。"

"那么布尔什维克呢?"

"布尔什维克就是工人们自己。"

"他们有多少人?"

"小东西。不过是些年轻孩子。"

"小东西是有力的——胡椒、炸药——"

"看!又来一些囚犯!"

当新来的几个囚犯,一个将军和两个文官,爬上石阶,而且跟踪着就是一阵人群的巨浪冲进宫门的时候,萨木金打了一个寒颤,让他自己由群众推着走,而且立刻发现他自己已经挤进皇宫去了。他被抛在一边,他的膝头撞着一个兵士的脊背,那兵士坐在地板上,两腿之间有一架机关枪,正在用一种工具修理着它。

"原谅我。"萨木金说。

"没有什么。过去吧。"兵士答应,并不回头。"我们在这里挤成一团了,兄弟。"兵士咕噜,用钢条刮着铁器,"不要紧的。我们并不会长久挤下去。"

这兵士的周围全摆着机关枪、子弹带、弹药箱、器具筐、步枪、军需品的袋子,以及装满了可以说是圆石子或西瓜之类的包裹。在这乱七八糟之中,在那些东西上面困着十多个兵士,都蜷曲成球形。

"维康蒂夫!"那兵士咕噜,仍然修理着机关枪,同时他踢了一个睡着的兵士的肩头,"醒起来呀,你这家伙。钥匙在哪里?"

一个黑工衣上穿着锈色背心的工人,一个三角形的家伙,眼睛深陷在烟熏的脸上,走来。咳嗽,寻找吐痰的地方,但是找不到,咽下了,然后低声喘着说道:

"救济,给我一个面包,朋友——我是代表——"

"不。我没有权。"那兵士拒绝,并不看他。

"你是爽快朋友。为了工厂代表,为了工人们——"

"我没有这权力——"

此刻这机关枪外科医生有所发明。他高兴地叫道：

"哦，发引机！现在我知道了——"

他用膝头跪着站起来，仰起他的腮上有少许金色胡子和有着圆形的快活的灰色眼睛的脸，慷慨说道：

"拿一个去。"

"两个，可以吗？"

"这一个，可以了吧？"

他伸出他的长手臂，用巨大的黑拳指着一只包裹。那工人解开它，取出一只圆形面包，把它挟在手臂底下，说道：

"我顶好把它藏起来。他们会妒忌的——"

"而你还要两个。拿这报纸去——把它包起来。"

六

萨木金混合在不断地奔流进门的人群里面，而且被急剧地搬运到这建筑物的深处，到数百种声音的轰响之中。当他被推进的时候，他的眼睛选择着较为有趣的人物；他的耳朵听取着更有趣的言语。

最后他发现他自己在一道无限长的走廊里，它显然是横断了皇宫的全部长度的。在这里，人比较少，而且再走进去，就是许多空处。走廊两旁的门不断地砰砰关闭，好像把人一个跟一个吃进去似的。说也奇怪，这走廊完结在一个富丽堂皇的餐室里，其中有三四十个愁眉怒眼的人们。在他们之中，有一个人是高兴的——斯推拉托那夫，穿着太过家常的、揉皱了的衣服，软底鞋。

"噢，哈喽！"他对萨木金说，举起手好像要拥抱他似的。

萨木金约略后退，抓住那手，握握它，静听着他的高兴的低调的言语：

"他们用货车把我送到这里来了,老朋友。是的。他们拘捕我,见鬼!我对他们说,注意,这是——这是不合法的。我是帝国议会的议员。我是不能侵犯的。有一个瘦弱的学生哈哈大笑。他说:'你看着的,我们能侵犯了呀。'他是滑稽的,是不是?有一个水兵跟着他,那样古怪的面孔,你知道。他叫喊:'不能侵犯?那么帝国议会里的我们的议员为什么被放流到西伯利亚去呢?他们是不能侵犯的吗?'好,对这样的人你能够说什么呢?他是一个小百姓。他什么也不懂。"

进来一个仪容华贵的男人,穿得很温暖,洗刷得很干净,以致他亮得失去了颜色,而且他的苍白面孔似乎是平滑的。颤动着他的小鼻子的鼻孔,悠悠地移动他的青嘴唇,他悄悄地问:

"街上发生什么事情了?军队来了吗?"

"不。没有军队!"一个小男人说,用茶匙敲碰着一只空杯子,"军队都叛变了。你怎么能够想得到呀?"

"我不相信,"斯推拉托那夫说,微笑着,"我不能相信。"

"他们会来的。"那华贵的男人说,耸动他的肥肩头。

"兵士并不制造革命。"

"我们没有军队。我到过前线。军队已经不存在了。"

"你相信吗?"斯推拉托那夫问。萨木金环顾左右,回答道:

"没有面包。给他们面包,就可以有军队。"

立刻觉得不应该这样说,他含糊又说:

"以及别的各样东西——就可以恢复平常状况。"

"我们需要用机关枪。机关枪——不用面包。"那衣服华贵的男人分明地说。

另一个男人进来,带来了安慰的消息。

"机关枪正在工作。一位将军已经在海军部主持抵抗。警察和宪兵都在屋顶上放枪。"

从角落里悄然出来一个小老人,萨木金不时在伊里娜家里会过他的；但是他似乎永远记不起他的名字——洛西夫？布洛索夫？巴尔索夫？

这小老人用他的手杖的球形把手敲着桌子，引人注意他自己，然后，像讲演似的说道：

"先生们，容许我提醒你们在今天我们发表个人的意见务必特别小心——"他停住，用他的手杖的锡包头拍拍地板，而且悲哀地摇摇他的灰头，继续说道，"倘若我们不愿意有助于我们的敌人所栽诬我们的罪状，有助于恶意曲解我们的俄罗斯的高尚目的……当然，我并不是主张'倘若你和狼在一处，就学狼叫吧'这政治的古谚。但是你知道改变腔调并不必定是改变主意，而口语的退让并不一定有损于目的的成功。"

七

萨木金并不想逗留在斯推拉托那夫的团体里，立刻离开那餐室，颇不满足于他自己，决定回家去思索他所见所闻的一切。

杜洛诺夫飞扬着外衣，皮帽塞在衣袋里，摇摆着手，也沿着走廊走来了。

"等一等，你要到哪里去？"他问，迎头拦住萨木金。他立刻说道：政府的权力已经移交给帝国议会临时委员会，但是同时，像一九〇五年那样，工人代表苏维埃也已经成立了。那么，要有——两个政府了吗？"他质问，尽力把他的狐疑的眼睛定住在萨木金的脸上。

萨木金俨然答道：

"我看不会有这种道理。工人的苏维埃——是为它自己的职业的利益——"

结局节略

十　年

当列宁回俄的可能被谣传着的时候,有一个人高声埋怨道:

"他必定要搅起混乱的。"

斯科洛莎道夫道:

"自然,列宁是我们的一个,一个真实的革命者。唯一的问题是对于一个真实的革命者我们是否已经成熟。"

在萨木金旁边的一个农民

"那么他是像他的样子的,这新来的人。他是结实的矮胖子。"

"好,上帝帮助他,他将要帮助我们。"

"他好像一个勤俭的小百姓。"

"让我过去。我要看看列宁这人。"
这时,环绕着那铁甲车,群众密集成一团——

"社会革命万岁!"
这呼声并不高,但是在整个广场上都听得见的。
群众逡巡着。
"哈!哈!你听见了吗?"

那人推着挤着走向前去,叫道:
"列宁同志!我们准备好了!我们明白你的,同志——我们准备好了吗?"
"伊里奇!"更简单。他走来说:"哈喽,伊里奇!"

列　　宁

他似乎早已经熟悉这群众,和它混合了。但是群众变为甚至更为威风凛凛,似乎已经长成。
萨木金记起了加彭。

列　　宁

他所说的各样都是简单明了的。因此反对他的欲念更强烈。

萨木金对于列宁

一个教书先生,俄国社会民主党中的许多知识分子之一,马克思的解释者之一,等等。

"是的，这身材，这姿态，这声音，这字眼清爽的绅士腔调。有些近似巴枯宁的风度。"

事故丛集，列宁对于孟什维克的改良主义批评得更加尖锐而又尖锐。他攻击第二国际的领袖们，毫不掩饰地敌对着他们。

"有点新的某物——俄国式的某物，村俗的，和粗野的。"

萨木金觉得列宁是他的私敌。

想到这人的名字哄传各处，无数人以他的言语为论据，这是怪可恶的。

结　　尾

一个宽脸女人，穿着棋盘花裙子，黑上衣，上衣上系着一条红缎带，姜色头发上罩着一条红头巾，昂然走过一个不戴帽子的秃头小百姓旁边，快活地微笑着，当她看着他的毛髭髭的嘴圆张着的时候。

那小百姓严肃地唱着：

> 我们要否定旧世界——[1]

"走开！让路——蟑螂。噢——蟑螂！"

他后退，拔脚踢中萨木金的肚子。

然后他用深沉的低音咆哮道：

"做你自己的工作！你自己的工作！"

"秩序，同志！我们要守秩序！"

血从帽子底下和别处流出来。一摊大红的血水泛流在他的脚下。他似乎溶解了。

---

[1]《国际歌》的一句，中文已译为"粉碎那旧世界的锁链——"

那女人侧身站着；想要用手掩住眼睛，但是不能。她从一只破烂的条板箱上取下一块木板来盖在他的面颊上。

俄文版编校后记

在高尔基的文学遗著中,《克里·萨木金的一生》的最后一卷,即第四卷,是最重要的。原稿共有一六四个大型阔边四开页。还附带着一些简短的札记,叙述列宁回到俄国和萨木金的死亡。这些情节,似乎是高尔基要在这第四卷上完成他的全部著作。在这一版中这些札记附印于本书的卷末。

本书的最先一百一十六页是编定了的,在原稿上高尔基标明:"最后校正。"在准备刊行本书的时候,编辑者们曾经遇见一些未定的篇幅。有时,作者不满意于某一节的表现,把它叉掉,但是并无代替文字。在这种情形之下,在故事的发展上这一节是主要的,曾经恢复了原文⋯⋯有时,高尔基遗漏了一两个字,这种缺漏已经按照上下文补足了⋯⋯原稿中偶有一人而有二三名者,为一致起见,曾经依照原稿的校定部分或各名应用的次数选定一名。

在一人数名的事例中,有过一个较为严重的困难。在《克里·萨木金的一生》的前几卷中有一个和警察部联络的女人叫作妮戈诺伐。在第四卷中,萨木金知道斯托里宾的别墅被毁的时候,他吃惊于鲁比莫伐死在那爆炸里面,详细研究之后,这人物赫然是妮戈诺伐,而鲁比莫伐则可解释为这女人的婚名,但这婚名突然出现是会使读者茫然的。使情形更加纠缠的是作者一会儿称她的婚名,一会儿称她的小名"伊斯托米娜"⋯⋯

在第四卷中读者有时发现时间的伸缩——在文艺作品里这是完全合法的——例如，在两三年中所发生的历史事件，在小说中却叙述为一年之内的事，等类。然而，有一次，时间的伸缩得到了时序不一致的结果，使一九一二年的新年之后几天之内就发生了一九一二年四月才发生的林那惨案，而且紧接着就到了秋季。在这些处所读者必须记住全部原稿并未经作者最后校定。

第四卷的故事开始于一九〇六年秋季，而第三卷却结束于一九〇七年夏季，甚至出现了一九〇八年所发生的事件。这可以说明高尔基想要重复地叙述而且把第四卷中的一部分材料转移到第三卷的理由。

在第二十一章中，萨木金初次去到前线，在这之前是应该叙述他加入城乡联合会和被该会派到前线去的情节的，但原稿中并无这些情节。这一段空白我们可以这样说明：高尔基需要这些情节的实际材料，暂时搁置了这一段，仅先去写这以后的故事……

这样，我们已经得到结论，上述那些未定的部分是这样微小，以至它们并未丝毫贬损这一卷的艺术的完整性，这是读者自己可以看出来的。

苏联党及政府合立高尔基文学遗产及通信收集委员会

英译者后记

马克西木·高尔基的四组小说《克里·萨木金的一生》的这一部的俄文版是于去年（一九三七）春作为遗著发表的。高尔基所遗留的原稿并未校定，不过本书的前六章曾经由他标志为定稿罢了。其余的原稿都是由俄文编辑者们校勘付印的，他们的责任是校正手稿，增订遗落，恢复高尔基已经剔去而未留代替的叉掉的原文来补足缺陷，和统一原稿里的同一人而有数名的名字。

俄文编辑者们曾经遇见两个无法弥补的缺陷：本书第二十一章的脚注中所表明的叙述上的漏洞，和最后一章的只有一些简短的节略。关于这些缺陷，俄文编辑者们声明他们相信：这种情形固然可惜，但并未损坏高尔基的最后的这一部小说的艺术的完整性，作为这著作的英文译者，我充分赞同这种意见。

据说高尔基写这部书经过了好几年的时间。不幸他屡屡被别的文艺活动所间断，因而不能避免于偶尔的矛盾、重复和时序的不一致。倘若他能够完成这书的校订，他当然要烫平这些小小皱纹的。俄文编辑者们不便替他做这种工作，而只以保存真迹和抹去最显著的差异为己任。

然而，高尔基失于觉察的地方有些是必然使读者感觉混乱的。有两个例子可以表明这一点。在第十二章里，本书主人公萨木金访问一个公证人，痛苦地惊异于他的亡妻所遗留给他的房产是抵押了巨款了的。但是在第十三章里，在已经几次设法出卖这房产之后，他又震惊于这房产是抵押了的消息。还有，在第二十五章里，萨木金接到伊里娜的一封信，告诉他她将要做一次娱乐的旅行。去看看"很受赞美的伏尔加河"，好像是初次去游似的；但是在前几章里面已经说过她坐木船沿着伏尔加而下了。况且，作者似乎忘记了有过这么一封信，也并未加以任何解释，却叙述她并未到那里去，仍然继续会见萨木金。

和上述这样矛盾并存着的是许多时序不一致，以及把同一思想、同一言辞放进不同的人物的嘴里的种种疏忽。

显然的，这对于译者是一个问题。要保存原书的文字就不能不保留下这一切笔误，而这些错误虽然细微，却是常常扰乱读者的。那么必须保存的是那精神吗？保持住那精神就对得起高尔基自己了吗？从各方面加以考虑之后，得到了这样一个决定：这些缺点不必保留在一种英文译本里面，它们是可以用我觉得最少妨碍的方法加以减轻的——删去与本书中别的部分不能谐和的字句。

高尔基的这小说里充满了关于俄国当时的政治的和文艺的典故。要使非俄语的读者能够理解这些典故，我必须加上一些脚注。但是小说并非历史的论文，太多脚注是容易引起厌烦的。为避免这种情形，即不使读者困恼于遇见无可考察的陌生人名，译者又不能不斟酌删去非有长篇解释不能理解的相对不重要的典故。

最后，关于文字的游戏。高尔基和他的人物是喜欢双关谐语的。无论怎样想尽方法来传达这些语文的巧妙，有些话仍然是完全不能翻译的。以解释的脚注杀灭谐语风趣的权宜之计是不足为法的。所以它们是被割爱了的。

为免除误会起见，我必须赶紧声明：我实行斟酌处理的字名是很少的（合计不到四十个），而且绝不敢在高尔基的原文上有所任意改动，我是在别种语文的容许之下竭力忠实于原文了的。

"俄苏文学经典译著·长篇小说"书目

沙宁　　　[苏联] 阿尔志跋绥夫 著 / 郑振铎 译
罗亭　　　[俄国] 屠格涅夫 著 / 陆蠡 译
少年　　　[俄国] 陀思妥耶夫斯基 著 / 耿济之 译
死屋手记　　[俄国] 陀思妥耶夫斯基 著 / 耿济之 译
罪与罚　　　[俄国] 陀思妥耶夫斯基 著 / 汪炳琨 译
卡拉马佐夫兄弟　　[俄国] 陀思妥耶夫斯基 著 / 耿济之 译
白痴　　　[俄国] 陀思妥耶夫斯基 著 / 耿济之 译
铁流　　　[苏联] 绥拉菲莫维奇 著 / 曹靖华 译
父与子　　　[俄国] 屠格涅夫 著 / 耿济之 译
处女地　　　[俄国] 屠格涅夫 著 / 巴金 译
前夜　　　[俄国] 屠格涅夫 著 / 丽尼 译
虹　　　[苏联] 瓦西列夫斯卡娅 著 / 曹靖华 译
保卫察里津　　[俄国] 阿·托尔斯泰 著 / 曹靖华 译
静静的顿河　　[苏联] 肖洛霍夫 著 / 金人 译
死魂灵　　　[俄国] 果戈里 著 / 鲁迅 译
城与年　　　[苏联] 斐定 著 / 曹靖华 译
钢铁是怎样炼成的　　[苏联] 奥斯特洛夫斯基 著 / 梅益 译
诸神复活　　[俄国] 梅勒什可夫斯基 著 / 郑超麟 译
战争与和平　　[俄国] 列夫·托尔斯泰 著 / 郭沫若　高植 译
人民是不朽的　　[苏联] 格罗斯曼 著 / 茅盾 译
孤独　　　[苏联] 维尔塔 著 / 冯夷 译
爱的分野　　[苏联] 罗曼诺夫 著 / 蒋光慈　陈情 译

地下室手记　　[俄国] 陀思妥耶夫斯基 著 / 洪灵菲 译
赌徒　　[俄国] 陀思妥耶夫斯基 著 / 洪灵菲 译
盗用公款的人们　　[苏联] 卡泰耶夫 著 / 小莹 译
在人间　　[苏联] 高尔基 著 / 王季愚 译
我的大学　　[苏联] 高尔基 著 / 杜畏之　萼心 译
赤恋　　[苏联] 柯伦泰 著 / 温生民 译
夏伯阳　　[苏联] 富曼诺夫 著 / 郭定一 译
被开垦的处女地　　[苏联] 肖洛霍夫 著 / 立波 译
大学生私生活　　[苏联] 顾米列夫斯基 著 / 周起应　立波 译
叶甫盖尼·奥涅金　　[俄国] 普希金 著 / 吕荧 译
盲乐师　　[俄国] 柯罗连科 著 / 张亚权 译
家事　　[苏联] 高尔基 著 / 耿济之 译
我的童年　　[苏联] 高尔基 著 / 姚蓬子 译
贵族之家　　[俄国] 屠格涅夫 著 / 丽尼 译
毁灭　　[苏联] 法捷耶夫 著 / 鲁迅 译
十月　　[苏联] A. 雅各武莱夫 著 / 鲁迅 译
安娜·卡列尼娜　　[俄国] 列夫·托尔斯泰 著 / 周笕　罗稷南 译
克里·萨木金的一生　　[苏联] 高尔基 著 / 罗稷南 译
对马　　[苏联] 普里波伊 著 / 梅益 译
暴风雨所诞生的　　[苏联] 奥斯特洛夫斯基 著 / 王语今　孙广英 译
猎人日记　　[俄国] 屠格涅夫 著 / 耿济之 译
上尉的女儿　　[俄国] 普希金 著 / 孙用 译
被侮辱与损害的　　[俄国] 陀思妥耶夫斯基 著 / 李霁野 译
复活　　[俄国] 列夫·托尔斯泰 著 / 高植 译
幼年·少年·青年　　[俄国] 列夫·托尔斯泰 著 / 高植 译
烟　　[俄国] 屠格涅夫 著 / 陆蠡 译
母亲　　[苏联] 高尔基 著 / 沈端先 译